George R.R. Martin (Hrsg.)

Wild Cards 1
Das Spiel der Spiele

Buch

Seit sich in den Vierzigerjahren das Wild-Card-Virus ausgebreitet hat und Menschen mutieren lässt, gibt es neben den normalen Menschen auch Joker und Asse. Joker weisen lediglich körperliche Veränderungen auf, während Asse besondere Superkräfte besitzen.
Der Großteil der islamischen Länder Arabiens hat sich zu einem Kalifat zusammengeschlossen. Offenbar ist dem britischen Geheimdienst daran gelegen, einen neuen Kalifen an die Macht zu bringen, denn einer seiner Agentenasse verübt in Bagdad einen Mordanschlag auf den derzeitigen Herrscher. Die Tat wird Jokerterroristen in die Schuhe geschoben. Die Joker Ägyptens haben den Glauben an das antike ägyptische Pantheon wiederbelebt und sind den Islamisten ohnehin ein Dorn im Auge. Jetzt kommt es zu zahlreichen Übergriffen auf sie.
Währenddessen startet in den USA die Castingshow *American Hero*. In speziell inszenierten Prüfungen müssen die Kandidaten ihre Heldenhaftigkeit unter Beweis stellen, und nach jeder Aufgabe sitzt eine Promi-Jury Gericht. Das Siegerteam bleibt ungestraft, die anderen Mannschaften sind gezwungen, eines ihrer Mitglieder rauszuwählen, bis am Ende der *American Hero* übrig bleibt.
Doch ist er ein wahrer Held?

Autor

George R. R. Martin, 1948 in Bayonne/New Jersey geboren, veröffentlichte seine ersten Kurzgeschichten im Jahr 1971 und gelangte damit in der Science-Fiction-Szene zu frühem Ruhm. Gleich mehrfach wurde ihm der renommierte *Hugo Award* verliehen. Sein mehrteiliges Epos *Das Lied von Eis und Feuer* wird einhellig als Meisterwerk gepriesen, doch die *Wild Cards* gelten als sein Lieblingsprojekt.
George R. R. Martin lebt in Santa Fe, New Mexico.

Wild Cards. Die erste Generation

1. Vier Asse

WILD CARDS

1. Das Spiel der Spiele
2. Der Sieger der Verlierer
3. Der höchste Einsatz

Weitere Romane sind in Vorbereitung

GEORGE R. R. MARTIN

unterstützt von Melinda M. Snodgrass

präsentiert

DAS SPIEL DER SPIELE

Wild Cards 1

Geschrieben von
Daniel Abraham – Melinda M. Snodgrass –
Carrie Vaughn – Michael Cassutt – Caroline Spector –
John Jos. Miller – George R. R. Martin – Ian Gregillis –
S. L. Farrell

Ins Deutsche übertragen
von Simon Weinert

blanvalet

Die amerikanische Originalausgabe erschien unter dem Titel
»Wild Cards – Inside Straight« bei Tor Books, New York.

MIX
Papier aus verantwor-
tungsvollen Quellen
FSC® C014496

Verlagsgruppe Random House FSC® N001967

1. Auflage
März 2017
bei Blanvalet, einem Unternehmen der Verlagsgruppe
Random House GmbH, Neumarkter Str. 28, 81673 München.
Copyright © 2008 by George R. R. Martin and the Wild Cards Trust
Published by agreement with the authors and the authors' agent,
The Lotts Agency, Ltd.
Copyright © der Vorbemerkung 2014 by Simon Weinert
Copyright © der deutschsprachigen Ausgabe 2014
by Verlagsgruppe Random House GmbH.
Umschlaggestaltung und Composing Art: Isabelle Hirtz, Inkcraft,
unter Verwendung einer Fotografie von Phoung Herzer,
Dojo Filmhouse; Fersch Media
Redaktion: Hannes Riffel
HK · Herstellung: wag
Satz: Uhl + Massopust, Aalen
Druck: GGP Media GmbH, Pößneck
Printed in Germany
ISBN 978-3-7341-6107-0

www.blanvalet.de

Für Kay McCauley, das Agentenass,
das uns immer Trümpfe
in die Hand gibt

Vorbemerkung

Kaum hatte die Menschheit die Katastrophe des Zweiten Weltkriegs überstanden, da brach bereits das nächste Unheil über sie herein. Ausgerechnet der verbrecherische Dr. Tod stolperte im Wrack eines außerirdischen Raumschiffs über das Alienvirus Takis-A. Damit erpresste er von seinem Luftschiff aus die Bevölkerung Manhattans. Ein wagemutiger Pilot stellte sich dem Schurken am Himmel über New York entgegen und opferte sein Leben in einer denkwürdigen Luftschlacht. Doch vergebens. Das Virus wurde freigesetzt. Und Jetboy ging postum als einer der größten Helden aller Zeiten in die Geschichte ein.

Rasend schnell breitete sich das Virus aus. Der Erreger überschreibt die menschliche DNA und führt zu Mutationen. Doch nicht alle Betroffenen erleiden dasselbe Schicksal, sondern es ist wie beim Pokern: Manche haben gute Karten, andere nicht. Aber seien wir ehrlich: Die meisten haben Pech, ziehen die Pikdame und gehen drauf. Nur jeder Zehnte zieht einen Joker, verwandelt sich auf häufig groteske Weise, kommt aber mit dem Leben davon. Heute sind die Joker nicht mehr aus der Gesellschaft wegzudenken.

Nur den allerwenigsten spielt das Virus ein Ass in die Hand. Diesen Glücklichen verleiht die Mutation meist keine sichtbaren Merkmale, sondern besondere, übernatürliche Fähigkeiten. Die Geschichte der Nachkriegszeit bis heute ist voll von Assen, die als Schurken oder Helden, als Promis im Rampenlicht oder als Agenten im Geheimen die Geschicke

der Welt beeinflusst haben. Und so erstaunlich die Superkräfte der Asse auch sind, so sind sie doch Teil des Alltags
geworden. Im Fernsehen kann man ihnen genauso begegnen
wie am Arbeitsplatz. Niemand hätte das für möglich gehalten, als Jetboy sich der Gefahr aus dem Weltraum entgegen-
warf. Aber die Welt hat sich tiefgreifend verändert, seit das
Wild-Card-Virus die Karten verteilt.

Jonathan Hive
Daniel Abraham

<< II nächste Seite >>

1. Wer zur Hölle war Jetboy?

Heute um 13:04

Geschichte, Jetboy | Nachdenklich | »These Are The Fables« – The New Pornographers

Wer zur Hölle war Jetboy?

Mein Großvater hat versucht, es mir zu erklären, aber ich war noch zu jung und hab's nicht kapiert. Ein Fliegerass, hat er gesagt, und zwar noch bevor es Joker gegeben hat. Das wollte mir nie so recht in den Kopf. Wie konnte er ein Ass sein, noch dazu eines, das flog, bevor es überhaupt Joker gab? Und das alles passierte während der Weltwirtschaftskrise, also kurz vor Napoleon, der gleich nach dem Untergang des Römischen Reiches das Zepter übernommen hat. Als Jetboy starb, hatte mein Großvater noch nicht mal ein Mädchen geküsst. Ewig her.

Seither konnte ich mir ein besseres Bild von Geschichte machen. Zum Beispiel weiß ich mittlerweile, dass es ein Mittelalter gab. Mir ist inzwischen bekannt, dass vor Christina Ricci schon andere Frauen existiert haben, auch wenn ich immer noch nicht recht weiß, wieso überhaupt. Ich habe alle Undergroundcomics von R. Crumb über den Sleeper gelesen. Mein Vater hat mir Geschichten über Turtle, die großmächtige Schildkröte, erzählt. Meine Babysitterin in der fünften Klasse – die kiffte und manch-

9

mal vergaß, einen BH zu tragen – erzählte blutrünstige Geschichten über Fortunato, das Zuhälterass, das seine Fähigkeiten durch Sex erlangte. Ich erlebte mit, wie Tarantino die ganzen Klischees der Wild-Cards-Modewelle zu recyclen versuchte und sich wie ein Notarzt auf Speed bemühte, ihnen neues Leben einzuhauchen.

Als ich mein Ass gezogen hatte, dachte ich, das wäre das Coolste von der Welt. Ich war nicht mehr Jonathan Tipton Clarke, sondern ich war der krasse Jonathan *Hive*. Ich war der heißeste Typ in der ganzen Milchstraße. Ich war das Ding, das stechen konnte wie eine Biene. Ich kann euch versichern: Nichts hält Arschlöcher so effektiv davon ab, einen zu triezen, wie wenn man sich vor ihren Augen in einen menschengroßen Schwarm kleiner stechender Wespen verwandelt. Damit stopft man diesen Wichsern echt das Maul. Ich dachte mir, ich bräuchte nicht zur Schule zu gehen und müsste mir keine Gedanken darüber machen, wie ein Wespenschwarm seine Miete bezahlt. Ich war sechzehn und ein Ass. Ich war Gott.

Vielleicht wollte Großvater deshalb immer über Jetboy reden. Jetboy, der keine übermenschlichen Fähigkeiten besaß. Jetboy, der verhindern wollte, dass sich das Wild-Card-Virus auf der Welt ausbreitete, und bei dem Versuch gescheitert ist.

Jetboy – so dachte ich während meiner Kindheit und Jugend und auch noch als Erwachsener, fast bis heute – war ein erbärmlicher Loser, der vor einem halben Jahrhundert gestorben ist. Aber die Wahrheit sah anders aus: Für meinen Großvater war er ein Held, und mein Großvater war nicht auf den Kopf gefallen.

Als Großvater auf die Mittelschule kam, gab es noch keine Asse auf der Welt. Als er auf die Highschool kam, waren sie überall. Er war schon auf der Welt, als das Virus zuschlug. Er hörte von den neunzig Prozent, die die Pikdame gezogen hatten. Noch während die Leute Joker versteckten, als wären sie Gestalten aus einem Film von David Lynch, schnappte er schon die ersten Gerüchte über sie auf. Und er hat die ersten Asse gesehen. Golden Boy. Und Envoy – den »Gesandten«.

Wie kann ich mir diesen Umbruch vorstellen? Wie kann ich mich als ein Kind meiner Zeit zurückversetzen und ermessen, wie es in einer Welt ohne Joker, geschweige denn ohne Jokerrechtsbewegung gewesen sein mag? In einer Welt, in der niemand ernsthaft geglaubt hat, dass es Aliens gibt? In der Telefone noch Wählscheiben hatten und niemand sein Auto abschloss?

Es ist schwer – und es war stets schwer –, auf die unbedarfteren, unwissenden Zeiten zurückzublicken und sich ein Grinsen zu verkneifen. Heute wissen wir es besser. Wir wissen mehr. Wir sind mit Präsident Barnett aufgewachsen. Wir haben die Bilder des Roxkrieges gesehen. Wir wissen, was passieren kann, wenn man in den Kampf zweier Asse verwickelt wird. Dass sie Häuser einreißen können, dass sie uns mit Laserstrahlen aus ihren Augen töten oder uns in Stein verwandeln können, ohne es überhaupt zu wollen. Wir können jederzeit auf jede nur erdenkliche Weise draufgehen, und es gibt keine Möglichkeit, sich davor zu schützen. Da kann man nicht von uns erwarten, dass uns ein Typ zu Tränen rührt, der, noch bevor unsere Eltern zur Welt kamen, aus einem Flugzeug gefallen ist.

Die Leute meiner Generation teilen die Geschichte grob in zwei Epochen ein: vor dem Internet und danach. Aber schon davor gab es einen Umbruch, und vielleicht hat es immer schon Umbrüche gegeben. Vielleicht hat jede Generation etwas erlebt, das die Welt für immer veränderte, und wir wissen davon bloß nichts, weil wir nicht dabei waren.

Ich war nun ein Ass, ja, aber ich wurde trotzdem älter und ging aufs College. Ich habe meinen Abschluss gemacht und ein kleines Treuhandvermögen geerbt, das ich jetzt zügig ausgebe. Ich schreibe gelegentlich Zeitschriftenartikel und arbeite an einem Roman. Ich bin ein Ass, und das ist genial. Aber ich bin auch Journalist – oder werde mal einer sein, wenn ich Glück habe. Dass ich mich in einen Wespenschwarm verwandeln kann, wird mir nicht helfen, Abgabetermine einzuhalten, die rechten Worte zu finden oder meine Stromrechnung zu bezahlen. Was mein Großvater mir klarmachen wollte, ist vielleicht doch langsam bei mir durchgesickert. Oder ich habe seine Botschaft bis heute nicht verstanden und nur selbst etwas dazugelernt.

Und zwar Folgendes, Leute:

Jetboy markierte das Ende einer Welt. Er war der letzte Mensch, der gestorben ist, bevor die Wild Cards kamen, und sein Zeitalter starb mit ihm. Er ist ein Symbol, dessen Bedeutung ich nie begreifen werde. Höchstens so, wie ich König Artus, JFK und all die anderen glorreichen Verlierer der Weltgeschichte verstanden habe. Mir wird er nie das bedeuten, was er meinem Großvater bedeutet hat, aber nicht, weil ich gebildeter, schlauer oder abgebrühter wäre als er. Sondern weil sich die Welt einfach verändert hat.

Mich wird Jetboy immer nur daran erinnern, dass es stets Menschen gegeben hat – wenn auch nicht viele –, die für eine Sache gekämpft haben, auf die es ankam. Und (Jungs, jetzt setzen die Violinen ein) dass ein Held zu sein nicht automatisch bedeutet, dass man gewinnen muss. Manchmal geht es vielleicht einfach bloß darum, dass man einen denkwürdigen Abgang hinlegt.

Und? Wäre das nicht ein Spruch fürs Leben?

2 Kommentare | Kommentar hinterlassen

♠

Die dunkle Seite des Mondes
Melinda M. Snodgrass

Irgendwo rechts von ihr fielen Schüsse.

Überall sonst auf der Welt hätten die Leute bei diesem Geräusch die Flucht ergriffen, aber hier in Bagdad war es nur eine von vielen Stimmen in der Symphonie der Festlichkeiten. Das Rattern eines Maschinengewehrs bildete einen schrillen Kontrapunkt zum dröhnenden Bass der Raketen. Goldene Funken wurden an den Nachthimmel gesprüht und umgaben die nadelspitzen Minarette wie Heiligenscheine. Wie in Zeitlupe schienen sie herabzuschweben. Kurz beschienen die Lichter des Feuerwerks die Gesichter in der Menschenmenge. Männer wirbelten tanzend umher, glitzernde Tränen auf den Wangen. Mit weit aufgerissenen Mündern sangen sie zum Ruhm ihres Kalifen.

Kamal Faraq Aziz, der neue ägyptische Präsident, war nach Bagdad gekommen, um sich dem Kalifen zu unterwerfen und sein Land mit den Nationen Syriens, Palästinas, Iraks, Jordaniens und Saudi-Arabiens zum wiedererstandenen Kalifat zu vereinigen. In Kairo, Bagdad, Damaskus, Ostjerusalem und Mekka feierten die Massen. In Libanon, Katar und Kuwait erzitterten die Führer der wenigen verbliebenen souveränen Einzelstaaten Arabiens.

Lilith zog ihren Shemag über Nase und Mund. Zum einen, um die Tatsache zu verschleiern, dass sie eine Frau war, aber auch zum Schutz gegen den von tausend trampelnden Füßen aufgewirbelten Staub, der sie zu ersticken drohte. Nur im Irak konnte man den feuchten, stechenden Geruch von Wasser und Schilf in der Nase haben, dabei auf Sand beißen und nächtliche Temperaturen von über fünfunddreißig Grad erleiden. Das Gewand klebte ihr am Leib, und sie spürte, wie ihr der Schweiß unangenehm die Wirbelsäule hinunterlief. Als Saddam noch im Palast lebte, hatten sich die Felder um das Gebäude in üppige Gärten verwandelt. Doch der Kalif hatte beschlossen, den irakischen Bauern kein Wasser wegzunehmen, und ließ die Gärten verdorren.

Von ihrem Aussichtspunkt nahe der Gartenmauer hatte Lilith einen guten Blick auf das massige Palastgebäude. Das Feuerwerk tauchte die weißen Marmormauern in ein Kaleidoskop aus Farben. Ein Mann in weißem Gewand und einer Kufiya auf dem Kopf trat auf einen Balkon im dritten Stock. Er ging hin und her, legte die Hand auf die gemeißelte Balustrade, sah in die Menschenmenge hinunter, ging erneut hin und her und verschwand schließlich wieder im Haus.

Idiot, dachte Lilith. *So erwischt dich noch ein Querschläger.*

Sie wartete, bis besonders spektakuläre Feuerwerkskörper den Nachthimmel erleuchteten und alle mit täppischem Staunen die Köpfe in den Nacken warfen. Dann schlang sie die Falten ihrer Dishdasha und Dschallabija um sich und spürte dieses seltsame innerliche Reißen, während sich der Staub und Beton unter ihren Sandalen in weniger Staub auf poliertem Marmor verwandelte.

Prinz Siraj starrte sie mit offenem Mund an. Er sah gut aus, doch das glatte runde Gesicht und der Bauch, der sich unter dem Gewand wölbte, zeigten, dass ein reichliches Nahrungsangebot für einen Beduinen auch gewisse Risiken barg. Und da half es nicht, dass die königliche Familie Jordaniens schon seit vier Generationen nicht mehr in der Wüste lebte. Zweitausend Jahre spärliche Kost steckten ihnen tief in den Knochen, und bei jeder Mahlzeit flüsterte ihnen eine Stimme ins Ohr, dass dies auf lange, lange Zeit der letzte Bissen sein könnte.

»Hat…« Er hustete und fing noch einmal von vorn an. »Hat Noel Sie geschickt?«

»Ja, zum Glück für Sie.« Lilith trat ins Zimmer. Eine Brise vom Tigris bauschte den weißen Stoff des Moskitonetzes über dem Bett. Der Boden war mit einem aufwendigen Mosaik aus vielen bunten Steinen bedeckt. Es zeigte König Nebukadnezar beim Jagen von Wasservögeln im Schilf. Klar, Saddam war ja auch ein weltlicher Herrscher gewesen. Lilith fragte sich, wie lange es noch dauern würde, bis die islamistischen Tugendwächter des Kalifen dieses Kunstwerk zerstörten.

»Ich habe Kleider für Sie.« Siraj griff nach dem schwarzen Stoff, der auf dem Bett lag, und drückte ihr Abaya und Burka in die Hand.

Sie zog den Shemag vom Kopf, und ihr hüftlanges schwarzes Haar fiel herab. Siraj starrte sie an. Mit ihren knapp eins achtzig überragte Lilith den Prinzen um einige Zentimeter. Sorgen machte sie sich nur wegen ihrer silbernen Augen, dem Vermächtnis der Wild Card, doch zum Glück schrieb der Islam den Frauen ja vor, stets züchtig den Blick zu senken.

»Noel sagte, Sie seien zusammen in die Schule gegangen?«, fragte sie, während sie das zeltartige Kleidungsstück über ihren Körper stülpte. Mit einer ihrer Klingen schnitt sie unauffällige Öffnungen in den Stoff, durch die sie hindurchgreifen konnte.

»Ja. In Cambridge. Wir waren dicke Freunde. Er liebt unsere Kultur.« Die Sätze brachen wie hektische kleine Geräuschexplosionen aus ihm hervor.

»Würde ein Freund Sie in eine solche Situation bringen?«, fragte Lilith. Es irritierte sie, durch das Stoffgitter schauen zu müssen, und der Schleier engte ihr Sichtfeld ein. Unter den Kleiderschichten fühlte sie sich dennoch nackt.

»Ich kann eine Brücke sein«, sagte der Prinz, während er im Zimmer auf und ab ging. Ständig verschränkte er die Hände und löste sie wieder. »Zwischen unseren beiden Welten.«

»Es gibt nur eine Welt«, sagte Lilith und fügte dann hinzu: »Haben Sie die Karte?«

»Ja.« Er reichte ihr ein Stück Papier, und als sich ihre Finger berührten, zog er hastig die Hand zurück.

Das wunderte Lilith nun doch. Er war in England ausgebildet worden und hatte lange im Westen gelebt. Vielleicht war er nur deshalb so nervös, weil er sich in der Nähe des Kalifen befand. Sie sah auf das Blatt Papier hinab. Darauf war so etwas wie ein Wabenmuster abgebildet. »Ein Tipp wäre ganz hilfreich. Sie wissen ja«, sagte Lilith mit übermäßig betontem britischen Akzent, »dass hier lauter durchgeknallte religiöse Spinner schlafen.«

Siraj errötete. »Er wechselt das Zimmer … ziemlich oft.«

»Tja, das ist … ärgerlich.«

»Er leidet zunehmend an Verfolgungswahn.«

»Verständlich. Wenn man bedenkt, dass seine eigene Schwester ihn fast ermordet hätte.« Sie grinste ihn breit an, bevor ihr bewusst wurde, dass er ihr Gesicht nicht sehen konnte. *Was für eine alberne Kultur.*

Als hätte sie kein Wort gesagt, fuhr Siraj fort: »Obwohl ich seinem Beraterstab angehöre, habe ich den Eindruck, dass er … nun ja, ich glaube, dass er kein Vertrauen mehr zu mir hat. Angefangen hat es, als der Rechtschaffene Dschinn auftauchte. Der Dschinn hat etwas gegen westliche Erziehung. Er glaubt, dass sie uns befleckt.« Er rieb sich immer hektischer die Hände. »Sie dürfen nicht versagen.«

»Beruhigen Sie sich. Heute haben Sie es mit einem Profi zu tun.«

Der Prinz sah sich um, als erwartete er, dass die Zimmerwände einstürzen und ihn begraben würden. »Es ist vielleicht nicht so einfach, wie Sie glauben. Der Dschinn begleitet den Kalifen überallhin. Er ist unheimlich stark und kann sich in einen Riesen verwandeln.«

»Dann trifft es sich ja gut, dass die Räume hier klein sind.«

Ihre flapsige Antwort gefiel Siraj nicht im Mindesten. »Da der Dschinn Sie nicht zu beeindrucken scheint, sollten Sie daran denken, dass da auch noch Bahir ist.«

»Über Bahir bin ich mir durchaus im Klaren.«

Doch auch diese Erwiderung brachte seinen nervösen Redefluss nicht zum Stocken. »Bahir kann teleportieren. Manch einer seiner Feinde hat das zu seinem Leidwesen festgestellt, als Bahir plötzlich mit seinem Krummsäbel hinter ihm stand. Doch dann ist es schon zu spät, um den Kopf noch zu retten.«

»Ein bisschen theatralisch, finden Sie nicht? Eine Knarre wäre leichter zu handhaben und sicherer.« Deutlich spürte sie die Pistole, die sie an der Innenseite ihres Schenkels festgeschnallt hatte.

»Na schön, ja, das ist ein Klischee, aber es ist auch symbolisch. Die einfachen Leute finden so etwas großartig.«

»Dieser ganze Symbolismus ist der Grund, weshalb die Araber verachtet und nicht ernst genommen werden.« Lilith blickte noch einmal auf die Karte. »Ich kann nicht einfach in irgendwelche Zimmer teleportieren und hoffen, den Kalifen dort zu finden. Haben Sie eine Ahnung, wo er sein könnte?«

»Im Moment ist er beim Bankett«, erwiderte der Prinz. »Mit den Ägyptern. Mit Aziz.«

Kamal Faraq Aziz. Ägyptens neuer Mann fürs Grobe war an die Macht gekommen, weil die Amerikaner durch ihre Einmischungen eine freie Wahl erzwungen hatten. Bei dieser Wahl wurden die Säkularen aus der Regierung gefegt, und die Fundamentalisten des Ichlas al-Din kamen an die Macht. »Ist es ein Problem, dass Sie da nicht anwesend sind?«

Siraj schüttelte den Kopf. »Ich habe Brechwurzelsirup genommen. Niemand bezweifelt, dass mir übel ist.«

»Ah, Brechwurzelsirup. Sehr beliebt bei britischen Schulknaben.« Lilith ging ein paar Schritte hin und her. »Nun, ich kann ja nicht mitten in die Party reinplatzen.« Die Falten ihrer Burka wanden sich um ihre Beine. »Ist der Kalif ein typischer Mann? Wird er bis zum Morgengrauen bei den Jungs bleiben?«

»Er ist ein seriöser Mensch, der sich nichts aus Frivolitäten macht.« Siraj hielt inne.

Lilith entging sein nachdenklicher Gesichtsausdruck nicht. »Was?«

»Er hängt sehr an seiner ersten Frau, Nashwa. Oft feiert er seine Erfolge mit ihr.«

»Wie gut, dass ich ein Mädchen bin.«

»Was wollen Sie damit sagen?«

»Dass ich schon immer mal einen Harem von innen sehen wollte.«

Vor der Tür zu den Frauengemächern standen zwei Soldaten Wache. Ihre eintönigen graubraunen Uniformen wurden von einem grünen Tuch aufgelockert, das sie sich um den Hals gewickelt hatten. Ihre Blicke glitten über Lilith hinweg, ohne auf ihr zu verweilen.

Mit breitem ländlichen Akzent sagte Lilith: »Der Kalif lässt seinen geliebten Frauen das hier schicken, aber der Kalif, groß sei sein Ruhm, hat auch nichts dagegen, wenn seine treuen und tapferen Soldaten ein paar dieser Leckereien kosten.«

Sie wiederholten das Kalifenlob, und Lilith hielt den jungen Männern das Tablett hin, damit sie sich etwas Süßes nehmen konnten. Ihr fiel auf, dass die beiden schmutzige Fingernägel hatten. Dann huschte sie unter ihren Armen hindurch und stieß sacht die Tür auf. Der schwere Türflügel fiel hinter ihr wieder zu und schloss das tiefe Brummeln der Männerstimmen aus.

Sie betrat ein großes Zimmer; es war hübsch, aber nicht über die Maßen prächtig. An der linken Wand schimmerte unter der weißen Farbe noch ein Gemälde hindurch. Die Luft war von Rosenwasser und Orangenöl geschwängert.

Zwei Frauen standen am Fenster und blickten durch die Vorhänge auf das Feuerwerk hinaus. Rotes, blaues, goldenes und grünes Licht ergoss sich auf den Stoff und ihre Gesichter. Eine von ihnen war hochschwanger – ihr Gesicht war aufgedunsen, ihre Finger waren geschwollen, und ihr Bauch war so stark gewölbt, dass es bis zur Geburt nur noch Tage sein konnten. Die andere befand sich etwa in der Mitte der Schwangerschaft, in jenem Stadium also, in dem Frauen zu leuchten scheinen.

Zusammengerollt auf einem Sofa lag eine weit jüngere Frau. Sie war höchstens Anfang zwanzig und um einiges schöner als die beiden anderen Frauen, und nicht nur deshalb, weil sie nicht wie eine trächtige Kuh aussah. Sie blätterte so rasch in einem französischen Modemagazin, dass sie unmöglich etwas davon wahrnehmen konnte. Dabei schob sie die Unterlippe vor, und die goldene Haut zwischen ihren Brauen runzelte sich.

Lilith bot das Essen auf dem Tablett erst den Schwangeren an. Mit gierigen Fingern stürzten sie sich auf die Süßigkeiten. Dann ging sie zu der jungen Frau, die ein schmales Stück Melone nahm.

Lilith ergriff die Gelegenheit beim Schopfe. Das Schlimmste, was ihr passieren konnte, war, dass sie sich eine Ohrfeige einfing. »Ich bin in Paris zur Schule gegangen«, sagte sie leise. »Bevor mein Vater die Familie nach Hause geschickt hat.«

»Dein Dialekt«, sagte das Mädchen, »hört sich saudisch an.«

»Ich komme aus Kuwait.« In das letzte Wort legte sie viel Gefühl. »Bist du schon lange hier?«

»Drei Monate.«

»Du hast bestimmt Heimweh.«

Das Mädchen fing an zu weinen.

»Entschuldige, Herrin. Wünschst du, dass ich wieder gehe?«

Die Hand des Mädchens umklammerte Liliths Ärmel. »Nein, erzähl mir von Paris.«

Lilith bauschte Impressionen ihrer tatsächlichen Besuche mit romantischen Filmszenen auf. Sie erzählte von den mit Lichtern behängten Restaurantschiffen, die unter mittelalterlichen Brücken hindurchglitten und auf denen getanzt wurde, während sich Notre-Dame im Wasser spiegelte. Sie erzählte von Spaziergängen entlang der Stände am linken Seineufer, wo alte bucklige Männer in abgewetzten Jacken Bücher verkauften, die noch viel älter als sie selbst waren. Von Montmartre, wo Kinder Tauben fütterten und hoffnungsvolle junge Künstler Ansichten der berühmten Kirche malten. Lilith entführte ihre hingerissene Zuhörerin in die Bäckereien, in denen es so intensiv nach Brot und Backwaren roch, dass man die Luft kauen konnte.

Die Augen der jungen Frau funkelten aufgeregt, aber auch wütend. Lilith erfand eine Leidensgeschichte und fabulierte einen selbstherrlichen Vater herbei, der ganz begeistert vom Aufstieg des Neuen Kalifats war. Auf der Stelle schickte er die Familie wieder zurück, damit ihre beiden Brüder etwas zur Renaissance des Islam beitragen konnten. »Und er selbst ist in Paris geblieben«, ergänzte die junge Frau, und ihre Worte klangen ein wenig giftig.

Lilith zuckte mit den Schultern. »Ja, aber er ist eben auch nur ein Mensch. Das sind sie alle, bis auf unseren ruhmreichen Kalifen, lang möge er leben und regieren.«

»Ja, er ist ein guter Mensch«, pflichtete ihr das Mädchen bei.

»Wie ist er denn? Hast du viel Zeit mit ihm verbracht? Besteht die Chance, dass er euch besucht? Ich würde ihn so gerne einmal sehen. Bisher habe ich ihn nur aus der Ferne erblickt.« Lilith stieß die Sätze hastig hervor, um ihrem Gegenüber keine Gelegenheit zu einer Antwort zu geben.

Die Frau lachte. »Nein, tut mir leid. Er wird nicht kommen. Er bestellt immer eine von uns zu sich.« Wieder schob sich die volle Unterlippe vor. »Und ich werde es nicht sein. Nicht heute Abend. Er wird mit Nashwa reden wollen.«

Nashwa, Ende vierzig, die erste Frau des Kalifen und Mutter seines Sohnes und Erben, Abdul-Alim. Und die Tochter eines prominenten jemenitischen Geschäftsmanns. »Dann gehe ich mal besser und bringe ihr Erfrischungen«, sagte Lilith. Sie stand auf und nahm das Tablett.

»Sie ist in ihrem Zimmer«, sagte die jüngste der Frauen und zeigte flüchtig den Korridor hinunter. Lilith ging los. »Übrigens, ich heiße Amira. Wie heißt du?«

»Sura«, erwiderte Lilith und genoss den versteckten Witz. Der Name bedeutete: Die, die nachts unterwegs ist.

♥

»Wie kannst du es wagen? Klopf gefälligst an und warte, bis du hereingerufen wirst!«

Edelsteine, die vom Rand ihrer Kopfbedeckung herabhingen, unterstrichen die tiefe Falte auf der Stirn der älteren Frau. Nashwa war bei Weitem keine Schönheit, sogar eher gewöhnlich, und ihre Stimme gurrte nicht, sondern schnarrte. Für den Kalifen musste sie die Dame seines Herzens sein, sonst hätte er sich von diesem Raubvogelgesicht schon längst scheiden lassen.

Lilith ließ den Rüffel unbeantwortet. Mit vier schnellen Schritten durchquerte sie das Zimmer, packte die Frau und bog ihr den Arm auf den Rücken, sodass sie bewegungsunfähig war. Dann stellte Lilith sich den Saal der Uffizien mit der Sammlung römischer Büsten vor und brachte sie dorthin.

Wie immer war ihr einen Moment lang schummrig und höllisch kalt. Der Stein unter ihren Pantoffeln wich einem weicheren, federnden Holzboden. Nashwa kreischte laut auf.

Lilith ließ die Frau los, wickelte ihre Hände in die Falten der Burka und zerrte am Rahmen eines der großen Gemälde. Das Alarmsystem meldete sich mit heiserem Schrillen.

Lilith teleportierte zurück nach Bagdad in Nashwas Gemach im Palast. Die italienische Polizei würde die Frau stundenlang festhalten. Bis sie ihr die Geschichte abnehmen würde und ihre Identität überprüft hätte, wäre Nashwa bereits Witwe.

Zurück im Zimmer warf Lilith ihre schwarze Burka von sich und zog eine von Nashwa an. Diese war zwar auch schwarz, aber der Stoff war von bester Qualität und mit Silberfäden durchzogen. Sie setzte sich die Kopfbedeckung auf und spürte, wie die Saphire und Perlen kalt und scharf auf ihrer Stirn klimperten. Darüber warf sie das Übergewand, das selbst ihre Augen bedeckte. Lilith setzte sich und wartete.

♦

Drei Stunden vergingen, bevor sie gerufen wurde.

Vier Wachen schickte der Kalif, um seine Erste Frau zu eskortieren. Obwohl sie nur eine Frau war, verhielten sich die Wachen unterwürfig, schließlich war sie die Hauptfrau des Kalifen. Die Mutter seines ältesten Sohnes. Naswha besaß die Macht über Kissen und Schlafzimmer. Lilith berührte die Messerscheiden an ihren Schenkeln und hinten auf ihrem Rücken. Und die Pistole, die sie sicherheitshalber bei sich trug. Sie bogen in einen anderen, noch schmaleren Korridor ein. Von drei Stockwerken weiter unten vernahm Lilith schwach das Murmeln von Männerstimmen und das Säuseln von Instrumenten. Ein Hauch von gebratenem Lamm und Zimt stieg ihr in die Nase, worauf sich ihr Magen mit einem Knurren meldete. Sobald sie zu Hause war, würde sie sich ein Abendessen und ein Glas Cabernet gönnen.

Sie stiegen eine enge Treppe hinauf. Zwei Soldaten gingen voraus, zwei folgten ihr nach. Jetzt hatten sie das oberste Stockwerk erreicht, und die Decke strahlte die Hitze ab, die sie tagsüber gespeichert hatte. Zwischen Liliths Brüsten und auf dem Rücken lief dicker, klebriger Schweiß hinunter. Nur zu gern hätte sie sich unter dem Riemen ihres BHs gekratzt.

Wie schrecklich, wenn man der Herrscher fast des gesamten Nahen Ostens ist und aus Furcht so unbequem leben muss.

Einer der Soldaten klopfte an einer geschlossenen Tür, und es ertönte eine gedämpfte Antwort. Die Tür wurde geöffnet, und die Soldaten komplimentierten Lilith mit Verbeugungen hinein. Dann fiel die Tür wieder zu. Jemand, der hinter ihr stand, musste sie zugemacht haben, doch mit ihren zahlreichen Stofflagen und Schleiern am Leib trug sie praktisch Scheuklappen. Sie konzentrierte sich auf das, was sie durch das Stoffgitter vor ihren Augen sehen konnte.

Sie befand sich in einem kleinen, weiß gekalkten Zimmer, dessen Wände mit Schriftbändern verziert waren: Koranverse. *Ja, sieht ganz nach dem Schlafzimmer eines religiösen Fanatikers aus*, dachte Lilith. Außer einem schmalen Bett und einem Beistelltisch, auf dem ein gläserner Wasserkrug stand, waren keine Möbel zu sehen. Seltsamerweise war das Bett nicht an die Wand gerückt, sondern stand in einigem Abstand von ihr entfernt. Im Gips erkannte sie die Umrisse einer Tür. *Ein Schlupfloch.*

Hinter sich hörte sie die Schritte des Mannes, der die Tür geschlossen hatte, und drehte sich zu ihm um, um ihn zu begrüßen. Doch es war nicht der Kalif, sondern der Rechtschaffene Dschinn. Er war größer, jünger und breiter. In seinem schwarzen Vollbart waren die feuchten, dicken Lippen zu sehen, und er saugte an der Unterlippe wie ein Kind, das über einer kniffligen Aufgabe brütet. Eigenartigerweise hatte er graue Augen.

Er war zwar nicht besonders groß, aber immer noch zu groß für Liliths Geschmack. Unter dem traditionellen weißen Gewand trug er Stiefel, und sie fragte sich, ob sich seine Kleider mit ihm vergrößerten, oder ob er als zehn Meter hoher Riese dann nackt dastand.

»Verehrte?«, sagte der Dschinn, doch es war kein Gruß. Vielmehr schwebte eine Frage in den Worten.

Wahrscheinlich müsste ich jetzt etwas Bestimmtes tun, dachte Lilith. *Aber ich weiß nicht, was. Verdammter Mist.*

»Meine Dame, wir müssen uns unterhalten.« Seine Bassstimme rumpelte tief, und er hatte den Akzent eines Bauern. »Ich muss mich vergewissern, dass Sie ... Sie selbst sind.« Ein besserer Euphemismus für Gedankenkontrolle war Lilith bisher nicht untergekommen, jedoch half ihr das im Moment nicht viel.

Sie zögerte nur einen Augenblick lang, doch das reichte schon.

Argwohn ließ die Züge des Dschinns versteinern. Er stürzte sich auf sie. Lilith wich tänzelnd zurück. Dabei verfing sich ihr Absatz im Saum ihrer Burka. Dem Dschinn gelang es, den Arm um ihre Hüfte zu schlingen. Er war erschreckend stark. Der Griff des Messers in ihrem Rücken drückte tief in ihre Haut. Der Dschinn riss ihr die Schleier herunter, enthüllte ihre silberfarbenen Augen. »*Scheusal!*«

Lilith versuchte zu teleportieren, doch die Fähigkeit wich wie eine abfließende Flutwelle aus ihr, während sich Trägheit auf ihre Glieder legte. Jetzt verstand sie, wie Sharon Cream, Israels stärkstes Ass, hatte überwunden werden können. Hier war die Macht einer Wild Card am Werk.

Sie spürte einen ersten Anflug von Panik. Rasch unterdrückte sie ihn. Denn Furcht war tödlich. Sie zwang sich, die Lage zu analysieren. Seine Fähigkeit, sie ihrer Fähigkeit zu berauben, war wahrscheinlich eine geistige Gabe. Dazu musste er sich konzentrieren. Und Konzentration konnte man zunichte machen.

Sie wurde von einem warmen Wohlgefühl erfüllt. Anstatt

dagegen anzukämpfen, ließ Lilith zu, dass sie vollends erschlaffte.

Der Dschinn grunzte zufrieden. Seine vollen Lippen näherten sich ihrem Mund. Durch einen der Schlitze in ihrer Burka griff sie nach der Pistole und umschloss sie mit den Fingern. Er drückte ihr seine Lippen auf den Mund. Sein Mundgeruch brachte sie zum Würgen. *Schwein.* Sie zog die Pistole, hielt ihren Lauf an seinen Ellbogen und drückte ab. Der Knall, der von den Wänden widerhallte, wurde beinahe vom Schmerzgeheul des Dschinn übertönt. Die Verletzung an der empfindlichsten Stelle des menschlichen Körpers hatte wieder einmal Wunder gewirkt. Schlaff sank der verwundete Arm an der Seite des Asses hinab. Lilith rammte ihm den Absatz in den Spann, bevor sie sich wegdrehte. Mit der gesunden Hand holte der Dschinn aus und traf ihre Waffenhand. Die Pistole segelte durch die Luft, und Lilith ging zu Boden. Ihre Beine waren kraftlos. Seine Augen funkelten wild, er brüllte und stieß in einem fort Flüche aus. Als er sich auf sie stürzte, tropfte Blut von seinem Arm. Mit letzter Anstrengung sammelte Lilith ihre Kräfte, spürte das Reißen und teleportierte gerade in dem Moment, als die Tür aufgerissen wurde. Sie hörte noch das verwirrte Bellen der Wachen.

Sie fand sich auf dem Korridor wieder, den sie vor wenigen Augenblicken noch durchschritten hatte. Ihr würden nur wenige Sekunden bleiben, bis der ganze Palast alarmiert wäre. Schnell zog sie die Karte heraus. Höchste Zeit, sie ein wenig in die Irre zu führen. Sie suchten eine Frau? Also sollten sie Frauen bekommen.

Wieder das Reißen. Sie befand sich in der Waschküche, wo Frauen in der Hitze schufteten. Lilith schnappte sich zwei von ihnen und hüllte sie mit ihrer Burka ein. Dann teleportierte sie mit ihnen davon. In einem Korridor im ersten Stock tauchten sie wieder auf, und das Kreischen der beiden Frauen schrillte ihr schmerzhaft in den Ohren. Die Marmorwände verstärkten das Geräusch noch. Darunter mischten sich laute Männerstimmen und das Donnern von Stiefeln, die auf sie zugaloppierten. Gerade als Lilith wegteleportierte, hörte sie das Rattern einer Kalaschnikow und den durchdringenden Schrei einer der Frauen. Sie vermochte ihr Glück kaum zu fassen. Sie hatten tatsächlich das Feuer eröffnet! Im Palast brach offenbar Panik aus. Das konnte ihr nur nützlich sein.

Lilith packte zwei weitere Dienerinnen und zwei Tänzerinnen, die in der Küche ihre Mahlzeit einnahmen. Mit ihnen würzte sie das wachsende Chaos, das sich zusammenbraute. Plötzlich schoss ihr ein stechender Schmerz in die Seite; Schultern und Rücken taten ihr weh. Die hysterischen Frauen im Zaum zu halten, war nicht einfach gewesen. Sie lehnte sich in einer Nische an die Wand und wartete, bis ihr Atem sich etwas beruhigt hatte. Da hörte sie eine hohe, nörgelnde Tenorstimme. *Abdul, der Idiot, hat also das Kommando übernommen. Bestens.*

»Verriegelt alle Tore. Nein, wartet. Erst, wenn das Militär da ist. Macht im Garten alle Lichter an.«

»Dann können unsere Soldaten die Nachtsichtgeräte nicht mehr einsetzen, mein Prinz«, warnte eine zweite Stimme.

»Oh, ja. Nun, dann gebt Nachtsichtgeräte aus.«

»Sie haben doch schon Nachtsichtgeräte«, rief eine andere Stimme.

»Ach ja, stimmt.«

»Sollten wir nicht besser bei Ihrem Vater bleiben?«, fragte eine weitere.

Was bedeutet, dass der Kalif sich aus dem Staub gemacht hat, dachte Lilith.

»Nein. Wir müssen den Meuchelmörder, diesen Ungläubigen, schnappen.«

Lilith teleportierte in Prinz Sirajs Zimmer zurück.

Dieser stieß einen erschrockenen Schrei aus, beruhigte sich

aber, als er sie erkannte. »Was ist da los? Haben Sie es geschafft? Ich habe Schüsse gehört.«

»Der Teufel ist los. Nein. Ja«, sagte Lilith. »Wie sehr liebt der Kalif Nashwa?«

»Sehr.«

»Ist er ein Feigling?«

»Nein.«

»Danke.« Lilith teleportierte aus dem Zimmer, denn nun war sie sich sicher, wo sie den Kalifen finden würde.

♠

Der Kalif wirbelte herum, als das Ploppen der verdrängten Luft sie ankündigte.

In dem schwach erleuchteten Schlafzimmer sah man deutlich das grüne Schimmern, das von ihm ausging. Sein schwarzes Haar war von Grau durchzogen, und den Mund säumten zwei lange silberne Bartsträhnen. Er war in weiße Gewänder gehüllt, und Lilith sah die faltige braune Linie an seiner Kehle, wo die Klinge seiner Schwester einst nicht tief genug eingedrungen war. Damals war er nur der Nur al-Allah gewesen und die Errichtung des Kalifats nicht mehr als ein ferner Traum.

Der Blick des Nurs verriet, dass er die Pistole auf sie richten würde. Lilith griff nach einer Schale mit Nashwas Gesichtspuder und schleuderte sie nach dem Kalifen. Dieser riss den Kopf zur Seite, und sein Schuss verfehlte sie. Allerdings nur knapp. Lilith spürte die Hitze des Mündungsfeuers im Gesicht, und der Knall war ohrenbetäubend. Von der anderen Seite der Tür drangen Frauenschreie herüber.

Sie rannte auf das Bett zu. Als sie an der Tür vorbeikam, warf sie sie zu und verriegelte sie. Lange würde die Tür nicht standhalten, aber doch lange genug. Sie sprang aufs Bett, und die Matratze diente ihr als Trampolin, um noch schneller zu werden. Während sie über den Kopf des Nurs hinwegsegelte, trat sie nach ihm und verpasste ihm so einen kräftigen Kinnhaken. Mit dem nachgezogenen Fuß erwischte sie seine Faust und spürte, wie seine Knochen brachen.

Der zweite Tritt zeigte die erwünschte Wirkung – der Kalif ließ die Pistole fallen –, doch sie kam dadurch von ihrer Flugbahn ab und traf bei der Landung härter als vorgesehen mit der Hüfte auf. Sie biss die Zähne zusammen, rollte sich ab, kam auf die Füße und zog ein Messer aus der Scheide an ihrem Bein. Der Nur schüttelte den Kopf, um sich nach ihrem Tritt gegen sein Kinn wieder zu orientieren.

Lilith machte einen Satz nach vorn, doch er wandte sich zu ihr um und zog den Zeremoniendolch, den er an einem Ledergürtel trug. Der Griff mochte zwar mit Juwelen übersät sein, doch die Klinge war kein Spielzeug. Zudem war sie um einiges länger als Liliths Messer. Sie umkreisten sich in der gebeugten und lauernden Haltung von Messerkämpfern.

»Wer hat Sie geschickt?« Seine Stimme war heiser wie die einer alten Krähe. Einst war sie samtweich gewesen und hatte Tausende in ihren Bann gezogen.

»Die Welt.« Lilith wich seitlich aus, als er plötzlich zustach. Sie schlug seine Hand zur Seite und ließ ihr Messer an seinem Arm hinaufgleiten, um ihm die Sehne oberhalb des Ellbogens zu durchtrennen. Mit dieser Wunde war es ihm nahezu unmöglich, das Messer zu halten. Polternde Tritte ließen die Schlafzimmertür erzittern.

»Ihr könnt mich töten, aber ihr könnt nicht zerstören, was ich aufgebaut habe.«

»Sie haben recht. Aber wir können es in Besitz nehmen.« Sie verlieh ihrem perfekten Arabisch einen hörbaren Akzent. Dies hatte die gewünschte Wirkung.

»Ungläubige! Kreuzfahrerin!« Wieder stürzte er sich auf sie.

»Vergessen Sie nicht die Imperialistin.« Sie stieß ihm mit dem Fuß einen kleinen Ottomanen in den Weg. Er stolperte darüber und landete krachend auf dem Boden. Sie ließ ihn bis auf die Knie hochkommen, ehe sie hinter ihn huschte, ihm das Messer in die Brust rammte und es auf der Suche nach dem zähen Muskel, der sein Herz war, nach oben schob. Der Stahl fand sein Ziel. Warmes, klebriges Blut schwappte über ihre Hand, und sein würziger, süßer Geruch erfüllte das Zimmer.

Im Schlafzimmer waren keine Überwachungskameras zugelassen. Sie musste einen Weg finden, wie sie die Schuld jemand anderem zuschieben konnte. *Fünf für einen.* Ihr fiel das alte Motto von Black Dog und seinen Jokerterroristen ein. Der Dschinn hatte ihre Augen gesehen und wusste, dass sie eine Wild Card war.

Die Tür würde nicht mehr lange standhalten. »Schönen Gruß von Black Dog!«, brüllte sie hoch und schrill. Kurz setzten die Schläge an der Tür aus, bevor sie mit vermehrter Kraft wieder einsetzten.

Lilith hob die Pistole des Nurs auf und teleportierte davon. Jetzt benötigte sie nur noch vier weitere Opfer. Als letzte Ablenkung.

♣

Jonathan Hive
Daniel Abraham

2: Jonathan Hive verkauft seine Seele!

Jonathan Hive las die Einverständniserklärung ein weiteres Mal durch, blätterte vor und zurück. Die Zeit, in der er versucht hatte, Berichte von Senatsdebatten zu analysieren, brachte ihm bei diesen ausgefuchsten Westküsten-Typen der Unterhaltungsindustrie leider gar nichts. Der Sinn der Übung bestand doch darin, dass er etwas in die Finger bekam, worüber er schreiben konnte. Wenn er gleich am ersten Tag damit anfing, alle seine Rechte abzutreten, konnte er sich genauso gut bei Starbucks bewerben.

Er ließ den Blick über den Parkplatz schweifen. Da standen große silberne Busse und Lastwagen herum, und auf den Schultern verwahrlost wirkender Techniker bewegten sich Tonaufnahmegeräte und Kameras in die säkulare Kathedrale von Ebbets Field. Man hatte einen Kaffeetisch aufgeklappt, auf dem eine angeschlagene Kaffeekanne und ein paar Kartons mit Donuts standen. Einige der anderen Kandidaten trieben sich auf dem Platz herum und taxierten sich gegenseitig.

»Haben Sie eine Frage, bei der ich helfen kann?«, fragte die Assistentin mit einstudiertem Lächeln. Sie war Anfang zwanzig, hatte ein langes Gesicht und um die Augen herum etwas Fieses. Anscheinend bekamen durchschnittlich aussehende Leute, die zu lange in Hollywoods Schlangengrube der Schönen lebten, nach einiger Zeit diesen gefährlichen Ausdruck, der zu sagen schien: Ich bin kein Supermodel, aber umbringen könnte ich sie alle.

»Oh«, sagte Jonathan und setzte seinerseits ein Lächeln auf. »Es ist nur so ... ich bin Journalist. Ich habe da dieses Blog, und ich weiß nicht, worüber ich schreiben darf und worüber nicht. Wenn ich für die Show genommen werde, kann ich es nicht einfach so ein paar Monate ruhen lassen.«

»Natürlich nicht«, sagte die Assistentin mit einem Nicken. »Das ist lediglich die Einverständniserklärung für die Bewerbung. Wenn Sie genommen werden, dann spielen ganz andere Dinge eine Rolle.«

Was nicht mal ansatzweise Jonathans Frage beantwortete. Sein Lächeln wurde breiter. Mal sehen, wer den anderen als Erstes mit Nettigkeit zur Weißglut brachte.

»Bestens«, sagte er kopfschüttelnd. »Ich hätte da bloß ein paar winzige Fragen zu der einen oder anderen Formulierung hier?«

»Klar«, erwiderte die Assistentin. »Wenn ich helfen kann, immer gerne. Aber das ist eine Standarderklärung.« Womit sie sagen wollte: *Mach schon, du Penner, ich muss außer dir noch hundert andere Idioten abfertigen.*

»Ich werd's kurz machen, und ich bin Ihnen wirklich dankbar«, sagte Jonathan. Womit er sagen wollte: *Friss das, du Trine, denn wenn ich will, kann ich dich den ganzen Tag aufhalten.*

Das Lächeln der Assistentin wirkte so hart wie Zement. Jonathan schlug eine halbe Stunde damit tot, an Details herumzunörgeln und hypothetische Szenarien zu entwerfen. Doch am Ende lief es alles auf dasselbe hinaus: Wenn er mitmachen wollte, dann musste er unterschreiben. Wenn er sich weigerte ... nun, das Feld war voller Asse, die nur darauf warteten, seinen Platz einzunehmen. Er setzte das Pingpong fröhlicher Falschheiten fort, bis das Lächeln der Assistentin an den Rändern abzublättern begann. Am Ende aber unterschrieb er.

Er schlenderte zu Kaffee und Donuts hinüber, gerade lange genug, um klarzustellen, dass er nichts davon wollte. Und schon tauchte ein blonder Kerl auf, der ihm irgendwie bekannt vorkam, sammelte ihn und die anderen Kandidaten ein und führte sie über den Asphalt zum Eingang des Baseballplatzes. Dort teilte man sie in zehn Gruppen auf, die jeweils zu einem eigenen Filmset geführt wurden. Kleine Beleuchtungsanlagen standen bereit, um ihn und die anderen vor der Kamera glänzen zu lassen. In seiner Gruppe hatte er das zweifelhafte Glück, der Erste zu sein.

»Machen Sie sich keine Gedanken wegen der Kamera«, sagte die Interviewerin. »Die wollen nur sehen, wie Sie durchs Objektiv rüberkommen. Tun Sie einfach so, als wäre sie gar nicht da.«

Sie war um einiges hübscher als die Assistentin, sexy angezogen und ganz offensichtlich durchaus gewillt, ein bisschen zu flirten, wenn es half, ihn vor den Zuschauern etwas Dummes oder Peinliches sagen zu lassen. Jonathan mochte sie auf Anhieb.

»Klar doch«, sagte er. Das schwarze Glasauge mit seinen zehn Zentimetern Durchmesser starrte ihn an. »Gerade so, als wären wir beide ganz allein.«

»Genau«, erwiderte sie. »Also, dann wollen wir mal sehen. Können Sie mir ein wenig erzählen, warum Sie bei *American Hero* mitmachen wollen?«

»Nun«, sagte er. »Haben Sie jemals von *Paper Lion* gehört?«

Eine kleine Falte verunstaltete die ansonsten perfekte Stirn der Interviewerin. »War das nicht das Ass, das …«

»Das ist ein Buch«, sagte Jonathan. »Von George Plimpton. Der gute George kam in den 60ern zum professionellen Football. Hat ein Buch drüber geschrieben. So was will ich auch machen. Aber zum einen ist Football etwas für die Footballfans. Zum anderen hat das schon einer gemacht. Und drittens ist Reality-TV für unsere Generation das, was Sport für unsere Väter war. Eine Form der Unterhaltung, die jeder verfolgt.«

»Sie wollen … über die Show berichten?«

»Das ist gar nicht so ungewöhnlich. Viele Leute ergreifen ein Amt, um später ihre Memoiren drüber schreiben zu können«, sagte Jonathan. »Ich will mitkriegen, wie das funktioniert. Es verstehen. Versuchen, in dem Erlebnis einen Sinn zu erkennen. Und natürlich auch darüber schreiben.«

»Das ist interessant«, sagte die Interviewerin, als wäre es das tatsächlich. Jonathan war allerdings gerade erst dabei, sich warmzulaufen. Dies war das Festival der markigen Sprüche, für das er wochenlang geprobt hatte.

»Die Sache ist die – wenn die Leute etwas von uns Assen mitbekommen, sehen sie immer nur das, was wir können, verstehen Sie? Was uns ungewöhnlich macht. Diese kleinen Tricks, die wir so draufhaben – fliegen, sich in eine Schlange verwandeln oder unsichtbar werden –, die machen uns aus. Es spielt keine Rolle, was wir *tun*, sondern nur das, was wir *sind*.

Ich möchte der Journalist, Essayist und politische Kommentator sein, der nebenbei auch noch ein Ass ist. Nicht das Ass, das auch schreibt. Und das hier ist die perfekte Plattform dafür. In die Show reinzukommen wäre ein großer Schritt. Dadurch würde ich die Glaubwürdigkeit erlangen, um darüber zu reden, wie es so ist, ein Ass zu sein. Und wie es nicht ist. Hört sich das halbwegs vernünftig an?«

»Das tut es in der Tat«, gab die Interviewerin zurück, und jetzt hatte er den Eindruck, dass sie ein bisschen fasziniert von ihm war.

Einen Schritt weiter, dachte er. *Dann hab ich ja nur noch eine Million Schritte vor mir.*

»Okay«, sagte sie. »Und Jonathan Hive? Stimmt das?«

»Tipton-Clarke ist mein richtiger Nachname. Hive ist mein *nom de guerre*. Oder *nom de plume*. Oder was auch immer.«

»Richtig. Tipton-Clarke. Und was genau ist Ihre Fähigkeit als Ass?«

»Ich verwandle mich in Insekten.«

♥

American Hero bildete den Höhepunkt des Reality-TV-Fiebers. Man brachte richtige Asse dazu, übereinander abzulästern, gegeneinander zu intrigieren und anzugeben, und das alles, um damit die Zuschauerschaft zu unterhalten. Und moderiert wurde die Sendung, um ihr einen Hauch von Authentizität zu verleihen, von einem berühmten Promiass – von Peregrine. Der Preis: ein Haufen Geld, ein Haufen Medienaufmerksamkeit und die Chance, ein Held zu werden. Das Ganze war so künstlich wie koffeinfreie Diätcola.

Und doch…

Noch vor dem Morgengrauen war er in seinem völlig austauschbaren Hotelzimmer aufgewacht, ziemlich überrascht davon, wie nervös er war. Das Frühstück – gummiartige Eier und bitterer Kaffee – hatte er auf dem Zimmer eingenommen und dabei die Nachrichten geschaut. Jemand, den man mit ägyptischen Jokerterroristen in Verbindung brachte, hatte endlich den Kalifen ermordet; ein Typ aus Sri Lanka mit einem Namen, den niemand aussprechen konnte, war zum neuen UN-Generalsekretär ernannt worden; und eine neue Diät versprach, ihn um drei Größen schlanker zu machen. Jonathan zappte weiter zu einem Kanal, auf dem ein junger, ernster Journalist ein deutsches Ass namens Lohengrin interviewte. Lohengrin war durch die Vereinigten Staaten getourt, um ein neues Motorrad von BMW zu promoten. Dann schaltete er aus. Er stellte einen kurzen Beitrag auf seinem Blog ein, um die zwei Dutzend Leser auf dem Laufenden zu halten, und ging hinaus.

Während der U-Bahnfahrt zum Stadion fühlte er sich, als

ginge er zu einem Bewerbungsgespräch. Er malte sich aus, was er zu tun im Begriff stand, überlegte, wie er sich präsentieren sollte. Ob seine Kleider zu flach auf dem Boden liegen würden, um darunterzukriechen, wenn er sich zurückverwandeln musste. Fast war er überzeugt, dass sein Aufnahmetest damit enden würde, dass er splitternackt dastand. Er konnte den Prozess natürlich auch jederzeit unterbrechen. Konnte ein paar Insekten übrig lassen, um seine Scham zu bedecken. Wie eine knallgrüne Badehose aus Wespen. Aber das wäre wohl noch gruseliger.

Jetzt, als er tatsächlich auf einer der Bänke saß, die die Studioleute in Hollywood aufgebaut hatten, und die Beleuchtung, die Kameras und das Gewimmel sah, fühlte er sich ein bisschen weniger eingeschüchtert. Er und die anderen Bewerber saßen auf vier Bankreihen innerhalb der Foul Line der First Base. Die drei Mitglieder der Jury – Topper, Digger Downs und Harlem Hammer – saßen an einem erhöhten Tisch mehr oder weniger auf dem Pitcher's Mound. Die unsichtbaren Teile einer Fernsehproduktion – Tontechniker, Kameras, die Stühle der Visagisten, das miserable Buffet – befanden sich größtenteils zwischen Home Plate und Third Base. Die weite Fläche des Outfields war für die Asse reserviert. Hier konnten sie beweisen, wie telegen sie waren.

Und da gab es ziemliche Unterschiede.

Nehmen wir zum Beispiel den armen Schweinehund, der gerade dran war. Schon seit einigen Sekunden hielt er theatralisch die Arme zu kleinen, aufgedunsenen Wolken am Himmel emporgestreckt, während seine entschlossene Miene zusehends verzweifelter wirkte.

»Worauf warten wir?«, flüsterte Jonathan.

»Auf einen großen Sturm«, murmelte der Typ neben ihm, eine fahrige Nervensäge namens Joe Twitch. »Vielleicht einen Tornado.«

»Aha.«

Sie warteten. Das mutmaßliche Ass schrie und krümmte die Finger zu Krallen, während es dem weiten Himmelsgewölbe seinen Willen aufzuzwingen versuchte. Die anderen Asse, die ihre Bewerbung erfolgreich absolviert hatten, saßen in sicherem Abstand auf Klappstühlen, nur für den Fall, dass etwas passieren sollte. Die Morgenluft roch nach Benzin und gemähtem Rasen. Innerhalb von nur eineinhalb Minuten stand Joe Twitch nicht weniger als dreißig Mal auf, nur um sich wieder hinzusetzen.

»Hey«, sagte Jonathan. »Die Wolke da oben. Die lange, die in der Mitte so dünn wird?«

»Ja?«, erwiderte Joe Twitch.

»Sieht fast wie ein Fisch aus, wenn du die Augen ein wenig zusammenkneifst.«

»Hä?«, sagte Twitch. Und dann: »Abgefahren.«

Die Lautsprecheranlage greinte. Harlem Hammer würde den armen Irren gleich von seinen Mühen erlösen. Jonathan tat es fast leid um den Kerl. Aber nur fast.

»Mr. Stormbringer?«, sagte Harlem Hammer. »Vielen Dank, Mr. Stormbringer, dass Sie gekommen sind. Wenn Sie jetzt bitte …«

»Die Finsternis! Sie kommt!«, sagte Stormbringer mit Grabesstimme. »Der Sturm möge *losbrechen*!«

Es herrschte peinliches Schweigen.

»Weißt du«, sagte Jonathan, »wenn wir lange genug warten, wird es irgendwann einmal regnen. Weißt du? Zwangsläufig.«

»Mr. Stormbringer«, versuchte Harlem Hammer es noch einmal, während Digger Downs hinter ihm so tat, als würde er einen Gong schlagen. »Wenn Sie bitte … äh … John? Würden Sie Mr. Stormbringer bitte in den Green Room führen?«

Der Blonde, der Jonathan vage bekannt vorkam, löste sich von einer Traube Techniker und ging mit dem Klemmbrett in der Hand los, um den Mann aus dem Stadion zu geleiten.

Jonathan kniff die Augen zusammen, um herauszufinden, woher er ihn kannte: milchkaffeebraune Haut, eine kleine Epikanthusfalte am Auge, blond gefärbtes Haar.

»Ach, Mensch«, sagte er.

»Was?«, fragte Twitch.

Jonathan deutete mit einer Bewegung des Kinns auf den Blonden. »Das ist John Fortune«, sagte er.

»Wer?«

»John Fortune. Der war vor einiger Zeit auf der Titelseite von *Time*. Er hat 'ne Pikdame gezogen, aber alle glaubten, er wäre ein Ass. Um ihn hat sich so 'ne krasse religiöse Geschichte entwickelt, von wegen er wär der Antichrist oder der neue Messias oder so was.«

»Der, den Fortunato irgendwie heilen wollte und dabei gestorben ist?«

»Ja, er ist Fortunatos Sohn. Und der von Peregrine.«

Joe Twitch schwieg einen Moment. Er wurde nur dann langsamer, wenn er nachdenken musste. Jonathan überlegte, ob er dem Kerl mal ein Buch mit Sudokurätseln besorgen sollte.

»Peregrine produziert die Show«, sagte Twitch.

»Jau.«

»Dann arbeitet dieser arme Wicht für seine Mama?«

»Wie tief sind die Mächtigen doch gefallen«, sagte Jonathan wegwerfend. Ein neues Ass kam aufs Feld, ein älterer dürrer Kerl mit riesigen Stiefeln, die verchromt wirkten, einer braunen Lederjacke und einem Pilotenhelm aus den 40er-Jahren, dessen Riemen ihm wie die Ohren eines Beagle links und rechts vom Gesicht herabhingen.

»Danke sehr«, sagte Harlem Hammer. »Und Sie sind?«

»Jetman!«, verkündete der Neue und erhob sich in die Lüfte, angetrieben von den kleinen feuerspuckenden Düsen an seinen Stiefelsohlen. Er nahm die Haltung eines Helden ein. »Ich bin der Mann, zu dem Jetboy geworden wäre!«

»Ach du liebe Güte«, grummelte Jonathan. »Das war vor

sechzig Jahren. Könnt ihr das arme Schwein nicht endlich mal ruhen lassen?«

Anscheinend konnte man das nicht.

In dem anhaltenden Strom von Möchtegerns, die sich hier vorstellten, war Mr. Stormbringer bislang der schlimmste gewesen. Aber auch der Typ, der sich der Crooner nannte, hatte nichts zustande gebracht. Und Jonathans persönlicher Meinung nach war Hell's Cook – ein stiernackiger Mann, der eine Bratpfanne erhitzen konnte, indem er sie anstarrte – eher eine Lusche denn ein Ass, aber wenigstens war er ein guter Entertainer.

Und es waren auch ein paar ganz passable dabei gewesen. Jonathans Nebensitzer, Joe Twitch, lieferte eine ziemlich gute Show ab und zeigte sich dabei so ruppig, dass klar war, dass er für haufenweise zwischenmenschliche Konflikte sorgen würde. Matrjoschka, ein Bär von ein Meter fünfundneunzig, war auch okay. Wenn man ihn schlug, teilte er sich in zwei Bären von ein Meter siebzig auf und dann in vier Bären von ein Meter fünfunddreißig und so weiter. Offenbar so lange, bis man ihn nicht mehr schlug. Das elfjährige Mädchen, das einen Plüschdrachen mit sich herumschleppte, schien erst ein schlechter Witz zu sein, bis es das Stofftier in eine fünfzehn Meter hohe, Feuer speiende Version seiner selbst mit Schuppenpanzer verwandelte. Sie hatte einen Beutel mit weiteren Stofftieren dabei. Da hatte sich selbst Digger Downs seine Kommentare über Kindertagesstätten für Wild Cards verkniffen. Jonathan hätte Geld darauf gewettet, dass sie es schaffen würde.

Unter höflichem Applaus beendete Jetman seine Vorführung, und der Blonde – John Fortune – erschien neben Jonathan.

»Jonathan Hive?«, fragte Fortune.

»Der bin ich.«

»Okay, Sie sind als Nächster dran. Wir nehmen das mit den

Kameras zwei und drei auf«, erklärte er und deutete dabei auf einige der zahlreichen Kameras im Stadion. »Die Jury-mitglieder haben Monitore, wenn Sie also die Wahl haben, ist es immer besser, sich der Kamera zuzuwenden anstatt dem Publikum.«

»Bestens«, sagte Jonathan und passte seinen Plan entspre-chend an. »Okay, ja. Danke.«

»Keine Ursache«, sagte Fortune.

»Sonst noch einen Tipp?«

Einen Moment lang machte Fortune ein ernstes Gesicht. Er war ein gutaussehender Kerl, wirkte nur um die Augen herum vielleicht ein bisschen verloren.

»Sie sind der, der sich in Wespen verwandelt, stimmt's? Okay, der Typ an Kamera zwei hat total Schiss vor Bienen, wenn Sie also irgendwas in Nahaufnahme machen wollen, dann konzentrieren Sie sich auf Kamera drei.«

»Und das da ist Kamera drei?«

»Sie haben's erfasst«, sagte Fortune. Jonathan änderte er-neut sein Konzept.

»Cool. Danke.«

Jonathan holte tief Luft, stand auf und ging auf die freie Fläche zu, die Jetman eben geräumt hatte. Jonathan nickte der Jury zu, grinste die anderen Asse an und zog seine Schlappen aus. Das Gras kitzelte ihn an den Fußsohlen.

»Möchten Sie uns erst noch irgendwas sagen? Nein? Nun denn, wann immer Sie bereit sind«, sagte Topper.

Es fühlte sich an wie Atemholen, dieses angenehme He-ben des Brustkorbs, doch es hörte nicht auf. Sein ganzer Kör-per blähte sich auf und wurde leichter, sein Gesichtsfeld ver-größerte sich langsam. Wie einen weit entfernten Vorgang spürte er seine Kleider zu Boden fallen, wo eben noch seine Arme und Beine gewesen waren. Ein paar Insekten hatten sich darin verfangen und blieben zurück wie abgeschnittene Fingernägel.

Jonathan erhob sich über die Köpfe der Zuschauer, durch hunderttausend Augen sah er sie alle gleichzeitig. Und er vernahm ihre Stimmen über dem Summen seiner Flügelschläge. Im Moment hatte er keine bestimmte Gestalt. Die Freude über das zwanglose Dahinfliegen, über die Freiheit seines Schwarmleibs durchzuckte ihn. Seit Tagen hatte er sich nicht mehr ausgetobt. Aber er musste sich konzentrieren, sich seine Vorführung wieder in Erinnerung rufen. Er richtete seine vielgestaltige Aufmerksamkeit auf die Menschenmenge, wählte eine geeignete Frau auf einem von Kamera drei gut einsehbaren Platz aus und schickte ihr eine Ranke aus Wespen entgegen. Als die Tiere auf ihrem Schoß landeten, erstarrte die Frau, doch als er die winzigen Leiber so anordnete, dass sie Buchstaben und Worte ergaben, entspannte sie sich ein wenig.

Alles in Ordnung. Keine Angst!

Er hüllte sie in ein hellgrünes, wimmelndes Ballkleid, bevor er sich wieder in die Luft erhob, zum Ende des Stadions und wieder zurück raste und im Kreis herumwirbelte. Dann wurde es Zeit für den Showdown. Es war nicht leicht, willentlich seinen Körper nachzubilden, und seine kinästhetische Wahrnehmung war nur sehr grob. Deshalb schickte er ein paar Wespen los, um sich auf Kamera drei zu setzen, und konzentrierte sich auf das, was diese sahen.

Langsam, ganz langsam ließ er den Schwarm auf einen kleineren, dichteren und wütend summenden Knäuel zusammenschrumpfen. Als die Insektenwolke so dicht war, dass sie kein Sonnenlicht mehr durchließ, setzte er sie in Bewegung. Es war wie Tanzen oder wie wenn man versuchte, einen Bleistift auf dem Finger zu balancieren. Der Schwarm, aus dem sein Leib bestand, nahm eine neue Gestalt an – riesige, schwebende, krakelige Buchstaben: ESSEN SIE BEI JOE'S.

Er ließ den Schwarm zu seinem Kleiderhaufen zurückkehren. Die Insekten krochen in die Kleidungsstücke hinein, drückten nach außen, um Platz für weitere Wespen zu schaffen, die nachdrängten, während sie bereits wieder zu menschlichem Fleisch gerannen. Er war erschöpft und aufgeregt. Es gab höflichen Applaus, und er verneigte sich. Dann stellte ihm die Jury ein paar Fragen. – Ja, die Wespen konnten stechen; der Schwarm bestand aus ungefähr hunderttausend Insekten; ja, wenn er durch eine Insektizidwolke flog, konnte er ernsthaft erkranken. Digger Downs nannte ihn Bugsy, Harlem Hammer erkundigte sich nach seinem Blog (was ihm noch ein paar Tausend Aufrufe bringen würde, wenn sie die Szene nicht rausschnitten). Und dann war es vorbei. Er kehrte auf seinen Platz auf der Bank zurück.

»Sauber«, sagte Joe Twitch.

Jemand klopfte Jonathan sacht auf die Schulter. Die Frau, die er für seine Vorführung als Opfer erkoren hatte. Jetzt, aus nur einem einzigen Blickwinkel betrachtet, sah sie anders aus.

»Hey«, sagte Jonathan mit einem Lächeln.

»Hey.« Sie hatte eine nette Stimme. Sexy. »Jonathan Hive? So nennst du dich also? Nun, Bugsy, wenn du es noch einmal wagst, mich anzugrapschen, bringe ich dich um. Verstanden?«

Die Hand der Frau verwandelte sich in eine hochkonzentrierte Flamme wie bei einer Lötlampe, nur um gleich darauf wieder auf seiner Schulter zu liegen. Die Frau lächelte ihn eiskalt an, nickte einmal und ging zu ihrem Platz zurück.

Jonathan wandte sich wieder zu Joe Twitch um.

»Ups«, sagte Twitch.

»Ja. Ups«, pflichtete ihm Jonathan bei.

»Passiert dir das öfter?«

»Was? Dass man mir mit dem Tod droht?«

»Bugsy.«

»Ach, das. Ja.«

<< II nächste Seite >>

Also, ganz offiziell: Ich bin dabei. Jetzt ist es kurz vor Mitternacht, aber das hier wird erst morgen irgendwann veröffentlicht. Ich habe mit dem Sender vertraglich vereinbart, dass jemand aus der Rechtsabteilung sich um meinen Blog kümmert, während ich bei der Show bin. Sagt alle mal Hallo zu Kenny! (Hi, Kenny!)

(EDIT: Hi allerseits – Kenny)

Ich komme gerade von der Kennenlernparty mit meinen Teamkollegen zurück. Chateau Mamont. Totaler Hollywood-Chic, so nach dem Motto: Hier starb John Belushi. Alle Mitspieler waren da, wir sind insgesamt achtundzwanzig, also schnappt euch schon mal eure Bewertungslisten, Jungs und Mädels. Das wird ein heißer Ritt.

Ich saß neben Candle, dessen Fähigkeiten zur Folge haben, dass er aussieht, als stünde sein Haar in Flammen. Mir gegenüber die fetteste Frau, die ich je gesehen habe – Amazing Bubbles. Mir wurde gesagt, dass sie Bewegungsenergie in Form von Fett speichern kann … mein Gott, dann hat man sie wohl auf dem Weg zur Party hinter einem Cadillac hergeschleift. Der Einzige, der noch dicker war als sie, war ein Baptistenprediger aus den Südstaaten in einem speziellen Rollstuhl für Fettleibige, der sich

Holy Roller nennt und gut dreihundert Kilo wiegt. Anscheinend ist keiner von beiden in meiner Gruppe, von daher hoffe ich, dass wir in einer der Missionen, die auf uns zukommen, alle in einen Aufzug müssen.

(Eine persönliche Zwischenbemerkung: Ja, Opa, Jetman hat es auch geschafft. Und Du hast wieder die Feststelltaste gedrückt. Sag Oma, sie soll es in Ordnung bringen.)

Nachdem man uns ein Abendessen aufgetischt und unsere Unterhaltungen dabei aufgezeichnet hatte, wurden wir noch mal einzeln interviewt und anschließend in Teams eingeteilt. Es war nicht gerade der Sprechende Hut, aber ein bisschen fühlte es sich so an. Peregrine hat jeden ausgerufenen Namen fett inszeniert, Applaus, Jubelrufe, Lächeln – alle trinken darauf, und dann kommt der Nächste dran. Am Ende waren wir alle ziemlich beschickert, vermutlich haben wir uns voll zum Affen gemacht mit unseren Posen und Grimassen vor den Kameras. Um ehrlich zu sein, ich war zu betrunken, um mich an Einzelheiten zu erinnern. Ich werd's mir anschauen müssen, wenn es ausgestrahlt wird, genau wie ihr.

Ich wurde dem Team *Herz* zugeteilt, denn Gott bewahre, dass die Medien irgendwas, das mit dem Wild-Card-Virus zu tun hat, nicht mit so einem Wortspiel versehen. Es gibt drei weitere Teams: *Karo*, *Pik* und *Kreuz*. Wir haben uns alle umarmt und kennengelernt, sind uns nähergekommen und haben geschworen, so lange als Team zusammenzuarbeiten, bis es uns nicht mehr in den Kram passt.

Dann drängten wir uns alle in eine Limousine und wurden zu unserem geheimen Unterschlupf chauffiert. Ich verscheißere euch nicht. Ein geheimer Unterschlupf.

Dabei handelt es sich um eine alte Villa, die so aufgemotzt ist, dass sie Big Brother höchstpersönlich alt aussehen lässt. Überall Kameras, außer auf den Klos (und ich würde meine Hand nicht dafür ins Feuer legen, dass nicht auch dort ein paar versteckte Gimmicks eingebaut sind). Und ein kleiner Beichtstuhl, wo wir nach Herzenslust lästern und tratschen können, und zwar unter vier Augen mit unserem engsten und liebsten Vertrauten: der verdammten Weltöffentlichkeit.

Lasst mich die Mitspieler vorstellen. Das Team *Herz* besteht aus:

Drummer Boy – alias Michael Vogali. Ja, *der* Drummer Boy, der Schlagzeuger von Joker Plague, zwei Meter zehn, meine Fresse, sechs Arme, mehr Tattoos als auf einer Biker-Convention. Er verbrachte das ganze Dinner damit, Autogramme zu geben und mit einem Frauenass zu labern, das alle nur Pop Tart nannten, allerdings nicht, wenn sie es hören konnte. Da ich weder Joker Plague höre noch ein dreizehnjähriges Fangirl bin, war mir nicht bekannt, dass er auf der Brust sechs verschiedene Trommelfelle hat. Ja, er ist sein eigenes Schlagzeug.

Wild Fox – alias Andrew Yamauchi. Ganz netter Kerl. Offenbar kann er was mit Illusionen machen, das thematisch irgendwie einen Sinn ergibt, wenn man über japanische Mythologie besser Bescheid weiß als ich. Den werdet ihr leicht erkennen, wenn ihr die Show anschaut. Er hat einen großen, buschigen Fuchsschwanz. Im Ernst. Er hat einen Schwanz.

Curveball – alias Kate Brandt. Das hübsche Mädchen von nebenan. Was immer sie wirft, kann sie im Flug steuern und beim Aufprall explodieren lassen. Beim Dinner hat sie ein bisschen angegeben, indem sie einen Wasserkrug mithilfe eines Reiskorns explodieren ließ. Möglich, dass sie auch ein bisschen betrunken war. Aber um Gerechtigkeit walten zu lassen, muss man sagen, dass sie ziemlich knuffig aussieht, wenn sie betrunken ist.

Earth Witch – alias Ana Cortez. Ein weiteres Mitglied unseres absichtlich auf ethnische Vielfalt hin zusammengestellten Teams. Sie ist eine tolle Frau, hat zumindest eine Menge Sexappeal und bestimmt auch verdammt viel Humor. Sie kann mit der Kraft ihres Geistes Löcher in die Erde graben. Nein, das habe ich mir nicht ausgedacht. Eine unserer Superheldinnen ist eine Grabenbauerin mexikanischer Herkunft. Keine Ahnung, wie dieser Umstand dem liberalen, politisch korrekten Establishment Hollywoods entgehen konnte, aber ich finde es irre komisch. Das ist nicht respektlos gemeint; einige meiner besten Freunde entsprechen genau den schlimmsten Rassenvorurteilen.

Hardhat – alias Todd »T. T.« Taszycki. Damit man uns nicht vorwerfen kann, dass wir keinen guten, alten, bodenständigen Vertreter der Arbeiterklasse unter uns haben, haben wir Todd. Hat sein Leben lang im Hoch- und Tiefbau gearbeitet. Todd kann mit Gedankenkraft für kurze Zeit Träger und Balken schaffen. Ich weiß nicht, wie er sich auf der Mattscheibe machen wird, denn ich habe ihn bisher keinen einzigen Ton sagen hören, den man hätte ausstrahlen können. Aber einer, der den Sender für einen »verdammt netten Haufen von Wichsern« hält, hört von mir keinen Widerspruch. (Hey, Kenny, dürfen wir im Internet »Wichser« sagen?)

Gardener – alias Jerusha Carter. Sie pflanzt Sachen. Die wachsen dann. Gardener, capisce?

Und natürlich ich.

Und nun zu den Vorhersagen:

Als Erste wird Gardener rausfliegen. Jetzt mal im Ernst. »Halte ein, schändlicher Schurke, oder ich werde deinen Rasen mit riesigen Narzissen bedecken!« Was soll denn das bringen?

Drummer Boy wird ebenso in der ersten oder zweiten Runde rausfliegen. Der Typ ist ein Rockstar. Beim kleinsten Vorkommnis, bei dem sein Ego angeknackst wird, ist er weg.

Und was ungute Stimmung im Team angeht, gilt es, Earth Witch vs. Curveball zu beobachten. Earth gehört nicht gerade zu der Sorte Mädchen, die man zum Tanz bittet, und Curveball… nun, mit den Worten des Dichters: Insgeheim hassen wir doch alle, mehr oder weniger, das schönste Mädchen im Saal.

Da wird Blut fließen. Darauf könnt ihr euch verlassen.

80 Kommentare | Kommentar hinterlassen

◆

Aus Rebecca Liebermanns Büro

Von: Becca
An: Michael Berman
Betreff: PR-Texte *American Hero*

Hi Mike,

anbei die PR-Texte und die Portraitfotos für die Printkampagne zu *American Hero*, mit der Bitte um Freigabe. Korrekturen und Änderungen möglichst bis zum 17. zurück an mich. Danke. (Von Tiffani haben wir zwei Portraits, wie Du feststellen wirst, ein normales und eines von ihr als Diamant. Lass mich wissen, welches von beiden wir verwenden sollen. Ach, und Alan möchte Toad Mans Portrait grün kolorieren, aber soweit ich das verstanden habe, ist er nur grün, wenn er in Krötengestalt ist. Was meinst du?)

Es soll vier Plakate geben, eines für jedes Team. Wir werden sie auf Bussen in den zwanzig wichtigsten Medienmetropolen anbringen sowie in der Hochbahn in Chicago und der New Yorker U-Bahn und auf allen größeren Flughäfen. Wir verwenden sie auch als ganzseitige Anzeigen in *People*, *Us*, *Entertainment Weekly*, *Daily Variety*, *Hollywood Reporter*, *Aces*, *TV Guide*, *Rolling Stone*, *Vanity Fair*, *Parade* und ausgesuchten Sonntagsbeilagen. Sollte Drummer Boy die ersten paar Runden überstehen und eine gute Figur machen, könnte ich ihn vielleicht aufs Cover des *Rolling Stone* bringen.

In der Woche, in der AH anläuft, planen wir, großflächig Werbe-T-Shirts zu verschenken. Jedes T-Shirt wird auf der Vorderseite einen Kandidaten zeigen und auf der Rückseite das Teamsymbol und den Teamslogan. Die Idee dabei ist, dass jeder Kunde nur eines bekommt, sodass wir anhand der Nachfrage abschätzen können, welcher Kandidat am beliebtesten ist. Unser Deal mit Burger King ist so gut wie in trockenen Tüchern, es wird also auch bei Burger King spezielle Becher mit Werbung für AH geben. *Sei der Erste, der alle achtundzwanzig Becher gesammelt hat!* Auch hier werden wir die Nachfrage beobachten.

Außerdem stimmen wir die lokalen Medien in den Herkunftsorten der Kandidaten darauf ein – Zeitungsartikel, lokales Fernsehen, etc. Sowohl *Maxim* als auch *Playboy* haben bereits Interesse bekundet, mit einigen unserer Kandidatinnen Fotostrecken zu machen, wenn die Zeit reif dafür ist. Bei *Maxim* steht Jade Blossom ganz oben auf der Liste, aber Hef will Curveball, wahrscheinlich als typisches Mädchen von nebenan. Vielleicht bittest Du Peregrine, mal mit ihr zu reden. *Playboy* hat früher bei Peri ganz gut geklappt. Ich glaube, mein Vater hat sogar noch ihren Centerfold in der Garage hängen. (Anscheinend will niemand, dass sich Toad Man oder Holy Roller mal ausziehen, keine Ahnung, warum.)

Also, schau dir alles an und schick es mir möglichst schnell zurück.

Herzlichst,
Becca

DIE HERZEN — IMMER AM RECHTEN FLECK

ANA schürft tief. Stein und Erdreich, Lehm und Sand sind
weich wie Knet in ihrer Hand. Sie ist die
  EARTH WITCH!
  Ana Cortez
  Las Vegas, New Mexico

KATE ist das typisch amerikanische Mädchen mit dem ty-
pisch amerikanischen Wurfarm. Sie trifft direkt ins Herz.
Doch niemand trifft
  CURVEBALL!
  Kathleen Brandt
  Portland, Oregon

MIKE ist groß, er ist laut, er ist gepierct, er hat sechs Arme
und eine große Klappe. Er rockt. Applaus für
  DRUMMER BOY!
  Michael Vogali
  Auf Tour, weltweit

Behaltet euren grünen Daumen, denn JERUSHA hat zehn
grüne Finger. Auf ihren Befehl hin schießen aus winzigen
Eicheln riesige Eichen hervor. Hier ist sie:
  GARDENER!
  Jerusha Carter
  Jackson Hole, Wyoming

JONATHAN gerät leicht mal ins Schwärmen und schwirrt ab, aber trotz allem macht er seinen Stich. Er ist
JONATHAN HIVE!
Jonathan Tipton-Clarke
Washington, D.C.

T. T. baut keine Kartenhäuser, sondern stabile T-Träger in schwindelnder Höhe. Er ist zäh, er ist groß, und er lässt sich von niemandem etwas bieten. Er ist
HARDHAT!
Todd »T. T.« Taszycki
Chicago, Illinois

Man sieht es, aber glaubt es kaum. Bei ANDREW traut ihr besser euren Augen nicht. Und auch nicht euren Ohren oder Nasen. Denn nur der Schwanz ist echt bei
WILD FOX!
Andrew Yamauchi
Fresno, Kalifornien

WER WIRD DER NÄCHSTE
AMERICAN HERO?

UNS LEGT NIEMAND AUFS KREUZ

BUFORD kommt aus den Sümpfen. Manche meinen, er sei ein braver Junge, aber er hat eine fiese Zunge. Die Leute werden grün vor Neid, wenn sie ihn sehen, den
TOAD MAN!
Buford Calhoun
Loxahatchee, Florida

JAMAL steckt ein und erholt sich wieder. Du kannst ihn erschießen, du kannst ihn erdolchen, du kannst ihn verbrennen, er steht immer wieder auf. Niemand kann ihn aufhalten, den
STUNTMAN!
Jamal Norwood
Inglewood, Kalifornien

Wasserdichte Pläne gehen den Bach runter, wenn PAUL ins Spiel kommt. Er lässt Männer nur noch »Gesundheit!« rufen und Frauen: »Oh, ja, oh, ja, oh, ja!«
SPASM!
Paul Blackwell
Denver, Colorado

PEARL kennt alle Geheimnisse des Meeres und spricht die Sprache der Wale und Delfine. Tauche ab mit
DIVER!
Pearl Olsen
Honolulu, Hawaii

Auf stolzen Schwingen schwebt TOM über das Land seiner Vorfahren, späht und wacht und hütet seine Erinnerungen. Schaut hoch zum Himmel, da ist

BRAVE HAWK!
Tom Diedrich
Benson, Arizona

HALEY fliegt wie ein Schmetterling und schlägt zu wie eine Ramme. Leicht wie eine Feder im Wind, hart wie eine Tonne Stahl, so ist unsere

JADE BLOSSOM!
Haley Mok
Redondo Beach, Kalifornien

THADDEUS überrollt und überrumpelt dich und rettet deine Seele. Sing Halleluja, Bruder, und bete, dass du ihm nicht in die Quere kommst, dem

HOLY ROLLER!
Reverend Thaddeus Wintergreen
Natchez, Mississippi

WER WIRD DER NÄCHSTE
AMERICAN HERO?

PIK BRINGT PFIFF INS SPIEL

CLEO kommt viel herum. Plopp, ist sie hier, plopp, ist sie dort, plopp, plötzlich steht sie hinter dir. Nimm dich in Acht vor
CLEOPATRA!
Cleonida Simpson
Montgomery, Alabama

RACHEL hat die tollste Plüschtiersammlung auf der ganzen Welt. Ihre Stofftierchen sind alle genauso weich und süß und kuschelig wie die
DRAGON GIRL!
Rachel Weinstein
Bayonne, New Jersey

Der Mann aus Stahl aus der Iron Range: WALLY hat Stahl in den Fäusten, und sein Herz ist ein Hochofen. Rost rastet nicht, noch rastet
RUSTBELT!
Wally »Rusty« Gunderson
Mountain Iron, Minnesota

Der KING ist der geheimnisvolle Typ, der über die Grenze kam. Woher stammt er? Welche Fähigkeit besitzt er? Wer wagt es, einen Blick unter seine Maske zu werfen, die Maske des
KING COBALT!
Name unbekannt
Irgendwo in Kalifornien

Jeder bekommt, was er verdient, wenn ROSA die Karten austeilt. Diva oder Dämon, Schlange oder Löwe, ja selbst der Tod – alles liegt in den Händen von
ROSA LOTERIA!
Guadalupe Maria del Rosario Garza
East Los Angeles, Kalifornien

ALI wirbelt gern eine Menge Staub auf. In diesem Mädchen steckt ein kleiner Teufel. Aus dem Land, wo Elvis und die Lebenden Götter wohnen, kommt
SIMOON!
Aliyah Malik
Las Vegas, Nevada

Ob bei Tag oder Nacht, JOHN gleißt in unzähligen Farbtönen. Wer sich im Dunkeln versteckt, muss sich vor seinem Licht in Acht nehmen, denn er ist
THE CANDLE!
John Montano
Durango, Colorado

WER WIRD DER NÄCHSTE
AMERICAN HERO?

ALLE WELT STEHT AUF KARO

MICHELLE macht Seifenblasen, aber geht besser in Deckung, wenn die Blasen platzen. Sie ist
THE AMAZING BUBBLES!
Michelle LaFleur
New York, New York

HOWARD ist der Mann, zu dem Jetboy geworden wäre. Er hat den Film »Der Jazzsänger« gesehen, aber sein eigener Film fängt gerade erst an. Macht Platz für
JETMAN!
Howard Hawkwood
Philadelphia, Pennsylvania

IVAN steckt voller Überraschungen. Es ist wie mit Mütterchen Russland – je mehr du ihn prügelst, desto mehr Gegner hast du plötzlich am Hals. Er ist
MATRJOSCHKA!
Ivan Kazakova
Brighton Beach, New York

MEGAN ist arm und unscheinbar wie eine Kirchenmaus aufgewachsen, doch inzwischen hat sie zu brillieren gelernt. Ein richtiger ungeschliffener Diamant ist unsere
TIFFANI!
Megan McKnee
Boone, West Virginia

JOE fingert flink wie ein Wiesel. Sei auf der Hut und sieh dich vor, wenn du gegen ihn spielst, gegen

JOE TWITCH!
Joe Moritz
Baltimore, Maryland

EMILY ist das schnellste Mädchen auf Rädern. Wenn du einmal blinzelst, ist sie womöglich schon an dir vorbeigerast. Genau, das war sie, dieses

BLRR!
Emily Paige
Sunnyvale, Kalifornien

Wage es bloß nicht, RAJ als Behinderten zu bezeichnen, denn seine Diener würden das übel aufnehmen. Macht den Weg frei für

MAHARADSCHA!
Raj Chaturvedi
Seattle, Washington

WER WIRD DER NÄCHSTE
AMERICAN HERO?

Die Auserwählten I
Carrie Vaughn

Das Haus brannte. Ein dreistöckiges Gebäude aus rötlich braunem Sandstein. Flammenzungen leckten aus allen Fenstern, Hitzeschwaden und Rauchwolken waberten empor und erstickten die Nachtluft. Im Fauchen der Flammen vernahm man die Schreie derer, die im Haus eingeschlossen waren. Wie Schatten vor einer roten Feuerwand wirkten die Menschen, die sich aus den Fenstern lehnten und um Hilfe flehten. Ganz in der Nähe stand ein verlassenes Löschfahrzeug. Die Schläuche waren noch nicht mal an die Hydranten angeschlossen worden.

Ana stand an der Bordsteinkante und betrachtete das Inferno. Selbst im Abstand einiger Meter fuhr ihr das Feuer mit sengenden Fingern übers Gesicht. Sie holte Luft, musste jedoch husten – ein trockener Rußgestank hing über allem. Der Anblick entsetzte sie so sehr, dass sie sich nicht vom Fleck rühren konnte. Es war zu viel. Es war unmöglich. Sie erwarteten doch nicht etwa von ihr, dass sie tatsächlich etwas unternahm?

»Mit unseren Superkräften können wir hier nichts ausrichten«, sagte Drummer Boy und blinzelte im hellen Feuerschein. »Außer einer von euch ist feuerfest und hat bloß vergessen, es zu sagen.«

Drummer Boy war ein über zwei Meter großer Joker mit sechs Armen. Lauter hagere, kräftige und mit Tattoos übersäte Arme. Auch große Teile seines Rumpfs, der eine Reihe von Trommelfellen aufwies, zierten Tattoos. Er war sein eigenes Schlagzeug, und um damit anzugeben, hatte er meist kein Hemd an. Er brachte es fertig, alle Arme in die Hüfte zu stemmen, indem er die sechs Hände am Becken aufreihte. Mit seinem rasierten Kopf, dem finsteren Blick und dem Flammenschein, der sich auf seiner Haut spiegelte, sah er aus wie ein sagenhaftes Ungeheuer.

Curveball, die hübsche Neunzehnjährige mit der perfekten Figur und dem blonden Pferdeschwanz, strotzte geradezu vor Energie. »Jetzt meckert hier nicht rum, sondern lasst uns was unternehmen.« Sie stürzte auf das brennende Haus zu.

Die hat doch nicht alle Tassen im Schrank, dachte Ana und blieb an der Bordsteinkante stehen.

Die anderen – Hardhat, Gardener, Hive, Wild Fox und Drummer Boy – eilten Curveball hinterher. Doch die Hitze zwang sie bald wieder zum Rückzug. In schimmernden Wellen strahlte die Glut von dem Gebäude ab. Die Luft selbst schien in Flammen zu stehen.

Hardhat streckte die Hand aus. Kurz schien es, als wolle er etwas in die Luft malen. Vor ihm an der Hauswand erschien ein Gebilde. Nach und nach formten sich gelb glühende Gerüstteile. Sie fügten sich zusammen, bis sie zu einem Fenster in der zweiten Etage reichten, aus dem sich ein Eingeschlossener herauslehnte. Doch Hardhat konnte den Kerl nicht davon überzeugen, dass das Phantomgerüst echt und tragfähig war, dass er einfach daran herunterklettern konnte.

»Komm schon, du verdammter Schwachkopf! Beweg deinen dämlichen Arsch hier runter! Meine Fresse!«, rief er. Doch der Eingeschlossene schüttelte nur weiterhin den Kopf.

»Ich hol ihn.« Drummer Boy lief auf das Gerüst zu. Mit sechs Armen war er innerhalb kürzester Zeit hinaufgeklettert. Oben hielt er sich fest, während er ein paar Hände nach dem Mann ausstreckte. Kurz zuckte er zurück, als ein Funkenregen aus dem Fenster hervorschoss. Mehr als alles andere ermunterten den Mann diese Funken, Drummer Boys Hand zu ergreifen und sich vom Fenster weglocken zu lassen.

Immerhin war nun einer gerettet. Aber die Flammen züngelten höher hinauf, und aus dem Hausinneren drangen immer noch Schreie. Drummer Boy half einer weiteren Person aus dem Fenster. Zwei Leute gerettet. Vielleicht würde die Sache doch noch gut ausgehen.

Anas Herz raste, und sie stand einfach nur wie angewurzelt da. Mit geballten Fäusten sah sie zu und betete. Mehr konnte sie nicht tun.

Im Fauchen der knisternden Flammen war von drinnen das Kreischen eines Babys zu hören. Es war ein durchdringender Laut, der die Anspannung auf eine neue Ebene hob.

Gardener kramte etwas aus dem Lederbeutel an ihrem Gürtel und schleuderte es in Richtung des Gebäudes. Samen. Augenblicklich gruben sich Wurzeln in den Asphalt und wuchsen ungeheuer schnell. Innerhalb von Sekunden kletterten Weinreben empor, trieben Blätter und Ranken aus, die sich an der Ziegelmauer festkrallten. Von Hardhat inspiriert, benutzte sie lebenden Wein statt aus dem Nichts beschworenen Stahl.

Doch noch ehe die Weinranken das Fenster im ersten Stock erreichten, wurden sie schwarz und fingen Feuer. Die Pflanzen zerfielen zu Asche.

»Verdammt«, murmelte Gardener.

»Hast du was in deinem Beutel, das Wasser verspritzen kann?«, fragte Wild Fox.

»Es gibt keine Pflanzen, die Wasser verspritzen«, erwiderte sie mit einem bösen Blick.

Inzwischen rieb sich Hive die Hände, als bereite er sich auf etwas vor. Doch er wirkte unentschlossen. »Vielleicht kann ich ein bisschen was auskundschaften. Rausfinden, wo die Leute stecken, dann sparen wir Zeit beim Suchen.«

Seine Umrisse wurden schwammig. Dann fielen Hemd und Hose zu Boden, und an seiner Stelle schwirrte ein Schwarm winziger grüner Wespen umher. Der Schwarm behielt die Umrisse eines Menschen bei – eine unheimliche, unstete Form ohne wirklich menschliche Züge – und hob grüßend einen summenden, verschwommenen Arm. Dann löste sich der Schwarm auf. Die Insekten stoben auseinander, rasten auf das Haus zu und drangen durch drei verschiedene Fenster ein.

»Wird der Kerl das aushalten?«, fragte Hardhat und starrte den Insekten nach. Er hatte unter einem zweiten Fenster ein weiteres Gerüst gebaut und so ein drittes Opfer gerettet.

Nach nur einer Sekunde, fast so schnell, wie sie im Gebäude verschwunden waren, schossen die Insektenschwärme wieder aus den Fenstern heraus und stürzten zu Boden. Dort ballten sie sich zusammen, krabbelten auf einen Haufen, der die Gestalt eines nackten, knienden Mannes annahm. »Rauch und Wespen … vertragen sich nicht«, brachte er hustend hervor.

Wild Fox zeigte auf ihn. »Alter, weißt du eigentlich, dass du nackt bist?«

Hive warf ihm einen tödlichen Blick zu. »Vielen Dank für den Hinweis. Das wäre mir sonst womöglich entgangen.« Mit zornigem Brummen löste sich seine Hüftgegend auf und wurde von einer Badehose aus wuselnden Insekten ersetzt. Dann ging Hive seine Klamotten holen.

»Da stehen die Mädels bestimmt total drauf«, sagte Curveball mit einem Grinsen.

Er grinste zurück. »Willst du's rausfinden?«

»Dafür haben wir keine Zeit.« Sie kramte zwei Murmeln aus den Taschen ihrer Shorts. Dann holte sie mit dem Arm aus. Sie warf nach der eigentümlichen Art einer Softball-Spielerin einen flachen Ball. Die Murmel flog schneller als ein Softball, schneller als irgendein geworfener Gegenstand eigentlich fliegen sollte. Gelb glühend bahnte sie sich ihren Weg durch die Luft, bevor sie in der Eingangstür einschlug. Wie von der Wucht einer Explosion getroffen, zersplitterte das Holz. Die zweite Kugel schleuderte sie in ein Erdgeschossfenster. Sie riss ein gezacktes Loch in die Hauswand.

»Toll«, sagte Hive trocken. »Jetzt können wir das Feuer viel besser sehen.« Sie funkelte ihn an.

Durch die Luft, die hereinströmte, wuchsen die Flammen nur weiter an und wurden noch wilder. Auch das Baby kreischte noch immer.

Curveball wandte sich zu Ana um. »Earth Witch, probier du mal was. Wir müssen irgendwas unternehmen.«

Ana schüttelte den Kopf. Sie würde nicht einfach ein Loch ins Erdreich graben, nur um irgendetwas zu tun, und dabei riskieren, das ganze Gebäude zu unterhöhlen. Bisher waren sie nicht sonderlich erfolgreich gewesen, doch das würde ihren Fehlschlägen die Krone aufsetzen.

Sie sagte: »Vielleicht probieren wir es mit dem Feuerwehrschlauch?« Bescheuerte Idee, klar. Aber deshalb brauchten sie sie nicht alle anzustarren, als wäre sie geistesgestört.

Curveball und Drummer Boy sahen sich an und rannten zum Hydranten mit dem Löschschlauch. Eine Minute lang mühten sie sich ohne Erfolg damit ab. Während er sich das Hemd zuknöpfte, rief Hive: »Ich glaube, ihr macht das nicht richtig« – als würde ihnen das irgendwas nützen.

»Dann mach's doch selber, Bugsy!«, erwiderte Drummer Boy. Er ließ den Schlauch fallen, den er mit allen sechs Händen hochgehoben hatte.

Die schwere Spritze entglitt Curveballs Hand. »He!«

»Scheiße«, grummelte Drummer Boy. »Hier, lass mich mal probieren.« Mit roher Gewalt brachte er die Spritze in Position und drehte den Hydranten auf. Der Schlauch füllte sich mit Wasser, sträubte sich und wand sich aus seinem Griff. Der Wasserstrahl verteilte sich auf dem Gehweg.

»Passt auf!«, rief Hive, als der Strahl ihn traf.

»Steh nicht nur dumm rum, sondern hilf uns!«, schoss Curveball zurück.

Drummer Boy packte die Spritze und drückte sie auf den Boden, während Curveball mit dem Schlauch rang. »Großartig. Einfach großartig«, murmelte Drummer Boy.

Das Geschrei des Babys schien lauter zu werden.

Es gelang ihnen, den Schlauch so in Position zu bringen, dass der Wasserstrahl auf die Fenster traf. Doch inzwischen waren die Flammen schon so monströs, dass sie das Gebäude einhüllten. Aus dem Haus drangen weiterhin Schreie – noch mehr Menschen mussten gerettet werden. Ihnen blieb nicht mehr viel Zeit.

Dann sagte Curveball: »O mein Gott!« Sie fasste sich mit den Händen ins Gesicht und rief: »Hardhat! Er springt! Der Kerl springt gleich!«

Im dritten Stock stieg gerade ein Mann über den Fenstersims. Hardhat sprintete herbei. »Wo?«

»Da rechts!«

Drummer Boy ließ den Schlauch fallen und hetzte zum Fenster, als könne er einen stürzenden Menschen auffangen. Doch es war zu spät. Hardhat hatte gerade erst einen seiner Gerüstträger aufgestellt, als das Opfer aufschlug.

»Verdammte Scheiße!«, rief Hardhat, und Drummer schüttelte wütend einen seiner Arme.

Sie hatten keine Möglichkeit hineinzugelangen. Sie konnten niemanden herausholen.

»So mach doch einer was!«, kreischte Curveball. Das wiederholte sie in einem fort.

Mit schweiß- und rußverschmiertem Gesicht drehte sich Hardhat zu ihr um. »Was zum Teufel soll ich denn tun? Soll ich Feenstaub kacken? Ich hab wenigstens was getan!«

Gardener versuchte dazwischenzugehen. »Streiten hilft uns auch nicht weiter.«

»Immerhin können wir das ganz gut«, merkte Hive an und lächelte dabei sogar.

Dann begannen sie, sich gegenseitig anzuschreien.

Was für ein Team, dachte Ana.

»Vielleicht kann ich es so aussehen lassen, als würden wir hier gute Arbeit leisten«, schlug Wild Fox vor und wedelte mit seinem Fuchsschwanz. Plötzlich erschien ein zweiter Wild Fox – ein junger Asiate mit schlaffem schwarzen Haar und verschmitztem Grinsen, pelzigen Fuchsohren und einem dicken Fuchsschwanz, der ihm aus der Jeans herausragte und wie ein Hammer hin- und herschwang. Die Phantomgestalt kam vom Gebäude her auf sie zugerannt und trug das aktuelle Teenpopstarlet auf den Armen. Das Mädchen schlang die Arme um seinen Hals und bedeckte ihn mit Küssen.

Ana sah ihn an. »Ich dachte, deine Illusionen wären für Kameras nicht sichtbar. Das hilft uns auch nicht weiter.«

Er runzelte die Stirn. »Mist.« Die Vision verschwand mit einem Ploppen.

Dann plärrte eine Sirene los. Der Wasserstrahl aus dem Schlauch wurde schwächer und versiegte schließlich ganz. Jemand hatte ihnen das Wasser abgedreht. Flutlichter glommen auf und tauchten die Szene in blendend weißes Licht. Die sieben Herzen blinzelten.

Im Haus erloschen die Flammen; das Gas war ebenfalls abgedreht worden. Heraus kamen vier Leute – vollkommen unversehrt, vollkommen sicher. Stuntmänner, die Schutzanzüge und Helme trugen. Ein fünfter kletterte von einer Stuntmatte neben dem Gebäude herab. Hollywood-Hexerei vom Feinsten. Sie zogen ihre Masken aus und grinsten die sieben Asse im Vorübergehen an. Die drei, die tatsächlich gerettet worden waren, wirkten nicht weniger vorwurfsvoll.

Aus einer Seitentür, die aufs Studiogelände führte, kam eine Frau. Sie trug Designerjeans und eine eng anliegende cremefarbene Bluse. Allein ihre Traumfigur und die langen braunen Haare waren atemberaubend, doch etwas anderes fiel noch weit mehr ins Auge: ihre Flügel, die weiß und beige gesprenkelt waren. Selbst auf dem Rücken gefaltet waren sie noch ein spektakulärer Anblick.

Peregrine verschränkte die Arme und musterte die sieben Möchtegernhelden, die ihrem Blick auswichen. »Das war ja nicht besonders beeindruckend. Aber ich glaube, ich überlasse die Kritik der Jury. Geht nach Hause und wartet auf eure nächste Mission.«

Ein halbes Dutzend Kameras fingen die Gesichter der Versager aus allen nur denkbaren Blickwinkeln ein.

Dem Team Herz stand für die Show ein eigenes Humvee zur Verfügung, das speziell aufgemotzt und mit dem Teamlogo versehen war. Die Marketinggurus hatten an alles gedacht.

Hardhat saß am Steuer, und lange Zeit sprach keiner ein Wort.

Schließlich brach Hive das Schweigen. »Tja. Hätte besser laufen können.«

Auf dem Rücksitz eingezwängt, stieß Drummer Boy ein lautes Lachen aus.

Danach stierten die sieben Insassen wortlos aus dem Fenster. Die Kamera im Armaturenbrett fing ein Bild tiefster Enttäuschung ein, das auf Millionen von Bildschirmen in der ganzen Welt zu sehen sein würde.

♠

Ana Cortez, genannt Earth Witch, ging das Szenario in Gedanken wieder und wieder durch und fragte sich, was sie hätte tun sollen. Ein Loch bohren. Einen Graben ausheben. Das Gebäude unterhöhlen. Und was hätte das gebracht? Nichts. Jetzt hatte das Team versagt, und einer von ihnen würde rausfliegen.

Fast wünschte sie sich, man würde sie vor die Tür setzen, damit sie nach Hause gehen und das alles vergessen konnte.

Das Hauptquartier von Team Herz war eine weitläufige Villa in West Hollywood mit einem Tor an der Einfahrt, Stuckwänden, einem üppigen Rasen und blühendem Garten – genau die Art von Anwesen, die im Fernsehen gut rüberkam und den Leuten vorgaukelte, Südkalifornien wäre ein einziges Paradies.

Alles nur eine Kulisse für das eigentliche Drama.

Curveball – Kate Brandt – stürmte aus der Garage in den kombinierten Küchen- und Essbereich der Villa. Die dumpfe Enttäuschung über ihren Fehlschlag hatte sich bei ihr in Wut verwandelt. Mit knirschenden Zähnen drehte sie sich zu den anderen Mitgliedern ihres Teams um.

»Sie hätten uns irgendwie vorwarnen sollen. Hätten wir die Möglichkeit gehabt, uns einen Plan zurecht…«

Hive hob die Arme, öffnete dabei die Hände und grinste sarkastisch. »Das ist doch der Witz an der Sache. Wir sollen uns keinen Plan zurechtlegen. Sondern mit dem Unbekannten konfrontiert werden. Uns mit bösen Überraschungen herumschlagen.«

»Ich hätte gedacht, dass sie erst mal mit was Kleinerem anfangen«, sagte Andrew Yamauchi, genannt Wild Fox. An seinem Schwanz, der fast bis zum Boden herabhing, konnte man erkennen, wie enttäuscht er war. »Kleine Kätzchen von einem Baum runterholen oder so was.«

Hardhat – T. T. Taszycki – lehnte sich gegen die Küchentheke. »Da fragt man sich, was für ein Scheiß als Nächstes kommt, was?«

Hive wollte einfach nicht lockerlassen. »Seht es doch einmal so: Die Farce vorhin war enorm unterhaltsam. Damit sollten wir eine Menge Sendezeit bekommen.«

Curveball wandte sich zu ihm um. »Hältst du mal deine

Klappe? Das war kein bisschen unterhaltsam! Wir waren absolut grässlich!«

Curveball und Hive starrten sich wie in einem Zweikampf an, und jeder Funke Freundschaft, der während der letzten Woche aufgeflammt sein mochte, war erloschen. Die anderen drückten sich in die Ecken des Raums. Selbst Drummer Boy mit seinen über zwei Metern brachte es fertig, sich aus der Schussbahn zu schleichen.

Jonathan Hive war aalglatt. Er verfügte über eine antrainierte Unverbindlichkeit, eine journalistische Objektivität, die eine Spur zu weit ging. Er war stets nur Beobachter. Er blieb immer auf Abstand und war es gewohnt, zu allem einen Kommentar abzugeben.

Er musterte Curveball und sagte mit gespieltem Erstaunen: »Du nimmst das alles tatsächlich ernst, was? Wie niedlich.«

Ihm war entgangen, dass sie bereits eine Murmel aus der Tasche gezogen hatte.

Ana nicht. »Kate, tu das ni…«

Zu spät. Curveball holte aus und schleuderte das Geschoss.

»Boah!« Er bekam große Augen, und seine Schulter – wo ihn die Murmel getroffen hätte – löste sich summend auf. Das T-Shirt fiel in sich zusammen, und sein Fleisch verwandelte sich in einen Schwarm winziger grüner Leiber, die auseinanderstoben, während er vor der heranrasenden Murmel zurückzuckte. Kurz darauf ballten sich die brummenden Wespen wieder zusammen, krochen unter seinen Kragen und verbanden sich wieder mit seinem Körper. Die Murmel hatte ihn nicht einmal gestreift, sondern schlug hinter ihm in die Wand ein. Zurück blieb das leise Summen von Insekten.

Man musste Curveball zugutehalten, dass sie die Murmel nicht sehr kräftig geschleudert und nicht ihre ganze Wut in den Wurf gelegt hatte. Mehr als einen blauen Fleck hätte sie nicht verursacht. Allerdings steckte die Murmel jetzt hinter Hive in der Wand, und der Putz rieselte herab.

Er sah erst die Wand an und dann sie. »Ist vermutlich nicht der richtige Augenblick, um dich zu fragen, ob du, äh, vielleicht mit mir essen gehen möchtest. Oder so was in der Art.«

Curveball stampfte aus der Küche und durch die Glastür auf die Redwood-Veranda hinaus. Drummer Boy folgte ihr. Ganz sicher war eine Kamera auf sie gerichtet, die fleißig aufzeichnen würde, wie sie sich gegenseitig das Herz ausschütteten.

In der Küche trat Hive mit einem Schulterzucken von der Wand weg, strich sein Hemd glatt und fühlte sich ausnahmsweise einmal unwohl, weil er im Zentrum der Aufmerksamkeit stand. Ohne ein Wort – was ganz untypisch für ihn war – und unter den Blicken der anderen zog er die Schultern ein und trottete in den hinteren Teil des Hauses, um sich in sein Schlafzimmer zu verkrümeln.

Gute Idee, dachte sich Ana und tat es ihm gleich.

Und Werbepause.

♣

Das Ganze war allein Robertos Schuld.

Vor einem Monat, zu Hause in New Mexico. Ana schleppte Einkaufstüten in den Wohnwagen, in dem sie mit ihrem Vater und ihrem Bruder lebte. Der siebzehnjährige Roberto hatte sich auf dem Sofa ausgestreckt, las in einer Zeitschrift und schaute die Abendnachrichten auf Spanisch.

»Du solltest sie in Englisch angucken«, sagte Ana. »In der Schule wollen sie, dass du Englisch redest.«

»Zweisprachig zu sein macht sich total gut auf einer Bewerbung am College. Daran sieht man, dass ich meine Wurzeln nicht verleugne. Das gefällt denen. So können sie leichter einen auf multikulti machen.«

Sie stellte die Tüten auf die Küchentheke, wobei sie Zeitung, Post und anderen Kram beiseiteschob. Sofort setzte sich Roberto auf und maulte sie an.

»He! Du sollst dir das angucken!«

»Was?« Sie fing an, die Einkäufe auszupacken: Dosen und Schachteln in den Schrank, Hamburger und Saft in den Kühlschrank.

Roberto nahm die Zeitung und schwenkte sie vor ihrem Gesicht hin und her. »Das da. Ich habe sie dahin gelegt, damit du es siehst.«

»Damit ich was sehe?«, fragte sie und wurde allmählich ungeduldig.

»Das da!«

Sie nahm ihm die Zeitung aus der Hand und betrachtete die halbseitige Anzeige.

Kandidaten gesucht für:
AMERICAN HERO
Auditions in sieben Städten:
New York, San Francisco, Chicago, Houston, Miami,
Denver und Atlanta
Die Suche nach dem nächsten großen Ass beginnt!

Die Anzeige war schlicht, doch die Worte schienen den Leser förmlich anzuschreien. Was für eine verrückte Idee! Was dachte sich Roberto bloß dabei?

»Was soll das?«, fragte sie.

»Anaaa«, sagte Roberto sichtlich genervt. »Das nächste große Ass? Die meinen dich! Du musst zu so 'ner Audition gehen.«

Sie schob ihm die Zeitung hin und wandte sich wieder den Einkäufen zu. Sie musste das Abendessen richten. Konnte gut sein, dass Papa nicht nach Essen zumute war, aber falls doch, wollte sie alles fertig haben.

»Ana!«

»Ich hab keine Zeit. Ich kann mir auf Arbeit nicht einfach so freinehmen. Wie soll ich denn nach Denver kommen? Außerdem meinen die nicht mich. Ich kann Löcher graben, mehr nicht. Da werden Leute dabei sein, die richtig krasse Sachen machen können. Spektakuläre Sachen. Feuerwerke abfackeln und so was. Jemanden wie mich werden die nicht wollen.« Sie war nur *la brujita*, eine kleine Hexe.

Sie machte sich darauf gefasst, dass er weiterquengeln, dass er ihren Namen kreischen würde. Dass er allerdings ganz ruhig werden würde und durch und durch ernst, damit hatte sie überhaupt nicht gerechnet.

»Du täuschst dich. Die Sachen, die du machen kannst ... du bist ein Ass. Du könntest Berge versetzen. Denk mal drüber nach. Du musst es nur probieren. Das ist deine Chance, hier rauszukommen.«

Hier rauszukommen? Das wäre ihr nie auch nur ansatzweise in den Sinn gekommen. Robertos Chancen dafür standen viel besser als ihre. Und jemand musste sich um Papa kümmern. »Roberto, ich kann nicht.«

»Ana. Du musst.« Ein verschmitztes Lächeln machte sich auf seinem Gesicht breit. »Ich habe mit Burt gesprochen. Er gibt dir die Woche frei. Und Pauli habe ich überredet, dass er mir seinen Truck ausleiht. Ich fahre.«

Wenn das mal kein abgekartetes Spiel war ...

♥

Am Abend vor den Auditions brachen sie auf, nahmen eine Kühlbox mit Limonade und Sandwichs mit und machten dann auf einem Rastplatz in der Nähe von Pueblo halt, um ein bisschen zu schlafen. Bevor es hell wurde, fuhren sie die letzten drei Stunden bis Denver. Die meiste Zeit über lauschte Ana Robertos Gequassel.

»Vielleicht schaffst du es auch gar nicht in die Show. Aber selbst wenn du den Rest deines Lebens Brunnen aushebst, ist das immer noch besser, als bei Burt zu arbeiten. Der zahlt dir nicht, was du eigentlich verdient hättest.«

Burt bezahlte schlecht, aber er zahlte schwarz, was allen Beteiligten eine Menge Ärger ersparte. Sie legte so viel wie möglich für Roberto und das College auf die Seite.

»Ich hab gehört, dass man sich auf den Bohrinseln vor der Küste eine goldene Nase verdienen kann. Das solltest du mal probieren.«

»Ich glaube nicht, dass ich solche Bohrarbeiten hinkriegen würde.«

»Du könntest es wenigstens mal versuchen, oder etwa nicht? Oder vielleicht beim Hausbau. Du könntest die Fundamentgruben für die ganzen Hütten ausheben, die sie um Albuquerque herum hochziehen. Meinst du nicht?«

Sie fühlte sich geschmeichelt, weil er so einen Ernst an den Tag legte. Er hätte als Ass auf die Welt kommen sollen. Er hätte mehr daraus gemacht als sie. »Wer weiß«, war ihr einziger Kommentar, und er ließ das Thema auf sich beruhen.

Als sie um acht Uhr früh am Stadion ankamen, war der Parkplatz bereits voll, und eine Schlange zog sich den Gehweg entlang. Beeindruckt starrten Ana und Roberto die vielen Leute an. Erst hatte sie sich gewundert, dass die Auditions in Footballstadien abgehalten wurden – so viele Leute würden da doch niemals kommen.

»Wow. Das ist Wahnsinn«, sagte er.

Schon ein kurzer Blick auf die Wartenden stellte klar, dass es sich um potenzielle Kandidaten und nicht um Zuschauer handelte. Ana bemerkte eine Frau mit vier Beinen und durchsichtigen grünen Schmetterlingsflügeln, einen über zwei Meter großen Typen, dem aus Kopf und Hals ein Irokesenkamm aus langen, scharfen Federn wuchs, und einen anderen mit grüner Haut und rot glitzernden Augen, die so viele Facetten hatten wie ein Diamant.

Dazwischen standen haufenweise Leute, die völlig normal aussahen – die Frage war nur, welche *Fähigkeiten* sie hatten…

Roberto sagte: »Du meldest dich an. Ich suche nur noch schnell einen Parkplatz.«

Sie glaubte nicht, dass sie den Mut aufbringen würde, sich ohne Robertos Unterstützung anzustellen. Aber er hatte sich solche Mühe gemacht, sie hierherzubringen. Er wäre enttäuscht, wenn sie jetzt kneifen würde. Sie stieg aus dem Truck und sah ihrem Bruder nach, als er wegfuhr.

Eine zierliche Frau mit asiatischen Gesichtszügen, einem Klemmbrett und einem Headset mit Mikro und Kopfhörer stand am Ende der Warteschlange. Über ihre Arme schlängelten sich Tattoos. Ana war sich nicht sicher, aber sie schienen sich zu bewegen und ihr förmlich über die Haut zu kriechen. Sie musste sich beherrschen, um nicht die ganze Zeit hinzustarren.

Die Frau fragte Ana nach ihrem Namen. Und dann: »Was können Sie?«

»Ich grabe Löcher«, erwiderte Ana.

Die Frau zog eine Augenbraue hoch, zuckte dann allerdings müde mit den Achseln, als wolle sie sagen, dass das nicht das Schlimmste war, was sie an diesem Morgen bisher gehört hatte. Sie drückte Ana einen Zettel mit der Nummer 68 in die Hand. »Na schön, Ana, wir fangen bald an. Wir haben Stühle für alle am Spielfeldrand aufgestellt. Wenn Ihre Nummer aufgerufen wird, sprechen Sie mit der Jury und zeigen, was Sie können. Brauchen Sie irgendwelche Utensilien? Ein Zielobjekt oder so was?«

Benommen schüttelte Ana den Kopf. »Nur ein bisschen Boden. Ein bisschen Erde.«

Die Frau lächelte. »Ihnen steht ein ganzes Footballfeld

zur Verfügung. Wenn es nicht in die Luft gejagt wird, bevor Sie dran sind.«

Die Audition in Denver war die vorletzte. Offenbar sprach die Frau aus Erfahrung.

Insgeheim hoffte Ana, das Ding würde in die Luft fliegen, bevor sie dran war. Sie hätte heute Morgen das Sandwich nicht essen sollen. Ihr Magen rumorte.

Die Schlange wurde immer länger. Der Kerl vor Ana hüpfte von einem Fuß auf den anderen und sah sich mit breitem Grinsen nach allen Richtungen um. Er war ungefähr in ihrem Alter, um die einundzwanzig, ein gepflegter Typ mit vollem braunem Haar.

»Das ist total cool«, sagte er. »Das wird echt so was von cool. Ich kann's kaum erwarten, meine Nummer abzuziehen.«

»Was für eine Nummer denn?«, fragte sie.

»Das ist ein Geheimnis.« Sein Grinsen wurde verschwörerisch.

Was konnten diese Leute nur, und wie machte sich ihre eigene Fähigkeit im Vergleich dazu aus? Sie kam aus einem kleinen Nest in der Wüste New Mexicos. Bisher hatte sie noch nie jemanden getroffen, der mit dem Wild-Card-Virus infiziert war. Und jetzt stand sie hier, von lauter solchen Leuten umgeben. Von siebenundsechzig solchen Leuten. Sogar mehr, denn inzwischen standen noch ein Dutzend Leute hinter ihr. Eine Frau mit Federn statt Haaren. Ein Junge mit langen Fingern, die aus Gummi zu bestehen schienen.

Sie war nur eine unter vielen in dieser Schlange. Beinahe fand sie diesen Gedanken tröstlich.

Vorne kam Bewegung in die Schlange, mit der Trägheit großer Menschenmengen ging es vorwärts. Ihr Magen probte erneut den Aufstand. Wo war Roberto? Alles wird gut, redete sie sich ein. Sie hatte in ihrem Leben schon tausend Löcher gegraben. Sie brauchte hier nur ein einziges zu graben, dann konnte sie wieder heimgehen.

71

Sie strich über ihr T-Shirt, um nach dem Medaillon zu tasten, das sie um den Hals trug und das auf ihrer Brust ruhte: ein Symbol der Heiligen Barbara, der Schutzherrin der Geologen, Minenarbeiter und Grabenbauer, das Bild einer freundlich lächelnden Frau mit einem Pokal in der einen und Schwert und Spitzhacke in der anderen Hand. Anas Mutter hatte es ihr geschenkt, bevor sie gestorben war; das war inzwischen schon viele Jahre her. Mehr als ihr halbes Leben, aber Ana erinnerte sich noch immer daran. Also war sie nicht allein. Ein Stück von Mama war bei ihr.

Das Wild-Card-Virus hatte Mama umgebracht. Sie war latent damit infiziert gewesen, und bei Robertos Geburt war sie dem Virus erlegen. Diesen Teil ihrer Mama trug Ana in sich, in Form ihrer Fähigkeit.

Bitte, Mama, hilf mir da durch.

♦

Die Produktionsfirma bot zum Mittagessen Wasser, Limo und Sandwichs an, und Ana zwang sich, etwas zu essen. Die Fernsehleute wollten nicht, dass jemand zusammenklappte, bevor er oder sie die Gelegenheit bekam, sich vor ihnen aufzuspielen. So nannten sie das: aufspielen. Für Ana war das jedoch immer nur ein Teil ihres Jobs gewesen.

Einige der Bewerber, die normal aussahen, waren gar keine Asse. Sie standen vor der Jury, zogen theatralische Grimassen, aber nichts geschah. Einmal hörte Ana, was gesprochen wurde.

Der Vorsitzende der Jury – zumindest redete er am meisten, der Journalist Digger Downs – fragte einen Mann: »Was können Sie denn?«

»Ich kann Ihre Gedanken beeinflussen.« Der Typ zeigte ein breites Grinsen.

Downs starrte ihn an. »Ach wirklich?«

»Ja. Und Sie werden mich für diese Show casten. Ich werde einer Ihrer Kandidaten sein, und ich werde gewinnen!«

»Na klar. Ganz bestimmt. Der Nächste, bitte!«

»He, warten Sie …«

Die Sicherheitsleute brachten ihn weg, bevor er noch ein weiteres Wort äußern konnte. Die Auditions schritten voran. Auf jedes Dutzend Blindgänger oder Schwindler kam jemand, der die Zuschauer in Staunen versetzte.

Ziemlich am Anfang verteilte eine Frau, die sich Gardener nannte – sie war schlank, schwarz und machte einen ernsthaften Eindruck –, vor dem Tisch der Jury eine Handvoll Samen. Auf der Stelle wuchsen aus ihnen Bäume empor, riesige Nadelbäume, die die Jury in einem kleinen Wald einschlossen. Die Audition musste für eine Stunde unterbrochen werden, und ein Jurymitglied, der Kraftprotz Harlem Hammer, entwurzelte die ganzen Bäume und schaffte sie weg.

Später betrat ein gutaussehender dunkelhaariger Mittzwanziger das Spielfeld und dehnte seine Finger. Mit einem frechen Grinsen machte er eine Armbewegung, als schleudere er einen Ball, und ein Strahl grellblauer Flammen schoss aus seiner Hand hervor und erfasste die Karosserie eines Autowracks. In der größten Mittagshitze bildeten sich auf dem Blech eine Reifschicht und Eiszapfen. Dann feuerte er gelbe Flammen auf den Stapel mit Gardeners entwurzelten Bäumen, die sofort Feuer fingen. Assistenten mit Feuerlöschern standen bereit, um den Brand zu löschen. Schließlich wandte er sich mit erhobenen Händen der Jury zu, und plötzlich stand er in Flammen. Kopf und Hände wurden von purpurnen Lohen umzüngelt, und dabei blieb er unversehrt und lächelte. Er nannte sich Candle.

Genau das hatte Ana gemeint, als sie Roberto gesagt hatte, dass hier Leute mit spektakulären Fähigkeiten aufkreuzen würden.

»Siebenundsechzig!«, rief eine der Produktionsassistentinnen mit Blick auf ihr Klemmbrett. »Siebenundsechzig, Paul Blackwell!«

»Hier!«, rief der Kerl vor ihr und hetzte aufs Spielfeld. Er hatte die ganze Zeit erzählt, wie cool seine Fähigkeit war.

Lange Zeit passierte nichts, und Ana fragte sich, ob er einer dieser Normalos war, die behaupteten, über mentale Fähigkeiten zu verfügen. Dann musste eines der Jurymitglieder – Topper, ein Ass, das früher für die Regierung gearbeitet hatte – niesen. Und noch mal. Sie konnte gar nicht mehr damit aufhören. Dann nieste auch Harlem Hammer. Beide wurden von einem heftigen Niesanfall heimgesucht und waren zu nichts anderem mehr fähig.

Und Downs – der hielt sich an der Tischkante fest und wurde offenbar ebenfalls Opfer irgendeines Anfalls. Zwar nieste er nicht, aber seine Augen verdrehten sich nach oben, und sein Körper zuckte beinahe rhythmisch. *Ach du meine Güte*, dachte Ana.

Paul Blackwell verschränkte die Arme und betrachtete die Jury mit einem zufriedenen Grinsen.

»Himmelherrgott, so hören Sie doch auf damit!«, rief Downs. Der Anfall endete, und die drei Jurymitglieder sanken erschöpft über dem Tisch zusammen.

Topper wischte sich die Nase und sagte wütend: »Mr. Blackwell…«

»Ich bin Spasm«, erwiderte der Kerl und vollführte mit beiden Armen Boxbewegungen.

»Gut. Ich glaube, wir haben genug von Ihrer… Es fällt mir schwer, es überhaupt eine Fähigkeit…«

»Halt, nicht so schnell«, mischte sich Downs ein, und Topper verdrehte die Augen. »Ähm, Spasm. Sie behaupten, dass Sie das mit jedem machen können?«

»Jawohl, Sir!«, antwortete Paul mit einem Grinsen. »Bisher jedenfalls.«

Die drei Jurymitglieder steckten die Köpfe zusammen, um sich zu beraten, und kurz darauf verließ Spasm das Feld mit einem Lächeln. Downs kritzelte etwas auf den Zettel, der vor ihm auf dem Tisch lag. Dann rief die Produktionsassistentin: »Achtundsechzig! Sie sind dran! Ana Cortez!«

Anas Puls raste. Es war so weit. Endlich. Auf der Tribüne bemerkte sie einen Kerl, der wild mit beiden Armen wedelte. Roberto unter den anderen Zuschauern. Er schien sich wirklich zu freuen. Und sein Anblick beruhigte sie.

Sie wischte ihre Hände an der Jeans ab und stellte sich vor die Jury. Die drei wirkten so smart und selbstsicher. Anscheinend hatten sie sich von ihrer Begegnung mit Spasm rasch erholt, und jetzt machten sie fast schon einen gelangweilten Eindruck. Wer wollte es ihnen verdenken? Bestimmt gab es nichts mehr, was sie noch überraschen konnte.

Downs fragte: »Was ist Ihre Fähigkeit, Ana?«

Mittlerweile hatte sie es schon hundertmal gesagt. »Ich grabe Löcher.«

»Sie graben Löcher.« Sein Gesicht blieb ausdruckslos.

»Ja.«

»Nun.« Er hantierte mit ein paar Blättern auf dem Tisch. »Dann lassen Sie uns mal sehen, wie Sie Löcher graben.«

Sie stand allein am Spielfeldrand, vor ihr hundert Meter grüner Rasen. So viele Zuschauer hatte sie noch nie gehabt. Jedenfalls nicht, seit sie als Kind auf dem Spielplatz Labyrinthe gegraben hatte und alle Nachbarn zusammengelaufen waren und getuschelt hatten: *Brujita, es una brujita de la tierra.* Heute jedoch tuschelte niemand. Es herrschte erwartungsvolles Schweigen.

Sie schloss die Augen, damit sie die Leute nicht sehen musste.

Während sie sich hinkniete, berührte sie das Medaillon, dann legte sie die Hand auf den Boden.

Es musste etwas Großartiges sein. Etwas Spektakuläres.

Bei den Löchern, die sie auf Arbeit grub, konnte niemand sehen, wie tief sie waren. Also musste sie etwas anderes machen. Präzise musste es nicht sein, denn hier würde es niemanden geben, der Maß nahm. Sie musste das Loch seitwärts graben. Und schnell.

Jetzt.

Unter ihren Händen gerieten die Erdklumpen in Bewegung, das Erdreich drängte von ihr weg. Es rumpelte wie bei einem Beben. Unter ihr vibrierte es, das Rumpeln klang jetzt weniger heftig, eher wie das sanfte Donnern eines fernen Wasserfalls. Sie machte die Augen auf und erblickte einen Graben, der von ihr fortführte.

Innerhalb von Sekunden öffnete sich eine Erdspalte und lief mitten durch die Endzone. Hundert Meter weit, über einen Meter tief, mit Steilwänden wie ein Canyon. Auf beiden Seiten türmten sich Erdwälle, und darüber schwebte ein grauer Staubschleier. Sie hatte die Erde aufgebrochen wie eine Eierschale.

Ein paar Zuschauer husteten. Die Luft war schwer und roch nach Kalk. Ana entfuhr ein Seufzer. Ihr Herz pochte wie wild, vielleicht vor Nervosität, vielleicht vor Anstrengung. Ihre Hände, die noch immer auf der Erde ruhten, zitterten, als spürten sie noch immer die Vibration im Boden. Sie rieb sie aneinander, um den Staub abzuwischen.

Noch immer sprach niemand ein Wort. Ana hatte keine Ahnung, was sie als Nächstes tun sollte. Vermutlich aufstehen. Heimgehen. Sie hatte ihnen ihren Trick gezeigt, hatte getan, was Roberto gewollt hatte. Sobald die Jury sie entließ, konnte er sie wieder nach Hause fahren.

Die Jurymitglieder starrten sie an. Und Ana merkte, dass auch alle anderen sie anstarrten, mit weit aufgerissenen Augen. Nun herrschte ein unheimliches Schweigen.

Lange Zeit starrte sie nur zurück, bis Downs mit dem Kugelschreiber auf sie deutete und sagte: »Sie sind dabei.«

Als sie sich draußen trafen, war Robertos erster Kommentar: »Ich hab's dir doch gesagt.«

♠

Die folgende Woche zog wie ein Nebelschleier an ihr vorbei. Die Produktionsfirma kümmerte sich um alles – um Flugtickets, Termine, Werbung. Sogar um ein Stipendium. Den Scheck gab sie Roberto. Sie würde kein Gehalt mehr bekommen, jedenfalls solange sie weg war. Sie ging davon aus, dass sie bald zurück sein würde – dass sie nicht gewinnen würde.

Die Produktionsassistentin mit den Tattoos, die sich Ink nannte, wollte Anas Namen wissen. In der Show schien es Hunderte von Assistenten zu geben, von denen jeder seine kleine Aufgabe, sein eigenes Klemmbrett und sein eigenes Handy besaß.

»Dein Name als Ass«, erläuterte Ink. »Wie wir dich in der Show nennen werden.«

»Ich habe keinen besonderen Namen«, sagte Ana – und merkte erst dann, dass sie doch einen hatte. Sie hatte ihn schon immer gehabt, nur hatte sie ihn nie besonders beachtet.

»Nun, dann müssen wir uns einen ausdenken. Irgendwelche Vorschläge?«

»*Brujita*...«, wollte sie sagen, überlegte es sich aber noch einmal anders. Das war ein Name für ein kleines Mädchen. Wenn sie das durchziehen wollte, dann richtig. »*La Bruja de la Tierra*. So nennen mich die Leute.«

Ink runzelte die Stirn. »Das ist ein ganz schöner Zungenbrecher. Was ist denn das? Spanisch?«

»Äh, ja.«

»Und was heißt es?«

»Hexe. Hexe der Erde.«

»Erdhexe, Earth Witch.« Sie kritzelte etwas auf ihr Klemmbrett. »Ja, cool, das ist super.«

Sie ging davon, ehe Ana widersprechen konnte.

♣

Aufgewachsen war sie in einem klapprigen Wohnwagen am Rand der Wüste, umgeben von Mexicanos, wie sie eine war. Doch wegen ihrer Fähigkeit war sie gebrandmarkt. Immer war sie anders gewesen. Jetzt, auf einen Schlag, hatte man sie aus ihrem alten Leben herausgerissen und in ein neues Leben geworfen. Und hier fiel sie nicht mehr so sehr aus dem Rahmen.

Bei der Kennenlernparty im Speisesaal eines schicken alten Hotels in Hollywood hatten sich die Kandidaten zum ersten Mal getroffen, und sie hatten erfahren, in welche Teams sie eingeteilt waren. Das Ganze wurde gefilmt. *Schau nicht in die Kamera*, rief sich Ana andauernd ins Gedächtnis.

Nach einer Weile vergaß sie beinahe, wo sie war.

Von den Auditions in Denver kannte sie Candle, Gardener und auch Spasm. Dieser winkte ihr vom anderen Ende des Saals und prostete ihr mit seinem Cocktail zu. Alle anderen waren ihr fremd, und sie versuchte herauszufinden, wer sie waren und was für Fähigkeiten sie besaßen. Da war Diver, die Frau mit echten Kiemen. Rustbelt, dessen Haut aus Eisen war und der bei jeder Bewegung schepperte, und wenn er ein Auto berührte, verwandelte es sich in eine Rostlaube. Dann natürlich Drummer Boy, als Frontman der Band Joker Plague bereits ein Star. Mit seinen über zwei Metern kaum zu übersehen. Ganz zu schweigen von seinen sechs Armen. Zwischen all diesen – zuweilen buchstäblich – strahlenden Berühmtheiten kam Ana sich noch unscheinbarer vor.

Natürlich wurde sie demselben Team wie Drummer Boy zugeteilt, der sogleich verkündete, dass er lieber »DB« ge-

nannt werden wollte. Dann war da noch die blonde Schönheit Curveball. Neben den beiden nahm sich Ana klein und
farblos aus. *Nun ja, ich werde sowieso nicht lange durchhalten,
bis ich rausgewählt werde.*

»Du wirkst ein bisschen nervös«, sagte jemand. Erschrocken wandte sich Ana um und sah sich Curveball gegenüber.
Kate hieß sie mit richtigem Namen.

»Ja«, gestand sie. »Bist du nicht nervös?«

Kate schüttelte den Kopf, und ihre Augen leuchteten, als
sie ihren Blick über das altehrwürdige Interieur und die vielen Leute schweifen ließ. »Nein, das ist doch aufregend. Ich
kann's kaum erwarten, dass es losgeht.«

»Dann sind wir wohl alle im selben Team?« Ein Mittzwanziger mit ungepflegtem braunem Haar und amüsiertem Gesichtsausdruck stellte sich neben sie. Die Hände hatte er in
die Hosentaschen geschoben.

»Du bist Jonathan, stimmt's?«, sagte Kate.

Jonathan Hive hielt ihr die Hand hin. Ana war schon drauf
und dran, sich unsichtbar zu machen, da bemerkte er sie und
schüttelte auch ihr die Hand.

»Ein paar von uns scheinen sich hier wohler zu fühlen als
andere.« Jonathan deutete mit einem Kopfnicken auf Drummer Boy, der einigen Leuten aus dem Produktionsteam Autogramme gab.

Mit all den Tattoos und dem eigenartig geformten Oberkörper aus lebenden Trommelfellen war es schwer, den Blick
von ihm abzuwenden. Er schien es zu genießen, alle anderen zu überragen. Vor allem die Aufmerksamkeit der Frauen
schien ihm zu gefallen. *American Hero* war mit einer Schar
atemberaubend schöner Frauen unterschiedlichster Herkunft
gesegnet – oder vielmehr hatten die Produzenten sie bewusst
so ausgewählt. Mit seinen sechs Armen konnte Drummer
Boy mit allen gleichzeitig flirten. Während eine Hand auf der
Schulter einer Frau ruhte, berührte er mit einer zweiten den

Rücken einer anderen und fuhr einer weiteren mit der dritten Hand durchs Haar. Das fragliche Haar gehörte Cleo – oder Cleopatra –, die sich und alles, was sie berührte, über kurze Entfernungen teleportieren konnte. Zurück blieb dann lediglich ein Vakuum, das sich mit einem Knall füllte. Auf DBs Berührung hin lachte sie und schmiegte sich an ihn. Ana hatte den Spitznamen, den ihr die Produktionsassistenten gegeben hatten, schon aufgeschnappt: Pop Tart.

»Hey, ist das Peregrine?«, fragte Kate, und Ana drehte sich um.

Sie war es wirklich, und sie kam gerade aus einem Korridor, der in einen anderen Gebäudeteil führte. Ihr folgte ein junger schlaksiger Assistent mit einem Klemmbrett und einer Tasse Kaffee. Die Flügel der Talkshowdiva und langjährigen Berühmtheit zitterten ein wenig, als sie sich zu ihrem Assistenten umwandte. Ana konnte zwar nicht hören, was sie sagte, aber die Unterhaltung kam ihr seltsam vor – irgendwie viel zu vertraut. Peregrine hatte die eine Hand auf die Hüfte gelegt und den Zeigefinger der anderen Hand erhoben. Der Assistent nickte schüchtern, während er die Strafpredigt über sich ergehen ließ.

Allerdings wirkte es nicht so, als hielte hier eine Vorgesetzte ihrem Untergebenen einen Vortrag. Hier ermahnte eine Mutter ihren Sohn.

Peregrine nahm ihm den Kaffee aus der Hand und wandte ihre Aufmerksamkeit einem anderen Mitarbeiter zu. Daraufhin kam der Produktionsassistent zu Ana, Kate und Jonathan herüber. Seine Haut war so braun wie Milchkaffee, und er hatte helles, lockiges Haar. Obwohl er jung war, vielleicht zwanzig, wirkte sein jungenhaftes Gesicht erschöpft.

»Hi, ich bin John Fortune«, sagte er. »Sieht so aus, als dürfte ich heute Nachmittag hier den Verkehrspolizisten spielen. Kommt, ich zeige euch, wo ihr euch für die Fotos aufstellen müsst.«

Er brauchte eine halbe Stunde, um die Party zu unterbrechen und alle Leute dorthin zu bringen, wo das Fotoshooting stattfand.

John fragte: »Braucht ihr sonst noch was? Ist alles okay?«

»Ich denke mal, wir haben alles«, erwiderte Kate mit einem Lächeln und sah sich Bestätigung heischend um. »Oder?«

»Bestens. In ein paar Minuten geht es los.« Er salutierte scherzhaft und ging davon.

»Vor diesem Typen würde ich mich in Acht nehmen«, sagte Hive zu Kate. »Charmant, exotisch, gutaussehend – er könnte dir zum Verhängnis werden.«

»Ach ja?«, sagte sie.

»Ja. Ich habe doch gesehen, wie er dich angeschaut hat.«

»Ungefähr so, wie du mich anschaust?«

Hive wandte eilig den Blick ab und schürzte die Lippen. »Und wenn schon?« Kate errötete, und Hive seufzte. »Hui, wir sind noch nicht mal eine Stunde hier, und schon machen wir einen auf großes Fernsehdrama.«

Es verging eine weitere halbe Stunde, bis die Beleuchtung stimmte.

»Genau wie auf Tour«, grummelte Drummer Boy. Trotzdem lächelte er.

»Dieser Showbusinesskram muss für dich ja ein alter Hut sein«, sagte Kate und sah zu ihm auf.

»Ein alter Hut mit einem neuen Dreh. Hier ist die Kulisse um Klassen besser.« Er blinzelte Kate zu, die tatsächlich kicherte.

Oje, das wird ein langer Tag, dachte Ana. Sie war hier so dermaßen fehl am Platz…

Ein Mann, den Ana bereits von der Audition in Denver her kannte, löste sich aus der restlichen Produktionscrew und ließ dann seinen Blick über sie alle schweifen, so wie ein Herr seine Ländereien begutachtet: Michael Berman, ein leitender Angestellter des Senders, der vor Ort die Entwicklungen im Auge behielt. Ein ernster, aalglatter Mittdreißiger. Selbst Ana sah, dass sein Anzug und seine Krawatte teuer waren.

»Das ist fabelhaft. Vielen Dank euch allen, dass ihr uns helft, diese Show mit Leben zu füllen. Ich kann es kaum erwarten mitzuerleben, was in den nächsten Wochen alles passieren wird. Und ich weiß genau, ich kann mich darauf verlassen, dass ihr für die Zuschauer euer Bestes gebt.« Mit sichtlicher Begeisterung rieb er sich die Hände.

»Ist es ein echter Wettstreit oder reine Unterhaltung?«, fragte Hive mit einem Grinsen. »Das wird die Welt vielleicht nie erfahren.«

»Ich glaube, der Typ gefällt mir nicht«, flüsterte Kate Ana zu.

Da musste Ana lächeln. »Ich weiß, was du meinst.«

♥

Das Kennenlernen fand im Hotel statt, aber die Präsentation der Teams in der Premierenfolge von *American Hero* sollte sich in einem Filmatelier in Hollywood abspielen: einem Raum aus dunklem Glas und Chrom, der, von blauem Neonlicht beleuchtet, wie ein Nachtclub aussah.

Peregrine moderierte das Ganze. Sie war etwa Mitte fünfzig, aber immer noch genauso schön und selbstsicher wie eh und je. Ihre Flügel brachten das noch besser zur Geltung. Sie trug ein schwarzes trägerloses Abendkleid, das golden schimmerte, wenn sie sich bewegte, und ihre Haare flossen ihr in Wellen über Schultern und Schwingen.

»Hiermit beginnt die erste von insgesamt zwölf Wochen voller Spannung, Überraschungen, Herzschmerz und – das hoffen wir besonders – Heldenmut, wie es sie noch nie gegeben hat. Wir haben das ganze Land durchkämmt nach neuen Assen, nach mächtigen Fähigkeiten und nach Menschen, die das Zeug dazu haben, die Welt zu verändern. Willkommen bei *American Hero*!«

Dann erklang der Titelsong, eine stampfende, aufwühlende Rockhymne, die in den kommenden Wochen mit Sicherheit in den Charts landen würde. Peregrine stellte die Jurymitglieder vor. Zwei waren in jungen Jahren selbst beliebte Asse gewesen: Topper mit ihren Markenzeichen, Frack und Zylinder, aus dem sie alle möglichen Gegenstände hervorzaubern konnte. Und Harlem Hammer, das stämmige, ultrastarke Ass, das man dazu überredet hatte, seinen Ruhestand zu unterbrechen. Das dritte Jurymitglied war ein absoluter Experte, denn er hatte in *Aces!* fünfundzwanzig Jahre lang über Asse berichtet. Wer wäre also besser geeignet, die heranwachsende nächste Generation zu beurteilen?

Thomas »Digger« Downs sprach in ernstem Tonfall und betrachtete die Kamera wie einen alten Freund. »Nachdem wir nun schon sechzig Jahre mit dem Wild-Card-Virus leben, sollte man meinen, dass uns nichts mehr in Erstaunen versetzen kann. Dass uns nichts mehr verwundern kann. Außerirdische haben versucht, die Erde zu erobern, Wahnsinnige wollten die Weltherrschaft an sich reißen, ganze Serien von Verbrechen drohten uns den Verstand zu rauben, und Wildfremde haben uns in die Seele geschaut. Fliegende Frauen, Männer, die Panzer stemmen, Körperformen, die an die Grenze dessen gehen, was wir als menschlich bezeichnen. Wir haben Hexenjagden, Morde und Amok laufende Politiker erlebt. Die Welt wurde an den Rand ihres Untergangs gebracht und im letzten Augenblick gerettet. Man sollte meinen, wir hätten alles gesehen.

Aber ich kann Ihnen versichern, dass wir noch längst nicht alles gesehen haben. In den letzten Wochen habe ich das Land vom einen Ende zum anderen durchstreift. Und mein Erstaunen könnte nicht größer sein.«

Er leitete den nächsten Programmteil ein: Highlights aus

den sieben Auditions, potenzielle Kandidaten, die scheiterten – manchmal zum großen Vergnügen des Publikums –, und solche, die für allgemeine Verblüffung sorgten.

Ein Dutzend zertrümmerter Betonwände.

Ein Dutzend in die Höhe gestemmter, pulverisierter oder in Brand gesteckter Autos.

Ein Dutzend lebensgefährlicher Stürze, die unbeschadet überstanden wurden. Ein Dutzend Asse, die auf die Dächer nahe gelegener Häuser flogen.

Der Filmzusammenschnitt legte ein besonderes Gewicht auf Curveball. Die Redakteure der Sendung hatten wohl schon beschlossen, wer ihre Helden waren.

Kate holte zu einem flachen Wurf aus, und ihr ganzer Körper schien wie eine Feder zurückzuschnellen. Der Ball flog los, schneller als irgendein Wurf in der Profiliga. Erst glühte er gelb, dann orangefarben, und im Flug versengte er die Luft.

Dann wechselte er die Richtung. Mit ausgestreckter Hand steuerte ihn Kate. Als hätte er seinen eigenen Kopf, umkreiste er einen umgestürzten Bus, huschte durch ein Labyrinth aus verbogenen Hindernissen und prallte gegen ein paar aufeinandergestapelte Betonblöcke, die als provisorische Mauer dienten.

Die Mauer stürzte ein, als wäre sie gesprengt worden. Betonbrocken und Staub spritzten in alle Richtungen davon, und der Lärm ließ im ganzen Stadion die Sitze erbeben. Als sich die Luft wieder klärte, war von der Mauer nichts mehr zu sehen. Rein gar nichts. Das Geschoss – alle hatten sich vergewissert, dass es sich um einen simplen Baseball handelte – hatte sie zerstört.

Downs' Vorhersage traf zu: Das Publikum zu Hause an den Bildschirmen war erstaunt und entzückt und konnte es kaum erwarten, mehr davon zu Gesicht zu bekommen.

»Und nun«, sagte Peregrine und setzte ihr strahlendstes Lächeln auf, »lernen Sie unsere neuen Helden kennen!«

Achtundzwanzig Kandidaten gesellten sich zu der geflügelten Schönheit auf die Bühne. Sie standen in den sieben-
köpfigen Gruppen ihrer Teams beieinander: Herz, Pik, Karo
und Kreuz. Es war wundervoll – Lichter blitzten, die Musik
schwoll an, Jubelgeschrei erhob sich in die Luft.

Ana fühlte sich in alldem gefangen wie ein Reh im Scheinwerferlicht und lächelte die ganze Zeit verbissen. Drummer
Boy schlug mit sechs Fäusten in die Luft, und der Schwanz
von Wild Fox wedelte und schlug dabei Funken.

Inmitten des Taumels, der Begeisterung und des allgemei-
nen Durcheinanders tippte sich Jonathan Hive aufs Handgelenk.

»Also dann, Jungs und Mädels, schaut auf die Uhr«, sagte
er. »Euer Viertelstündchen beginnt jetzt.«

♦

Eine Woche später war die Party vorbei.

Die vier Teams versammelten sich erneut auf der Bühne,
die nun als Gerichtssaal diente. Hinter jedem Team prangte
als Teil der Kulisse das entsprechende Symbol: Herz, Pik,
Karo, Kreuz.

Niemand wusste, was ihn erwartete, deshalb war die At-
mosphäre mehr als angespannt. Es knisterte. Als sie das letzte
Mal hier gestanden hatten, waren sie in bester Stimmung gewesen: Sie waren die Auserwählten, die Ausgezeichneten.
Jetzt hatten sie eine Niederlage erlitten. Sie standen vor ihrem ersten Prozess, und sie hatten kein gutes Gefühl dabei.

Ein Team – Kreuz – legte ein anderes Verhalten an den Tag.
Seine Mitglieder runzelten eher ein wenig blasiert die Stirn,
sie hielten sich ein bisschen aufrechter. Bevor die Zusammenfassungen gezeigt wurden, ließ sich schon erahnen, welches
Team diese Runde gewonnen hatte.

Tatsächlich hätte der Zugriff von Team Kreuz auf das brennende Haus nicht grandioser sein können, wenn es ein Drehbuch dafür gegeben hätte.

Stuntman vollbrachte das Unmögliche: Er rannte durch den Vordereingang in die Flammen hinein. Da er nahezu unverwundbar war, konnte er nicht Feuer fangen. Dreimal stürzte er in das Gebäude und schleppte dabei vier »Opfer« heraus, darunter die Puppe, die die Tonaufnahme eines kreischenden Babys abspielte. Stuntmans Kleider waren so versengt, dass fast nichts mehr von ihnen übrig war, doch Diver stand mit einem Mantel aus dem Löschfahrzeug bereit, um ihn darin einzuhüllen. Die anderen setzten den Schlauch mit größerem Erfolg ein als Anas Team. Jade Blossom hatte ihre Körperdichte erhöht, sodass sie die Spritze wie ein Anker festhielt. Das Wasser schwächte die Flammen so weit, dass ein Pfad zum Haupteingang frei wurde. Damit waren zwei weitere Eingeschlossene gerettet. Brave Hawk, der beim Fliegen die Illusion von braunschwarzen Falkenflügeln heraufbeschwor, war es gelungen, aus den oberen Fenstern drei weitere Leute zu bergen, unter anderem den Mann, der gesprungen war. Er fing ihn in der Luft auf. Und Toad Man verwandelte sich in eine gigantische Kröte, und mit seiner zwölf Meter langen klebrigen Zunge schnappte er sich das zehnte und letzte Opfer und zerrte es durchs Fenster heraus. Ziemlich ekelhaft, aber alle zehn waren in Sicherheit.

Pik und Karo gelang kein derart spektakulärer Erfolg, aber beide hatten doch ihre Momente. Bei den Piks nutzte Candle seine vielseitig verwendbaren farbigen Flammen, um eine rot glühende Leiter zu den Fenstern im zweiten Stock zu bauen. Auf ihr konnten die Eingeschlossenen heruntersteigen. Der stahlhäutige Rustbelt trotzte den Flammen immerhin so lange, dass er einige Leute aus dem Erdgeschoss holen konnte. Allerdings erlitt das Team einen Rückschlag, als Simoon versuchte, das Feuer einzudämmen, indem sie es in ihrer Wirbelwindform angriff. Denn das fachte die Flammen erst recht an. Am Ende brachte es das Team auf fünf erfolgreiche Rettungsversuche.

Team Karo stellte sich etwas besser an. Der Maharadscha, den man in seinem Rollstuhl leicht übersah, hatte per Telekinese einigen Feuerwehranzügen aus dem Löschwagen Leben eingehaucht und sie in das brennende Gebäude marschieren lassen, um drei Eingeschlossene zu retten. Matrjoschka hatte sich in vier kleinere Versionen seiner selbst aufgespalten, die als bestens organisierte Einheit den Schlauch bedienten. Der Flieger des Teams, Jetman, rettete einige Leute aus den oberen Stockwerken. Anders als Brave Hawk gelang es ihm allerdings nicht, den Mann aufzufangen, der sich aus dem Fenster stürzte. Am Ende hatten sie sieben Opfer gerettet.

Das Filmmaterial über Team Herz war dagegen so zusammengeschnitten, dass jedes Missgeschick, jede Peinlichkeit und jeder Fehler überdeutlich zu Tage trat. Hardhats Erfolg nahm höchstens ein oder zwei Sekunden ein. Als eigentliche Höhepunkte wurden jedoch die Szenen inszeniert, in denen sich Curveball, Drummer Boy und Hive gegenseitig anschrien, während Hardhat und Gardener auf der Suche nach Eingeschlossenen sinnlos in der Gegend herumrannten und Earth Witch und Wild Fox einfach gar nichts taten. Immerhin gaben die vielen Pieptöne, mit denen Hardhats Wortschwall durchsetzt war, Anlass zu verhaltenem Gelächter.

Einen Moment lang war alles still. Das Schweigen der Jury war schlimmer als jede Kritik. Die Herzen sahen verzweifelt hinter sich, als suchten sie einen Fluchtweg.

Topper schüttelte den Kopf, und das war, als sause eine Axt herab. »Glaubt ihr eigentlich, das wäre alles nur ein Witz? Ist euch klar, wie viele Leute jetzt tot wären, wenn das ein richtiges Feuer gewesen wäre?«

Sieben, dachte Ana. Sieben Menschen, auch wenn einer von ihnen nur ein falsches Baby war.

Harlem Hammer setzte hinzu: »Euer halbes Team ist nur

herumgestanden. Ihr habt aufgegeben, bevor ihr überhaupt irgendwas versucht habt, weil euch rein gar nichts einfiel, wie ihr eure Fähigkeiten einsetzen könnt. Glaubt ihr etwa, die Welt dreht sich nur um euch Asse? Außerdem habt ihr nicht mal versucht zusammenzuarbeiten.«

Und zum krönenden Abschluss gab es noch eine besonders giftige Bemerkung von Downs. »Ihr seid kein Team, ihr seid ein Kindergarten! Ich würde euch nicht mal meinen Hamster anvertrauen!«

Mühelos konnte sich Ana in die Zuschauer zu Hause vor den Fernsehapparaten hineinversetzen. Wie aufregend das sein musste! Welche Freude es dem Publikum bereiten musste, zu beobachten, wie Downs sie auseinandernahm! Doch selbst wenn Ana die Gelegenheit zu einer Antwort bekommen hätte, hätte sie nichts zu sagen gewusst. Die Jury hatte keineswegs unrecht. Anas Wangen waren hochrot geworden. Kate hatte den Blick gesenkt – sie wirkte verbissen, als knirsche sie mit den Zähnen.

Alle Teams schwiegen, bebend vor Anspannung. Vielleicht hatten sie sich im Vorfeld ausgemalt, wie es sein würde, wenn sie verloren. Was die Jury zu ihnen sagen würde. So schlimm hatten sie es sich allerdings nicht vorgestellt.

Als Topper verkündete, dass Team Kreuz für die erste Wettbewerbsrunde Immunität erlangt habe, überraschte das niemanden. Die Kreuze klatschten sich gegenseitig ab und umarmten sich vor Freude, brachen aber nicht in lauten Jubel aus. Sie wirkten weniger selbstgefällig als erleichtert.

Peregrine ergriff das Wort mit ernster Stimme, als ginge es nicht um eine Fernsehshow, sondern um eine Hinrichtung: »Herz, Pik, Karo. Ihr zieht euch jetzt in eure Quartiere zurück, wo ihr entscheidet, wer aus eurem Team ausscheidet.«

♠

Je ein Jurymitglied begleitete die Teams, um den Ausmus-
terungsprozess zu überwachen. Gerade als Ana meinte, der
Abend könne nicht mehr schlimmer werden, wurde Team
Herz mit der Anwesenheit von Digger Downs beglückt, dem
die Rolle als »böses« Jurymitglied sichtlich Spaß machte.

Ihr Magen krampfte sich mit jedem Atemzug mehr zusammen. Auf der Rückfahrt sahen sich alle gegenseitig an, taxierten einander, stellten Spekulationen an: Wer sollte gehen?

Um sich selbst machte Ana sich weniger Sorgen. Aber sie
verabscheute es, eine Entscheidung treffen zu müssen.

In der Garage blieb Drummer Boy neben dem Wagen zurück und winkte sie mit einem der oberen Arme zu sich. Unsicher ging sie zu ihm hinüber und fragte sich, was um alles
in der Welt er wohl von ihr wollte.

Leise – und für einen Mann seiner Größe und Schroffheit
konnte er erstaunlich leise sprechen – sagte er: »Weißt du
schon, wen du rauswählst?«

Aha, darüber wollte er also reden. »Nein.«

»Machst du dir Sorgen?«

»Worüber?«

Er schnaubte, als hielte er sie für beschränkt. »Du hast
während der Mission keinen Finger gerührt. Damit läufst du
Gefahr, aus dem Team gekantet zu werden, das ist dir doch
klar, oder?«

Vermutlich schon. »Habe ich jetzt nicht so drüber nachgedacht.«

»Du solltest Absprachen treffen«, riet er ihr. »Stimmen tauschen. Sicherstellen, dass jemand anders rausgewählt wird.«

Das konnte sie genauso wenig, wie sie das Feuer hätte löschen können, indem sie ein Loch unter dem Gebäude gegraben hätte. Sie zuckte mit den Schultern. »Ich wüsste noch
nicht einmal, wen ich rauswählen würde.«

»Bugsy«, sagte er. »Der Typ ist ein Arsch.«

»Was hast du davon, wenn ich ihn rauswähle?«

»Stimm nicht gegen mich, wenn wir das nächste Mal verlieren. Ganz einfach.«

Downs rief ihnen aus dem Haus zu, sie sollten sich beeilen.

»Ich denk drüber nach«, sagte Ana und entfernte sich rasch von dem baumlangen Joker.

Sie wollte keine Absprachen treffen. Sie wollte niemanden aus dem Team werfen. Sie sollte eigentlich gar nicht hier sein.

Im Esszimmer, das plötzlich nicht mehr sonderlich gemütlich war, versammelten sie sich unter den Augen der Kameras um den langen Tisch. Ihre Gesichter waren ernst, ihre Schultern angespannt. Hände klammerten sich an Stuhllehnen oder waren zu Fäusten geballt.

Downs drückte ihnen jeweils einen flachen Stapel Karten in die Hand. Ana ging sie durch. Es waren sieben, und jede zeigte das Foto eines Teamkameraden.

Downs erklärte: »Jeder von euch sucht eine Karte aus und legt sie umgedreht auf den Tisch ...«

Plötzlich tauchten auf dem Tisch ein Dutzend kleiner pelziger Tiere auf, die herumhüpften, fiepten und über ihre Gefährten hinwegstiegen. Ana keuchte, und alle wichen einen Schritt zurück.

»Was zum Teufel?«, beschwerte sich Downs.

»Hamster«, sagte Wild Fox mit einem selbstzufriedenen Grinsen. Sein Schwanz zuckte.

Neben ihm schnaubte Curveball verächtlich. »Dir fällt echt nichts Besseres ein, als die Jury anzupissen?«

Über den Tisch hinweg trafen ihn tödliche Blicke, und die Hamster verschwanden mit einem Ploppen. Wild Fox starrte zurück, und sein Schwanz sank herab.

Downs entsandte einen Seufzer himmelwärts. »Bringen wir es hinter uns. Herzen, zieht eure Karten.«

Curveball betrachtete ihre Karten nur einen Moment, bevor sie eine zog und verdeckt auf den Tisch legte. Mit vorgerecktem Kinn sah sie sich am Tisch um und begegnete furchtlos allen Blicken. Immerhin ließ sie sich nicht einschüchtern.

So ging es reihum. Drummer Boy und Hardhat taten es ihr rasch nach. Dann Wild Fox, Hive und Gardener. Schließlich sahen alle erwartungsvoll auf Ana.

Ana betrachtete die Karten in ihrer Hand. Die lachenden Gesichter darauf entsprachen so gar nicht denen, die sie jetzt um sich hatte. Ihre Teamkameraden warteten darauf, ihr Schicksal zu erfahren, und sie zögerte das Ganze hinaus. Doch sie konnte sich nicht entscheiden.

Sie fragte sich, was passieren würde, wenn sie ihre eigene Karte auf den Tisch legen würde. Schließlich war es nie ihr Wunsch gewesen, hier zu sein. Sie könnte genauso gut auch wieder gehen. Niemand würde erfahren, dass sie sich selbst in die Wüste geschickt hatte – es sei denn, alle sieben Karten würden ihr Gesicht zeigen. Das konnte durchaus der Fall sein, denn wie DB ihr schon erklärt hatte: Sie hatte keinen Finger gerührt. Zeigten alle sieben Karten ihr Gesicht, dann würde sie Roberto erklären müssen, weshalb sie ihren eigenen Rausschmiss mit herbeigeführt hatte. Das ging schon mal nicht.

Sie brachte keinen vernünftigen Gedanken zustande. Alle im Team hatten ihre Stärken. Alle konnten nützlich sein, wenn sie es mit der richtigen Situation zu tun hatten. Sollten sie jemals nach vergrabenen Schätzen suchen müssen, wäre Ana die Heldin. Aber das war kein Entscheidungskriterium. Wenn es danach gehen sollte, denjenigen zu nehmen, mit dem sie nicht den Rest der Show verbringen wollte, dann musste sie Wild Fox wählen. Andererseits, vielleicht lag Drummer Boy auch gar nicht so falsch.

Sie legte Hives Karte verdeckt auf den Tisch.

Alle schoben ihre Karten zu Downs, der sie mischte, in der Hand auseinanderfächerte und sie musterte. Mit neugierig gekräuselten Lippen und zusammengekniffenen Augen ließ er den Blick über die versammelte Runde schweifen, über die Karten – und wieder über die Kandidaten. Curveball verdrehte die Augen, und DB verschränkte zwei seiner Arme.

Schließlich breitete Downs die Karten auf dem Tisch aus. Alle beugten sich vor, um das Ergebnis in Augenschein zu nehmen. Vor Anas Augen schienen die Gesichter zu verschwimmen.

Zwei zeigten Anas Portrait. Nur zwei – Ana empfand Erleichterung. Eine zeigte Wild Fox. Und vier zeigten Jonathan Hive.

»Vier gleiche«, sagte Downs. »Hive.«

Trotz all seiner Schlagfertigkeit hatte Hive darauf keinen Spruch parat. Er starrte noch immer auf die Karten, und die vier Abbilder seiner selbst starrten zurück.

Downs musterte ihn. »Jonathan Hive, ich fürchte, du bist draußen. Zeit für dich, das Haus zu verlassen.«

Selbst daraus machten sie eine Filmszene, doch Ana hätte sich am liebsten im Bad verkrochen, dem einzigen Ort, wo keine Kameras waren. Aber nein, sie mussten alle mit ansehen, wie Jonathan seine Tasche holte und zum Ausgang schleppte. Unter den Augen der Kameras schüttelte er Wild Fox, Drummer Boy und Hardhat die Hand, und sie nuschelten einander Dinge wie »Viel Glück« und »Halt die Ohren steif« zu. Gardener und Curveball umarmten ihn verlegen. Ana kam als Letzte dran. »Viel Glück«, sagte er, wie schon zu den anderen. Am Ende brachte er sogar ein Blinzeln zustande.

Ana war überzeugt, dass sie das Glück am nötigsten hatte.

♣

Curveball setzt ein Gesicht auf, als wäre dies eine weitere Aufgabe, eine weitere Mission auf dem Weg zum Hauptgewinn. Mit strahlenden Augen schaut sie in Richtung des unsichtbaren Interviewers, der irgendwo links von der Kamera sitzt, und spricht so energisch, dass ihr Pferdeschwanz tänzelt.

»Hive, Bugsy, wie auch immer ... Ich glaube nicht, dass er das auch nur im Geringsten ernst genommen hat. Er konnte nichts als Witze reißen. Okay, er ist Journalist, aber das gibt ihm nicht das Recht, sich über alles lustig zu machen.

Als ich klein war, habe ich davon geträumt, bei den Olympischen Spielen eine Medaille zu gewinnen oder das erste Mädchen zu sein, das in der Oberliga Baseball spielt. Dann wurde meine Karte aufgedeckt, und, tja, damit hatte sich das erledigt. Aber jetzt ... Ich kann etwas, was niemand sonst auf der Welt kann. Jeder von uns kann so etwas. Und das ist kein Spiel. Es sollte zumindest nicht nur ein Spiel sein.

Ich will etwas Großes vollbringen, und ich verstehe nicht, wenn Leute darauf herabschauen und es bloß für einen Witz halten. Wenn ich jemanden wie Earth Witch treffe und sehe, was sie kann – was sie *könnte*, wenn sie mit ganzer Seele dabei wäre –, dann macht mich das ganz kirre.«

♥

Schließlich gingen Downs und seine Filmcrew und ließen diejenigen, die von Team Herz übrig waren, allein – mit den Kameras natürlich.

»Ich finde es einfach nicht gerecht«, sagte Curveball und warf sich aufs Sofa. »Ihn einfach so rauszuschmeißen.«

»So sind die Regeln. Einen erwischt's halt«, gab Hardhat zurück.

»Irgendwie ist das gemein.«

»Komm schon«, sagte DB. »Du hast diesen Typen gehasst.«

»Ich habe ihn nicht gehasst. Ich war stinkig auf ihn, klar. Aber das ist was anderes.«

Wild Fox sagte: »Wartet's nur ab, nächste Woche kommt

eine Mission, die genau auf einen Schwarm winziger Insekten zugeschnitten ist, und dann ist er nicht mehr da.«

DB sagte: »Oder wir brauchen jemand, der in einem Zei-
chentrickfilm mitspielt, und dann wird uns sogar unser kleiner Fuchs mal nützlich sein.«

»He, ich bin nützlich.«

»Ach ja?«, sagte der Schlagzeuger.

Ein Godzilla so groß wie das Zimmer tauchte hinter dem
Sofa auf, stieß ein ohrenbetäubendes Kreischen aus und
spuckte Feuer aus seinem mit scharfen Zähnen bewehrten
Maul. Alle machten einen Satz. Zwar wusste sie rein vom
Verstand her, dass es sich um eine von Wild Fox' Illusionen
handeln musste, aber trotzdem duckte sich Ana vor dem Ungeheuer hinter einen Stuhl. Kate schrie auf und fiel vom Sofa.

Wild Fox lachte, und Godzilla löste sich in Luft auf. Das
würde die Zuschauer zu Hause ziemlich verwundern, denn
sie konnten die Illusion nicht sehen, sondern nur, wie die
Kandidaten darauf reagierten. Aber vielleicht reichte das
auch.

DB verschränkte alle sechs Arme. »Toll. Wenn wir gegen
Mothra antreten müssen, kommen wir auf dich zurück.«

»Würdet ihr mal aufhören, euch zu streiten?«, sagte Kate
und rappelte sich vom Boden auf. »Nächstes Mal müssen wir
einfach besser sein. Dann wird niemand rausgeschmissen.«

Hardhat hob die Hände, als würde er sich ergeben. »Wisst
ihr was? Beim nächsten Mal schickt ihr mich in die Wüste.
Dann brauche ich mich nicht mehr mit euch Scheißversagern
rumzuschlagen und kann wieder zu meinem richtigen Job
zurück. Verdammte Kacke. Ich geh ins Bett.« Er stapfte hinaus.

Witzigerweise hatte Ana exakt dasselbe gedacht.

♦

Ana konnte nicht schlafen. Sie und Kate teilten sich ein Zimmer, und sie wartete darauf, dass ihre Zimmergenossin kam und das Licht anschaltete.

Schon die ganze Zeit, seit sie hier war, hatte sie Probleme mit dem Einschlafen, und nicht nur, weil sie nervös war. Ihr fehlten die vertrauten Geräusche – der Wüstenwind, der an den Wohnwagenwänden entlangstrich, das ferne Keifen der Koyoten. Dieses Haus war still, vor dem Lärm des Freeways geschützt, gut gedämmt. Wie eingesponnen, so kam es ihr vor. Und sie hatte das Bedürfnis, aus diesem Kokon auszubrechen. Was würde passieren, wenn sie das Haus verlassen und einen Spaziergang machen würde?

War es überhaupt sicher, nachts in dieser Gegend herumzulaufen? Sie kannte L.A. nur dem Ruf nach, und der ließ nichts Gutes hoffen, wenn man allein im Dunkeln herumschlenderte.

Vielleicht sollte sie sich einfach ein Glas Wasser holen.

Sie knipste die kleine Nachttischlampe an. Kates Bett war immer noch leer. Sie hatte sich mal wieder mit DB auf die hintere Veranda zurückgezogen und unterhielt sich bis spät in die Nacht mit ihm. Wie sich herausstellte, war Ana innerhalb des Teams nicht nur die Schüchterne, sondern auch die Einzige, die bei keiner Party mitmachte.

Sie schlich aus dem Zimmer und blieb stehen, als sie Stimmen hörte.

»Du wirst gewinnen.« Die Bassstimme gehörte Drummer Boy.

»Ich weiß nicht«, erwiderte eine lachende Frauenstimme. Kate. »Ich will schon, klar. Aber es kann alles Mögliche passieren.«

»Du spielst nur die Bescheidene.«

»Und ich glaube, du willst dich nur an mich ranmachen.«

Ana wagte sich ein paar Zentimeter weiter heraus, und natürlich standen Kate und Drummer Boy in der Ecke, wo das Wohnzimmer aufhörte. Kate lehnte an der Wand, die Hände hinter den Rücken geschoben, den Kopf gesenkt, lächelnd – und wahrscheinlich errötend, doch das konnte Ana nicht erkennen, da Curveball im Schatten stand.

Der Schatten wurde von DB geworfen, dessen mächtige Gestalt sie überragte. Er hatte alle sechs Arme vor der Brust verschränkt und lehnte neben Kate an der Wand – sehr dicht neben Kate.

Er kicherte. »Dir kann ich nichts vormachen, was?«

»Bringst du diesen Spruch jetzt bei allen Mädels an? ›He, Süße, du wirst gewinnen‹?«

»Nein«, sagte er. »Dieser Spruch ist ganz allein für dich reserviert.«

Er löste einen seiner Arme, streckte ihn nach ihr aus und berührte ihre Wange. Ana sah mit Bewunderung, wie zärtlich er trotz seiner Größe und Kraft sein konnte. Er musste sich weit vornüberbeugen, um sie zu küssen, aber selbst diese unbeholfene Haltung wirkte bei ihm anmutig. Ein zweiter Arm umfasste Kates Hüfte, mit einer dritten Hand strich er ihr über den Rücken.

Sie küssten sich, nur leicht und kurz. Er hielt inne, um ihre Reaktion abzuwarten, und als sie nichts tat, küsste er sie erneut.

Dann entzog sie sich ihm. Mit einem Lächeln und gesenktem Blick entwand sie sich seiner Berührung, schlüpfte aus dem Käfig, den seine Arme bildeten.

»Michael, du bist echt ein klasse Typ«, sagte sie leise. »Aber ich glaube, ich bin noch nicht bereit für so was.«

»Aber ...«

»Vielleicht wenn die ganze Sache vorbei ist. Wenn wir nicht so abgelenkt sind. Gute Nacht.« Sie berührte kurz seine Wange, dann ließ sie den verdutzten Hünen stehen.

Ana schlüpfte ins Bett, aber Kate kam herein, ehe sie die Nachttischlampe ausschalten und so tun konnte, als hätte sie die ganze Zeit geschlafen. Eben hatte sie die Hand am Schalter, als Kate sich in den Türrahmen lehnte. »Du hast wohl alles gesehen.«

Ana zuckte mit den Schultern. »Stell dir einfach vor, ich wäre eine von den Kameras.«

»Ach, du meine Güte, wem sagst du das? Das Ganze würde viel mehr Spaß machen, wenn nicht die ganzen Kameras wären.« Eigentlich sollten sie vor den Kameras nicht über die Kameras reden. Es wurde nicht gern gesehen, wenn sie den Elefanten im Zimmer erwähnten.

Kate ließ sich auf ihr Bett fallen. Ana sah sie an und setzte sich im Schneidersitz auf. »Michael?«, bohrte sie.

»Seine Freunde sagen Michael zu ihm.« Kates Lächeln wurde zu einem Kichern. »Ist es zu fassen? Ein verdammter Rockstar. Ich frage mich, was er in mir sieht.«

Ana war nicht danach, sie darauf hinzuweisen, dass sie schlank und zum Anbeißen war und im Mittelpunkt der Aufmerksamkeit stand. Kate verweilte jedoch auch nicht länger bei dem Gedanken.

Sie fuhr fort: »Was denkt er sich nur? Hier steht zu viel auf dem Spiel, um herumzuvögeln. Ich weiß, dass alle nur wissen wollen, wer am Ende wohl mit wem ins Bett steigt, bevor sie einen Gedanken daran verschwenden, wer bei der Show gewinnen wird. Aber meine Fresse, das verdirbt bloß alles.«

»Worüber habt ihr euch unterhalten? Ihr wart stundenlang auf der Veranda«, fragte Ana.

»Tatsächlich? Ist mir gar nicht aufgefallen.«

»Wenn du nicht willst…«

»Nee, kein Ding.« Sie machte ein schiefes Gesicht. »Vor allem hat er mir vorgejammert, wie schwer es im Musikgeschäft ist, ehrliche Mädchen zu treffen. ›Authentisch‹, hat er immer gesagt. Die wären alle nur hinter ihm her, weil er ein berühmter Rockstar ist. Und ich so, ja, heul doch, Mister Goldene Schallplatte.« Doch dabei lächelte sie, und ihr Blick war nach innen gerichtet.

Ana sagte: »Lass mich raten. Er behauptet, du wärst nicht wie die anderen Mädchen. Du bist ›authentisch‹, und er will dich näher kennenlernen?«

»Nicht nur das, er kommt mir auch damit, dass er mit all den Mädels bloß flirtet, weil die Leute das erwarten, weil es Teil seiner Rolle als Rockstar ist, und dass er in Wahrheit keinen Bock mehr darauf hat.« Sie grinste. »Allerdings wirkt er immer gar nicht so, als habe er keinen Bock drauf, wenn sich Pop Tart oder Jade Blossom an ihn ranschmeißen.«

»Wild Fox meint, er hätte gewettet, dass er's schafft, mit allen Frauen in der Show zu schlafen.«

Kopfschüttelnd erwiderte Kate: »Ich glaube nicht, dass er so ist. Ich glaube, er meint es ernst, dass er nicht so gerne flirtet. Nur weil alle davon ausgehen, dass er jede flachlegt, heißt das noch lange nicht, dass er es auch tut.«

»Du magst ihn«, tastete sich Ana vor.

Kate zuckte mit den Schultern. »Klar mag ich ihn. Aber mag ich ihn richtig? Ich weiß nicht. Noch nicht jedenfalls.«

Alle – auch Ana – sahen bei Kate nur, wie makellos sie war. Aber ihre gerunzelte Stirn und die gekräuselten Lippen offenbarten, dass sich unter der Oberfläche noch mehr verbarg. Kate sah sich selbst bestimmt nicht so, wie alle anderen sie sahen, und das machte sie Ana sympathisch.

Mit einem Grinsen umschlang Ana ihr Kissen. »Du willst doch bloß abwarten und mal sehen, wer sonst noch Interesse zeigt.«

»Was?«, sagte Kate lachend.

»Komm schon, ich hab gesehen, wie du heute Nachmittag mit John Fortune geredet hast.«

»Ich habe ihn ein paar Sachen gefragt.«

»Ja, du hast ihn und niemand anders ein paar Sachen gefragt.«

Ihr Lächeln wurde verlegen. »Nun, ja, aber …«

»Aber was?«, drängte Ana.

»Auf seine Art ist er total süß.«

»Wer hat dir sonst noch schöne Augen gemacht?«

»Niemand.«

»Jonathan Hive?« Kate verdrehte die Augen. Ana ging die Liste durch: »Stuntman? Spasm?« Diesmal zuckte Kate zusammen. Dann sagte Ana: »Berman?«

»Du liebe Güte, nein!« Kate warf mit ihrem Kissen nach ihr, und Ana griff lachend danach. Das Kissen knisterte, so sehr war es aufgeladen.

Sie lehnten sich zurück, zu erschöpft, um sich groß anzustrengen, zu aufgekratzt, um einzuschlafen, und sie starrten die blassen Schatten an, die die Nachttischlampe an die Decke warf.

Nach einer Weile sagte Ana: »Du solltest es genießen.«

»Was genießen?«

»Dass dir alle diese interessanten Männer hinterherschauen. Genieße es.«

Ana wurde nicht schlau aus Kates Gesichtsausdruck, dem schmalen Lächeln, dem schläfrigen Blick. Sie schien über etwas zu grübeln.

Dann wurde ihr Lächeln breiter. »Das will nichts heißen, wenn ich mich gar nicht entscheiden kann, von wem ich mich gerne anglotzen lasse.« Sie sah herüber. Was für ein schelmisches Grinsen!

»Ach, du Ärmste!« Ana schleuderte Kates Kissen zurück, worauf sie beide ausgelassen kicherten.

Zum ersten Mal, seit sie zu der Audition gegangen war, fühlte sich Ana ein wenig entspannter.

♠

Die Tage vergingen. Niemand wusste, wann die nächste Mission anstehen würde – wann der Alarm schrillen würde und sie alle aus dem Haus und zum Herz-Humvee stürmen würden –, und wie bescheuert war es überhaupt, einem »Team Herz« anzugehören? Das war einfach zu süß, geradezu unausstehlich, als wären sie ein Werbespot zum Valentinstag. Sie hatten sich darüber gestritten, ob genug Benzin im Tank war und wer richtig mit dem GPS-Empfänger umgehen konnte. Immerhin dazu war Ana in der Lage – GPS-Koordinaten zu lesen, war Teil ihres Jobs. Gott sei Dank konnte Hardhat dieses Ungeheuer von einem Auto fahren. Das wäre vielleicht peinlich gewesen, wenn sie als Helden schon daran gescheitert wären, den Wagen überhaupt zu starten – und das im landesweiten Fernsehen.

Eigentlich hätte Ana gedacht, dass ihr das alles egal war, aber in Wahrheit wollte sie im Fernsehen nicht wie eine Idiotin dastehen.

Nach dem Abendbrot ging sie auf den Hinterhof hinaus. Der Himmel hatte sich verdunkelt, und es hatte abgekühlt, auch wenn es noch immer scharf und metallisch roch. Diese ganze Stadt roch wie ein Fabrikhof. Zu Hause konnte sie nach einem Arbeitstag neben Bohrtürmen und Benzintanks heimgehen und richtige Luft einatmen – heiß, staubig, aber echt. Sie hatte Heimweh.

Du kannst das Ganze hinschmeißen, raunte ein Stimme, eine leise, teuflische Stimme. *Mach das nächste Mal einfach etwas total Blödes, lass dich rauswerfen, und das war's dann.*

Aber Roberto würde es merken. Roberto würde es ihr nie verzeihen, wenn er den Verdacht hegte, dass sie sich selbst aus dem Rennen gekantet hatte.

In der vergangenen Woche hatte Kate Stunden auf dem Hinterhof verbracht und trainiert, indem sie Sachen auf improvisierte Ziele geworfen hatte. Vielleicht war die Idee gar nicht verkehrt. Ana berührte das Medaillon unter ihrem Hemd.

Sie verließ die Veranda und setzte sich im Schneidersitz auf den saftig grünen Rasen. Mit geschlossenen Augen grub sie ihre Finger bis zu den Wurzeln der Halme hinab in die Erde. Der Boden war hier nicht wie in der Wüste. Aufgrund der Bepflanzung und der ständigen Bewässerung war er viel weicher. Hier wäre es leicht zu graben. Sie spürte sogar Dinge, die nicht Erde waren – Gasleitungen, Abwasserrohre. Um diese konnte sie herumgraben.

Sie konnte ein Loch geradewegs in die Tiefe bohren, Dutzende von Metern tief. Sie konnte vor sich eine Furche öffnen. So breit oder tief, wie sie wollte, nur vom verfügbaren Platz eingeschränkt. Allerdings hatte sie nie mehr gegraben, als ein Bagger in einer Stunde schaffen würde. Das war die Grenze, die sie sich selbst gesetzt hatte. Denn sie wollte weder Ärger verursachen noch Schaden anrichten, weshalb sie sich immer an die Vorgaben gehalten hatte, die ihr gemacht worden waren.

Alles hatte in einem Sandkasten angefangen, auf einem Spielplatz. Wäre sie in einer Stadt aus Beton und Asphalt aufgewachsen, hätte sie ihre Fähigkeit möglicherweise nie entdeckt. Vielleicht wäre das besser gewesen.

In Gedanken versunken und ohne sich anzustrengen machte sie kleine Löcher, denn ihr fiel nichts anderes ein. So grub sie mal hier und mal da eine Handvoll Erde aus. Man hörte es nicht einmal. Dann grub sie zwei Löcher gleichzeitig. Rechts und links von ihr entstand jeweils eine Kuhle mit einem Erdhaufen daneben. Nun, so etwas hatte sie noch nie getan. Also versuchte sie sich an drei Löchern. Sie hatte die Hände flach aufs Gras gelegt und spürte in alle Richtungen unzählige Erdpartikel. Auf ihren Befehl hin bewegten sie sich. Sie schloss die Finger und dachte ans Graben – erst drei Löcher, dann vier. Sie hörte, wie die Grassoden aufrissen, als sich die Erde unter dem Rasen löste und ein Kreis aus Löchern entstand. Ein Dutzend, alle auf einmal, ein Muster im Erdboden. Sie fuhr mit der rechten Hand über den Rasen, um eine Furche zu ziehen. Doch sie zog sie nicht gerade, sondern geschwungen, sodass sie in einem Kreis um sie herumlief und die Löcher miteinander verband.

Seit sie ein Kind gewesen war, hatte sie nicht mehr auf diese Weise mit ihren Fähigkeiten gespielt. Sie konnte sich fast nicht mehr erinnern. Kaum hatte sie ihre ersten Löcher gegraben, hatte ihr Vater sie die Gartengrundstücke der Nachbarn umpflügen lassen.

»Da hast du ja ein ganz schönes Chaos angerichtet.«

Mit den Händen in den Hüften stand Kate am Rand der Veranda.

Verlegen wischte sich Ana die Hände ab. Der Garten sah aus, als wäre er von Erdhörnchen heimgesucht worden: Dutzende Löcher, Erdhaufen und Furchen verunstalteten den Rasen. *Na toll*, dachte sie. *Jetzt nennen sie mich bestimmt Erdhörnchen.*

»Sorry«, sagte sie.

»Brauchst dich nicht entschuldigen«, erwiderte Kate. »Ich find's cool. Aber kannst du auch noch was anderes?«

Ana zuckte mit den Schultern und sah sich hilflos auf dem zerstörten Rasen um. »Ich versuche gerade, es herauszufinden.«

Kate trat aus dem Schein der Verandabeleuchtung heraus und suchte sich im Dunkeln einen Weg zwischen den Erdhaufen hindurch, bis sie neben Ana ein Rasenstück gefunden hatte, wo sie sich hinsetzen konnte. »Nicht dass es verkehrt wäre, Löcher zu buddeln. Wenn du das unter einem Gebäude machst, kannst du es zum Einsturz bringen. Oder eine Brücke oder ein Auto oder … egal was. Du kannst jeden aufhalten, indem du den Boden unter ihm aushöhlst.«

Sie konnte um sich herum einen Graben von mehreren Metern Tiefe ziehen, sodass niemand mehr an sie herankam. »Aber mehr als Graben ist es eben doch nicht. Damit kann man niemanden aus einem brennenden Haus retten.«

»Wem sagst du das?«, sagte Kate. »Du buddelst Löcher,

und ich lass Zeug in die Luft fliegen. Hey, wenn aus der *American Hero*-Sache nichts wird, könnten wir vielleicht zusammen ein Unternehmen gründen: ›Team Herz: Abbruch- und Erdarbeiten.‹«

»›Umweltfreundlich‹«, ergänzte Ana, worauf sie beide loskicherten.

Dann sah sich Kate um, betrachtete den Rasen und wurde ernst. Sie legte die Hand auf einen Berg mit Aushub und schloss sie zur Faust, sodass ihr die Erde zwischen den Fingern hindurchrieselte.

»Was ist?«, fragte Ana.

»Ich denk nur nach. Sieh dir diese Haufen an. Was, wenn du versuchen würdest, Erdhaufen zu machen, anstatt immer nur zu graben? Räume aufzufüllen, anstatt sie auszuhöhlen. Klingt das einigermaßen sinnvoll?« Sie legte die Stirn in Falten, wodurch sie besonders jung und beflissen aussah.

Dios! Das war so naheliegend!

Wahrscheinlich klappte es nicht. »Keine Ahnung. So hab ich das nie betrachtet.«

»Na, kannst du es mal probieren?«, fragte Kate gespannt.

Ihr ganzes Leben lang hatten ihr Vater, ihre Nachbarn und alle anderen immer nur gesagt, sie solle hier einen Graben anlegen, dort einen Brunnen bohren. Nie sollte sie etwas *bauen*.

Mit gespreizten Fingern legte sie die Hand auf den Boden und *spürte*. Etwas bauen, etwas erschaffen – positiver Raum, nicht negativer Raum. Sie spürte die Erde unter ihren Fingern, streckte ihren Geist danach aus, rief die Erdpartikel zu sich – nicht, um sie auseinanderzuschieben, sondern um sie zueinanderzubringen. Fast glaubte sie, verkehrt herum zu arbeiten. Einen Erdhaufen zu machen statt ein Loch.

Vor ihr erwachte die Erde zum Leben. Sie bewegte sich, wimmelte wie tausend winzige Insekten, strömte zusammen. Es bildete sich ein Klumpen, der zu einem Hügel anwuchs, dann zu einem Turm wurde, einem Kegel aus braunem Lehm, der sich aus dem Rasen erhob. Um den Turm herum senkte sich der Boden ab, während der Erdberg in der Mitte anschwoll. Umgekehrtes Graben.

Der Turm erreichte eine Höhe von über einem halben Meter, ehe Ana die Hand wegzog und das Medaillon unter ihrem Hemd berührte. Ihr Herz raste, und sie machte große Augen. Hätte sie vor dem brennenden Haus einen Turm gebaut, hätte sie jemanden retten können.

Ein strahlendes Lächeln breitete sich auf Kates Gesicht aus. »Das ist vielleicht cool!«

»Ja«, sagte Ana. »Wow.«

»Ich denke mal, du könntest alles machen. Brücken, Tunnel, Burgen – hey, hast du eigentlich schon mal mit Sand gearbeitet?«

Ana lachte. »Nein. Seit über einer Woche bin ich in Kalifornien, und ich war noch nicht am Meer.«

»Das ist krass.« Kates Blick ging ins Nirgendwo – offenbar überlegte sie noch immer, wie Ana ihre Fähigkeit einsetzen konnte. »Du weißt doch, dass bei einem Beben Wellen durch die Erde laufen? Was, wenn du so was machen könntest? Wenn du selbst ein eigenes Erdbeben auslösen und ganze Armeen umhauen könntest.«

Diese Vorstellung machte Ana Angst. Sie zuckte nervös mit den Achseln. »Gegen Armeen werden sie uns nicht antreten lassen. Ich hoffe, dass ich so was nie tun muss.«

»Aber es wäre gut zu wissen, ob du es könntest. Falls es sein müsste.« Kate strahlte sie an, so stolz, als verfüge sie selbst über diese Fähigkeit. Ihr Lächeln war freundlich und offen. Aufrichtig.

»Warum hilfst du mir?«, sagte Ana auf einmal und bereute es sogleich. Sie wollte nicht undankbar erscheinen, weder für Kates Hilfe noch für ihre Freundschaft.

Kate zuckte mit den Schultern und wirkte kurz verwirrt,

als verstünde sie die Frage nicht. Als hätte sie nie darüber nachgedacht. »Weil ich helfen will.«

»Aber du weißt doch, wie es ist«, sagte Ana und deutete mit einem Kopfnicken zu den Fenstern der Villa. »Sie, die Jurymitglieder und so, die reden die ganze Zeit von Teamwork, dass wir zusammenarbeiten sollen. Aber eigentlich stehen wir miteinander im Wettbewerb. Letztlich treten wir gegeneinander an. Wir müssen uns gegenseitig aus dem Team wählen. Von daher bringt es dir gar nichts, wenn ich… ich…« Sie geriet ins Stocken, weil sie nicht recht wusste, wie sie das ausdrücken sollte. »Wenn ich stärker bin.«

Wieder, wenn auch nur für einen Augenblick, wirkte Kate jünger – ein Mädchen mit Pferdeschwanz, das sich auf ein Softballspiel vorbereitet. »Wenn wir die nächste Mission durchstehen, wird niemand aus dem Team geworfen. Und das ist mein Ziel. Je mehr du kannst, desto besser stehen unsere Chancen zu gewinnen. Das ist doch nur logisch.« Ihr Lächeln wurde wieder strahlender und bekam etwas Verschlagenes. »Außerdem, wenn im Finale nur noch wir beide übrig sind, dann gibt es einen geilen Zickenkrieg.«

Sie sollten gegeneinander kämpfen? Nein, so würde es nicht laufen. Das einzige Wort, das Ana dazu einfiel, war… Spaß. Sie und Kate im Finale? Das wäre das Tollste, was ihr passieren könnte. Sofort besserte sich ihre Stimmung, und in ihren Fingern knisterte es. Sie war zu allem fähig. In Gedanken errichtete sie Schlösser aus Erde, grub Wehrgräben, versetzte Berge und Kontinente.

Allerdings war sie sich nicht sicher, ob sie die Welt so sehr verändern wollte. Es genügte ihr, Macht über ihren kleinen Winkel davon zu haben.

Und weil sie sich nicht nur mächtig fühlte, sondern auch mutwillig, setzte sie den Flecken Erde, auf dem Kate saß, in Bewegung. Ließ ihn einfach umkippen.

Mit einem schrillen Schrei fiel Kate nach hinten und

machte eine Rolle rückwärts. Sie landete hart auf dem Rücken, und ganz kurz befürchtete Ana, Kate hätte sich wehgetan – oder einen Knochen gebrochen oder sich etwas ausgerenkt –, und sie wäre daran schuld.

Kate blinzelte und fing sich wieder. Wo sie gesessen hatte, war der Rasen leicht erhöht. Sonst gab es keine Anzeichen dafür, dass etwas passiert war. Aber das war deutlich genug.

»Oh, du Miststück!«, sagte Kate, lachte aber dabei. Dann schloss sich ihre Hand um einen Erdklumpen.

Ana wusste genau, was jetzt kommen würde. Sie reagierte, bevor der Klumpen Kates Hand verließ. Mit auf den Boden gepressten Fingern flüsterte sie ein Stoßgebet – und eine Erdmauer schoss in die Höhe, ein Schutzwall wie bei dem hastig gegrabenen Schützenloch eines Soldaten. Ana errichtete ihn zwischen sich und Kate und duckte sich dahinter. Was ihr allerdings nichts brachte, denn Kates Geschoss, gelb glühend und Funken stiebend, raste über die Mauer hinweg und schwirrte geradewegs auf Ana zu. Sie kreischte und rollte sich zur Seite, sodass der Klumpen kurz vor der Stelle aufschlug, an der sie eben noch gekauert hatte. Kate hatte nicht auf sie gezielt. Doch beim Aufprall spritzte Erde auf, und der konnte Ana nicht ausweichen.

Kate sprang auf und setzte über Anas Schützenloch hinweg. In der Hand hielt sie ein weiteres Geschoss. Ana ließ sie herankommen. Kate zielte, und in ihren Augen funkelte es wild.

»Ergibst du dich?«, fragte sie.

Da probierte Ana etwas Neues. Schließlich war das der Sinn der Übung. Sie tastete nach dem Boden unter Kates Füßen, doch anstatt ihn erbeben zu lassen oder auszuhöhlen, ließ sie ihn ansteigen. Allmählich bekam sie Übung darin, solche Hügel und Türme zu bauen. Sie ließ die Erde fließen und über Kates Füße kriechen, ihre Knöchel hinaufwandern. Dann hielt sie inne.

»Was zum …« Kate trat mit den Füßen aus, um sich zu befreien. Da die Erde nicht sonderlich fest war, blieb Kate nicht lange gefangen, aber Ana hatte genug Zeit, um auf die andere Seite ihres Schutzwalls zu hasten. *Stell dir mal vor, was ich mit mehr erreichen könnte*, dachte sie. Wenn sie jemanden komplett in Erde einschließen würde, ihn bis zum Hals begraben, sodass er sich nicht mehr bewegen konnte …

Plötzlich hatte Kate Murmeln in beiden Händen. »Das reicht. Jetzt ist Schluss mit lustig.«

Mit einem Mal befand sich Ana in Kriegsgebiet und wich Kugeln aus, die rings um sie einschlugen und von allen Seiten auf sie einprasselten. Sie waren allesamt nicht groß, und keine flog direkt auf sie zu – schließlich war das alles nur ein Spiel. Aber sie verhinderten, dass sie die Flucht ergreifen konnte. So war sie auf einem kleinen Rasenstück gefangen, und sie lachte über die Erdklumpen, die überall herumflogen, über Kates wilden Gesichtsausdruck und darüber, dass der Rasen immer chaotischer aussah.

Als sie hörten, wie die Verandatür aufschwang, drehten sie sich um. DB und Hardhat kamen heraus und eilten zum Geländer der Veranda, um auf den Rasen zu blicken. Ana versuchte, wieder zu Atem zu kommen. Auch Kate schnaufte heftig und stellte sich mit schweißnassem Haar neben sie.

Hardhat runzelte die Stirn und musterte sie verblüfft. »Du meine Güte, was treibt ihr beiden denn da?«

Ana und Kate sahen sich an. Mit einem Funkeln in den Augen erwiderte Ana: »Abbruch- und Erdarbeiten?«

Kate lachte laut los, Ana stimmte mit ein, und die beiden fielen sich hysterisch kichernd in die Arme.

DB schüttelte den Kopf, und Hardhat sagte: »Ihr habt verdammtes Glück, dass wir keine Kaution für diese Bude zahlen mussten.«

♣

Die Jungs schienen von Anas neu entdeckten Fähigkeiten genauso begeistert zu sein. Während sie hineingingen, entwarf Hardhat Pläne für künftige Großtaten. »Meine Fresse, ich sehe es schon vor mir: Du gräbst so einen riesigen Graben, wie einen Burggraben, klar? Als ob wir was beschützen müssten, und dann baue ich eine Brücke oder einen Turm oder …«

Kate lachte. »Eine Brücke kann sie auch bauen! Sie könnte uns einen Turm bauen, und niemand könnte uns etwas anhaben.«

DB nickte nachdenklich. »Ja, das ist ziemlich cool.« Wie immer trommelten seine sechs Hände in einem unhörbaren Rhythmus. Mehr oder weniger. Heute Abend war er ein bisschen aus dem Takt, als wäre er abgelenkt. Er starrte immer wieder zu Kate hinüber.

»Wartet's nur ab«, sagte Ana. »Die nächste Mission wird im obersten Stock eines Wolkenkratzers stattfinden. Keine Erde weit und breit.«

»Du kriegst dich vor lauter Optimismus ja kaum noch ein«, versetzte Hardhat.

Kate erwiderte DBs Blick. Da geriet der Trommelrhythmus ins Stocken. »Michael, stimmt was nicht?«, fragte Kate.

»Äh … nein. Ich habe nur …«

»Ich meine nur wegen deinem Trommeln. Du bist aus dem Takt. Da habe ich mich gefragt, ob was nicht stimmt.«

DB erstarrte. Zu spät nahm er den Rhythmus wieder auf, indem er sich mit zwei Händen aufs Knie trommelte. Aber es wirkte eher nervös und nicht so wie seine übliche Percussionsbegleitung. Kate hatte recht – er war aus dem Takt. Er hatte keinen Rhythmus, sondern machte nur Geräusche.

Kate nahm ein Wurfkissen von der Armlehne des Sofas.

»O nein, nein …«, sagte DB und hob abwehrend alle sechs Arme.

Kate schleuderte das Kissen nach ihm. Es traf ihn mit einem dumpfen Schlag an der Schulter, und DB flackerte auf, bevor er verschwand und Wild Fox zusammengerollt auf dem Sofa zurückblieb. Die Illusion war dahin. »O Mann, Curveball! Das ist nicht fair! Du bist voll scheiße bei Kissenschlachten!«

Mit einem zweiten Kissen in der Hand stand sie über ihm. »Du deckst ihn. Was hat er vor?«

»Ich decke ihn nicht. Ich wollte nur wissen, ob du es merkst. Und … du merkst es. Das ist alles.«

Wild Fox war kein besonders guter Lügner.

Kate sagte: »Ich würde es dir zwar zutrauen, aber du bist viel zu nervös, um mir nur einen harmlosen Streich zu spielen. Was ist los?«

Wild Fox verschränkte die Arme und blickte finster drein. »Er hat versprochen, dass er mich nicht aus dem Team wählt, wenn ich ihn decke.«

»Und was macht er jetzt?« Sie ließ nicht locker.

»Keine Ahnung, ich habe ihn nicht gefragt.«

Das Telefon auf dem Küchentresen klingelte. Wild Fox stürzte darauf zu, doch Kate schnitt ihm den Weg ab und bekam den Hörer als Erste zu fassen.

»Hallo? Ach, hallo Cleo. Nein, Wild Fox ist nicht hier.« Kate sah ihn geradewegs an. »Ich hätte fast gedacht, du willst mit DB reden. Er entspricht eher deinem … Temperament. Ach, du willst tatsächlich mit *ihm* reden? Ja, der ist hier.« Mit einem gehässigen Grinsen drückte sie Wild Fox den Hörer in die Hand.

Mürrisch wedelte Wild Fox mit dem Schwanz, und schimmernd nahm die Illusion wieder Gestalt an. Fast glich sie einer Hitzespiegelung oder einem Phantom im Nebel. Eine Welle durchlief ihn, und dann war er DB, einschließlich aller sechs Arme und der tiefen Stimme.

»Ja?«, sagte er in den Hörer und funkelte Kate böse an. Nachdem er einen Moment gelauscht hatte, sagte er: »Ja. Okay.« Dann legte er auf.

»Dann ist er also bei Pop Tart.«

»Ich weiß nicht, ich habe nur gesagt, dass ich ihn decken würde. Ich soll sagen, dass ich einen Spaziergang mache, und dann nach fünf Minuten komme ich mit Wild Fox wieder zurück, also mit mir.«

»Dann solltest du mal besser gehen«, sagte sie. Das gehässige Lächeln wurde bösartig.

Wild Fox rannte als DB hektisch los und schlug die Tür hinter sich zu.

Hardhat starrte sie an. »Was zum Henker sollte das denn?«

Sie schüttelte den Kopf. »Das ist echt wie in der Highschool.«

In der Hoffnung auf eine Erklärung wandte Hardhat sich an Ana, doch die zuckte nur mit den Achseln. »Ich weiß nicht genau, aber ich denke mal, in fünf Minuten knallt es.«

»Dann lasst uns das Popcorn holen«, sagte er.

Sie warteten alle an der Tür, als Wild Fox und DB hereinkamen. Kate, Ana und Hardhat hatten sich im Foyer gegen die Wand gelehnt.

DB erstarrte, als er sich den Gesichtern gegenübersah. Über die Schulter warf er einen Blick zu Wild Fox zurück.

Der kleine Joker grinste verlegen. »Sorry, Mann. Ich hätt's durchgezogen, aber anscheinend habe ich kein Rhythmusgefühl.«

Ohne sie eines weiteren Blicks zu würdigen, stampfte DB durchs Foyer. Kate ging ihm hinterher und rief: »Hey, Michael. Hast du einen Volltreffer gelandet?«

Er wandte sich zu ihr um, und kurz sah er wirklich wie ein Ungeheuer aus, wie er da den ganzen Raum ausfüllte. Er zog die Schultern hoch und spreizte die Arme, als wollte er Felsen zertrümmern. Kate wich einen Schritt zurück.

»Ja, habe ich«, sagte er. »Nicht, dass es dich was angeht.«

Jetzt würde es losgehen. Kate mochte ihn, das wusste Ana. Aber vielleicht nicht genug, um ihm das durchgehen zu lassen. Oder vielleicht zu sehr, um ihm das durchgehen zu lassen. Ana machte sich bereit, Kate in die Arme zu fallen, falls diese beschließen sollte, etwas nach ihm zu werfen. Ihre Augen funkelten, als würde sie gleich ausrasten, wie bei Hive. Nur schlimmer.

Doch Kate hatte nichts in der Hand. Sie wurde nicht wütend, schrie nicht, heulte nicht. Sehr gefasst, sehr ruhig sah sie DB an, und ihr Gesicht war eine Maske. Dann sprach sie mit leiser Stimme, so scharf wie ein Skalpell: »Du versuchst wirklich, mit jeder Frau hier ins Bett zu steigen, bevor die Show vorbei ist, was? Das hab ich mir von Anfang an gedacht.«

Sie ging hinaus.

Das Schweigen wurde erdrückend. Ana, Hardhat und Wild Fox glotzten DB an, als wäre er ein Verkehrsunfall.

Wild Fox sagte: »Alter, es tut mir total leid...«

DB eilte Kate nach, die auf dem Weg in ihr Zimmer war. »Hey, warte einen Moment, Kate!«, rief er laut.

Ana wiederum lief ihm hinterher. Sie machte sich keine Hoffnungen, Kate vor ihm einzuholen, aber sie versuchte es.

DB stand vor der Tür zu ihrem Zimmer, und seine sechs Arme bildeten ein Gitter. Falls Kate herauskam, würde sie in seinen Armen landen, ob sie wollte oder nicht.

»Ich will nicht mit dir reden!«, drang Kates gedämpfte Stimme durch die Tür.

»Komm schon, was hast du denn erwartet, was ich mache? Dass ich rumsitze und warte, bis...«

»Ach, bitte!«

»Vielleicht überlegst du es dir das nächste Mal besser, bevor du jemand zappeln lässt!«

Ana huschte zur Tür. »Hey, Kate, kann ich reinkommen?«

Kurz darauf klickte das Schloss.

DB war groß, ganz im Unterschied zu Ana. Sie schlüpfte unter seinem untersten Arm hindurch und machte sich bereit, die Tür mit der Schulter aufzudrücken. Dann drehte sie den Türknauf, doch DB streckte eine Hand aus und drückte die Tür auf, während Kate von der anderen Seite versuchte, sie wieder zuzuschlagen.

»Lass das!« Ana wandte sich wutentbrannt zu ihm um.

Seine Lippen verzogen sich zu einem Fauchen. »Ich rede mit Kate!«

»Sie will nicht mit dir reden!«

Er blieb, wo er war, wie ein Baum oder ein Berg. Wenn er wollte, konnte er sich mit Muskelkraft Zutritt verschaffen, und sie würden ihn nicht aufhalten können. Es machte fast den Anschein, als wolle er das tun.

»Das ist unser Zimmer. Da kannst du nicht rein!«, sagte Ana.

Das Sperrholz knirschte und splitterte, als DBs Hand die Tür durchbrach.

»He!«, rief Kate von drinnen. DB trat einen Schritt zurück und riss offensichtlich erschrocken alle sechs Hände zum Zeichen seiner Unschuld nach oben.

Ana schlüpfte hinein und schlug die Tür zu. Schnappte sich einen Stuhl und schob ihn gegen die Tür. Als ob das irgendetwas bringen würde.

Doch DB versuchte nicht noch einmal, hineinzugelangen. »Bitch!«, brüllte er stattdessen. »Earth Bitch!«

Danach war es still auf dem Flur.

Seufzend betrachtete Ana das gesplitterte Loch in der Tür. Irgendwie gelangte sie zu ihrem Bett und setzte sich auf die Kante. Hier drin gab es keine Erde, die sie benutzen konnte. Sie hätte ihn nicht aufhalten können, wenn er wirklich hereingewollt hätte.

Kate saß auf ihrem Bett und sah so erschüttert aus, wie Ana sich fühlte. Sie blickte auf ihre Hände herab, die in ihrem Schoß lagen.

»Vielleicht sollte ich mit ihm reden. Meinst du, dass ich

überreagiert habe?«, fragte Kate. Ana schüttelte automatisch den Kopf, auch wenn sie es in Wahrheit nicht wusste. Kate fuhr sich mit der Hand durchs Haar. »Ich bin drauf reingefallen. Ich glaub's einfach nicht, dass ich darauf reingefallen bin. Da macht mir ein großer berühmter Rockstar schöne Augen, und was denke ich mir dabei? ›Wow, der mag mich ja wirklich.‹ Was bin ich bloß für eine blöde Kuh!« Sie ließ sich nach hinten aufs Bett fallen und starrte an die Decke.

Anas Herz schlug noch immer heftig. Sie hatte eine Stunde im Garten verbracht und herausgefunden, was sie mit ihren fantastischen Fähigkeiten alles vermochte. Und jetzt musste sie etwas über ihre Grenzen lernen. Im Haus war ihre Gabe nutzlos. Und ihr fiel nichts ein, womit sie Kate hätte trösten können.

»Du täuschst dich in ihm«, sagte Ana.

»Nein. Tu ich nicht. Wart's nur ab. Das nächste Mal kommt er vom Haus der Karos zurückgeschlichen.«

»Ja. Aber er ist nicht hinter jeder Frau in der Show her. Mich hat er kaum eines Blickes gewürdigt.«

Kate sah sie an – offenbar wurde ihr klar, dass es hier nicht nur um sie ging. Dann lachte sie. »Ist er wirklich so oberflächlich?«

Ana war überzeugt, dass er das nicht war, aber in diesem Punkt konnte sie nicht widersprechen.

»Mach dir deswegen keinen Kopf, Ana. Das ist er überhaupt nicht wert.«

♥

Am nächsten Tag drangen noch mehr Kameras in ihr Haus ein. Für Ana spielte die Anwesenheit weiterer Kameras keine Rolle. Diese jedoch brachten Komplikationen mit sich.

John Fortune öffnete ohne anzuklopfen die Haustür. »Hey! Ich bin's, John! Jemand daheim?«

»Ja.« Ana kam aus der Küche, wo sie etwas genascht hatte. Sie nutzte die Tatsache, dass sie ihr Essen nicht selbst kaufen oder kochen musste, weidlich aus. Das würden die Aufnahmen wahrscheinlich zeigen: eine rundgesichtige, aufgedunsene Ana, die immer nur aß. »Was gibt's?«

»Wir wollten nur mal vorbeischauen, um ein paar Interviews zu machen. Wo sind denn alle?«

»Ich dachte, ihr geht das Filmmaterial täglich durch.«

»Wir sind noch nicht dazu gekommen, den gestrigen Abend zu checken.«

»Da gab es 'ne ordentliche Szene. Großes Fernsehdrama, wie Bugsy sagen würde.«

»Dann ist doch jetzt ein guter Zeitpunkt für Interviews, nicht wahr?« Michael Berman schob sich mit seinem Dauergrinsen an der Filmcrew vorbei, die das Equipment hereinschleppte. »Ist Curveball in der Nähe?«

Ana spürte, wie sich ihr Blick verdüsterte. Sie ging in Abwehrhaltung. Das hatte Kate wahrlich noch gefehlt, dass sie heute mit diesem Typen reden musste. »Nein.«

»Bist du dir sicher?«, hakte Berman nach.

»Ja.«

Diplomatisch wie immer, trat John zwischen sie. »Wir haben hier noch fünf andere Leute, die wir interviewen können. DB vielleicht, der ist immer zum Quatschen aufgelegt. Wir bauen das Set auf der Veranda hinterm Haus auf.«

Oh, bloß nicht den Garten hinterm Haus …

»Äh, na ja, was das angeht«, sagte Ana und fing plötzlich an herumzufuchteln, »das ist vielleicht keine so gute Idee. Ich weiß nicht so recht, ob ihr da rausgehen wollt.« Was sollte sie ihnen erzählen? Schließlich hatte sie keine Chance, irgendetwas vor ihnen zu verbergen, denn sie würden das Filmmaterial ohnehin sehen.

»Warum nicht?«, fragte John und marschierte schnurstracks auf die Verandatür zu.

Ana blieb ihm auf den Fersen. Selbst vom Fenster aus waren der aufgewühlte Rasen und die Erdhaufen zu erkennen. Wie sollte sie das erklären? Vielleicht konnte sie es wieder so verteilen, wie es war. Den Boden einebnen und Gardener überreden, Gras darüber wachsen zu lassen…

»Heilige Scheiße!« John trat auf die Veranda.

Hastig sagte Ana: »Ich… ich habe nur ein bisschen… geübt.«

Als er sich zu ihr umwandte, lächelte er. »Das ist ja ein schönes Chaos da draußen.«

»Tja. Aber die Krater stammen von Kate.«

John grinste noch immer. »O Mann, ich liebe Typen wie euch.«

♦

Im Vergleich zu Drummer Boy sieht der Stuhl klein aus, wie alles um ihn herum. Er füllt den ganzen Bildschirm aus, sodass schwer zu erkennen ist, ob ihn ein Trick mit der Perspektive so riesig wirken lässt oder ob er wirklich so groß ist. Alle sechs Hände sind in Bewegung, klopfen auf die Armlehnen des Stuhls, trommeln in der Luft wie mit imaginären Drumsticks oder zucken einfach nur in einem unhörbaren Rhythmus.

Sein Gesichtsausdruck verändert sich, als er die Frage hört. Er schaut noch finsterer drein und beschwört damit das Bild des Punkrockers herauf, das ihn zum Frontman der angesagtesten Band überhaupt gemacht hat. Als er antwortet, ballen sich alle sechs Hände zu Fäusten zusammen.

»Du willst wissen, wer meiner Meinung nach gewinnen wird? Das geht mir doch am (Piep) vorbei! Diese ganze Veranstaltung ist (Piep). Die Leute sagen, ich wäre nur hier, um Werbung für die Band zu machen. Und sie haben recht, denn zu mehr taugt diese Show auch nicht. Billiger Nervenkitzel und schamlose Eigenwerbung. Heldentum kann man sich dabei in den (Piep) stecken. Vielleicht hat Kate recht. Vielleicht sollte ich mich tatsächlich bloß drum kümmern, alle scharfen Tussen hier zu (Piep), und die Show sich selbst überlassen.« Er lacht, doch es klingt verbittert. »Alle außer ihr. Denn wenn sie die Eiskönigin spielen will, von mir aus.«

Ein Ausdruck von Unsicherheit huscht kurz über sein Gesicht, als wäre ihm aufgefallen, dass er zu viel gesagt hat. Doch es dauert nur einen kurzen Augenblick, dann kehrt sein gewohnt finsterer Blick zurück.

Jonathan Hive
Daniel Abraham

Erster Verlierer

Jonathan saß an seinem Laptop und schrieb – nichts. Der Cursor blinkte.

Tja, sie haben mich rausgewählt.

Er drückte die Rücktaste, bis der Bildschirm wieder leer war, und trommelte mit den Fingern auf den Küchentisch. Der Tisch war kleiner als die Tafel im Speisesaal, an der fast dreißig Leute Platz fanden. An diesem hier konnten bis zu zehn oder zwölf Gäste essen, auch wenn im Moment nur drei in dem ganzen weitläufigen Anwesen wohnten – die Ausgeschiedenen eben.

Oder salopp ausgedrückt: der Luschenhaufen.

Das Problem mit Hollywood ist, dass es aus lauter Schwindlern und Posern besteht. Im Fernsehen wimmelt es nur so von Leuten, die ungefähr so tiefgründig sind wie Schlammpfützen und so mitfühlend wie sexuell ausgehungerte Piranhas. Im Grunde bin ich froh, dass ich aus der Show draußen bin. Heilfroh. Im Ernst.

Er markierte alles und löschte es.

Die Schwierigkeit bestand darin, der Öffentlichkeit die Demütigung über seinen Rausschmiss in der ersten Runde einzugestehen, ohne dabei das Gesicht zu verlieren. Das war nicht einfach.

»Hey!«, sagte Joe Twitch. »Dieses Haus ist ja echt der Hammer!«

Jonathan sah auf. »Joe ...«, fing er an.

Twitch riss so schnell die Hand hoch, dass es pfiff wie in einem billigen Kung-Fu-Film.

»Ja, ich weiß: Du glaubst, dass wir wirklich verloren haben«, sagte Joe Twitch. »Aber ich sage dir, die haben noch was mit uns vor. Irgendwann später in der Show werden wir wieder mitmischen. Wieso sollten sie uns sonst in dieser supergeilen Villa unterbringen, he? Butler und Zimmermädchen und alles. Es gibt sogar 'nen Pool.«

»Joe«, sagte Jonathan. »Wir haben verloren. Sie behalten uns hier, weil sie glauben, dass wir witzig sind. Wir sind eine beschissene Lachnummer.«

»Die wollen doch nur, dass du das glaubst«, erwiderte Joe Twitch. »Aber wart's ab. Du wirst schon sehen. Das machen die in diesen Shows andauernd so. *Bait and switch* nennen die das, eine Lockvogeltaktik. Oder *bait and twitch*. Kapierst du? Twitch und ... Au!«

Twitch versetzte sich selbst einen Klaps, und zwar so schnell, dass der Unterdruck einen Knall verursachte. Jonathan spürte, dass eine seiner Wespen starb. Das war es ihm wert.

»Kannst du diese Viecher nicht unter Kontrolle halten?«, fragte Twitch. »Dieses Scheißbiest hat mich gestochen.«

»Tschuldigung. Manchmal entwischen mir ein paar«, log Jonathan. »Du solltest was auf die Schwellung schmieren. Ich glaube, im Bad gibt's ein Mittel.«

Joe Twitch verschwand. Das Laptop blieb.

Manche würden jetzt sagen, dass wir verloren haben. Ich sehe es eher so, dass wir auf andere Weise gewonnen haben.

(((Rücktaste.)))

John Fortune kam in die Küche. Auf jedem Arm hatte er eine Einkaufstüte. Lächelnd nickte er Jonathan zu.

»Hey«, sagte Jonathan. »Wie läuft's?«

»Ziemlich gut«, entgegnete Fortune und stellte die Tüten

auf dem Tresen ab. »Habe euch was zum Knabbern mitgebracht. Und einen neuen Controller für die Spielekonsole.
King Cobalt hat den alten kaputtgemacht.«

»Der regt sich schnell auf«, pflichtete Jonathan bei.

»Wenigstens hat er seinen Spaß, stimmt's?«

Fortune begann, den Kühlschrank und die Vorratskammer
aufzufüllen.

»Wie läuft's?«, fragte Jonathan.

»Was denn?«

»Die Show. Du weißt schon, die nächste Mission. Die
Teams.«

Curveball, doch das sagte er nicht.

»Es läuft wohl alles ganz gut«, sagte Fortune. »Mit mir re-
den sie nicht viel darüber. Außer mach dies, besorg mir das.
Aber Peregrine scheint zufrieden zu sein, wie es läuft. Und
Berman könnte gar nicht zufriedener sein.«

»Berman?«

»Der Typ vom Sender«, erklärte Fortune. »Er war im Chateau Marmont dabei. Mit dem Armanianzug.«

»Mitte zwanzig, sichtlich gewissenlos, macht alle Frauen
an, und zwar in der absteigenden Reihenfolge ihrer Körb-
chengröße?«

»Genau der«, sagte Fortune. »Ich habe die Ehre, als Nächstes seine gereinigten Klamotten ins Büro zu bringen.«

»Du Glücklicher«, sagte Jonathan.

»Es ist ein Job«, sagte Fortune, knüllte die leeren Einkaufstüten zu Knäueln zusammen und warf sie in den Müll-
schlucker. »Jedenfalls tut es mir leid, dass sie dich rausgewählt haben. Das muss sich richtig scheiße anfühlen.«

»Ich werd's überleben«, erwiderte Jonathan. »Aber danke.«

Fortune wandte sich zum Gehen, und Jonathan löste eine
Wespe aus seiner Haut und schickte sie ihm hinterher. Fortune fuhr eine Saturn-Limousine, die schon seit drei Jahren
nicht mehr in war. Kein Wagen, mit dem man groß Staat ma-

chen konnte. Indem er durch die Augen der Wespe blickte, steuerte Jonathan das Tier in die Tasche eines Jacketts, das über dem Rücksitz hing, und wartete ab.

Wenn er bei dem Spiel schon nicht als Wettbewerbsteilnehmer mitmachen konnte, dann wenigstens auf diese Weise. Durch die Wespe spürte er, wie der Wagen erzitterte und davonfuhr. Dann richtete er seine Aufmerksamkeit wieder auf das Laptop.

Feuer. Warum ausgerechnet Feuer?

(((Rücktaste.)))

Vielleicht glaubt ihr jetzt, ich wäre verbittert. Hier werde ich mit Begeisterung von einem Team aufgenommen – ja, der fragliche Begriff lautet Team –, und bei der ersten Gelegenheit lassen sie mich fallen. Aber was ihr auf euren Fernsehbildschirmen nicht seht, ist all das, was hinter den Kulissen abgeht. Warum haben sie mich rausgeworfen, wo Earth Witch und Wild Fox genauso machtlos waren wie ich? Nun, Leute, das liegt daran…

Jonathan starrte den Bildschirm eine halbe Minute lang an. (((Rücktaste.))) Eine halbe Stunde lang machte er so weiter, und was kam dabei heraus? Eine leere Seite.

Der Wagen hielt an, das Jackett schaukelte. Jonathan wandte seine Aufmerksamkeit wieder der Wespe zu, ließ sie aus der Tasche krabbeln und losfliegen.

Bermans Büro war geschmackvoll eingerichtet, wenn auch ohne echten Kunstverstand. Seine Sekretärin verströmte sowohl eine Aura der Kompetenz als auch jede Menge Pheromone, und Jonathan vermutete, dass sie mit Berman ins Bett ging, um in der Branche eine Zukunft zu haben. Fortune nickte der Frau zu, die ihn offensichtlich kannte und bemitleidete. Sie winkte ihn durch die Tür, und die Wespe folgte ihm.

Berman saß an seinem Schreibtisch. Zwei ältere Herren und eine Dame mit grauen Schläfen, die Sachverstand und Durchsetzungsvermögen ausstrahlte, saßen in Sesseln, in denen sie kleiner wirkten, als sie waren.

»Häng das Zeug einfach in den Schrank, okay, John?«

»Klar, Mr. Berman«, sagte Fortune.

»Also«, sagte Berman. »Turtle ist für die sechste Woche draußen?«

»Und Mistral akzeptiert die neuen Bedingungen nicht«, sagte einer der beiden Männer. »Ist ihr zu konfrontativ.«

»Detroit Steel hat jedoch unterschrieben«, sagte die Frau. »Und von Noel Matthew erwarte ich noch einen Rückruf.«

»Wirklich?«, sagte Berman. »Von dem Zauberkünstler? Konnten wir nicht ein richtiges Ass kriegen? Danke, John! Dafür hast du was gut bei mir. Wirklich. Pass auf dich auf.«

Die Tür schloss sich hinter Fortune. Berman schnalzte mit der Zunge. »Armer Hund«, sagte er. »Ich habe ihn nur seiner Mutter zuliebe eingestellt. Der Typ ist ein Volltrottel. Aber immerhin ein netter Volltrottel. Also, zurück zum Thema. Sein Agent ist ein… Himmel, Arsch und Zwirn! Scheiße, Mann, tut das weh! Da ist eine verdammte Biene!«

Wespe, du Wichser, dachte Jonathan, während er das kleine Insekt zum Abzugsgitter lenkte, wo er noch immer mithören konnte. Unter ihm liefen der Produzent und seine Leute wild herum, wedelten mit Papieren und suchten nach einem Erste-Hilfe-Kasten. Jonathans Laune besserte sich schlagartig.

»Hey«, sagte King Cobalt. »Ich hab einen neuen Controller für die Konsole. Willst du mitspielen?«

Das mexikanische Wrestlerass grinste so breit, dass seine Wangen unter der Maske hervorquollen. Jonathan lag das Nein bereits auf den Lippen, doch er hielt inne. Immerhin hatte der Kerl seinen Spaß.

»Ich brauch hier noch eine Minute«, sagte er. »Dann mach ich dich fertig, wenn du unbedingt willst.«

»Kannst es ja versuchen«, sagte King Cobalt und stapfte ins Wohnzimmer zurück.

<< II nächste Seite >>

Heute um 15:34
American Hero, Ausgeschiedene | Triumphierend | »We Are the Champions« – Queen

Ja, ich wurde aus dem Team gewählt, aber ich bin noch immer ein genialer Gran-Turismo-Spieler. Ich würde ja gern noch mehr schreiben, aber King Cobalt hat auf einer Revanche bestanden, und ich muss meine Finger schonen.

92 Kommentare | Kommentar hinterlassen

♠

Die Auserwählten II

Carrie Vaughn

Um sieben Uhr morgens schrillte der Alarm. Eine Video-konferenz wurde auf den herunterklappbaren Bildschirm des Geländewagens geleitet und verkündete Team Herz die zweite Mission. Dieses Mal war es kein Rettungseinsatz bei einer Katastrophe. Es war eine Schatzsuche.

Peregrines Bild erklärte ihnen: »Ihr müsst den Inhalt eines verschlossenen Safes beschaffen. Der Safe befindet sich am Ziel eines Hindernisparcours. Bevor ihr euch an der Öffnung des Safes versuchen könnt, müssen alle Teammitglieder das Ziel erreicht haben. Bringt den Inhalt zu mir, und zwar heute Abend, ins Hauptquartier von *American Hero*, wenn ihr Im-munität erlangen wollt.«

Der Bildschirm wurde schwarz, und die Herzen starrten auf den leeren Monitor.

»Kinderspiel«, sagte DB. »Kein Problem.«

»Berühmte letzte Worte«, widersprach Hardhat.

Wie sich herausstellte, war der Hindernislauf nicht schwer. Sie folgten den Anweisungen ihres Navis zu einer Industriebrache. Dort fanden sie ein Labyrinth aus Beton-wänden vor, das sich durch die Höfe und Fabrikgebäude schlängelte. Wild Fox meinte: »Jetzt wär's nicht schlecht, wenn wir ein paar flugfähige Insekten hätten, die uns einen Überblick verschaffen könnten.« Die anderen zischten ihn an, er möge die Klappe halten. Drummer Boy schwang sich auf die Mauer hinauf, die knapp drei Meter hoch war. Ein

Klacks für ihn. Er half den anderen nach oben, und indem sie bis ans Ende der Mauer balancierten, umgingen sie das ganze Labyrinth.

Als Nächstes sahen sie sich einem fünf Morgen großen Gelände mit einer militärischen Hindernisbahn gegenüber: Schlingen aus Stacheldraht im Boden, hohe Wände, die man übersteigen musste. Nachdem sie das Labyrinth schon umgangen hatten, beschlossen sie, diese Strategie beizubehalten. Gardeners Schlingpflanzen rankten sich um den Stacheldraht, hoben ihn an und rissen ihn heraus, sodass sie freie Bahn hatten. Hardhat errichtete eine Treppe, um über die Wand zu gelangen, und der kräftige Drummer Boy half den Schwächeren hinauf, während Curveballs Geschosse die anderen Hindernisse aus dem Weg räumten. Sie kamen richtig in Fahrt. Nach der letzten Mission tat ihnen dieser beinahe mühelose Erfolg wirklich gut. Ana wartete jedoch noch immer auf eine Gelegenheit, etwas beizusteuern.

Am Ende der Hindernisbahn entdeckten sie einen Entwässerungstunnel aus Beton, der so groß war, dass sich nicht einmal DB ducken musste, um hindurchzugehen.

»Das läuft ja wie am Schnürchen, was?«, sagte Curveball. Wie die anderen schwitzte auch sie in der Sommersonne, war mit Dreck verschmiert und sichtlich erschöpft.

Am Ende des kurzen Tunnels befand sich ein verschlossenes Stahltor.

»Ich sprenge das Schloss«, sagte Curveball und spielte mit einer Murmel. »Kein Problem.«

DB blickte sie finster an. »Ich glaube, das krieg ich auch so hin.«

»Aber es wäre einfacher, wenn …«

Er hatte bereits den Kopf gesenkt, die Schultern eingezogen und rannte los. Mit allen sechs Armen drückte er dagegen. Die Riegel bogen sich, gaben aber nicht nach. Ächzend und mit vor Anstrengung zuckenden Mundwinkeln versuchte er es erneut, stemmte die Füße in den Boden und warf seinen Rumpf wie einen Rammbock gegen das Tor.

Ana hörte das Schloss schon knacken, sah die Riegel brechen, irgendetwas in der Art. Doch stattdessen knirschte es laut, und sie spürte im Boden unter ihren Füßen eine Vibration, als würde ein Fels auseinanderbrechen.

Mit einem Knall lösten sich die Angeln aus dem Beton, sodass es Staub und Trümmer regnete. Sie duckten sich weg und rissen schützend die Arme vors Gesicht. Jemand hustete.

DB ließ das Tor vor sich auf den Boden fallen. Es landete mit einem dumpfen Schlag. An den Angeln hingen noch immer Betonklumpen.

»Wie du gesagt hast: kein Problem«, grollte er und ließ die oberen Schultern kreisen, um sie wieder einzurenken – er wollte sich die Anstrengung nicht anmerken lassen.

Curveball stapfte an ihm vorbei, ohne ihn eines Blickes zu würdigen. Vorsichtig trat sie zwischen die Stäbe des Tors. Die anderen folgten ihr. Ana wartete bis zum Schluss und grübelte, was sie sagen sollte. Etwas, das nicht abgedroschen klang. Etwas, das ihr nicht gleich eine Ohrfeige einbrachte. Sie glaubte zwar nicht, dass er sie wirklich schlagen würde, aber im Moment sah er aus wie ein urtümliches Wesen aus einem vergessenen Dschungel. Vornübergebeugt, mit geballten Fäusten und schweren Lidern starrte er der blonden Prinzessin nach, deren Herz er nie erobern würde. Vielleicht war es am besten, sich davonzustehlen und zu hoffen, dass er sie gar nicht bemerkte.

»Danke«, sagte sie. Ein simples *gracias* half meistens, die Wogen zu glätten.

Er knurrte und marschierte den anderen hinterher.

Der Tunnel führte auf ein Feld hinaus, das einer Arena glich: ein trichterförmiger Park, dessen grasbewachsene Hänge zu einem Teich von etwa fünfzig Metern Durchmesser hin abfielen. Seine Oberfläche war dunkel, undurchsichtig. Es war nicht zu erkennen, wie tief er war.

Auf einer Boje in der Mitte des Teichs flatterte eine leuchtend rote Fahne: das X, das den Schatz markierte. Der Hauptgewinn musste irgendwo da unten im Wasser liegen.

»Verdammte Scheiße!«, sagte Hardhat. Ana konnte bereits das Piepen bei der Fernsehübertragung hören. »Diver vom Team Kreuz packt das in Nullkommanichts!« Denn Diver, die Frau mit den Kiemen, konnte unter Wasser atmen.

Obwohl sie das Labyrinth und die Hindernisbahn erfolgreich umgangen hatten und obwohl sie es bis hierher mit einer Bravour geschafft hatten, die der Jury bestimmt gefallen würde, schienen sie im Moment schlechte Karten zu haben.

»Vielleicht ist es nicht so tief«, sagte DB. »Vielleicht kann ich hineinwaten.«

»Alter, kannst du überhaupt schwimmen?«, fragte Wild Fox.

»Alter, spielt das eine Rolle?«, erwiderte Drummer Boy.

Das Wasser plätscherte fast unmerklich gegen eine Sandbahn, die vom Tunnel hinabführte. DB stapfte geradewegs in den Teich, mitsamt Schuhen und Kleidern; erst stand er bis zu den Knöcheln im Wasser, dann bis zu den Knien. Dann kämpfte er sich im Wasser weiter und streckte alle sechs Arme aus, um das Gleichgewicht zu halten.

Plötzlich war er weg. Versank und ward nicht mehr gesehen. Kate keuchte und riss die Hand vor den Mund.

Kurz darauf tauchte er prustend und triefend wieder auf.

»Hier geht's steil runter«, erklärte er und schnappte nach Luft. »Erst einen Meter tief, und dann gerade nach unten. Ich weiß nicht, wie weit.«

Er wandte sich zum Ufer, wo die anderen in einer Reihe nebeneinander standen und aufs Wasser hinausstarrten. Potenzielle Helden ohne einen blassen Schimmer.

Gardener griff in ihren Beutel. »Vielleicht kann ich ein paar Ranken wachsen lassen, die das Ding an die Oberfläche ziehen.«

»Wir wissen ja noch nicht mal, was zum Teufel da ist«, sagte Hardhat. »Wir können nur annehmen, dass es genau unter der Boje liegt.«

»Hast du eine bessere Idee?«, fragte sie mit einem vernichtenden Blick.

»Besser als nichts«, sagte Curveball. »Wir können uns währenddessen etwas anderes einfallen lassen.«

Sie unterhielten sich weiter, doch Ana hörte nur halb zu. Sie betrachtete den Sand, den Boden, die Erde, und ihr Blick wanderte weiter bis ans Ufer. Und noch weiter, ins Wasser hinein. Ihre Schuhsohlen berührten den Sand, und sie spürte, dass die Erde unter Wasser weiterging. Vielleicht sechs oder sieben Meter tief. Sie hatte schon Brunnen von hundert und mehr Metern Tiefe gegraben. Das hier war gar nichts. Sie fasste an ihr Medaillon und formte lautlos die Worte: *por favor.*

Sie spürte die gesamte Arena, die Hänge, die oben an Betonwänden endeten. Sie konnte diese Hänge einstürzen lassen, wenn sie wollte.

»Ich glaube, dass ich es schaffen könnte«, hörte sie sich sagen und merkte dabei, wie sie zum Rand des Teichs vortrat. Dann erst begriff sie, was sie da tat.

DB lachte. »Was? Wie stellst du dir das denn vor? Hey, vielleicht kannst du einen Kanal graben und das Wasser ablaufen lassen. Wenn es irgendwohin ablaufen könnte. Und wenn du schon mal dabei bist, kannst du auch gleich einen Swimmingpool ausheben! Aber hey, wir haben ja schon einen!«

»Hältst du vielleicht mal die Klappe und lässt sie es probieren?«, sagte Kate. Und DB hielt tatsächlich die Klappe.

Ana kniete am Ufer nieder und vergrub die Finger im Sand. Nur noch die angespannten Knöchel und Sehnen waren zu sehen. Sie tastete mit ihren Gedanken nach der Erde. *Schau mal, Roberto.*

Die Hügel um sie herum fingen an zu zittern, Wellen liefen durch das Gras. Der Boden schlug Wellen, ein leichtes Miniaturerdbeben, das langsam nach unten kroch.

Die Oberfläche des Teichs kräuselte sich, vibrierte, als würde jemand sie schütteln. Dann schoss das Wasser empor, von Brandungsrauschen begleitet. Es wurde aus dem Teich herausgedrückt und flutete die Arena. Ana achtete jedoch nicht auf das mehrere Zentimeter tiefe Wasser, das ihre Füße umfloss. Sie rief die Erde zu sich.

Der Grund des Teichs stieg an die Oberfläche.

Aus dem einen Becken wurden viele kleine Teiche, die in der ganzen Arena verstreut waren. In ihrer Mitte erhob sich eine neue Insel knapp einen Meter aus dem Wasser. Mit einem letzten Rumpeln bildete sich eine Brücke, eine Böschung, die von Ana zur Insel führte. Auch ihre Hände versanken nun im Schlamm.

Auf der Insel stand ein Safe, ein Quader aus schwerem Stahl mit einem halben Meter Kantenlänge und einem Griff auf der Vorderseite. An seinem Deckel war die runde Boje festgemacht; die Fahne war zur Seite gekippt und sog sich mit Wasser voll.

Alle bekamen nasse Füße, doch niemand beklagte sich.

Ana seufzte, machte die Augen auf und sah sich an, was sie geschaffen hatte. Sie wollte überrascht sein, aber sie brachte nur ein Gefühl der Resignation zustande. Das war sie nun einmal. Earth Witch.

»Himmel, Arsch und Zwirn«, sagte Hardhat. Ihm war der Unterkiefer heruntergeklappt.

Jemand berührte Ana an der Schulter, und sie blickte erschrocken auf. Kate stand neben ihr und sah sie mit einem besorgten Stirnrunzeln an. Ana richtete sich auf, ließ die Arme sinken und entspannte sich.

»Alles okay mit dir?«

Ana lächelte. »Ja. Wird schon wieder.«

Wild Fox versuchte, die Schlammbrücke zu überqueren, doch sofort sanken seine Füße bis zu den Knöcheln ein. Sein Schwanz versteifte sich und schlug aus, bevor er hastig zurückwich. Sein Schuh war stecken geblieben, und er fischte ihn mit der Hand heraus. »Okay, das ist ziemlich uncool.«

Gardener hatte bereits ein paar Samen in der Hand.

Sie warf sie in die Höhe, sodass sie auf die nasse Erde rieselten. Und wuchsen. Riesige Lilienblätter öffneten sich und breiteten sich wie ein Teppich über den Damm. Indem sie ihre Wurzeln in den Schlamm gruben, machten sie ihn begehbar.

Sie stapften über den matschigen grünen Teppich wie über eine Brücke, nur um festzustellen, dass sie noch immer nicht am Ziel waren. Denn jetzt mussten sie den Tresor noch aufbrechen. Ohne ein Wort zu sagen, machte sich DB darüber her, zog an dem Griff, zerrte an der Spalte rings um die Tür, hämmerte auf die Stahlwände ein. Zwar konnte er Eisenstangen verbiegen, doch der Safe widersetzte sich seinen Bemühungen. DB funkelte den Kasten an, als hätte dieser ihn tödlich beleidigt.

Er machte fünf Minuten daran herum, ehe Kate sich einmischte. »Lass mich mal probieren. Bitte?« Ihre Stimme war völlig ausdruckslos.

DB ließ alle sechs Arme hängen und trat zurück.

Kate hatte schon ihre Geschosse in der Hand und hielt sie wurfbereit vor der Brust. »Alle mal weg da«, sagte sie und ging selbst ans Ende der Schlammbrücke, während die anderen hinter ihr ausschwärmten.

Wir sind ein Team, dachte Ana. *Wirklich wahr.*

Kate schleuderte ihr Geschoss, ohne dass Ana gesehen hätte, wie die Murmel ihre Hand verließ. Es war nur ein Lichtstreifen erkennbar wie bei einer Sternschnuppe, und der

Schweif beschrieb eine Kurve und raste genau in das Kombi-nationsschloss hinein. Der Mechanismus schlug Funken und barst auseinander; Splitter stoben in alle Richtungen davon. Die Safetür schwang auf.

Sie hatten es geschafft. Diesmal erlitten sie keine vernich-tende Niederlage. Diesmal mussten sie sich nicht schämen. Erst konnten sie es kaum glauben.

Dann jubelte Wild Fox: »Ja!«

Um ihn herum brach ein Miniaturfeuerwerk aus, rote und gelbe Lichter schossen in die Höhe, blühten in einer Explo-sion auf und schwebten herab. Das war das Stichwort, und sie entspannten sich. Endlich erlöst! Hardhat umarmte Earth Witch, Wild Fox griff nach Gardeners Händen und wirbelte mit ihr im Kreis herum – und Kate fiel DB in die Arme. Er hob sie hoch, und sie lächelten einander an.

Als sie sich so weit wieder beruhigt hatten, deutete DB auf den Safe und sagte zu Kate: »Dir gebührt die Ehre.«

Curveball barg ihren Preis: ein handtellergroßes Samtkäst-chen mit einem goldenen Herz darin.

♣

Hardhat fuhr den Wagen von Team Herz auf seinen Parkplatz vor dem *American Hero*-Studio, und die Kameras verfolg-ten jede Bewegung. Sie waren noch immer durchnässt und schmutzig, doch ihre Stimmung war bestens – sie waren wie elektrifiziert. Wild Fox konnte nicht stillsitzen. Sein Schwanz wedelte wie wild hin und her. »Wir gewinnen. Wir gewinnen, ich sag's euch. Diesmal werden sie uns nicht auslachen.«

»Wir wissen immer noch nicht, wie sich die anderen Teams geschlagen haben«, sagte Kate. »Wenn die anderen ihre Safes auch geknackt haben, liegt die Entscheidung bei der Jury.«

Insgeheim dachte Ana, dass Wild Fox recht hatte. Dieses Mal mussten sie einfach gewinnen. Sie fühlte sich noch immer ausgelaugt, nachdem sie die ganze Arena umgepflügt hatte, und auch das war ein ganz neues Gefühl für sie. Sie hätte nicht einmal sagen können, ob die Müdigkeit körperlich war, oder ob sie noch unter dem Schock litt, so etwas vollbracht zu haben. *Du könntest Berge versetzen*, hatte Roberto gesagt. Was, wenn er recht hatte?

Sie waren die ersten. Die drei anderen Parkplätze waren noch leer. Das konnte nur Gutes verheißen.

John Fortune empfing die Gruppe am Bühneneingang. Er öffnete die Tür und hielt sie ihnen auf. »Hey! Da seid ihr ja!«, sagte er.

»Hi, John«, sagte Kate.

»Ich habe gerade das Filmmaterial angeschaut. Ihr wart absolut fantastisch. Wirklich fantastisch.«

»Echt jetzt?«, fragte Kate mit einem Lächeln und leichtem Erröten. Fast wurde sie verlegen. »Danke.«

DB zischte Kate zu: »Der Kerl kriecht dir doch bloß in den Arsch.« Das theatralische Flüstern war für jeden zu hören.

John ging nicht darauf ein. »Ich soll euch zwar nicht im Voraus verraten, wie ihr abgeschnitten habt, aber ich muss schon sagen: das Gesicht von Digger, als er sah, was Ana da abgezogen hat? Unglaublich.«

Ana spürte, wie sie errötete.

Die Tür wurde noch weiter aufgestoßen, und Berman drängte sich zwischen sie. John würdigte er kaum eines Blickes. »Hey, Junge, geh mir mal einen Donut und einen Kaffee holen, ja?«

»Eigentlich soll ich…«

»Das dauert nur eine Minute. Na los«, sagte Berman mit einem Lächeln, bei dem er mit den Zähnen knirschte.

»Wir sehen uns später, Leute«, sagte John und zwängte sich an Berman vorbei, um wieder ins Studio zu gelangen.

DB lachte. »Käpt'n Krapfen auf geheimer Mission.«

»Michael, halt's Maul!« Kate funkelte ihn an.

»Du musst ihn nicht so in Schutz nehmen«, erwiderte er.

»Ich nehme ihn nicht…«

Berman ging dazwischen. »Curveball, mein Gott! Das war fantastisch! Das fällt dir alles so leicht, weißt du das? Du bist ein Naturtalent.«

Ana ertappte sich dabei, dass sie sich nach einem Fluchtweg umsah, doch der Produzent interessierte sich nur für Kate. Mit ausgestrecktem Arm kam er geradewegs auf sie zu, und irgendwie gelang es Kate, den Reflex zu unterdrücken, ihm ihrerseits die Hand zu reichen. So blieb Berman nichts anderes übrig, als eine ausladende Willkommensgeste daraus zu machen.

»Danke«, sagte Kate stirnrunzelnd. »Aber das haben wir alle gemeinsam geschafft. Diesmal kann uns niemand schlechtes Teamwork vorwerfen.«

»Natürlich nicht, natürlich nicht«, sagte er, doch seine Miene wurde etwas säuerlich, als er die anderen ansah.

DB verschränkte alle sechs Arme.

»Das ist ein wichtiger Gesichtspunkt. Als wir das Ganze konzipiert haben, spielte das eine entscheidende Rolle. Und weißt du was? Irgendwann würde ich gern mal deine Meinung dazu hören, vielleicht…«

Diesmal mischte sich Ana ein. Das durfte auf keinen Fall so weitergehen. Kate schien kurz davor, irgendetwas zu werfen.

Ana drängte Kate in Richtung Tür ab. »He, gibt's da drin wirklich Donuts? Ich hab nämlich Mordskohldampf. Wir haben das Mittagessen verpasst.« Sie bedachte Berman mit einem Lächeln und einem finsteren Blick, während sie sich an ihm vorbeischob. Wie sie gehofft hatte, folgten ihr die anderen.

Bermans Stimme hallte ihnen nach: »Ich muss jetzt mit Peregrine sprechen. Macht's euch erst mal gemütlich.«

»Dieser Penner hat's echt auf dich abgesehen«, sagte Hardhat, als sie in den Schatten des Hauses traten.

»Danke, dass du mich vor ihm gerettet hast«, sagte Kate. Ana grinste. »Teamwork, *chica*.«

♥

Sie warteten beim Catering; manche saßen, andere gingen auf und ab, und alle wurden zunehmend nervös. Ana und Kate saßen nebeneinander und betrachteten das Set von hinten: ein Gewirr aus Gerüsten, Scheinwerfern und Kabeln, und dazwischen hasteten Leute mit Headsets und Klemmbrettern hin und her. Die Schattenseite von Hollywoods Zauberwelt.

»Wir müssen diesmal einfach gewinnen«, sagte Kate. Sie beugte sich vor, stützte die Ellbogen auf die Knie und blickte ins Leere. Als John in ihre Richtung sah und ihnen zuwinkte, lächelte sie.

Auch Ana zappelte nervös herum und ertappte sich dabei, dass sie mit dem Santa-Barbara-Medaillon unter ihrem T-Shirt spielte. Fast war es, als würde sie beten. Doch sie betete nicht, dass sie gewinnen würden. *Lieber Gott, bitte lass mich das durchstehen. Lass mich die nächste Stunde überstehen, ohne dass ich verrückt werde.*

»Wir haben unser Bestes gegeben«, sagte sie zu Kate. »Was auch immer jetzt passiert, passiert eben. Ich freue mich trotzdem.«

»Was auch immer jetzt passiert, ist genau das, was sie vorher abgekartet haben«, sagte DB. Er ging an der Wand entlang auf und ab und sah aus wie ein hungriges Tier. Mit einem Kopfnicken deutete er zu den drei Jurymitgliedern, die gerade gekommen waren – Berman unterhielt sich bereits mit ihnen.

Ana graute es bei der Vorstellung, dass DB recht haben könnte.

Team Pik lief ein, und sie wirkten äußerst selbstzufrieden. Mist. Auch sie hatten die Schatzsuche erfolgreich hinter sich gebracht. Die sechs Neuankömmlinge stellten sich in einer Reihe auf und musterten sie. Die beiden Blondinen Pop Tart und Rosa Loteria, der stahlhäutige Rustbelt, Simoon und Candle – und die mit ihren elf Jahren jüngste Kandidatin der Show, Dragon Girl. »Hey, das sind ja die Oberversager«, sagte Rosa. »Diesmal habt ihr gar nichts hinbekommen, was? Habt gleich aufgegeben, stimmt's?« Sie grinste schadenfroh.

Ana bedachte sie mit einem finsteren Blick. Alle hatten erwartet, dass sich die beiden Latinas anfreunden würden, aber Ana konnte Rosa nicht ausstehen. Eine dermaßen unverschämte Person war ihr noch nie untergekommen.

Bevor irgendjemand antworten konnte, verschwand Pop Tart und erschien wieder an DBs Seite. Sie blinzelte und lächelte ihn an. »Hi, Süßer, sehen wir uns nach der Show?«

DB besaß die Frechheit, Kate einen Blick zuzuwerfen, bevor er antwortete: »Ich weiß nicht. Vielleicht.«

»Hmm, darüber müssen wir noch mal reden.« Pop Tart fuhr mit dem Finger über DBs obersten Arm. Dann wandte sie sich um und ging hinter den anderen her zur Bühne.

Kate überhörte den Wortwechsel demonstrativ.

Dragon Girl – Rachel – lächelte fröhlich und winkte. »Bis später.«

Halbherzig winkte Ana zurück.

»Wir sind voll am Arsch«, sagte Hardhat.

Anas Laune besserte sich nur wenig, als Team Kreuz und Team Karo mit mürrischen Mienen eintrudelten.

Kate beugte sich zu Ana hinüber. »Wie kommt es, dass Kreuz keinen Stich gemacht hat? Die haben doch Diver, für die hätte das ein Kinderspiel sein müssen.«

»Vielleicht zeigen sie es in der Zusammenfassung.«

Der Abend wurde immer angespannter, immer unerträglicher. Endlich wurden sie auf die Bühne gerufen. Bald würde alles vorbei sein.

Diesmal war Peregrine in prachtvolles Königspurpur gekleidet, das ihr eng und stilvoll auf den Leib geschnitten war. Sie wusste genau, wie sie dastehen musste, damit der Schlitz an der Seite ihre Beine zur Geltung brachte. Ihr Haar glänzte, und ihr Lächeln glitzerte.

Wieder hieß sie die Teams zur Urteilsverkündung auf der Bühne willkommen. Heute Abend würden erneut drei Kandidaten hinausgeworfen werden. Es war eine ernste Sache. Es war Krieg.

Erst liefen die Zusammenfassungen, und Peregrine machte auf sämtliche Fehler aufmerksam. Die anderen Teams hatten Mitglieder, die fliegen konnten und das Labyrinth schnell überwunden hatten. Auch die Hindernisbahn hatte die Teams nicht sonderlich aufgehalten. Das Wasser jedoch hatte sich als harte Nuss erwiesen.

Team Karo hatte es nicht geschafft, an den Safe heranzukommen. Matrjoschka hatte sich geteilt und wieder geteilt, bis acht kleine Versionen des Asses – dumme Ausgaben allerdings, denn auch die Intelligenz des Originals teilte sich mit jedem Mal – den Versuch unternahmen, zum Safe zu tauchen. Doch am Ende trieben sie wie Gummienten auf dem Wasser, und Tiffani musste sie einsammeln und dazu überreden, sich wieder zurückzuverwandeln. Der Maharadscha sandte telekinetische Diener in Gestalt von Hemden aus, doch sie waren nicht stark genug, um den Safe aus dem Wasser zu heben. Schließlich versuchte Amazing Bubbles, das Wasser aus dem Teich zu sprengen. Dabei wurde sie zusehends dünner, da sie immer mehr Energie freigab. Immerhin hatte sie den halben Teich geleert, als der Signalton erklang, der anzeigte, dass die Zeit um war. Inzwischen war bereits die Sonne untergegangen. Topper kommentierte die abgelieferte Leistung gewohnt trocken: »Immerhin habt ihr euch Mühe gegeben.«

Die Vorgehensweise von Team Kreuz wurde von allen aufmerksam verfolgt, denn die deprimierte Stimmung im Team konnte nur bedeuten, dass sie versagt hatten. Aber wie? Als sie den Teich sahen, grinsten sie erst einmal siegesgewiss. Wasser! Diver war in ihrem Element. Sie benahmen sich, als hätten sie bereits gewonnen. Diver sprang ins Wasser, um sich zu vergewissern, dass sich der Safe auch wirklich unter dem Fähnchen befand. Und mit ihrer Hilfe war es Toad Man ein Leichtes, ihn an die Oberfläche zu schaffen.

Dann liefen sie gegen eine Wand. Sie hantierten an dem Safe herum, hämmerten darauf ein, schlugen dagegen, wälzten ihn herum und sprangen darauf herum, rissen an dem Griff und machten sich am Kombinationsschloss zu schaffen. Stuntman drosch auf ihn ein, doch auch wenn er unverwundbar war, so war er doch nicht superstark. Als Brave Hawk ihn anheben wollte, um ihn aus großer Höhe fallen zu lassen, verschwanden seine Flügel. Er war stark, oder er konnte fliegen, aber nicht beides auf einmal. Holy Roller stieg zum Rand der Arena hinauf, rollte sich zu einem menschlichen Ball zusammen und ließ sich mit seinem ganzen Gewicht hinabrollen. Wie eine Bowlingkugel krachte er in den Safe. Es gelang ihm, den Stahlkasten umzuwerfen und auf ihm zum Liegen zu kommen, sodass er entfernt an einen gestrandeten Wal erinnerte. Nichts. Je länger sie den Safe nicht aufbekamen, desto wütender wurden sie. Es war, als würde man einer Horde Affen zuschauen. Irgendwann schrien sie sich nur noch gegenseitig an, und nicht einmal mehr der Prediger konnte Frieden stiften.

»Das hätte um einiges besser laufen können«, bemerkte Harlem Hammer. Eine höfliche Untertreibung.

Selbst Topper konnte der Sache nichts Gutes abgewinnen. »Ich bin wirklich enttäuscht. Letzte Woche wart ihr noch so vielversprechend.« Sie schüttelte den Kopf, und man spürte förmlich, wie Team Kreuz von der Schande niedergedrückt wurde.

Downs bereitete seinen Kommentar vor, indem er sie lange

nur anstarrte, bevor er theatralisch die Hand hob, um seine Anmerkungen an den Fingern abzuzählen. »Keine Punkte für Fleiß. Keine Punkte für Stil. Schon gleich gar keine für Teamwork. Und erst recht keine für die mieseste Vorstellung, die ich bisher gesehen habe. Und das ist traurig, denn ihr wart so nah dran.« Dabei hielt er Daumen und Zeigefinger ein Haarbreit auseinander. »So wenig fehlte, diese Mission erfolgreich zu beenden. Aber ihr habt's vergeigt.« Er runzelte die Stirn, als wäre er ernstlich, heftig und ganz persönlich angewidert von ihnen.

Die Stimmung hob sich, als sie zu den erfolgreichen Teams übergingen.

Bei Team Pik hatte Dragon Girl geglänzt. Sie hatte Shamu im Rucksack gehabt. Nachdem sie das Plüschtier ins Wasser gesetzt hatte, war ein ausgewachsener Killerwal davongeschossen, der erst einmal aus reiner Angeberei eine Runde um den Teich schwamm, dann abtauchte, den Safe hochholte und Dragon Girl vor die Füße spie. Rustbelt musste den Stahl nur berühren, um ihn in einen Haufen Rost zu verwandeln, und schon lag ihnen der Preis zu Füßen.

Diese Entscheidung würde ganz bei der Jury liegen.

»Und nun, Team Herz«, sagte Peregrine. »Lasst uns mal sehen.«

In der Zusammenfassung war Anas Kunststück zu sehen, und auf dem Bildschirm wirkte es fast genauso beeindruckend wie in echt. Die Hänge stürzten in sich zusammen, um der Insel Erde zuzuführen, die sich daraufhin in der Mitte des Teichs erhob und durch die Verdrängung eine Flut auslöste. Geologische Umschichtungen, die in Sekunden vonstatten gingen. Ana konnte selbst kaum glauben, was sie da sah. Hatte sie das getan?

Topper lächelte sogar. »Earth Witch, das war eine beeindruckende Leistung. Ich kann es kaum erwarten zu sehen, was du als Nächstes abziehst.«

Downs – der Anspruchsvollste unter ihnen, der Reizbarste und derjenige, dem man es nie recht machen konnte – zog den Augenblick in die Länge, indem er mit einem Stift auf den Tisch trommelte und so tat, als fehlten ihm die Worte. Er legte es darauf an, die Spannung zu steigern. Dann sagte er: »Wenn ich dich noch einmal sagen höre: ›Ich kann bloß Löcher buddeln‹, dann versohle ich dir höchstpersönlich den Hintern.«

Der Kommentar erntete ein paar Lacher, und Ana wurde vor Erleichterung knallrot. *Ich hab's überstanden.*

Dass Curveball den Safe am Ende so elegant und mühelos gesprengt hatte, setzte dem Ganzen die Krone auf. Die Herzen hatten nicht nur die Mission erfolgreich beendet, sie hatten sogar geschafft, dass es so aussah, als wäre es ein Leichtes gewesen.

Diesmal verkündete Harlem Hammer das Urteil. »Team Pik, ihr hattet Glück. Was hättet ihr gemacht, wenn Dragon Girl nicht ausgerechnet dieses Plüschtier im Rucksack gehabt hätte? Team Herz dagegen hat seine Fähigkeiten bis zum Äußersten ausgespielt. Sie lernen, mit ihren Fähigkeiten umzugehen und dabei als Gruppe zusammenzuarbeiten. Aus diesem Grund geht der heutige Sieg zusammen mit der Immunität an Team Herz.«

Sie brachen in Jubel aus, alle zusammen, und sie umarmten einander, sodass sie einen einzigen Menschenknäuel bildeten, aus dem ein wedelnder Fuchsschwanz herausschaute. DB trat in die Mitte und hob Kate mit einem Armpaar in die Höhe und Ana mit einem zweiten. Sie kreischten erschrocken los, mussten dann aber laut lachen.

Mit einem wilden Grinsen beugte sich Kate herüber und sagte über DBs Kopf hinweg zu Ana: »Wir sehen uns im Finale!«

♦

Im Haus von Team Herz wurde an diesem Abend eine Party gefeiert, weil sie nicht um einen Tisch sitzen und Karten auswählen mussten. Weil sie niemanden rauswerfen mussten. Es lief Musik – Wild Fox legte eine CD von Joker Plague auf, was gleich dazu führte, dass DB ihm seine Streiche verzieh und ihn ins Herz schloss. Der Schlagzeuger unterhielt die anderen, indem er auf den Trommelfellen seines Oberkörpers eine Percussionsbegleitung improvisierte.

Ana und Kate saßen an der Küchentheke, tranken Limo und beobachteten das Ganze.

»Gewinnen fühlt sich ziemlich gut an, was?«, sagte Kate.

»Ja«, gab Ana zurück. Ihr hatte sich eine ganz neue Welt eröffnet.

»Ich denke mal, dass es von nun an nur noch besser wird«, sagte Kate. Ihr Lächeln erstarrte jedoch, als Drummer Boy zu ihnen herüberkam. Der Song war zu Ende, und nachdem er sich ein Bier aus dem Kühlschrank geholt hatte, steuerte er auf die Theke zu und warf Ana einen Blick zu, als wolle er sie zum Gehen auffordern.

Doch so leicht ließ sie sich nicht verscheuchen.

Gespannt warteten die beiden, bis er bei ihnen war.

»Hi«, sagte er.

»Hi«, sagte Kate. Ana winkte. Wieder warf er ihr einen wütenden Blick zu. Doch sie lächelte weiterhin, als wäre ihr das nicht aufgefallen.

Er schaute zu Boden, wodurch er fast schüchtern wirkte, und sagte zu Kate: »Ich habe mich gefragt, ob du nicht vielleicht einen Spaziergang mit mir machen willst oder so. Oder nach hinten rausgehen und ein bisschen quatschen. Bisschen feiern. Ich bring dir ein Bier mit.« Er zeigte ihr die Bierflasche in einer seiner Hände.

Sie lächelte kaum merklich. »Versuchst du immer noch, mich ins Bett zu kriegen?«

Einen Moment schien er zu zögern, als müsse er erst noch

entscheiden, wie er die Sache angehen wollte. Dann zeigte er ein breites Grinsen. »Du kannst es doch niemandem verübeln, wenn er es versucht.«

»Doch, das kann ich.« Ihr Lächeln schnitt wie eine Glasscherbe.

DB stapfte davon und trank dabei die Flasche mit einem Zug halb leer.

Kate atmete aus – offenbar hatte sie die Luft angehalten. In dem Moment ging die Haustür auf, und Kate sah über die Schulter dort hinüber. Wild Fox und Hardhat gingen gerade hinaus.

»Eigentlich habe ich gehofft, John würde vorbeischauen«, erklärte Kate, bevor sie einen kräftigen Schluck Limonade trank, um ihren Gesichtsausdruck zu verbergen.

Als die Tür das nächste Mal aufging, stand Ana vor dem Kühlschrank, um Getränkenachschub zu holen, doch sie hörte, wie Kate »Du meine Güte!« flüsterte.

Ana sah zur Tür. »Was ist denn?«

Ein Typ Ende dreißig war gerade hereingekommen. Er hatte sonnengebleichtes blondes Haar und umwerfend blaue Augen. Die Hände in die Taschen seiner Jeans gesteckt, sah er sich um, als hätte er sich verirrt.

»Ist das nicht Brad Pitt?«, sagte Kate. »Der sieht doch wie Brad Pitt aus.«

So sah er eindeutig aus. Obwohl sie flüsterte, hörte der Schauspieler sie. Als er Kate sah, trat ein Leuchten in seine Augen, und er kam zu ihr herüber.

»Du bist Curveball«, sagte Brad. »Ich kenne dich aus *American Hero*.«

»Ja«, hauchte Kate mit weit aufgerissenen Augen.

»Ich habe gehört, hier gäb's 'ne Party, da dachte ich, ich schau mal vorbei. Ist das okay?«

»Ja, klar. Cool.« Kate nickte noch immer. »Ähm … kann ich dir eine Cola holen oder so was?«

»Sicher. Das wäre genial.«

Kate nahm Ana eine der Dosen aus der Hand und reichte sie ihm. Sein berühmtes Grinsen wurde noch breiter.

Ana musterte den Schauspieler – den berühmten Schauspieler, der einfach so bei ihnen aufkreuzte. Sie fragte sich ... und gab sich einen Ruck. Sie musste es darauf ankommen lassen. Falls sie sich irrte, konnte sie sich hinterher immer noch entschuldigen. Hier waren sowieso alle der Meinung, dass sie nicht salonfähig war. Schaden konnte es also nicht.

Sie legte ihm die Hand auf die Schulter und drückte. Brad Pitt verging in schimmerndem Licht, und an seiner Stelle stand Wild Fox mit einer Coladose in der Hand. Er zuckte zusammen, versuchte aber weiterhin, einnehmend zu lächeln. Womit er allerdings nicht so gut durchkam wie Brad.

Kate brauchte einen Augenblick, um die Verwandlung zu begreifen. Dann rief sie: »Oh, du dämlicher Scheißkerl!«

»Hey, ich hab doch nur Spaß gemacht! Wirf nichts nach mir, bitte wirf nichts ...« Er rannte davon, und sie jagte ihm hinterher und holte mit einer leeren Dose aus. Ana sah gerade noch, wie die beiden übers Sofa hechteten und zur Hintertür hinausstürmten.

Ana seufzte. Das würde sich im Fernsehen gut machen. Durch so etwas wurde der Wettbewerb zwar keinen Deut besser, aber auf jeden Fall unterhaltsamer.

♠

Von allen Kandidaten in Team Herz ist Earth Witch vor der Kamera noch immer am nervösesten. Wie ein unterirdisch lebendes Tier, das plötzlich ans Licht gezerrt wird, was in ihrem Fall ein ziemlich guter Vergleich ist. Jetzt aber, im Augenblick ihres großen Triumphs, lächelt sie immerhin. Sie sitzt ein bisschen aufrechter und hat rote Wangen.

Schüchtern senkt sie den Blick. »Ja, klar ist es ein großartiges Gefühl, bei so einer Mission zu gewinnen. Aber ich glaube nicht, dass ich das, was ich gemacht habe, hätte durchziehen können, wenn der Rest meines Teams mir nicht den Rücken gestärkt hätte, verstehen Sie? Das klingt kitschig, aber ich hatte echt das Gefühl, dass sie wirklich an mich glauben. Ich durfte sie nicht enttäuschen, vor allem Kate nicht. Was bleibt mir denn anderes übrig?« Sie zuckt mit den Schultern, kräuselt nachdenklich die Lippen und schüttelt den Kopf. »Ich weiß nicht. Darüber muss ich mir noch Gedanken machen. Im Moment will ich erst mal sehen, was ich tun kann, damit wir diesen Wettbewerb gewinnen.«

♣

Jonathan Hive
Daniel Abraham

Besser als Fernsehen

»Hör – hick – damit auf!«, schrie Joe Twitch.

»Das bin nicht ich«, sagte Spasm mit seinem dämlichen Studentengrinsen. »Im Ernst, bloß weil ich es kann, heißt das nicht, dass jedes Mal ich schuld bin, wenn du Schluckauf bekommst.«

»Schwach – hick – sinn«, sagte Twitch und zeigte mit einem anklagenden Finger auf den Neuankömmling. Die Kameraleute kosteten die Szene weidlich aus. »Bloß weil du glaubst – hick –, ich hätte deinen Krem – hick – pel aus dem Zimmer rausgeworfen…«

Am Nachmittag war der neue Schwung Verlierer angekommen. Blrr, die wahrscheinlich so schnell war wie Twitch oder sogar noch schneller, aber nur, wenn sie ihre Rollschuhe anhatte; Spasm, der das Zimmer gegenüber von Joe bezogen hatte, nur um festzustellen, dass seine Sachen in einen kleineren Raum weiter entfernt gebracht worden waren (das Zimmer sollte einer Frau vorbehalten bleiben, hieß es); und Simoon, das Mädchen, das sich in einen Sandsturm verwandeln konnte. Es war eine Stunde nach dem Abendessen, und schon schrien sich alle gegenseitig an.

Insgeheim war Jonathan zufrieden. Noch ein paar Tage allein mit King Cobalt und Joe Twitch, und er hätte den Verstand verloren.

Und dazu kam, dass Simoon das Zimmer ihm gegenüber genommen hatte.

Jonathan saß auf der Couch in seinem Zimmer, da er seinen Mitinsassen aus dem Weg gehen wollte. Der Streit zwischen Twitch und Spasm drang aus dem Flur zu ihm herein. Im Wohnzimmer plärrte der Fernseher – ein endloser Bericht über die Ereignisse in Ägypten. Gegen Joker gerichtete Unruhen sorgten für Probleme, das ägyptische Militär drohte mit einer Ausgangssperre, und der UN-Generalsekretär sah in der Affäre eine Möglichkeit, der Welt zu beweisen, dass er der Richtige für seinen Job war. Gerade lief ein Sonderbericht über den Kalifen Abdul, der die Strangulierung seiner sämtlichen Brüder angeordnet hatte. Nachdem die Frage diskutiert worden war, ob dieser Schachzug für politische Stabilität sorgen würde, ging es mit *Entertainment Tonight* weiter. King Cobalt war geradezu besessen davon, die Berichterstattung über die Show zu verfolgen. Blrr drehte wahrscheinlich die dreitausendste Runde um den Block innerhalb einer Stunde. Und Jonathan saß einfach nur da und starrte ins Leere. Die Arme hatte er verschränkt, damit niemandem auffiel, dass sein Daumen fehlte und an dessen Stelle kleine grüne Insekten herumkrochen.

Er war sozusagen mit den Gedanken woanders.

Der Strand war nicht leer, nicht einmal nachts, aber doch beinahe. Unten an der Seebrücke waren nur ein paar Studenten, eine alte Dame, die ihren Dackel an einer pinkfarbenen Rüschenleine spazieren führte, und Drummer Boy, der nahe am Wasser saß, sich mit seinem mittleren Armpaar abstützte und die beiden anderen Armpaare sanft um jemanden geschlungen hielt. Das bei Tageslicht grün schimmernde Insekt war im Mondschein kaum zu sehen, und sein Summen wurde von der Brandung übertönt. Deshalb konnte es ziemlich dicht heranfliegen.

»Eigentlich sollten wir nicht hier sein. Du weißt schon. Nicht so«, sagte sie. »Schließlich sind wir Gegner.«

Jonathan erkannte die Stimme: die Frau aus Team Pik, die Karten aus einem mexikanischen Tarotdeck zog und mit jeder Karte eine andere Fähigkeit erhielt. Rosa Loteria. So hieß sie.

»Was soll's«, erwiderte Drummer Boy. »Ist doch nur ein Spiel.«

»Wahrscheinlich«, sagte Rosa. »Sie werden mich eh rauswerfen, dann kommt's auch nicht mehr drauf an, stimmt's?«

»Warum glaubst du, dass sie dich loswerden wollen?«

»Sie können mich nicht leiden«, sagte sie. »Vor allem Cleopatra nicht. Wenn sie rausfindet, dass ich mit dir hier bin …«

»Wer? Pop Tart? Der ist das egal«, sagte Drummer Boy. »Zwischen uns ist es aus.«

»So was habe ich mir schon gedacht«, sagte Rosa. »Das tut mir leid.«

Aha, dachte Jonathan. Jetzt macht sie einen auf Mitleid. Ungeschickter konnte man kaum jemanden verführen, aber es war nicht gerade schwer, Drummer Boy ins Bett zu kriegen. Trotzdem schwieg er so lange, dass Jonathan und Rosa ihre Taktik zu überdenken begannen. »Warum machst du das überhaupt?«, fragte sie. Sie fuhr mit dem Finger die Linien auf einem seiner Arme nach. »Ich meine, warum machst du bei der Show mit?«

»Ich dachte, na ja, du weißt schon, wenn ich gewinne … Vielleicht könnte ich was verändern. Mal richtig etwas bewegen, weißt du?«

Ach, jetzt hör aber auf!, dachte Jonathan, aber Rosa drehte sich in dem Käfig aus Drummer Boys Armen. Sie wandte das Gesicht nach oben, sodass sie ihm in die Augen schauen konnte. Das Rauschen der Wellen übertönte ihre gehauchten Worte beinahe.

»Das hast du nicht nötig. Du kannst jetzt schon was bewegen.«

Er küsste sie. Denn *natürlich* konnte er das.

»Das meine ich nicht«, sagte Drummer Boy. »Die Band ... die Band ist klasse. Das sind wirklich tolle Jungs. Und wir haben echt krasses Zeug rausgehauen. Ich habe halt nur gedacht, das wäre vielleicht ein Weg, um, na ja, über die Musik zu reden. Was sie bewirkt. Was sie bedeutet.«

Rosa küsste ihn erneut, es schien also ganz gut zu laufen. In seinem Zimmer legte Jonathan die Füße auf die Couch. Von jetzt an würden die Dinge ihren vorhersehbaren Gang gehen.

Die beiden spazierten bis an die Brandung heran. Die Wespe folgte fast unsichtbar und in sicherem Abstand. Sie sagten noch etwas, was er nicht verstehen konnte, und dann ließ Rosa ihre Hüllen fallen. Drummer Boy tat es ihr gleich, und sie sprangen gemeinsam ins Wasser. Das war es also. Ende der Vorstellung. Er ließ die Wespe in der salzigen Meeresluft nach oben steigen und sie ein paar Runden über den Strand drehen, bis er das Filmteam entdeckte, das dem Paar gefolgt war. Dann rief er die Wespe zu sich zurück.

Diese Geschichte wäre für ein oder zwei Zeilen gut, wenn er irgendwann mal sein Buch schreiben würde. Vielleicht in dem Sinne, dass die berühmten Asse jede ins Bett kriegten. Oder dass sie über keine Privatsphäre verfügten. Oder darüber, was zum Teufel genau ein *loteria*-Deck war und welche Loserfähigkeit jemand wohl bekam, der *El Pescador* zog oder *El Melon*.

Viel mehr hatte diese kleine Spionageaktion nicht gebracht.

Jonathan wandte seine Aufmerksamkeit anderem zu.

♦

»Sie werden eine echte Bereicherung für die Show sein«, sagte Berman. »Den Vertrag mit Ihrer Agentin auszuhandeln war ein ziemliches Gemetzel, das kann ich Ihnen sagen. Die ist ja fast wie eine Maschine.«

Sie befanden sich auf der Terrasse eines Hauses – Peregrines Haus, vermutete Jonathan. Unter ihnen breitete sich Los Angeles aus wie ein Waldbrand. Peregrine stand direkt hinter der riesigen Glaswand, sah elegant aus und unterhielt sich mit einer jungen Frau. Jonathan war sich sicher, dass er diese Frau schon einmal auf der Titelseite eines Magazins gesehen hatte. Draußen, unter freiem Himmel, lungerte nur Berman herum, zusammen mit einem anderen Typen.

»Danke«, sagte der gerade. Seine Aussprache war hart, mit vollen Vokalklängen. Die Wespe auf dem Geländer summte näher heran, um besser sehen zu können. Blond, blauäugig. Deutscher Akzent. Das erinnerte ihn an etwas. Es hatte irgendwie mit BMW zu tun. »Aber was meinen Sie damit, ein Gemetzel?«

»Eine Auseinandersetzung. Ein kleiner Streit. Nichts Ernstes. Aber sie hat wirklich Ahnung von ihrem Fach.«

»Genevive ist eine sehr kluge Frau«, sagte der Deutsche.

»Das ist sie auf alle Fälle«, pflichtete Berman ihm mit einem Lächeln bei.

Er hasst sie, dachte Jonathan. Oder er vögelt mit ihr. Oder beides. Er nahm sich vor herauszufinden, was von beidem zutraf.

»Die Folgen mit den Gast-Assen sind von zentraler Bedeutung für die Show. Richtig zentral. Und dass wir jemand mit Ihrem Standing haben, verleiht der ganzen Sache internationale Glaubwürdigkeit. Und das wollen wir. Wir wollen klipp und klar zeigen, dass es in *American Hero* nicht nur um Amerika geht.«

Da fiel der Groschen.

Lohengrin. Der Typ, der eine mittelalterlich aussehende

Rüstung heraufbeschwören konnte und ein Schwert, das durch mehr oder weniger alles schneiden konnte. Ziemlich Neuschwanstein, das Ganze. Vor ein paar Jahren hatte er mit irgendwas für Furore gesorgt, doch in den amerikanischen Nachrichten war das Thema nach fünf Minuten abgehakt gewesen.

Aber was genau hatte er hier verloren? Bestimmt war er der Deutsche, von dem Berman schon mal gesprochen hatte.

»Ich möchte den Leuten gerne zeigen, was wahres Heldentum ist«, sagte Lohengrin. »In Amerika weiß man das anscheinend nicht.«

»Ich bin froh, dass Sie das auch so sehen«, sagte Berman.

Die Wespe setzte sich auf das Geländer, etwa einen Meter weit entfernt. Trotzdem nahe genug, um alles hören und sehen zu können.

»Wann lerne ich das Team kennen, das ich anführen soll?«

»Ah«, sagte Berman. »Da hat sich tatsächlich eine kleine Änderung ergeben. Die Idee, dass Sie ein Team anführen, war nur vorläufiges Brainstorming. Nein, der Sender möchte jetzt, dass Sie gegen das Team antreten. Im Rahmen einer Mission müssen sie es mit Ihnen aufnehmen.«

Denn in American Hero *geht es nicht nur um Amerika,* dachte Jonathan. *Es geht auch darum, Ausländer zu vermöbeln.* Lohengrins Miene zeigte ihm, dass nicht nur er zu dieser Schlussfolgerung gelangt war.

»Hat Genevive diese Änderung nicht erwähnt?«, fragte Berman, unausgesprochen Entschuldigung heischend. Lohengrin lächelte eisig. Als das Schwert in der Hand des deutschen Asses erschien, sah Jonathan Berman zurückzucken – und er zuckte selbst zusammen, als das Schwert auf seine Wespe herabsauste. Es fühlte sich an, als würde er gezwickt.

Er hoffte, dass Lohengrin mit dieser kleinen Kostprobe klargemacht hatte, was er von der ganzen Sache hielt. Allerdings hatte Jonathan keine zweite Wespe vor Ort, weshalb er es nie erfahren würde. Zu dumm. Das hätte noch interessant werden können.

♠

Die Wespe in Curveballs Tasche flog los, sobald Jonathans Bewusstsein in sie hineinfuhr. Sie brauchte einen Moment, um sich zu orientieren.

»Ich ... normalerweise spreche ich nicht darüber, weißt du«, sagte Fortune. Hinter ihnen brauste dumpf der Barbetrieb, wo hundert Gespräche gleichzeitig geführt wurden. Das Dekor bestand aus unbehandeltem Holz, lackierten Rohrleitungen und seltsamen Schildern und Gegenständen, die willkürlich mit Kunstharz an die Wände gepappt waren. »Fast mein ganzes Leben lang habe ich mit meiner Mutter zusammen versucht, das Virus unter Kontrolle zu halten. Sie ist fantastisch, weißt du. Ich meine, ich liebe sie wirklich.« Er machte eine Pause. »Männer sollten das eigentlich nicht über ihre Mütter sagen, was?«

»Wahrscheinlich nicht«, pflichtete ihm Curveball bei. »Aber es passt schon. Ich weiß, was du meinst.«

Curveball und John Fortune saßen in einer Nische im Hintergrund der heruntergekommenen Bar. Anscheinend war kein Kamerateam in der Nähe. Entweder hatte es sich sehr gut versteckt, oder John Fortune hatte seine Beziehungen spielen lassen, um Curveball aus dem Kuriositätenkabinett herauszuschmuggeln. Und wenn das kein Grund war, mit einem Kerl auszugehen, dann fiel Jonathan kein anderer mehr ein.

Die Wespe oben an der Decke flog etwas tiefer, wobei sie ihren grünen Panzer hinter den künstlichen Geweihen und Plumpskloschildern aus den Fünfzigerjahren verbarg. Jonathan versuchte, die Körpersprache der beiden zu deuten: Fortune hatte die Hände auf den Tisch gelegt und sich ein bisschen nach vorne gebeugt. Curveball hörte ihm aufmerksam zu, die Ellenbogen aufgestützt. Allerdings flirtete sie nicht mit ihm. Die Haare trug sie offen. Es war das erste Mal, dass Jonathan sie ohne Pferdeschwanz sah.

»Und dann, als ich ein Ass zog ... als ich glaubte, ich hätte ein Ass gezogen, du weißt schon. Keine Ahnung. Das war verrückt. Für die Leute war ich entweder der Heiland oder der Antichrist. Und dann die Sache mit meinem Vater. Die Sache mit Fortunato.«

Der gestorben ist, um mir das Leben zu retten. Doch das sprach er nicht aus. Jetzt, da Fortune mit allem herausrückte, begriff Jonathan, dass da eine Menge Zeit beim Seelenklempner angebracht gewesen wäre.

»Heftig«, sagte Curveball.

»Ja. Ja, das war heftig. Und jetzt«, Fortune zuckte mit den Schultern, »ist alles vorbei. Verstehst du? Früher war ich ständig von Wachleuten umgeben. Und plötzlich war ich eines der wichtigsten Asse auf der Welt. Und jetzt bin ich Käpt'n Krapfen.«

Curveball schüttelte den Kopf und schob die Hand von ihrem Ellenbogen zu der Bierflasche auf dem Tisch. Dos Equis, ein helles Lager. Jonathan hätte erwartet, dass sie eher Wein mochte. »So ist Drummer Boy halt«, sagte Curveball. »Mach dir nichts draus. Der Typ ist ein verficktes Arschloch.«

Und fickt munter vor sich hin, während ihr euch hier unterhaltet, dachte Jonathan.

»Aber er hat schon recht«, sagte Fortune. »Ich meine, es ist komisch, ein ganz normaler Mensch zu sein, weißt du? So gar nichts Besonderes.«

»Vielleicht solltest du in einer Fernsehshow auftreten«, schlug Curveball vor.

Die Wespe saß genau richtig, um Fortunes Gesicht zu beobachten, als er kapierte, was Kate da gesagt hatte.

»Scheiße. Tut mir leid, Kate. Ich habe damit nicht euch gemeint. Ich habe ... ich wollte nicht über euch herziehen.«

»Nein, ist schon okay. Will sagen: Die Entschuldigung ist angekommen, aber das habe ich nicht gemeint.«

»Was dann?«, fragte Fortune.

Sie sah auf, leise lächelnd.

»Was hast du dann gemeint?«, drängte Fortune.

Curveball runzelte die Stirn, griff zur Flasche, trank einen Schluck und knallte sie auf den Tisch. Fortune tat nichts, um das Schweigen zu verkürzen. Hätte er das absichtlich gemacht, dann wäre es ziemlich gut gewesen. Aber der arme Hund meinte es ernst, deshalb war es umso besser.

»Ich denke über die Gründe nach, weshalb wir bei dieser Show gelandet sind«, sagte sie. »Drummer Boy, Earth Witch. Ich. Es macht Spaß, und ich habe viele Leute kennengelernt, die wirklich großartig sind. Und welche, die nicht so toll sind. Aber ich glaube, dass … worüber ich mich wirklich wundere? Dass ich gewinnen will. Ich kam hier an und dachte: Was soll's. Ich probier's mal, und dann werden wir schon sehen, was passiert. Aber jetzt hab ich diese ganzen Leute kennengelernt, und plötzlich kommt es mir total wichtig vor. Ich will es. Ich will der American Hero werden.«

»Und was schließt du daraus?«

»Dass wir vielleicht nie besonders genug sein werden, um glücklich zu sein«, sagte sie.

O wie tiefschürfend, dachte Jonathan. Aber Fortune nickte mit einem Lächeln.

»Darf ich dir etwas verraten? Aber du musst versprechen, dass du es niemandem weitererzählst«, sagte Fortune.

Curveball hob die Augenbrauen.

»Ich habe versucht, meine Fähigkeiten zurückzugewinnen. Nach … nach dem, was passiert ist. Ich glaubte, ich könnte sie vielleicht zurückerlangen und beherrschen lernen. Nachdem mein Vater … nachdem Fortunato mich geheilt hat.«

Curveball schüttelte den Kopf. An der Bar brach jemand in schrilles Gelächter aus, das genauso künstlich war wie das

Ambiente hier. Curveballs Hände lagen auf dem Tisch. Ungefähr zehn bis fünfzehn Zentimeter trennten sie von Fortunes Händen. Vielleicht genau die richtige Entfernung, um zu flirten. Oder auch nicht. Jonathan tat sich schwer, die Gesten und Worte zu deuten.

»Ich habe alles ausprobiert«, sagte Fortune. »Meditation, Hypnose, Akkupunktur. Rolfing.«

»Du machst Witze«, sagte Curveball mit einem Lachen, das mitfühlend klang.

»Heute finde ich das auch bescheuert«, sagte Fortune über sein Glas gebeugt. Jonathan mochte sich täuschen, aber er meinte, der Kerl wäre rot geworden.

»Vielleicht«, sagte Curveball. »Aber ich versteh dich.«

»*Mir ist scheißegal, ob John Fortune seine Fähigkeit zurückbekommt oder nicht!*«

Auf der Couch in seinem Zimmer wurde Jonathan von einem Schwindelgefühl erfasst. Plötzlich wusste er nicht mehr, wo er war. Jemand redete über Fortune. Und klang ziemlich angepisst.

Er stand auf und schob die Hand mit dem fehlenden Daumen in die Hosentasche.

»Nein!«, wiederholte die Frau. Ganz eindeutig eine Frau. »Nein, bin ich nicht. Sie haben mich aus dem Team rausgewählt, Mom. Ich bin draußen. Jetzt sitze ich hier mit den anderen Luschen fest.«

Jonathan ging zur Tür. Auf der gegenüberliegenden Seite des Flurs stand die Tür zu Simoons Zimmer einen Spalt weit offen. Er erkannte ihre sandfarbene Haut und das schwarze Haar, während sie auf- und abging.

»Ja, der ist manchmal hier. Aber es ist nicht …«

Ein leises, schrilles Jammern, eine Stimme vom anderen Ende der Leitung, die wie eine Stechmücke summte. Jonathan ging näher an die Tür heran.

»Ich bin Amerikanerin, Mama. Ich bin in Amerika geboren. Ich war noch nie in Ägypten. Ägypten geht mich nichts an. John Fortune ist nicht mein Problem. Man hat mich aus der Show rausgeschmissen, und jetzt muss ich mit einer der größten Nervensägen der Welt zusammenleben und mit einem mexikanischen Wrestler, der seinen Akzent nur vortäuscht, einem Typen, der sich in Bienen verwandelt, und mit einer Tussi, die glaubt, Rollschuhe wären immer noch in. Ich bin aus dem Rennen. Peregrine findet sowieso, dass ich nichts tauge, und ich werde nicht versuchen, ihren Sohn dazu zu bringen...«

Wieder heulte die Stechmücke auf. Simoon blieb vor dem schmalen Türspalt stehen. Mit einer Hand hielt sie sich das Handy ans Ohr. Den Kopf hatte sie gesenkt, und sie seufzte.

»Ich werd's versuchen, okay? Wenn sich eine Gelegenheit bietet, versuche ich... und dränge mich nicht, Mutter. Ich schwör's, wenn du mich deswegen noch mal anmachst, rede ich kein Wort mit ihm.«

Die Stechmücke wurde leiser.

»Du auch«, sagte Simoon. »Sag Onkel Osiris liebe Grüße.«

Mit einem Klicken wurde das Handy zugeklappt, und Jonathan klopfte sacht an die Tür, die dadurch einen Zentimeter weiter aufgestoßen wurde. Simoon sah mit großen Augen auf. Jonathan winkte. Die Geste sollte freundlich rüberkommen und nicht so sehr wie eine lästige Anmache.

»O mein Gott«, sagte Simoon, die Stirn sorgenvoll gerunzelt. »Was ist mit deinem Daumen passiert?«

»Ach«, sagte Jonathan und steckte die Hand wieder in die Tasche. »Nichts. Kleinere Teile von mir gehen manchmal auf Wanderschaft. Aber die kommen wieder.«

»Aha«, sagte Simoon, und Jonathan strich sie von der Liste der Frauen, die unter gewissen Umständen in Erwägung ziehen würden, mit ihm zu schlafen.

»Ich habe nur... ich habe nur zufällig mitbekommen, wie du, äh, deine Mutter angepflaumt hast.«

Simoon seufzte und setzte sich auf die Kante ihres Betts. Sie wirkte kleiner, als er gedacht hatte. »Tut mir leid«, sagte sie. »Das ist eine lange Geschichte.«

»Die Kameras konzentrieren sich noch immer auf den Streit zwischen Joe Twitch und Spasm«, sagte Jonathan. »Willst du drüber reden?«

»Es ist nichts«, erwiderte Simoon.

»Ägypten. John Fortune. Etwas, das nicht dein verdammtes Problem ist?«, hakte Jonathan nach.

Simoon schüttelte den Kopf, zögerte und sah ihn an. »Na schön«, sagte sie. »Aber nur unter uns, okay?«

»Absolut«, log Jonathan.

»Meine Mom ist eine Göttin. Damals, als das Wild-Card-Virus Ägypten erreichte, bekamen einige Leute, die sich infizierten, die Gestalt antiker Götter. Du weißt schon. Krokodilköpfe oder Löwenleiber, solche Sachen halt. Sie nannten sich die Lebenden Götter. Meine Mutter ist Isis, oder vielmehr, sie ist eine Isis. Denn es gibt mehrere.«

»Sie lebt in Ägypten?«

»Nein. In Vegas. Ein paar von ihnen sind ausgewandert und wurden im Hotel Luxor angestellt. Meine Mutter hat sich mit Elvis eingelassen, als sie dorthin kam, und deshalb gibt's mich. Ich bin die Tochter einer Göttin und des Kings, und trotzdem hat man mich aus der Show geschmissen. Aber ich habe einen ganzen Haufen Verwandte in Kairo. Lauter Kusinen und so.«

Jonathan ging langsam in ihr Zimmer und setzte sich auf die Couch. Das Bett schien ihm dann doch zu vertraulich. »Und was hat John Fortune damit zu tun?«

»Mein Onkel Osiris hat so 'ne Gabe, dass er in die Zukunft schauen kann. Ein Stück weit jedenfalls. Deshalb lassen sie ihn auch nicht in den Casinobereich des Hotels. Egal. Jedenfalls herrscht in unserem alten Viertel in Kairo ziemliche Antijokerstimmung, seit die Twisted Fists den Kalifen ermordet haben. Und Osiris hat Mom gesagt, dass es da ein Amulett gibt, das Peregrine in den 80ern bekommen hat, und dass es Zeit wäre, dass John Fortune es trägt.«

»Aha«, sagte Jonathan. Und dann: »Ich raff's nicht.«

»Es soll ihm die Macht von Ra geben, was auch immer das heißen mag. Und dadurch soll die Situation in Ägypten irgendwie besser werden. Ich kenne nicht alle Einzelheiten, und Onkel Osiris macht immer einen auf mystisch und weise und so 'n Käse, deshalb braucht man verdammtes Glück, wenn man ihm klare Worte entlocken will. Ständig heißt es Schicksal hier und Vorsehung da. Aber Mom hat beschlossen, dass ich John Fortune von dem Amulett erzählen soll. Und jetzt macht sie mich die ganze Zeit an, weil ich es ihm noch nicht gesagt hab.« Simoon zuckte mit den Schultern, als wäre es ganz offensichtlich die bescheuertste Idee der Welt.

»Und warum willst du das nicht?«

»Ich habe an der Show teilgenommen, um Karriere zu machen. Um bekannt zu werden«, erklärte Simoon. »Wenn ich anfange, dem Sohn von Peregrine so einen hirnverbrannten Schwachsinn zu erzählen, ruiniere ich mir bloß meinen Ruf. Und sowieso, nach dem, was ihm passiert ist, will er wahrscheinlich gar keine solchen Fähigkeiten mehr, verstehst du?«

»Hast du es mal mit Rolfing probiert?«, fragte Jonathan.

»Was?«

»Vergiss es«, gab er zurück. »Gib mir mal kurz dein Telefon.«

»Warum?«, wollte Simoon wissen, die plötzlich misstrauisch wurde. *Dafür ist es jetzt ein bisschen zu spät*, dachte Jonathan.

»Vertrau mir«, sagte er.

Mit dem verbliebenen Daumen wählte er. Es klingelte zweimal, dann ertönte ein Klicken.

»Hallo?«, sagte Curveball.

»Hey«, sagte Jonathan. »Reich ihm mal dein Telefon.«

Es folgte eine Pause.

»Wovon redest du, Hive?«

»Ich habe seine Nummer nicht. Deine habe ich noch aus der Zeit, als wir alle Kumpels und unzertrennliche Freunde fürs Leben waren, deshalb rufe ich dich an. Nun schieb schon das Handy über den Tisch, okay? Ich muss mit ihm reden.«

Simoon stand der Mund vor Schreck weit offen, und sie winkte mit beiden Händen ab. *Tu das nicht!* Jonathan streckte den Daumen hoch, eine Geste, die in der Menschheitsgeschichte wahrscheinlich noch nie zuvor so gründlich misslungen war.

»Jonathan?«, sagte Fortune am anderen Ende der Leitung.

»Hi«, sagte Jonathan. »Ich bin hier in der Luschenvilla bei Simoon, und du solltest besser mal herkommen.«

»Was ist los?«

»Eine Geschichte, die du definitiv hören musst. Und das Witzige dabei ist, dass es in der Geschichte um dich geht. Und darum, wie du deine Fähigkeiten zurückerlangst.«

Es folgte eine Pause.

»Willst du mich jetzt verarschen?«, fragte Fortune.

»Das ist der Witz daran«, antwortete Jonathan. »Ich verarsch dich nicht. Komm so schnell wie möglich hierher.«

Er legte auf, bevor Fortune etwas erwidern konnte, und warf Simoon das Handy zu. Sie wirkte keineswegs erfreut.

»Hey!«, drang Blrrs Stimme durch die Tür. »Wir machen Popcorn und wollen ein bisschen fernsehen. Wollt ihr mitgucken?«

Simoon zögerte, und ihr Blick huschte zwischen Jonathan und Blrr hin und her.

»Nee«, sagte Simoon. »Ein andermal. Bugsy und ich sind gerade am Quatschen.«

Blrr machte ein erstauntes Gesicht.

»Nicht so, wie du denkst«, sagte Jonathan.

»Hätte mich auch gewundert«, erwiderte Blrr und verschwand.

»Du hättest ihn nicht anrufen dürfen«, sagte Simoon. »Das hätte unter uns beiden bleiben sollen.«

»Ich weiß, was ich tue«, sagte Jonathan mit einem Grinsen. »Später wirst du mir dafür noch dankbar sein.«

♣

Auf der Suche nach Jetboy
Michael Cassutt

Eigentlich sollte das ein *Spiel* sein. Reality-TV, die Teams auf ihre eigenen, mit Kameras gespickten Hauptquartiere aufgeteilt, der Wettkampf eingeschränkt auf die Missionen. Dramatisch, ja. Tränen und Drohungen, sicher. Aber das Ganze ist *inszeniert* ...

Dennoch erscheinen zwei Hände auf dem Terrassengeländer des Kreuz-Schlupfwinkels. Dann zwei weitere, und noch mal zwei, und damit ist Jamal Norwood klar, wer das ist: Drummer Boy in seiner vollen Größe von zwei Meter zwanzig. Aber warum?

»Das gehört alles zum Spiel, Stuntman.«

»Es ist gegen die Regeln.«

»Es gibt nur eine Regel, und die lautet, dass es keine Regeln gibt.«

Jamal, alias Stuntman, könnte es mit Drummer Boy aufnehmen – oder genauer gesagt: Er könnte alles hinnehmen, was Drummer austeilt –, wenn er so bald nach der letzten Mission von *American Hero* schon wieder Lust hätte, eine Erholungsphase durchzumachen. Stattdessen versucht er, sich von dem Verandastuhl zu erheben und sich zurückzuziehen. Aber er ist wie gelähmt, als wäre er aus großer Höhe auf blanken Asphalt gestürzt.

Drummer Boy geht mit schweren Schritten an ihm vorbei; das Zedernholz ächzt unter seinem Gewicht.

Dann hört Jamal ein Summen und sieht aus dem Augenwinkel den grünlichen Schwarm. Hive greift ebenfalls an. Das ist bestimmt ein Jux, eine geheime Mission, Herz gegen Kreuz, mit den Ausgeschiedenen als Dreingabe. Jamal versucht, sich nach den Kameras umzudrehen, doch er ist noch immer wie gelähmt.

Hives Stimme spricht aus der Wolke. »Wir sind nicht wegen dir hier, Stuntman. Wir wollen *ihn*.« Seltsam: Jamal wusste nicht, dass Hive in dieser Gestalt reden kann.

Jamal spürt schon das Flattern im Rücken. Hinter ihm stößt Brave Hawk wie ein Raubvogel herab.

Oder vielmehr wie die Beute. Denn Hives Schwarm hüllt ihn ein und zwingt den geflügelten Apachen abzubremsen… sodass Drummer Boy ihn mit seinem obersten Armpaar zu fassen bekommt, ihn mit dem mittleren Paar festhalten und mit dem untersten verprügeln kann. Brave Hawk wehrt sich, aber niemand kommt gegen eine Soloeinlage von Drummer Boy an, vor allem dann nicht, wenn er gleichzeitig von Hive umschwirrt und gestochen wird. Jamal hört das Knirschen und Krachen brechender Knochen, das gequälte Stöhnen. *Wie kann das passieren? Wo sind die verdammten Produzenten?*

Wie durch ein Wunder und obwohl ihm das Blut in die Augen läuft und er sichtlich gebrochene Rippen hat, befreit sich Brave Hawk und schlägt so heftig mit den Beinen aus, dass selbst der mächtige Drummer Boy ins Taumeln gerät. Der geflügelte Apache klettert auf das Terrassengeländer und will sich gerade über das ausgetrocknete Flussbett schwingen, als er stolpert und stürzt.

Ein blutiger Baseball rollt gegen Jamals Stuhl. »Hab ihn!« Curveball, die arrogante Tusse, die nichts weiter kann, als Dinge durch die Gegend zu schmeißen, grinst über den Rand der Terrasse hinweg. »Hey, Stuntman, du hast doch mal Ball gespielt – fang!« Sie hebt den Arm, um erneut etwas zu werfen. Aber Jamal kann sich nicht rühren! Curveballs Arm zuckt nach vorn, und das tödliche Geschoss füllt sein Gesichtsfeld aus.

»Du hältst nicht mehr lange durch, Stuntman.«

Jamal blinzelt. *Es gibt keinen Ball.* Keine skrupellosen Herzen überfallen sie. Lediglich Brave Hawk steht links neben ihm, und seine falschen Flügel versperren die Sicht auf den Sonnenaufgang über den Santa Monica Mountains.

Ein bescheuerter Traum während der Erholungsphase.

»Ich seh schon, du glaubst an mich.« Jamal kann Brave Hawk nicht ausstehen. Zu erleben, wie er von Drummer Boy und Hive vermöbelt und wie sein Kopf von einem Geschoss der megaheißen Curveball zerquetscht wird, würde ihm gefallen.

»Sieh dich nur mal an. Wie lange bist du schon hier draußen?«

»Seit gestern Abend.«

»Wo doch da drin ein total bequemes Bett steht. Schlechtes Zeichen, mein Freund.«

Jamal hätte leicht erklären können, wie das mit seiner Erholungsphase läuft. Nachdem er von einem Safe, der zum Objekt eines unterseeischen Tauziehens zwischen zwei Assen geworden war, zermanscht wurde, musste sich sein Körper wieder in Form bringen. Dabei hätte er nicht nur das Bett in Mitleidenschaft gezogen, sondern wäre auch buchstäblich gegen die Wände geprallt. Pech fürs Zimmer, aber noch größeres Pech für die anderen Kreuze, die versuchten, sich nach der schwachen Vorstellung auszuruhen.

Nein, es ist besser, wenn sich Jamal Norwood unter freiem Himmel erholt, auch wenn das frische Nachtluft, Insektenstiche und halluzinatorische Träume mit sich bringt.

»Was ist das?« Brave Hawk bückt sich nach einem Taschenbuch, das neben Jamals Stuhl gefallen war. »*Helter Skelter*?« Offensichtlich hat der Apache noch nie von dem Titel gehört. »Du schmollst hier draußen rum und vertreibst dir die Zeit mit Lesen. Du bist echt auf dem absteigenden Ast.«

Zum ersten Mal seit Stunden steht Jamal auf. Streckt sich. Es fühlt sich so gut an, fast orgasmisch. »Lass mich doch. Was geht's dich an?«

»A: Ich bin dein Mannschaftskamerad. Deshalb brauche ich dich.« Eine Sache, die Jamal an Brave Hawk wirklich nervt, ist seine Angewohnheit, Selbstverständlichkeiten zu erklären, und das auch noch in griffigen Kategorien, als wären seine Zuhörer Idioten. »B: Ich möchte dir einen Vorschlag machen.«

»A:«, sagt Jamal, wobei ihm klar ist, dass Brave Hawk den Sarkasmus nicht heraushören wird, »unser Team ist nur eine vergeigte Mission davon entfernt, sich in eine Sammlung von Ersatzteilen aufzulösen. Wir können nicht mithalten, daran musst du dich gewöhnen. Und B: Ich kann mir nicht vorstellen, was für ein Vorschlag mich interessieren sollte.« Um sicherzugehen, dass Brave Hawk merkt, wie egal ihm das alles ist, tastet Jamal nach dem Glas, das er unter den Stuhl gestellt hat. Erholungsphasen machen ihn durstig.

»Wir müssen uns zusammentun.«

Da ist das Glas. Es ist leer. Jetzt bemerkt Jamal, dass das dreiköpfige Kamerateam Brave Hawk auf den Balkon gefolgt ist. Es ist ständig anwesend und wird von diesem verrückten Produzenten geleitet, der Art heißt. Der Kameramann dagegen, Diaz, ist eher schweigsam. Alle drei gähnen und wirken nicht glücklich darüber, so früh geweckt worden zu sein. »Braucht ihr was zu trinken?«

»Nein, nein, ist schon okay«, sagt Art und wedelt nervös mit den Händen. Jamal ist Arts Panik vor jeglicher Missachtung der vierten Wand, dieser vollkommen fiktiven Vorstellung, dass die Wild Cards hier wirklich unbeobachtet miteinander intrigieren, flirten oder streiten, schon lange aufgefallen. »Tu einfach so, als wären wir nicht hier.«

»Zu spät, Art«, sagt Jamal. Aber er wendet sich wieder Brave Hawk zu und versucht zu schauspielern. Er hat weiß Gott Übung darin. Aber jetzt lässt der tapfere Apache alle warten, während er mit dem Handy telefoniert.

Der Unterschlupf vom Team Kreuz befindet sich in der Nähe des Mulholland Drive, inmitten von Pinien und Wacholder, die in der heißen, trockenen Jahreszeit schon in Flammen aufgehen, wenn irgendwo ein Streichholz weggeworfen wird und eine leichte Brise den Funken anfacht. Hier ist das zwar noch nicht geschehen, aber irgendein Teil von Los Angeles steht in Flammen. Jamal riecht den Rauch, der in der Luft liegt. Er muss oft husten. Er kann die Seiten des Taschenbuchs nur noch verschwommen erkennen, da ihm Tränen in die Augen treten.

Nachdem er sich wieder erholt hat, könnte er auch wieder ins Haus zurückgehen. Aber im Augenblick sitzt er lieber auf den ungemütlichen Hartholzplanken der Terrasse, als sich ein Zimmer mit den anderen Kreuzen teilen zu müssen. Vom Kamerateam ganz zu schweigen.

Außerdem stammt er aus L.A. Die Kurven, Abhänge und verborgenen Villen des Mulholland Drive sind ihm so vertraut wie gut eingelaufene Turnschuhe. Zum Beispiel weiß er, dass das Nurdachhaus westlich von hier einem bekannten Hollywooddetektiv gehört, der den Namen eines toten Musikers trägt. Und dass sich in dem Anwesen darunter – dessen Pool noch im Schatten der Hügel liegt – ein ehemaliger Gouverneur mit jungen Kerlen vergnügte, während er in der Öffentlichkeit mit weiblichen Rockstars ausging.

Trotz ihrer rauen Schönheit ist die Szenerie alles andere als friedlich: Der Rauch, das grelle Licht, die Anhäufung von Reizen kann selbst den Entspanntesten zum Berserker werden lassen.

Brave Hawk beendet sein Telefongespräch. »Meine Freundin«, erklärt er, als ob das Jamal interessieren würde. »Sie hat sämtliche Blogs gelesen und beobachtet, wie sich überall Allianzen herausbilden. Auch sie meint, dass wir beide uns zusammentun sollten.«

»Wach auf, Cochise. Dieses ganze Strategiegeschwafel ist doch bloß eine Folge des ›viralen Marketings‹, das diese Arschgeige Berman betreibt.« Michael Berman ist der vom Sender abgestellte Produktionsleiter von *American Hero*. Jamal hat den in einen Armani-Anzug gekleideten Dungeon Master bei jeder Audition, bei jedem Vorbereitungstreffen und jeder Urteilsverkündung herumlungern sehen – aber selten etwas sagen hören. Dennoch hat er eindeutig mehr zu melden als die eigentlichen Produzenten. »Und was soll das heißen? Weiß sie bereits, wer gewinnen wird? Was die nächste Mission sein wird? Wenn deine bessere Hälfte das weiß, dann sag mir Bescheid.«

Brave Hawk bleibt hartnäckig. »Du glaubst wohl, du weißt alles, nur weil du in Hollywood arbeitest. Aber da irrst du dich, Stuntman. Du und ich …« – an dieser Stelle macht Brave Hawk mit seinen gefalteten Händen eine ziemlich tuntige Geste – »wir beide würden ein geniales Team abgegeben!«

Jamal erkennt, dass darin ein Funken Wahrheit liegt – zumindest in dem Gedanken, sich gegen die anderen Mitglieder von Team Kreuz zu verbünden. Aber mit diesem Typen, der aussieht wie ein John-Ford-Indianer mit Flügeln? »Warum nicht? Hat Holy Roller dich schon abblitzen lassen?«

Mehr Zuspruch braucht Brave Hawk nicht. Er springt auf das Terrassengeländer. »Den habe ich gar nicht erst gefragt! Und das würde auch nicht funktionieren – nicht so gut wie Stuntman und Brave Hawk. Wir sind aus demselben Holz geschnitzt, Mann!«

Immer, wenn Jamal Brave Hawk so etwas sagen hört, sieht er wieder die großartigen Bilder, wie Brave Hawk von den Herzen auseinandergenommen wird. »Wir atmen beide. Wir

wurden beide dazu überredet, bei dieser Sache mitzumachen. Ich wüsste nicht, was wir sonst noch gemeinsam haben.«

Hinter sich hört er Stimmen; Jade Blossom und Diver kommen aus dem Haus. Für die Uhrzeit sind die beiden Mädels
schon ziemlich aufgekratzt – und sie tragen Badeklamotten.
Diver könnte genauso gut gar nicht da sein, denn Jamal hat
nur Augen für Jade, für ihre langen Wimpern, ihre Bewegungen. Ihren Mund. Er hat sich in ihren Mund verliebt, dessen Unterlippe sich immer etwas nach vorn schiebt, wenn sie
etwas sagen will.

Was genau jetzt passiert, bevor sie Jamal zuruft: »Was
macht ihr zwei denn da drüben? Heckt ihr irgendwas aus?«
Sie und Diver lachen los und flirten mit dem Kamerateam.
Das Ganze ist ein einziger großer Witz. Trotzdem wünscht
sich Jamal, Jade würde sich an ihn ranmachen. Zusammen
würden sie ein gutes Team abgeben.

»Denk mal drüber nach, Stuntman«, drängt Brave Hawk.
»Wir sind beide Farbige …«

Fast lacht Jamal laut los. Farbige? Jamal hat dunkle Haut,
klar, und wurde schon oft als »schwarz« bezeichnet. Aber
Brave Hawk? Abgesehen von seiner Wild Card ist er ein genauso gewöhnlicher Weißer wie ein Amerikaner italienischer
Abstammung. »Und? Sollen wir uns *Rot und Schwarz* nennen?« Jamal hat den Roman gelesen. Er muss gar nicht erst
fragen, um zu wissen, dass Brave Hawk noch nie etwas von
Stendhal gehört hat.

Und siehe da: Der Ausdruck gefällt Brave Hawk, und er
deutet auf Jamal wie ein Lehrer auf einen Viertklässler, der gerade sein Einmaleins gelernt hat. »Genau das meine ich. Dann
werden es sich die Produzenten und Jurymitglieder zweimal
überlegen, bevor sie uns aus der Show rauswählen.«

»Du meinst, wir sollten einen Vorteil aus unserer Hautfarbe ziehen.«

»Die anderen kämpfen auch mit allen Mitteln. Die Mädchen schleimen sich mit ihrem Kichern bei den Kameraleuten und der Jury ein. Hast du gesehen, wie Curveball mit John Fortune flirtet? Rosa und Tiffani sind sogar noch schlimmer, und Pop Tart…«

Jamal gibt das nur ungern zu, aber Brave Hawk hat recht. Er ist sich sicher, Pop Tart bei einem vertraulichen Gespräch, wie es nur Liebende führen, gesehen zu haben – und zwar mit Digger Downs. »Warum sollten wir nicht die Werkzeuge benutzen, die Gott uns geschenkt hat?«, sagt Brave Hawk.

Doch Jamal hört bereits das verächtliche Schnauben seines Vaters, des Profispielers Big Bill Norwood. »Dem Baseball ist es egal, welche Hautfarbe du hast. Ob du ihn triffst oder nicht, das ist alles, worauf es ihm ankommt.« Diesen Spruch hat er sein ganzes Leben lang gehört und – im Gegensatz zu den anderen Weisheiten Big Bills – auch geglaubt. Ihm ist klar, dass man ihm das Label »Schwarzer« verpasst hat, aber das hat ihn nie von irgendwas abgehalten.

»Wäre es nicht klüger, wenn wir einfach bei den verdammten Missionen gewinnen?«

»Ja, und das ist ja bisher richtig toll gelungen, was?«

Jamal kriegt die Worte kaum heraus: »Ich kapiere nur nicht, wieso wir plötzlich erfolgreicher sein sollen, wenn wir zusammen ›Kumbaya‹ singen.«

Brave Hawk schaut über seinen linken Flügel zur Filmcrew hinüber – er ist der schlechteste Schauspieler, den Jamal je gesehen hat, und er hat schon viele Nullen gesehen – und legt den anderen um Jamal. Obwohl dieser weiß, dass die Flügel nur eine Illusion sind, fühlt er sich wie von einer modrigen, kratzenden Decke eingehüllt. »Zum einen verabreden wir, dass wir uns nicht gegenseitig aus dem Team rauswählen. Und sollten wir, Teufel auch, im Wasser oder im Treibsand gefangen sein, dann teilen wir uns eine Sauerstoffflasche.«

Jamal kann nicht fassen, dass das Apachenass glaubt, was es sagt. »Ich sag dir mal was, Brave Hawk. Ich verspreche dir, großes Indianerehrenwort, dass ich dir die Sauerstoffflasche nicht über deinen beknackten Schädel ziehe. Aber mehr ist nicht drin.« Er schlüpft unter dem schützenden Flügel hervor. »Werd erwachsen, Cochise.«

Jamal geht davon – endlich tragen ihn seine Beine wieder. Dabei hört er Brave Hawk sagen: »Du bist als Nächster draußen, Stuntman.«

Jamal kann nicht widerstehen. Direkt vor Art und seiner Kameracrew dreht er sich noch einmal um. »Wenn das bedeutet, dass ich von dir wegkomme, stimme ich auch dafür.«

Erst reagiert Brave Hawk gar nicht. Dann fängt er seltsamerweise an zu lachen. Er klatscht wie ein glückliches Kind in die Hände. »Hervorragend! Verdammt, Stuntman, du bist echt gut!« Dann sieht Brave Hawk an Jamal vorbei zu den Kameraleuten. »Habt ihr das aufgenommen?«

»Ja«, sagt Art. »Aber zeig nicht immer auf uns, okay?«

»Wenn ihr es nur aufgenommen habt«, sagt Brave Hawk, stolziert über den Balkon und klopft Jamal doch glatt auf den Rücken. »Nichts weiter als ein hitziger zwischenmenschlicher Moment aus dem wirklichen Leben für die Zuschauer von *American Hero*, was?«

»Du gehst mir echt auf den Sack, Brave Hawk.«

Kurz wirkt der Apache gekränkt. »Mein Angebot war ehrlich gemeint, Stuntman. Als du abgelehnt hast, hab ich halt ein wenig Theater gemacht. Ist gut für die Show.«

Jetzt möchte Jamal ihn wirklich umbringen.

♥

Am meisten Sorgen bereitet ihm die Erkenntnis, dass Brave Hawk letztlich recht hat: Stuntman hat keine Offensivwaffen, keine Pfeile im Köcher. Er kann immer nur reagieren.

Ein weiterer Grund, über das verbittert zu sein, was ihm widerfahren ist.

Er erinnert sich noch immer an den Abend, als seine Wild Card aufgedeckt wurde – weit draußen im Valley, so weit draußen, dass es schon wieder in die Hügel überging. Das war im Frühling, sein letztes Jahr an der University of Southern California, wo er Film und Fernsehen studierte. Zum Studium gehörte, dass man sich an den Projekten seiner Kommilitonen beteiligte. Man konnte schließlich nie wissen, welcher picklige zwanzigjährige Regisseur irgendwann ein Bryan Singer wurde – und einem damit die Tür zu einer Karriere in seiner Crew öffnete.

Das andere Ziel war, der erste Jamal Norwood zu werden – ein Denzel Washington oder Will Smith für das einundzwanzigste Jahrhundert. Und als Nic Deladrier ihn bat, in seinem Studentenfilm den knallharten Joker zu spielen, wusste Jamal, das war der erste Schritt. Deladrier war nicht nur der talentierteste Regisseur in der Abschlussklasse, sondern auch verflucht ehrgeizig. Er hatte Freunde im Showbiz und einen Onkel, der bei *Endeavour* arbeitete… Dieser Studentenfilm würde auf Festivals gezeigt werden und Jamals Gesicht und Namen in jener Sphäre der Branche bekannt machen, in der junge Assistentinnen und Junioragenten Körperflüssigkeiten, Jobempfehlungen und Tratsch austauschen.

Im Skript stand, dass Jamal in einem Lederoutfit als Derek Knight – der reiche Amateurastronom, der in den 40er Jahren das nahende Takisianische Schiff entdeckte und das skeptische Amerika warnen wollte – von einem in den Farben des Alienschiffs bemalten Wassertank herunterspringen sollte.

Die Crew hatte ein Podest aus eineinhalb Meter dickem Schaumgummi gebaut, auf dem Jamal – außerhalb des Bildes – landen sollte. Viermal hatte Jamal den Sprung schon geprobt, zweimal bei Tageslicht. Jetzt war er bereit, ihn vor Deladriers Kamera durchzuziehen.

Aber wie es im südkalifornischen Frühling häufiger geschieht, hatte es in der Nacht zuvor geregnet. Nicht einfach ein Regen wie in Seattle, sondern ein taifunartiger Wolkenbruch. Für Jamals Stiefel war es auf der Oberseite des Tanks zu rutschig. Beim Springen glitt er aus und landete neben dem Schaumstoff.

Der Wasserturm befand sich auf einem Hügel. Später erfuhr Jamal, dass es bis zum Fuß des Hügels über dreißig Meter hinabging. Unten war zerklüfteter Fels – auf dem er nicht direkt aufschlug: Erst krachte er in ein paar Zweige, bevor er, sich überschlagend, auf dem Felsen landete.

Er konnte sich noch daran erinnern, wie schnell alles gegangen war, als er ausrutschte – er hatte die Hände nach dem Podest ausgestreckt, und das entsetzte Gesicht Deladriers war ihm, aus seiner Perspektive gesehen, buchstäblich entgegengeflogen.

Dann wurde er schwerelos wie auf der Achterbahn – und geriet nicht in Panik, sondern konnte es nur nicht glauben.

Dann der Aufprall, grelles Licht blendete ihn, ihm wurde die Luft aus der Lunge gepresst, als wäre er von einem dahinrasenden Lastwagen erfasst worden. Für ein paar Minuten verdrängte der Schock gnädig die Schmerzen. Immerhin so lange, dass Jamal noch begriff, dass er zehn Stockwerke tief gefallen und immer noch am Leben war.

Sicher konnte er sich jedoch nicht sein. Er war blind, taub, hatte kein Gefühl in Armen oder Beinen. Einen entsetzlichen Augenblick lang glaubte er, er sei tatsächlich tot.

Doch dann kehrte sein Sehvermögen zurück, zumindest konnte er die Taschenlampen der Helfer sehen, die ihn suchten. Als das Dröhnen in seinen Ohren abklang wie der kurzzeitige Hörschaden nach einem Heavy-Metal-Konzert, hörte er Stimmen und das Knirschen von Stiefelschritten im Gestrüpp.

Über ihm erschien ein Gesicht, das auf dem Kopf stand –

männlich, weiß, in mittleren Jahren, mit Bart. »Hier ist er!«, rief eine Stimme von weit weg. »Herr im Himmel!«

Das Gesicht wandte sich ab, und selbst mit seinen kaputten Ohren konnte er hören, wie sich jemand erbrach.

Jamal Norwood lebte; seine Wild Card war aufgedeckt worden. Jetzt war er ein Ass, auch wenn seine Fähigkeit lediglich darin zu bestehen schien, dass er sich von extremer Gewalteinwirkung wieder erholte, und zwar meistens innerhalb von vierundzwanzig Stunden. Je schwerer die Verletzungen, desto länger dauerte die Genesung.

Der Unfall veränderte sein Leben auf fast unmerkliche Weise. In echter Hollywoodmanier überstand Nic Deladrier das Beinahe-Desaster und bekam einen Job als Regisseur von *Halloween Night XIII*. Entweder aus schlechtem Gewissen oder weil es ungemein praktisch war, ein Ass als Stuntman zu haben, engagierte er Jamal Norwood vom Fleck weg.

Jamal lehnte ab, bis die Geldstapel zu hoch wurden – und weil Angebote für Filmrollen ausblieben.

In den letzten fünf Jahren ist er nun von einem Job zum nächsten getingelt, von einer Stuntnummer zur nächsten. Meistens stürzt er sich mit Knopflochkameras, die Aufnahmen aus allernächster Nähe liefern, aus großer Höhe herab und verdient damit ein Heidengeld. In *Der einsame Weg* wurde er aus einem Raumschiff geschleudert, in *Der Hoover-Damm* in eine Schlucht geworfen und unter Tonnen von Beton begraben und im Remake von *Kronos* von den stampfenden Füßen einer Amok laufenden Kriegsmaschine zermalmt…

So sieht sein Leben aus. Bei Gott, es hatte schon fast etwas von einem Shakespeare-Drama. Zu stürzen, beinahe zu sterben… und sich unter Schmerzen wieder aufzurappeln.

♦

Nach einer Dusche, frisch gekleidet und ohne dass die gestrigen Verletzungen irgendwelche sichtbaren Spuren hinterlassen hätten, überkommt Jamal heftiger Heißhunger. Er geht runter in die Küche.

Man erwartet von den Mitgliedern von Team Kreuz nicht, dass sie kochen, genauso wenig, wie man von ihnen erwartet, dass sie sich ihre Garderobe aussuchen. »Als wären wir wieder in der Grundschule«, hatte Spasm am ersten Tag in ihrer neuen Unterkunft mit abfälligem Grunzen gesagt. Unmittelbar bevor sie die zweite Mission vermasselt und ihn aus dem Team gewählt hatten.

Trotzdem gibt es feste Essenszeiten, und Jamal hat das Frühstück verpasst. Da er jedoch fünf Jahre alleine gelebt hat, ist er durchaus in der Lage, sich etwas zuzubereiten. Er durchsucht Kühl- und Vorratsschränke nach Eiern, Schinken, Pfannen, Tassen. Das ist gar nicht so leicht, denn die Villa von Team Kreuz wurde nicht nach praktischen Gesichtspunkten eingerichtet, sondern nach optischen. So ist die Küche in einem satten Blau gestrichen, einer Farbe, die Essen unappetitlich aussehen lässt. Und nichts ist dort, wo man es vernünftigerweise erwarten würde.

Eben ist es ihm gelungen, eine Bratpfanne zu finden, als Jade Blossom hereinkommt. Zu Jamals großer Enttäuschung hat sie den umwerfenden Bikini gegen ein Tanktop und eine weite Hose ausgetauscht, als wollte sie den Vormittag mit Shoppen verbringen. Trotzdem sieht sie hinreißend aus. »Da hast du ja was vor«, sagt sie, als ihr klar wird, dass Jamal Sachen für ein Essen zusammensucht. »Wenn du was essen willst, nachdem Holy Roller über die Küche hergefallen ist, dann mal viel Glück.«

»Mich wundert ja, dass der Typ überhaupt ins Haus passt.«

»Oder durch einen Canyon.«

»Sie haben ihn sogar in einen Lastwagen reinbekommen. Und zwar in einen, der die enge Straße hinauf musste.« Den komischen Irrsinn am Tag ihres Einzugs in die Villa Kreuz wird Jamal nie vergessen… das Gesicht der älteren Nachbarin, deren auf Hochglanz polierter Jaguar warten musste, bis der *American Hero*-Konvoi aus Aufnahmewagen, dem Humvee des Teams und dem Umzugslaster um die Haarnadelkurve vor dem Tor gekrochen war. Spasm, der zusammen mit Jamal und Toad Man im Wagen saß, hatte vorgeschlagen, sich über die Frau lustig zu machen. »Was meint ihr, soll ich dafür sorgen, dass ihr einer abgeht? Das hatte sie bestimmt schon lange nicht mehr.«

»Du solltest die Dame nicht ablenken, solange sie am Steuer sitzt«, hatte Toad Man voller Entrüstung erwidert und war Jamal damit um Millisekunden zuvorgekommen. (Es gab nützliche Wild-Card-Fähigkeiten, und dann gab es noch die lachhaften: Spasms Fähigkeit, andere Menschen auf Wunsch zum Niesen oder zum Orgasmus zu bringen, bewies für Jamal wieder einmal die Sinnlosigkeit des Lebens. Spasm war verdientermaßen in der Luschenvilla gelandet, und er würde ihn nicht vermissen.)

Holy Roller aus dem Wagen und in die Villa zu schaffen, war selbst für die Genies der *American Hero*-Crew eine Herausforderung gewesen. Sie hatten Rampen errichtet, auf denen das gigantische Ass sich bis zur Tür rollen konnte, aber um sein Lebendgewicht von 250 Kilo aus dem Wagen zu hieven… nun, dafür war schon die Mithilfe beider Kamerateams nötig gewesen, die heftigst geflucht und geschwitzt hatten. »Sie hätten einen Kran benutzen sollen«, hatte Toad Man vollkommen ernst gemeint. »Das machen Filmleute doch sonst auch immer.«

Jamal hatte es versäumt, darauf zu antworten, denn Holy Roller hatte angefangen, in seinem Predigertonfall abwechselnd die Kameraleute auszuschelten (»Meine Herren, ich bitte Sie! Missbrauchen Sie nicht den Namen des Herrn oder den Ihres Nächsten an diesem schönen Tag! Das ist ja eine

Schande!«) oder auf die Herrlichkeit des göttlichen Plans hinzuweisen (»Gehet ein zu den Gerechten, meine Freunde! Findet die Freude!«), und das war ein Schauspiel, das man sich
nicht entgehen ließ.

Jetzt aber, allein in der Küche mit der schönen, unerreich-
baren Jade, fürchtet Jamal halb, Roller könne direkt hinter
der Tür sein … lauschen … und sauer auf ihn sein.

»Jetzt braucht es den Lastwagen, um uns zu versorgen.«

»Ein weiterer guter Grund, ihn rauszuwählen.«

Jade schüttelt ihren hübschen Kopf. »Die werden Roller so
lange wie möglich behalten. Denn er ist den Leuten, die diesen Mist angucken, viel zu ähnlich.«

»Wie kommt es, dass du in deinem Alter schon so zynisch
bist?«

Jade ist höchstens zwei Jahre jünger als Jamal. »Geh als
Schauspielerin einfach mal zu ein paar Auditions, dann er-
lebst du dein blaues Wunder.«

Jamal dämmert, dass die schöne Jade keine Ahnung hat,
womit er sein Geld verdient. Zugegeben, sie wurden einander nur sehr oberflächlich vorgestellt, aber Jamal hat im
Internet seither die Lebensläufe seiner Mitstreiter studiert.
Jade hat das offensichtlich nicht getan, sonst wüsste sie, dass
auch er schon genug Auditions hinter sich hat. Ein weiterer
Beweis, dass er keine Chance bei ihr hat. »Warum machst du
dann bei *American Hero* mit? Das ist doch im Grunde derselbe
Mist, oder etwa nicht?«

Sie hat eine Schachtel Cheerios gefunden und macht sie
beiläufig auf. Während Jamal nach einer Schüssel und einem
Löffel sucht, sieht er, dass Jade die Flocken einfach direkt aus
der Schachtel futtert. Nicht, dass er etwas dagegen hätte –
sie dürfte mit ihren Lippen alles berühren, was ihm gehört –,
aber er ist selbst so ausgehungert, dass ihm fast der Speichel
aus dem Mund läuft. »Ich mag solche Shows. *Laguna Beach*,
Survivor, *Great Race*. Ich gucke nur solche Sachen.«

In diesem Schrank ist nichts. »Dann weißt du ja ganz genau, wie das Spiel abläuft.«

»Ja.« Sie mampft vor sich hin. »Die überlegen sich sehr gut, wie sie diese Shows besetzen. Es gibt immer einen Alten, einen Biker, einen Bekloppten und« – sie lächelt – »einen aus einer Minderheit.«

»Nur einen?« Jamal weist mit einer höflichen Geste auf Jade. »Und was ist mit dem chinesisch-amerikanischen Mädchen?«

»Ich falle in die Kategorie heißes Mädchen. Heißes Mädchen übertrumpft die Minderheitengeschichte.« Das ist so wahr wie ärgerlich. »Die andere Kategorie im Reality-TV sind Freaks, aber...« Und da lächelt Jade ganz bezaubernd. Im selben Augenblick ist Jamal verloren – ganz gleich, wie zickig und selbstsüchtig sie auch sein mag, jetzt muss sie ihm das Herz schon aus der Brust reißen und zertrampeln. »In *American Hero* sind die Freaks in der Überzahl. Weshalb sie selbst einen... extrem fetten Weißen dabeibehalten müssen. Geht vielleicht mal jemand an das Scheißtelefon? Bitte?«

Da erst fällt Jamal auf, dass er aus dem Wohnzimmer ein Tschirpen vernommen hat. Toad Man ruft herüber, dass er rangeht. »Hallo«, hören sie ihn sagen. »Hier spricht Buford.«

»Dann hast du dir also eine Strategie zurechtgelegt. Du bist das heiße Mädchen.«

»Und ich bring euch große starke Männer dazu, dass ihr euch gegenseitig rausprügelt.«

»Wie soll ich die anderen denn rausprügeln? Meine Wild Card ist rein defensiv. Ich stecke ein und rapple mich wieder auf. Super.«

Jade mampft noch immer. »Ich dachte, du wärst voll die Sportskanone!«

Für eine derart egozentrische Frau zeugt eine solche Aussage von einer überraschenden Beobachtungsgabe. »Wer sagt, dass ich eine Sportskanone bin?«

»Du läufst wie eine Sportskanone. Du sprichst wie eine Sportskanone. Mit Sportlern kenne ich mich aus … alle meine Brüder machen Sport.«

Toad Man erscheint in der Tür, und wie immer blinzelt er verblüfft. »Holla. Äh, die brauchen uns. Im Griffith Park Observatorium. Weiß jemand, wo das ist?«

Nass, glänzend, frisch aus dem Pool und immer noch im Bikini, tritt Diver in den Flur. »Im Griffith Park.«

Am anderen Ende des Flurs steht Holy Roller und verschließt den Durchgang wie ein Flaschenkorken. Und zu Jamals Erheiterung verhindert er dadurch, dass Art und die Kameraleute vernünftige Bilder machen können. »Lobet Gott. Eine weitere Mission. Möge der Herr mit uns sein!«

Die Teammitglieder verteilen sich auf ihre Zimmer, um sich in letzter Minute für die Kameras herauszuputzen. Auch Jade Blossom. Jamal stellt fest, dass sie die Schachtel Cheerios mitgenommen hat. Und dass er immer noch nicht gefrühstückt hat.

♠

Jade hat erstaunlich treffend erfasst, was es über Jamal Norwood zu wissen gibt. Vergiss die Wild Card – sein Leben war schon lange vor dieser verregneten Nacht 2001 vom Kurs abgekommen.

Jamals Vater, Big Bill Norwood, war in dem Viertel in South Central, das für seine Baseball- und Footballstars der Nationalliga sowie zahlreiche Spieler in kleineren Ligen bekannt war, der herausragende Sportler. »Allerdings keine Hockeyspieler«, pflegte Bill immer zu sagen. »Eis is' nicht.«

Auch Jamal war gut und hatte die Geschwindigkeit und Koordination eines Weltklasseathleten. Alles, was ihm fehlte, war die Größe. In seinem ersten Jahr in der Loyola Highschool kam er auf 1,75 Meter bei 80 Kilo Gewicht. Selbst wenn er der beste Basketball- oder Footballspieler der Welt gewesen wäre, hätte ihm kein Scout oder Trainer lange genug zugeschaut, dass er es hätte beweisen können. Vorausgesetzt, der Trainer hätte ihn überhaupt bemerkt, denn er war einen Kopf kleiner als alle anderen in der Mannschaft.

Jamal musste erleben, wie erniedrigend es war, nicht in die Baseball-Schulmannschaft aufgenommen zu werden, obwohl er beim Schlagen die höchste Quote der ganzen Mannschaft hatte. Auf dem Weg nach Hause beging er einmal den Fehler, sich bei Bill darüber zu beklagen.

Big Bill schüttelte lediglich den Kopf. »Vergiss die Karriere als Profisportler«, sagte er. »Das schaffst du nie.«

»Aber ich bin gut, Dad! So gut wie die Wilkes-Brüder!«

»Ich rede hier nicht von gut oder nicht gut, Jamal! Klar bist du gut, wahrscheinlich gehörst du zu den besten fünf Prozent in deinem Alter. Ich sage nur, dass aus dir nie ein Profisportler wird. Dafür geht bei dir zu viel ab.«

»Das verstehe ich nicht.«

Big Bill seufzte. »Bei dir geht im Kopf zu viel ab.« Offenbar fiel ihm auf, dass Jamal noch immer nicht kapierte, was er meinte. »Schau mal, um Profi zu werden, brauchst du zwei Dinge: das Talent, und das hast du, und außerdem den richtigen Kopf dazu – und den hast du nicht.«

»Willst du damit sagen, dass ich dumm bin?«

»Ich sage genau das Gegenteil. Ich sage, dass es in deinem Leben zu viele andere Dinge gibt, über die du nachdenkst! Nur die Jungs werden zu Profis, die keine andere Wahl haben. Du musst in der Lage sein, nach der Schule täglich sechs Stunden lang auf den Korb zu werfen. Du musst dribbeln. Und du musst das tun, weil du sonst nichts anderes kannst! Denn das ist langweilig. Wenn dir langweilig wird und du dich dabei ertappst, dass du lieber ins Kino gehen würdest oder ein Buch lesen oder lernen oder auch nur den Mädels hinterherjagen, dann wird kein Weltklassesportler aus dir.«

Jamal grummelte, dass die Sportler doch immer die Mädels abkriegen würden. »Stimmt. Aber das liegt daran, dass die Mädels ihnen hinterherjagen und nicht umgekehrt.«

Also ging er an die University of Southern California, fest entschlossen, das Gegenteil von seinem Vater zu werden – keine Sportskanone, sondern ein Intellektueller. Er las Eggers und Pynchon und, ja, auch Stendhal. Er entdeckte Marcel Duchamp und die Konstruktivisten, das französische Kino und die Filme von Howard Hawks.

Er sah sogar *Der Jazzsänger*.

Doch auch diese Karriere wurde auf dem Altar der Wild Card geopfert.

Jetzt ist Jamal Norwood auf *American Hero* angewiesen.

♣

»Die heutige Mission ist eine Schatzsuche.«

Das Griffith Park Observatorium hat gerade eine fünf Jahre andauernde und neunzig Millionen Dollar teure Sanierung hinter sich. Da Jamal in der Grundschule auf Exkursionen immer wieder hierhergeschleppt worden war, glaubt er, diesen Ort zu kennen. Und in seinen Augen hat sich nichts verändert. Der einzige Unterschied ist, dass man hier nicht mehr parken kann. Hätten er und die anderen von Team Kreuz nicht den Geländewagen von *American Hero* gehabt, hätten sie den Bus nehmen müssen.

Was allerdings sowieso keine Rolle spielt. Sie sind die letzte der vier Gruppen und gesellen sich zu den anderen Konvois aus Produktionswagen und Cateringfahrzeugen.

Jetzt stehen Jamal und die anderen Kreuze vor einem riesigen Emblem, das so dünn ist, dass es im sanften Morgenwind flattert, und einem flachen Gebilde, einer Anzeigetafel ähnlich und mit einem bunten Tuch abgedeckt. Die Asse aller Teams, von Kreuz, Karo, Pik und Herz, haben sich vor Peregrine aufgestellt, klugerweise so, dass ihnen das Licht ins Gesicht fällt. Peregrine tritt in einen glatten, sechs Meter durchmessenden Plastikkreis mit dem Logo von *American Hero*.

Zwar war Jamal schon auf einem Dutzend Filmsets; dennoch ist er überrascht, wie künstlich alles ist. Vielleicht ist das ein weiteres Zeichen dafür, dass er im falschen Metier arbeitet. Er will, dass die Figuren in Film und Fernsehen echt sind.

Toad Man stupst Jamal an. »Junge, Junge, ich dachte, uns hätte es schwer erwischt, aber guck dir mal die an«, sagt er und nickt zu den fünf Karos hinüber, die sich vor ihrem Symbol versammelt haben. Sie wirken auf Jamal wie eine Baseballmannschaft, die, eben erst frisch gegründet, gegen die Brooklyn Dodgers antreten muss. Nur hat keine solche Mannschaft je einen so armseligen Spieler wie den Maharadscha aufgestellt, dem zwei Beine und ein Arm fehlen.

Die Herzen dagegen wirken übermütig. Sie sind zu sechst, genau wie die Kreuze. Beide Mannschaften haben bereits bei einer Mission gewonnen und deswegen einmal Immunität erhalten. Pik und Karo dagegen haben jedes Mal verloren und sind deshalb auf fünf Spieler geschrumpft.

Jamal blinzelt – und verdrängt die Gedanken an sie. Er muss wie Big Bill denken. Das sind alles Gegner.

»Wir haben fünf solche Statuen« – Peregrine hält eine goldene, dreißig Zentimeter große Figur in die Höhe, ein stilisiertes Abbild von Jetboy – »an fünf verschiedenen Orten in und um Los Angeles versteckt. Das Team, das innerhalb der nächsten vier Stunden die meisten Jetboys gefunden hat, gewinnt. So einfach ist das.«

»Irgendwelche Regeln?«, poltert Drummer Boy und wirft seinem Komplizen Hardhat dämlich grinsend einen Blick zu.

»Natürlich«, erwidert Peregrine. »Und zwar genau eine: Es gibt keine Regeln.«

Der Großteil der Asse spricht die letzten vier Worte mit. Jamal spürt, wie sich sein Puls beschleunigt. Wie damals, als er zum Schlagen vom Wartekreis zur Home Plate gegangen ist … oder bei seinem ersten Mal auf dem Filmset.

»Okay, ich präsentiere euch … die Schatzsuche!« Peregrine enthüllt einen riesigen Monitor, auf dem gerade gar nichts zu sehen ist.

»Scheiße!«

»Einen Moment, Mom. Sie haben die Verbindung verloren.« Die Stimme von John Fortune. Mit der Hand am Kopfhörer rennt er zum Sendewagen, der ein Dutzend Schritte entfernt ist – zweifellos auch, um sich nicht wieder von Drummer Boy als unfähiger Trottel verspotten zu lassen.

»Spielen die Orte überhaupt eine Rolle?« Diver steht hinter ihm. »Egal was, am Ende kann ich doch nur tauchen oder schwimmen. Ich lebe nur im Wasser auf. Meine Güte.«

»Könnte schlimmer sein. Du könntest ein Tackling Dummy sein, so wie ich.«

»Ein was?«

Jamal seufzt. »Stell dir einen Boxsack auf einem Schlitten vor. Damit trainieren Footballspieler das Tackling.«

»Dann lass uns die Plätze tauschen. Ich glaube, mir würde es besser gefallen, getacklet zu werden, als dir.«

»Du hast vielleicht miese Laune!«

»Du hast ja keine Ahnung.« Sie zwingt sich zu einem Lächeln.

»Okay, Asse! American Heroes!« Der Monitor leuchtet auf und zeigt ganz im MapQuest-Stil eine Karte von Los Angeles County mit fünf blinkenden Punkten darauf. Einer befindet sich im Valley nahe der Kreuzung der 405 mit dem Ventura Boulevard. Einer scheint auf einem Gipfel in der Nähe des Mount Wilson zu sein. Einer ist mitten in Beverly Hills. Einer ist ganz weit draußen in Venice an der Küste. Und der letzte schließlich müsste vom Griffith Park Observatorium aus gleich hinter dem nächsten Hügel sein.

Jamal hat keine Lust, bis nach Venice zu latschen oder

auf einen Berg – und als Einwohner von Los Angeles weiß er, dass man die 405 und den Ventura zu jeder Tages- und Nachtzeit meiden sollte. Er will auch nicht in der Nähe des Rodeo Drive in einen Kampf geraten. Wer braucht das schon? Außerdem hat er so eine Ahnung, um was es sich bei dem fünften Ort handeln könnte.

Während Jamal auf den Bildschirm schaut, verändert sich die Anzeige. Es tauchen richtige Adressen und Bilder auf und rufen alle möglichen Reaktionen hervor, von Anerkennung bis Verwirrung.

Der fünfte Ort ist der Griffith Park Zoo.

Peregrine stellt sich für drei Kameras in Positur. »Ihr seht eure möglichen Ziele. Wie ihr da hin- und wieder zurückkommt, ist euer Problem.« Sie deutet auf eine große geschmacklose Uhr mit *American Hero*-Zeigern, die in die Mitte des Kreises gestellt wurde. »Wenn ich sage ›los‹, fängt die Uhr an zu ticken und ihr startet.

Noch irgendwelche letzten Fragen?« Gewollt theatralisch. Jamal findet das Ganze unsäglich nervtötend und wendet sich ab, noch bevor Peregrine ruft:

»Los!«

♥

Die erste Herausforderung ist das kopflose Gerangel, um zu entscheiden, wer von den Kreuzen wohin geht. Zwei Minuten werden mit Vorschlägen, Argumenten und Stößen vergeudet, ehe das totale Chaos ausbricht. Während Jade Blossom und Diver sich über die Frage in die Haare kriegen, welche von beiden besser geeignet ist, um in Beverly Hills zu suchen, wendet sich Toad Man zu Jamal um und deutet ein Lächeln an. »Das erinnert mich an ein Footballspiel, wenn alle die Köpfe zusammenstecken, um sich abzusprechen.«

»Ja, aber hier gibt es keinen Quarterback.«

Schließlich ist es Holy Roller, der mit seiner Stimme und seiner Körperfülle für Ordnung sorgt. »Verdammt noch mal, Leute!« Der für ihn gar nicht charakteristische Gebrauch eines Kraftausdrucks versetzt den Teammitgliedern einen Schock und bringt sie zum Schweigen. »Wir verschwenden Zeit, wie es so schön heißt. Bruder Stuntman, du kennst diese gottlose Stadt besser als wir. Warum weist du uns nicht den Weg – und zwar ein bisschen plötzlich.«

Ob es ihm passt oder nicht, Jamal hat auf einmal den Hut auf. Und seine Entscheidungen liegen auf der Hand: »Brave Hawk, auf den Berg. Pfarrer, du und Toad Man, ihr sucht im Valley. Jade, Beverly Hills.«

Jade strahlt triumphierend. Was schon schlimm genug wäre, aber dann stößt sie Diver auch noch den Ellenbogen in die Rippen und sagt: »Pech für dich, Süße«, während Jamal nichts anderes übrig bleibt als: »Diver, Venice.« Eingedenk ihrer vorigen Unterhaltung fügt er ein »Sorry« hinzu.

Wäre Divers Wild Card ein Paar Laseraugen gewesen, würde Jamals Kopf jetzt verdampfen. »Fick dich, Stuntman. Wo gehst du hin?«

»In den Zoo.«

◆

Beim Aufbruch herrscht wildes Gedränge, und nicht nur unter den Kreuzen. Brave Hawk schwingt sich in die Luft. Kurz darauf startet Jetman in einer Explosion von Rauch und Feuer, und das Echo hallt von den Hügeln zurück. Buford verwandelt sich in eine Kröte von der Größe eines VW Käfers und hüpft davon, worauf Roller hinter ihm her poltert. Aus dem Nichts taucht ein Pelikan von der Größe eines Heißluftballons auf und flattert Richtung Nordosten – eines von Dragon Girls Plüschtieren. Will sie zum Zoo? Oder zum Mount Wilson, um es mit Brave Hawk und Jetman aufzunehmen?

Jamal hört, wie Rosa Loteria Rustbelt zuruft, er solle »den Zoo nehmen«. Das lächerlich gekleidete, auf Kanadier machende Ass hechtet in einen Produktionswagen und legt den Gang ein … das ganze Innere des Wagens ist jetzt wahrscheinlich verrostet. Jade Blossom schnappt sich John Fortunes Handy und ruft ein Taxi – schließlich will sie nach Beverly Hills.

Wie es sich für den Sohn von Big Bill Norwood gehört, legt Jamal einen Zahn zu, rennt zum Geländewagen und rutscht auf den Fahrersitz, ehe jemand anderes den Parkplatz erreicht. Es amüsiert ihn, Art auf dem Rücksitz und Diaz mit Kamera auf dem Beifahrersitz vorzufinden. »Wen habt ihr denn heute geärgert?«

»Du zeigst aber bitte nicht den ganzen Tag auf uns, oder, Stuntman?« Art klingt völlig niedergeschlagen.

»Tut mir leid«, sagt Jamal. Er stößt zurück und rast so schnell wie möglich auf die östliche Ausfahrt des Parkplatzes zu.

Da er in Los Angeles groß geworden ist, hat Jamal ein stark entwickeltes Gespür für die hiesige Geografie, vor allem für Abkürzungen. Er entdeckt gleich hinter einem Tunnel eine Standspur und überholt rasch Rustbelts Lastwagen. »Also, ich fahre zum Zoo«, sagt er und dreht sich zu Art um. »Was muss ich dort tun? Mit einem Alligator ringen?«

Art kann sich ein Lächeln nicht verkneifen. »So was in der Art.« Ein weiterer Grund, weshalb er ein schlechter Produzent für *American Hero* ist: Er wird nervös, wenn die Kandidaten die vierte Wand nicht respektieren, kann aber selbst die Klappe nicht halten.

Jamal denkt kurz nach – einen langen, gedehnten Moment der Konzentration, wie bei einem weiten Schlag von der Base oder einem unterbrochenen Lauf. Er kann gewinnen. Er spürt es. Er will es.

Als er am Parkplatz am Fuß des Hügels ankommt, ganz in

der Nähe der Abzweigung zum Greek Theatre und des abgewrackten kleinen Golfplatzes auf der anderen Seite der Vermont Avenue, hält Jamal am Straßenrand an. Noch hat er ein bisschen Vorsprung vor seinen Gegnern. Kurz überlegt er, ob er einfach warten soll, bis sie vorbeiparadieren. Wieso sollte er ihnen nicht folgen? Sich bedeckt halten und aus dem Hinterhalt zuschlagen, wenn der rechte Zeitpunkt gekommen ist? Diese Strategie würde natürlich voraussetzen, dass Rustbelt kein unfähiger Volltrottel ist.

Und wenn schon. Wenn du mitspielen willst, dann spiele volles Risiko, um erneut Big Bill Norwood zu zitieren. Lass die andern auf dich reagieren.

Eins, zwei, drei – da kommen ein Laster und zwei Geländewagen. Jamal kann nicht erkennen, wer im dritten Fahrzeug sitzt. Aber wen interessiert das? Die Autos verschwinden in den umliegenden Straßen und geraten in den verheerenden Nachmittagsverkehr, wie Jamal weiß.

Der normale Weg führt sie auf der Vermont erst ganz nach Süden bis auf den Los Feliz Boulevard, wo immer viel los ist. Dann nach Osten und Norden zum Eingang von Zoo und Park. Aber es gibt eine andere Route …

»Fährst du auch mal weiter, Jamal? Oder sollen wir Mittagessen bestellen?«

Er lächelt. »Art, fragst du dich eigentlich nicht, weshalb ich immer wieder mit dir rede?«

Art verstummt. Anscheinend ist er sich seiner Schwäche bewusst.

»Ich fahre. Schau her.«

Und Jamal verlässt den Seitenstreifen und fährt nach links statt nach rechts, wo eine kurvige Straße bergauf führt, von der er weiß, dass sie ihn über den Hügel und zur Rückseite des Zoos bringen wird.

♠

Heute ist der Zoo von Griffith Park geschlossen – das hätte sich Jamal denken können, da keine Schulbusse auf dem Parkplatz Schlange stehen. Doch ein Filmteam von *American Hero* ist direkt neben dem Eingang postiert – und rechnet offensichtlich noch nicht mit Ankömmlingen. Jamal sieht mit Vergnügen, dass sie wie die Ameisen herumwuseln. »Du hättest die Jungs wohl anrufen sollen, Art.«

Jamal fährt an den Eingang heran – und weiß, dass ihn zwei Kameras ins Visier nehmen. Plötzlich fühlt er sich nicht nur wie auf einem Filmset, sondern auch wie der Hauptdarsteller. Warum soll er nicht den American Hero spielen?

Er kneift die Augen zusammen – ein echter Clint Eastwood –, während er die Szene betrachtet, dann ein Blick nach links und wieder zurück – ein modifizierter Schwarzenegger. Vom Eingang führt an den Gehegen vorbei ein Pfad, der mit Kegeln abgesteckt ist.

Jamal setzt ein Tom-Cruise-Lächeln auf. »Showtime.«

Er lässt den Wagen nach vorn schießen. »Jemand hinter uns, Art?«

Art bleibt ihm die Antwort schuldig.

Die Fahrt dauert nicht lange – Jamal müsste schon ein Idiot sein, wenn er das Banner verfehlen würde, auf dem groß *American Hero* und *Schatzsuche* steht.

Die Idee, eine Statuette in einem Zoo zu verstecken, kommt Jamal bescheuert vor – andererseits ist ihm das mit den bisherigen Missionen genauso gegangen. Trotzdem geht Jamal nicht davon aus, dass er gegen einen seltenen Bengalischen Tiger antreten muss – und das ist auch nicht der Fall.

American Hero hat einen eigenen Käfig gebaut. Und was ist drin? Ein Braunbär, irgendein Löwe, ein Nashorn – und eine Grube voller Schlangen.

Und ein nagelneuer Zaun, der vor elektrischer Spannung nur so knistert und Funken schlägt.

»Da ist für jeden von uns etwas dabei«, sagt Tiffani hinter ihm. So viel zum Thema Vorsprung. Die Spiegelung der strahlenden Mittagssonne eilt ihr voraus. Tiffani ist vollständig kristallisiert.

Jamal ist dem glitzernden Diamantenmädchen noch nie begegnet. Er fragt sich, wie viele Diskussionen zwischen Berman und dem Produzententeam über die Frage geführt wurden, ob das Ass aus West Virginia ein Diamantenkostüm tragen müsse, weil sie sich schließlich in superhartes Karbon verwandeln kann.

(Dann fragt er sich, wie viele Diskussionen es darüber gegeben hat, dass Jamal Norwood alias Stuntman keinesfalls in das Team Pik kommen sollte.)

In ihrer natürlichen Gestalt ist sie ein fesches Ding, wie man in ihrem Heimatkaff in West Virginia bestimmt sagen würde – mit roten Haaren und wachem Blick, keiner besonders tollen Figur, aber einer ordentlichen Portion Selbstbewusstsein. Aufgrund seiner bisherigen Eindrücke hat Jamal sie als weißes Unterschichtsmädchen aus einer Wohnwagensiedlung eingeschätzt, aber daran mochte auch ihr Akzent schuld sein. Ihr jetzt zum ersten Mal so nahe zu sein zwingt ihn, seine Meinung über sie zu revidieren und etwas positiver über sie zu denken. Wäre da nicht Jade Blossom, die ihn in Verzückung versetzt, könnte er es schlechter treffen als mit Tiffani. Allerdings nicht heute. Nicht, wenn ihre Immunität auf dem Spiel steht.

»Ich lasse dir gern den Vortritt«, sagt er.

»Und da beklagen sich immer alle, es gäbe keine galanten Jungs mehr.«

Jamal lächelt. »Du warst ganz schön schnell.«

»Wir hatten eine Polizeieskorte.« Das erklärt alles. Denn Jamal weiß, dass die anderen Kandidaten sonst unmöglich schon hier wären, müssten sie im Verkehr von L.A. den ganzen Bogen fahren.

Wieder eine Sache, die er nicht vorhergesehen hat … die

andauernde Einmischung des Produktionsteams von *American Hero*. Was haben sie sonst noch gegen ihn ausgeheckt? Er schlüpft an dem frisch gestrichenen Absperrgeländer vorbei – das erstaunlich stabil ist für etwas, das *American Hero* aufgebaut hat – und bemerkt die verschiedenen versteckten Fallen, die man den Kandidaten gestellt hat. Hinter der Schlangengrube befinden sich seltsam geformte Becken, die mit irgendeiner schäumenden Substanz gefüllt sind – Säure? Sicher nicht. Löcher in den Wänden – wird man auf ihn schießen? Projektile? Oder Feuerbälle? Ein Teil des Käfigbodens weist eine Gitterstruktur auf und wird von den Tieren offensichtlich gemieden – steht er etwa unter Strom? Oder verbirgt sich da ein Netz? Was passiert, wenn man darauftritt? Wird man dann gefesselt? Oder fällt man durch eine Luke? Und in diesem Gehege streichen drei große, gefährliche Tiere herum, die sich – aus welchem Grund auch immer – nicht gegenseitig anfallen. (Ein Gedanke, der Jamal dazu bringt, nach Futtertrögen Ausschau zu halten – er entdeckt sie im Halbdunkel im Hintergrund, widerliches Fleisch türmt sich dort auf.) Bleibt allerdings die Frage: Wo ist die verdammte Statuette? Komm schon, Jetboy, zeig dich!

Tiffani deutet mit einem Nicken auf den Käfig. »He, sieh mal da.« Sie zeigt mit dem Finger. Zu Jamals Überraschung ist ihre Bewegung fließend, dabei hätte er ein Knirschen erwartet. Rustbelt kauert auf dem Käfig und berührt die Gitterstäbe, die gleich verwittert aussehen. Und ein paar Meter weiter – außerhalb des Käfigs – steht ein wahrhaftiger Tyrannosaurus und lenkt den Löwen ab. Wild Fox ist also auch hier.

Jamal beeindruckt die Vorstellung, dass Rustbelt einen ziemlichen Sprung hingelegt haben muss, um auf den Käfig zu gelangen. Das, oder seine Fähigkeit schützte ihn, als er über den elektrischen Zaun gestiegen ist.

Jamal sieht sich nach so etwas wie einem Sammelpunkt um, möglichst einen vor den Kameras. Rustbelt hängt noch immer an den Gitterstäben, und Wild Fox legt sich mit den Tieren an. Der Bär brüllt und schlägt mit seiner Pranke nach Rustbelt, so schnell und gezielt, dass der stählerne Trampel der Länge nach hinfällt. »He, pass auf!«, kreischt Rustbelt aus Minnesota, und sein Akzent plärrt wie eine Autohupe. »Mann, du tust noch jemandem weh, weißt du das?« Dann lacht er dümmlich, als wäre das alles nur für die Kamera gestellt. Aber selbst aus fünfzig Metern Entfernung kann Jamal erkennen, dass Rustbelts Hände zittern. Er fällt mit einem Scheppern auf den Käfigboden, das von den Höhlenwänden im Gehege zurückgeworfen wird, zwischen den beiden Höhlenkuppeln hin- und herwandert und über falsche Felsen und frisch gepflanzte Bäume stolpert. Soweit Jamal erkennen kann, gibt es keinen Weg hinein.

Verdammt noch mal.

Jamal stürzt sich gegen den Elektrozaun, spürt die stechenden Funken – das sofortige Zusammenziehen aller Muskeln in seinem Körper –, begreift, dass das kein gutes Zeichen sein kann… und riecht, wie sein eigenes Fleisch verbrennt.

Dann schlägt er auf dem Betonboden vor der Grube auf. Er liegt auf dem Rücken, keucht, zuckt, Sonne und Wolken wirbeln umher. Er fühlt sich, als wäre er von einem hundertfünfzig Kilo schweren Linebacker in vollem Tempo plattgewalzt oder aus einem Flugzeug geworfen worden.

Komm schon, rappel dich auf…

Wie lange? Er ist sich nicht sicher. Er zwingt sich, sich aufzusetzen… aufzustehen. Okay, er ist noch immer im Spiel.

Es ist nicht unmöglich, die Grube zu überspringen, stellt Jamal fest. Wie die meisten Hindernisse in *American Hero* ist sie so gestaltet, dass sie gefährlicher aussieht, als sie in Wirklichkeit ist. Ein rascher Sprung, und er ist drüben.

Doch er gleitet auf einer rutschig gewordenen Schicht festgestampfter Erde aus. Als er versucht, das Gleichgewicht wiederzuerlangen, verspürt er einen Stich, als hätte er sich einen Schenkelmuskel gezerrt. Verdammter Idiot. Die Verletzung wird ihm lediglich wehtun und ihn langsamer machen. Sie ist nicht schwer genug, um eine Erholungsphase auszulösen. Jetzt bringt ihm seine großartige Wild Card rein gar nichts.

»Hey, Rusty! Pass auf!« Jamal dreht sich um. Der glitzernden Tiffani gegenüber, auf dem Geländer auf der anderen Seite des Geheges, hat Wild Fox wieder seine natürliche Gestalt mit Fuchsohren und -schwanz angenommen. Jetzt warnt er Rustbelt vor Stuntmans Näherkommen. Jamal kann das Stahlass nicht einmal sehen, auch wenn das Grunzen und Schnauben von Bär und Löwe verraten, wo er ungefähr sein muss.

Plötzlich blitzt Tiffani in seinem Sichtfeld auf, wenn auch außerhalb des Geländers. »Hinter dir, Stuntman!«, ruft sie – zu spät.

Ein Schatten fällt auf Jamal. Das Nashorn. Rumms! Die Bestie rammt ihn mit dem Kopf, sodass er auf einer der Kuppeln über den Höhlen landet. Die Kuppeloberseite ist aus Beton – Jamal wird dagegengeschleudert, schürft sich Arme und Beine auf und blutet.

Und versucht, den Füßen des Nashorns zu entgehen. Daneben. Daneben.

Dann ein Treffer an der linken Schulter. Er kann einen Schrei nicht unterdrücken und muss hören, wie der Laut durch den Käfig hallt.

Er schleppt sich in das Gehege hinein. Das Nashorn ist entweder zufrieden mit der Tracht Prügel, die der Eindringling bezogen hat, oder wird von etwas anderem abgelenkt und wendet sich ab, sodass Jamal anfangen kann sich zu erholen.

Ein anderes Gefühl dringt durch den Schmerz: In dieser Höhle herrscht ein Gestank, der alles übertrifft, was Jamal je erlebt hat.

Er sitzt … und bewegt versuchsweise seine Schulter. Sie ist

völlig zertrümmert, aber sie setzt sich bereits wieder zusammen. Er nutzt die Zeit, um das Innere der Höhle nach Jetboy abzusuchen. Nein, nichts als Bären- oder Nashornkacke.

Kurz darauf schleppt er sich wieder aus der Höhle hinaus, als er auch schon lautes Stimmengewirr vernimmt – Wild Fox brüllt in einer neuen Tiergestalt, Rustbelt grölt wie ein Betrunkener bei einer Parkplatzparty. Art und die anderen Filmleute haben ihre Kameras ausgerichtet. Außerhalb seines Sichtfelds passiert etwas. Gut. Das verschafft ihm Zeit, um weiterzusuchen.

Er schlägt einen Bogen und bringt eine der Höhlen zwischen sich und das schnaubende Nashorn, das über die Anwesenheit mehrerer Asse im Gehege wenig erfreut zu sein scheint.

Im Halbdunkel erkennt Jamal nicht nur das zu erwartende Laub und ein paar Kisten oder Fässer – vermutlich voller Futter –, sondern auch andere Hürden wie etwas, bei dem es sich nur um eine Limbostange handeln kann.

Welcher bescheuerte Produktionsdesigner hat sich das ausgedacht? Oder ist das das Werk eines der »Autoren«, die Jamal bei den Kamerateams herumlungern sah?

Vielleicht liegt es an seiner Erfahrung mit Filmaufnahmen, wo jede Sequenz in Einzelteile zerlegt wird, dass er das komische Gefühl hat, als sähe er das Abenteuer so, wie es Tage oder Wochen später die Leute auf ihren Flachbildschirmen zu sehen bekommen würden. Ein Gehege in Weitwinkel... Löwe, Bär, Nashorn... Schlangengrube... Tiffanis Gesicht... Wild Fox mit aufgestellten Ohren und wedelndem Schwanz. Schnitt, Schnitt, Schnitt.

Rustbelt stößt einen Eimer mit Futter um und durchwühlt es.

Inzwischen ist auch Wild Fox im Gehege – und hat die Gestalt eines Bären angenommen! Welcher von beiden ist das Ass? Ah, derjenige, der sich suchend umblickt.

Tiffani, wo ist Tiffani? Leute, den Blickfang brauchen wir doch! Da ist sie, strahlend und glitzernd. Jamals Erstaunen verwandelt sich in Wut, als sie einfach auf den elektrischen Draht steigt, wie von Elmsfeuer umwabert darauf balanciert, ohne dass ihr etwas geschieht, und schließlich ins Gehege hüpft.

Natürlich, Stuntman ist aus Fleisch und Blut. Er wird verletzt und erholt sich wieder. Tiffani dagegen hat sich in eines der härtesten bekannten Materialien verwandelt, das extrem schlecht leitet. Von ein paar Volt Spannung würden sich ihr noch nicht einmal die Haare aufstellen, vorausgesetzt ihre Haare können sich überhaupt aufstellen. Sie lächelt so blendend in die Kamera, dass Jamal es von hinten sehen kann – nämlich am Widerschein auf den Gesichtern der Kameraleute.

Schließlich dreht sie sich um. »Vorwärts, Stuntman!« Schnitt, Schnitt, Schnitt.

Dann Rustbelt, der sich unter dem schwungvollen Hieb der Braunbärtatze wegduckt. (Was zum Teufel denkt er sich dabei?) Schnitt.

Wild Fox nimmt in Bärengestalt eine der Höhlen auseinander und durchsucht ihren Inhalt auf sehr gründliche, unbärenhafte Art und Weise. »Was haben wir denn da?«, sagt er. *Mist, hat er etwa die Jetboyfigur gefunden?*, fragt Jamal sich. *Bin ich der Gearschte?* Schnitt.

Dann Jamal selbst, Stuntman. Plötzlich sieht er sich einem Löwen gegenüber. Für einen Sekundenbruchteil will er bei dem Anblick loslachen … ein Schwarzer und ein Löwe! Wie so ein Dschungelfilm in Schwarzweiß.

Er hat bereits einen Stromschlag verpasst bekommen und ist niedergetrampelt worden. Von einem Löwen aufgeschlitzt zu werden, kann er sich nicht mehr leisten. *Nichts wie weg!* Er muss agieren wie auf dem Footballfeld: rennen, ausscheren, anhalten, umdrehen.

Sein verletztes Bein bremst ihn aus, als er versucht, von einer Abdeckung über einigen Rohren und Ventilen herunterzuspringen. Rumms! Wieder schlägt er auf, nicht besonders hart für Stuntmanmaßstäbe, aber heftig genug, dass ihm die Luft wegbleibt.

Tiffani schreit den Löwen an, sodass er sich umdreht und bei ihrem Anblick ausrastet – sofern Löwen ausrasten können.

Unter der verrutschten Abdeckung entdeckt Jamal die verfluchte Statuette, einen auf dem Rücken liegenden Jetboy. Jamal wälzt sich herum, um darauf zuzukriechen…

Zack. Verdammt, er schafft es nicht! Dieses Gittermuster auf dem Boden ist irgendeine nichttödliche Waffe, ein drahtloser Elektroschocker, der ihn lähmt! Er streckt sich, kriecht, streckt sich…

»Hey, Rusty!«, hört er Wild Fox.

Wo? Jamal wendet sich von der schimmernden Statuette ab – an die er noch immer nicht herankommt –, kann aber weder Wild Fox noch Rustbelt erkennen – und auch nicht Tiffani. Aber sie können nicht mehr weit sein. Drei Kamerateams bewegen sich näher heran.

Dann sind die Tiere da. Er kann sie riechen…

Rumms! Drummer Boy, der aus lauter Armen besteht und vor Selbstbewusstsein nur so strotzt. Als er auf dem Elektroschockgitter aufkommt, kreischt er auf, zerrt Jetboy aber dennoch unter der Abdeckung hervor, bevor Jamal auch nur auf anderthalb Meter heran ist. »Pech gehabt, Superstar!«

Nicht Drummer Boy: *Wild Fox!* Als dieser sich umdreht, streckt Jamal die Hand aus und bekommt seinen Schwanz zu fassen. Er kann ihn nicht sehen, aber er ist da. Er reißt daran, und der falsche Drummer verliert das Gleichgewicht, verwandelt sich in Wild Fox zurück und landet mit dem Hintern in einem Haufen Bärenkot. Er schlägt hart auf, und die Statuette fällt ihm aus der Hand.

Endlich kämpft sich Jamal auf die Beine. Als er sich auf die Figur zuschleppt, sieht er, dass Rustbelt sie vom Boden aufhebt … Augenblicklich verändert sie ihre Farbe und Textur. Als Jamal sieht, dass seine Immunität sich in der Hand dieses untersetzten, dämlichen Trottels aus Minnesota befindet, der sich aufführt wie ein Affe mit einer Handgranate, geht er an die Decke. »Du hast sie kaputtgemacht, du Superhirn!«, schreit er.

Rustbelt reagiert, als hätte Jamal ihm eine Ohrfeige versetzt. Und während er abgelenkt ist, taucht Tiffani neben ihm auf und reißt ihm die Statuette aus der Hand.

»He!« Rustbelt wirkt ehrlich gekränkt.

»Verdammt, lass sie nicht abhauen!«, fährt ihn Wild Fox an. Er klettert über den Zaun und aus dem Gehege hinaus. Rustbelt steht wie versteinert da, während Tiffani mit Jetboy tatsächlich posiert wie ein Nummerngirl in einer Show, ganz das glitzernde Mädchen. »Schön, was?« Nie hat Jamal sie mit stärkerem Akzent sprechen hören. Er durchschaut, was sie tut. Vier Kameras sind auf sie und die männlichen Asse, die sie flankieren, gerichtet. Der erste, der etwas unternimmt, steht als Straßenräuber da, der über eine Cheerleaderin herfällt.

Nach einem letzten Blick über die Schulter – ja, da ist das verfluchte Nashorn, das genauso verwirrt wie Rustbelt zu sein scheint – gesellt sich Jamal zu den Leuten vor der Kamera. »So viel zum Thema Teamwork«, sagt er.

»Komm schon, Jamal, was hast du denn erwartet? Wir können uns die Statue nicht teilen.«

Natürlich hat sie recht. Sie gehörten nie demselben Team an. Jamal schlägt sich die Idee aus dem Kopf. Dann stellt er fest, dass er die Art und Weise verabscheut, wie sie die Figur erlangt hat: nicht mithilfe ihrer Wild-Card-Fähigkeit, die kaum nützlicher ist als seine, sondern weil sie ein Mädchen ist.

»Noch hast du sie nicht zurückgebracht«, sagt Rustbelt. Das ist der längste zusammenhängende Satz, den Jamal ihn bisher hat sagen hören.

Einen Moment scheinen die Worte in der Luft zu hängen, Gestalt anzunehmen ... und zu einer handfesten Drohung zu werden.

Tiffani begreift, dass ihre weibliche Immunität gefährdet ist.

Mit den Kameras auf den Fersen rennt sie zu ihrem Wagen.

♣

Jamal hat sich wieder so weit erholt, dass sein Bein ihn nicht mehr behindert, auch wenn seine Schulter noch ein paar Stunden lang eine klebrige Masse bleiben wird. Im Wettrennen zu den Fahrzeugen hängt er Wild Fox und Rustbelt schnell ab. Aber Tiffani ist noch vor ihm. Tiffani fährt rückwärts aus einem Parkplatz hinter einem Geländewagen von *American Hero* samt Filmteam heraus. Jamal erreicht seinen Wagen – Art und sein Kameramann sind schon drin. Offenbar freuen sie sich darauf, seinen Frust aufzuzeichnen, wenn er gegen Tiffani verliert.

Erst als er schon auf der Straße ist und in rasendem Tempo durch den Verkehr nach Süden navigiert, fragt er sich, was er damit eigentlich erreichen will. »Wie schlagen sich die anderen Kandidaten?«

»Soviel ich gehört habe, dauert die Shoppingtour zu lange.« Art wirft einen Blick über die Schulter zu seinem Kameramann, der kichert. »Brave Hawk hat Jetmann eine ordentliche Abreibung verpasst. Er ist mit der Statuette schon zurück.«

Dann wird Brave Hawk also im Spiel bleiben. Jamal muss unbedingt gewinnen, und sei es nur, damit er von dem Apachenass nicht eimerweise Herablassung zu spüren kriegt. Vorausgesetzt natürlich, dass Jamal nicht rausgewählt wird.

Das wird jedenfalls nicht passieren, weil er zu langsam fährt. Jamal hat fahren gelernt, doch in dem eingeschränkten Umfeld eines Filmsets um Kurven zu heizen und den Wagen herumzureißen, ist um einiges einfacher als durch den fließenden Verkehr zu rasen, über rote Ampeln zu preschen und den Standstreifen zu benutzen. Trotzdem: Er hat es drauf, die beiden Deppen hinter ihm nicht.

Er holt Tiffani bei der Abzweigung nach Osten auf den Los Feliz ein und fährt neben ihr her. Erst bemerkt sie ihn gar nicht, weil sie von den Blicken, Schreien und Gesten aus den Autos vor und hinter sich zu abgelenkt ist. Dann wendet sie die Augen nach rechts – und Jamal hat das Vergnügen, echtes Erstaunen auf ihrem Gesicht zu erblicken.

»Du kannst nichts tun, Jamal!« Er glaubt nicht, dass sie das sagt, um ihm eins reinzuwürgen. Und ganz kurz hat er ein schlechtes Gewissen, denn ihm ist gerade eingefallen, wie er ihr die Statuette abjagen kann.

Aber nur ganz kurz. Die anderen Asse mögen Tiffani. Sie werden sie nicht aus dem Team wählen. Jamal dagegen steht auf der Kippe.

Hier kann er die Aktion nicht durchziehen, nicht auf dem Los Feliz, wo der Verkehr dreispurig vorwärtswogt und wieder abbremst wie Fettklumpen im Blutkreislauf eines Übergewichtigen.

Plötzlich sieht er rechts eine Lücke. Tiffanis Wagen steckt in der mittleren Spur hinter einem Geländewagen fest, aber rechts, wo irrsinnigerweise Wagen geparkt sind, ist Platz, um an ihr vorbeizufahren. Er schert nach rechts aus, dann wieder nach links, kurz bevor er auf einem BMW klebt. Er kommt bei der nächsten Ampel gerade noch durch, bevor sie umspringt – jetzt sind Tiffani und die *American Hero*-Crew gut eine Minute hinter ihm. Er kann auf die Vermont abbiegen und anhalten. »Raus hier«, befielt er Art und dem Kamera-mann.

»Was zum Teufel hast du vor, Jamal?«

»Raus mit euch, bevor euch noch was passiert!«

Zum Glück gehört Art zu der Sorte Mensch, die schnell re-agiert. Vielleicht liegt es auch an Jamals Gesichtsausdruck. Produzent und Kameramann klettern hintereinander aus dem Wagen. Bevor die Tür zuschlägt, hat Jamal bereits wie-der Gas gegeben.

Er wirft einen Blick in den Rückspiegel. Eben biegt der Geländewagen mit den Kameraleuten um die Ecke, fünfzig Meter hinter ihm.

Schneller, schneller. Er braucht mehr Zeit.

Am Golfplatz vorbei, dann scharf nach links. Den Hang hinauf. Die gleißende Kuppel des Observatoriums blitzt im Vorbeifahren wie eine aufgehende Sonne.

Hier! Eine Ausweichbucht, wo die Bergflanke eine Bie-gung macht. Er reißt fieberhaft den Wagen herum, macht sich bereit. Und blinzelt sich Schweiß aus den Augen. Das ist völ-liger Wahnsinn. Er möchte überall sein, nur nicht hier. Big Bill hat recht – ihm fehlt die Wettkampfmentalität.

Der Kamerawagen fährt an ihm vorbei. Und ohne sich be-wusst dazu zu entscheiden, tritt Jamal aufs Gas und prescht seitlich in Tiffanis Auto hinein. Wie Fleisch vom Knochen, so holt er den Wagen von der Straße herunter und schiebt ihn über den Abgrund hinaus.

Jamal spürt die Schwerelosigkeit wie in einer Achterbahn oder während dieses furchtbaren Sturzes bei Nic Deladriers Filmprojekt. Der Aufprall des Wagens auf dem Fels und dann auf Tiffanis Auto fühlt sich an wie ein Schlag mit einem Ziegelstein von der Größe eines Garagentors.

Er hängt an Bauch und Schulter in seinem Sicherheits-gurt. Er hat sich keinen neuen Bruch geholt, aber definitiv neue Schmerzen, vor allem in seiner zertrümmerten Schulter.

Auch seine Wange hat etwas abbekommen. Aber der robuste Geländewagen ist noch ganz – es gelingt ihm, die Tür aufzumachen und sich hinauszuziehen.

Es riecht nach Rauch, und er hat Staub in der Kehle. Das Licht ist so hell, dass es ihm in den Augen wehtut. Eine Brise wirbelt den Canyonboden auf, ein Santa-Ana-Wind, der durch den Temperaturunterschied zwischen der Wüste im Norden und dem Meer im Süden entsteht. Man hört nichts als ein paar ferne Stimmen, Schulkinder, die auf den Wiesen weiter unten spielen. Ihre Rufe werden von den umliegenden Hügeln verstärkt.

Der Hang ist steil. Er muss sich am Wagen festhalten, um nicht abzurutschen. Seinen Beinen geht es nicht gut, aber er spürt, wie sie sich bereits erholen. Tiffanis Auto steht zehn Meter weiter unten, auf den Rädern, aber so zusammengedrückt, als hätte die Faust eines Riesen es zerquetscht.

Und Tiffani sitzt immer noch angeschnallt im Fahrersitz, ihre glitzernde diamantene Oberfläche staubbedeckt. Panisch versucht sie, sich zu befreien, was ihr noch schwerer fällt, weil sie unbedingt Jamal anschreien muss. »Du bescheuertes Arschloch!« Tatsächlich braucht sie einige Sekunden und Atemzüge, bis sie die Worte herausbringt. Jamal rutscht zur Beifahrerseite, und während er den unterarmlangen rostfarbenen Jetboy aus der Ersatzradmulde fischt, steckt er drei wuchtige Schläge ein.

»Du hättest mich umbringen können! Was hast du dir bloß dabei gedacht?«

»Dass ich gewinnen will.« Er sieht, dass sie eingeklemmt ist. »Wenn ich wieder oben bin, gebe ich Bescheid, dass dich jemand rausholt.«

Er steckt die Statuette unter sein T-Shirt, denn er braucht beide Hände zum Klettern.

♥

Er erholt sich schnell – er ist die Straße zweihundert Meter weit hochgejoggt bis zur letzten Kurve vor dem Observatorium und der Zielgeraden, als er, völlig krass, eine schöne nackte Frau auf dem Hügel erblickt. So wie Hugh Hefner sich das Paradies vorstellt. Es ist Jade Blossom! Seine Traumfrau mit dem kecken Mund und den atemberaubenden Brüsten…

Er stolpert – seine Füße haben sich in einem Strick verheddert. Er fällt und landet auf Jetboy. Noch mehr Schmerzen. Als er sich auf die Seite rollt und mit der gesunden Hand versucht, sich von dem Strick zu befreien, sieht er, wie sich Jade Blossom in Wild Fox zurückverwandelt.

Natürlich.

Wild Fox und Rustbelt haben ihn nicht nur gefangen, sie haben obendrein noch Unterstützung bekommen. Drummer Boy ist auch zur Stelle und Rosa Loteria ebenfalls – was den *Caballero* erklärt, der das Lasso aufwickelt, über das er gestolpert ist. Um den Spaß komplett zu machen, wird Rustbelt auch noch von einem Filmteam begleitet – Art und Diaz. Jamal blickt die Straße hinauf. Der Geländewagen mit der Kamera kommt zurück. Dann veranlasst das Flappen der Rotorblätter eines Helikopters alle, sich umzusehen. Die Kamera, die die Mission der fliegenden Asse aufgezeichnet hat, ist offenbar auch zurück.

Jamal kommt sich vor, als wäre er Will Smith. Er ist der Star in einem Actionfilm, und dies ist der große Showdown. Wie in *Bad Aces II*. Helikopter und Santa-Ana-Winde, die Staub aufwirbeln, Nachmittagssonne. Fehlt nur noch die Musikbegleitung.

»Komm schon, Großmaul«, ruft Drummer Boy, der mit seinen rudernden Armen locker die Straße blockiert. Er sieht aus wie ein Hindugott auf Crack. Als der Hubschrauber nach Süden abschwenkt, um über Sunset Boulevard und Thai Town eine Kehre zu fliegen, hört Jamal hinter sich knirschende Schritte. Er springt zur Seite und weicht einem Schlag von Rustbelt aus.

Er ist umzingelt. In der Unterzahl.

Ihm bleibt nur die Option, in Bewegung zu bleiben. Er ist schneller und wendiger als seine Gegner. Er muss nur die verdammte Ziellinie erreichen.

Drummer Boy hebt einen Stein auf und wirft ihn. Jamal sieht es, duckt sich, doch da saust schon ein zweiter heran. Scheiße! Ohne nachzudenken weicht er aus, reißt Jetboy unter seinem T-Shirt hervor – er steht da wie ein Schlagmann beim Baseball und drischt auf das nächste Geschoss ein. Der Aufprall fährt ihm in die Knochen, wie beim Baseball an einem kalten Tag.

Was den schmerzhaften Stich jedoch abmildert ist der Anblick, wie der Stein zu Drummer Boy zurückgeschleudert wird und ihn an der Stirn trifft. Die Arme des Asses flattern wie Zweige in einer sanften Brise, und er sackt auf dem rissigen Asphalt in sich zusammen. Jamal packt Jetboy und sprintet an Drummer Boy vorbei. Rosa Loteria hat sich zurückverwandelt und mischt hektisch ihre Zauberkarten. Mit der Statuette schlägt Jamal ihr die Karten aus der Hand und hört ihr Keuchen, als sie durch die Luft fliegen. Dann versperrt ihm ein fauchender Tiger den Weg. Er rennt durch ihn hindurch und stößt Wild Fox um, der auf seinem kotverschmierten Schwanz landet.

Vor sich erkennt er das Observatoriumsgebäude. An der Seitenlinie stehen ein halbes Dutzend Asse – Brave Hawks falsche Flügel flattern im Wind. Dragon Girl. Pop Tart.

Und Berman, der Typ vom Sender, steht auch irgendwo da drüben.

Es ist, als hätte sich die ganze Welt gegen ihn verschworen.

Noch hundert Meter. Hinter ihm der Kamerawagen. Über ihm der Helikopter.

Kurz wünscht er sich, er könnte in das Gebäude hineingelangen. Was für ein perfekter Ort, um den Messerkampf aus ... *denn sie wissen, was sie tun* nachzuspielen!

Jamal wird von hinten getroffen. So vollkommen überrumpelt wurde er noch nie. Er knallt auf den Asphalt, schrammt sich Kinn und Hände auf. Jetboy gleitet ihm aus den Fingern. Rustbelt, von seinem eigenen Schwung getragen, rollt an ihm vorbei. Seine Nieten schlagen auf dem Straßenbelag Funken. Jamal krabbelt hinter der Statuette her.

Er und Rustbelt greifen gleichzeitig danach.

Kurz starren sie einander an, Auge in Auge. »Die gehört mir.«

»Nein, mir«, sagt Rustbelt.

Beiden ist klar, dass Jamal bei einem Tauziehen nicht gewinnen kann. Seine Wild Card – die ohnehin selten nützlich ist, außer auf einem Filmset – hilft ihm hier kein bisschen. Aber was hat Tiffani ihn gelehrt? Er besitzt andere Waffen. Vor allem, als er Rustbelt sagen hört: »Das hast du davon, dass du so ein ...«

Das Wort geht im Dröhnen der Hubschrauberrotoren unter.

Jamal lässt die Figur los. Er deutet auf Rustbelt und brüllt, so laut er kann, vor laufenden Kameras: »Habt ihr gehört, wie er mich genannt hat? Was ist das hier für eine rassistische Scheiße?«

◆

»Du hast dir ja Zeit gelassen.«

Es ist früh am nächsten Morgen. In der Unterkunft von Team Kreuz ist es ruhig. Jamal sieht Michael Berman aus der Frühstücksecke kommen. Erstaunlicherweise trägt er noch immer seinen schwarzen Anzug und Krawatte. Das einzige Anzeichen dafür, dass er die ganze Nacht wach war, ist ein leichter Bartansatz mit überraschend vielen grauen Haaren. Und der gelockerte Krawattenknoten.

»Wusste nicht, dass wir einen Termin haben.«

»So dumm bist du nun auch wieder nicht.«

Jamal nimmt die Kanne von der Kaffeemaschine – sie ist noch immer schmutzig. Er schlägt sie Berman ins Gesicht, und es knirscht laut. Aber sie zerbricht nicht …

Nein, nein, das ist unnötig. Hör erst mal, was er zu sagen hat.

Er schüttet das alte Kaffeepulver in den Müll, während Berman seltsamerweise den Schrank öffnet, in dem der Kaffee ist. »Du hast doch nicht im Ernst geglaubt, dass du diese Bombe hochgehen lassen kannst, ohne dass das Konsequenzen hat, oder?«

Jamal spürt, wie sich auf seinem Gesicht ein angespanntes Grinsen bildet. Konsequenzen. Erholung, ach ja. Die Gesichter aller Beteiligten, als er schrie, dass Rustbelt ihn »Nigger« genannt habe. Der verrostete Jetboy erreichte nie die Ziellinie. Die ganze Szene löste sich auf, Asse strömten in ihre Fahrzeuge wie Gaffer zum Schauplatz eines Verbrechens. In der Unterkunft herrschte gestern Abend dumpfes, verwirrtes Schweigen.

Beinahe jedenfalls, denn Brave Hawk klopfte ihm auf die Schulter: »Hab's dir doch gesagt.«

Jetzt nimmt Berman ihm die Kanne ab und trocknet sie mit einem Papiertuch. Er geht zum Wasserspender in der Ecke und füllt sie auf. »Wie viel Kaffee nimmst du?«

»Wie bitte?« Jamal hat sich noch immer nicht ganz erholt, und da ist er nie ganz er selbst. Plötzlich fühlt er sich unsicher. Was macht dieser Typ hier? Von was redet er gerade?

»Wie viel Kaffee auf wie viel Wasser?« Bermans Gesichtsausdruck legt nahe, dass das doch die normalste Frage der Welt sei.

»Zwei zu eins. Ich meine, eins zu zwei. Ein Löffel Kaffee auf zwei Striche Wasser.«

»Mach ich auch so.« Mit zwei schnellen Bewegungen setzt Berman die Kaffeemaschine in Betrieb.

»Also«, sagt Jamal. »Wo ist die Kameracrew?«

»Dieses Gespräch hat nie stattgefunden.«

»Gut.«

»Genauso wenig wie dieses eine Wort, nehme ich an. Denn auf der Tonspur ist es nicht zu hören.«

Jamal lässt diese Aussage eine Weile im Raum stehen. »Was aber nicht heißt, dass es nicht gesprochen wurde. So wie diese Unterhaltung. Es gibt keine Aufnahme, aber sie findet statt, stimmt's?«

»Das wäre Stoff für eine interessante öffentliche Debatte, was? Dein Wort gegen das von Rustbelt.« Berman schüttelt den Kopf. »Armer Wally. Ausgerechnet er. Er ist genauso schwarz wie du.«

»Er ist aus Eisen, Berman. Er ist nicht schwarz im eigentlichen Sinn.« Jamal hört, wie die Worte aus seinem Mund kommen. Wo hat er nur gelernt, so militant zu sein? Bestimmt nicht von Big Bill. »Wollt ihr das? Eine öffentliche Auseinandersetzung zwischen mir und Rustbelt?«

»Davon haben wir schon genug.« Wohl wahr. Noch bevor die Kreuze nach der Schatzsuche in ihre Unterkunft zurückgekehrt waren, stand die Blogosphäre mit der Nachricht von Jamals Anschuldigung in Flammen.

»Aber was heißt das dann für uns?«, sagt Jamal. »Was heißt das für uns?«

Berman nimmt die Jetboystatue in die Hand. »Du scheinst eine neue Art von Immunität erlangt zu haben. Jetzt ist es für niemanden mehr möglich, dich aus *American Hero* herauszuwählen.«

»Soll das heißen, dass ich gewonnen habe?« Diesen Gedanken findet er unglaublich aufregend – als hätte man ihm eben offenbart, dass er beim großen Spiel in der Startaufstellung mitspielen würde.

»Das kann ich dir natürlich nicht sagen.« Was aber nicht heißt, dass er nicht trotzdem gewonnen hat – und der erste

American Hero ist! »Ich glaube, es wäre für uns alle am besten, wenn du dich bemühen würdest, nicht so zu denken. Wenn du einfach nur mitspielen würdest. Und dich an die Regeln hältst.«

»Ich dachte, es gibt keine Regeln.«

»Die offensichtlichen Regeln. Die Regeln, die wir immer wieder neu erfinden.« Berman nahm plötzlich die Hände vors Gesicht, die Geste eines weitaus älteren Mannes. »Versprichst du mir, dass du … dich daran hältst?«

»Ja. An die Regeln, die wir immer wieder neu erfinden.« Einen Moment lang wünscht er sich, Big Bill Norwood würde in der Frühstücksecke sitzen. Oder vielleicht dieser kleine gemeine Nic Deladrier. Wie gefällt euch Stuntman jetzt?

Jade Blossom kommt herein. »Oh«, sagt sie, und ihr Mund formt diesen einzelnen Laut ganz entzückend.

Berman steht auf, und er und Jade wechseln einen Blick. Mit vollkommener Gewissheit erkennt Jamal, dass Berman hinter ihr her ist – bisher noch erfolglos. Berman macht eine großspurige Geste, halb Vorstellung, halb Kapitulation. »Ihr beide habt sicher eine Menge zu bereden.«

Dann geht er.

Beinahe instinktiv, als suche er nach einer menschlichen Berührung ebenso sehr wie nach einem erotischen Kick, greift Jamal nach Jade.

Doch sie hebt abwehrend die Hand. »Einen Augenblick.«

Hinter ihr bemerkt Jamal Art, der sich den Schlaf aus den Augen blinzelt und Diaz ein Zeichen gibt, die Kamera zu heben.

»Jetzt.« Und sie nimmt seine Hand.

♠

Metaspiele
Caroline Spector

»Du verlierst.«

Sind das nicht die schlimmsten Worte überhaupt, die einem ins Gesicht gesagt werden können?

Klar. »Du hast Krebs« übertrumpft es noch, aber die Wahrscheinlichkeit, dass ich mit neunzehn Jahren Krebs habe, ist gering. Im Moment bin ich jedoch eine Verliererin.

Die Karos sind Verlierer. Und wir verlieren im landesweiten Fernsehen. Ganz zu schweigen von der Aufmerksamkeit, die uns auf Youtube und jedem verflixten Blog zuteil wird.

Und jetzt müssen wir jemanden rauswählen. Mal wieder.

Ich hasse es, jemanden rauszuwählen.

»Das ist echt scheiße.«

Das war Tiffani aus West Virginia, und wenn sie wütend wurde, wurde ihr Akzent stärker. Sie entledigte sich gerade ihrer Showklamotten, um einen Trainingsanzug anzuziehen. Ich bemühte mich, nicht zu ihr rüberzulinsen, aber sie hatte keine Scheu, sich vor mir umzuziehen. Weshalb sollte sie auch? Wir Mädchen waren hier unter uns. Ihre Haut hatte die Farbe von weißem Oleander, und sie roch süß und schwer nach Schweiß und Rosen.

»Ich habe die Schnauze voll von verlorenen Missionen«, sagte sie, während sie ihren BH schloss. »Wir hätten gewinnen können, wenn Matrjoschka seine Kopien unter Kontrolle behalten hätte.«

»Ja, ich verliere auch nicht gern.« Ich mochte es nicht,

wenn die Kamera lief, solange wir uns umzogen, aber da war nichts zu machen. So stand es im Vertrag. Nur im Bad konnte man allein sein. Und dann war man aber auch *allein*. Man konnte dort niemanden mit reinnehmen, es sei denn, es kam auch eine Kamera mit. Kein Wunder, dass ich mich fühlte, als würde ich den Verstand verlieren.

Vor meiner Wild-Card-Zeit wurde ich allerdings oft beinahe nackt fotografiert, und zwar von den besten Fotografen der Branche. Von denen mich heute keiner wiedererkennen würde. Ich bin so fett wie ein Haus.

Ich ächzte, als ich meine Hosen hochzog. Ich war noch immer ziemlich umfangreich, obwohl ich während der letzten Mission viele Blasen geworfen hatte. Kurz bevor wir verloren hatten, hatte ich einen letzten harten Schlag abbekommen, und der hatte mich wieder aufgepumpt.

Es klopfte an der Tür. Ink steckte den Kopf herein. Sie war ein wirklich kleines Mädchen mit abstehenden schwarzen Haaren und Tattoos, die sich über ihren ganzen Körper schlängelten. »Es ist alles bereit für die Ausmusterung«, sagte sie.

Tiffani schaute in den Spiegel. Sie sah großartig aus – ihr feuriger Haarschopf stand in scharfem Kontrast zu ihrer milchweißen Haut.

Ich machte mir erst gar nicht die Mühe, mich anzuschauen. Die Enttäuschung konnte ich mir ersparen.

♣

Jetman und Matrjoschka saßen bereits am Tisch, als wir eintrafen. Matrjoschka hatte sich wieder zusammengefügt, sodass er über seinen vollen Intellekt verfügte. Der einen nicht gerade umhaute, aber er war ein netter Kerl und machte hervorragende Piroggen. Nicht so gut wie das Deli, das es früher auf der Second Avenue in New York gab, aber trotzdem verdammt gut. Wir waren zwar gleich alt, aber ich kam mir immer älter vor als er, als wäre ich seine große Schwester.

»Kommt her, Kinder«, sagte Harlem Hammer. Er war das einzige Jurymitglied, das ich wirklich mochte.

Tiffani und ich nahmen Platz. Der Hammer hatte ein Kartenblatt vor sich liegen. Das Ausmusterungsblatt. Igitt.

Ich sah zu Tiffani hinüber. Ihr Mund war zu einer dünnen Linie zusammengekniffen. Dass wir bei der letzten Mission verloren hatten, war schrecklich. Keiner von uns verlor gerne.

»Ich denke, wir haben uns ganz gut geschlagen, außer am Schluss«, sagte Matrjoschka.

Tiff sah ihn mit einem Blick an, mit dem man Glas hätte schmelzen können. »Nun, es spielt keine Rolle, wie wir uns bis zu dem Zeitpunkt geschlagen haben, oder?«, fuhr sie ihn an.

Matrjoschka schaute sie an wie ein verwundeter Welpe. Er tat mir leid.

»Ich glaube, du bist zu streng mit Ivan«, sagte Jetman. Er war ein bisschen älter als wir anderen, und wegen seiner Begeisterung für Jetboy neigte er zu altbackenen Vorstellungen. »Er kann nichts dafür, dass er … ähm …«

»Dumm wird?«, sagte ich und hasste mich sogleich dafür. Es stimmte zwar, aber …

»Tut mir leid, Ivan.«

Matrjoschka zuckte mit den Schultern. Er blieb stoisch, das musste ich ihm lassen. Der Harlem Hammer wollte uns dazu bringen, über die Mission zu reden, aber damit konnten wir ihm nicht dienen. Wir hatten bisher jedes Mal verloren. Unser Team war schon ziemlich dezimiert, und jetzt mussten wir ein weiteres Mitglied über die Klinge springen lassen.

Die Karten wurden ausgeteilt, und ich nahm sie langsam auf. Die Gesichter von Tiffani, Jetman, Matrjoschka und mir starrten mich an. Tiffani hatte bereits eine Karte ausgewählt, die jetzt zugedeckt auf dem Tisch lag. Sie wirkte ruhig und gefasst, und ich wünschte mir, ich wäre mir meiner Wahl ebenso sicher.

Ich glaubte nicht, dass ich rausfliegen würde. Ich hatte als Einzige bei allen Missionen eine gute Leistung abgeliefert. Wenn die Karos noch irgendeine Mission gewinnen wollten, mussten sie mich behalten.

Jetman kannte sich mit technischen Gerätschaften aus, und während der Missionen hatte er immer irgendwie das richtige Ding in der Hand. Und mit seinem Jetpack konnte er fliegen, was ganz praktisch war. Auch seine Pistolen waren gut. Aus einer verschoss er Betäubungsgas, aus der anderen ein Netz.

Ich fingerte an der Ecke von Matrjoschkas Karte herum. Auch wenn die Miniaturausgaben seiner selbst dümmer und dümmer wurden, waren sie wirkungsvoll, wenn man einen Gegner überrennen wollte. Ich sah Tiffanis Karte an. Auf dem Foto lächelte sie ein wenig, und um ihre aquamarinblauen Augen bildeten sich kleine Fältchen. Ihr konnte fast nichts etwas anhaben, was ganz cool war … bloß war sie eine miese Kämpferin.

Ich verdrängte den Gedanken. Es war nicht fair. Sie hatte sich ihre rein defensive Fähigkeit schließlich nicht ausgesucht. Außerdem waren Tiffani und ich seit den Auditions in Atlanta zusammen. Wir waren die beiden Einzigen, die es aus Atlanta in die Show geschafft hatten. Sie hatte nie gegen mich gestimmt und ich nie gegen sie. Wir waren wohl so etwas wie stillschweigende Verbündete.

Ich sah auf und bemerkte, dass Jetmans Blick auf mir ruhte. Da spürte ich einen panischen Stich im Bauch. Vielleicht erwog er gerade, meine Karte auszuspielen.

»Ihr müsst eure Wahl treffen«, sagte Harlem Hammer. Seine tiefe Stimme erinnerte mich an die Barry-White-Platten, die meine Eltern immer gehört hatten. Auch diesen Gedanken schob ich beiseite. Ich wollte nicht mehr an meine Eltern denken.

Matrjoschka zog eine Karte aus seiner Hand und legte sie verdeckt auf den Tisch. Jetman folgte seinem Beispiel.

»Und wie sieht deine Entscheidung aus, Bubbles?«, fragte mich Harlem Hammer.

Ich konnte es nicht länger aufschieben. Seufzend zog ich eine Karte. Harlem Hammer sammelte unsere abgelegten Karten ein, mischte sie und machte einen kleinen Stoß daraus.

Dann deckte er die erste Karte auf. Tiffanis Gesicht blickte uns entgegen. Ich sah zu ihr hinüber, worauf sie mich verkniffen anlächelte. Dann wandte sie sich wieder der Runde zu.

Als Nächstes wurde Matrjoschka aufgedeckt. Dieser runzelte die Stirn und schüttelte leicht den Kopf. Eine weitere Karte, und wieder Matrjoschka.

»Noch eine Stimme. Werden wir zwei Pärchen haben oder eine klare Entscheidung?«

Ohne langes Drumherum deckte Hammer die letzte Karte auf.

Matrjoschka.

Tiffani stieß einen erleichterten Seufzer aus. Und ich tat es ihr gleich.

Matrjoschka und Jetman waren schon aufgestanden, schüttelten sich die Hände und klopften sich gegenseitig auf die Schulter, wie es eben Jungs machen, um einander zu zeigen, dass sie sich mögen, aber nicht auf eine »schwule« Art. Auch ich erhob mich und ging um den Tisch herum. Matrjoschka und ich umarmten uns. Er war zwar groß, doch seine Arme reichten kaum für meinen Leibesumfang. Es war mir furchtbar unangenehm, dass ich gegen ihn gestimmt hatte, aber ich musste doch an das Team denken … und daran, wer der beste American Hero sein würde.

♥

Ich stand im Badezimmer, starrte in den Spiegel und fühlte mich mies, weil ich Matrjoschka rausgewählt hatte. Dann dachte ich an all die anderen netten Leute, die ich zuvor rausgewählt hatte. Blrr und Maharadscha waren beide wirklich anständig gewesen. Joe Twitch dagegen war ein Fall für sich, und ich wusste, dass er Tiff mal dumm gekommen war.

»Michelle, du weißt, dass du da nicht so lange drinbleiben sollst.« Ink schon wieder.

Missmutig betrachtete ich mein Spiegelbild. Mit einem Haarspray hatte ich meine blonden Haare schwarz gefärbt. Doch der dunkle Ton brachte rein gar nichts – er ließ meine Haut nur noch blasser erscheinen, anstatt das helle strahlende Olivbraun zu betonen, durch das ich als Model Hunderttausende verdient hatte. Immerhin hatte mich bisher niemand wiedererkannt. Das schwarze Haar allein hätte meine Identität nicht verschleiert – aber meine Wild Card tat es.

Das Gesicht im Spiegel war mir nicht vertraut. Die hohen Wangenknochen, die die Fotografen so geliebt hatten, waren unter aufgeblähtem rosafarbenen Fleisch begraben. Die anmutige Linie meines Kinns, die meinen Hals einst noch schwanengleicher erscheinen ließ, war von Fettwülsten unkenntlich gemacht. Nur meine Augen waren dieselben. Ich bezeichnete sie als kackbraun. Eingerahmt waren sie von einer angeborenen Besonderheit: zwei Reihen langer schwarzer Wimpern.

Schon bevor meine Karte aufgedeckt worden war, hatte die Natur mich zu einer Missgeburt gemacht. Ich bin überdurchschnittlich groß, und im Vergleich zu meinem Rumpf sind meine Arme und Beine unverhältnismäßig lang. Kurz: der Traum eines jeden Fotografen. Seit ich ein Kind war, stand ich Modell. Meine Eltern hatten mich an den Höchstbietenden vermietet und Kapital aus mir geschlagen wie Kirmesbetreiber aus einem Paar siamesischer Zwillinge.

Doch dann wurde meine Karte aufgedeckt.

Jetzt war alles anders. Die Leute starrten mich nicht mehr auf dieselbe Weise an. Wenn ich heute jemandes Blick auf mich zog, dann lag meistens unbeschreibliches Mitleid darin.

Wieder hämmerte Ink gegen die Tür. »Michelle, denk daran, du hast dich vertraglich verpflichtet. Alle anderen haben ihre Beichte schon abgelegt.«

»Kann ich nicht mal in Ruhe aufs Klo?« Ich hob den Deckel von der Brille und ließ eine kleine Blase von meiner Fingerspitze aufsteigen, die ich dann mit einem hörbaren Plumps ins Wasser fallen ließ. Bevor sie auftraf, sah sie hübsch aus – so durchscheinend und in allen Regenbogenfarben schillernd wie eine Seifenblase. Und doch hatte ich ihr so viel Festigkeit gegeben, dass es sich nach einem großen Geschäft anhörte. Leider war sie auch so schwer, dass etwas Porzellan absplitterte, aber das würde wahrscheinlich niemandem auffallen. *So, jetzt hab ich erst mal ein bisschen Ruhe vor Ink.*

Aber schon fühlte ich mich wieder mies, denn Ink war stets nett zu mir gewesen.

Immerhin war es nach wie vor ein gutes Gefühl, Blasen zu machen. Es kribbelte und vibrierte mir in den Knochen und auf der Haut. Blasen pulsierten durch meine Blutbahn und pochten wie ein zweiter Herzschlag. Manchmal glaubte ich, ich müsste den Verstand verlieren, wenn ich nicht öfter Blasen machen durfte – aber dann wurde ich dünn, und ich konnte es mir nicht erlauben, erkannt zu werden.

»Alles okay mit dir?« Ink klang beunruhigt.

»Was ist denn los?«, hörte ich Tiffani fragen.

Ich spülte und machte die Tür auf.

»Du musst nach der Ausmusterung eine Beichte ablegen«, sagte Ink. Sie hatte ihre Tattoos geändert, und jetzt liefen ihr wild gewordene Maya-Muster über die Arme.

»Alles okay?«, fragte Tiffani. Sie warf Ink einen flehentlichen Blick zu. »Könnt ihr uns ein paar Minuten allein lassen?« Hätte sie mich so angesehen, wie sie Ink ansah, dann hätte ich mich zu allem bereit erklärt. »Sag ihnen, sie können die Kamera in der Dusche anschalten. Wir laufen nicht weg. Schließlich sind wir im Bad, wo sollen wir da auch hin?«

Ink schnaubte. »Na gut. Ihr habt fünf Minuten, und dann komme ich mit der ganzen Crew.«

Tiffani und ich gingen zurück ins Badezimmer und schlossen die Tür. Blinkend ging das Licht an der Kamera an.

»Also gut, wieso bist du so niedergeschlagen?«, fragte Tiffani.

Ich seufzte. »Ich denk mal vor allem, weil wir Matrjoschka rausgeschmissen haben. Er war ein dufter Typ. Er hat es nicht verdient, gehen zu müssen.«

Tiffani sah in den Spiegel und streckte ihrem Abbild die Zunge raus. »Ich finde, ich sehe furchtbar aus«, sagte sie und wandte sich wieder mir zu. »Hör mal, das ist ein Wettkampf. Es gibt Regeln, und an die müssen wir uns halten. Wenn wir bei einer Mission verlieren, verlieren wir auch ein Teammitglied.«

Auf dem Boden lag ein Handtuch. Ich hob es auf und begann, es zusammenzufalten. »Ich weiß, ich weiß. Ich versteh bloß nicht, warum wir bei jeder Mission verloren haben. Ich meine, wir strengen uns doch alle an. Ich finde es einfach schlimm, dass wir Leute rauswählen müssen.«

Tiff nahm eine Bürste aus meinem Kulturbeutel auf der Ablage. Sie klappte den Toilettendeckel herunter, ließ mich darauf Platz nehmen und begann, mir das Haar zu kämmen. »Und ich versteh nicht, wieso du dir die Haare mit diesem schrottigen Spray schwarz färbst. Unter diesem Zeug hast du so schönes Haar.« Sie teilte ein paar Strähnen ab und begann, sie zu flechten. Es war schön, ihre Hände zu spüren, auch wenn sie es nur aus Gewohnheit tat. Sie hatte erzählt, sie und ihre Schwestern hätten sich gegenseitig immer Zöpfe geflochten.

Mich entspannte das. »Seit Blrr fühle ich mich mies«, sagte

ich. »Joe Twitch war … na ja, nachdem er dich in fünf Sekunden ausgezogen hatte, wollte ich ihn nicht mehr im Haus haben. Aber Blrr war ein liebes Mädchen und eine tolle Mitbewohnerin.«

»Aber ihre Fähigkeit ist nutzlos, wenn nicht gerade die richtigen Bedingungen herrschen«, sagte Tiffani, während sie mit dem zweiten Zopf begann. »Die anderen Teams denken alle genauso. Wer bei den Missionen brauchbar ist, und mit wem man nicht zusammenleben mag. Aber wie irgendjemand mit Stuntman zusammenleben kann, übersteigt meine Vorstellungskraft. So ein Arsch.«

Tiff band den Zopf zusammen. Ich stand auf und betrachtete mich im Spiegel. Früher hatte ich mir mit Zöpfen gefallen, jetzt allerdings nicht mehr. So sah mein Gesicht noch viel runder aus.

»Gefallen sie dir nicht?«, sagte Tiffani traurig.

»Es liegt nicht an den Zöpfen. Es liegt an meinem Gesicht.«

Tiff stellte sich auf die Zehenspitzen und gab mir einen flüchtigen Kuss auf die Wange. »Dein Gesicht ist vollkommen in Ordnung, Michelle.«

Ich errötete und senkte den Blick. Ich wusste nicht, ob sie mir dieselben Gefühle entgegenbrachte, die ich für sie empfand. Meine Wange brannte, wo ihre Lippen sie berührt hatten.

An der Tür wurde laut geklopft. »Jetzt aber«, sagte Ink. »Wir kommen rein.«

Die Tür schwang auf, und die Kameraleute drängten sich herein.

»Wir wollten gerade rauskommen«, sagte Tiff, während sie an ihnen vorbeihuschte. Ich konnte an niemandem vorbeihuschen und stand da wie eine Idiotin, bis sie rückwärts wieder aus dem Bad gingen.

♦

Der Tonassistent klemmte mir ein Mikro an den Kragen meines Kapuzenpullovers. Ich saß in dem Beichtstuhl und fing an, die Zöpfe aufzudröseln.

»Das musst du nicht machen.« Ink hatte ihre Tattoos erneut gewechselt. Jetzt waren auf ihrem Arm einige Fragen in Schreibmaschinenschrift zu sehen. Auf Gesicht und Beinen hatte sie immer noch Muster im Mayastil. »Sie sehen hübsch aus. Du bist eine der schönsten Frauen in der Show.«

Ich wurde ganz klein auf meinem Stuhl. So klein es mir meine Leibesfülle erlaubte. Niemand fand mich schön.

»Also, warum müssen wir dich immer in den Beichtstuhl zerren?«, fragte Ink.

An der Kamera ging das rote Licht an. Sie nahmen wieder auf und saugten mich in diesen Fleischwolf rein. Ich sah Ink an, damit ich nicht wieder in diese Kamera starren musste. Denn die Kamera liebte mich nicht mehr. »Mir ist klar, dass ich nicht so viele Beichten abgelegt habe wie die anderen. Vermutlich habe ich einfach nicht so viel zu sagen.«

Kurz flackerte Enttäuschung in Inks Gesicht auf. Ich wusste, dass ich ihr das Leben schwer machte, doch von allen Dingen, die wir in dieser Show tun mussten, fühlte ich mich beim Beichten am unwohlsten. Tiffani liebte die Beichten. Ich weiß nicht, warum. Maharadscha hatte sie irgendwann »die kleine Nonne« genannt, weil sie immer im Beichtstuhl saß. Dann hatten wir sie alle so genannt – bis Maharadscha aus dem Team gewählt worden war.

»Also, was hältst du von den anderen Kandidaten, jetzt, wo wir uns dem Zeitpunkt nähern, wo neu gemischt wird.«

Mir fiel auf, dass das Ende einer der Kordeln meiner Kapuze ausgefranst war, und ich fing an, daran herumzufummeln. Meine Hände waren einmal so schön gewesen. Doch jetzt waren die Nägel gesplittert und die Nagelhaut rau. Ink ließ ein Räuspern hören, das mir deutlich machte, dass ich ihr eine Antwort geben musste.

»Ich denke mal … ich glaube, ich mag die meisten der anderen Mitspieler.« Ich blickte auf und bemerkte, dass Ink mich stirnrunzelnd ansah. »Ich meine, ich mag meine Teamkameraden. Die, die übrig sind. Und ich finde Dragon Girl süß, auch wenn sie, du weißt schon, etwas zu jung ist, um bei der Show mitzumachen.«

»Und was ist mit Rosa Loteria?«

Ich sah von der Kamera weg und wünschte mir, sie hätte nicht nach Rosa gefragt. »Na ja, ich kenne sie nicht so gut«, sagte ich. »Ich habe sie eigentlich nur bei Presseterminen getroffen.«

»Aber was hast du bei ihr für ein Gefühl?«

Ich seufzte. Ich musste reden – so stand es in diesem verflixten Vertrag. »Ich glaube nicht, dass es ihr wirklich darum geht, eine Heldin zu sein. Ihr geht es nur ums Geld und darum, berühmt zu werden.«

»Und das ist etwas Schlechtes, stimmt's?«

Diesmal sah ich in die Kamera. »Nein, es ist nicht schlecht, sich diese Dinge zu wünschen. Aber hier geht es nicht darum, Geld zu machen oder berühmt zu werden. Sondern darum, ein Held zu sein.«

»Findest du Tiffani heldenhaft?«

»Ich finde, dass sie versucht, heldenhaft zu sein.« Ich ging davon aus, dass Tiffani genauso über *American Hero* dachte wie ich. Sie hatte mir immer den Rücken gedeckt. Sie hatte mir gesagt, dass sie nie gegen mich gestimmt hatte, nicht ein einziges Mal.

»Nun, was macht für dich einen Helden aus?«, fragte Ink.

»Nicht nur Taten von körperlichem Heldenmut. Was ist schon ein Held, wenn man ihm nicht vertrauen kann. Was ist ein Held, wenn er seinen Freund verrät? Was ist ein Held, der immer erst an sich selbst denkt?« Ich sah Ink in die Augen. »Das ist nicht heldenhaft. Das kann jeder. Das machen wir alle. Aber ein Held versucht, es besser zu machen.«

Ich ließ den Kopf wieder sinken, sodass meine Haare den Großteil meines Gesichts verdeckten. Ich sackte in mich zusammen und sagte nichts mehr. Nach ein paar Minuten befahl Ink den Kameraleuten, die Aufnahme zu beenden.

»Du warst toll, Michelle«, sagte sie.

»Du sollst mich doch Bubbles nennen«, erinnerte ich sie. Sie lächelte mich komisch an.

♠

»Woran arbeitest du gerade?«, fragte ich.

Jetman war in der Garage, wo er an einem seiner Apparate herumbastelte. Seit Maharadscha aus dem Team gewählt worden war, blieb Jetman meistens für sich.

»Ich bin mir noch nicht sicher, was es ist«, erwiderte er. »Die Sachen … verändern sich immer, während ich an ihnen arbeite.«

Er fing an, etwas in seinem Werkzeugkasten zu suchen, und ich reichte ihm einen Akkuschrauber. Er grunzte und nahm ihn mir aus der Hand. Manchmal hing ich mit Jetman ab, wenn er bastelte. Wann immer er in seinem Werkzeugkasten nach etwas suchte, gab ich ihm irgendeinen Schraubenzieher. Das schien zu funktionieren. Vielleicht wollte er mir aber auch nur einen Gefallen tun.

»Weißt du, ich habe geglaubt, dass du mich aus dem Team wählen würdest«, sagte ich.

»Eigentlich habe ich überlegt, ob ich Tiffani rauswählen soll«, sagte er. »Aber dann dachte ich, dass du dann vielleicht wütend auf mich wärst.«

Das machte mich sprachlos. Ich wäre nie wütend auf ihn, weil er so wählte, wie er es für richtig hielt. Das sagte ich ihm auch.

»Ja, das habe ich gemerkt«, antwortete er. »Aber mir war klar, dass du und Tiff nach der letzten Mission vorgehabt

habt, Matrjoschka rauszuwerfen. Da dachte ich mir, dass ich mich da am besten ranhänge.«

Ich lehnte mich gegen die Bank, die an der Westwand der Garage entlanglief. Jetzt war ich ratlos. »Aber wir haben doch gar nicht…«

»Auf geht's, Karos!«, rief Tiffani vom Ende der Einfahrt herüber. »Wir machen eine Überraschungstour.«

»Unsere Gebieterin ruft.« Jetman wischte sich die Hände an einem öligen Tuch ab. Wir gingen hinaus, und er zog die Garagentür hinter uns zu. Draußen wartete ein großer Geländewagen auf uns. Tiff saß schon drin, und Jetman und ich setzten uns auf die geräumige Rückbank. Jetzt, da unser Team nur noch aus drei Leuten bestand, hatten wir mehr Platz. »Was glaubst du, wo geht es hin?«, fragte ich.

Tiff zuckte mit den Schultern. »Die Karten werden neu gemischt. Schließlich haben alle Teams mindestens zwei Leute verloren.«

»Ich hoffe, du hast recht«, sagte Jetman. »Wir können es uns nicht leisten, noch jemanden zu verlieren.«

♣

Der Wagen brachte uns ins Warner-Studio, wo *American Hero* gedreht wurde.

Nacheinander stiegen wir aus, und Ink führte uns durch eines der Ateliers in die Maske.

Peregrine stand unter einem Scheinwerfer und stritt sich mit einem Regisseur über die Beleuchtung. »Ich sag dir, wenn du da keine ordentlichen Filter reinhaust, sehe ich aus wie eine alte Vettel«, sagte sie.

»Peregrine, meine Göttin«, erwiderte der Regisseur. »Du wirst nie wie eine alte Vettel aussehen. Ganz gleich, wie sehr du dich auch bemühst.«

Peregrine sah ihn mit mörderischem Blick an. »Mit schamlosen Schmeicheleien kann man mich zwar rumkriegen, aber glaub bloß nicht, dass ich es nicht merke, wenn du da nichts änderst.«

Ink ließ uns in der Maske hinter der Bühne zurück. Inzwischen waren wir das Schminken, die Stellproben, die Hektik und das Warten, die zu den Dreharbeiten gehörten, alle gewohnt.

Die Maskenbildner machten uns fertig, und wir warfen einen letzten Blick in den Spiegel.

Jetman sah aus, als hätte man ihn gar nicht geschminkt. Er sah nicht besonders gut oder schlecht aus, aber sie hatten seine Haut so perfekt hinbekommen, als wäre sie noch immer makellos. Und Tiffani ... nun, sie war so schön wie eh und je. Es war ein Jammer, dass sie so klein war. Wäre sie größer gewesen, hätte sie ein gutes Model abgegeben. Mich selbst sah ich nur kurz an. Meine Augen waren tatsächlich schön und brachten meine Haut vorteilhaft zur Geltung – so gut es ging jedenfalls, wenn man bedenkt, dass meine schwarzen Haare sie so scheiße aussehen ließ.

Schließlich kam Ink zurück. »Okay, Leute«, sagte sie. »Wir nehmen eine kurze Szene mit Peregrine auf.«

Als wir auf die Bühne traten, saßen die Herzen auf einer Reihe von Regiestühlen. Ihnen gegenüber standen drei freie Stühle. Die Herzen hatten bei den Missionen am häufigsten gewonnen. Sie waren zu fünft, während wir nur zu dritt waren.

Wir setzten uns hin. Mein Stuhl knarrte laut. Ich hörte einen der Herzen lachen, errötete und ließ den Kopf hängen.

»Arschloch«, sagte Jetman leise.

Peregrine kam auf die Bühne gerauscht. Als ich jünger war, hatte ich sie richtig bewundert. Nicht nur, weil sie ein tolles Model war, sondern auch weil sie gleichzeitig darum bemüht war, mit ihrer Wild-Card-Fähigkeit etwas zu bewirken. Wahrscheinlich war sie inzwischen über fünfzig, aber sicher konnte man sich da nicht sein. Normalerweise trug sie sehr freizügige Designermode, doch heute hatte sie eine lange Palazzohose, ein mit goldenen Pailletten besetztes Trägertop und Plateausandalen an. Auf dem Rücken flatterten ihre Flügel, sodass sie aussah wie ein Discoengel. »Sind wir bereit für die Aufnahme?«, fragte sie.

»Kamera läuft«, sagte der Regisseur. »Fangt einfach an.«

»Willkommen bei *American Hero*«, sagte Peregrine und blickte dabei in Kamera 1. »Wir haben die Hälfte unseres Wettkampfs hinter uns und haben schon einige Helden eingebüßt. Manchen Teams ist es allerdings besser ergangen als anderen.« Flügelschlagend drehte sie sich zu Kamera 3 um. »Ich weiß, dass einige der Kandidaten hier glauben, wir würden die Teams heute neu mischen.«

Aus den Reihen der Herzen erklang ein Stöhnen.

»Aber wir haben beschlossen, die Gruppen einstweilen so zu belassen.«

Die Herzen jubelten kurz. »Allerdings«, fuhr Peregrine fort, »hat unser Team Karo bisher nicht gut gespielt, und jetzt ist es deutlich benachteiligt. Deshalb haben wir beschlossen, dass Karo ein Mitglied aus Team Herz auswählen darf, damit alles wieder ausgeglichener ist.«

Erst herrschte bei den Herzen benommenes Schweigen, dann kochte wütendes Gemurmel hoch. »Das soll wohl ein Witz sein!«, brüllte Drummer Boy und sprang von seinem Platz auf. »Wir werden bestraft, weil die abkacken?«

Curveball legte die Hand auf einen von Drummer Boys unteren Armen. »Beruhige dich. Das gehört eben zum Spiel.«

»Das ist Schwachsinn«, sagte er.

Ich blickte zu Tiffani hinüber, um zu sehen, wie sie darauf reagierte. Sie hatte ein Mona-Lisa-Lächeln aufgesetzt. »Müssen wir jetzt gleich wählen?«, fragte sie.

»Nein, ihr habt vierundzwanzig Stunden Zeit, euch zu entscheiden. Morgen Abend bringen wir euch wieder hierher, um eure Wahl zu treffen.«

»Und Cut«, ertönte die Stimme des Regisseurs.

Peregrine schirmte ihre Augen mit den Händen ab und blinzelte zur Beleuchtung hoch. »Hast du bei dem Spot den Filter angebracht?«, fragte sie.

♥

»Also, wen wollt ihr aus Team Herz haben?«, fragte ich, als wir wieder im Auto saßen.

»Drummer Boy«, sagte Tiffani wie aus der Pistole geschossen. »Das leuchtet am meisten ein. Er ist der beste Spieler in ihrem Team.«

Jetman öffnete das Kühlfach der Bar und holte sich ein Bier heraus. »Du findest ihn besser als Hardhat oder Earth Witch?«, fragte er.

»Nun, was bringt es, wenn man irgendwas aus Stahl machen kann?«, fragte Tiffani. »Und brauchen wir in nächster Zeit wirklich einen Graben? Und Wild Fox? Frag mich lieber nicht, wie scheiße ich seine Fähigkeit finde.«

»Wir könnten Curveball nehmen«, schlug ich vor.

Tiff verzog das Gesicht. »Michelle, du und sie, ihr habt beinahe dieselbe Fähigkeit. Warum sollten wir die verdoppeln? Wir brauchen jemand, der unser Team gut ergänzt.« Sie beugte sich vor und berührte mein Bein. »Wenn wir DB nehmen, demoralisieren wir Team Herz. Dann geht ihre innere Balance flöten. Und wenn er irgendwelche Showmanzen am Laufen hat, sind die damit auch gegessen.«

»Showmanzen?«, fragte Jetman.

»Du weißt doch, wenn zwei Leute aus einer Show eine Romanze haben. Manchmal bleiben sie zusammen – wie Boston Rob und diese Jokertusse aus *Survivor*, wie hieß sie doch gleich?«

»Amber«, erwiderte Jetman. »Die sah aus wie ein großer Bernsteinklumpen. In ihrer Haut steckten sogar ein paar versteinerte Insekten. Ziemlich widerlich, aber man weiß halt nie, was die Leute so heiß macht.«

Tiff grinste Jetman an. »Sie haben das Preisgeld gewonnen, weil sie dieses tolle Techtelmechtel miteinander hatten. Einen der Assistenten hab ich sagen hören, dass Drummer Boy mit jedem Mädchen hier ins Bett geht, das sich darauf einlässt. Aber erst, seit Curveball ihn hat abblitzen lassen. Und vielleicht versöhnen sie sich ja wieder, nach der kleinen Szene, die vorhin gefilmt wurde.«

Außer dass Curveball kurz beruhigend auf ihn eingeredet hatte, war mir nichts Besonderes aufgefallen. Aber ehrlich gesagt habe ich auch kein gutes Gespür dafür, was zwischen zwei Leuten abgeht.

»Ich kapier bloß diese ganzen Intrigenspielchen nicht«, sagte Jetman. »Ich finde, Drummer Boy ist ein eingebildeter Sack.«

»Aber er ist groß«, sagte Tiffani. »Er könnte uns in einer Schlägerei nützlich sein. Außerdem, wenn wir verlieren, können wir ihn rauswerfen anstatt einen von uns.«

Ich musste zugeben, dass sich Tiffanis Plan gut anhörte, vor allem ihr letztes Argument. Mir gefiel die Vorstellung gar nicht, dass vielleicht bald noch einer der letzten drei Karos würde gehen müssen.

♦

Am nächsten Morgen richtete Jetman in der Küche Frühstück. Damit hatte er angefangen, nachdem wir bei der ersten Mission verloren hatten. Seine Kochkünste waren etwas dürftig, und er schien kein Frühstück zustande zu bringen, ohne dabei sämtliches Geschirr schmutzig zu machen.

Als ich reinkam, gab er gerade Eier in eine Servierschüssel.

»Morgen, Bubbles«, sagte er und reichte mir die Eier. »Willst du heute Waffeln oder Pancakes?«

Ich sah auf den Tisch. Auf einem Teller häuften sich dicke Scheiben Schinken und ein Dutzend Würste. Daneben stand eine Schüssel mit frischem Obstsalat. Ein Korb quoll über vor Gebäck – Croissants, Zimtbrötchen, Kolatsche und Muffins.

»Mmmh, hier finde ich wohl genug zu essen. Du musst nicht noch etwas machen.«

»Oh«, sagte er. Ich wandte mich zu ihm um und sah seinen enttäuschten Gesichtsausdruck.

Mist.

»Aber du weißt ja, dass ich deinen Pancakes nicht widerstehen kann«, sagte ich. In Wahrheit waren seine Pancakes nicht so toll. Doch er strahlte und holte eine weitere Schüssel aus dem Schrank.

Ich setzte mich, stellte die Eierschüssel auf den Tisch und belud meinen Teller mit Gebäck, Schinken, Eiern und Obst.

»Aber denk dran, dass du noch Pancakes bekommst«, sagte er.

»Mmmh«, gab ich mit vollem Mund zurück. Meine Wild Card machte mich zwar fett, aber ansonsten konnte ich schon immer nach Herzenslust essen und blieb trotzdem schlank.

Ein paar Minuten später schlenderte Tiffani herein. Ihr Gesicht war vom Schlaf ganz aufgedunsen. Ich fand sie entzückend. Mit ihrem kimonoartigen Morgenmantel wirkte sie klein und zerbrechlich.

»Pancakes, Tiff?«, fragte Jetman.

»Igitt, nein«, sagte sie. »Bloß Kaffee, solange mein Kreislauf noch nicht angekurbelt ist.«

»Frühstück ist die wichtigste Mahlzeit des Tages.«

»Und Koffein ist die Droge meiner Wahl. Komm bloß nicht zwischen mich und meine tägliche Dosis.«

Ich schenkte ihr eine Tasse ein, tat drei Zuckerwürfel und einen Schuss Sahne hinein und reichte ihr den Kaffee. Sie nahm einen tiefen Schluck und lächelte mich an. Mein Magen schlug einen Purzelbaum.

»Schön, dass ihr alle auf seid«, sagte Ink, die mit einem Filmteam hereinschlenderte. »Die Produzenten sind der Meinung, dass alle Helden eine Wettkampfpause brauchen.«

Tiff trank einen weiteren Schluck Kaffee. »Wie wäre es mit drei Tagen und vier Nächten auf Jamaica?«, sagte sie.

»Das ist nicht drin«, erwiderte Ink. »Heute Abend filmen wir ›Die Karos wählen ein Herz‹.«

»Also, worin besteht dann die ›Pause‹?«, fragte ich, wobei ich mit den Fingern Anführungszeichen in die Luft malte.

»Das dürft ihr euch aussuchen«, erwiderte Ink. »Ihr könnt für tausend Dollar shoppen gehen. Oder einen Ausflug nach Disneyland machen. Oder einen Tag im Spa verbringen.«

»Und vermutlich werden die Kameras überall dabei sein«, sagte ich.

»Genau. Da werden wir ein paar tolle Szenen aufnehmen. Immerhin kommt ihr einen ganzen Tag lang aus dem Haus heraus. Und besser noch: keine Pressetermine und kein Training.«

Jetman und Tiffani waren sichtlich erfreut. Sie trainierten beide nicht gern.

»Ich wollte schon immer mal nach Disneyland«, sagte Jetman, während er mit einer Kelle Pancaketeig in eine Pfanne schöpfte. »Ich glaube, das würde mir gefallen.«

Ink lächelte ihn an. Es war ein großartiges Lächeln. »Die werden dich dort wie einen VIP behandeln. Du wirst bestimmt viel Spaß haben.« Sie wandte sich Tiffani und mir zu. »Und was wollt ihr machen?«

»Ich würde gern shoppen gehen«, sagte Tiffani. »Ich hab noch nie tausend Dollar auf einem Haufen gesehen. Aber alleine hab ich keine Lust.« Sie sah mich hoffnungsvoll an.

Ich war hin- und hergerissen. Ich hatte massenweise Kleider – auch wenn mir die meisten davon nicht mehr passten.

Und Disneyland hörte sich spaßig an. Und ein Tag im Spa genauso. Aber Tiffani sah mich flehentlich an, und ich konnte nicht widerstehen. »Ich denke, ich gehe mit Tiffani«, sagte ich.

Ink wirkte enttäuscht. Wahrscheinlich hatten sie gehofft, dass jeder von uns einen anderen »Preis« wählen würde, damit sie hinterher mehr Filmmaterial hätten. »Dann seid in einer halben Stunde bereit.«

♠

Das Beverly Center war nicht so schick wie der Rodeo Drive oder so angesagt wie Melrose Avenue, aber es gab eine große Auswahl an Geschäften. Wir beschlossen, bei *Bergdorf's* anzufangen und uns von dort durch die Mall zu kämpfen.

»O mein Gott«, sagte Tiffani und streichelte einen leuchtend roten Überwurf aus Kaschmir. »Das musst du mal anfassen!«

Ich lächelte. Ich konnte mich nicht erinnern, wann ich beim Shoppen das letzte Mal so begeistert gewesen war. Nach all den Jahren als Model waren mir Kleider irgendwann zuwider gewesen. Normalerweise trug ich günstige Klamotten von der Stange und ein paar bessere Sachen, die mir Designer zugeschickt hatten. Das war einer der Vorteile bei dem Job. Ich besaß eine Menge teure Accessoires, die allein deshalb mir gehörten, weil ein Designer geglaubt hatte, das Mädchen von nebenan würde unbedingt eine Sonnenbrille für 500 Dollar haben wollen, nur weil sie mich damit in *In Style* gesehen hat.

Tiff zog das Preisschild hervor und erblasste. »Es kostet vierhundertfünfzig Dollar. Die Kleider, die meine Schwestern und ich letztes Jahr gekauft haben, haben alle zusammen nicht so viel gekostet.«

Ohne nachzudenken, sagte ich: »Du machst Witze.«

Tiffani rieb sich mit dem Kaschmirstoff über die Wange. »Nein. Als ich gesagt habe, dass wir arm sind, meinte ich *richtig* arm.«

»Ich dachte, es gibt nur *arm*.«

Sie lachte und legte den Überwurf vorsichtig aufs Regal zurück, bevor sie mit der Hand über die Regenbogenfarben der übrigen Schals fuhr. »Wir sind nie ins Kino gegangen. Weil es zu viel kostet. Wir haben nie auswärts gegessen. Wir hatten keine Handys und keine Klamotten, die nicht vorher schon jemand anders getragen hatte. Und auch kein Klo im Haus.«

Ich starrte sie an. »Jetzt verarschst du mich aber. Wie hast du dann überhaupt von *American Hero* erfahren?«

Sie lachte. »Schätzchen, jeder hat einen Fernseher. Selbst die Leute ohne fließend Wasser.«

Wir schlenderten zum Parfümstand. Tiff nahm eine Flasche *Joy 1000* vom Testertablett und sprühte sich ein wenig aufs Handgelenk. Dann schnüffelte sie. Und hielt mir das Handgelenk unter die Nase. Ein starker Duft von Jasmin und Rosen stieg zu mir auf. »Ganz okay«, sagte ich. »Bloß nicht so meins.«

Tiffani schnupperte noch einmal daran. »Hm, ich glaube, mir gefällt's.« Sie sah sich nach einer Verkäuferin um. Sofort eilte eine herbei. Wahrscheinlich hatte sie die Kamera bemerkt, die uns folgte.

Die Verkäuferin schenkte uns ein strahlendes Lächeln. »Wie kann ich Ihnen behilflich sein?«, fragte sie.

»Wie viel kostet das?«, fragte Tiffani.

»Möchten Sie das Parfüm oder das Eau de Toilette?«, fragte die Verkäuferin und stellte verschiedene Flaschen auf den Tresen.

»Ähm, ich weiß nicht genau.«

Ich beugte mich zu Tiffs Ohr hinüber. »Eau de Toilette ist billiger, hält aber nicht so lange an wie Parfüm.«

»Sagen Sie mir doch den Preis von beiden«, verlangte Tiff.

»Das Parfüm liegt bei einhundertundsechzig, das Eau de Toilette bei achtundsiebzig Dollar.«

»Ist da auch ein Abendessen mit drin?«, fragte Tiff. Sie sah abwechselnd die beiden Flaschen an, bevor sie sie auf den Tresen zurückstellte. »Ich möchte erst mal ein paar Sachen für meine Familie kaufen. Wenn ich dann noch was übrig habe, komme ich vielleicht noch mal zurück.«

Die Verkäuferin zeigte erneut ihre Zähne. »Gerne. Wir haben bis neun geöffnet.«

Tiffani steuerte bereits auf die Schuhe zu. Die Verkäuferin beugte sich über den Tresen. »Sind Sie von *American Hero*?«, fragte sie leise. »Ist das Tiffani?«

»Ja.«

»Meinen Sie, Sie könnten mir ein Autogramm von ihr besorgen?«

Das tat weh. Ich war gewohnt, dass ich es war, die man in einer Menschenmenge erkannte. »Einen Augenblick«, sagte ich, nahm ihr Stift und Papier ab und ging damit zu Tiff, die sich gerade ein Paar Sandalen von *Stuart Weitzman* ansah.

»Dreihundert Dollar für ein Paar Schuhe?«, rief sie aus. »Mal im Ernst, macht es den Leuten hier Spaß, ihr Geld zum Fenster rauszuwerfen?«

»Wenn das Schuhe von *Manolo* oder *Jimmy Choo* wären, würden sie noch viel mehr kosten«, sagte ich. Ich griff zu Pumps von *Dolce & Gabbana* und betrachtete sie einen Moment lang. Bei meinem derzeitigen Gewicht würden die Absätze in Nullkommanichts abbrechen.

»Aber die sind noch nicht mal besonders schön.«

»Das ist jetzt eben so in«, erwiderte ich und stellte die Pumps in die Auslage zurück. »He, die Verkäuferin am Parfümstand hätte gern ein Autogramm von dir.« Ich zog Stift und Papier aus der Tasche und reichte sie ihr.

»Wirklich?«, sagte Tiff und sah zum Parfümstand hinüber.

Sie wirkte überrascht und aufgeregt. »Ich hätte nicht gedacht, dass sie uns überhaupt erkennt.«

Ich musste über ihre Aufregung lächeln. »Sei nicht albern«, sagte ich. »Du bist ein Star.«

Sie strahlte mich an. Am liebsten hätte ich sie geküsst. Ich fand es schrecklich, dass sie arm aufgewachsen war und keine schönen Sachen hatte. Ich wollte ihr alles geben, was sie verpasst hatte, und alles, was sie sich wünschte.

♣

Letztlich landeten wir bei *Gap*, ein paar Türen weiter von *Bergdorf's*. Tiff hatte einen Riesenspaß dabei, Sweater, Jeans, T-Shirts und Jacken für ihre Geschwister auszusuchen.

»So«, sagte ich, als Tiffani dem Kassierer ihre aufgeladene Visa Card hinstreckte. »Bleibt noch was für dich selbst übrig?«

»Ich glaub nicht«, erwiderte sie. »Aber das spielt keine Rolle, und ich bin froh, dass wir die Sonderangebote hier gefunden haben.« Sie sah mich an. »Warum hast du dir nichts gekauft?«

Ich steckte die Hände in meine Hosentaschen. Das einzig Interessante, was ich während unserer Shoppingtour gesehen hatte, war ein extrem dehnbarer Trainingsanzug gewesen. Er bestand aus einer Mikrofaser, von der ich noch nie etwas gehört hatte, war schön geschnitten und glänzte nicht. Aber er war auch sündhaft teuer, und ich wollte nicht, dass Tiffani mitbekam, wie ich mein ganzes Geld für eine einzige Sache ausgab. Außerdem gab es da noch eine bessere Möglichkeit, es auszugeben.

Wir schnappten Tiffs Tüten und gingen zur Tür. Doch davor stand eine Menschenmenge, die uns den Weg versperrte.

»Was da wohl los ist?«, sagte Tiffani. Dann fingen die Kameras an zu klicken, und wir begriffen, dass die Leute auf uns warteten. »Tiffani! Hierher!«, rief eine aufgeregte Elfjährige. Ihre Freundinnen kreischten, als Tiff zu ihnen hinüberblickte. »O mein Gott, sie hat mich angeschaut!«

Tiff ging zu ihnen und sagte Hallo. Was erneut ein Kreischen auslöste. Ich blieb stehen und fühlte mich nicht ganz wohl in meiner Haut.

»Bist du Amazing Bubbles?«, fragte mich ein schlaksiger Junge in einem zu weiten T-Shirt.

»Ja«, antwortete ich. »Die bin ich.«

»Würdest du mir mein T-Shirt signieren?«

»Klar«, sagte ich. Einer der Kassierer reichte mir einen Edding und bot sich an, uns die Tüten abzunehmen, solange wir Autogramme gaben. »Vorn oder hinten?«, fragte ich.

Er drehte sich um. »Hinten.«

Ich unterschrieb auf seinem Rücken – »Amazing Bubbles«. Mit einem breiten Grinsen drehte er sich wieder um. Ich machte eine Blase von der Größe eines Baseballs und ließ sie los, worauf sie zu ihm hinüberschwebte. Er fing sie und hielt sie ein paar Sekunden in der Hand, bevor sie verpuffte.

Noch ein paar andere Leute baten mich um Autogramme – doch als ich damit fertig war, sah ich, dass Tiff nicht nur noch nicht fertig war, sondern dass sich immer mehr Leute um sie scharten. Ich beschloss, mich davonzustehlen und die Einkäufe zu erledigen, die ich noch tätigen wollte, während sie sich um ihre Fans kümmerte.

Als ich zurückkam, stellte ich mit Erstaunen fest, dass die Menschenmenge sogar noch größer geworden war. Und dann begriff ich, warum: Tiffani hatte sich in Diamant verwandelt. Das Licht der Mall fiel auf sie und brach sich in den Facetten ihrer Haut, sodass Regenbögen an die Wände geworfen wurden. Bei jeder Bewegung funkelte sie. Sie blitzte wie ein Stern. Das war ein bittersüßer Augenblick. Ich war gewohnt, selbst diejenige zu sein, die den Leuten auffiel, doch ich missgönnte Tiff die Aufmerksamkeit nicht. Ich sah sie grinsen. Sie strahlte und war furchtbar aufgeregt.

»Bubbles«, hörte ich sie sagen. »Wo ist Bubbles?«

»Ich bin hier, Tiff«, sagte ich laut.

»Komm her.«

»Geht nicht. Du bist umzingelt.«

»Macht Platz!«, rief sie. Die Menge rückte zur Seite, und sie lief zu mir. »Das ist Amazing Bubbles! Von ihr werdet ihr noch eine Menge hören.« Mit ihren langen, kühlen Diamantfingern ergriff sie meine Hand und zerrte mich in die Mitte der Menge. »Zeig den Leuten, was du kannst.«

Ich spürte, wie mir die Hitze ins Gesicht stieg, und wusste, dass ich errötete. »Das ist nicht der richtige Moment ...«

Sie stupste mich in den Arm. »Sei doch nicht so schüchtern. Ein kleines Bläschen kann nicht schaden.«

Ich konnte ihr nichts abschlagen. Und ich war gerührt, dass sie mich zu sich mitten unter ihre Fans geholt hatte. Also hielt ich die Handflächen nach oben und spürte das elektrische Kribbeln, das sie durchlief. Ich entließ eine Flut von Hunderten von Bläschen in allen möglichen Größen, die zur Decke aufstiegen, ungefähr so wie in der *Lawrence Welk Show*. Die Bläschen schimmerten eine Zeit lang im Licht, bevor sie verpufften.

»Ach wie schön«, hörte ich jemanden sagen.

»Bubbles gibt auch Autogramme, wenn ihr wollt«, sagte Tiff. Sie grinste mich an und nahm ein weiteres Stück Papier zum Unterschreiben. Eine Gruppe japanischer Touristen streckte mir ihre Autogrammalben entgegen, und ich signierte sie alle. Dann posierte ich für ihre Kameras. Vermutlich vergaß ich mich dabei ein bisschen, denn ich merkte viel zu spät, dass die Sache aus dem Ruder lief.

Als Erstes fiel mir auf, wie laut es geworden war. Ich sah mich um und stellte fest, dass die Menge angeschwollen war. Auf Zehenspitzen erkannte ich, dass wir von mindestens fünfzehn Menschenreihen umzingelt waren. Wir standen neben dem Geländer, und ich sah, dass die Leute auch noch auf der Treppe und im Stockwerk darunter anstanden. Manche von ihnen schrieben SMS, andere machten Fotos.

Ich flüsterte Tiff ins Ohr: »Wir müssen hier raus. Es werden zu viele Leute.«

Sie wirkte ein wenig benommen, als hätte die Aufmerksamkeit der Leute sie berauscht. Dann schüttelte sie den Kopf und war wieder voll da. »Wie kommen wir hier raus?«

»Sag ihnen, dass sie wieder Platz machen sollen«, erwiderte ich.

»Macht Platz!«, rief sie.

Einige Leute in unserer Nähe wollten beiseitetreten, doch der Rest der Menge war so erpicht darauf, nach vorn zu kommen, dass sie wieder zurückgeschoben wurden. Von weiter hinten ertönte ein wütender Schrei. Ein Teil der Menge geriet daraufhin in Bewegung, und ich entdeckte eine Lücke.

Ich packte Tiff am Handgelenk und zog sie zu der Bresche. Dabei kam es mir zugute, dass ich größer und breiter war als sie. Für mich war es leichter, die Leute zum Ausweichen zu bringen. Von unten hörte ich Lärm und warf einen Blick übers Geländer. Ein paar Leute zeigten auf uns und liefen zur Treppe. Mir war klar, dass wir schleunigst aus der Mall verschwinden mussten.

Das *Bergdorf's* hatte einen Ausgang zur Straße hin, aber ich wollte die Meute nicht mit in das Kaufhaus schleppen. Da entdeckte ich einen kleinen Seitenausgang zwischen *Body Shop* und *Furla*, durch den wir rasch hinausschlüpfen konnten. Wir rannten auf ihn zu, die Kameraleute auf den Fersen. Merkwürdig, dass denen kaum jemand in die Quere kam.

Wir stürzten durch die Tür auf die Straße, und ich sah mich nach dem Wagen um. Da man uns vor *Bergdorf's* rausgelassen hatte, nahm ich an, dass der Wagen noch in der Nähe sein musste. Tiff kicherte. Sie schimmerte in der Nachmittagssonne. »Meine Fresse«, sagte sie halb lachend, halb glucksend. »Das ist vielleicht verrückt.«

»Fahr deine Fähigkeit lieber ein bisschen runter«, sagte ich. »Du leuchtest ja wie ein Weihnachtsbaum.«

»Jawohl, Chef.« Ohne mich nach ihr umzudrehen, wusste ich, dass sie sich zurückverwandelt hatte, denn statt der unnachgiebigen Kälte spürte ich wieder ihre weiche Haut in meiner Hand.

Da entdeckte ich den Wagen. Er stand auf der gegenüberliegenden Fahrbahn im Stau – direkt vor der Tiefgarage.

»Da ist der Wagen!«, schrie Tiff. Sie riss sich los und stürzte auf die Straße. Ich hörte ein Rumpeln, wandte mich nach links und sah einen Touristenbus auf uns zurollen. Mir blieb keine Zeit, ihr eine Warnung zuzurufen, damit sie sich diamanthart machen konnte. Ich sprang nur vor und stieß sie so kräftig wie möglich aus dem Weg.

Dann erfasste mich der Bus, und ich dachte an nichts anderes mehr.

Mein Körper blies sich auf. Irgendwie begriff ich, dass das gut war – uns stand eine Mission bevor, und je größer ich war, desto besser. Ich flog durch die Luft und hörte das Quietschen und das hydraulische Zischen des abbremsenden Busses. Mein Leib fühlte sich eigenartig schwerelos an – bis ich in die Heckscheibe eines geparkten Lexus krachte. Durch den Aufprall wurde ich sogar noch dicker. Einen Moment lang blieb ich in dem Konfettihaufen aus Glasstückchen liegen. Nicht etwa, weil ich Schmerzen hatte, sondern weil ich nicht wusste, wie ich mich mit diesem Körperumfang bewegen sollte. Von einem Bus angefahren zu werden war verwirrend, selbst wenn es einen nicht umbrachte.

Ich wälzte mich von dem Lexus herunter; Sicherheitsglas regnete auf den Asphalt. Der Busfahrer war schon ausgestiegen und lief auf mich zu. »Du liebe Scheiße!«, sagte er. »Alles okay mit Ihnen?«

Scherben fielen klirrend von mir herab. »Nur ein bisschen durchgerüttelt.«

»Michelle!« Tiffani kam zu mir herübergerannt. Sie war ein Diamant, Gott sei Dank. Dann wischte sie mir das Glas von den Schultern und machte »Ts«, während sie die Risse in meiner Hose und meiner Jacke begutachtete. »Tja, die sind hin«, sagte sie. »Gut, dass du dein Geld noch nicht aufgebraucht hast.«

Meine Hände juckten, und ich brannte darauf, Blasen zu machen. Wenn ich Fett zulegte, war das jedes Mal so. Inzwischen war der Wagen dem Stau entkommen und hielt neben uns. Einer der Assistenten sprang heraus. »Ist eine von euch verletzt?«

»Nö«, sagte Tiffani. »Wir sind aus Wild-Card-Holz geschnitzt.«

Mir klopfte jemand auf die Schulter und sagte: »Ich bitte tausendmal um Verzeihung, aber ist das Ihre Handtasche?« Eine der japanischen Touristinnen hielt mir meine Tasche hin.

Mir wurde schwer ums Herz. Ich hatte meine Lieblingstasche mitgenommen, und jetzt war sie ziemlich ramponiert. »Ja, die gehört mir«, sagte ich und nahm sie entgegen. »Vielen Dank, dass Sie sie mir gebracht haben.«

»Oh, wenn ich so eine wundervolle Tasche hätte, dann würde mir das Herz brechen, wenn ihr etwas passieren würde«, sagte die Japanerin.

Tiff sah erst die Tasche an, dann die Touristin. »Das ist bloß eine Handtasche. Was ist daran so besonders?«

»Meine Güte, das ist eine echte *Hermès Birkin*«, erwiderte die Japanerin. »Und wenn ich mich nicht irre, sogar in einer seltenen Farbe. In Japan kosten die fast zwei Millionen Yen.«

Tiff machte große Augen. »Zwei Millionen für eine Handtasche?«

»Tiff, aber in Yen«, sagte ich. »Der Wechselkurs ist total wahnwitzig.« Ich würde ihr nicht verraten, dass Birkins in den Staaten zwischen 15 000 und 50 000 Dollar kosten konnten. Was ebenfalls total wahnwitzig war.

»Okay, ich gestehe, dass das keine echte Birkin ist«, sagte ich in der Hoffnung, Tiff mit dieser Lüge zu beruhigen.

»Ich bin überzeugt, dass das eine echte Hermès ist«, sagte die Touristin. »Es gibt da gewisse Merkmale …«

Wieso musste ich ausgerechnet an die einzige japanische Touristin geraten, die perfekt Englisch sprach und ein Auge für überteuerte Modeaccessoires hatte? Ich schämte mich. Tiffani war so arm aufgewachsen.

Wieder versammelten sich mehr und mehr Menschen, hinter unserem Wagen staute sich der Verkehr, und ich hatte nicht nur einen Lexus ramponiert, sondern auch dem Bus eine gehörige Delle verpasst. Unser Vergnügungsausflug verwandelte sich zusehends in einen gigantischen Albtraum. Ich überlegte gerade, was wir tun sollten, als Tiffani meine Hand nahm, sich auf die Zehenspitzen stellte und mir ins Ohr flüsterte: »Wir können das jetzt nicht in Ordnung bringen«, sagte sie. »Lass uns ins Auto steigen, dann soll der Assistent das regeln.«

»Ich kann doch nicht einfach so abhauen«, sagte ich. »Schließlich ist es meine Schuld. Wie um alles in der Welt soll er sich denn ganz alleine darum kümmern?«

»Bitte steigen Sie ein, meine Damen«, sagte der Fahrer. Normalerweise redeten die Fahrer nicht mit uns – es sei denn, wir sprachen sie zuerst an. »Wenn ich ohne Sie zurückkomme, bin ich meinen Job los.«

Ich war hin- und hergerissen. Der Assistent war eindeutig überfordert, aber ich wollte den Fahrer nicht in Schwierigkeiten bringen. Widerwillig ließ ich mich von Tiff in den Wagen zerren.

♥

Tiffani und ich saßen im Jacuzzi. Tiff trug einen Minibikini und ich einen in Übergröße. Genauso gut hätte ich ein weites hawaiianisches Muumuu tragen können. Wir hörten Drummer Boy irgendwo im Haus herumtrommeln. Er war extrem stinkig, dass er sich aus Team Herz hatte verabschieden müssen.

Als wir zusammen von der Aufnahmesession zurückgefahren waren – was für eine lustige Fahrt mit Drummer Boy, der entweder schmollte oder abfällige Bemerkungen von sich gab –, hatte Tiff vorgeschlagen, dass wir uns ein paar Weinflaschen schnappen und im Garten hinterm Haus ein wenig abhängen sollten, bis es drinnen ein bisschen ruhiger wurde.

»Wow, der hat ja echt mal eine Ausdauer«, sagte ich. »Der prügelt da drin schon mindestens eine Stunde lang rum.«

Tiff trank einen Schluck Wein und rümpfte die Nase. »Man sollte annehmen, dass das Zeug besser schmeckt. Ich glaube ja, dass er was spielt. Hört sich an wie das Trommeln von Tommy Lee.«

»Ach, ich schmecke sowieso nichts«, sagte ich. »Nach zwei Gläsern ist mein Mund taub. Ja, du hast recht, es klingt, als würde er da drin Schlagzeug spielen.«

Tiff stand auf und griff nach der Weinflasche. Wasser rann an ihr herunter, lief ihr über den Rücken und zwischen den Beinen hinab. Ich schloss die Augen. Das lenkte mich zu sehr ab. Ich stellte mir vor, ihr meine Hand zwischen die Beine zu schieben, doch das half kein bisschen. Also machte ich die Augen wieder auf, und Tiff schenkte mir nach. »Also«, sagte sie, während sie sich wieder ins warme Wasser setzte. »Was ist das für eine Geschichte mit deiner Handtasche?«

Ich stöhnte, denn ich hatte gehofft, wir würden nicht mehr darüber reden. »Na schön, ich erklär's dir«, sagte ich. »Aber du musst versprechen, dass du es geheim hältst.«

Sie sah mich mit offenem Blick an. »Sicher. Dafür sind Freunde doch da.« Ihre Zunge glitt in ihr Weinglas, was mich zu einem kräftigen Schluck inspirierte. Ich beugte mich näher heran in der Hoffnung, dass mein Flüstern in den Geräuschen des Jacuzzis so weit unterging, dass sie keine für die Sendung brauchbare Tonaufnahmen bekämen.

»Ich bin nicht Michelle LaFleur«, flüsterte ich. »Ich meine, das ist zwar mein richtiger Name, aber ich arbeite unter dem Namen Michelle Pond. Ich bin Model. Will heißen: Ich war Model. Ich habe jung angefangen. Weißt du, ich habe als Kind fünf Jahre lang das Kindermodelabel *OshKosh B'Gosh* präsentiert.«

»Du? Ein Model?«

Ich lachte. Es klang lächerlich, wenn man mein derzeitiges Erscheinungsbild betrachtete. »Ich weiß, das klingt albern, stimmt's?«, sagte ich leise. »Ich war immer gefragt, weil ich nie irgendwelche ›Zicken‹ machte. Vom zweiten Lebensjahr an hab ich durchgehend gearbeitet bis, nun ja, bis jetzt eben.«

Tiff rückte das Oberteil ihres Bikinis zurecht. Ich versuchte, nicht hinzustarren.

»Wie dem auch sei, ich habe so ziemlich alles gemacht«, sagte ich. »Laufstege, Fotosessions, das ganze Programm. Und ich hab eine tolle Karriere hingelegt, bloß dass ich mich abgerackert habe, ohne Geld dafür zu sehen.«

»Ich kann dich kaum hören«, sagte sie und rutschte näher heran. Auch sie senkte die Stimme. »Aber wenn du gearbeitet hast, wo ist das Geld dann hin?«

Und da war sie. Die Frage, vor der mir graute. Die Tatsachen meines Lebens, die mir so bitter aufstießen. Ich hielt es kaum aus, darüber nachzudenken, geschweige denn, darüber zu reden.

Doch in Tiffanis Blick lag so viel Mitgefühl, und der Wein sorgte dafür, dass ich innerlich genügend Abstand zu mir selbst gewann. Ich leerte mein Glas, um mir Mut anzutrinken.

»Nun, das ist das Peinliche daran.« Ich stellte mein Glas auf dem Poolrand ab. »Meine Eltern haben ihre Jobs hingeschmissen, um Vollzeit als meine Manager und Agenten arbeiten zu können. Und ich habe nonstop geschuftet wie ein Galeerensträfling. All die Dinge, die normale Kinder so tun, habe ich in Werbeclips und auf Fotos nur nachgestellt.« Mir wurde mulmig, während ich darüber redete. »Lange Zeit wollte ich nicht wahrhaben, was vor sich ging. Aber mit vierzehn fand ich heraus, wie ich in ihren Computer kam, und da sah ich die Konten.

Laut Gesetz waren sie verpflichtet, einen gewissen Anteil meiner Einnahmen bis zu meiner Volljährigkeit beiseitezulegen. Doch ich musste feststellen, dass sie das nicht getan hatten. Nicht nur das, sondern es gab auch Konten im Ausland.« Ich schloss die Augen und schluckte. »Sie hatten mich jahrelang bestohlen. Ich hätte nach dem Ende meiner Modelkarriere genug Geld für ein sorgloses Leben haben müssen. Um aufs College zu gehen und ein Geschäft zu eröffnen. Aber sie hatten das Meiste davon ausgegeben und den Rest versteckt. Die eigenen Eltern haben mir alles geraubt.«

Einen Moment kam es mir so vor, als würde ich zum ersten Mal begreifen, was sie mir angetan hatten. Als hätte mir jemand einen Tritt in die Magengrube verpasst. Ich hatte einen furchtbaren Kloß im Hals, und ich schloss die Augen und meinte, gleich losheulen zu müssen. Da spürte ich, dass Tiff mir den Nacken streichelte. »Du Ärmste«, sagte sie. Wegen ihres Akzents klang ihre Stimme weich wie Honig. »So was hab ich ja noch nie gehört!«

Ich schniefte und blinzelte, um die Tränen zurückzuhalten. Als ich glaubte, mich wieder im Griff zu haben, sah ich sie an.

»Auf eine Art hast du behütet gelebt«, sagte ich leise. »Geld macht manche Leute zu Unmenschen.«

Sie goss den restlichen Wein in mein Glas und reichte es mir. »Was hast du dann getan?«

»Ich war erst vierzehn, als ich dahinterkam. Ich brauchte ein ganzes Jahr, bis ich einen Anwalt fand, der mich ernst nahm. In einem Emanzipationsverfahren beantragten wir meine volle Handlungs- und Geschäftsfähigkeit und verklagten meine Eltern. Zwar wurde mir meine Emanzipation zugesprochen, doch bei der Urteilsverkündung waren meine Eltern bereits außer Landes geflohen. Es gelang uns, an ein Konto heranzukommen, sodass ich nicht komplett pleite war, doch der Großteil des Geldes ging für den Anwalt drauf.«

Tiffani beugte sich näher an mich heran, sodass ich ihren Duft trotz des Chlors riechen konnte. »Und dann wurde deine Wild Card aufgedeckt, und du konntest nicht mehr arbeiten?«

»Oh, ich könnte schon«, sagte ich. »Wenn ich so viele Blasen machen würde, dass ich auf meine normale Größe schrumpfe, würde ich wahrscheinlich reichlich Arbeit bekommen. Aber dann könnte ich ja keine Blasen mehr machen.«

Sie runzelte die Stirn. »Soll das heißen, dass du lieber hier bist, obwohl du gut leben könntest, indem du schöne Kleider anziehst und dich fotografieren lässt?«

Ich seufzte. Mir war klar, dass sie das nicht verstehen würde. Ihre Armut trieb sie an. Sie wollte ihrer Familie geben, was sie nie gehabt hatte. Doch ihre Familie würde sie lieben, ganz gleich, ob sie gewann oder nicht. Meine hatte mich nie geliebt. Für meine Eltern war ich nur eine Geldquelle gewesen. »So kann man es vermutlich auch sehen«, sagte ich. »Aber das Blasenmachen hat mein Leben verändert. Mit dieser Fähigkeit kann ich etwas Sinnvolles bewirken. Modeln hat keinen Wert, außer dass man damit Dinge verkauft.« Ich nahm meine schrumpeligen Hände aus dem Wasser. »Dazu kommt, dass ich neunzehn bin. Für ein Model ist das fast schon Greisenalter. Und ich kann nicht mehr mit ansehen, was die Mädchen alles tun, um dünn zu bleiben und ihre Jobs zu behalten.« Ich leerte mein Weinglas. Es tat gut, endlich mal jemandem von alldem zu erzählen.

Tiff nippte an ihrem Wein und starrte ins Leere. »Aber was hat das alles mit deiner Handtasche zu tun?«

An die Handtasche hatte ich gar nicht mehr gedacht. »Als ich mein Zeug packte, bevor ich das Haus meiner Eltern verließ, bemerkte ich, dass die Tür zum Kleiderschrank meiner Mutter offen stand. Ich konnte nicht glauben, was ich darin erblickte. Sie hatte fünf von diesen *Hermès*-Handtaschen. So verprasste sie meine Zukunft – mit verdammten Handtaschen. Deshalb habe ich sie mitgenommen. Alle bis auf eine habe ich verkauft, und die ist meine Emanzipationstasche.

Mommy hat es mir aber heimgezahlt. Nachdem das Urteil zu meinen Gunsten ausfiel, bekam ich ein Paket von ihr. Da waren alle meine Plüschtiere drin. Sie waren aufgeschlitzt und ausgeweidet. Ein richtiges Massaker.«

Tiff unterdrückte ein Kichern. »Sie hat deine Plüschtiere abgeschlachtet?«

Ich stieß sie leicht gegen den Arm. »Hör auf! Bei dir klingt das so albern. Ich habe meine Plüschtiere geliebt!«

Sie musste lachen, und da sie gerade einen Schluck getrunken hatte, spritzte Wein aus ihrem Mund. »Du meine Güte, wie lahm!«

Ich versuchte, mir das Lachen zu verkneifen. Meine Plüschtiere hatte ich wirklich geliebt. Kein bisschen weniger als Dragon Girl ihren Puffy.

»Was wird denn hier für 'ne Party gefeiert?« Drummer Boy trat an den Rand des Jacuzzis. Mit dem unteren Armpaar trommelte er einen komplizierten Rhythmus auf seiner Brust.

»Wir sind nur zu zweit«, sagte Tiff. »Das kann man kaum eine Party nennen.«

Einen Moment lang ließ er das Trommeln sein und hob alle sechs Arme über den Kopf. Dabei zuckten seine Brust- und Bauchmuskeln. Ich verdrehte die Augen und warf einen Blick zu Tiff hinüber, um zu sehen, wie sie darauf reagierte.

Sie betrachtete ihn mit gesenkten Lidern. Es war ein abschätzender Blick.

»Ist noch Platz für mich? Oder braucht Pummelchen den ganzen Pool?«

Tiffani lachte. Ein kehliges Lachen, das mich erschaudern ließ. »Es ist genug Platz für alle. Das ist ein riesiger Pool.«

Drummer Boy stieg aus seiner Hose. Darunter war er nackt. Die Produzenten würden begeistert sein. Er sprang ins Wasser und setzte sich uns gegenüber.

»Und? Läuft was zwischen euch beiden?«, fragte er. »Pummelchen und Glasperlenmädchen – die besten Freundinnen?«

Ich wurde rot. Aber Tiff spritzte ihn nur scherzhaft an. »Ja, du hast echt voll den Durchblick. Wenn zwei Frauen in einem Whirlpool sitzen, kann das nichts anderes heißen, als dass sie Lesben sind. Und wenn das ein Porno wäre, dann würde unser Mädchensandwich nur darauf warten, dass du die Fleischeinlage machst.«

Er grinste sie an. »Hätte nichts dagegen.«

»Ich verzieh mich.« Ich würde nicht zusehen, wie er mich beleidigte und mit Tiff flirtete.

»Bist du sicher, Michelle?«, fragte Tiffani. »Hier ist Platz genug. Und DB wird bestimmt ganz artig sein.«

»Ich bin nie artig. Das macht doch keinen Spaß.«

Ich nahm mein Handtuch, wickelte es mir um und ging hinauf in mein Zimmer.

Kaum hatte ich den Pyjama angezogen, als es an der Tür klopfte. Aus dem Jacuzzi hörte ich das Lachen von Tiff und DB. Als ich aufmachte, stand zu meiner Überraschung Ink vor der Tür.

»Hey«, sagte ich. »Stimmt was nicht?«

Sie steckte die Hände in die Taschen ihrer Jeans. »Ich habe von dem Vorfall in der Mall gehört und wollte nachsehen, ob alles okay ist.«

»Klaro«, sagte ich und war ein bisschen verblüfft. »Ich gehöre zu den Mädchen, die es schon mal aushalten, wenn sie von einem Bus angefahren werden. Kein großes Ding, wirklich nicht.«

»Ah.« Ink runzelte die Stirn und schüttelte den Kopf. »Na schön. Ich bin froh, dass alles in Ordnung ist. Wollte nur mal checken.«

»Äh, okay.« Einen Moment stand ich da und wusste nicht, was ich sagen sollte. »Tja, wir sehen uns dann morgen.«

Sie wirkte, als wollte sie noch etwas anderes sagen, doch dann brummte sie nur ein »Gute Nacht« und ging wieder.

♦

Das Schrillen der Sirene, die eine Mission ankündigte, weckte mich. Ich tastete nach dem Wecker und stöhnte, als ich die Uhrzeit sah: fünf Uhr früh.

Ich warf mir mein übliches Outfit über: eine weite Stretchjogginghose, ein XXL-T-Shirt mit langen Ärmeln und einen Kapuzenpullover. An diesem Morgen saß alles extrem eng. Der Zusammenstoß mit dem Bus hatte mich aufgeblasen. Im Hinunterlaufen band ich meine Haare zu einem Pferdeschwanz zusammen.

Im Wohnzimmer war niemand, und die Haustür stand offen. Daraus schloss ich, dass ich die Letzte war, und trottete, so schnell es mir mein derzeitiger Leibesumfang erlaubte, zum Wagen. Doch außer Jetman saß noch niemand darin.

Wir hockten zwanzig Minuten auf dem Rücksitz und warteten, bis Tiff und Drummer Boy herauskamen, dicht gefolgt von Ink und den Kameraleuten. Mich durchlief ein ekelhaftes Gefühl.

Es war noch dunkel, als wir im Studio ankamen. Der Wächter winkte uns durchs Tor, und wir wurden in der Maske abgesetzt. Offenbar wollten sie schnell mit der Mission beginnen, denn es gab nicht das übliche Hin und Her zwischen Hektik und ewiger Warterei.

Dann wurden wir im Eiltempo zum Set gebracht. Die ganzen Kamerateams für die Missionen waren schon da. Die Fassade eines Bankgebäudes war wie für den Nationalfeiertag beleuchtet. Der Regisseur kam zu uns herüber. »Guten Morgen, Karos. Seid ihr bereit für die heutige Mission?«

»Wir sind zu allem bereit«, sagte Drummer Boy und trommelte dabei auf seine Brust, dass es sich wie ein Rimshot anhörte.

Der Regisseur deutete zum Set hinüber. »Also, folgende Geschichte: Hier wird gerade eine Bank ausgeraubt. Eure Aufgabe ist es, die Geiseln zu befreien, die Ganoven auszuschalten und das Ass zu besiegen, das die Bankräuber anführt.«

»Wer ist das Ass?«, fragte Jetman.

»Tja, das ist Teil der Mission: Das erfahrt ihr erst, wenn ihr reingeht.«

Das machte mich nervös. Es gab eine Menge Asse, und manche von ihnen hatten Fähigkeiten, die nicht gleich offensichtlich waren. Vor so etwas wie Gedankenkontrolle fürchtete ich mich am meisten. Damit konnte man uns so steuern, dass wir uns gegenseitig an die Gurgel gingen, wenn wir nicht darauf gefasst waren. Und vielleicht sogar dann.

»Alles bereit auf dem Set«, drang es aus dem Lautsprecher. Augenblicklich herrschte Stille. Und dann: »Action!«

Aus dem Bankgebäude waren Explosionen zu hören. Dann das Knattern eines Maschinengewehrs. Obwohl ich wusste, dass das nur Soundeffekte waren, löste es bei mir einen Adrenalinschub aus.

»Also, was machen wir?«, fragte Tiffani. Sie sah zu Drummer Boy auf, als hätte dieser die Antwort parat.

»Ich finde, wir sollten als Erstes die Geiseln rausholen«, sagte ich. Jetman nickte.

»Hört sich gut an«, sagte Tiffani. »Bubbles, mach mal dein Ding.«

Ich ließ eine Blase von der Größe einer Bowlingkugel auf die Vordertür los, wo sie wie ein billiger Feuerwerkskörper explodierte. Glasscherben und Holzsplitter spritzten auf die Straße. »Tiff und ich sollten vorausgehen, denn uns können die Geschosse nichts anhaben.«

»Ich steige in die Luft«, sagte Jetman, »und dringe dann von hinten ein.« Er drückte den Einschaltknopf seines Raketenrucksacks. Erst stotterte dieser ein bisschen, dann lief er rund. Die Maschine machte ein Töfftöff-Geräusch wie eine altersschwache Vespa, aber nichtsdestotrotz war Jetman in Sekundenschnelle in der Luft.

Rauch drang aus dem Loch, das ich gesprengt hatte. Tiff wurde wieder diamanten, und dann rannten wir, mit Drummer Boy im Rücken, in die Bank hinein. Sofort wurden wir von einer Salve Paintballs erwischt. Bei mir bewirkten sie lediglich, dass ich noch mehr Fett ansetzte. Unglücklicherweise wurde Tiff im Gesicht getroffen, und die Farbe, die sich über ihre Kristallhaut verteilte, behinderte ihre Sicht.

Ich erblickte eine Menschengruppe, die im Kreis auf dem Boden saß. Man hatte den Geiseln die Hände auf den Rücken gefesselt. Davor standen sechs Typen mit Paintballgewehren. Ich entdeckte niemanden, der wie ein Ass aussah, aber bei Assen konnte man nie wissen.

Eine weitere Salve wurde auf mich und Tiff abgefeuert. »Verdammt«, hörte ich sie sagen. Mit einem Seitenblick erkannte ich, dass sie in einen der Tische hineingelaufen war. Der Großteil ihres Gesichts war von Farbe bedeckt. Wahrscheinlich sah sie überhaupt nichts mehr.

Drummer Boy duckte sich hinter einen der Tische. Wenn er oder Jetman von einer bestimmten Anzahl Paintballs getroffen wurden, erklärte man sie für tot, und sie schieden aus der Mission aus.

Ich feuerte eine Salve von Blasen auf drei Handlanger ab, die in einer Gruppe zusammenstanden. Die Blasen waren so groß wie Baseballs, und ich machte sie extra hart und kompakt. Einer wurde an der Hand getroffen und ließ schreiend die Waffe fallen. Ein anderer bekam eine Blase in den Bauch und krümmte sich vornüber.

Den dritten verfehlte ich, nicht aber Jetman. Er schoss durch das Oberlicht über der Eingangstür herein und feuerte sein »Jetnet«. Es pfiff an meinem Kopf vorbei, spannte sich im Flug auf, brach das Licht schillernd wie ein silbernes Spinnennetz und schlang sich um die Bankräuber, die zu Boden gingen.

Mich trafen weitere Paintballs. Ich lachte und schleuderte den verbliebenen Ganoven erneut eine Blasensalve entgegen. Einen verfehlte ich, weil er sich auf den Boden fallen ließ, aber die beiden anderen bekamen Volltreffer auf den Brustkorb ab. Die Waffen flogen ihnen aus der Hand, und dann kreischten die Geiseln los, als hätten sie entsetzliche Angst.

Ich sah zu ihnen hinüber und bemerkte, dass eine der Frauen von einem Schlag mit dem Gewehr getroffen worden war. Sie hatte eine hässliche Platzwunde auf der Stirn, und wahrscheinlich würde sie ein blaues Auge kriegen. Mir war klar, dass die Geiseln Statisten waren und wussten, dass es zu Verletzungen kommen konnte, doch niemand sollte für seinen Honorarscheck bluten müssen.

Jetman schwebte über uns – die Decke in der Schalterhalle war hoch, mindestens fünf Meter – und nahm die drei Räuber unter Beschuss. Eine Gaswolke hüllte sie ein, und Sekunden später brachen sie bewusstlos zusammen. Jetzt konnten wir die Geiseln retten. Ich lief zu Tiff und gab ihr meinen Kapuzenpullover, damit sie sich die Farbe abwischen konnte. Dann half ich Drummer Boy, die Fesseln der Statisten zu lösen.

Da erschien ein weiterer Bankräuber.

Er war jung, vielleicht ein paar Jahre älter als ich, vielleicht in Jetmans Alter, und um die ein Meter achtzig groß. Sein blondes Haar war kurz, fast schon militärisch im Schnitt. Gekleidet war er wie die anderen Ganoven, doch trug er keine Waffen. Ich wusste, dass ich ihn schon einmal gesehen hatte, aber ich konnte ihn nicht einordnen.

»Dieser Trottel gehört mir«, rief Drummer Boy und rannte an mir vorbei auf den neuen Schurken zu. DB war gut einen Kopf größer als der Kerl und hatte vier Arme mehr. Er riss die drei rechten Arme zurück und landete einen dreifachen Schwinger gegen den Kopf des Kerls.

Der Blonde zuckte nicht einmal mit der Wimper. Als DBs Faust ihn traf, bildete sich ein wunderschöner gelber Strahlenkranz um ihn. Dann streckte er den Arm aus, schloss die linke Hand um Drummer Boys mittlere rechte Faust und packte ihn am Gürtel. Er hob DB – der gut und gern zweieinhalb Zentner wog – wie ein Kleinkind in die Höhe, und schleuderte ihn durch eines der Fenster auf die Straße hinaus.

»Ach du Scheiße«, hörte ich Jetman sagen, während er zu uns herüberflog.

»Wer ist das?«, fragte Tiff. Jetman wirkte äußerst beeindruckt. Ich blickte zu Tiff hinunter und sah, dass sie den Großteil der Farbe abgewischt hatte, doch ihre Haut funkelte nicht mehr ganz so stark.

»Das ist Golden Boy«, rief Jetman zu uns herunter. »Das Judas-Ass. Er ist eine lebende Legende. Angeblich ist er unverwundbar. Und einer der stärksten Menschen der Welt.«

Mir rutschte das Herz in die Hose. Ich schaute durch das gezackte Loch in der Fensterscheibe. DB lag noch immer auf der Straße. Einer weniger. Und Tiff war gegen Golden Boy praktisch nutzlos.

Blieben Jetman und ich.

»Was ist mit deinem Schlafgas?«, fragte ich. »Wir könnten ihn damit ausschalten, dann nehmen wir dein Netz …«

»Ach herrje«, sagte Tiff.

Golden Boy kam bereits auf uns zugestürmt. Jetman schoss zur Decke empor, und Tiff wandte sich um und lief auf den Eingang zu. Aber ich wusste, dass ich nur umso mehr Kraft gewinnen würde, wenn er mich schlug. Deshalb wich ich nicht von der Stelle.

Er raste an mir vorbei auf Tiffani zu.

Ich folgte ihm und sah gerade noch, wie er Tiffani hochhob und ein Stück die Straße hinabwarf. Sie kreischte laut, während sie durch die Luft flog. Dann schlug sie auf und blieb so reglos liegen wie Drummer Boy. Ihre Fähigkeit hatte sie vor dem Schlimmsten bewahrt, doch der Aufprall hatte ihr das Bewusstsein geraubt. Ich war wütend. Ich wusste, dass ihr nichts Ernsthaftes passiert war, aber sie war meine Freundin, und meiner Freundin kam man nicht blöd.

Ich schaute mich nach Jetman um und sah ihn durch das Loch herausfliegen, das DB geschlagen hatte. Golden Boy stand zwischen uns. Jetman zog seine Jetgun aus dem Holster, und ich wich zurück, damit ich nicht in die Reichweite des Gases geriet.

Jetman feuerte. Ich hörte den Schuss und rechnete damit, dass Golden Boy in einer Wolke aus Betäubungsgas zusammensackte. Doch stattdessen stand er plötzlich mit der Gaspatrone in der Hand da. Jetmans Unterkiefer klappte herunter. Ich bin ziemlich sicher, dass es mir nicht anders erging. Dann warf Golden Boy die Patrone zu Jetman zurück. Das Geschoss traf ihn an der Brust, und eine blaugraue Gaswolke hüllte ihn ein. Sekunden später stürzte er ab.

Als er aufschlug, zuckte ich zusammen. Wenn er aufwachte, würde ihm alles wehtun.

Nun wandte sich Golden Boy zu mir um. Mir war klar, dass ich ihm mit meinen kugelgroßen Blasen nichts anhaben konnte – sein Kraftfeld würde sie einfach absorbieren. Aber ein größeres Geschoss konnte ihn aus dem Gleichgewicht bringen. Ich machte mir keine Hoffnungen mehr, ihn besiegen zu können, aber ich wollte nicht kampflos aufgeben.

Zwischen meinen Handflächen formte sich eine Blase. Sie wurde größer und schwerer, bis sie den Umfang eines Medizinballs hatte. Und dann ließ ich sie noch weiter anwachsen. Als sie die Größe und das Gewicht einer Abrissbirne hatte, schleuderte ich sie auf Golden Boy.

Sie traf ihn am Brustkorb. Zwar leuchtete sein Kraftfeld auf, doch wurde er nach hinten geschleudert. Deshalb pumpte ich eine weitere Blase von derselben Größe und Wucht auf und warf sie. Wieder brachte sie ihn ins Torkeln. Ich spürte, dass mir die Kleider lockerer saßen, aber darüber dachte ich jetzt nicht nach. Wichtig war, dass ich ihn aus dem Gleichgewicht brachte.

Golden Boy bekam noch eine vor die Brust. Ich spürte meine Hose und Unterhose rutschen, doch das war mir inzwischen egal. Ich ließ sie zu Boden gleiten und kickte sie fort. Jetzt hatte ich nur noch mein T-Shirt an. Das war lang genug. Und Golden Boy hatte das Gleichgewicht wiedererlangt.

Ich pumpte eine weitere Blase auf und schleuderte sie nach ihm. Aber diesmal war er vorbereitet, und er stolperte nur ein klein wenig zurück.

Blase auf Blase ließ ich auf ihn los, jede größer und schwerer als die vorherige. Doch er kam unerbittlich wie die einlaufende Flut auf mich zu, bis ich keine großen Blasen mehr zustande brachte. Ich hatte beinahe schon wieder meine normale Größe. Als ich aufblickte, stand er fast direkt vor mir. Verzweifelt schoss ich eine letzte Blase ab, doch sie verpuffte an seiner Brust, als wäre sie aus Seife und Wasser.

Golden Boy streckte die Hand aus, und ich glaubte schon, er würde mich durch die Luft schleudern, wie er es mit Tiff getan hatte, doch er fasste mich nur beim Kinn und hob mein Gesicht an.

»Netter Versuch«, sagte er. Dann tätschelte er mir die Wange. »Und du wärst echt hübsch, wenn du das Gewicht halten würdest.«

♠

»Du verlierst.«

Wie ich schon sagte, die schlimmsten Worte überhaupt.

Das einzig Gute war, dass Drummer Boy ausscheiden würde und nicht jemand von den ursprünglichen Karos.

Die Fahrt zurück zu unserer Unterkunft verlief schweigend. Tiffani schien eigenartig ruhig zu sein, nicht so wütend wie sonst, wenn wir verloren hatten. Drummer Boy verzichtete sogar auf seine höhnischen Bemerkungen mir gegenüber. Natürlich war ich jetzt schlank. Mehr nach seinem Geschmack, nehme ich an. Ich trug noch immer nichts weiter als das übergroße T-Shirt. Mein Kapuzenpullover war voller Farbe, und meine Hose war mir viel zu groß, also zog ich sie gar nicht erst an. Zum Glück geht ein XXL-T-Shirt perfekt als Minikleid durch.

Ink nahm uns an der Tür in Empfang. Sie erklärte uns, dass wir eine Stunde Zeit hätten bis zur Ausmusterung. Dann zerrte sie mich ins Wohnzimmer. »Es gibt da was, das du wissen solltest«, sagte sie und schaltete den Fernseher ein.

Sie hatte die TiVo-Aufnahme einer CNN-Sendung mit der Pause-Taste angehalten. Mir wurde bang ums Herz, als ich die Bildunterschrift las: *Kandidatin in* American Hero *berühmtes Model*. Zu sehen war eine Gegenüberstellung zweier Fotos von mir. Eines war das Titelbild einer *Vogue*-Ausgabe, ein Jahr zuvor aufgenommen, und das andere war mein Portrait für *American Hero*, in dem ich völlig aufgeblasen war.

»Scheiße«, sagte ich.

»Willst du den ganzen Bericht sehen?«

»Oooh, aber unbedingt!« DB riss Ink die Fernbedienung aus der Hand.

»...*Hero* Kandidatin ›Amazing Bubbles‹ entpuppt sich als niemand Geringeres als Michelle Pond, ein bekanntes Model, dessen Privatfehde mit ihren Eltern durch die Klatschpresse ging, als sie im Alter von fünfzehn Jahren ihre juristische Emanzipation beantragte.«

DB ließ sich auf die Couch fallen und sah vom Fernsehbildschirm zu mir. »Ich hab immer gedacht, mit dem schwarzen Haar willst du einen auf Goth machen.« Er musterte mich kurz. »Dann bist du eine echte Blondine, was?«

Ich hätte ihm am liebsten eine geknallt.

»Wie um alles in der Welt ist das nach draußen gelangt?« Meine Stimme bebte.

»Jemand hat es geleakt«, sagte Ink. »Aber dir ist klar, dass wir die Aufnahmen von den Missionen heute Abend in der Show ausgestrahlt hätten. Es wäre so oder so rausgekommen.«

Ich nickte. Schon als ich bei meinem vergeblichen Versuch, Golden Boy aufzuhalten, auf meine wirkliche Größe zusammengeschrumpft war, war mir klar gewesen, dass es jemand merken würde. In gewisser Hinsicht war ich wahrscheinlich sogar erleichtert.

»Ponds Agentur, Cavullio International, äußerte gegenüber CNN, dass Ponds Teilnahme bei *American Hero* den Vertrag verletze, und dass sie deshalb nicht länger durch die Agentur vertreten werde.«

Mir fiel die Kinnlade herunter. Ich war bei Cavullio, seit ich acht war. Sie hatten ein Vermögen an mir verdient. Diese miesen Arschlöcher.

»Das tut weh«, sagte DB. Zu meinem Erstaunen klang er nicht sarkastisch, sondern es schien ihm aufrichtig leidzutun.

Tiffani kam herein und sah einen Teil des Berichts. Sie tät-

schelte mir den Rücken. »Das wird schon wieder. Da draußen gibt's doch massig Agenturen, oder?«

Sie hatte recht. Ich konnte nur nicht glauben, dass mein
ganzes Leben live auf CNN aus den Fugen geriet. »Wir haben
eine Ausmusterung vor uns«, sagte ich hölzern. »Ich gehe
besser duschen.«

♣

Bei dieser Ausmusterung war Digger Downs unser Schiedsrichter. Harlem Hammer wäre mir – wie immer – lieber gewesen, aber die Schiedsrichter rotierten. Downs trug einen
schicken braunen Nadelstreifenanzug, der an ihm irgendwie
verknittert und schäbig aussah. Die Maskenbildner hatten
versucht, ihn weniger verlebt wirken zu lassen, aber es hatte
nicht geklappt.

»Wie's aussieht, verlieren die Karos schon wieder«, sagte
er, als wir uns hinsetzten. »Und dann haben wir hier das
Drama mit Bubbles. Oder sollte ich lieber sagen: Michelle
Pond? Wie ich sehe, bist du zu deinen Wurzeln zurückgekehrt.«

Ich bedachte ihn mit einem Blick, von dem ich hoffte,
er würde ihn in ein Häufchen Asche verwandeln. Leider
brachte ihn das nur zum Kichern. »Ja, Mr. Downs«, sagte ich
mit einem unaufrichtigen Lächeln im Gesicht. »Ich bin zu
meiner natürlichen Haarfarbe zurückgekehrt. Das Farbspray
rauszuwaschen hat eine Weile gedauert. Aber es ist nett von
Ihnen, dass Sie es bemerkt haben.«

In der Tat fühlte es sich gut an, die Farbe los zu sein, doch
Digger tat fast so, als wäre etwas Pornographisches dabei.
Was für ein Ekelpaket.

Er lächelte Drummer Boy fies an. »Na, Drummer Boy, wie
fühlst du dich denn so in deinem neuen Team?«

»Die sind echt ätzend«, erwiderte er. »Aber ich hab bei der

letzten Mission auch nicht gerade geglänzt, deshalb will ich ihnen gegenüber nicht unfair sein.«

»Hast du nicht Angst, dass du als Neuling im Team besonders verwundbar bist?«

DB zuckte mit den Schultern. »Man kann nie wissen, was am Ende rauskommt.«

Ich muss sagen, ich bewunderte seine Coolness. Es war doch offensichtlich, dass er zum Abschuss freigegeben war. Er hatte sich während der Mission mehr als dumm angestellt, und es war klar, dass er kein Karo war.

Digger teilte die Karten aus. Wieder einmal traf Tiffani sofort ihre Wahl und legte eine Karte verdeckt auf den Tisch. Auch Drummer Boy hatte sich schnell entschieden. Ich zog DBs Karte und legte sie ebenfalls hin.

Jetman war der Einzige, der noch keine Karte gezogen hatte. Ich sah, wie er uns anblickte, und ich fragte mich, warum ihm die Wahl so schwerfiel – es sei denn, er brach die Allianz der Karos. Die Vorstellung war mir zuwider. Langsam zog er eine Karte und schob sie zu Digger hinüber.

Dieser sammelte alle Karten ein und mischte sie. Er nahm den kleinen Stapel in die Hand. »Dann wollen wir doch mal sehen, wer geht und wer bleibt«, sagte er.

Er deckte die erste Karte auf und legte sie auf den Tisch. Amazing Bubbles. Mein aufgedunsenes Gesicht lächelte mich an. Na klar, dachte ich. Bestimmt will Drummer Boy mich loshaben.

Die nächste Karte wurde aufgedeckt. Drummer Boy. Er runzelte die Stirn, doch was hatte er erwartet? »Eins zu eins, bisher«, sagte Digger.

Er drehte die dritte Karte um. Es war Tiffani. Ich sah Jetman an. Er erwiderte den Blick gelassen. Hatte er wirklich Tiffani gewählt? Oder hatte Drummer Boy sie gewählt? Hatte er mich gewählt? Ich wusste nur, dass Tiff und ich DB gewählt hatten. Dann deckte Digger die letzte Karte auf.

Amazing Bubbles.

»Und mit dem Paar ist die Dame draußen«, sagte Digger.

Meine Hände fingen an zu zittern, und ich versteckte sie in meinem Schoß. Mir war klar, dass ich schockiert aussah, und ich war es auch.

»Was für ein Pech, Bubbles«, sagte Digger. »Und? Wirst du dich jetzt wieder deiner Modelkarriere widmen?«

Ich rückte vom Tisch ab und stand auf. Alles schien sich in Zeitlupe zu bewegen. Ich konnte beinahe spüren, wie die Kamera an mein Gesicht heranzoomte. Schließlich wollten sie den Schmerz sehen.

Jetman kam um den Tisch herum und umarmte mich. Er flüsterte mir ins Ohr: »Ich habe Tiffani gewählt, Bubbles. Sie hat ein Bündnis mit DB geschlossen. Sie wollten mich auch dabeihaben, aber ich habe nicht mitgespielt. Scheiß auf diese Metaspielchen. Bei so was mache ich nicht mit.« Er drückte mich fester. »Und ich weiß genau, dass du nicht glauben kannst, dass sie dir in den Rücken gefallen ist.« Er ließ mich los. Ich stand da wie ein Reh im Scheinwerferlicht.

Tiffani hatte mich verraten.

Drummer Boy schüttelte mir die Hand. »Nimm's mir nicht übel, Bubbles. Ist bloß ein Spiel.«

Tiff stand hinter mir, aber ich konnte sie nicht ansehen. Ich wollte weder mir ihr reden noch ihre Ausflüchte hören. Ich wandte mich einfach zur Tür und ging hinaus.

♥

Ich stopfte die letzten Kleider in meine Tasche, als es an der Tür klopfte. »Michelle, ich bin's.«

Es war Tiff. Mir wurde übel.

»Ich bin nicht in Stimmung«, sagte ich.

»Hör mal, ich will mich gar nicht groß bei dir entschuldigen, dass ich dich rausgewählt habe«, sagte sie durch die geschlossene Tür.

Ich quetschte das letzte Kleidungsstück in meine Tasche und zerrte den Reißverschluss zu. »Na, vielen Dank auch«, erwiderte ich. Mir war, als müsste ich mich gleich übergeben.

»Es ist nur … ich meine … ich habe eben die Geschenke gekriegt.«

Die Geschenke hatte ich vergessen. Ich hatte das Geld, das ich von der Show bekommen hatte, dafür verwendet, Tiff die Dinge zu kaufen, die sie sich gewünscht, aber nicht selbst gekauft hatte. Ich hatte das Parfüm und den Kaschmirüberwurf von *Bergdorf's* hierher schicken lassen. Jetzt kam ich mir wie eine ausgemachte Idiotin vor.

»Du weißt genau, dass ich dich nie darum gebeten habe, dein Geld für mich auszugeben«, sagte Tiff. »Und ich habe dir nie etwas versprochen.«

Ich ging zur Tür und riss sie auf. »Mir ist klar, dass du mir nie etwas versprochen hast. Ich habe dir diese Sachen geschenkt, weil ich dachte, dass sie dir gefallen würden. Weil du das Geld, womit du sie dir hättest kaufen können, lieber für deine Familie ausgegeben hast.« Ich holte tief Luft. Jetzt zitterte ich am ganzen Leib. »Glaub bloß nicht, dass ich deswegen weniger wütend auf dich wäre. Was du getan hast, ist hundsgemein und hinterhältig.« Ich wollte sie ohrfeigen.

»Ich weiß, dass ich dich enttäuscht habe«, sagte sie und sah mich flehentlich an. »Ich hatte einfach keine andere Wahl.«

Ich riss meine Taschen vom Bett. Dann, als ich ganz dicht an ihr vorbei hinausging, sagte ich: »Man hat immer eine Wahl, Tiff.«

Sie rief mir hinterher, aber ich ignorierte sie.

◆

Die Luschenvilla war überwältigend. Wenn ich schon mit den anderen Versagern abhängen musste, würde ich das wenigstens stilvoll tun.

Das Wohnzimmer war riesig – musste es auch sein. Elf ausgeschiedene AH-Kandidaten wohnten bereits hier. Mit mir waren es jetzt zwölf. Und zwei weitere waren im Anmarsch.

Ich erfuhr, dass die Bewohner jedes Mal eine Party schmissen, wenn neue Luschen zu ihnen stießen.

Eine ziemlich laute, feuchte Party. Genau das, wonach mir nun war.

Nach einigen Gläsern Champagner fragte ich Maharadscha, ob er mir mein Zimmer zeigen könnte. Ich packte meine Sachen aus und ging wieder runter. Die Party war in vollem Gange. Das neue Album von Joker Plague war fast bis zum Anschlag aufgedreht, und alle tanzten, als ginge morgen die Welt unter. Ich schnappte mir eine Flasche Schampus und warf mich ins Getümmel.

♠

Heiß und schwer fiel das Licht durch die Schlafzimmerfenster. Ich machte ein Auge auf. Ich war nicht tot, fühlte mich aber, als könne ich ein beeindruckendes Modell für eine Leiche abgeben. Mit einem Stöhnen wälzte ich mich herum. Probierte es zumindest. Ink schlief neben mir. Nackt.

Ich sah an ihrem Körper hinunter. Er war nicht von den üblichen Tattoos bedeckt. Ihre Haut hatte die Farbe von Tee mit Milch. Zwischen ihren Beinen war ein Büschel dunkler Haare, und ihre Brüste waren klein und von zarten bräunlich-pinken Nippeln gekrönt. Ich versuchte mich daran zu erinnern, wie wir gemeinsam im Bett gelandet waren. Doch das Pochen im Kopf machte es mir unmöglich.

Ich setzte mich auf. Kurz schwankte alles, bis es wieder ins Lot kam. Jetzt hatte ich Heißhunger, doch ich wusste, dass ich nicht nur etwas für den Magen brauchte. Ich musste auch wieder fett werden. Ich musste wieder Blasen machen können.

»Du bist wach«, sagte Ink und streckte sich.

»Äh, ja«, erwiderte ich. Ich fragte mich, ob Ink mich im Stich lassen würde, wenn ich wieder Bubbles' Umfang angenommen hatte. Oder ob sie mich so oder so im Stich lassen würde. Ich konnte mich nicht erinnern, ob wir uns zu irgendetwas anderem als trunkener Lust bekannt hatten.

»Du warst ziemlich besoffen letzte Nacht«, sagte Ink, womit sie zur Königin der Untertreibung wurde.

»Ja«, sagte ich und rieb mir das Gesicht. »Ich kann mich an nicht mehr viel erinnern, nachdem wir zu tanzen angefangen haben.«

Ink streckte sich erneut, und ich wollte ihr mit den Lippen über den festen Bauch streichen bis zu dem Haarbüschel zwischen ihren Beinen und sie überall küssen und an ihr knabbern. In meiner Erinnerung tauchten kurz duftende Haut und Schweiß auf, weiche Haare auf meinem Mund.

»Na ja, du hattest schon eine ganze Menge Schampus intus, als ich zur Luschenvilla kam«, sagte Ink. »Die Party war in vollem Schwung, und du hast mich in die Mitte der Tanzfläche geschleift. Dann hast du mir gesagt, ich wäre deine ›Asiatische Prinzessin‹. Und danach hast du mich hier raufgetragen, und wir haben mehr oder weniger herumgeknutscht, bis wir eingepennt sind.«

Ich ächzte und verbarg mein Gesicht in den Händen. Ich schämte mich in Grund und Boden. Warum um alles in der Welt hatte ich Ink meine »Asiatische Prinzessin« genannt?

»Das ist mir so was von peinlich«, sagte ich.

»Warum? Ich fand es lustig.«

»Wann… wie… kommt es, dass du hier bist? In der Luschenvilla, meine ich.«

Ink rollte sich auf den Bauch. Ihr Hintern war vollkommen – geformt wie ein Pfirsich. Dunkel erinnerte ich mich, daran geknabbert zu haben.

»Ich habe mich schon seit einer Weile darum bemüht, Assistentin für die Ausgeschiedenen zu werden. Ich wusste, dass du auf der Abschussliste stehst, und ich wollte in deiner Nähe bleiben.«

Heiß stieg mir die Röte ins Gesicht.

»Aber … aber … ich wusste gar nicht, dass du mich magst … du weißt schon, dass du mich *so* magst.«

Ink lachte, und ihr Hintern bebte. *Das lenkt echt ab*, dachte ich bei mir.

»Manchmal hast du eine ganz schön lange Leitung, Liebes«, sagte Ink und sah mich neckisch über die Schulter an.

»Ähm.« Dann platzte ich damit heraus: »Du hast jetzt aber nicht nur mit mir geschlafen, weil ich schlank bin, oder?«

Ink kicherte. »Nein, ich wollte sogar schon mit dir schlafen, als du diese schrecklichen schwarzen Haare hattest und diesen riesigen, appetitlichen Arsch. Tatsächlich gefällt mir die Vorstellung, eine Freundin zu haben, die jede Größe annehmen kann. Abwechslung ist das Salz in der Suppe und so.«

»Oh.« Darauf war ich noch nicht gekommen. Jetzt, wo ich darüber nachdachte: Eine Freundin, deren Haut alle möglichen Farbschattierungen haben konnte, war auch ziemlich genial.

Ink rollte sich auf die Seite, packte mich am Arm und zog mich zu sich herab. Ich hätte nicht gedacht, dass sie so stark war.

»Lass mich dir zeigen, wie sehr ich dich mag.« Sie ließ ihre Hand an meinem Arm abwärts wandern. Dann legte sie sie zwischen meine Beine und begann mich zu streicheln. Sie beugte sich vor und ließ knabbernde Küsse auf meinen Mund herabregnen. »Wenn wir das das nächste Mal machen, wirst du dicker sein. Ich will dein Fleisch – und zwar alles.«

Ich wollte etwas erwidern, aber mir fiel nichts ein. Und alles, was Ink tat, fühlte sich so gut an, dass ich das Denken schnell aufgab.

♣

»Ich verstehe bloß nicht, wie sie das tun konnte«, sagte ich. Ink schlüpfte in ihre Hose, und ich starrte einen Moment lang auf ihren wundervollen Hintern.

»Tiffani sieht die Sache anders als du.« Sie griff nach ihrem BH und zog ihn an. »Und es bringt auch nichts, darauf herumzureiten. Du musst überlegen, was du jetzt tun willst.«

Ich ließ mich auf die Kissen zurückfallen. Ich war eine Versagerin. Ich würde nie eine Heldin werden. Mit meiner Fähigkeit hatte ich etwas Sinnvolles tun wollen. Etwas verändern. Jetzt war ich gescheitert.

»Suhlst du dich etwa in Selbstmitleid?« Ink zog ihr enges T-Shirt über.

Ich nahm die Hände vors Gesicht. »Nein... ja... vielleicht.« Ich wusste, dass Tiffani mich verarscht hatte, aber irgendwie konnte ich immer noch nicht fassen, was geschehen war. »Vielleicht hat DB sie rumgekriegt. Jetman meinte, sie hätten sich verbündet. Vielleicht hat DB sie angelogen.«

Ink kam herüber und blieb am Fuß des Betts stehen. »Okay, das reicht jetzt«, sagte sie und wirkte dabei tierisch genervt. »Bleib hier. Ich bin gleich wieder da.«

♥

»Ich habe mir schon gedacht, dass du Entschuldigungen für Tiffani suchen würdest. Deshalb habe ich diese Kopie angefertigt.« Ink zog eine DVD aus ihrer Tasche und steckte sie in ihren Laptop. Das Laufwerk klickte und summte. Dann öffnete sich ein QuickTime-Fenster, und ich sah Tiffani im Beichtstuhl sitzen. Am unteren Rand erschien eine Kennzeichnung: BEICHTE #30 – KARO – TIFFANI.

Sie schaute direkt in die Kamera, ihr herzförmiges Gesicht von einem Kranz kastanienbrauner Haare eingerahmt. Ich wollte sie hassen, aber es gelang mir nicht.

»Natürlich spiele ich ein Spiel«, sagte sie mit einem schwachen Lächeln. »Alle hier spielen ein Spiel. Und wenn nicht, dann haben sie es einfach nicht kapiert.

Sieh mal, hier geht es nicht darum, wer den besten Helden abgeben würde. Sondern es geht um gutes Fernsehen. Als Rupert in *Survivor* bei einer Onlineumfrage eine Million gewonnen hat, hat sich auch keiner beklagt. Im Spiel hat er es zwar zu nichts gebracht, aber das Publikum hat ihn geliebt. Daran ist nichts verkehrt. So ist Amerika. Bei uns wird über die Dinge abgestimmt – so läuft das nun mal.«

Wieder lächelte sie in die Kamera.

»Ich weiß, dass ich nicht gerade das mächtigste Ass bin. Meine Fähigkeit ist lächerlich. Ich kann meine Haut in eine diamantharte Substanz verwandeln. Für das und drei Dollar kann ich mir bei Starbucks einen Latte kaufen. Und ja, ich weiß, was Starbucks ist. Ich bin vielleicht eine Hinterwäldlerin aus West Virginia, aber diese Läden gibt es überall.

Wie dem auch sei, ich wäre gut als American Hero, denn ich habe alles, was dazugehört. Ich bin hübsch. Bei mir greift die Geschichte von der Tellerwäscherin, die zur Millionärin wird. Meine Fähigkeit lässt mich cool aussehen, ist aber nicht bedrohlich.«

Aus dem Off ertönte eine Stimme. Ich erkannte sie. Es war Inks Stimme. »Und was ist mit Bubbles?«

Tiffani zuckte mit den Schultern. »Ich weiß, dass Michelle mich mag. Und ich mag sie, wenn auch nicht ›so‹. Und außerdem nimmt Michelle das alles viel zu ernst. Sie glaubt tatsächlich an Heldentum. Wie naiv!«

»Gibt es jemanden, mit dem du zusammen sein möchtest?«

Tiffani errötete. »DB, muss ich gestehen. Er ist traumhaft. Er ist berühmt. Er ist reich. Man muss ihn einfach mögen!

Schau, ich spiele das Spiel. Anfangs hab ich mich mit einer starken Spielerin verbündet, bei der ich wusste, dass sie mir gegenüber loyal ist. Das war Bubbles. Aber sie ist zu mächtig, und mir war gleich klar, dass ich sie irgendwann loswerden musste. Als wir die Gelegenheit hatten, DB bei den Karos aufzunehmen, nun, da hab ich das, was ich wollte, mit dem auf einen Nenner gebracht, was sein musste.«

Ich drückte auf Pause. Ich wollte nichts mehr davon sehen. Hatte sie mich die ganze Zeit über zum Narren gehalten?

Ink fasste mich bei den Schultern und schüttelte mich. »Sieh mal, Tiffani ging es nicht darum, eine Heldin zu sein. Dir schon. Aber die Show hätte aus dir keine Heldin gemacht. Das wirst du ganz alleine schaffen.«

»Wie denn?« Ich kam mir dumm und ausgenutzt vor, kein bisschen heldenhaft.

Sie legte die Arme um mich. »Du hast über AH tonnenweise E-Mails von Schwulen und Lesben bekommen. Die meisten von ihnen möchten sich bei dir bedanken, dass du so ein tolles Vorbild bist – und manche möchten auch Dinge mit dir tun, die bestimmt in allen fünfzig Bundesstaaten verboten sind. Sie sind total begeistert davon, dass du nicht verheimlicht hast, dass du lesbisch bist. Und dass du keinen Hehl daraus gemacht hast, dass du etwas von Tiff willst. So sieht ein Vorbild aus. Und das ist ziemlich heldenhaft.

Und dann schreiben uns auch dicke Menschen, egal ob Homos oder Heten. Sie meinen, du hättest ihnen klargemacht, dass man mit jedem Körperumfang schön und stark sein kann.«

Sie ließ mich los und zog mich spielerisch an den Haaren.

»Und es kommen alle möglichen Angebote, Produkte zu

bewerben, und haufenweise Agenturen, die dich vertreten möchten, falls du wieder in die wunderbare Welt der Models zurück willst. Doch so wie ich dich kenne, geht es dir nicht darum. Also setz dich jetzt hier hin, lies diese E-Mails und hör auf, dir selbst leidzutun.« Sie ging hinaus.

Und so verbrachte ich die nächsten Stunden damit, E-Mails zu lesen. Und sie hatte recht. Ich konnte etwas Sinnvolles tun, etwas bewirken.

Ich öffnete die Handfläche und konzentrierte mich aufs Blasenmachen. Eine Blase von der Größe einer Traube erschien, und ich ließ sie zur Decke schweben.

Ich musste wieder fett werden. Irgendeiner der Luschen würde es bestimmt Spaß machen, mich so richtig zu verdreschen, bis ich aufgepumpt war. Und dann … na ja …

Die Zukunft warf ihre Blasen voraus.

♦

Jonathan Hive
Daniel Abraham

Die besten Geschichten beginnen mit »Einmal waren wir total besoffen, und...«

»Im Ernst«, sagte Jonathan. »Gibt's auf der ganzen verdammten Welt denn nichts anderes mehr als diese Show?«

»Wahrscheinlich schon«, sagte Gardener, während sie sich vorbeugte, um sich aus dem Kühler auf dem Tisch ein neues Bier zu nehmen. »Aber wen kümmert's?«

Mit jeder Woche wurde es in der Luschenvilla enger. Mit jedem Neuzugang wurde Jonathan dankbarer, dass er schon früh ausgeschieden war und sich sein Schlafzimmer hatte aussuchen können. Vor ein paar Tagen hatten die Piks ihre Mission erfolgreich beendet, indem sie Detroit Steel und seiner Bande von Möchtegernganoven das Handwerk gelegt hatten. Dagegen hatten Golden Boy und seine Handlanger mit den Karos aufgeräumt. Die Herzen mussten erst noch gegen ihr Schurkenass antreten. Heute vergnügten sie sich jedoch damit zuzuschauen, wie die Kreuze von dem arischen Musterknaben Lohengrin den Hintern versohlt bekamen. Das Studio spendierte sogar die Pizza dazu.

Es war keine richtige Party, nur ein paar Versager, die billiges Bier tranken und sich das Mundwerk über Leute zerrissen, die Besseres als sie geleistet hatten. Das Ganze wurde gefilmt, um die bescheuerten Kommentare als Off-Ton bei den Ausstrahlungen einspielen zu können.

»Jetzt kommt es«, sagte King Cobalt und zeigte auf den großen Flachbildschirm. »Schaut euch das an.«

Es war dieselbe Kulisse einer Bank, die Detroit Steel am Tag zuvor vergeblich überfallen hatte. Oder zumindest war sie ihr so ähnlich, dass es keine Rolle spielte. Lohengrin stand in strahlend weißer Rüstung im Eingang. Dagegen wirkte das Schwert in seiner Hand ziemlich billig. Das Studio hatte ihn gebeten, statt des Energieschwerts, das er aus dem Nichts herbeirufen konnte, ein Requisit mit Spezialeffekten zu benutzen.

»Hey, Lohengrin«, sagte der Maharadscha, »schneidet das tatsächlich durch alles?«

»Ja«, sagte der muskulöse Blondschopf am anderen Ende der Couch. »Stahl, Stein, alles.«

»Willst du noch ein Bier?«, fragte ihn Simoon.

Jonathan beobachtete, wie der Ehrengast zwischen seiner Vorliebe für Bier und seiner Abscheu vor der amerikanischen Interpretation des Wortes hin- und herschwankte. Mit erhobener Hand lehnte er das Angebot ab.

»Guckt euch das mal an!«, sagte King Cobalt und runzelte unter der Maske die Stirn.

Auf dem Bildschirm sah man den Prediger, Holy Roller, der sich zusammengerollt hatte und wie eine riesige Baptistenbowlingkugel auf die Bank zupolterte. Der Lohengrin vor dem Eingang nahm eine Heldenpose ein und holte mit dem Schwert aus.

Der Aufprall war heftig. Lohengrin wurde durch die Tür nach hinten in die Bank geschleudert – die Aufnahmen der Kameras im Inneren hatten sie bereits gesehen. Über die ganze Länge von Holy Rollers Rumpf verlief ein Streifen, der anzeigte, wo der Schwertstreich ihn gespalten hätte, wenn es die echte Klinge gewesen wäre. Mit einem lauten Seufzer stellte sich das voluminöse Ass tot. Kurz darauf kam Lohengrin wieder heraus, erhobenen Hauptes und unverletzt. Die Luschen jubelten. Grinsend fuhr sich Lohengrin mit der Hand durchs Haar. »Das war ein sehr starker Schwertstreich«, sagte er, als wolle er sich für seinen Sieg entschuldigen. »Der Pfarrer ist ein beeindruckender Gegner.«

Im Bild näherten sich Toad Man und Stuntman jeweils von der Seite, um Lohengrin in die Zange zu nehmen. Auch das hatten sie zuvor schon aus einer anderen Kameraperspektive gesehen.

»Schaut!«, sagte King Cobalt. »Jetzt kommt's!«

Es klingelte an der Tür.

»Pizza!«, rief Diver. »Wer hat das Geld?«

Aus dem Augenwinkel sah Jonathan, wie Fortune, der von weiter hinten im Haus kam, nach seinem Geldbeutel kramte.

»Vergiss nicht, ihm ein Trinkgeld zu geben«, rief Spasm. Fortune nickte. Jonathan glaubte nicht, dass außer ihm irgendjemand das wütende Funkeln im Blick des Jungen gesehen hatte. Jonathan stand auf und schlängelte sich an den Sitzenden und den auf die Ausgeschiedenen gerichteten Kameras vorbei. Im Atrium holte er Fortune ein, während dieser die Lieferung quittierte. Auf einem Beistelltisch stand ein Stapel Pizzaschachteln.

»Soll ich dir helfen?«, fragte Jonathan.

»Gerne«, sagte Fortune. »Danke.«

Die Küche war so groß wie eine Cafeteria. Es war genug Platz, um von sämtlichen Schachteln die Deckel zu öffnen und billige Pappteller danebenzustellen. Die Neonröhren summten. Jonathan hatte einmal mitgehört, wie sich zwei Toningenieure darüber beklagt hatten.

»Wie nimmt er es auf?«, fragte Jonathan.

»Wer?«, fragte Fortune.

»Das neue Gesicht des Ku-Klux-Klans«, erwiderte Jonathan. »Rustbelt.«

Fortune zögerte. »Nicht so gut«, sagte er.

»Glaubst du, dass er es wirklich getan hat?«

»Stuntman behauptet es jedenfalls«, sagte Fortune. »Von daher spielt es keine große Rolle, oder?«

»Reality-TV«, sagte Jonathan, als würde er »Riesengarnele« sagen.

Vom Wohnzimmer drangen ein Aufschrei und vielstimmiges Gelächter herüber. Dann hörten sie King Cobalts Stimme: »Seht euch das an!« Jonathan legte ein Stück Salamipizza auf einen Teller und reichte ihn Fortune.

»Danke«, sagte Fortune, »aber ich darf nicht. Die ist für die Kandidaten.«

»Hast du dem Pizzaboten Trinkgeld gegeben?«

Fortune starrte ihn an.

»Wieso kann ich dir dann kein Trinkgeld geben?«, fragte Jonathan. »Komm schon, das ist sowieso alles Schwachsinn. Iss was.«

Mit verlegenem Lächeln und etwas zwischen einem Lachen und einem Husten nahm Fortune den Teller.

Jonathan überlegte. Es musste doch einen Weg geben, das Thema eleganter anzusprechen als mit dem Satz: *Ist es dir jetzt eigentlich gelungen, das magische Amulett aufzuspüren?*

»Ist es dir jetzt eigentlich gelungen, das magische Amulett aufzuspüren?«, sagte Jonathan und zuckte dabei innerlich zusammen.

Fortune schien sich nicht ganz wohl in seiner Haut zu fühlen. Bevor er höflich das Thema wechseln konnte, tauchte Lohengrin im Türrahmen auf. Er wirkte ein wenig beschämt.

»Verzeihung«, sagte er. »Gibt es noch anderes Bier?«

»Tut mir leid«, sagte Fortune. »Das ist alles, was das Studio zu bieten hat.«

»Schließlich sind wir die Verlierer«, sagte Jonathan.

Das deutsche Ass wirkte enttäuscht. Plötzlich fiel Jonathan ein, dass Fortune und Curveball außer Reichweite der Kameras gewesen waren, und auf einen Schlag hatte er einen voll ausgereiften Plan im Kopf. Oder vielmehr einen nur halb ausgereiften, aber das war genug, um loszulegen.

»Aber ich wette, dass Fortune hier ein paar gute Bars kennt. Stimmt's?«, sagte Jonathan

»Ähm«, erwiderte Fortune.

»Wirklich?«, fragte Lohengrin mit sehnsüchtigem Blick.

»Na ja …«

»Komm schon«, sagte Lohengrin. »Wir schleichen uns durch die Hintertür raus.«

Lohengrin setzte sein strahlendes Lächeln auf. Fortune zögerte einen langen Augenblick. Jonathan zuliebe hätte er es bestimmt nicht getan, aber Lohengrin war ein Gast in der Show und gehörte zu den Leuten, die Berman und Peregrine sich warmhalten wollten.

»Die erste Runde geht auf mich«, sagte Jonathan. Lohengrin bekam leuchtende Augen.

Aus dem Wohnzimmer drang Spasms Ruf zu ihnen: »He! Wo bleibt Käpt'n Krapfen? Zack, zack! Wir haben Kohldampf!«

»Okay«, sagte Fortune. »Hauen wir ab.«

♠

Das Problem war Folgendes: Ein Buch zu schreiben bedeutete, dass man etwas finden musste, worüber man schreiben konnte. Auf der Couch herumzusitzen, während Spasm davon laberte, dass er es hätte besser machen können, und King Cobalt ständig »Pst« sagte, war nun wirklich nicht besonders dramatisch. John Fortune jedoch – der Typ, der ein Ass gewesen war, dessen Vater gestorben war und der sich nichts mehr wünschte, als seine Fähigkeit und seine Ehre zurückzuerlangen – das wäre der Hammer. Aber Fortune war außerdem auch schweigsam, zurückgezogen und gab sich alle Mühe, das Beste aus seiner Situation zu machen. Und ehrlich gesagt hätte Jonathan sich genauso bedeckt gehalten, wenn man ihn mit Namen wie Käpt'n Krapfen bedacht oder Lauf-bürschchen gerufen hätte.

Was Jonathan brauchte, war Freundschaft. Vertraulich-keiten unter vier Augen. Einblicke in Fortunes Lebenssitu-ation, die dem Ganzen Pep geben würden, wenn er darüber schrieb. John war der perfekte Gegenpol zu den Assen in der Show – wenn er ihn nur dazu kriegen konnte, ein bisschen lockerer zu werden und aus sich rauszugehen.

Zum Beispiel mit genügend Alkohol. Und mit ein paar an-deren Leuten, die sich gern mal ein bisschen öffneten und von sich selbst erzählten.

Verdammt noch mal – bei den Typen, die Videos von Mäd-chen verkauften, die sich für sie auszogen, funktionierte es doch auch.

»Also«, fuhr Jonathan fort, »da war ich nun, in der Mäd-chenumkleidekabine und hatte nichts als ein Handtuch an. Und Christy hatte diese riesige Dose mit Insektenspray und diesen Blick, der zu sagen schien: ›Wehe du versuchst abzu-hauen‹.«

Lohengrin gluckste und winkte der Bedienung.

»Das ist bestimmt nicht gut ausgegangen«, sagte Fortune.

»Ja, danach haben wir mehr oder weniger miteinander Schluss gemacht«, sagte Jonathan.

»Ich hatte eine Freundin in der Schule«, sagte Lohengrin. »Sie war wunderschön. Wie eine Göttin. Aber sie war gleich-zeitig auch mit einem anderen Jungen zusammen. Eines Nachts versuchte er mich zu verletzen. Mit einem Messer. Natürlich hatte ich meine Rüstung, aber weil er mich nachts angriff, hatte ich sonst nichts. Ich musste ihn beruhigen, wäh-rend er auf mich einstach.«

Lohengrin ahmte müde die Bewegung eines Messerstichs nach und schüttelte den Kopf.

»Warum hast du nicht dein Schwert benutzt?«, fragte Jona-than.

Lohengrin zuckte mit den Schultern. »Er tat mir leid. Er war bloß ein ganz normaler Junge, und ich ...«

Lohengrin deutete auf sich selbst. Eigentlich hätte die Geste eingebildet wirken müssen: *Ich war der mächtige Lohengrin, gegen den dieser Normalo ohnehin keine Chance hatte.* Aber der Kerl hatte etwas an sich, das diesen Eindruck nicht aufkommen ließ. Lohengrin war ein Ass. Und das machte schon einen Unterschied.

»Ich bin eigentlich nie mit jemandem gegangen«, sagte Fortune. »Meine Mutter hatte immer Angst, dass mir etwas passieren könnte, dass meine Wild Card aufgedeckt werden könnte. Sie ließ mich von Privatdetektiven beschatten. Und ich hatte Leibwächter, die sicherstellten, dass mir nichts geschah.«

»Wow«, sagte Jonathan mit einer Mischung aus Sarkasmus und Mitgefühl. »Und die Mädchen sind darauf nicht angesprungen?«

»Das ist hart«, sagte Lohengrin. Die Bedienung kam vorbei, nahm die leeren Flaschen vom Tisch und stellte neue hin, und zwar so anmutig, als hätte sie es beim Cirque du Soleil gelernt.

»Ich weiß nicht«, sagte Fortune. »So war halt mein Leben. So lief es eben. Und als die Wild Card dann schließlich aufgedeckt wurde und ich glaubte, ich hätte ein Ass gezogen ...«

Jonathan klopfte Fortune auf die Schulter. Es war erstaunlich, wie viel Pathos im Leben dieses Kerls steckte. Aber vielleicht war Jonathan auch nur schon so betrunken, dass er sentimental wurde.

»Hast du deine Mutter jemals dazu bekommen, dir von dem Amulett zu erzählen?«, fragte Jonathan.

»Welches Amulett?«, fragte Lohengrin prompt, als hätte Jonathan das vorher so mit ihm abgesprochen. Jetzt musste Fortune die Geschichte erzählen und wurde dabei an die Hoffnungen erinnert, die Simoon in ihm geweckt hatte. Die Macht des Ra, was immer das auch war. Ein Schicksal, eine

Bestimmung. Etwas Besseres, als im Kokainbusiness Hollywoods den Laufburschen zu spielen.

»Du musst dieses Ding finden!«, sagte Lohengrin, als Fortune zu Ende erzählt hatte.

»Das kann ich nicht«, sagte Fortune. »Mom weiß nicht, wo es ist. Zumindest behauptet sie das.«

»Du glaubst ihr nicht?«, fragte Jonathan.

»Keine Ahnung. Vielleicht stimmt es. Aber vielleicht ist sie es auch so gewohnt, mich vor Dingen zu schützen, die … ihr wisst schon, so ist sie eben. Mag sein, dass sie es in ihrem Safe hat oder so und bloß kein Risiko eingehen will.«

»Und was ist mit dir?«, fragte Jonathan. »Würdest du ein Risiko eingehen?«

Fortune zog ein saures Gesicht. Ihm traten Tränen in die Augen. Wie einsam er sein muss, dachte Jonathan. Wie leer. Nachdem er ein Ass gewesen war, nachdem er wichtig gewesen war. Auf Fortune lastete nicht nur der Tod seines Vaters, sondern auch die Tatsache, dass er ein Niemand war. Etwas Traurigeres hatte Jonathan noch nie gesehen.

Okay, jetzt wurde er eindeutig rührselig.

»Ich kann Safes knacken«, sagte Lohengrin.

Jonathan und Fortune starrten ihn beide an.

»Jeden Safe. Einfach so«, sagte Lohengrin und schnippte mit den Fingern.

»Sind Berman und deine Mom nicht gerade dabei, das neue Gastass zum Abendessen auszuführen? Diesen Noel – wie heißt er noch gleich?«, fragte Jonathan. »Diesen Zauberkünstler, den sie aus England eingeflogen haben?«

»Sie ist … ja, sie ist ausgegangen. Woher weißt du das?«

»Hab jemanden darüber reden hören«, sagte Jonathan, ohne zu erwähnen, dass er zu diesem Zeitpunkt eine Wespe gewesen war.

»Ich dachte, das Zaubern wäre seine Fähigkeit«, sagte Lohengrin.

»Nein, er ist bloß ein Zauberkünstler«, sagte Fortune. »Zwar hat er die Wild Card, aber das ist nur seine Masche. Zumindest behauptet er das.«

»Aber …«

»Entscheidend ist doch ihr Haus«, unterbrach Jonathan. »Ist da jemand?«

»Nein. Mein Dad … Stiefvater, meine ich, Josh. Der ist den ganzen Monat über verreist. Aber …«

»Perfekt«, sagte Jonathan. »Komm schon. Dann lass uns mal nachsehen!«

»Leute«, sagte Fortune. »Also ich finde es echt nett, dass ihr mir helfen wollt, aber … aber …«

»Du musst deine Bestimmung finden«, sagte Lohengrin in feierlichem Tonfall und legte Fortune die Hand auf die Schulter. »Wenn Gott dich braucht und dies der Pfad ist, den deine Ehre dir zu gehen gebietet, dann *musst* du ihn gehen. Dann darfst du dich nicht mit weniger zufriedengeben. Und ich werde dir helfen, wenn ich kann.«

Eigentlich hätte es kitschig klingen müssen, aber dieser Mistkerl brachte diesen Artuskram wirklich gut rüber. Jonathan war ehrlich gerührt.

»Ja, genau das meine ich«, sagte Jonathan. »Lasst uns zahlen.«

♣

Durch ein Paar Menschenaugen gesehen wirkte Peregrines Haus noch beeindruckender. Die Adresse in Beverly Hills passte zu der Architektur im Kolonialstil und dem spanisch gedeckten Dach. Der Rasen war grün und saftig. Halb erwartete er, Marilyn Monroe mit einem Martiniglas in der Hand aus dem Haus schlendern zu sehen. Was, wie er vermutete, genau die Wirkung war, die der Architekt hatte erzielen wollen.

Vorsichtig lenkte Jonathan den Wagen in die Einfahrt und hielt in einigem Abstand zum Garagentor. Das war der Trick, wenn man mit Alkohol am Steuer saß: Man musste viel Spielraum für Fehler lassen.

»Wirklich wunderschön«, sagte Lohengrin und beugte sich vor, bis seine Stirn fast die Windschutzscheibe berührte. Vielleicht ließ der Alkohol den bekloppten Deutschen auch schon sentimental werden. Aber das machte ihn auch irgendwie sympathisch. Jonathan wollte den Motor abstellen, als ihm auffiel, dass er das schon getan hatte.

»Wir sollten lieber die Finger davon lassen«, sagte Fortune vom Rücksitz.

Jonathan fand den richtigen Knopf. Alle vier Türen öffneten sich gleichzeitig. Es hörte sich an, als würde eine Gefängnistür zugeschlagen. Grinsend stieg Jonathan aus dem Auto. Die anderen folgten ihm.

Während sie den kunstvoll angelegten Betonpfad zur Haustüre hinaufgingen, summte Lohengrin eine martialische Melodie. Fortune bildete die Nachhut, beeilte sich aber, Schritt zu halten, als wolle er das Haus vor ihnen beschützen.

»Das ist… okay, seid vorsichtig hier, ja? Das ist das Haus meiner Mom. Ich will nicht, dass ihr…«

»John«, sagte Jonathan. »Wir sind keine Highschoolkids, die die Hausbar plündern und Pornos runterladen wollen. Wir sind Erwachsene, die nach einer konkreten Antwort auf eine konkrete Frage suchen.«

Fortune zögerte.

»Wir werden dir keine Schande bereiten«, rief Lohengrin. »Das schwöre ich dir.«

Damit hatte er ihn anscheinend herumgekriegt, denn Fortune zog einen Schlüssel aus der Tasche, schloss die Tür auf und trat ein. Während er die Alarmanlage ausschaltete, schaute sich Jonathan um. Im Eingangsbereich plätscherte ein schwarzer Steinbrunnen vor sich hin. Die Einrichtung war stilvoll und schlicht, die Zimmer mit den hohen Decken sehr geräumig. Er sah Peregrine förmlich vor sich, wie sie sich von der Couch erhob und die Flügel ausbreitete. Eine Glaswand ging auf eine Terrasse hinaus, die er mit anderen Augen schon einmal gesehen hatte.

»Kommt«, sagte Fortune und stapfte links einen Gang hinunter. »Bringen wir's hinter uns.«

Jonathan folgte ihm. Die Bilder, die an den Wänden hingen, waren schön und geschmackvoll angeordnet, sodass sie einander wechselseitig ergänzten. Es roch wie im Haus seiner Großmutter in Virginia – die Klimaanlage erzeugte auf scheinbar magische Weise einen Duft, der ihn an Gurken erinnerte. Die Architektur gemahnte ihn an Filmkulissen, alles war zu geräumig und zu sauber. Und alles, alles war an seinem richtigen Platz. Jonathan versuchte sich vorzustellen, wie es gewesen wäre, an einem solchen Ort aufzuwachsen, eine wohltemperierte Kindheit. Und nirgends etwas, das auf Peregrines Vergangenheit als Sexsymbol und Geliebte des halb schwarzen, halb asiatischen Asses hinwies, das erst Zuhälter, dann Mönch und schließlich Märtyrer gewesen war: Fortunato.

Lohengrin blieb im Eingang stehen und schwankte ein wenig. Konzentriert runzelte er die Stirn.

»Was is' los, Großer?«, fragte Jonathan.

»Johns Superkräfte. Seine alten Fähigkeiten«, sagte Lohengrin. »Damit hätte er beinahe die Welt zerstört, ja?«

»Ja«, pflichtete ihm Jonathan bei. »Das *Time Magazine* hat einen langen Bericht darüber gebracht. Ein paar Leute haben geglaubt, er sei der Messias oder der Antichrist oder was weiß ich. Wenn Fortunato nicht aufgetaucht wäre, hätte das böse enden können.«

»Ja«, sagte der Deutsche. »Und jetzt helfen wir ihm, seine Fähigkeiten zurückzuerlangen?«

Jonathan blinzelte. »Aber vorhin… in der Bar, da hast du doch gesagt… seine Bestimmung…«

Lohengrin nickte zustimmend, runzelte aber noch immer die Stirn. »Womöglich habe ich mich geirrt«, sagte er.

»Ach was«, sagte Jonathan. Und dann: »He, Fortune?«

Peregrines Schlafzimmer. Extrabreites Doppelbett mit Seidenbezug. Ein großes Schiebefenster im Dach, damit sie ein und aus fliegen konnte. Ein geschmackvolles Nachttischchen mit Lampe und der aktuellen Ausgabe von *Variety* darauf. Aufgeschlagen ein Artikel über *American Hero*. Aber John Fortune war nirgends zu sehen.

»Fortune?«

»Hier drin. In der Ankleide.«

Die Ankleide war ein begehbarer Kleiderschrank von der Größe einer Wohnung. Kleider, Mäntel, Schuhe, Kostüme, Trainingsanzüge und eine Kommode voller Unterwäsche. Und ein Tisch mit einer Schmuckschatulle, die manches Kaufhaus in den Schatten gestellt hätte, dazu ein großer Spiegel. Davor saß Fortune, die Hände flach auf dem Tisch, mit verbissener Entschlossenheit. Er sah aus wie die verzweifeltste Drag Queen der Welt, die sich gerade zurechtmachen will.

Die Tür eines quadratischen Stahlsafes mit einem halben Meter Kantenlänge ragte auf Schulterhöhe ein Stück aus der Wand wie dadaistische Hochsicherheitskunst.

»Fortune?«, sagte Jonathan. »He, der Lohengrüne hier hat einen bedenkenswerten Einwand, den wir vielleicht...«

»Da drin sind ihre sämtlichen Juwelen«, sagte John und nickte zum Safe hin. »Halsketten, Amulette, Perlen. Was auch immer.«

»Ja, aber... sieh mal, wir haben uns gefragt, wenn du deine alten Fähigkeiten zurückerlangst... also, letztes Mal, als du sie hattest...«

»Ich weiß, was passiert ist. Ich war dabei.«

»Wir wollen ja nur sagen, dass das Risiko ein bisschen...«

»Und das fällt euch jetzt ein?«

Lohengrin hob die Hand wie ein Schulkind. »Ich war's«, sagte er.

»Ja«, brummte Jonathan. »Ich habe da gar nicht dran gedacht.«

»Aber ich schon«, sagte Fortune. »Ist in Ordnung. Ich komme damit klar.«

»Das ist super«, sagte Jonathan. »Aber ich bin mir da nicht so sicher …«

»Hör schon auf, okay!«, rief Fortune. »Du hast es doch so gewollt, oder? Ich habe dich nicht darum gebeten, in meinem Leben herumzustöbern. Das hast du von alleine gemacht. Es war deine brillante Idee, mich hierherzuschleppen und nach diesem Amulett zu suchen. Ich bin bloß Käpt'n Krapfen, der Typ, der mal berühmt war, weil er seinen beschissenen Vater auf dem Gewissen hat! Erst reibst du mir die Möglichkeit unter die Nase, mir alles wieder zurückzuholen, und jetzt willst du darüber reden? Wenn die Damen kalte Füße bekommen, dann zieht euch gefälligst warm an!«

Fortunes Gesicht war rot angelaufen, und er schnaubte wie ein Bulle.

»Du hast recht«, sagte Lohengrin. »Ich habe dir mein Wort gegeben, dass ich dir dabei helfe. Ich werde dich nicht im Stich lassen.«

»Äh, hallo?«, sagte Jonathan. »Und was ist mit der Gefahr, dass vielleicht die Welt zerstört wird?«

»Ich habe ihm mein Wort gegeben«, wiederholte Lohengrin. »Die Ehre verlangt, dass ich das tue.«

»Die Ehre verlangt was? Scheiße, Mann, wie besoffen bist du denn?«

Doch Lohengrin hatte bereits seine Hand ausgestreckt. Die Klinge, die darin erschien, schimmerte rein und hell. Der Deutsche wandte sich dem Safe zu, und mit einer Bewegung des Handgelenks hieb er ein Loch in den Stahl und Teile der umliegenden Wand. John Fortune schrie auf und schnellte vor.

»Verdammte Scheiße!«, rief er.

»Ich habe den Safe geöffnet«, sagte Lohengrin, als wäre das nicht offensichtlich. »Deshalb sind wir doch hier, oder etwa nicht?«

»Du hast den Safe kaputt gemacht«, kreischte Fortune. »Du hast nicht gesagt, dass du ihn zerstören willst.«

»Aber …«, fing Lohengrin an. Fortune kehrte den beiden den Rücken zu und griff in den dunklen Safe. Die Schimpftirade ging im Flüsterton weiter. Jonathan schnappte die Worte »sehr schlau« und »Schwachkopf« auf.

Allmählich kam er zu dem Schluss, dass Fortune doch nicht sentimental wurde, wenn er betrunken war.

Lohengrin begann, auf und ab zu gehen und die breite teutonische Stirn zu runzeln. Jonathan versuchte nachzudenken, doch er hatte zu viel Alkohol im Blut, und seine Gedanken fransten aus. Ursprünglich, zu Beginn dieser Aktion, hatte er mal einen Plan gehabt. Aber so hatte das ganz bestimmt nicht laufen sollen.

»Scheiße«, sagte Fortune.

»Hat's nicht geklappt?«

»Es ist nicht hier«, sagte Fortune. »Die … da ist es nicht …«

Er klang nicht mehr wütend. Eher traurig. Fortune ließ den Kopf hängen, und Jonathan legte ihm eine Hand auf die Schulter.

»Also hör mal her«, sagte Jonathan. »Manchmal bin ich ein totales Arschloch. Ich wollte nicht …«

»Ich bin auch ein Arschloch«, sagte Lohengrin und legte Fortune die Hand auf die andere Schulter. Jonathan sah sich und seinen Mitstreiter im Spiegel. Wie sie Fortune, der den Kopf gesenkt hatte, da flankierten, sahen sie wie König Arthur mit seinen Helfern Lancelot und Merlin aus. Jonathan hatte einmal einen alten Druck von den dreien gesehen.

Nettes Detail, dachte er. Das wollte er sich für sein Buch merken. Plötzlich hob Fortune wieder den Kopf.

»Ich weiß, wo es ist«, sagte er. Bevor Jonathan sich noch darüber klar werden konnte, was diese Worte bedeuteten, war Fortune schon weg. Jonathan und Lohengrin foulten sich gegenseitig, als sie beide durch die Tür aus der Ankleide hinauswollten. Dadurch erreichte Fortune Peregrines Arbeitszimmer mit einem Vorsprung.

Auch das Arbeitszimmer war wunderschön – weiches Licht, Teakholzmöbel, dicker Teppich. Eine Wand war Bildern und Erinnerungsstücken aus dem Leben einer der glamourösesten Wild Cards der Welt gewidmet. Titelblätter von Zeitschriften, Zeitungsausschnitte, Plaketten mit Peregrines Namen und ein Dankesschreiben von Präsident Barnett und Senator Hartmann. Drei Emmys. Ein People's Choice. Trophäen und Medaillen, die sie für ihr soziales Engagement und für andere Aktivitäten bekommen hatte. Bilder, wie sie über der Skyline von New York schwebte, am Eiffelturm vorbeiflog. Stehend, mit ausgebreiteten Flügeln und hochgezogenen Augenbrauen, vor den Pyramiden. Jonathan war verblüfft, wie jung sie damals ausgesehen hatte. 1987. Da war er sechs Jahre alt gewesen.

Fortune saß auf der Ecke des breiten niedrigen Holztischs. An seiner Hand baumelte eine einfache Lederschnur, an deren Ende ein roter Schmuckstein hing. Im gedämpften Licht wirkte die Fassung wie aus Messing. Jonathan und Lohengrin blieben wie angewurzelt stehen.

»Fortune«, sagte Jonathan und leckte sich über die Lippen. »Vielleicht solltest du das wieder hinlegen. Weißt du, nur mal für einen Moment.«

Fortune sah auf. Er lächelte. Und schüttelte den Kopf. Wären sie nicht betrunken gewesen, hätten Jonathan und Lohengrin vielleicht die richtigen Worte gefunden, um ihn aufzuhalten. Oder sie wären so geistesgegenwärtig gewesen, um vorwärtszuhechten und ihm das Ding aus der Hand zu reißen. Wären sie nicht betrunken gewesen, wären sie erst gar nicht hierhergekommen. John Fortune warf das Amulett in die Höhe, fing es auf und legte sich das Lederband um den Hals. Der rote Anhänger prallte mit einem dumpfen Laut gegen seine Brust und hing dann regungslos da.

Jonathan Hive starrte das Ding an, das fast unmerklich auf Fortunes Hemd hin- und herrutschte. Kurz hielt er die Luft an, dann atmete er weiter. Fortune lachte traurig und berührte das Amulett mit den Fingerspitzen. »Nichts«, sagte er. »Nur ein weiteres Märchen, das nicht wahr wird.«

»Sieh mal, Fortune. Es tut mir leid. Ich hätte nicht …«

Da fing John Fortune an zu schreien. Lohengrins mystische Rüstung erschien und verwandelte ihn in einen weiß leuchtenden mittelalterlichen Ritter. Jonathan sprang erst einen Schritt zurück, dann nach vorn. Die Messingfassung lag auf dem Boden wie die beiden leeren Hälften einer Walnuss. Der Stein war verschwunden. Fortune riss sich das Hemd vom Leib und kreischte wie ein Mädchen.

»Was?«, rief Jonathan. »Was ist denn?«

»Der Stein! Er ist in mir drin! Verdammte Scheiße! Holt ihn raus!«

Unter Fortunes dunkler Haut bewegte sich ein Klumpen, arbeitete sich die Brust hinauf und über das Schlüsselbein.

»Lohengrin!«, schrie Jonathan. »Messer! Das große Messer! Das Schwert! Hol dein Schwert! Schneid ihn raus!«

»Nein!«, rief Fortune, doch es war nicht eindeutig, ob er damit das Ding meinte, das unter seiner Haut herumkroch, oder das Vorhaben, ihm die Brust aufzuschneiden.

Der Ritter wandte sich von Fortune, der verzweifelt an sich herumkratzte, ab und Jonathans zitterndem Finger zu. Der Klumpen wanderte Fortune übers Kinn und die Wange hinauf. Als das leuchtende Schwert in Lohengrins Händen erschien und er einen Schritt vortrat, erreichte das Ding Fortunes Stirn. Eine Art Explosion erfüllte den Raum: Licht und Hitze und so etwas wie eine Schockwelle, die Jonathan nur in den Knochen spürte, die aber weder seine Haare noch seine Kleider erfasste. Es roch nach Staub und aufgeheiztem Stein.

»Gütiger Himmel!«

Wo John Fortune gestanden hatte, kauerte jetzt eine riesige Löwin, die Licht verströmte wie eine kleine Sonne. Sie bleckte die Zähne, und Lohengrin wich zurück, das Schwert abwehrbereit in der Hand. Die Löwin fauchte.

»Was zum Henker?«, rief Jonathan.

Erschrocken wandte sich die Löwin zu ihm um. Als sie das Maul aufriss, sah er Flammen in ihrem Rachen lodern. Ihm blieb kaum Zeit, sich in einen Wespenschwarm aufzulösen, der in alle Richtungen davonstob. Nur mit knapper Not entging er dem Feuerstrahl.

Das Arbeitszimmer versank im Chaos. Lohengrin wirbelte sein Schwert durch die Luft, sodass Späne und Putz von der Wand bröckelten. Flammen brandeten über ihn wie Wasser, als die Löwin fauchend auf ihn zusprang. Jonathan, der nicht wusste, ob er fliehen oder Lohengrin vor Fortune – oder Fortune vor Lohengrin – beschützen sollte, schwirrte panisch im Zimmer umher.

Die Löwin machte einen Satz und schnappte nach ihm, knurrte und brüllte. Jonathan teilte sich und wich immer wieder aus, wenn die Löwin ihre Flammen nach ihm spie.

Feuer, dachte Jonathan, während er auf den Korridor hinausfloh. *Warum ausgerechnet immer Feuer?*

Lohengrin kam herausgestolpert, nachdem er eher zufällig von einem Prankenhieb der Löwin getroffen worden war. Die Löwin nutzte den Vorteil, setzte ihm nach und fauchte dabei furchterregend.

Lohengrin schien in die Defensive geraten zu sein, denn er hielt die Löwin lediglich auf Abstand und vertraute darauf, dass seine Rüstung ihn vor den Flammen schützte. Die Löwin dagegen hatte keinerlei solche Bedenken. Knurrend bleckte sie die Zähne, und Jonathan wurde klar, dass er in seiner menschlichen Gestalt ein toter Mann gewesen wäre.

Mit einem Jaulen hechtete die Löwin an Lohengrin vorbei ins Wohnzimmer. Dabei kam ihr die großzügige Raumaufteilung zugute. Es war nicht möglich, ihr den Weg zu versperren, und so raste sie vom einen Ende des Zimmers zum anderen und hieb ihre Krallen in die Wände und den Boden.

»Stop!«, rief Lohengrin. »Du musst aufhören!«

Scheiß drauf!, dachte Jonathan. *Raus! Lass uns abhauen!* Doch ohne Lunge oder Kehle brachte er nur ein etwas lauteres Summen zustande.

Eine Alarmanlage plärrte los. Jonathan spürte, wie einige seiner Wespen verschmorten und starben. Und dann noch mehr. Entweder konnte er der Löwin nicht mehr so gut ausweichen, oder …

Nein – das Haus stand in Flammen.

Im Arbeitszimmer hatten der Schreibtisch und die Wand mit Urkunden Feuer gefangen. Auch der Gang brannte lichterloh, blaugelbe Feuerzungen leckten an den Wänden und der Decke entlang. Wieder fauchte die Löwin und spie Feuer, das von Lohengrins Rüstung zurückgeworfen wurde und den Vorhang in Brand setzte.

An der Haustür ballte sich Jonathan wieder zu seiner menschlichen Gestalt zusammen. Eine weitere Alarmanlage schrillte, so hoch und gellend, als stoße das Haus einen Angstschrei aus. Der Laut schien sowohl Lohengrin als auch die Löwin zu erschrecken. Zwei Köpfe – einer behelmt, der andere der einer Löwin – fuhren zu Jonathan herum. Er stieß die Tür auf. »Raus! Schnell! Hinaus!«

Jetzt erst bemerkten Löwin und Lohengrin die Flammen, die an den Wänden emporschlugen, und die Schwaden, die von den durch Schwertstreiche zertrümmerten, brennenden Möbeln aufstiegen. Zu Jonathans Erleichterung stürzten die beiden zur Tür.

Die Löwin blieb auf dem Rasen stehen, und ihr Blick schweifte zwischen Lohengrin und Jonathan hin und her.

»Ah. Braves Kätzchen?«, sagte Jonathan. Die Löwin fauchte, wirbelte herum und verschwand in der Nacht. Lohengrin machte zwei schnelle Schritte hinter ihr her, bevor er sich bremste. Die Löwin war bereits einen halben Straßenblock weit weg und legte noch immer an Tempo zu. Lohengrins Schwert und Rüstung verschwanden.

Im Haus knisterten Flammen, Rauch wogte aus dem Dachfenster von Peregrines Schlafzimmer. Jonathan setzte sich auf den Rasen. Lohengrin trat zu ihm und setzte sich daneben.

»Das Haus«, sagte Lohengrin.

»Ja«, sagte Jonathan. »Wir haben es abgefackelt.«

»Wo sind deine Klamotten?«, fragte Lohengrin.

Jonathan seufzte. »Im Haus«, sagte er.

»Und der Autoschlüssel?«

»In der Hosentasche«, versetzte Jonathan. »Zusammen mit meinem Geldbeutel.«

In der Ferne heulten Sirenen auf. Jonathan sog an seinen Zähnen, während Lohengrin sich beschämt umschaute.

»Tja«, sagte Jonathan, »das hätte besser laufen können.«

♥

Die Macht der Stars
Melinda M. Snodgrass

Die Eingangstür zur Bank zerbarst in funkelnden Splittern. Selbst Sicherheitsglas konnte Curveballs Murmeln nicht standhalten. Die Bankräuber feuerten wild mit ihren Paintballpistolen und wichen zurück, als Curveball, Hardhat und Wild Fox hereinstürmten. Doch die Paintballkugeln prallten wirkungslos von dem gelb glühenden Gitter aus Stahlträgern ab, das den vorrückenden Assen als Schild diente. Kurz erbebte das ganze Gebäude, und die Kunden, die im Tresorraum als Geiseln festgehalten wurden, kreischten vor Schreck.

Noel Matthews saß zusammengekauert unter den gefesselten und geknebelten Kunden. Seine Komplizen wurden von Curveballs Nerf-Geschossen und Hardhats Trägern niedergemacht. Aus dem hinteren Bereich der Bank drang das Geräusch von Paintballfeuer. Die beiden letzten seiner Männer taumelten in die Lobby. Earth Witch setzte ihnen nach und ließ den Boden unter ihren Füßen aufplatzen und tanzen. Sie schrien panisch auf und gingen in einem Knäuel aus Gewehren, Armen und Beinen zu Boden. Nun waren alle sechs Ganoven entweder tot oder gefangen.

Hardhat eilte zur Tür des Tresorraums und machte mit seinem muskulösen Arm eine großkotzige Geste in Richtung der Gefangenen. »Okay, Leute, ihr seid jetzt in Sicherheit.«

Noel schüttelte sich die langen Locken seiner blonden Perücke aus dem Gesicht und blickte flehentlich zu dem Ass auf. Hardhat stolzierte mit geschwellter Brust zu Noel herüber, zog ein Teppichmesser aus seinem Zimmermannsgürtel und durchtrennte Noels Fesseln. Dieser entfernte den Knebel aus seinem geschminkten Mund. »Danke«, säuselte er heiser.

»Gern geschehen, verdammt noch mal, war mir ein Vergnügen.«

Earth Witch hatte Noels Markenzeichen, einen schwarzen Fedora, vor einer Wand mit Schließfächern gefunden. Sie hob ihn auf und sah stirnrunzelnd von dem Hut zu den Fächern. Seinen Ruf als Zauberkünstler und Wild Card kannte sie. Hatte er es womöglich geschafft, sich mit Haut und Haaren in eines der Schließfächer zu zwängen?

Wild Fox und Curveball machten sich daran, die Fesseln der Statisten zu lösen, die die Bankkunden spielten. Noel erhob sich mit einer fließenden Bewegung und trat hinter Hardhat. Mit einer Hand zog er die Paintballpistole und schoss dem großen Ass zwischen die Rippen. Mit der anderen Hand schleuderte er eine Blendgranate, die allen außer ihm selbst die Sicht raubte, da er rechtzeitig die Augen schloss.

Er hörte Hardhat bellen: »Verfluchter Schweinehund!«

Noel machte die Augen auf. Ein Mikrofon schwang an seinem Schwenkarm hin und her, als hätten Hardhats Kraftausdrücke daran gerüttelt. Der Tontechniker verzog das Gesicht und versuchte, mit der einen Hand die Kontrolle über den langen Metallstab wiederzuerlangen, während er sich mit der anderen die geblendeten Augen rieb. Auch alle anderen im Tresorraum hielten sich die Hände vor die Augen oder pressten sie dagegen.

Wild Fox war verschwunden. Mit seiner Illusionsgabe hatte er sich in jemand anders verwandelt. Unter Noels Füßen begann der Boden zu vibrieren. Er zielte genau und schoss Earth Witch in die linke Brust. Sie schrie vor Schmerz auf.

Ihr Aufschrei lenkte Curveball ab. »Ana!«

Noel nutzte Hardhats Größe und Gewicht, um ihn herumzuwirbeln und ihn torkelnd in die kleine Menschenmenge zu stoßen wie eine Billardkugel. Dabei tastete er ihn ab, entdeckte das Handy in seiner Hosentasche und zog es heraus. Als Hardhat in der Menge landete, erklangen weitere Schmerzensschreie. Noel schaltete am Handy die Kamera ein und schwenkte den Sucher über das Gedränge. Ein hübsches Mädchen entpuppte sich als das japanisch-amerikanische Ass. *Das ist ja fast schon eine Travestieshow hier*, dachte Noel mit einem grimmigen Lächeln, während er das Handy wegwarf. Beinahe gleichzeitig schleuderte er einige Rauchbomben und erschoss Wild Fox.

Mit einem seitlichen Hechtsprung landete Noel auf dem Boden. Als er Curveball zum letzten Mal gesehen hatte – bevor sich der Raum mit Rauch füllte –, hatte sich eine Zornesfalte zwischen ihren goldenen Brauen gebildet. Bald würden Nerf-Kugeln fliegen. Über ihm schrien Leute auf und fluchten, als die Kugeln auf sie einhagelten. Obwohl sie weich waren, war Curveballs Kraft beeindruckend. *Die Soundmixer werden reichlich zu tun haben, die ganzen Schimpfworte mit Pieptönen zu überdecken.* Leute stolperten über ihn, und er bekam eine Schuhspitze zwischen die Rippen. Zeit aufzustehen und Curveball gegenüberzutreten.

Noel sprang auf und zog ein langes Stück Pelz aus dem Bund seiner knallengen schwarzen Jeans. In dem Rauch sah er genauso wenig wie die Asse und Statisten. Aber immer, wenn er mit anderen Leuten zusammenprallte, rieb er ihnen das weiche Fell über entblößte Hautstellen. Stunden schienen zu vergehen, bis er die Stimme eines Mädchens hörte, das fragte: »Fox?«

»Falsch«, sagte Noel und erschoss Curveball.

Er nahm die blonde Perücke ab, ging aus dem Tresorraum, hob hinter dem Kassenschalter die Tasche mit dem Spielgeld auf und zog sich sein anderes Markenzeichen an: eine schwarze Lederjacke mit einer Diamantreversnadel in Form eines Kometen. Es verbarg das knappe Tanktop, und die enge Jeans würde als Männerhose durchgehen. Kurz hielt er inne, um ein Papiertaschentuch aus einem Spender auf einem der Schalter zu ziehen. Damit wischte er sich Lidschatten und Lippenstift ab. Dann zog er einen zweiten Fedora aus seiner Jacke, setzte ihn sich keck aufs verschwitzte braune Haar und ging durch die zerstörte Eingangstür hinaus.

Geisterhaft flimmerte die Luft über dem aufgeheizten Gehsteig des Studiogeländes von Warner Brothers. Schwitzende, rotgesichtige Studioarbeiter hatten sich versammelt, um sich den Spaß anzuschauen. Noel griff in die Tasche und schleuderte Monopolygeld in die Luft. Dann zog er seinen Dirigentenstab hervor, vollführte damit eine gezierte Bewegung und verneigte sich formvollendet vor der jubelnden Menge.

♦

Der Wagen brachte Noel vom Beverly Hills Hotel zurück zum Warner-Studio. Ihm hatte davor gegraut, die kühle Luft und den eisgekühlten Champagner, die ihn in seinem Zimmer erwartet hatten, wieder verlassen zu müssen, doch das war der Preis seiner Berühmtheit. Er musste zur Abschlussparty, die die Missionen mit den Schurkenassen krönte.

Das Schild zum Mulholland Drive glitt vorbei, und der Wagen fuhr über den letzten großen Hügel. Das San Fernando Valley schimmerte im Dunst, und die untergehende Sonne spiegelte sich in einer Million Fenstern und in Quadratkilometern aus Stahl und Chrom. Es war, als sende ein Verrückter einen weltumspannenden Code aus Lichtsignalen. Doch der Code war ein Missklang, den niemand entziffern konnte. *Ein bisschen wie in Ägypten gerade*, dachte Noel und zwang sich, nicht an sein eigentliches Leben zu denken.

Der Fahrer fuhr ihn so nahe wie möglich ans Studiorestaurant heran. Es brachte nicht viel. Bis er die Stufen zu der Glastür erreicht hatte, fühlten sich seine Kleider bereits feucht an. Ein Assistent erwartete ihn und hielt ihm die Tür auf. Trotz der Hitze hatte der Junge dieses bekloppte Grinsen im Gesicht, als wolle er sagen: *Ich bin in Hollywood. Ich arbeite für eine Fernsehshow. Zwar wohne ich mit fünf anderen Leuten in einer Bude, aber das ist egal.* Noel bedachte ihn mit seinem gewohnt strahlenden Lächeln und trat in das blaue Foyer mit dem Marmorfußboden. Aus dem Restaurantsaal drangen laute Gesprächsfetzen und der berauschende Rhythmus einer Salsaband.

Nephi Callendar, das Ass, das für die Regierung arbeitete und den Nom de guerre *Straight Arrow* führte, war in ein Gespräch mit Rustbelt vertieft, dem Hinterwäldler aus Minnesota, der wie eine hässliche Neuauflage des Blechmanns für ein Remake von *Der Zauberer von Oz* im Proletarierlook aussah. Das hätte Noel nicht überraschen sollen. Denn es war nur logisch, dass die Regierung versuchen würde, unter den Kandidaten neue Leute für ihr *Special Committee for Ace Resources and Endeavors* zu rekrutieren.

Doch es gab Zeiten, in denen Noels Regierung alles andere als einverstanden war mit ihren amerikanischen Vettern. Trotz seines Siegs über die Herzen hatte Noel keine Lust auf ein Kräftemessen mit einem der besseren Asse aus *American Hero*. Und Rustbelt gehörte zu ihnen. Jedes Land, das Waffen aus Stahl oder Stahlbrücken über strategisch wichtige Flüsse besaß, war durch Rustbelts Fähigkeit verwundbar.

»… und wir haben eine ausgezeichnete medizinische Versorgung«, sagte Straight Arrow gerade.

»Erzählen Sie ihm auch vom Altersheim für ausrangierte Spione?«, mischte sich Noel ein, während er auf sie zuschlenderte. »Wo bleibt die Romantik, Nephi?« Noel senkte vielsagend die Lider. Der Mormone trat unter Noels anzüglichem

Blick unsicher von einem Bein aufs andere. Ihm war klar, was Noel war, und ihm war nicht wohl dabei. *Ach je, ganz und gar nicht.*

»Er ist jung und ein Ass mit herausragenden Fähigkeiten«, fuhr Noel fort. »Der Junge sehnt sich nach Fräcken, Martinis, geschüttelt, nicht gerührt, und Stelldicheins mit schönen und gefährlichen Frauen.« Er lächelte Rustbelt strahlend an. »Sie sollten sich lieber dem *Order of the Silver Helix* anschließen.«

»Ach. So. Was ist das denn?«, fragte Rustbelt.

»Der britische Geheimdienst.«

»Wally ist Amerikaner«, sagte Straight Arrow knapp.

Rustbelts schwerer Kopf mit seinem vorstehenden Kinn schwenkte zwischen den beiden hin und her.

»Ah, aber wir sind doch sooo gute Verbündete. Da wird es Ihnen doch nichts ausmachen, wenn ich Ihnen ein paar Leute abwerbe?« Noel wandte sich wieder Rustbelt zu. »Denken Sie mal darüber nach, mein Freund. Ich könnte Sie gleich unter Vertrag nehmen.«

»Ich dachte, Sie wären Zauberkünstler«, sagte Rustbelt mit seinem absurden Akzent.

Noel fasste sich mit dem Finger an die Nase. »Ach, das ist meine Tarnung, verstehen Sie? Reisen zu exotischen Orten, Erste-Klasse-Unterkünfte. Das würde Ihnen gefallen.«

»Nun, das klingt ja nach einem klasse Angebot.«

»Er ist ein Joker«, fauchte Straight Arrow.

Auf Rustbelts Metallhaut wäre ein Erröten nicht zu erkennen gewesen, doch der Hinterwäldler scharrte mit den Füßen und produzierte dabei auf dem Marmorboden ein Gänsehaut auslösendes Kreischen.

»Ass, Nephi, Ass«, verbesserte Noel. »Man könnte fast meinen, Sie hätten Vorurteile.« Bei Straight Arrow sah man es sehr wohl, wenn er errötete. Das Blut schoss ihm ins Gesicht und leuchtete ziegelrot auf seinen Wangen. *Nur noch ein kleiner Dreh*, dachte Noel. Er legte Rustbelt eine Hand auf die Schulter. »Nein, Wally ist ein Ass, und dazu noch ein sehr mächtiges. Ihnen ist schon klar, dass Sie weit und breit das interessanteste Ass sein dürften. Die anderen sind nur schrille Blender.«

»Das sagt der Richtige«, presste Straight Arrow hervor, und die Worte schienen nur mit Mühe an seinen knirschenden Zähnen vorbeizugelangen.

Noel ging nicht auf das Ass von SCARE ein. »Es ist eine Farce, dass man Sie so früh aus der Show geworfen hat, wenn Sie mich fragen. Doch ach, Eifersucht ist allzu weit verbreitet. Darüber sollten wir mal bei einem Gläschen reden. Im Beverly Hills Hotel gibt's eine nette Bar. Da können wir uns etwas besser … kennenlernen.«

»Er möchte Sie nicht rekrutieren«, warnte Nephi den Rostmann. »Er macht sich über Sie lustig, und Sie fallen drauf rein. Seien Sie doch kein Bauerntölpel.« Das Ass von der Regierung atmete plötzlich und hörbar ein, als wolle er die Worte wieder zurückholen. Doch dafür war es zu spät. So sehr er Noel die Schuld geben mochte, die Beleidigung hatte Straight Arrow ausgesprochen.

Rustbelt trat von einem Bein aufs andere, und sein großer Kopf sackte nach unten. »Oh, boah – tja, da muss man erst mal drüber nachdenken. Ist alles ziemlich verwirrend. Wird langsam spät, wissen Sie, ich sollte dann besser mal …« Seine Stimme verhallte, und er stürzte im Laufschritt auf die Restauranttür zu. Unter seinen stampfenden Füßen bekam der Marmor Risse.

In Wahrheit hatte Straight Arrow versucht, den jungen Mann zu beschützen. Ehrenhafte Leute ließen sich immer so leicht manipulieren.

Nephi starrte Noel an. »Sie sind ein wahrer Teufel«, sagte er schließlich. Noel lächelte und machte eine kleine Verbeugung. Ein widerwilliges Lächeln zuckte kurz über die Lippen des Amerikaners. »Flint hätte Sie in Kairo dabeihaben sollen. Sie sind bösartiger und gerissener als der Ichlas al-Din. Sie hätten die Sauerei vielleicht verhindern können, die da in Ägypten entstanden ist.«

Das war eines jener Komplimente, die einer Ohrfeige gleichkamen. Noel lächelte. »Und woher wissen Sie, dass wir das nicht alles eingefädelt haben?«, konterte er, doch das war eine hohle Erwiderung, und Straight Arrow wusste es.

In stiller Übereinkunft verließen sie das Foyer und gingen durch den kurzen Korridor, der zu den Toiletten führte, aufs Herren-WC. »Dann müsstet ihr unfähig sein, anstatt einfach nur mit offenen Augen zu schlafen.« Rasch sah Straight Arrow unter den Türen der Kabinen hindurch. Im Moment waren sie allein. »Berichten zufolge ist es in den Jokervierteln in Alexandria zu Unruhen gekommen, und man flüstert von großangelegten Mordaktionen an den Anhängern der Alten Religion in Port Said und der Nekropole von Kairo.« Er schnaufte und fuhr sich mit der Hand durchs angegraute Haar. »Ich weiß nicht, warum die Imame und Mullahs so gewalttätig reagieren. Diese Religion ist von vorn bis hinten erfunden.«

»Sind sie das nicht alle?«, fragte Noel und sah, dass Straight Arrows Lippen schmal wurden. »Außerdem geht es nicht nur um Religion. Die Twisted Fists haben den Nur umgebracht. Da tobt die Straße.«

»Wir haben Informationen, die darauf hindeuten, dass die Fists nicht hinter dem Mord stecken, aber der neue Kalif glaubt nichts, was *wir* ihm sagen.«

»Ich rechne nicht damit, dass Abdul lange an der Macht bleiben wird. Prinz Siraj und die anderen Moderaten werden ihn verdrängen.«

»Wird das Morden dann aufhören?«

Noel zuckte mit den Schultern und beugte sich vor, um im Spiegel über einem der Waschbecken einen Fleck auf seinem Kinn zu begutachten. »Wahrscheinlich nicht, aber dann hätten wir es immerhin mit vernünftigen Leuten zu tun.« Er gelangte zu der Feststellung, dass ihm die Hitze nicht gut-tat. Sein normalerweise straffes, gewelltes Haar hing heute schlaff herab, und sein ansonsten britisch rosig blasses Ge-sicht war rot und fleckig. Sogar seine blauen Augen hatten von der schmutzigen Luft in Los Angeles rote Ringe.

»Mein Gott, sind Sie ein berechnender Schweinehund.« Straight Arrow hielt kurz inne, bevor er hinzusetzte: »Sie und der Prinz waren zusammen in Cambridge.«

Noel gab keine Antwort. Es war offensichtlich, dass der Amerikaner bestens Bescheid wusste, und je mehr man re-dete, desto größer war die Gefahr, dass man etwas ausplau-derte.

»Nun, wenn Ihre Jungs wirklich die Ermordung arrangiert haben, dann sollten Sie Siraj klarmachen, dass er seinen Hin-tern bewegen soll. Wenn sich die Lage nicht schnell beruhigt, werden wir eingreifen müssen. Wir müssen unsere Interes-sen wahren.«

Noel versuchte erst gar nicht, sein spöttisches Lächeln zu verbergen. »Oh, mein lieber Freund, das sollten Sie besser lassen. Ihr Yankees kommt immer gleich mit dem Holzham-mer. Überlasst den Imperialismus lieber denen, die Erfah-rung damit haben. Wir werden handeln, aber erst, nachdem wir uns das nutzlose PR-Geblöke unseres UN-Generalsekre-tärs angehört haben.«

»Jayewardene reist in die Region?«

»Ja. Der Idiot Abdul hat ihn darum gebeten zu vermitteln.«

Straight Arrow schüttelte den Kopf. »Er ist sehr tapfer.«

»Nein, er ist ein durchschaubarer Dummkopf.«

Sie hörten Schritte näherkommen. Noel drehte den Wasser-hahn auf und wusch sich die Hände. Straight Arrow schaute zu den Pissoirs hinüber. »Na, wenn ich schon mal hier bin.«

»Ja, sonst glauben die Leute noch, wir hielten hier ein Schäferstündchen.«

»Bloß nicht«, sagte das amerikanische Ass mit gedämpfter Stimme.

Es war Michael Berman, der hereinkam. In der Tür tanzten sie ein bisschen umeinander herum. »Hey, gute Arbeit«, sagte der Produzent.

»Danke. Hat es Ihre Quoten in den Keller gezogen?«

»Nee. Insgeheim lieben es die Normalos zuzuschauen, wenn Asse eins auf die Fresse kriegen. Vor allem, wenn ein Normalo ihnen die Fresse poliert.«

Noel ging weiter.

♠

»Sie haben dieselbe Fähigkeit wie ich, stimmt's?«, fragte Wild Fox. »Sie können Illusionen erschaffen.«

Noel lächelte geheimnistuerisch.

»Sie können über kurze Entfernungen teleportieren«, sagte Curveball. »Ist es das?«

Noel trank einen Schluck aus der Champagnerflöte. Die Kohlensäure prickelte ihm auf der Zunge und tanzte in seinen Nebenhöhlen. Er war beeindruckt. Angesichts des Alters und der Herkunft der meisten Kandidaten bei *American Hero* hätte er Asti Spumante oder ein vergleichbar süßes Gesöff erwartet.

»Nein, er ist ein verdammter Gestaltwandler«, sagte Hardhat. »Sonst hätte er nie und nimmer so verdammt scharf aussehen können. Ich kenne Bräute, und das war eine verdammt heiße Braut.«

»Nein. Nein. Und nein. Und weshalb Sie auf mich abgefahren sind – ich bin eine intersexuelle Persönlichkeit«, sagte Noel und freute sich schon auf Hardhats Reaktion.

»Hä? Was ist denn das für 'ne Scheiße?«

»Ein Hermaphrodit.«

»Hä?«

»Ein Mensch, der die sexuellen Merkmale sowohl einer Frau als auch eines Mannes hat.«

»Sie haben einen Schwanz *und* eine Muschi?« Ekel und Faszination – aber definitiv mehr Faszination – lagen in Hardhats Worten. *Hmm*, dachte Noel. *Es gibt also doch noch Überraschungen.*

»Exakt.«

»Äh, ich brauch ein Bier«, sagte Wild Fox. Sein Blick huschte verzweifelt in dem überfüllten Raum umher, und dann machte er sich davon.

»Was immer Sie sind, Sie sind ein eiskalter *pendejo*«, sagte Earth Witch.

»Und warum sagen Sie das?«

»Sie haben Ihre Komplizen geopfert. Alle.«

»Die waren entbehrlich.«

»Es waren Ihre Leute.«

»Sie waren Mittel zum Zweck, und ich wollte gewinnen.«

»Wie haben Sie gewonnen?«, fragte Wild Fox, den es trotz seines Unbehagens wieder zurückgezogen hatte.

»Mit Schlauheit und List.«

»Dann haben Sie also gar keine besonderen Fähigkeiten?«, forderte ihn Wild Fox heraus.

»Sie hören mir nicht zu.«

»Er sagt, dass er uns geschlagen hat, weil wir blöd sind.«

Noel lächelte über Earth Witchs verbitterte Bemerkung. Hardhat legte ihr eine breite, schwere Hand auf die Schulter und sagte: »Heul halt rum, Ana. Er hat uns ganz schön eins auf die Eier gegeben.« Curveball sah ihn amüsiert an. »Äh, auf die … Titten, hä?«

»Du hörst besser auf, solange du noch kannst, T. T.«, sagte die Blondine. Sie hob den Blick und sah Drummer Boy, der zielstrebig auf sie zuhielt. Zwei Armpaare hatte er vor der Brust verschränkt, und mit den freien Händen trommelte er einen unruhigen Rhythmus. »Oh oh.« Eigentlich wollte sie es nur flüstern, aber Noel hörte es trotzdem. Sie eilte davon, während Earth Witch sich dem Rockstar in den Weg stellte.

Noel schlenderte zum Buffet, wo er sich bediente und den Blick über die Anwesenden schweifen ließ. Earth Witch war es nicht gelungen, Drummer Boy aufzuhalten, weshalb dieser hinter Curveball herstapfte, die um das ganze Restaurant herumlief. Doch für jeden seiner Schritte musste sie zwei machen. Während Noel gelangweilt eine Frühlingsrolle verspeiste, drehten die beiden drei volle Runden ums Restaurant.

In einer anderen Ecke des Raumes waren drei Frauen ganz eindeutig nicht darauf aus, ihren guten Ruf zu wahren. Berman stand gegen die Wand gelehnt, während Jade Blossom, Pop Tart und Tiffani sich vor ihm aufplusterten und mit ihm um die Wette flirteten. Er wirkte wie ein Mann, der sich angesichts eines reichhaltigen Buffets nicht entscheiden kann.

»He, Zauberer.« Das Wort wurde mit einem starken Akzent gesprochen, der an hispanische Viertel und Mexiko erinnerte und deshalb Spanisch sein musste. Rosa Loteria hatte die Arme in die Hüften gestemmt. Flirten wollte sie ganz offensichtlich nicht. Ihre blauen Augen funkelten herausfordernd. In der Hand hielt sie ihre antiken *loteria*-Karten.

»Meine Liebe.« Noel verneigte sich.

»Mit diesem europäischen Höflichkeitsscheiß brauchen Sie mir nicht zu kommen«, sagte sie.

Noel musste lächeln. »Na schön. Was kann ich für Sie tun?«

Sie streckte einen Daumen über die Schulter nach hinten und zeigte auf Candle. Träge umwaberten die bunten Flammen seinen Kopf wie eine psychedelische Lampe. »Dieser *pendejo*-Wichser« (Noel kam zu dem Schluss, dass es hier anscheinend eine Menge *pendejos* gab) »pisst mir voll ins Ohr, weil ich während der Mission *Los Platanos* gezogen habe.«

Im Hinterkopf übersetzte Noel das Gehörte – die Bananen. »Ja, ich kann mir denken, dass das eher nicht so sinnvoll war.« Er streckte die Hand aus und nahm ihr das Kartenblatt ab. Es war alt, wahrscheinlich aus Napoleons Zeiten, und sehr schön. Noel mischte die Karten. »Und Sie wollen lernen, wie man das macht…« Und nach jedem Mischen deckte er *La Muerta* auf, immer und immer wieder. Das prächtig gekleidete Frauenskelett wirkte verschämt, als wüsste es ein Geheimnis. Noels Gedanken wanderten zurück zu seinem Gespräch mit Straight Arrow und der Situation in Ägypten.

»Ja. Das will ich«, sagte Rosa.

Noel gab ihr die Karten zurück. »Ich denke schon, dass ich Ihnen das beibringen könnte, und mit ein wenig Übung könnten Sie das ganz gut beherrschen, aber ich sehe da ein paar Probleme voraus. Es wäre unpraktisch, alle Karten zu markieren, und Sie würden sich auf die tödlichste Manifestation beschränken. Und je nach Situation bräuchten Sie auch mal eine andere Fähigkeit. Immer nur die Todeskarte zu ziehen könnte auf Dauer ein bisschen zu heftig werden, meinen Sie nicht auch? Außerdem ist das der Ast, auf dem Ihre Fähigkeit sitzt.« Noel tippte mit einem manikürten Finger auf den Kartenstapel. »Wären Sie überhaupt in der Lage, sich zu verwandeln, wenn Sie wüssten, dass Sie schummeln? Sie sind Rosa Loteria, die Lotterie-Rose. Wenn Sie das Zufallselement eliminieren…« Noel ließ den Satz unvollendet und hob die Augenbrauen.

Die Brauen des Mädchens zogen sich heftig zusammen. »Ich kann nicht riskieren, meine Fähigkeit zu verlieren.«

»So würde ich auch entscheiden.«

»Ach, Scheiße!« Sie ging davon und zog einen Schweif spanischer Obszönitäten hinter sich her.

Noel setzte ein nichtssagendes Lächeln auf und schlenderte umher. Es wurde viel über die Schurkenassmission geredet, doch blitzte immer wieder auch ein anderes Thema auf.

»…bis auf die Grundmauern abgebrannt«, sagte Diver atemlos.

»Da steckt bestimmt dieser Idiot Bugsy dahinter«, sagte Tiffani mit der Eiseskälte einer Südstaatlerin.

»…Peregrine hat eine Mooordswuuut auf Simoon«, sagte Pop Tart mit jener Art Freude, die man empfindet, wenn man nicht selbst angeschnauzt wird, sondern jemand anderes.

»…hat man keine Leichen gefunden«, sagte Jade Blossom mit einer Spur Enttäuschung.

»…verrückt vor Sorge«, sagte Amazing Bubbles voller Mitgefühl.

»Klar, er ist ja ihr lieber Sohnemann«, sagte Rosa Loteria mit wohldosierter Verachtung.

Auf Frauen ist einfach Verlass, wenn man Neuigkeiten erfahren möchte. Noel nahm sich ein frisches Glas Champagner vom Tablett einer Bedienung. Er sah zu Peregrine hinüber. Das berühmte Joker-Lächeln kehrte immer dann schlagartig auf ihr Gesicht zurück, wenn Leute auf sie zukamen, um mit ihr zu reden. Sonst funkelten ihre Augen wütend, und eine Falte spannte sich über ihrer Stirn. Hin und wieder bedachte sie Simoon mit einem eisigen Blick. Noel rief sich die Biografie des Mädchens in Erinnerung. Sie war die Tochter eines ägyptischen Jokers, der im Luxor Hotel in Las Vegas Zuflucht gesucht hatte, und besaß eine zweitklassige Fähigkeit. Macht über den Wind war Noel schon immer etwas albern vorgekommen. Interessanter war ihre Verbindung nach Ägypten, wie schwach diese auch sein mochte. Er beschloss, mehr in Erfahrung zu bringen.

Noel ging zu Peregrine hinüber, nahm ihre Hand und küsste sie flüchtig. »Vielen Dank, meine Teuerste. Wie sich herausstellte, hat es doch eine Menge Spaß gemacht.«

Peregrines Lächeln wirkte wie angeheftet. »Ich bezweifle, dass die Herzen das auch so sehen. Du hast sie ziemlich fertiggemacht.«

Noel sah zu Simoon hinüber. Er setzte eine ernste und missbilligende Miene auf und nickte weise. Die junge Frau verschränkte die Hände und sah Noel und Peregrine unverwandt an. Ihre Wangen brannten rot. Er neigte den Kopf wieder Peregrine zu, als diese sagte: »Nur das Wetter war die Hölle. Verdammter Santa-Ana-Wind.« Wieder blickte Noel zu Simoon hinüber und runzelte die Stirn. Wütend fuhr sie von ihrem Stuhl hoch und durchquerte steifbeinig den Saal, bis sie direkt vor Peregrine stand.

Noel verbarg sein Lächeln. Einmal mehr zeigte die menschliche Neigung, immer alles auf sich zu beziehen, die erwünschte Wirkung.

»Was reden Sie über mich?«, fragte Simoon.

»Wir reden nicht über dich«, erwiderte Peregrine. Ihre zusammengekniffenen Lippen gestatteten es den Fältchen in ihren Mundwinkeln, durch das aufwändige Make-Up hindurchzuschimmern. »Und so wütend, wie ich gerade auf dich bin, wäre es auch besser, du würdest mich nicht ansprechen.«

»Das ist nicht meine Schuld.«

»Du hast ihm von diesem Scheißding erzählt!«

»Nach allem, was wir wissen, hat das Amulett nichts damit zu tun, was mit Ihrem Haus passiert ist«, sagte Simoon. »Dieser Idiot Bugsy war dort, und Lohengrin, und sie waren alle betrunken.«

»John war nicht betrunken«, knirschte Peregrine.

Simoon warf die Hände in die Höhe. »Okay. Na gut. Von mir aus. Dann ignorieren Sie halt, wie es ihm damit geht, für seine Mom zu arbeiten, sich von DB ›Käpt'n Krapfen‹ nennen und von allen herumkommandieren zu lassen. Er war ein Ass. Und jetzt ist er bloß noch … normal.«

Das Mädchen wollte wieder davoneilen. »Es war nur eine Halskette. So ein billiges Touristenteil!«, bellte Peregrine ihr hinterher.

Simoon drehte sich um, entfernte sich aber weiter, indem sie rückwärts ging. »Wenn das wahr ist, warum sind Sie dann so stinkig? Wenn Sie gar nicht glauben, dass die Kette magisch ist?«

Ganz kurz war es im Saal still geworden. Jetzt wurde wieder wild durcheinander geredet. Peregrine lief hochrot an, und Tränen traten ihr in die Augen. Noel zog ein Taschentuch heraus und reichte es ihr. Er murmelte eine Entschuldigung und eilte aus dem Restaurant.

Ödipuskomplexe interessierten Noel nicht. Was ihn allerdings interessierte, war ein magisches Amulett mit einer Verbindung zu Ägypten.

Er überquerte den rissigen Marmorboden des Foyers, ging hinaus und stieg die Stufen hinab. Simoon saß vornübergebeugt an einem der runden Betontische vor der Cafeteria. Nichts illustrierte die finanziellen Unterschiede auf einem Filmset besser als diese beiden Lokale. Das, aus dem Noel gerade kam, war den Stars und Studiobossen vorbehalten, während die Cafeteria alle anderen versorgte. Noel legte dem Mädchen eine Hand auf die Schulter und kramte ein weiteres Taschentuch heraus. Damit wischte sie sich die Augen. »Danke. Entschuldigen Sie.«

»Keine Ursache.« Noel zog sein Zigarettenetui heraus. »Macht es Ihnen was aus?« Sie schüttelte den Kopf. Er steckte sich eine an.

»Türkisch«, bemerkte das Mädchen. »Onkel Osiris raucht die auch. Ich habe noch nie einen Weißen kennengelernt, der sie raucht.«

Noel hielt den Kopf schief und betrachtete die Zigarette. »Mein Mitbewohner in Cambridge hat mich auf die gebracht.«

Das Mädchen starrte wieder auf die gesprungene und verwitterte Tischplatte. Der Santa-Ana-Wind peitschte ihr die Haare ums Gesicht. Ein paar Strähnen blieben an ihren vollen Lippen hängen. Sie wischte sie beiseite, und bei der Bewegung hoben sich ihre Brüste. Sie war klein und drall, und Noel spürte, wie sich in seiner Hose etwas regte. Aber er wusste, wie es enden würde, wenn er sich auszog.

Noel setzte sich neben sie auf die Bank. »Würden Sie mir mehr über dieses Amulett verraten? Sie meinten, es sei magisch, und das macht mich neugierig.« Er schenkte ihr ein durch und durch entwaffnendes Lächeln. »Nennen wir es berufliche Neugierde.«

»Ich weiß nicht viel darüber, aber meine Mom hat angerufen und mich dazu gedrängt, es John zu sagen. Es ist ein A*chet*, und Thot schenkte es Peregrine, als sie vor einer Million Jahren durch Ägypten wanderte. Ich vermute, dass sie schwanger war und dass das Achet für ihr Kind gedacht war. Aber Peregrine hat es ihm nie gegeben. Wegen dem ganzen Zeug, das da in Ägypten gerade abgeht, haben meine Mom, Osiris und die anderen Alten total darauf gedrängt, dass John die Kette bekommt. Mom meinte, ich soll John sagen, dass es dem Träger die Macht von Ra verleiht, blablabla. Für mich hat sich das albern angehört, aber meine Mom hat immer wieder damit angefangen und mich tierisch genervt. Also hab ich's ihm am Ende gesagt, damit sie endlich die Klappe hält und mich in Ruhe lässt. Ich muss mich auf das konzentrieren, was ich hier mache, und jetzt ist Peregrine sauer auf mich, und ich hab's vermasselt.«

Doch Noel hörte ihr nicht mehr richtig zu. *Ra. Der Sonnengott des altägyptischen Pantheons. John Fortune scheint eine Affinität zu Licht und Feuer zu haben. Und Peregrines Haus ist niedergebrannt.* Seine Gedanken rasten. *Natürlich kann das alles auch das leere Geschwätz verzweifelter Joker sein, die auf ein Wunder hoffen, und ich sehe Zusammenhänge, wo keine existieren.*

Simoon stand auf. »Tja, ich geh dann mal wieder. Ich glaube, für heute Abend hab ich schon mehr Spaß gehabt, als ich aushalte.«

»Einen Moment noch. Sind Sie sicher, dass Bugsy und Lohengrin bei ihm waren?«, fragte Noel.

»Nun, die sind ja auch verschwunden.«

»Sie haben nicht zufällig die Handynummer von einem der beiden?«

Er beobachtete den Widerstreit unterschiedlicher Gefühle auf ihrem Gesicht. Dann holte sie ihr Handy heraus. »Ich glaube, die von Bugsy habe ich. Er hat mich ein paar Mal angerufen wegen eines Dates.«

Und hat offenbar einen Korb bekommen, dachte Noel, während er sich die Nummer auf die Handfläche schrieb.

»Okay, ich bin dann mal weg. Danke für das Taschentuch.« Sie hielt es ihm hin.

»Behalten Sie es.«

Noel sah ihr hinterher und bewunderte ihren Hüftschwung. Funken sprühten im Dunkeln, als er seine Kippe fortschnippte. Er wählte die Nummer, die sie ihm gegeben hatte. Eine junge, verschlafene Stimme meldete sich.

»Hallo?«

Noel unterbrach die Verbindung und schaute nach. Der Orden hatte sein Telefon mit einer GPS-Ortungsfunktion ausgestattet, vergleichbar mit der von Notrufstationen. Bugsy hatte das GPS an seinem Handy nicht abgeschaltet. Er befand sich in der Wüste Nevadas.

Mit einem weiteren Anruf bestellte sich Noel einen Wagen zu seinem Hotel.

♣

Den Leu zu wecken
John Jos. Miller

Es war finstere Nacht, der Boden war kalt, und John Fortune hatte keine Ahnung, wo er sich befand.

Auf dem Rücken liegend, sah er zu einem schwarzen Himmel voller Sterne auf. Er schien sich auf dem Grund einer engen Schlucht zu befinden, eingezwängt zwischen Steinen und Felsbrocken und ohne einen Taco-Imbiss, eine Straße, ein Auto oder eine Straßenlaterne in Sichtweite. Als er die Hände vors Gesicht hielt, konnte er kaum seine Finger erkennen. Er hatte ein komisches Gefühl in der Brust und eine raue Kehle. Alle Glieder taten ihm weh, als wäre er ein paar Marathons hintereinander gelaufen. Und was noch viel erschreckender war: Er war splitternackt.

Er sprang auf und fuhr vor Schmerz zusammen, als sich ihm ein kleiner scharfer Stein in die Fußsohle bohrte. »Was ist mit meinen Kleidern passiert?«, fragte er laut.

Keine Antwort. Benommen und hustend taumelte er im Kreis herum. Er erinnerte sich … erinnerte sich an das Ding, das unter seiner Haut entlanggekrochen war wie eine Ratte, die sich in seinen Leib gefressen hatte. An die Furcht, die ihn erfasst hatte. Da war auch ein Mann gewesen, in leuchtendes Weiß gekleidet. Der hatte ihn mit einem Schwert umbringen wollen … *wallah!* Flammen hatten um ihn herum getanzt, Rauch hatte ihn blind gemacht. Vielleicht waren seine Kleider ein Raub der Flammen geworden – aber nein, das war lächerlich. Seine Haut wies keinerlei Verbrennungen auf.

Schließlich fiel ihm alles wieder ein – er war davongelaufen, war aus dem Haus in die Nacht hinausgestürmt. Das Gefühl von Freiheit war berauschend, erregend gewesen. Stundenlang war er gelaufen. Wie viele Stunden? Wie viele Meilen? Er wusste es nicht. Am Ende war er erschöpft zusammengebrochen. Hier.

Wo auch immer das war.

Fortune fröstelte. Er konnte nicht einfach nur die ganze Nacht herumsitzen. Er musste nach Los Angeles zurück. Er hatte Kohldampf. Noch nie hatte er einen solchen Hunger verspürt. Er brauchte etwas zu essen, dringend. Und Kleider. Er konnte nicht splitternackt in der Pampa hocken und auf Hilfe warten. Hilfe egal welcher Art würde nicht von alleine kommen. Er musste sie suchen.

Und wenn dieses Ding noch immer in ihm drin war, dann brauchte er ärztliche Behandlung.

Er erinnerte sich, dass das Ding in ihm Richtung Kopf gekrabbelt war. Zögerlich fasste er sich ans Kinn, tastete vorsichtig seine Wangen bis zu den Ohren und die Stirn ab – wo er eine Beule spürte. Das Ding, das in seinen Körper eingedrungen war, befand sich noch immer in seinem Kopf.

John Fortune wurde von Panik erfasst, und er lief davon. Oder probierte es wenigstens.

Er kraxelte die Wand des ausgetrockneten Arroyos hinauf, wobei er mehrmals abrutschte und Staub und Geröll mit sich riss. Einmal löste sich ein Steinbrocken an der Kante der Böschung, der ihn erschlagen hätte, wenn er ihn getroffen hätte, aber wie durch ein Wunder verfehlte er ihn.

Irgendwie gelang es ihm, sich aus dem Arroyo herauszuschleppen. Gehetzt sah er sich um, suchte verzweifelt nach etwas, das seine Hoffnung, Hilfe zu finden, rechtfertigte. Er befand sich in einer wilden, ungezähmten Hügellandschaft, die zu einer mit gedrungenen, immergrünen Büscheln gesprenkelten Ebene hin abfiel. Der Boden war lose mit Dornengestrüpp, Grasflecken und Kakteen bedeckt, was ihm erst auffiel, als er zu nahe an eine herankam und sich das Bein vom Schenkel bis zur Fessel aufkratzte. Der plötzliche Schmerz wirkte wie ein Eimer kaltes Wasser im Gesicht. Er versuchte, ruhiger zu atmen. Im Licht des aufgehenden Mondes entdeckte er ein dunkles Band, das eine Straße oder zumindest ein Feldweg oder ein Trampelpfad sein konnte. Immerhin gab es dort wohl keine Steine, die ihm die bloßen Füße aufschlitzten.

Er ging darauf zu, vorsichtig, aber rasch, denn er hatte es eilig, Menschen zu finden, jemanden, der ihm sagen konnte, was mit ihm passiert war, und der ihm versicherte, dass alles gut werden würde ...

Er hatte Durst, und sein Hunger war so stark, dass sein Magen sich verkrampfte – wie immer, wenn sein Monatsbluten einsetzte. Der Mond, der über den Hügeln aufging, stand riesenhaft am Nachthimmel. Die Schakale, die in den Wadis lagerten, begrüßten ihn mit ihrem Heulen. Fortunes Kopf pochte im Takt ihres Geheuls. Der Hunger war schlimm, aber er war ihn gewohnt. Er hatte oft auf Essen verzichtet, wenn er dadurch seine Kinder satt bekam. Auch wenn seine Opfer letztlich umsonst gewesen waren. Er hatte sie alle verloren, eines nach dem anderen. Jamal hatte vor Fieber gebrannt, sich verzweifelt an seine Brust geklammert. Es hatte nichts zu essen gegeben außer den salzigen Tränen, die ihm von der Wange getropft waren.

Die Straße war eher ein Feldweg als eine Landstraße, aber ihr Belag war glatt und weich unter seinen aufgeschürften Sohlen. Die Schakale folgten ihm nicht weiter, aber dafür die Fliegen. Sie waren nicht so schlimm wie die Fliegen auf dem Marktplatz, aber sie ärgerten ihn, weil sie ihm ständig um den Kopf herumsummten, ihm zuflüsterten, ihn womöglich zu dem Tempel zurückführen wollten, in dem es Schatten, Wasser und Ruhe gab, und ...

Was waren das für Gedanken?!

Das waren nicht seine Gedanken, diese Erinnerungen an ein Leben, das er nie gelebt hatte. Schakale? Kinder? Ein Tempel? John Fortune hob die Hand zur Stirn, ließ sie aber wieder sinken, da er nicht wagte, das Ding zu berühren, das sich in ihn hineingebohrt hatte und bis zu seinem Gehirn gekrochen war. Diese seltsamen Erinnerungen mussten von dem Ding stammen, auch wenn sie … Erinnerungen eines Menschen waren und dieses Ding ein … Ding war. Ein Insekt von der Größe eines Amuletts, welches schon vor seiner Geburt in der Schublade seiner Mutter gelegen hatte. Ein Skarabäus, ein Käfer, und kein … und kein Mensch.

Fortune wanderte den Weg entlang, ohne zu wissen, was er denken sollte. Eigentlich wollte er gar nichts denken. Einige Zeit später stolperte er auf eine geteerte Straße. *Schon besser.*

Es regte sich ein wenig mehr Hoffnung, als er ein Gebäude erspähte, das einsam an der Ecke einer Kreuzung stand, unbeleuchtet und anscheinend verlassen. Doch immerhin bestand die Möglichkeit, dass er darin etwas Nützliches fand. Etwas zu essen für seinen schmerzenden Magen. Etwas Wasser, um sich die glühende Stirn zu kühlen. Vielleicht ein Telefon, damit er seine Mutter anrufen konnte. Ein paar Kleider. *Verdammt, ein paar Schuhe.* Seine Füße brachten ihn um.

Es war eine Tankstelle in irgendeinem Stadium zwischen verlassen und verfallen. Das Dach hing bedenklich durch. Die mit Staub bedeckten Zapfsäulen davor waren seit einer Ewigkeit nicht mehr benutzt worden. Auch der Schaukelstuhl vor der Tür schien lange Jahre des Gebrauchs hinter sich zu haben und fiel halb auseinander. Zwar lud er dazu ein, sich hineinfallen zu lassen, doch Fortune befürchtete, dass er sein Gewicht nicht tragen würde. Außerdem schien ihm der aus Bambus geflochtene Sitz mit nacktem Hintern nicht sonderlich bequem.

Die Fensterfront wirkte kaum weniger verstaubt als die Zapfsäulen. Mut machte ihm allerdings, dass von den drei

Worten, die in die Scheibe geätzt waren – BENZIN GE-
TRÄNKE LEBENSMITTEL –, nur das Wort BENZIN mit ein
paar Streifen Klebeband überklebt worden war.

Die Tür bestand aus Aluminiumstangen zwischen ein-
gedrückten Fliegengittern. Sie war abgeschlossen, sah aber
nicht besonders stabil aus. Kurz zögerte Fortune, bevor er
den Türgriff packte und mit aller Kraft daran zerrte. Zu seinem Erstaunen drang ein tiefes Knurren aus seiner Kehle.
Beine, Rücken und Arme krampften sich vor Anstrengung
zusammen, bis die Tür sich langsam aus dem verbogenen
Holzrahmen löste und dabei ein metallisches Kreischen von
sich gab. Schließlich hing sie nur noch lose in den Angeln.
Heftig schnaufend ging Fortune hinein. Er hatte das Gefühl,
etwas vollbracht zu haben, auch wenn er wegen des Ein-
bruchs ein schlechtes Gewissen hatte. Aber er würde dem
Ladeninhaber alles zurückzahlen, wenn er erst einmal seine
schwarze American-Express-Karte wiederhatte.

Drinnen war es fast so staubig wie draußen. Fortune entdeckte Lebensmittelkonserven, die auf wackligen Holzrega-
len unordentlich aufgereiht waren, dazu ein paar Brotlaibe,
eingelegtes Gemüse und Erdnussbutter, Keksschachteln
und Knabberzeug und – *gütiger Gott* – in einer Ecke einen
altertümlichen Kühlschrank, der eingesteckt war und vor
sich hinsummte. Eine sanfte Brise strahlte von ihm ab. John
konnte einem plötzlichen Drang nicht widerstehen, seine
glühende Stirn gegen das kalte Metall zu drücken.

Er schob die Tür auf, fasste hinein und holte eine Flasche
eisgekühltes Cola heraus. Seitlich am Kühlschrank befand
sich ein Flaschenöffner. Mit dem schnippte er den Kronkor-
ken auf, setzte die Flasche an den Mund und leerte sie in
einem Zug. Der Zucker- und Koffeinschub ließ ihn erschau-
ern.

Mit einem zufriedenen Seufzer setzte er die Flasche ab,
und da erst bemerkte er einen hölzernen Garderobenständer,

an dem eine ausgeleierte Latzhose hing. Sie wirkte ziemlich schmuddelig und viel zu groß, doch er konnte es sich nicht leisten, wählerisch zu sein. Er nahm sie vom Haken und vollführte einen Tanz, um hineinzuschlüpfen, hüpfte auf einem Bein über die durchgebogenen Dielen. Jetzt fühlte Fortune sich besser. Er hatte sich angezogen. Nahrung war in Reichweite. Wenn er jetzt nur noch Schuhe finden könnte…

Als er aufblickte, sah er sein Gesicht in einem gesprungenen Spiegel an dem alten Garderobenständer. Das Ding auf seiner Stirn sah aus wie ein fetter Pickel, rot und dick und glänzend. Es verunstaltete ihn.

Wieder erschütterte ihn die Furcht wie ein Schlag ins Gesicht. Panisch und mit schmutzigen Fingern kratzte er an dem Amulett. Er wollte es aus seiner Stirn herauspulen, doch seine Fingernägel waren zu kurz, sodass er es nicht zu fassen bekam. Dennoch kratzte er sich in seiner blindwütigen Furcht die Stirn blutig.

Ein Messer, dachte er. *Eine Glasscherbe. Ein Stück Metall.* Irgendetwas, mit dem er dieses Ding aus seinem Kopf herausschneiden konnte.

Fortune blieb fast das Herz stehen, als ein Auto auf den Schotterparkplatz fuhr und seine Scheinwerfer wie die Augen eines Ungeheuers durch die schmutzigen Fenster hereinleuchteten. Eine fremde, starke Hand umschloss sein Gehirn, und er begann sich zu verwandeln.

Die Metamorphose hätte schmerzhaft sein sollen, aber wenn sie es war, dann spürte John es vor lauter Angst nicht. Sein Leib wurde um ein Vielfaches größer. Er spürte, wie die Nähte der Latzhose platzten, als wäre sie aus Papierhandtüchern zusammengesetzt, und wieder war er nackt. Doch er brauchte keine Kleider. Denn er war überall von Fell bedeckt, von einem dicken Pelz, der leuchtete, wie er früher als Ass geleuchtet hatte. Er sah sein geisterhaftes Spiegelbild in der staubigen Fensterscheibe.

Ein Löwe. Von allen verrückten, unmöglichen Dingen in der Welt musste er sich ausgerechnet in einen Löwen verwandeln.

Nein. Nicht ganz. Genauer gesagt war er eine Löwin… aber weit größer als jede Löwin, die er im Zoo gesehen hatte. Und er schimmerte. Er leuchtete wie Feuer in der Nacht.

Das war der einzige Trost, an den er sich halten konnte, der einzige Gedanke, wenn er seinen Verstand nicht völlig verlieren wollte. Denn er besaß keine Kontrolle mehr über den Körper, der nicht mehr der seine war. Er starrte auf das Auto vor dem Haus und versuchte zu sprechen, zu rufen – aber etwas hinderte ihn daran. Etwas hatte die Kontrolle über seinen Leib übernommen, etwas, das knurrte, wütend mit dem Schwanz wedelte und die Muskeln zum Sprung anspannte. Etwas… oder jemand. Es war zornig, merkte er, doch gleichzeitig war es trotz allem auch sehr verängstigt.

Autotüren wurden geöffnet und zugeschlagen. John hörte, dass jemand seinen Namen rief. »John! Bist du da drin?«

Er erkannte die Stimme. Sie gehörte Bugsy. Die große Gestalt neben ihm musste Lohengrin sein, auch wenn er kaum mehr als Umrisse sehen konnte, da das Scheinwerferlicht ihn blendete. Die Löwin spannte sich an. Sie sprang und landete auf einem wackligen Holzregal. Dosen mit Hühnernudelsuppe und Baked Beans fielen an allen Seiten herab. Er spürte, wie sie tief Luft holte. Ihre Lungen dehnten sich enorm aus, und in ihrem Bauch loderte eine Hitze, als hätte eine Zündflamme einen Hochofen in Gang gesetzt.

»Mein Gott!«, rief Lohengrin. »Da ist die Löwin wieder!«

<Nein!>, kreischte Fortune. Obwohl das Wort in seinem Kopf widerhallte wie ein Echo in einer kleinen Höhle, brachte er keinen Laut hervor. <Tu ihnen nicht weh! Das sind meine Freunde!>

Die Löwin stieß ihren Atem aus, der eine kleine Rauchwolke erzeugte, aber keine Flammen.

<Der Große wollte mich mit seinem Schwert töten>, meldete sich eine Stimme in seinem Kopf. Sie hatte einen gedehnten Akzent, den Fortune nicht zuordnen konnte, und gehörte eindeutig einer Frau … einer verängstigten Frau.

Ihre Worte riefen ihm bruchstückhafte Erinnerungen ins Gedächtnis zurück – seine erste Verwandlung, im Haus seiner Mutter … Lohengrin … das plötzliche Erscheinen von Schwert und Rüstung … Feuer, Rauch, das Schrillen einer Alarmanlage. Das Haus, das um ihn herum niederbrannte. Der Sprung durchs Fenster, um zu entkommen.

John wäre auf die Knie gesunken, wenn er die Beherrschung über seinen Körper gehabt hätte. *<Wer bist du?>*, fragte er.

<Mein Name ist Isra>, sagte die Stimme. *<Aber ich bin auch Sachmet, die Zerstörerin, die Streiterin für mein Volk und der Atem Ras.>* Es konnte keinen Zweifel geben, dass sie eine Frau war.

Meine Güte, dachte Fortune. *Ich habe eine Frau in meinem Kopf.* Er musste sich vergewissern. *<Wo bist du?>*

<Früher beherbergte mich das Amulett>, erklärte ihm Isra. *<Für lange, lange Zeit. Jetzt bin ich in deinem Körper. Welches Jahr schreiben wir?>*

<Zweitausendsieben.>

Darauf folgte ein langes Schweigen. *<Mehr als zwanzig Jahre. Erzähl mir alles, was passiert ist!>*

<Halt, halt, halt!>, dachte Fortune verzweifelt. *<Wie wäre es, wenn du mir erzählen würdest, was zum Teufel passiert ist? Wie bist du in meinen Kopf gelangt? Und meine Freunde da draußen …>* Bugsy und Lohengrin spähten durchs Fenster herein. *<Lass mich mit ihnen reden!>*

Isra schüttelte ihren pelzigen Kopf. *<Das geht nicht. Mit Sachmets Zunge und Kehlkopf kann man keine menschlichen Laute bilden.>*

<Sachmet?> Er erinnerte sich, dass sie den Namen genannt hatte, aber er sagte ihm immer noch nichts.

<Die Zerstörerin. Die Beschützerin. Der Atem Ras.>

Immer noch nichts. *<Nun, dann mach, dass wir uns wieder in mich verwandeln. Lass mich mit ihnen reden.>*

<Nein.> Das Wort klang hart und endgültig. Sie zögerte einen Moment und fügte dann fast klagend hinzu: *<Ich war so lange in dem Amulett gefangen ... so lange.>*

<Nun ...> Fortune schluckte seine Wut hinunter. Im Moment hatte Isra die Oberhand, doch er hatte schon einmal seinen normalen Körper zurückerlangt. Das würde ihm ein weiteres Mal gelingen. Er musste nur herausfinden, wie.

<Nun. Winke ihnen zu oder so was, damit sie sehen, dass alles okay ist. Dass wir freundlich gesinnt sind.>

Isra hob eine Pratze. Lohengrins Schwert war in seiner Hand aufgeflackert. Er und Bugsy sahen sich gegenseitig an. »Was meinst du?«, fragte das Ass mit deutschem Akzent. »Diesmal greift sie nicht an. Das ist gut, oder?«

»Ja«, bestätigte Bugsy. »Ich glaube, das ist ein gutes Zeichen. John, bist du das? Bist du ... geht's dir gut?«

Isra nickte mit ihrem Löwenkopf.

<Warum hast du das getan?>, fragte Fortune. *<Mir geht es nicht gut.>*

»John?«, sagte Bugsy. »Kannst du ... äh ... dich zurückverwandeln? Falls du willst. Ich habe ein paar hundert Wespen ausschwärmen lassen, um dich zu finden, nachdem du aus Peregrines Haus abgehauen bist.« Einen Moment hielt er inne. »Ähm. Tut mir leid wegen dem Haus und allem, aber wir waren das nicht. Es war die Löwin.« Wieder hielt er inne, als würde ihm bewusst, wie peinlich das klang. »Sie spuckt Feuer. Äh ... du spuckst Feuer. Wirklich. Aber das weißt du ja wahrscheinlich.«

»John«, sagte Lohengrin. »Mir tut es auch leid.«

»Wie dem auch sei«, sagte Bugsy rasch. »Es tut mir leid, dass wir so lange gebraucht haben, um dich zu finden. Es ist echt scheiße, wenn man mitten in der Nacht ein Auto mieten will, und du bist ganz schön weit gelaufen. Meine Wespen konnten kaum mit dir Schritt halten … äh … aber die Frage ist jetzt, wohin wir dich bringen sollen? Musst du ins Krankenhaus?«

Isra schüttelte wütend den Kopf, und durch ihre Brust vibrierte ein tiefes Knurren.

»Wir könnten deine Mutter anrufen«, schlug Lohengrin vor.

»Nein«, sagte Bugsy. »Nein, nicht seine Mutter. Simoons Mutter. Isis. Sie war es, die wollte, dass er das Amulett bekommt. Bringen wir ihn zu ihr. Vielleicht kann sie ihn … heilen oder so.«

»Ist sie denn Ärztin?«, frage Lohengrin.

»Nein, ich glaube, sie ist eine Göttin.«

<Isis! Ja, ich muss mein Volk finden. Ich spüre sie, ganz weit entfernt.>

<Die Lebenden Götter?> Endlich fügten sich ein paar Puzzleteile zusammen. *<Die kenne ich … ein paar wenigstens … flüchtig jedenfalls. Den einen in Vegas. Las Vegas. Nevada.>*

<Nevada!> Die Löwin schritt durch den Laden und zwängte sich durch die Überreste der Tür, sodass diese vollends aus den Angeln fiel. Sie trottete an Bugsy und Lohengrin vorbei, die sich langsam umdrehten, um sie im Blick zu behalten. Zum Glück hatten sie ein Kabrio gemietet. Isra – oder Sachmet, wie zum Teufel sie auch immer hieß – sprang mühelos auf den Rücksitz und machte es sich dort bequem. Sie nahm den ganzen Platz ein.

Lohengrins Schwert verschwand. »Anscheinend möchte sie zu Isis«, sagte er. Er setzte sich hinters Steuer, und Bugsy machte den Beifahrer. »Super«, verkündete er. »Eine Spritztour nach Vegas!«

♥

Die Sonne stand schon eine Weile am Himmel, als sie den Las Vegas Strip erreichten.

Etwa eine Meile vor ihnen ragte auf der rechten Straßenseite der schwarze Glasturm des Luxor in den klaren Morgenhimmel auf. John Fortune konnte das grenzenlose Erstaunen in Isras Geist lesen, als sie an Hotels und Casinos vorbeifuhren, auch wenn ihr Löwengesicht nichts als majestätische Gelassenheit ausstrahlte. Obwohl es früh am Morgen war, herrschte dichter Verkehr, und auf den Gehwegen drängten sich Fußgänger. Las Vegas ist wahrlich die Stadt, die niemals schläft.

Das Kabrio rollte langsam den Strip entlang, und es war schwer zu sagen, wer verblüffter war – Isra oder die Leute auf dem Bürgersteig. Aufgeregte, geflüsterte Gesprächsfetzen drangen von den Schaulustigen zu ihnen herüber:

»Heilige Scheiße, sieh dir mal an, wie groß der Löwe ist!«

»Ist der echt?«

»Natürlich ist der echt! Was glaubst denn du, was der sonst ist? Aus Disneyland vielleicht?«

»Der ist zu groß für einen echten Löwen! Und er leuchtet!«

»Ist der gefährlich?«

»Wahrscheinlich ist das ein Werbegag.«

»Der Blonde am Steuer muss Siegfried sein.«

»Nö. Der hat Tiger.«

»Und sieh mal! Da ist Ralph! Sieht gut aus, Ralph!«

»Ich hatte keine Ahnung, dass er so jung ist.«

»Winke in die Kamera, Ralph!«

Bugsy winkte eifrig, während der große Deutsche seine Würde bewahrte, gemächlich zum Luxor fuhr und dabei grummelte: »Ich bin nicht Siegfried. Ich bin Lohengrin.«

Fortune spürte Isras wachsende Begeisterung, als sie auf den Parkplatz des Luxor einbogen und an einer riesigen Sphinx, einem heiter spiegelnden Wasserbecken und einer Reihe Obelisken vorbeifuhren. Sie hielten vor dem Haupteingang, doch keiner der Hoteldiener wagte es näherzukommen. Sachmet schnaubte Feuer vor lauter Aufregung, was der Gruppe von Gaffern, die zusammengeströmt war, umso mehr gefiel.

Und die Show fing erst an. Die Löwin sprang aus dem Auto und trabte leichtfüßig hin und her, fast so, als wäre im Zoo Fütterung angesagt. <Ganz ruhig>, sagte Fortune, der verzweifelt hoffte, ihnen würde irgendjemand zu Hilfe eilen.

Er musste nicht lange warten. Ein halbes Dutzend Lebender Götter trat aus dem Hotelcasino, begleitet von einer Entourage von Fächerträgern, Jongleuren, Akrobaten und anderen Bediensteten. Angeführt wurden sie von der schönen Isis, der man Straußenfedern übers Haupt hielt, einem dickbäuchigen Zwerg, dessen Name Fortune nicht kannte, und von zwei Jokern mit dem Kopf eines Hundes und dem eines Falken. Den Abschluss bildeten, ebenfalls von eigenen Dienern flankiert, zwei ältere vertraute Gestalten: Thot, der ibisköpfige Wortführer der Lebenden Götter, und der alte Osiris, der angeblich gestorben und ins Leben zurückgekehrt war. Wie immer umspielte ein hintersinniges Lächeln seinen geschlossenen Mund.

Isis – schön, sinnlich und in einem Kleid, das weniger züchtig als vielmehr durchscheinend war – wurde von den Schaulustigen die meiste Aufmerksamkeit zuteil. Vor allem, als sie sich tief und voller Anmut verneigte und sprach: »Heil, Herrin Sachmet! Dein Kommen wurde uns vorausgesagt vom hellsichtigen Osiris! Lange haben wir auf deine Ankunft gewartet! Tritt ein in unsere Wohnstätte!«

Die Zuschauer applaudierten, als die Löwin Isis' Verneigung, so elegant es auf vier Pfoten eben ging, erwiderte und der farbenfrohen Prozession in das Foyer des Luxor folgte. Bugsy und Lohengrin sahen sich an und trotteten hinterher. Überall erstarrten die Menschen, als die Gruppe feierlich durch das weitläufige Atrium schritt und vor den Aufzügen stehen blieb. Nicht nur, dass Isra keinen der Aufzüge betreten wollte, sie war ganz offensichtlich auch zu groß, um hineinzupassen, selbst wenn sie gewollt hätte. *<Du musst mir die Kontrolle überlassen>*, drängte Fortune sie.

Isra fauchte, und ein paar schaulustige Touristen sahen sich nervös um.

<Komm schon>, sagte Fortune. *<Du passt niemals in einen dieser Käfige.>*

Vielleicht brachte das Wort »Käfig« den Erfolg oder auch nur der Gedanke, erneut eingesperrt zu werden. Was auch immer Isra dazu bewog, die Kontrolle aufzugeben, es kam zu einer unerwarteten, augenblicklichen Verwandlung, und Fortune stand auf einmal nackt vor den Aufzügen im Foyer.

Zum Glück reagierten die Fächerträger unverzüglich und routiniert und bedeckten ihn fast gänzlich, bevor die Touristen auf die Auslöser ihrer Kameras drücken konnten. Alle wichtigen Persönlichkeiten betraten die Aufzüge, sodass nur die Entourage zurückblieb, um die versammelte Menge zu unterhalten und wortreich auf die Historienshow der Lebenden Götter hinzuweisen – an sechs Tagen in der Woche und außerdem jeden Mittwoch und Samstag am Vormittag.

Sie passten gerade so in die Aufzüge, aber nur weil Fortune wieder er selbst und kein Löwenungetüm mehr war. Osiris drückte auf den Knopf, und sie fuhren nach oben ins private Penthouse der Lebenden Götter im Herzen der Pyramide des Luxor.

»Wir müssten etwas dahaben, das dir passen dürfte«, sagte Isis, als sie den Wohnbereich einer geräumigen Suite betraten. Dann sagte sie ein paar Sätze auf Arabisch zu dem Gott mit dem Hundekopf, der ungefähr Fortunes Größe zu haben schien. »Geh mit Anubis. Er kann dir ein paar Kleider leihen. Bis du zurückkommst, gibt es Erfrischungen.«

»Und vielleicht irgendwelche Antworten auf meine Fragen?«, sagte Fortune.

Isis lächelte. »Selbstverständlich.«

Fortune kam sich ziemlich albern vor, als er sich die Strau-ßenfedern von ihren Trägern ausborgte und Anubis folgte, der ganz freundlich wirkte (wenn John sein grinsendes Hundegesicht richtig interpretierte), aber kaum Englisch sprach. Und kurz darauf war er froh, eine Jeans, ein T-Shirt und ein Paar Turnschuhe abstauben zu können.

Als er zurückkam, standen Getränke und Häppchen bereit. Bugsy und Lohengrin glänzten durch Abwesenheit. Nur drei Mitglieder der Gruppe – Thot, Osiris und Isis – warteten auf ihn.

»Mach dir um deine Freunde keine Sorgen.« Thot hatte sich nicht verändert, seit John ihn das letzte Mal gesehen hatte. Er hatte die Gesichtszüge eines Vogels, und sein langer, spitzer Schnabel verlieh seinen Worten einen eigentümlichen Klang. »Wir haben sie in einer separaten Suite untergebracht, damit sie sich erfrischen und ausruhen können. Der Großteil dessen, was wir hier besprechen, sollte in der Familie bleiben.«

»Ich fühle mich geschmeichelt, dass ihr mich dazuzählt.« Fortune balancierte in einer Hand einen Teller voll honigtriefendem Gebäck und in der anderen eine winzige Kaffeetasse, die bis zum Rand mit Zucker aufgefüllt war. »Ich habe nichts getan, womit ich das verdient hätte.«

Osiris, der kaum Englisch konnte, sprach eine Weile in rasendem Arabisch. Wie Thot hatte auch er sich seit Johns letztem Ausflug nach Vegas kaum verändert. Er hatte braune Haut, war dünn, fast schon abgemagert, hatte den Kopf geschoren, einen dunklen Kinnbart und dunkle lebhafte Augen. Er wirkte wie ein vorsintflutlicher Rockstar, der zu wenig aß und zu viel Zeit in der Sonne verbrachte. Thot übersetzte seine Worte in akkurates Englisch, das bis auf sein seltsames Lispeln akzentfrei war. »Wir brauchen Sachmet jetzt mehr als jemals zuvor. Sie war dazu bestimmt, die Größte unter unserem Volk zu sein, unsere Streiterin und unser Schild gegen jene, die uns vernichten wollen – aber wie du weißt, läuft nicht immer alles so, wie es soll.«

Isis setzte die Geschichte fort. »Isra wurde in Alexandria geboren, in einer alten Familie von Hafenarbeitern. Der Wille der Götter ist manchmal rätselhaft. Ja, sie gaben ihr große Macht. Doch ihr unterernährter, von Geburten und einem Leben voller schwerer Arbeit gebeugter Körper vermochte die Energien, die für diese Fähigkeit nötig waren, nicht aufzunehmen. Sie war gezwungen, sich abermals zu … zu verwandeln. Auf ihr ursprüngliches Selbst zusammenzuschrumpfen und in einen tiefen Schlaf zu fallen … bis jemand erschien, der ihr als Gefäß dienen konnte.«

»Du.« Thot nickte, als wolle er Insekten vom Boden aufpicken. »Du, der du bestimmt warst, ein Ass zu sein, der jedoch seines Erbes beraubt wurde. Wir bitten dich, Sachmet durch dich leben zu lassen.«

Fortune, der gerade eine Honigdattel aß, verschluckte sich. »Als Parasit in meinem Körper?«

Thot zuckte mit den Schultern. »Eher als eine Art Symbiose. Sie tut nichts, was dir schaden könnte.«

»Aber ich will sie nicht in mir drin haben, ich will nicht, dass sie mich kontrolliert. Warum kann sie sich nicht mit dir den Körper teilen? Oder mit dir, oder mit ihr?«

Isis wirkte traurig. »Wenn wir das könnten, würden wir ihr dienen. Aber uns fehlt es an deiner Kraft.«

Osiris nickte nachdrücklich, während Thot wieder seine Worte dolmetschte: »Bestimmt hast du die Nachrichten aus Ägypten gesehen.«

»Zum Teil«, sagte Fortune. »Ich war beschäftigt.«

»Natürlich«, fuhr Osiris fort. »Die ganze Welt war beschäftigt, während aus unserem Volk Hunderte abgeschlachtet wurden. Und ohne den Schutz Sachmets wird es nur noch schlimmer werden. Hunderttausende Unschuldige – Männer, Frauen und Kinder – werden sterben. Die Lebenden Götter selbst werden aus der Welt schwinden, und damit wird ein neues dunkles Zeitalter beginnen, das seine Schatten über das ganze Erdenrund breiten wird. Sachmet muss nach Ägypten zurückkehren.«

»Warum kann sie nicht in deinem Kopf zurückkehren?«, fuhr Fortune ihn an. »Ich habe mein eigenes Leben – einen Job. Freunde. Im Herbst wollte ich wieder aufs College.«

Isis sah Thot und Osiris vielsagend an. »Wir verstehen dich. Du bist müde. Viel Sonderbares ist dir widerfahren. Wir sollten nachher weiterreden, wenn du dich erst einmal ausgeruht hast.«

»Ja«, sagte Fortune. »Das ist eine gute Idee. Ich bin wirklich fertig. Ich muss meine Mom anrufen. Ihr sagen, dass mit mir alles in Ordnung ist. Wir kriegen das schon irgendwie hin, da bin ich sicher.«

»Ja.« Thot sah ihn nicht an.

»Ich lasse Anubis rufen«, sagte Isis. »Er wird dich auf das Zimmer bringen, das wir für dich vorbereitet haben.«

»Danke.« Aus irgendeinem Grund konnte John ihr nicht in die Augen schauen.

Als er aufstehen und gehen wollte, hielt Osiris ihn auf, indem er mit einem draufgängerischen Funkeln in den Augen seine Hand nahm und ein paar Sätze auf Arabisch bellte.

»Was hat er gesagt?«, fragte Fortune.

»Er hat gesagt«, dolmetschte Thot, »dass er sich keine Sorgen macht. Dass er weiß, dass du letztlich das Richtige tun wirst. In seinen Visionen hat er dich gesehen, an der Spitze einer großen und mächtigen Armee – angeschlagen, aber nicht besiegt, mit deiner Herzensdame an deiner Seite.«

Anubis wartete wie ein grinsender Welpe. Er hatte die eifrigen und vertrauensseligen Augen eines Welpen. Fortune konnte auch ihn nicht anschauen. Sie verließen das Penthouse der Lebenden Götter, und Anubis führte ihn über einen Korridor zu seinem Zimmer, verneigte sich tief und ging davon.

Fortune ließ sich auf einem Sessel nieder. Er musste seine Mutter anrufen, aber erst später. Im Augenblick ging ihm noch zu viel im Kopf herum. Er schaltete den Fernseher ein, drehte die Lautstärke herunter und rief den Zimmerservice, um noch etwas zu essen zu bestellen. Es lief CNN. Während er Steak-Sandwichs, Pommes und ein paar Milchshakes bestellte, sah er die Nachrichten lautlos über den Bildschirm flimmern. Er konnte sich nicht zwischen Schoko und Erdbeer entscheiden, deshalb bestellte er beides. Präsident Kennedy und seine heiße Schauspielergattin empfingen irgendeinen Staatsbesuch im Weißen Haus. Sobald etwas über Ägypten kam, drehte John die Lautstärke wieder hoch.

Es war schrecklich. Eine Horde Fanatiker, die sich Ichlas al-Din nannten, ermordeten in Kairo Joker – Frauen und Kinder genauso wie Männer. Fortune starrte auf die grauenerregenden Bilder. Er konnte nicht glauben, dass niemand diese Menschen beschützte. Dass die Regierung das zuließ. Etwas musste getan werden.

Jemand ... jemand musste etwas tun.

Er schaltete den Fernseher aus, weil er es nicht länger mitansehen konnte. Ihm fiel ein, was Lohengrin gesagt hatte, bevor sie das Haus seiner Mutter abgefackelt hatten. »Du musst deine Bestimmung finden«, hatte der Deutsche erklärt. »Wenn Gott dich braucht und dies der Pfad ist, den deine Ehre dir zu gehen gebietet, dann musst du ihn gehen.« John stand auf und schritt im Zimmer auf und ab. Ob Gott ihn brauchte, wusste er nicht, aber in Ägypten gab es einen Haufen arme Teufel, die ihn brauchten, das war so sicher wie das Amen in der Kirche.

Es klingelte an der Tür, und Fortune rief: »Ja?«

Die Tür ging auf. Das Essen wurde gebracht. Ein Hotelpage rollte es mit elegantem Schwung und einem Lächeln herein.

»Danke«, murmelte Fortune. Er quittierte mit seiner Unterschrift, und als der Page die Höhe des Trinkgelds sah, lächelte er noch breiter.

»Ich danke Ihnen, Sir.«

Fortune merkte nicht einmal, dass der Page wieder hinausging. Er nahm die Glosche von der Platte auf dem Wagen. Das Steak-Sandwich und die Pommes sahen großartig aus und dufteten sogar noch großartiger, doch plötzlich war sein Appetit verflogen. Er wollte etwas tun, aber alles, was er tun konnte, war, im Zimmer auf- und abzugehen.

Er dachte an Kate. Und was er zu ihr gesagt hatte: dass er etwas bewirken wollte. Und es stimmte. Er wollte den Leuten helfen. Was er alles bei dem Versuch durchgemacht hatte, seine Fähigkeit wiederzuerlangen…

Und jetzt. Jetzt bot sich ihm eine weitere Chance.

Die meisten bekamen nicht einmal eine Chance in ihrem Leben. Und er hatte nun schon zwei bekommen.

Er konnte sie ergreifen, oder er konnte für den Rest seines Lebens Käpt'n Krapfen bleiben.

Er ließ sich in den Sessel fallen. Er musste nachdenken. Kate…

Seine Herzensdame?

Als er die Augen schloss, übermannte ihn die Erschöpfung. Fortune schlief ein.

♦

Unter der Dusche wachte er wieder auf.

Er erinnerte sich nicht daran, ins Bett gegangen zu sein, geschlafen zu haben, aufgestanden zu sein, sich ausgezogen zu haben und ins Bad gegangen zu sein. Das machte ihm Sorgen.

Doch in letzter Zeit hatten ihm viele Dinge Sorgen bereitet, und er fühlte sich noch immer so müde, dass er vermutlich nicht gut geschlafen hatte. Angesichts der Ereignisse der letzten Tage war das kein Wunder.

Er tastete in seinem Kopf nach Isra und fand sie schweigend in einer Ecke zusammengerollt wie ein junges Kätzchen. Er war sich noch immer nicht sicher, was er von ihr halten sollte. Was ihre Anwesenheit in seinem Leben ihm im Guten wie im Schlechten bescheren würde. Er grübelte darüber nach, während er sich die Haare wusch. Dabei glitten seine eingeseiften Finger über das Amulett, das seine Stirn wie ein Stein beschwerte. Er war dabei, sich in Schwierigkeiten zu bringen. Ohne zu wissen, ob er ihnen gewachsen war. John machte sich keine Illusionen über sich. Er schmeichelte sich damit, einigermaßen intelligent zu sein, aber im Großen und Ganzen hatte er keine Ahnung, wie es auf der Welt zuging. Sein ganzes Leben lang war er behütet worden, und er hatte den Verdacht, dass er von Natur aus ein bisschen vertrauensseliger – okay, von mir aus auch naiver – war als die meisten Leute. Darüber dachte er nach, während er sich abtrocknete und ins Schlafzimmer zurückging, um die geliehenen Kleider anzuziehen.

Aber wenn er an Isra glaubte, dann konnte er ihr auch vertrauen, denn sie ermöglichte ihm das Leben, von dem er einst, bevor er es wieder verloren hatte, einen Vorgeschmack bekommen hatte. Nicht, dass er den Verlust seiner Fähigkeit bedauerte. *Jedenfalls nicht allzu sehr.* Er hätte gut mit ihr zurechtkommen können, wäre sie nicht so unkontrollierbar gewesen. Ganz gleich, ob seine Fähigkeit an sich instabil gewesen war oder ob es ihm einfach an Übung, Konzentration oder Willenskraft gemangelt hatte, fest stand, dass sein Vater sein Leben gegeben hatte, um ihn und wahrscheinlich auch den Rest der Welt zu retten.

Doch diese Phase seines Lebens war vorbei. Isra ermöglichte es ihm, einen neuen Lebensabschnitt zu beginnen – wenn er ihr denn glaubte, wenn er ihr vertraute.

Das Telefon klingelte. Plötzlich hatte er eine Vorahnung.

»John?«

»Hallo, Mom.« Er fragte sie nicht, wie sie ihn ausfindig gemacht hatte. Peregrine hatte so ihre Methoden. Und ihre Detektive. »Entschuldige, ich wollte dich gestern Abend anrufen – ich meine heute früh, aber ich bin wohl eingeschlafen.«

»Gott sei Dank ist dir nichts passiert.« Peregrine hörte sich erleichtert an. Das war gut. »Dir ist doch nichts passiert?«

»Natürlich nicht, Mom.«

»Das ist gut.« Mitfühlend. »Dann muss ich kein so schlechtes Gewissen habe, wenn ich dich umbringe.« Nicht mehr ganz so mitfühlend.

»Äh…«

»Weißt du eigentlich, was für Sorgen ich mir gemacht habe?«

»Ja, äh…«

»Weißt du, dass du zusammen mit deinen idiotischen Freunden mein Haus niedergebrannt hast?«

»Ja, äh, das tut mir wirklich leid…«

»Meine Emmys sind geschmolzen!«

»Mom«, sagte Fortune hastig. »Das tut mir wirklich, wirklich leid. Aber es ließ sich nicht vermeiden. Die Löwin war schuld. Sie spuckt Feuer, und Lohengrin hat ihr Angst eingejagt…«

»Die Löwin.« Eiskalt. Das war gar nicht gut. »Ich verstehe. Man hat mir auch erzählt, dass das Amulett, dieses Ding, jetzt in deinem Kopf ist. Ich hätte es schon vor Jahren wegschmeißen sollen!«

»Mom.« Er holte tief Luft. Plötzlich erschien ihm alles so klar. »Wirklich, das ist eine große Chance.«

»Du hast ein *Ding* in deinem Kopf.«

»Das musst du mir nicht sagen.«

»Woher willst du wissen, dass es dich nicht kontrolliert?«

»Was, Isra?«

»Wenn es so heißt.«

»Isra ist kein ›es‹. Sie ist eine Frau. Eine Ägypterin. Und ich würde es merken.«

»Wie?«

»Ich würde es merken«, wiederholte Fortune mit Nachdruck. »Es ist schließlich nicht so, dass wir nicht miteinander diskutieren würden. Wir streiten sogar. Sie verwandelt mich nicht in einen Roboter oder so was.«

»John…«, sagte Peregrine gequält.

»Hör mal, Mom. Ich bin kein Kind mehr. Ich bin erwachsen. Du kannst mich nicht wie ein Kind behandeln, mich mit Bodyguards umgeben und mich vierundzwanzig Stunden am Tag überwachen.« Wieder fielen ihm, ohne dass er es wollte, Lohengrins Worte ein. »Ich muss meine eigene Bestimmung finden.«

»Das ist nicht deine Bestimmung, John. Das ist, was die Kreatur in deinem Kopf will.«

»Das ist nicht wahr.«

»Woher weißt du das? Woher willst du das wissen?«

»Weil«, erwiderte Fortune leise, »ich es selbst wollte, noch bevor ich mir das Amulett umgehängt habe. Ich wollte es schon immer. Ich möchte nicht beim Fernsehen arbeiten, Donuts holen und Botengänge erledigen. Ich will jemand sein, der wichtige Dinge tut. Der in der Welt etwas bewirken kann. Wie mein Vater. Wie du. Du warst in meinem Alter, als du gegen Astronomer gekämpft hast.«

»Das war etwas anderes.«

»Wieso?«, fragte Fortune.

»Ich hatte alles unter Kontrolle. Ich wusste, was ich tat. Du… du bist jünger, als ich damals war. Und vielleicht ist das meine Schuld. Vielleicht habe ich dich zu sehr behütet. Abgeschottet. Aber du bist mein Sohn. Ich konnte doch nicht einfach tatenlos zusehen, wie dir etwas Schlimmes passiert. Und dieses… diese Isra. Wir wissen einfach nicht, was sie mit dir macht. Verstehst du das denn nicht? Wir müssen das wenigstens mal untersuchen lassen. Ich kann morgen um sieben da sein. Ich habe dir Ausweis und Kreditkarte nachgeschickt. Rühr dich einfach nicht vom Fleck, bis ich komme. Dann chartern wir eine Maschine, und du bist ruckzuck in der Klinik in Jokertown. Dr. Finn kann dir bestimmt helfen, da bin ich mir sicher.«

Plötzlich war Fortunes Gewissheit völlig verflogen. Er konnte die Furcht nicht vergessen, die ihn erfasst hatte, als sich das Amulett in seinen Leib gegraben hatte. Das Gefühl, dass ihn jemand in seinem eigenen Kopf gefangen hielt, ihn beherrschte. Das war gruselig und machte ihm Angst.

Und Isra wäre immer bei ihm. Für den Rest seines Lebens.

»Ich weiß nicht«, sagte er mit ausdrucksloser Stimme.

»Aber ich«, sagte Peregrine. »Bleib, wo du bist. Ich bin in null Komma nichts bei dir. Du bist mein Sohn, und ich liebe dich.«

»Na schön«, sagte John Fortune. »Dann warte ich eben.«

♠

Das Warten nahm kein Ende.

Nicht lange nachdem Fortune den Hörer aufgelegt hatte, tauchte der Bote mit einem Paket auf, das frische Kleider, eine Kreditkarte und ein Bündel Bargeld enthielt. Es würde Stunden dauern, bis Peregrine von Hollywood hier eintreffen würde.

Plötzlich hielt er es in dem Zimmer nicht mehr aus. Er musste raus und irgendetwas tun. Egal was.

Er spazierte runter ins Kasino. Dort gab es keine Uhren, weder Nacht noch Tag. Nur Farbe, Spiele, Lichter und Geräusche, die gedankenlos vor sich hin summten. Er holte sich einen Becher 25-Centstücke, fütterte einen Automaten und drückte den Hebel. Er beobachtete die sich drehenden Räder. Sein Ergebnis war ein Anch, eine Sphinx, ein Hieroglyphenstrich und eine Mumie. Er warf noch ein paar Münzen ein.

<Willst du das wirklich tun?>, fragte Isra.

Fortune fischte noch ein paar 25-Centstücke aus dem Plastikbecher, warf sie ein und drückte den Hebel. »Ich habe mich schon gefragt, wo du steckst.«

<Ich habe dir zugehört. Wollte dich nachdenken lassen, ohne mich einzumischen.>

»Danke. Das ist schwer in Ordnung von dir.« Zwei Mumien. Er gewann einen Dollar. Er kramte die Münzen aus der Öffnung und steckte sie wieder in den Schlitz.

<Ich weiß, dass das schwer für dich ist. Aber denk an mein Volk.>

»Ich habe nicht darum gebeten, weißt du.« Der Typ am Automaten nebenan sah zu ihm herüber, und da erst fiel Fortune auf, dass er laut sprach. Aber das war ihm egal.

<Verantwortung kommt oft ungebeten>, sagte Isra. <Aber viele Leute übernehmen sie trotzdem. Darf ich dir etwas anvertrauen?>

Fortune zuckte ärgerlich mit den Schultern. »Klar, warum nicht?«

Der Typ neben ihm stand auf und ging.

<Inshallah, hätte ich früher gesagt>, erklärte Isra. <›Wie Allah es will.‹ Aber ich glaube nicht mehr an Allah. Ich habe meinen Glauben verloren, als ich meinen Sohn Fuad verloren habe. Früher hatte ich Kinder. Fuad war der Älteste. Ich habe ihn mit sechzehn bekommen. Eine Woche vor seinem zwanzigsten Geburtstag starb er bei einem Unfall am Hafen. Er war der Älteste von acht, und er hat am längsten von allen gelebt. Er war das letzte Kind, das ich verloren habe. Sie sind alle von mir gegangen.>

Fortune unterbrach sein geistloses Münzeneinwerfen. »O Gott, das tut mir leid.«

<Ich weiß. Willst du wissen, wie ich mich gefühlt habe?>

»Nein«, flüsterte er.

Doch Isra kannte sein Innerstes, und sie wusste, dass er in Wahrheit Ja meinte.

Sie öffnete ihm ihre Erinnerungen, und sie erfassten ihn wie ein Schnellzug. Die Schmerzen der Geburt. Die Freude, ihr Kind das erste Mal im Arm zu halten. Ihr Leben, schwer und hart, ihre Sorgen und Nöte, alles auf eine Millisekunde zusammengedrängt, die ihm wie ein Messer ins Hirn schnitt. Ein Kind, das in ihren Armen stirbt und notdürftig in ein Tuch gewickelt zu Grabe getragen wird. Ohne Sarg. Schwere Erdklumpen, die auf den winzigen Körper fallen.

Fortune war zu fassungslos, zu überwältigt, um weinen zu können.

<Krankheit. Armut. Unterernährung. Sie haben mir alle meine Kinder geraubt. Aber jetzt, jetzt ...> Isras Stimme wurde fester. <Jetzt leiden andere Kinder. Mein Volk wird abgeschlachtet. Man brennt ihre Häuser nieder, treibt sie aus ihren Wohnungen. Aus Ignoranz und Furcht werden sie getötet. Ich kann nicht zulassen, dass das so weitergeht.>

Fortune wusste, dass auch er das nicht zulassen konnte. Und es war nicht Isra. Das waren seine eigenen Gedanken.

Er warf die letzte Münze in den Automaten und gab zum ersten Mal bewusst die Kontrolle ab. Gemeinsam drückten sie den Hebel nach unten, die Räder drehten sich, und es erschienen fünf Anchs in einer Reihe. Sirenen heulten auf.

Isra war verwirrt von den blitzenden Lichtern und dem lauten Geräusch, das die Münzen machten, die durch den Automatenschacht fielen, aus der Öffnung heraussprudelten und auf den Boden prasselten. Doch sie erkannte das Glitzern von Silber, und sie begriff, was es bedeutete. Sie griff zu einigen großen Plastikbechern, die auf einem Tresen in der Nähe standen, und füllte sie.

Hinter ihnen erklang eine seidenweiche Stimme. »Sie haben großes Glück.«

Es war eine Frau. Sie war schlank und sehnig, ohne angespannt zu wirken. Ihr einfaches schwarzes Kleid schmiegte sich an ihren Körper wie eine zweite Haut, und das schwarze

Haar fiel ihr wie eine Welle über den Rücken und bis zur Hüfte hinab. Ihr Gesicht war elfenhaft, aber nicht schelmisch. Eher majestätisch, voller Schönheit, als würde Isra sie nur träumen. Ihre Augen funkelten. Sie waren silbern und seltsam gesprenkelt wie glitzernde Sterne.

»Ja«, sagte Isra. »Das habe ich.«

Die Frau lächelte. Ihr Lächeln war umwerfend und verheißungsvoll zugleich. Ihr eigenartiger Blick war auf Fortune gerichtet und so durchdringend, als würde sie sich für nichts anderes auf der ganzen weiten Welt interessieren als für ihn, für seine Gedanken und seine Wünsche. Sie stand so dicht vor ihm, dass sich ihre Körper beinahe berührten. Isra stellte ihre mit Münzen gefüllten Plastikbecher ab. Die Frau roch wie eine Tropennacht, wie eine Blume, nach Moschus und Hitze.

»Was haben Sie mit Ihrem Gewinn vor?«, fragte die Frau.

»Ich werde ihn sinnvoll nutzen.«

»Das freut mich zu hören. Es gibt viele lohnende Wohltätigkeitsprojekte.« Sie hielt inne. »Eine Frage nur: Sie sind nicht John Fortune, oder?«

»Wie kommen Sie auf die Idee?« Isra mochte die Fremde nicht. Unter dem Duft einer Frau verbarg sie noch einen anderen, den eines Mannes. Vor nicht allzu langer Zeit war sie mit einem Mann zusammen gewesen. Aber da war noch etwas anderes …

Die Frau sagte: »Sie sind kein Mann.«

»Können Sie Gedanken lesen?«, fragte Isra ausweichend.

»Nein. Ich kann Männer lesen. Und Sie sind keiner.« Wieder lächelte sie – warmherzig, verführerisch. »Ich interessiere mich für Asse. Und feuerspuckende Löwen faszinieren mich. Löwinnen, um genau zu sein.« Sie kräuselte die sinnlichen Lippen. »Aber ich sehe schon, dass meine Neugier nicht befriedigt wird.«

»Weshalb sollte sie das?«

»Nur so«, gestand sie. Sie drehte sich um, hielt aber vor dem Gehen noch einmal inne, um über die ihm anmutig zugekehrte Schulter zu sagen: »Passen Sie auf sich auf.«

Isra sah ihr nach, und ihr Knurren ging im Summen der Automaten unter.

♣

Isra nahm ein Taxi zum Flughafen und bezahlte den Fahrer mit den Münzen aus ihren Bechern. Am Schalter von Pan American war nicht viel los, und sie leerte ihren Gewinn darauf aus.

»Reicht das für ein Ticket nach Kairo?«, fragte sie. »Einfach.«

Der Schalterangestellte war die Schrullen der Leute in Vegas gewohnt und fing an, so schnell wie möglich das Geld zu zählen, schüttelte am Ende aber den Kopf. »Tut mir leid. Ihnen fehlen noch ein paar hundert Dollar.«

Sie fauchte in hilfloser Wut, was dem Verkäufer einen kleinen Schrecken einjagte. <Isra>, sagte Fortune. <Lass mich mal. Davon verstehst du nicht genug. Du bringst uns noch in Schwierigkeiten.>

Der Angestellte schaute leicht verwundert, als sein Kunde anfing, mit sich selbst zu reden. »Na gut«, sagte der junge Mann vor dem Schalter schließlich. »Wallah, es liegt in Gottes Hand.« Dann griff er in die Tasche seines Jacketts und zog einen Pass und eine American Express heraus – eine schwarze, ohne Kreditlimit. »Dann eben damit. Erste Klasse.«

♥

Jonathan Hive
Daniel Abraham

Kein guter Tag in Kairo

Las Vegas: Die Welthauptstadt der Reizüberflutung. Seit sie hier angekommen waren, hatte Jonathan diesen Kick gespürt, den der Trubel bei ihm auslöste. Jedes Mal, wenn sie aus einem Kasino kamen, warteten Leute vor der Tür, die ihnen Werbung in die Hand drückten. Von anderen Glücksspielhäusern oder Sexshops, oder Einladungen zu Partys oder Telefonnummern von Frauen mit heiserer Stimme, die einem dann am Telefon erzählten, was sie mit einem tun würden, wenn sie bei einem wären. Und die für eine entsprechende Summe auch tatsächlich zu einem kamen.

Im zeitlosen Elfenreich der Kasinos war die Luft anders. Jonathan hatte einmal gehört, dass sie extra Sauerstoff in die Säle pumpten, damit die Würfler weiterwürfelten und die kleine runzlige Frau am Automaten weiterhin den Hebel umlegte, Knöpfe drückte und zum nächsten Automaten wechselte. Und alles war immer hell und laut und brummend, halbnackt und schnell und aufregend und vielleicht, vielleicht der Schlüssel zu dem einen Jackpot, für den sich das alles jederzeit gelohnt hätte. Es war, als gleite man durch einen Fiebertraum.

Dabei half sicher nicht, dass sie sturzbetrunken waren.

»Fortune hat einen Käfer im Kopf«, sagte Jonathan. »Das ist kein brauchbares Rezept für klares Denken.«

»Aber dein Kopf verwandelt sich in Käfer«, versetzte Lohengrin. Damit schien seine Behauptung widerlegt.

»Wespen«, sagte Jonathan und rülpste leise. »Keine Käfer. Wespen. Wie auch immer, wozu braucht uns John? Isis meinte, er würde die Macht des Ra kriegen. Zickezacke, zickezacke, Ra, Ra, Ra. Wenn Ra auf deiner Seite is', dann brauchst du keinen Fliegenschiss. – Habe ich dir mein System beim Blackjack erklärt?«

Sie hatten »Wir überfordern den Barkeeper« gespielt. Lohengrin hatte keine Ahnung gehabt, dass es so viele in Ananasfrüchten und Kokosnüssen servierte Getränke gab, und sein Erstaunen hatte Jonathan dazu animiert, sich immer neue obskure Cocktails auszudenken, nur um Lohengrins verblüfftes Gesicht zu sehen. Manche waren mit Kirschen und Ananasstreifen garniert, andere mit Oliven oder Zwiebeln. In einem schwamm eine Garnele. Ihr Tisch war mit Sonnenschirmchen und kleinen Plastikschwertern übersät. Nach einem Slimer, einem Sledgehammer, einem Blue Motherfucker, einem Purple People Eater und einem Sloe Screw on the Beach hatte Lohengrin angefangen, von dem Tag zu erzählen, als er in das Schloss von Neuschwanstein reinmarschiert war, um den Terroristen entgegenzutreten. »Das Tor war verriegelt, aber ich hab es mit meinem Schwert durchgeschnitten. Sie haben auf mich geschossen, konnten mich aber nicht verletzen. Sie waren zu fünft.«

»Wir reden hier nicht über fünf Rechtsradikale in Ägypten. Wir reden hier nicht über die Bayrische Befreiungsfront. Millionen angepisste Muslime, darüber reden wir hier. Wir könnten draufgehen. Ich habe nämlich nicht die Macht von Ra. Habe ich das schon erwähnt?«

»Du bist ein Ass. Du bist ein Krieger.«

»Du bist vielleicht ein Krieger, mein *Herr*, aber ich verwandle mich bloß in Wespen.«

»In viele, viele, viele Wespen«, sagte Lohengrin. »Zu viele, um sie alle zu töten, ja? Was glaubst du, warum du diese Fähigkeit besitzt?«

»Da gab es mal dieses Virus. Vielleicht hast du davon gehört. Und Aliens, ein Typ mit einem Luftschiff und so 'n Kerl, der sich Jetboy nannte. Der Typ mit dem Luftschiff hätte ein Deutscher sein können, jetzt, wo ich drüber nachdenke, aber da kannst du nichts für. Ich versuche, den Anstand zu wahren. Hitler habe ich noch kein einziges Mal erwähnt, seit wir uns kennen.«

»Gott«, sagte Klaus. »Gott hat die Welt erschaffen. Alle Welten. Die Aliens, die Bazillen, die hat er auch gemacht. Und Jetboy.«

»Ich glaube, Jetboy wurde von den Medien erschaffen.«

Lohengrin ging nicht darauf ein, was wirklich schade war. Jonathan fand den Spruch ziemlich gut. »Gott wollte, dass wir diese Fähigkeiten haben. Du und ich. Er gibt mir ein Schwert in die Hand, wappnet mich mit einer Geisterrüstung, und dich verwandelt er in Fliegen.«

»Wespen. Hallo? Fliegen sind eklig.«

»Jonathan, mein Freund, warum sollte Gott uns diese Fähigkeiten geben, wenn nicht, um die Unschuldigen und Schwachen zu beschützen?«

»Ach nee. Sehe ich wie ein Ritter mit Umhang aus? Bist du mein beherzter Knappe? Gott hat das getan, um uns an den Rand des Wahnsinns zu bringen. Oder weil er eine Wette mit Satan gewinnen wollte. Schließlich lässt er ja auch Kinder an Leukämie erkranken. Woher soll ich das wissen? Er ist Gott. Er erklärt mir nichts. Hast du nicht mitgekriegt, dass ich gesagt habe, dass wir dabei draufgehen könnten?«

»Wer wird diesen Leuten helfen, wenn nicht wir?«

»Die UNO. Der Generalsekretär fliegt gerade nach Kairo. Nicht Kofi Annan, sondern der neue. In der Bar kam er gerade im Fernsehen, als du oben in der Suite warst und diese, wie heißt sie doch gleich, Lilly unter den Linden gevögelt hast.«

»Lili Marleen. Wir haben uns geliebt. Sie war schön, Jonathan. Vielleicht wurde sie mir auch von Gott gesandt.«

»Von ihm oder vom Nachtportier. Frag ihn mal, welchen Hostessenservice er genutzt hat, dann kannst du sie noch mal anrufen. Eins versprech ich dir: In Ägypten läufst du der garantiert nicht über den Weg. He, was meinst du, sollen wir das Excalibur austesten? Ich hab gehört, da finden Ritterspiele statt. Das wird dir gefallen, jede Wette.«

»Jonathan, Isis hat erzählt, dass dort Leute sterben.«

Jonathan stellte sein Glas ab und konzentrierte sich auf den großen muskelbepackten Tölpel neben sich.

»Es sterben immer irgendwo auf der Welt Leute«, sagte er. »Wenn nicht in Kairo, dann eben in Timbuktu, Kalamazoo, Hoboken, Hohoschweingrunz oder an irgendeinem anderen verfluchten Ort.«

»Hohenschwangau. Aber dort ist niemand gestorben. Ich habe sie gerettet. Damit.« Lohengrin stand auf, und in seiner Hand erschien ein Breitschwert, weiß schimmernd und rasiermesserscharf. Er ließ es herabsausen und spaltete den Tisch aus Stahl und Glimmer mit einem Streich. Untersetzer, Kokosnüsse und Papierschirmchen flogen in alle Richtungen.

»Super«, sagte Jonathan. »Das ist ein tolles Argument. Die Einrichtung zu vermöbeln.«

Die Bedienung – eine Blondine Mitte dreißig, die mit ihrem Blick auf zwanzig Meter Entfernung Ratten betäuben konnte – kam auf sie zu.

»Das geht auf mein Zimmer«, sagte Jonathan.

Sie nickte auf eine Weise, die deutlich machte, dass sie das für selbstverständlich hielt. Gleichzeitig legte sie ihnen nahe, dass sie für heute Abend genug Alkohol konsumiert hatten. Und das alles ohne ein Wort zu sagen. Dafür hatte sie ein echtes Talent.

»Wie wäre es mit einer Tasse Kaffee?«, fragte Jonathan.

Wieder nickte sie, drehte sich um und ging davon.

»Wir sind Menschen«, sagte Lohengrin. »Wir sind Auserwählte unter den Menschen. Unser Tun sollte davon geleitet sein, was recht und ehrenhaft ist!«

»Wir sind Besoffene in Vegas«, sagte Jonathan. »Unser Tun sollte von Laster und Alkohol geleitet sein.«

Lohengrin schüttelte den Kopf. Ohne den Blick auf etwas Bestimmtes zu richten, brachte er es fertig, furchtbar enttäuscht auszusehen.

»Hast du denn keine Träume, Jonathan?«

»Klar«, sagte Jonathan. »Aber in denen geht es nicht darum, von Gott auserwählt zu werden.«

»Was dann?«, wollte Lohengrin wissen. »Was ist dein Traum?«

»Ich will Journalist werden«, erwiderte Jonathan.

»Und was würde ein Journalist tun?«

Die Bedienung kehrte mit zwei Tassen Kaffee zurück. Sie stellte sie vorsichtig auf die Überreste des Tischs, nickte und ging wieder. Jonathan starrte die schwarze Tischplatte an, in der sich die Neonlichter der Bar und der flimmernde blaue Fernsehbildschirm spiegelten. *Ja, was würde ein Journalist tun?*

»Ach, scheiß drauf«, seufzte er. »Na gut. Gehen wir.«

<< II nächste Seite >>

Heute um 23:42
Ägypten I Deprimiert I »Rock the Casbah« – The Clash

Vor noch gar nicht so langer Zeit, da glaubte ich, Armut wäre, wenn man nicht genug Geld für eine Riesenportion Chicken Wings hätte. Das war vielleicht ein bisschen zu blauäugig. Wenn es um ungefiltertes menschliches Elend geht, dann merkt euch die Nekropole außerhalb von Kairo als Touristenattraktion ersten Ranges.

Ich bin direkt aus Las Vegas hierhergekommen, aus dem Luxor, um genau zu sein. Ich bin aus einem Traum von Ägypten ins wahre Ägypten gereist. Vor die Wahl gestellt zwischen einer Runde Würfelspiel mit Cocktails und einer falschen Kleopatra, deren Titten ständig aus ihrem Kleid herauszuquellen scheinen, und einem Spaziergang durch die Slums von Kairo – ich bin mir nicht sicher, was ich empfehlen würde. Das Phantomgebilde hat etwas für sich, aber die Realität ruft dir erst so richtig ins Bewusstsein, wie berauschend solche Träume sein können. Ich bin von der Stadt des Überflusses direkt in die Stadt des hoffnungslosen Mangels geraten. Von dem übergangslosen Wechsel wurde mir ein bisschen übel.

An unserem ersten Tag hier haben wir zuerst die Pyramiden besucht. Wirklich beeindruckend. Sie sind größer, als man meint.

Nehmt die Größe, die ihr euch immer vorstellt, und legt noch mal die Hälfte oder zwei Drittel davon drauf. Sie sind gigantisch. Das erklärt, weshalb man sie im weit entfernten Las Vegas nachgebaut hat.

Aber auch sie sind nicht Ägypten. Ägypten kam erst, als Lohengrin sich dazu hinreißen ließ, Almosen zu geben. Er fing an, den Bettlern Euros in die Hand zu drücken. Daraufhin wurden wir so belagert, dass wir für die zehn Meter zurück zu unserem Auto eine halbe Stunde brauchten. Ich habe ein scheißschlechtes Gewissen und entschuldige mich hiermit, dass ein paar der Kids gestochen wurden, aber in der Situation blieb uns nichts anderes übrig.

Stellt euch vor, ihr wärt mitten in einer Horde von vierzig, fünfzig, vielleicht sogar hundert schreiender Kinder mit ausgestreckten Händen, die sich gegenseitig schubsen und euch anrempeln. Es roch nach ungewaschenen Leibern und Verzweiflung, und wir waren mittendrin. Leute aus dem Westen mit Geld. Asse obendrein. Man sollte nicht glauben, dass ich Angst hatte, aber ich kann euch sagen, dass im Blick eines hungrigen Kindes etwas liegt, das nichts Mitleiderregendes oder Dankbares hat. In dem Moment glaubte ich, nur Hunger zu sehen. Und ja, das hat mir Angst gemacht.

Das war das Schlüsselerlebnis der Reise – die ausdruckslosen, zornigen, hungrigen Kinderaugen. Und das, Jungs und Mädels, war bloßer Tourismus. Da haben wir die Unruhen noch nicht einmal von Weitem gesehen.

Also denn… die Unruhen.

Während der ersten paar Tage blieb alles harmlos. Tagsüber machten wir entweder Besichtigungen, oder wir versuchten, Fortune aufzuspüren. Nachts blieben wir weitgehend in unserem etwas heruntergekommenen Hotelzimmer mit der gelben Tapete und der Klimaanlage, die leicht nach Fisch roch, und schauten alte amerikanische Sitcoms, die in Sprachen synchronisiert waren, die ich nicht verstehe. Am fünften Tag wurde die Sendung von einer

Nachrichtenmeldung unterbrochen. Es war eine Lokalnachricht, und keiner von uns kapierte, was der Fuzzi da redete. Also ging ich ins Internet und sah auf CNN und Al-Dschasira nach. Es stellte sich heraus, dass wieder Unruhen ausgebrochen waren, genau hier, in der Nähe von Kairo.

Ein paar Hintergrundinfos: Nachdem der Kalif sich in Bagdad abmurksen ließ, forderten die Führer von Ichlas al-Din Rache an den Mördern. Und, hey, von mir aus, kann ich da nur sagen. Wenn jemand den Präsidenten umnieten würde, wäre ich froh, den Mörder baumeln zu sehen, und das, obwohl ich ihn gar nicht gewählt habe. »Alle Terroristen und die Leute, die ihnen helfen, mit Stumpf und Stiel auslöschen«, lautete die Devise. Und auch hier: Nur zu.

Zumindest auf dem Papier.

Die Frage ist nur: Woher weißt du, wer die Schurken sind? Wenn ein Moslem den Präsidenten erschießt, sind dann alle Moslems böse? Wenn eine Jokerorganisation den Kalifen ermordet, bedeutet das, dass alle Joker schuldig sind? Wenn die Twisted Fists eine Gruppe Joker sind und die Lebenden Götter ebenfalls aus Jokern bestehen, sind die beiden dann automatisch Verbündete?

Die Antwort lautet allem Anschein nach: Ja.

Während der Nacht brachen im gesamten Nahen Osten Unruhen aus. Alexandria, Port Said, Damietta. Die Tempel der Alten Religion, wie sie sie nennen, standen in Flammen. Ein besonders scheußliches Bild zeigte, wie Hathor an den Hörnern aus ihrem Tempel gezerrt wurde. Die Nachrichtensprecher bei CNN und Al-Dschasira sprachen von »spontanen Ausbrüchen«. Kamal Faraq Aziz, der Mann fürs Grobe des hiesigen Ablegers von Ichlas al-Din, fügte hinzu: »von gerechtem Zorn«, doch die Grundaussage war dieselbe. Die Fans des Kalifen waren stinksauer und wollten sich nichts mehr gefallen lassen.

Am Tag darauf fanden wir Fortune in der Nekropole. Der »spontane Ausbruch« vergangene Nacht hatte aus durchorgani-

sierten Trupps von Männern mit Waffen und Elektroschockpisto-
len bestanden, die in schwarzer Einheitskluft und schwarz-grünen
Kufiyas durch die ärmsten Stadtviertel gezogen waren und jeden
abschlachteten, der ihnen über den Weg lief.

Die Nekropole ist eine riesige, wuchernde Vorstadt der Toten.
In antiken Mausoleen hausen dort ganze Familien. Ohne Nahrung, und fast ohne Wasser. Dafür mit umso mehr Schmutz.

Ja, die meisten Leute, die dort wohnen, sind Joker, aber manche sind auch einfach nur arm. John Fortune – oder eigentlich
Sachmet – zeigte uns viele Leichen. Die meisten davon waren
neueren Datums. Auch die Kairoer Polizei war vor Ort, vorgeb-
lich, um Aussagen aufzunehmen, aber im Grunde sagten sie den
Leuten nur, dass es auf den Straßen nicht sicher sei, dass sie nicht
genug Polizisten hätten und dass es für die Joker Zeit wäre, aus
der Stadt zu verschwinden. Ihre Blicke waren genauso ausdruckslos wie die der Bettler. Da erkannte ich, dass das, was ich in den
Augen der Kinder bei der Pyramide gesehen hatte, kein Hunger
gewesen war, sondern Hass.

In dieser Nacht taten Fortune, Lohengrin und ich uns mit den
Bewohnern zusammen, um in der Nekropole zu patrouillieren.
Wir begegneten mehreren Mördertrupps. Doch die Gräber nehmen hier kein Ende, und andere Gruppen sind uns entwischt. In
der Nacht nach den ersten Unruhen verloren wir wieder ein paar
Dutzend Leute. Vielleicht sind sie tot, vielleicht wurden sie gefangen genommen, oder vielleicht hatten sie auch einfach nur die
Nase voll und taten das einzig Richtige und sind nach Süden aufgebrochen.

Okay, warum nach Süden? Was ist der Silberstreifen am Horizont? Die Joker haben einen Ort, wohin sie fliehen können. Je
weiter sie nilaufwärts gehen (was bedeutet: nach Süden), desto
eher stehen die Flüchtlinge unter dem Schutz der Lebenden Götter. Die nächste größere Hochburg ist Karnak. So leert sich die
Nekropole allmählich. Die Joker werfen ihre wenigen Habseligkeiten auf Karren oder in Einkaufskörbe oder binden sie sich auf den

Rücken und wandern nach Süden. Es warten genug Arme darauf, in die leer gewordenen Gräber und die Mausoleen mit den besten Dächern und den wenigsten Leichen einzuziehen.

Die ägyptische Armee nimmt die Massenflucht zur Kenntnis und bietet den Fliehenden unterwegs notdürftig Schutz. Fortune geht auch mit. Und Lohengrin. Und deshalb, Gott steh mir bei, werde auch ich mitgehen.

Die Verfügbarkeit von Internet unterwegs wird man mit viel Wohlwollen als lückenhaft bezeichnen können. Ich kann über mein Handy ins Internet, wenn ich Empfang habe. Anscheinend gibt es in manchen Dörfern Kabelverbindungen, in die man sich einwählen kann, wenn keine bessere Möglichkeit besteht.

Ich mache mich vielleicht ein bisschen rar, aber habt Geduld. Das sind Nachrichten von Dingen, die tatsächlich passieren. Jetzt, im Augenblick. Und ich werde euch berichten, wie es weitergeht.

Eine Randbemerkung: Als Lohengrin und ich uns gerade fertig machten, um aufzubrechen, brachte ich zur Sprache, wie durchorganisiert die »spontanen Ausbrüche« doch waren. Ich will nur in aller Deutlichkeit klarstellen, dass es der Deutsche war, der in diesem Zusammenhang die Kristallnacht erwähnte.

Ich hätte mich nicht so weit aus dem Fenster gelehnt.

1002 Kommentare | Kommentar hinterlassen

◆

Kreuzritter
George R. R. Martin

Es ist ein Fehler, die Abkürzung zu nehmen.

Die Straße folgt dem Lauf des Nils an seinem Westufer. Einst gruben Streitwagen tiefe Furchen in sie hinein, Priester, Pharaonen und römische Legionäre reisten auf ihr, doch heute wird sie von Autos, Lastwagen und gelben Schulbussen befahren. Sattelschlepper blasen Dieselabgase in die Luft, wenn sie an Palmen und Rohrzuckerfeldern vorbeirasen.

Die Familie besitzt weder Streitwagen noch LKW, nur zwei Einkaufswagen, die sie aus einem Supermarkt in Kairo gestohlen hat. Darauf türmen sich Kleider, Spielzeug, Töpfe und ihre übrigen Habseligkeiten. In einem der Wagen sitzt ein kleiner Junge, im anderen ein alter Krüppel. Mutter und Vater schieben, und von Zeit zu Zeit hilft die Tochter mit. Sie ist zwölf und schon größer als ihre Eltern, ein mageres, hübsches Mädchen.

Seit Tagen sind sie auf den Beinen, Tag für Tag und ohne Pause schieben sie die klappernden Einkaufswagen die zweispurige Straße entlang und sind Teil des großen Flüchtlingsstroms, der sich vom Delta nach Karnak, Assuan und Abu Simbel ergießt und nur nachts zur Ruhe kommt, wenn die Menschen sich in den Feldern entlang der Straße von den Strapazen ausruhen. Auf ihrem langen Weg sind sie nie von der Straße abgewichen, haben sich nie weit von der Kolonne entfernt. Jeden Tag rückt Karnak ein Stück näher. In Karnak werden sie in Sicherheit sein, verspricht ihnen der Alte. Ihre

Götter sind mächtig in Karnak. Anubis wird ihnen den Weg freimachen, Horus und Sobek und Taweret werden sie verteidigen. Es wird für alle zu essen geben und Betten, um sich auszuruhen, Schutz vor der Sonne – doch nur, wenn sie den Tempel erreichen, den prächtigen Neuen Tempel.

Unter den Reisenden macht die Nachricht die Runde, dass Karnak nur noch eineinhalb Tage entfernt ist, wenn man wie der Ibis fliegt. Doch die Straße folgt dem Fluss, und wenn dieser eine Schleife nach Osten macht, dann folgt ihm die Straße. Da geht ein Flüstern um in der abgerissenen Kolonne, von Mund zu Mund: *Es gibt einen schnelleren Weg, einen kürzeren Weg, verlasst die Straße und geht direkt nach Süden weiter, dann spart ihr euch zwanzig Kilometer.* Für einen Autofahrer sind zwanzig Kilometer nichts, aber für eine Familie, die zwei alte Einkaufswagen schiebt, sind sie ein weiter Weg. Die Tochter hat Blasen an den Füßen, der kleine Junge hat einen Sonnenbrand, und die Rückenschmerzen des Vaters werden mit jedem Schritt schlimmer. Kein Wunder, dass sie die Straße verlassen und die Abkürzung wählen.

Seit Urzeiten teilt sich Ägypten in zwei Landstriche, das schwarze Land und das rote. Das schwarze Land entlang des Nils ist reich, feucht, fruchtbar und dicht bevölkert. Das rote Land jenseits davon ist rauer, eine ungezähmte, ausgedörrte Wildnis aus Steinen und Sand und Skorpionen, die unter der gnadenlosen ägyptischen Sonne glüht.

Dort werden sie von den Schakalen entdeckt.

Fern der Straße fallen sie über die Familie her, die gerade eine zerklüftete Ebene aus rotem Stein und hart gebranntem Sand überquert. Einer der Schakale hat ein Gewehr, die anderen beiden haben lange Messer. Sie reiten auf einem roten, einem schwarzen und einem graubraunen Pferd und tragen die grün-schwarze Kufiya von Ichlas al-Din. Es sind hagere Männer mit schwarzen Haaren und schwarzen Augen, mit sonnengebräunter Haut und kurzen Bärten. Für westliche

Augen sind sie von denen, die sie jagen, nicht zu unterscheiden, doch das rote Land, das die Familie aus Kairo überhaupt nicht kennt, kennen sie sehr gut. Sie kennen das rote Land, wie es nur Schakale kennen, und wie Schakale schnüffeln sie hinter der Herde her, um über Nachzügler herzufallen.

Die Familie kann nirgendwohin fliehen, es bietet sich kein Versteck, niemand, der ihre Hilferufe hören würde. Die Mutter schlingt ihre dünnen Arme um die Tochter, und der Alte fängt an zu beten. Er betet zu Set und Sobek, zu Hathor und Horus, zu Anubis und Osiris, betet mit demselben arabischen Zungenschlag wie die Reiter. Doch als sie sein Gebet hören, versetzt sie das in Zorn. »Es gibt keinen Gott außer Allah, und Mohammed ist sein Prophet«, brüllt einer. Er springt vom Pferd, stößt einen der Einkaufswagen mit dem Fuß um und schlitzt dem Alten die Wange bis zu den Knochen auf. Dieser betet nun nicht mehr. Es ist nichts zu hören außer dem schwachen Summen von Wespen und dem Platschen von Blutstropfen auf dem steinhart gebrannten Sand.

Die Reiter steigen ab. Die Tochter, schön und tapfer, versucht es mit Bitten und Flehen. In Kairo, sagt sie, habe ihre Familie viele muslimische Freunde. Nie habe sie den Menschen des Islam Schaden zugefügt. Der Schakal mit dem Gewehr antwortet: »Ihr huldigt Ungeheuern, die Allah verflucht, und das Blut unseres Kalifen klebt an euren Händen.« Er schlägt nach einem Insekt, das ihm um den Kopf schwirrt, einer Wespe, die in der Sonne schimmert wie ein Smaragd mit Flügeln. »Ihr wollt uns unser Land stehlen, ihr und eure Dämonengötter. Glaubt ihr, wir würden das nicht durchschauen? Aber wir durchschauen euch. Ihr werdet hier sterben. Wir tränken den Sand mit eurem Jokerblut.«

Die Wespe sticht ihn in den Hals.

Fluchend schlägt er nach ihr, doch das Insekt ist zu schnell. Es setzt sich auf den Rumpf des nächsten Pferdes und sticht erneut. Das Pferd bäumt sich hufeschlagend auf. Da erscheint eine zweite Wespe. Zusammen fliegen sie um die Schakale herum, schießen vor und zurück, setzen sich auf die Nase des einen, auf den Arm des anderen und stechen. Einer der Reiter fängt eine Wespe mit der Hand und zerdrückt sie zwischen den Fingern. Er wischte sich die klebrigen Überreste an der Hose ab, und plötzlich hört er das Geräusch eines Motorrads.

Von Süden kommt ein Ritter dahergefahren, holpert über Steine und Sand, und hinter ihm steigt eine Wolke aus Abgasen und Staub empor. Wie die Antwort auf ein Gebet erscheint er mit seiner in der Sonne blinkenden Rüstung, so hell und weiß wie Schnee auf den Bergen. Schwanenschwingen zieren seinen Helm, und auf seinem Brustpanzer prangt der Heilige Gral, den Arthur gesucht, aber nie gefunden hat. Als er die Hand hebt, schießt aus dem Nichts ein Schwert aus seinen Fingern. Die Klinge ist so blendend weiß und scharf, dass sie für einen Moment die Sonne Ägyptens überstrahlt.

»*Deus Vult!*«, brüllt der heranbrausende Ritter, und sein Ruf hallt über den nackten, unermesslich weiten Sand. Die Schakale ergreifen vor ihm die Flucht und hasten zu ihren Reittieren. Nur der Gewehrschütze verharrt lange genug, um sein Pferd herumzureißen und einen Schuss abzufeuern. Doch als die Kugel wirkungslos von der weißen Rüstung abprallt, schleudert er die Waffe von sich und galoppiert seinen Kameraden hinterher.

Der Ritter steigt von seinem Motorrad ab. Schwert, Helm und Rüstung verschwinden, lösen sich auf wie Morgennebel in der aufgehenden Sonne. »Euch wird nichts geschehen«, sagt er. Er zieht ein Tuch aus seiner Tasche und drückt es dem Alten auf die blutende Wange. »Kommt mit mir. Eure Götter warten auf euch.«

Das tapfere Mädchen drückt ihm einen Kuss auf die Wange. Eine Wespe umschwirrt sie zufrieden, und an diesem Tag ist für diese Familie alles gut ausgegangen im roten

Land – auch wenn sie auf ihrem Weg nach Süden an den Leichen jener vorbeikommt, die weniger Glück hatten.

Es ist ein Fehler, die Abkürzung zu nehmen.

♠

Klaus blickte vom Bildschirm auf. »Das ist gut, Jonathan. Es hat mich wirklich gerührt.« *Deus Vult*, dachte er. *Gott will es.* Das waren die Worte, die die alten Kreuzfahrer riefen, wenn sie im Westen aufbrachen, um Jerusalem zu befreien. Er konnte sich nicht erinnern, den Schakalen diese Worte zugerufen zu haben – oder dass er überhaupt etwas gerufen hatte –, aber vielleicht würde er es beim nächsten Mal tun. »Werden die das auch in Deutschland lesen, was meinst du?« Der Gedanke, dass sein Vater vielleicht etwas über seine Taten lesen würde, gefiel ihm. Und auch sein kleiner Bruder.

»Auf der ganzen Welt. Du glaubst nicht, wie viele Zugriffe ich habe.« Jonathan saß auf einer Orangenkiste und balancierte sein Laptop auf den Schenkeln. »Ich muss mir irgendwo einen Trenchcoat kaufen. Die Typen mit Trenchcoat bekommen immer alle Preise. Dafür wäre ein Pulitzer drin, wenn ich nur einen Trenchcoat hätte. Das ist eine Riesengeschichte, und außer mir schreibt niemand darüber.« Eine Wespe setzte sich auf seine Wange und kroch sein Nasenloch hinauf. Die meisten Leute hätte das irritiert, doch Jonathan Hive nahm es kaum zur Kenntnis. »Ich lege Zeugnis ab für die Welt. Sag einfach Edward R. Hive zu mir.«

»Ja, nur … ich will dir deinen Preis nicht miesmachen, aber in Wirklichkeit war es anders. Du hast das Pferd nicht gestochen. Denn es gab keine Pferde. Die sind in einem Laster mit Vierradantrieb gefahren.«

Jonathan wischte die Bedenken mit einer Handbewegung vom Tisch. »Laster sind langweilig. Pferde sind romantisch. Ein paar von diesen Arschgeigen reiten doch auch auf Pferden, oder? Oder auf Kamelen. Was meinst du, wären Kamele besser?«

»Nein. Eine hübsche Tochter gab es auch nicht. Wenn mich eine hübsche Tochter geküsst hätte, wüsste ich das.« Klaus pulte einen Streifen Haut weg, der sich an seinem Arm abgelöst hatte, und betrachtete stirnrunzelnd die rosafarbene Stelle darunter. In Kairo hatte er sich mit Sonnencreme eingeschmiert, wann immer er vor die Tür gegangen war, was Jonathan dazu veranlasst hatte, ihn mit einer Hausfrau aus einer Sitcom zu vergleichen, deren Gesicht von Feuchtigkeitscreme bedeckt ist. Als es schwieriger geworden war, an Sonnencreme heranzukommen, hatte er einem fliegenden Händler auf einer Feluke einen Strohhut abgekauft. Trotzdem verbrannte die Haut auf seinen Armen und schälte sich ab. »Und sie hatten keine Einkaufswagen. Wie sollten sie auch Einkaufswagen durch den Sand schieben?«

»Das waren symbolische Einkaufswagen. Das ist ein ergreifendes Bild für Vertreibung. Der Teufel steckt in den Details, Mann. Unterm Strich: Diese armen Irren sind in die Wüste gelatscht und wären dort verreckt, wenn wir nicht gewesen wären. Der Rest ist nur Zuckerguss für den Kuchen. Jeder mag ein bisschen Zuckerguss auf dem Kuchen. Oder halt Sex. Du brauchst das hübsche Mädchen einfach, denn damit verkaufst du das Ganze.«

Klaus zog das schmutzige T-Shirt aus, in dem er geschlafen hatte. Herr Berman hatte es ihm gegeben, als er sich einverstanden erklärt hatte, als Gast bei *American Hero* aufzutreten. Auf der Vorderseite prangte ein Bild von Diver, der Delphinfrau. »Du könntest genauso schreiben, dass die Mutter hübsch war.«

»Die Mutter hatte einen Schnurrbart.« Jonathan klappte sein Laptop zu. Seine Beine endeten am Knie, und kleine grüne Wespen flogen in die Beinöffnungen seiner ausgefransten kurzen Jeans hinein und wieder hinaus. Ohne Füße waren seine Turnschuhe auf den Boden gefallen. Darüber wimmelten Wespen, aus denen man mindestens ein paar Zehen hätte machen können. Tausende weiterer Wespen waren ausgeschwärmt und beobachteten alles und jeden im Umkreis von zwanzig Kilometern beiderseits des Nils. Selbst wenn Jonathan neben einem saß, konnte er gleichzeitig an hunderttausend anderen Orten sein. »Und wo wir es gerade von Mädchen haben«, fuhr er fort, »du hast heute Nacht im Schlaf gesprochen. ›Lili, Lili, wo bist du, Lili?‹ Örks! Ich kann nicht glauben, dass du noch immer deinem One-Night-Stand hinterherheulst.«

»Für mich war sie mehr als das.« Klaus nahm seine Jeans und schüttelte sie aus. Aus einem Aufschlag purzelte ein Skorpion heraus und krabbelte davon. »Mir träumte, ich wäre im Luxor und würde sie suchen. Unsere Suite nahm kein Ende. So viele Zimmer, wie ein Labyrinth. Ich wusste, dass sie verloren war, und doch habe ich sie gesucht und ihren süßen Namen gerufen.«

»Ich habe auch etwas Schönes geträumt. Ich habe im Tal der Könige zusammen mit Simoon und Curveball Flapjacks gegessen. Die Lebenden Götter haben sie gebacken. Du hättest sehen sollen, wie Horus die Pfanne geschwungen hat.«

»Flapjacks?« Klaus kratzte sich die Bartstoppeln am Kinn. Er musste sich dringend rasieren. »Was ist denn das?«

»Pfannkuchen.«

»Die Götter servieren keine Pfannkuchen.«

»Würden sie aber, wenn sie Teig hätten«, sagte Jonathan. »Du hast mich mit deinem Stöhnen von wegen ›Lili, Lili‹ geweckt. Mann, was in Vegas passiert, sollte in Vegas bleiben, hat dir das keiner gesagt?«

»Du würdest nicht so sprechen, wenn du sie kennengelernt hättest.« Klaus zog die Jeans hoch und machte den Reißverschluss zu. »Sie war wunderschön.« Er erinnerte sich noch an das Gefühl, sie im Arm zu halten, an den Geschmack von Rotwein auf ihren Lippen. Und ihre Augen. Sie hatte die wundervollsten Augen. »Der Geruch ihres Haares … es fiel ihr bis über den Rücken hinab, schwarz wie die Nacht …«

»Der Teppich passte auch zu den Vorhängen, obwohl ich vor allem ihre Möpse angeglotzt habe. Dir ist doch klar, dass es auch noch andere Mädchen gibt?«

»Lili war eine Frau.« Das erste Mal hatte er sie unter einer Lampe im Flur stehen sehen, als sie gerade nach ihrem Zimmerschlüssel kramte. Und etwas daran hatte ihn an das Mädchen im Laternenschein erinnert, das in dem alten Soldatenlied besungen wird. Deshalb hatte er sie gefragt, ob sie Lili Marleen heiße, und sie hatte gelächelt und gesagt: »Fast.« Mehr hatte es nicht gebraucht. Sie hatten dreimal miteinander geschlafen in dieser Nacht, und wenn sie sich nicht küssten, dann unterhielten sie sich. Mit Lili hatte man sich so gut unterhalten können, nicht wie mit den anderen Mädchen, mit denen er zusammengewesen war. Klaus war überzeugt, stundenlang mit ihr gequatscht zu haben, auch wenn er sich am nächsten Morgen nicht daran erinnern konnte, dass sie ihm irgendetwas über sich erzählt oder ihm ihren Namen verraten hätte. Eben noch war sie neben ihm gelegen, hatte Wein aus der Minibar getrunken und gelacht, als er versuchte, ihr den Text von »Lili Marleen« auf Deutsch beizubringen, da war Jonathan lärmend in die Suite hereingestolpert, hatte das Licht angeschaltet – und da war sie plötzlich weg gewesen. Klaus hatte sie nur einen Moment aus den Augen gelassen …

»Ach du Scheiße«, sagte Jonathan Hive. Er sah ins Leere, und Klaus kannte diesen abwesenden Blick inzwischen. »Es gibt Probleme.«

»Wo?«

»Im Tal der Königinnen. John ist dort.«

»Ich mache mich sofort auf den Weg.« Klaus zog sich ein frisches T-Shirt über. Auf diesem prangte ein Bild von Candle. »Wo ist mein Hut?«

»Vergiss den Hut!«, sagte Jonathan. »Fahr schon los. Ich komme mit.« Seine Schenkel lösten sich auf, und seine Shorts sackten in sich zusammen, während sich das Zelt mit einem Schwarm grüner Wespen füllte.

♣

Es hatte fast vierzig Grad.

Sand und Steine flimmerten in der Hitze. Über den Memnonkolossen kreisten Drachen, getragen von der Thermik, die von den Zwillingsruinen aufstieg. Obwohl sie nach Jahrhunderten von Sonne und Wind verwittert waren, umgab die beiden Steinpharaonen noch immer eine Aura der Macht. Vielleicht hatten sich die Flüchtlinge deshalb dafür entschieden, sich um ihre beschädigten Sockel zu scharen.

Das Lager erstreckte sich so weit das Auge reichte; endlos breitete sich das Elend der Vertriebenen aus, die unter der ägyptischen Sonne schmachteten. Nur wenige hatten das Glück, kleine Zelte zu besitzen wie jenes, das sich Klaus mit Jonathan teilte, die meisten suchten Schutz unter Pappkartons oder Bergen von Lumpen. In Kairo hatten selbst die Ärmsten von ihnen noch Grabgewölbe über dem Kopf gehabt und Touristen, die sie anbetteln konnten. Hier jedoch waren sie dem Wetter ausgeliefert, und sie konnten sich nur gegenseitig anbetteln.

Mit jedem Tag wuchs das Lager, und ebenso nahm die Verzweiflung seiner Bewohner zu. Dabei war dies noch nicht einmal das größte Lager. Dasjenige am Ufer erstreckte sich über eine Länge von zwanzig Kilometern, und kleine Jokergruppen waren über die Hügel ins Tal der Könige und ins Tal der Königinnen ausgewichen.

Die Jungen, die er angeheuert hatte, um sein Motorrad zu bewachen, sprangen auf, als er sich näherte. »Wir gut schützen«, erklärte Tut. Sein Bruder Gamel streckte ihm die Hand hin. Klaus kramte einen Euro aus seiner Jeans. Eigentlich war das zu viel, doch er hatte Mitleid mit den Jungen, die ihre Mutter an die Messer von Ichlas al-Din verloren hatten.

Er trat den Seitenständer des Motorrads nach hinten und startete den Motor. Kurz keuchte und hustete es, bevor es ansprang. Es war ein fünfzig Jahre altes Royal Enfield, das Sobek ihm zum Siebenfachen seines eigentlichen Werts verkauft hatte. Jedes Mal, wenn er damit fuhr, sehnte sich Klaus nach seiner R 1200 S, die seine Sponsoren von BMW ihm geschenkt hatten, als er einen Werbevertrag mit ihnen unterschrieben hatte. Er liebte das tiefe, kehlige Knurren des Boxermotors, wenn er auf der linken Autobahnspur Gas gab.

Doch seine BMW war in München, und deshalb saß er auf dieser Antiquität mit ihren abgenutzten Bremsen, der abgeplatzten grünen Farbe und einem Auspuff, den nur noch der Rost zusammenhielt. Auch die Tankanzeige war kaputt und blieb immer auf halb voll stehen, auch wenn er frisch vollgetankt hatte. *Mein Tank ist fast leer*, dachte er und betete, dass er noch genug Benzin hatte, um durch die Hügel und ins Tal der Königinnen zu gelangen.

»Schnapp sie dir, Lohengrin!«, rief Tut, als Klaus Gas gab. »Mach sie tot!«

Auf diesem Untergrund wagte er es nicht, die Royal Enfield voll auszufahren. Selbst bei halber Geschwindigkeit klapperte das Teil so laut, dass er befürchtete, es würde auseinanderfallen, bevor er bei John Fortune anlangte. Um seinen Kopf spielte ein weißer Lichtkranz, verfestigte sich und wurde zu einem Kriegshelm mit schmalen Augenschlitzen und Schwanenschwingen an den Seiten. Zwar war es kein Motorradhelm, doch Klaus vertraute darauf, dass der Geisterstahl ihn schützen würde, sollte er einen Unfall haben.

Er hielt sich südwestlich und kurvte durch das Elend des Lagers. Bald holperte er an der Karosserie eines aufgegebenen Schulbusses vorbei, in dem sich ein Dutzend Familien einquartiert hatten. Hinter dem Bus drehten sich die sterblichen Überreste eines Hundes über einem Feuer, das nach Kameldung roch. Klaus zog einen Schweif aus Wespen hinter sich her, die im Sonnenlicht schimmerten und blitzten. Ein Joker, dem Dutzende kleiner Furunkel im Gesicht wuchsen, warf mit einem Stein nach ihnen, und eine dunkeläugige Frau mit einem Säugling an der Brust sah Klaus nach, als wolle sie sagen: *Du gehörst nicht zu uns. Was hast du hier verloren?*

In manchen Nächten stellte Klaus sich ebendiese Frage, wenn er sich in seinem Schlafsack auf dem harten Boden herumwälzte und überlegte, ob das, was da gerade an seinem Bein hinaufkroch, ein Skorpion war oder nur eine von Jonathans Wespen. Barbarossa hätte ihn dafür verspottet, dass er hierhergekommen war, so viel wusste er. Und die meisten anderen Asse des Reichsbanners würden ihn für einen Narren halten. Er hatte geglaubt, in ihnen eine moderne Tafelrunde zu finden, an der Helden gemeinsam das Brot brachen und über die Wiedergutmachung von Unrecht sprachen, aber das einzige Unrecht, das sie wiedergutmachen wollten, waren ihre Steuerzahlungen. »Sie haben mehr erwartet, ja?«, hatte Barbarossa gesagt, nachdem er zusammen mit Klaus dem Festessen entkommen war, um einen Biergarten im Heidelberger Studentenviertel aufzusuchen. »Sie sind jung. Sie werden noch viel lernen. Heute geht es nur um Kartelle und Sponsoren. Die Herrschaften Euro und Dollar sind mächtiger als jedes Ass der Welt. Die haben uns in der Hand, jawohl.«

»Mich nicht«, hatte Klaus beharrt. »Meine Ehre ist nicht käuflich.«

Barbarossa hatte ihm in die Wange gekniffen. »Behalten Sie Ihre Ehre. Es ist Ihr Lächeln, das sie kaufen wollen, Ihre großen blauen Augen und Ihr blondes Haar und diese Apfelbäckchen.«

Er hatte recht, und ich habe mich geirrt. Seinen ersten Werbevertrag hatte er mit einer kleinen Molkerei geschlossen, die ihm fünfhundert Euro dafür zahlte, dass er behauptete, ihre Milch hätte ihm geholfen, groß und stark zu werden. Erst hatte Klaus sich gewehrt, aber seine Mutter hatte ihm gesagt, er solle es für die Kinder tun, weil Milch nämlich gut für Kinder sei, und dass sie vielleicht bis tausend Euro hochgehen würden. Das war eine Menge Geld, und so trank Klaus die Milch und strahlte in die Kamera. Andere Verträge folgten, und schließlich engagierte er eine Agentin, die ihm BMW an Land zog. Er liebte sein Motorrad und die Freiheit, die ihm Geld und Ruhm brachten, aber manchmal, nachts, kam er sich vor wie ein Betrüger, kein bisschen anders als die Helden des Reichsbanners, die Schmeicheleien als Selbstverständlichkeit hinnahmen, ohne etwas dafür getan zu haben. Aber was hatte *er* getan seit Neuschwanstein? Nichts als zu lächeln und »Lohengrin« unter seine Portraitaufnahmen zu kritzeln. Das war kein Leben für ein Ass oder für einen Ritter. Darin lag keine Ehre.

♥

Die Straße schlängelte sich durch die Hügel, hinunter in das trockene, steinige Tal, das man Biban al-Harim nannte und in dem die Gräber von achtzig altägyptischen Königinnen lagen. Klaus bog gerade um eine Kurve und fragte sich, wie lange sein Benzin noch reichen würde, als er vor sich Schüsse hörte.

Schakale, war sein erster und einziger Gedanke. So hatte Jonathan den Abschaum von Ichlas al-Din getauft, die muslimischen Fundamentalisten, die aus der letzten Wahl in Ägypten als Sieger hervorgegangen waren. Es reichte ihnen nicht, die Lebenden Götter und ihre Gläubigen aus ihren Heimen zu vertreiben. Während der gesamten langen Flucht nach Süden hatten sie die Vertriebenen gejagt, ihre Lager überfallen,

Nachzügler drangsaliert und sogar Dörfer niedergebrannt oder Brunnen vergiftet, damit sie nicht an Wasser, Nahrung und Benzin herankamen.

Selbst hier, dachte Klaus grimmig. *Selbst hier.* Blasses Licht umtanzte ihn, verfestigte sich und wurde zu Brustpanzer, Beinlingen, Ringkragen und Panzerhandschuhen. Er legte sich in die Kurve und beschleunigte, brachte die alte Maschine auf Hochtouren und schüttelte Jonathans Wespen ab. Ein Stück weiter traf er auf eine Frau, die ihr Kind bei der Hand hielt. Blut lief ihr übers Gesicht. Sie zuckte zusammen, als er näher kam, und Klaus hatte nicht die Zeit, sie zu beruhigen. Mit aufheulendem Motor und funkelnder Rüstung schoss er an ihr vorbei. Das Gewehrfeuer wurde lauter, abgehackte Schüsse, die von den Hügeln widerhallten. Jetzt hörte er auch Rufe und Schreie, das Brüllen eines wilden Tiers und das Rattern von Hubschrauberrotoren.

Die Schakale hatten keine Hubschrauber. *Die Armee*, dachte Klaus. *Die Armee ist angerückt, um ihnen Einhalt zu gebieten.* Kurz empfand er Erleichterung.

Als sich das Tal vor ihm öffnete, trat Klaus aufs Bremspedal und kam schlitternd und Staub und Kies aufwirbelnd zum Stehen. Vorübergehend ließ er seinen Helm verschwinden, um besser sehen zu können, doch selbst so brauchte er eine Weile, um zu begreifen, was hier vor sich ging. Das Lager im Tal war viel kleiner als das bei den Kolossen, und die Hälfte davon stand in Flammen; von Stoffzelten und Pappkartonhütten stiegen fettige Rauchsäulen auf. Auch ein Laster brannte, ein großer Pritschenwagen mit einer grünen Plane. Überall lagen Leichen verstreut. Durch die Rauchschwaden erkannte er Bewaffnete, dunkle Schatten mit Automatikgewehren. Eines davon hörte er rattern und eine Frau kreischen. Über allem schwebte der Hubschrauber, von dem aus auf etwas am Boden hinuntergeschossen wurde.

Einige der Verwundeten waren zum nächsten der uralten

Gräber geeilt und versuchten, das Scherengittertor einzurei-
ßen, um sich dorthinein zu retten. Klaus sah hinter ihnen drei
Männer auftauchen und das Feuer eröffnen. Sie deckten die
Fliehenden mit Gewehrsalven ein. Die Getroffenen zuckten
wie wild gewordene Marionetten.

Und dann erschien die Löwin. Selbst aus der Entfernung war sie riesig, größer als ein Pony, fast so groß wie die
Kutschpferde, die den Wagen seines Vaters den Berg hinauf-
zogen. Flammen stoben zwischen ihren Zähnen hervor, als
sie sich auf die Soldaten stürzte. Zwei brachen schreiend zusammen, lichterloh brennend. Den dritten schlitzte sie von
der Kehle bis zur Hüfte auf und riss seine Eingeweide heraus. Dann fiel der Schatten des Hubschraubers auf sie. Sie
wirbelte herum und sprang nach oben. Doch der Helikopter
war zu hoch. Klaus beobachtete, wie sie von einer Maschi-
nengewehrsalve an den Boden genagelt wurde, hörte ihre
Schmerzensschreie, sah, wie die Kugeln um sie herum Staub
aufwirbelten. Sie warf sich herum und lief davon.

Schakale haben keine Hubschrauber. Durch Rauch und Staub
konnte Klaus die Uniformen ausmachen, die braun-beige
gescheckte Wüstentarnung. *Das sind keine Schakale. Sondern
Soldaten. Die ägyptische Armee.* Diesmal würde er sich keinen
Paintballpistolen gegenübersehen oder den billigen tschechi-
schen Waffen der Bayerischen Befreiungsfront. Die Schakale
waren nach ein oder zwei beiläufigen Schüssen immer gleich
geflohen. Diese Leute jedoch waren ausgebildet und diszipli-
niert, und es schienen eine Menge zu sein. *Aber keiner hat so
eine Rüstung wie ich.*

Monatelang hatten die Wissenschaftler in Peenemünde
über die Beschaffenheit seiner Rüstung debattiert. Doktor
Fuchs stellte die Theorie auf, dass es sich um kohärentes
Licht handelte. Doktor Alpers vermutete Quantenpartikel,
und Doktor Hahn prägte den Begriff »ausgehärtetes Ekto-
plasma«. Klaus verstand nicht einmal die Hälfte von dem,

was sie sagten, deshalb nannte er sie weiterhin *Geisterstahl*. Auch nach sechsmonatiger Untersuchung konnten die Wissenschaftler nicht sagen, ob sie aus Energie oder aus Materie bestand, doch ihre Tests zeigten, dass ihr Messer, Äxte, Kugeln, Flammenwerfer, Säure, Granatsplitter, Lichtblitze und alles andere, was sie gegen sie aufboten, nichts anhaben konnte. Die ägyptischen Soldaten waren nicht annähernd so gut bewaffnet wie die Peenemünder Gelehrten. Sie konnten ihm keinen Schaden zufügen.

Klaus gab ein wenig Gas und lenkte das Motorrad den Hügel hinunter. Glänzender Nebel legte sich um seinen Kopf und verdichtete sich erneut zu seinem Kriegshelm mit den weit ausgebreiteten weißen Flügeln. Als er die Hand hob, erschien sein hell leuchtendes Schwert. *Heute wird Jonathan etwas Wahres bekommen, worüber er bloggen kann*, dachte er.

◆

Hinterher hätte Klaus nicht mehr sagen können, wie viele Männer er herausgefordert und wie viele er getötet hatte.

Der beißende, erstickende Rauch trieb überallhin. Manchmal war er so dicht, dass Freund und Feind kurz verschwanden und wie Traumgestalten wieder auftauchten. Geräusche hallten in seinen Ohren wider – Schreie, Rufe, das Wimmern von Schüssen und das Rattern des großen Maschinengewehrs, das Knattern des Hubschraubers, Sachmets furchtbares Gebrüll. Die Löwin war neben ihm, vor ihm, hinter ihm – wie sehr er sich auch bemühte, er fand nicht zu ihr. Manchmal hätte er schwören können, dass es zwei Löwinnen waren.

Allerdings hatte er keine Mühe, die Soldaten zu finden. Der erste, den er erschlug, kam gerade hustend aus dem Rauch heraus, doch sobald er Lohengrin erblickte, riss er das Gewehr hoch. »Ergib dich!«, rief Klaus. »Wirf deine Waffen weg, und dir wird nichts geschehen.« Aber stattdessen ging der Soldat auf einem Knie in die Hocke und drückte ab. Klaus sah das Mündungsfeuer. Die Kugel traf ihn an der Schläfe und jaulte davon. »Du kannst mir nichts anhaben«, warnte er den Soldaten, und der Helm verlieh seiner Stimme etwas Dröhnendes. »Ergib dich!« Der Soldat schoss ein zweites und ein drittes Mal, doch dann war Klaus über ihm. Als er mit dem Schwert ausholte, hob der Mann schützend das Gewehr. Die Geisterstahlklinge schnitt durch Lauf und Kolben und öffnete den Brustkorb des Mannes vom Hals bis zum Bauch.

Klaus blieb keine Zeit, ihm beim Sterben zuzuschauen. Inzwischen waren weitere Soldaten aufgetaucht, die ebenfalls schossen. Er gab ihnen allen die Gelegenheit, sich zu ergeben. Keiner tat es, auch wenn ein paar von ihnen die Flucht ergriffen, als sie sahen, wie er ihre Kameraden niedermachte. Vielleicht war ihr Englisch nicht gut genug, und sie verstanden nicht, was er sagte. Klaus nahm sich vor, den arabischen Ausdruck für »Ergib dich« zu lernen.

Während er wie ein Geist durch den Rauch und das Gemetzel fuhr, verlor Klaus bald jedes Gefühl für Raum und Zeit. Kein Blut befleckte den Geisterstahl, seine makellose Rüstung glänzte rein und weiß, und seine Klinge schimmerte blass in seiner Hand. »Gott will es«, fiel ihm da wieder ein – doch er wusste nicht, weshalb irgendein Gott ein solches Blutbad wollen sollte.

Als der Kampf zu Ende war, bemerkte Klaus es zuerst gar nicht. Die Feuer waren heruntergebrannt, und ein heißer Wind aus dem roten Land im Westen hatte den Rauch schon etwas fortgetrieben. Plötzlich fiel ihm auf, dass er den Hubschrauber nicht mehr hörte. Auch Sachmet gab keinen Laut mehr von sich. Es war schon eine Weile her, seit er sie das letzte Mal hatte fauchen hören. *John*, dachte er.

Mittlerweile hatten ihn Jonathans Wespen gefunden. Sie

schwirrten ihm um den Kopf, und das Summen ihrer Flügel beruhigte ihn auf eigentümliche Weise. Klaus fragte sich, wie viel Bugsy von dem, was hier geschehen war, mit angesehen hatte. Er wandte sich um und hielt nach dem Feind Ausschau, doch die Soldaten waren alle tot oder geflohen. Klaus ließ Helm und Schwert verschwinden, behielt die Rüstung aber an. »John!«, brüllte er und fuhr langsam über das Schlachtfeld. »John Fortune!«

Schließlich waren es die Wespen, die ihn fanden. Er lag nackt vor einem Grab, in das sich Joker geflüchtet hatten. Er hatte sie verteidigt und war über und über mit Blut bedeckt, doch es war nicht sein eigenes. Als Klaus ihn hochheben wollte, keuchte er vor Schmerzen auf. »Meine Rippen«, sagte er. »Ich glaube, sie haben mir welche gebrochen. Die Kugeln … sie schmelzen zwar, wenn sie ihr Fell berühren, aber sie tun trotzdem weh. Die haben wie Hämmer auf mich eingeschlagen.«

»Du siehst grauenhaft aus«, stellte Klaus fest.

»Ich habe auch eben mal ein Dutzend Leute mit den Fingernägeln in Stücke gerissen.«

»Das war Sachmet«, sagte Klaus. »Sie hat ehrenhaft gekämpft.«

»Mit meinen Fingern!« John war schweißnass.

Er sieht aus wie vierzig, dachte Klaus. Sein Gesicht war eingefallen, und um die Augen hatte er Falten, die er in Hollywood noch nicht gehabt hatte. Der rote Skarabäus, in dem sich Sachmet verbarg, leuchtete auf seiner Stirn wie eine blutige Beule. Dadurch schien sich seine Stirn vorzuwölben wie die seines berühmten Vaters, als dieser im Himmel über Manhattan gegen Astronomer gekämpft hatte, ein Jahr, bevor Klaus auf die Welt gekommen war. Johns Haut war ebenfalls dunkler geworden, gebräunt von der gnadenlosen ägyptischen Sonne, der er täglich ausgesetzt war. Auch in dieser Hinsicht sah er Fortunato ein wenig ähnlicher.

Einige der Joker, die überlebt hatten, wagten sich aus dem Grab heraus. Eine bucklige Frau mit Schlangen als Fingern hielt Klaus eine verkohlte und löchrige Decke hin. Er wickelte John Fortune darin ein, damit dieser nicht mehr zitterte. Seine glatte dunkle Haut war von Blutergüssen bedeckt. Klaus nahm seine Feldflasche vom Motorrad und gab ihm etwas Wasser. »Nicht zu viel, erst mal«, warnte er ihn. »Nur nippen.«

Zwischen kleinen Schlucken erzählte ihm John, wie der Kampf begonnen hatte. Es war ein kleines Lager gewesen, vielleicht dreihundert Menschen, Joker und ihre Familien aus Port Said und Damietta. Selbst unter den Gläubigen der Alten Religion wurden Joker geschmäht, wenn die Fehlbildungen ihrer Wild Card nicht die alten ägyptischen Götter nachahmten. Deshalb hatten diese Joker beschlossen, im Tal der Königinnen Zuflucht zu suchen, in sicherer Entfernung von den großen Lagern weiter östlich. Doch als die Nachricht von ihnen zum Neuen Tempel gedrungen war, hatte Taweret die Göttin Meret entsandt, um ihnen Nahrung, Kleider und Medikamente zu bringen. John hatte sie begleitet, falls es Schwierigkeiten geben würde.

»Als wir den Hubschrauber sahen, hat Meret ihm erst zugewunken«, sagte John. »Sie glaubte, wir müssten Ichlas al-Din fürchten, nicht die Armee. Dann landeten sie, und die Soldaten sprangen heraus. Wir wussten nicht, was wir davon halten sollten. Meret trug mir auf, weiter Nahrung zu verteilen, während sie mit dem Befehlshaber sprechen wollte. Sie ging auf die Soldaten zu, und diese eröffneten das Feuer. Ohne Vorwarnung, ohne Grund. Sie haben einfach angefangen zu schießen. Mir fiel nichts anderes ein, als mich Sachmets Gestalt zu überlassen, damit wir uns wehren konnten.« Seine Stimme war rau.

»Der Kommandant muss zu Ichlas al-Din gehört haben. Entweder er ist selbst Mitglied oder Sympathisant.« Klaus kannte Meret von seinem letzten Besuch im Neuen Tempel. Eine dunkle, schlanke Frau, der anstelle von Haaren Weinreben und Lotosblüten aus dem Kopf wuchsen. Sie war sanftmütig und konnte sogar ein bisschen Deutsch. Wer würde so eine Frau töten? »Bestimmt eine Einheit, die auf eigene Faust operierte«, erklärte er John und hoffte, dass es der Wahrheit entsprach. »Dieser verrückte Kommandant – wir werden ihn bei seinen Vorgesetzten anzeigen.«

»Er ist tot«, sagte John. Der Skarabäus auf seiner Stirn schien zu pulsieren. »Ich habe ihm die Kehle aufgerissen.«

Klaus nickte. »Wir müssen dich zum Neuen Tempel zurückbringen. Kannst du fahren? Halte dich an mir fest. Mehr musst du nicht tun.« Einer der Joker half ihm, John Fortune auf die Enfield zu heben. »Halt dich fest«, sagte er. »Es ist nicht weit.«

♠

Als sie auf der Straße eine Stunde später gerade einen Hügel hinabstapften, hörten sie das Brummen eines Lastwagens auf sie zukommen.

Klaus hatte die Royal Enfield fast einen Kilometer weit geschoben. Das Benzin war ausgegangen, doch er brachte es nicht übers Herz, sie liegen zu lassen. Als er den Lastwagen hörte, ließ er den Lenker los und rief Schwert und Rüstung herbei. Er spürte Sachmets Wärme neben sich und roch den Schwefelqualm, der ihr aus den Nüstern quoll. John hatte sich zurückverwandelt, als der Motor ausgegangen war, da er zu schwach war, um in seiner eigenen Gestalt weiterzugehen.

Als der Laster um einen Felsvorsprung bog und der Fahrer sie sah, bremste er so heftig, dass die Reifen quietschten. Hinterm Steuer saß ein Mann mit der langen Schnauze und der schuppigen grüngrauen Haut eines Krokodils und grinste sie an. »Motorräder sind schneller, wenn man sie fährt, anstatt sie zu schieben«, rief er ihnen zu. »Dann seid ihr also nicht tot. Gut. Taweret hat mich geschickt, um ihre Schwester zu holen. Ihr könnt auch mitkommen.«

Klaus ließ sein Schwert sinken und den Geisterstahl verschwinden. Von allen Lebenden Göttern, die er kennengelernt hatte, mochte er Sobek am meisten. Er war nicht einmal einen Meter siebzig groß, hatte breite Schultern, muskulöse Arme und einen festen, runden Bauch, der von einer großen Vorliebe für Bier zeugte. Während seine Götterkameraden sich wie Pharaonen in Seidengewänder mit goldenen Kragen und juwelenbesetzten Kopfschmuck kleideten, trug Sobek weite Hosen, Hosenträger und eine fleckige Fotografenweste. Seine Lederhaut war rissig, eher grau als grün, und was ihm an Haaren und Ohren fehlte, machte er mit Zähnen wett. Sie waren lang, scharf und gebogen, diese Zähne, und sie waren gelb und braun verfärbt von den starken türkischen Zigaretten, die er rauchte.

Sachmet sprang auf die Ladefläche des Lasters, und Klaus hob das Motorrad mit beiden Händen hoch und legte es neben sie, bevor er zu Sobek in die Fahrerkabine stieg. »Meret ist tot«, teilte er ihm mit, während er die Tür zuzog. Hinter ihnen rollte Sachmet sich zusammen und begann, ihre Wunden zu lecken.

Sobek legte den Gang ein. »Das wissen wir schon.«

»Diesmal waren es keine Schakale. Die Armee …«

»Auch das wissen wir.«

»Woher? Jonathan? Hat er euch eine Fliege gesandt?«

»Er hat Horus auf dem Handy angerufen.« Sobek riss das Lenkrad herum, wendete den Laster polternd und steuerte ihn wieder auf den Fluss zu. »Sie haben auch Soldaten ins Tal der Könige geschickt, und dort hatten wir niemanden, um uns zu verteidigen. Die Generäle behaupten, sie hätten die Soldaten hingeschickt, um die historischen Stätten vor

Vandalismus zu schützen und vor Grabräubern, die im Begriff standen, die Gräber der Pharaonen und ihrer Königinnen zu plündern. Aber Terroristen hätten die Soldaten angegriffen, sagen sie, und deshalb sei es zu Kämpfen gekommen. So hieß es im Radio und auf Al-Dschasira. Die Twisted Fists sind die Ursache für all das Blutvergießen.« Er sah Klaus von der Seite an. »Ihr beide seid die Twisted Fists, für den Fall, dass ihr es noch nicht gemerkt habt.«

Klaus war schockiert. »Die bezeichnen uns als Terroristen?«

»Warum nicht? Der Kalif fühlt sich von euch terrorisiert, denke ich mal. Nachts träumt er vom großen scharfen Schwert des Kreuzritters und macht ins Bett. Am Morgen riechen alle seine Frauen nach Pisse.« Er lachte. »General Yussuf hat verlauten lassen, dass Kairo dich und Sachmet festnehmen will, um euch vor Gericht zu stellen. Wenn wir euch ausliefern, darf der Rest von uns in Frieden ziehen, behauptet er. Fragt sich nur, wohin wir dann ziehen dürfen? In die Hölle, vermute ich. Nun, das spielt keine Rolle. Taweret wird euch niemals ausliefern. Sachmet ist ihre Schwester, eine Göttin wie sie. Dein Freund würde sich in Wespen verwandeln und davonfliegen, und du würdest das weiße Schwert herbeizaubern und zack, zack, zack Kleinholz aus ihnen machen.« Sobek fuhr mit einer Hand am Lenkrad und hämmerte mit der anderen auf die Hupe. Unterdessen wurde die eklige schwarze türkische Zigarette zwischen seinen Zähnen zu Asche.

»Was werdet ihr tun?«, fragte Klaus.

»Wir gehen nach Assuan. Wohin sonst? In Assuan sind noch mehr von uns.«

»Du meinst, ihr wollt fliehen?«

»Fliehen oder kämpfen. Selket kann Skorpione herbeirufen. Babi ist so stark wie zehn Paviane, und ich habe eine Menge Zähne. Die anderen besitzen keine Fähigkeiten, nur komische Köpfe. Die Armee hat Gewehre, Flugzeuge und Panzer. Gewehre, Flugzeuge und Panzer sind komischen Köpfen überlegen. Deshalb fliehen wir. Assuan ist ein guter Ort, denke ich mal. Aber wie gelangen wir dorthin? Das ist gar nicht so einfach. Taweret hat die Götter auf morgen zu einem Treffen zusammengerufen. Du und dein Freund, ihr könnt auch kommen, dann reden wir darüber, was getan werden muss.«

»Ja«, sagte Klaus, doch er klang nicht ganz überzeugt. Er dachte an Tut und Gamel, an die Familien in dem gelben Schulbus, an den Joker, der mit dem Stein nach ihm geworfen hatte. Es war ein Wunder, dass überhaupt jemand von ihnen die Reise von Kairo bis hierher überlebt hatte. Assuan lag noch einmal zweihundert Kilometer weiter südlich. »Viele werden sterben«, sagte er zu Sobek. »Wenn ihr gezwungen werdet, von hier fortzugehen … Sie haben nicht mehr die Kraft. Es fehlt an Nahrung, an Wasser. Sie weiterwandern zu lassen, das ist reinster Mord. Das wird die Welt nicht zulassen.«

»Die Welt ist woanders.« Sobek nahm die Zigarette aus dem Mund und schnippte etwas Asche aus dem Fenster.

»Der UN-Generalsekretär ist nach Kairo gereist …«

»… und wartet auf den Kalifen. Sie werden einen netten Plausch abhalten, während die Missgeburten sterben. Später dann wird die UN vielleicht eine Resolution verabschieden, und in einem Jahr gibt es dann Sanktionen, stimmt's? Der Kalif wird erzittern, aber bis dahin sind wir alle tot.«

Klaus machte ein finsteres Gesicht. Es war nur zu wahr. »Amerika …«

»… guckt Fernsehen. John hat es uns erzählt. Plastikbabys gehen bei Hausbränden drauf, Schauspieler rauben Banken aus, Lügen, Verführung und Verrat, alles ganz toll zum Anschauen. Es war idiotisch vom alten Kemel, uns zu Göttern zu machen. Er hätte Fernsehstars aus uns machen sollen, dann würde sich die Welt vielleicht dafür interessieren, was mit uns geschieht. Aber nein, wir sind nur Joker, die in der Wüste verrecken, und keiner von uns gewinnt dabei eine Million Dollar.«

Er hatte nicht ganz unrecht, fand Klaus. Inzwischen fuhren sie durchs Lager, und Sobek musste etwas abbremsen. Sein Laster war genauso alt wie das Motorrad, aber anders als die Enfield konnte er sich nicht durch den Verkehr schlängeln. Stattdessen schrie der Krokodilgott die Leute, die ihnen im Weg waren, auf Arabisch an. Klaus fragte sich, ob er Sachen wie »Die Götter kommen! Lasst die Götter durch!« rief.

Falls ja, dann reagierten die Leute nicht.

Während Sobek auf die Hupe drückte, schaute Klaus sich die Leute genauer an. Abgesehen von ein paar offensichtlichen Jokern sahen die meisten nicht anders aus als die Fellachen, die er auf ihrem langen Weg nach Süden auf den Feldern gesehen hatte, oder als die Männer, die sie durch die Nekropole von Kairo gejagt hatten. *Sie sind alle gleich, alle Ägypter, alle arm. Diejenigen, die zu Allah beten, hungern genauso wie die, die Osiris verehren.* »Ihr ähnelt euch so sehr«, sagte er zu Sobek. »Warum bekämpft ihr euch?«

»Ich habe nichts gegen Moslems«, beharrte Sobek. »Mein Vater war Moslem, meine Mutter war eine Muslima. Meine Schwestern waren Moslems, meine Freunde waren Moslems, meine Frau war Muslima, alle, die ich kannte, waren Moslems. Sogar ich war Moslem. Kein guter Moslem, das ist richtig, aber ich hatte immer vor, irgendwann nach Mekka zu pilgern. Doch dann bekam ich eines Tages, als ich einen Frachter belud, dieses Pochen im Kopf und ging früher vom Hafen nach Hause. Meine Frau gab mir ein feuchtes Tuch, um mir die fiebrige Stirn zu kühlen, und ich legte mich schlafen. Als ich wieder aufwachte, hatte ich einen Krokodilskopf.« Er zuckte mit den Schultern. »Meine Frau ergriff kreischend die Flucht, als sie mich sah. Sie wollte mir Minztee in meiner

Lieblingstasse bringen, doch sie ließ sie fallen und verbrühte mich. Meine Schwester spuckte mich an und schimpfte mich unrein. Der Doktor erklärte mir, die beste Kur gegen die Wild Card wäre eine Kugel, und mein Vater eröffnete mir, dass sein Sohn für ihn gestorben war. Als ich in die Moschee ging, um Allah anzuflehen, sagten mir die Imame, ich wäre ein Ungeheuer. Doch Kemel … Kemel fand mich sturzbesoffen in der Stadt der Toten, brachte mich in seinen Tempel, gab mir Hammelfleisch und Linsen zu essen und erklärte mir, dass ich ein Gott geworden sei.« Er zog an seiner Zigarette und stieß den Rauch durch die Nase aus. »Es ist besser, ein Gott zu sein als ein Ungeheuer. Und deswegen bin ich kein Moslem mehr. Aber ich kann sie nicht dafür hassen, nein. Sie sind immer noch meine Nachbarn und meine Familie.«

So ist es, dachte Klaus, *aber deine Nachbarn und deine Familie wollen dich umbringen.*

♣

Der Abend dämmerte bereits, als sie den Nil erreichten. Am anderen Ufer sah Klaus die Lichter Luxors aufflackern. Dort gab es farbenfrohe Basare, Hotels mit Klimaanlage, Fünf-Sterne-Ausflugsschiffe, vornehme Restaurants, heilige Moscheen, ein modernes Krankenhaus, Museen voller Altertümer, heiße Bäder und Tankstellen, an denen man sein Motorrad nach Herzenslust mit Öl und Benzin auffüllen konnte. Zwei Einheiten der ägyptischen Zweiten Armee hielten Luxor umzingelt, um es vor obdachlosen Flüchtlingen und Jokerterroristen zu schützen. Gleichzeitig patrouillierten Kanonenboote auf dem Nil, um jede Hoffnung auf eine Flussüberquerung zu vereiteln. Die von Touristen heimgesuchten Ruinen von Karnak und Theben lagen ebenfalls auf dem Ostufer, nur ein Stück nördlich der heutigen Stadt, doch auch diese waren den Vertriebenen verwehrt.

Kemel, der Begründer der Bewegung zur Wiederbelebung der Alten Religion, hatte davon geträumt, die Tempelruinen als Orte der Anbetung wiederaufzubauen, doch die Archäologen weltweit und das Fremdenverkehrsministerium hatten seine Bemühungen zunichte gemacht. Die Ruinen waren als Ruinen zu wertvoll: Tourismus war das Rückgrat der ägyptischen Wirtschaft. Da ihm die antiken Stätten verwehrt waren, hatte Kemel am Westufer des Nils Land erworben und dort den großen Komplex errichtet, den man den Neuen Tempel nannte. Hundertzwanzig Hektar voller Schreine, Altäre, Brunnen, Innenhöfe, Gärten und Statuen, wo ein halbes Dutzend Lebender Götter dauerhaft wohnte.

Ein Meer aus Menschen umgab die Tempelmauern, als sie darauf zufuhren. Jeden Abend verteilten die Priester, die den Lebenden Göttern dienten, Hammelfleisch und Linsen an die Bettler, die sich vor ihren Toren versammelten – nicht aber an diesem Abend. Die Tempeltore waren verschlossen und verriegelt, und die Straße, die zu ihnen führte, unpassierbar.

Fluchend lenkte Sobek den Laster von der Straße herunter, fuhr einen weiten Bogen und ruckelte über ein Zuckerrohrfeld zum Tor auf der Rückseite. Selbst hier drängte sich eine Menschenmenge, und am Ende mussten sie den Laster zurücklassen. Als sie die verletzte, aber dennoch leuchtende Sachmet auf sich zutrotten sahen, teilten sich die Massen vor ihr wie das Rote Meer. Manche gingen auf die Knie, während andere »Salaam« ausriefen. Klaus schritt hinter ihr her und wurde kaum beachtet. Die Wachleute am Tor traten zur Seite, nachdem Sobek ihnen auf Arabisch etwas entgegenbellte und die Zähne fletschte. Sie erinnerten Klaus an die Schweizer Garde des Papstes: Mit ihren langen Speeren und Kleidern aus der Zeit Ramses des Großen waren sie eher Zierde als Soldaten. Zweifellos waren sie bei den Touristen beliebt, allerdings graute es Klaus bei der Vorstellung, sie müssten gegen die Soldaten antreten, gegen die er heute gekämpft hatte.

Erst als sie auf dem Tempelgelände waren, geschützt von dicken Mauern und samtenen Schatten, blieb die Löwin stehen, flimmerte und verwandelte sich in John Fortune zurück. *Er wirkt kräftiger als vorhin*, wollte sich Klaus einreden. Doch als er mit Sobek auf Arabisch sprach, wusste Klaus, dass er noch immer Sachmet vor sich hatte. Sobek bellte einen Befehl, und zwei Novizen eilten herbei, um sie in John Fortunes Zimmer zu bringen, während zwei weitere Novizen Essen und Wasser holen gingen.

Johns Zimmer lag im inneren Tempel an einem Korridor, der von stierköpfigen Sphinxen gesäumt war. Hier waren auch die jüngeren Priester und Novizen untergebracht. Zwar war das Zimmer nicht so groß und luxuriös wie die Suite, die Klaus und Jonathan sich im Luxor in Las Vegas geteilt hatten, doch immerhin gab es ein Fenster mit Blick auf den Nil. Am anderen Ufer konnte Klaus die Lichter Luxors und die im Mondlicht bleich schimmernden weißen Segel einiger Feluken sehen. Über die Wände krochen ein Dutzend grün schillernde Wespen. Jonathan war da und beobachtete sie.

»Ich lasse ihn jetzt allein«, sagte Sobek, während die Novizen John wuschen und ihm ein leinenes Nachthemd anzogen. »Das solltest du auch tun. Iss erst mal was, du hast bestimmt Hunger. Dann geh. Er braucht Schlaf.«

Er hatte recht. Der Körper, den John sich mit Sachmet teilte, hatte seit jenem Tag nicht mehr geschlafen, als sie das Haus seiner Mutter abgefackelt und ihre Pokale eingeschmolzen hatten. Wann immer John die Augen schloss, schlug Sachmet sie wieder auf. Wenn er schlief, erwachte sie und übernahm seinen Körper. Der Leib, den sie sich teilten, war Tag und Nacht in Bewegung. Es war ein junger Leib, kräftig und gesund, doch alles Fleisch muss einmal ruhen.

Jetzt war Sachmet wach, während John schlief. Klaus war noch dabei zu lernen, wie er die beiden voneinander unterscheiden konnte. Sie sprachen mit derselben Stimme, aber mit anderen Worten. Sie hatten dasselbe Gesicht, aber nicht denselben Ausdruck. Sachmet benutzte beim Reden die Hände mehr, als John es jemals getan hatte. *Wenn ich zwanzig Jahre in einem Amulett gesteckt hätte, würde ich mich auch gerne bewegen*, dachte Klaus.

Tempeldiener brachten ihnen Bier und Schüsseln mit Linseneintopf. Klaus aß alles auf, obwohl er Linsen nicht mehr sehen konnte. »Sobek hat vor, nach Assuan zu gehen«, sagte er und brach einen Kanten dunkles Brot auseinander.

»Sobek ist ein Krokodil. Ich bin ein Löwe.« Sachmet hatte nur ein paar Bissen gegessen. Die Umrisse des Skarabäus waren unter der geschwollenen Haut auf John Fortunes Stirn deutlich sichtbar. »Mit Ras Macht hätten wir sie vielleicht in die Flucht schlagen können«, sagte sie müde. »Aber wir sind nur zur Hälfte das, was wir hätten sein können.«

Mit Ras Macht hätte John die Welt in Schutt und Asche legen können. Klaus behielt den Gedanken für sich. Er hatte genug alte Legenden gelesen, um zu wissen, dass es nicht ratsam war, einer Göttin zu widersprechen. »Der Generalsekretär ist in Kairo. Es heißt, er habe geholfen, die Kämpfe in Sri Lanka zu beenden. Wenn die UN Hilfe senden würde …«

»Würde Deutschland UN-Friedenstruppen auf seinem Boden dulden?« Bitterer Hohn lag in Sachmets Stimme. »Wieso sollte der Kalif so etwas zulassen, wenn euer Kanzler es nie tun würde? Die UNO war ein schlechter Witz, als ich in Schlaf versetzt wurde, und jetzt, da ich wieder wach bin, muss ich sehen, dass sie noch schlimmer geworden ist. Selbst Sobek hat mehr Biss als die UNO.«

Klaus sah seinem Freund forschend ins Gesicht. *Er ist John, und er ist es doch nicht.* »Sachmet, meine Dame – dürfte ich mit John sprechen?«

Seine Augen wurden schmal. »Wenn du es wünschst«, sagte sie knapp. Kurz darauf schien sich das Gesicht vor ihm allerdings zu entspannen. Klaus war sich nicht sicher. »John?«

Ein schwaches Lächeln. »Ja. Ich habe geträumt.«

»Ein schöner Traum?«

»Kate kam darin vor. Curveball.« Er klang fast wieder wie er selbst, wie der Junge, den Klaus bei *American Hero* kennengelernt hatte. Obwohl John fast zwei Jahre älter war als er, sah Klaus dennoch so etwas wie einen jüngeren Bruder in ihm, genau wie Kurt und Konrad. »Aber ich sollte nicht von ihr träumen«, fuhr der Junge fort. »Wenn zwei Wild Cards zusammenkommen... meine Mutter hat mich über die Risiken aufgeklärt, als ich alt genug war, das zu verstehen. Deshalb hatte sie immer Angst um mich, wenn ich etwas tat, das... immer, wenn ich irgendetwas tat.«

»Alle Mütter haben Angst um ihre Söhne«, sagte Klaus.

»Aber nicht alle Mütter heuern Detektive als Babysitter an.« John fuhr sich mit der Hand durchs Haar. »Mich wundert, dass Mom nicht schon längst Jay Ackroyd losgeschickt hat, um mich zu holen.«

»Vielleicht solltest du nach Hause zurückkehren. Mir hat es gar nicht gefallen, wie du heute ausgesehen hast. Diese Blutergüsse...«

»Die verblassen schon.« John stocherte lustlos in seinen Linsen herum. »Kugeln schmelzen, wenn sie unsere Haut berühren.«

»Ja«, sagte Klaus. »Aber das heißt noch lange nicht, dass sie dir nicht schaden. Wenn du eine Ratte in einen Sack wirfst und mit einem Knüppel auf den Sack einprügelst, geht der Sack auch nicht kaputt, aber die Ratte wird trotzdem zu Brei. Die Kugeln verletzen dich innerlich. Und wenn sie mit einem größeren Geschoss auf die Löwin schießen, einer Kanone oder einer Rakete...«

»Dann stirbt sie, und ich sterbe mit ihr«, versetzte John ungehalten. »Jetzt hörst du dich an wie meine Mutter. Sie fliegt, weißt du. Das ist ihre Fähigkeit. An ihr prallen Kugeln nicht so ab wie an dir. Sie kann keine Feuerbälle schleudern oder die Zeit anhalten oder die Toten erwecken, wie es mein Vater konnte. Sie kann nur fliegen. Als sie in meinem Alter war, hat sie sich Klauen machen lassen, wie lange Stahlfingernägel, und wenn es Ärger gab, dann hat sie sie aufgesetzt, um zu kämpfen. Sie hat gegen Astronomer und seine verrückten Freimaurer gekämpft. Sie hat das Schwarmmonster bekämpft, sie kam sogar nach Ägypten, um gegen Nurs Leute zu kämpfen, und das alles nur mit Flügeln und Klauen! Ich bin ihr Sohn, genauso wie der Sohn Fortunatos. Ich werde mich nicht in irgendein Kloster verziehen aus Angst vor dem, was ich bin. Wenn ich sterbe, dann sterbe ich. Ich bleibe hier.«

♥

Es war Morgen, ehe Klaus zu dem Zelt zurückkehrte, das er sich mit Bugsy teilte. Als er John Fortune verlassen hatte, waren die Tore des Neuen Tempels bereits für die Nacht geschlossen und verriegelt gewesen. Keine noch so lange Diskussion konnte Babi und seine Tempelwachen dazu bewegen, sie noch einmal zu öffnen. Klaus hätte sein Schwert herbeirufen und das Tor aufschneiden können, so wie er einst das Tor von Neuschwanstein zerlegt hatte, doch er wollte Johns Götterkameraden nicht vor den Kopf stoßen. Stattdessen hatte er sich bei Jonathans Wespen entschuldigt und die Tempelpriester um eine Unterkunft gebeten.

Da der Tank seines Motorrads so trocken war wie der Sarg einer Mumie, blieb ihm nichts anderes übrig, als vom Neuen Tempel zu Fuß zurückzugehen, wobei er sich durch das Gedränge verzweifelter Flüchtlinge schieben musste, die in die andere Richtung strebten. Das Lager war in heller Aufregung, und viele brachen auf, um so schnell und weit wie möglich von hier wegzukommen. Von dem Massaker an den Jokern im Tal der Könige und dem hitzigen Gefecht im Tal der Königinnen hatten inzwischen alle erfahren. Selbst Tut und Gamel hatten die Geschichten gehört. Als Klaus zu ihnen stapfte, wollte Tut gleich wissen, ob Lohengrin sie alle getötet hatte. Gamel war mehr um die Royal Enfield besorgt. Wer würde ihnen jetzt Geld geben, wenn es kein Motorrad mehr zu bewachen gäbe? »In Assuan werde ich mir ein neues Motorrad kaufen«, versprach Klaus. »Ein großes, schnelles und blitzendes.«

Jonathan bloggte gerade, als Klaus das Zelt betrat. »Der Kreuzritter kehrt zurück«, sagte er, ohne von seinem Laptop aufzublicken. »Man erzählt sich, du und Fortune hättet die gesamte ägyptische Armee erschlagen.«

»Nur ein paar Soldaten. Da kommen noch mehr. General Yussuf…«

»…hat den Göttern gesagt, sie sollen verschwinden, ich weiß. Ich schreibe gerade darüber. Doch so weit kommt es nicht. Taweret wird den Neuen Tempel nicht aufgeben. Darauf kannst du Haus und Hof verwetten.«

»Ich habe weder Haus noch Hof«, sagte Klaus verwirrt. »Und wenn die Armee anrückt, kann der Neue Tempel nicht gehalten werden.«

»Natürlich nicht. Was bedeutet, dass es für uns drei Zeit ist, dem Regenbogen nach Assuan zu folgen. Okay, du bist der Blechmann, und John ist der nicht ganz so feige Löwe. Dann bin ich wohl die Vogelscheuche. Aber wer ist Dorothy? Hey, ich habe einen Namen für dieses großartige historische Ereignis, in das wir da alle hineingeraten sind. Mao hatte den Langen Marsch, die Cherokee hatten den Pfad der Tränen, und jetzt haben wir… Trommelwirbel bitte… die Karawane des Kummers!«

»Die Karawane des Kummers?« Klaus verzog das Gesicht.

Jonathan wirkte geknickt. »Gefällt es dir nicht?«

»Irgendwie blöd.«

»Der Weg der Wehklagen? Der Treck des Terrors?«

»Noch blöder.« Klaus fing an, Kleider in seine Tasche zu

stopfen. Er besaß eine Menge T-Shirts von *American Hero*.
»John meint, dass er dableibt.«

»Sachmet möchte, dass John dableibt, willst du wohl sagen. Wie wär's mit *Das große Schleppen*? Oder *Die wundenvolle Wüstenwanderung*? Sei mal ein bisschen kreativ. Ich brauche was Griffiges. Etwas Knackiges, damit die Blogosphäre was zu beißen hat.«

»Der Exodus.«

»Gab's schon. Zehn Plagen, zehn Gebote, ein Goldenes Kalb. Das mit dem Wagenrennen war cool. Yul Brynner als Moses. Oder war es Telly Savalas? Diese Glatzköpfe sehen doch alle gleich aus. Charlton Heston war der Pharao. Daran erinnere ich mich noch gut. ›So soll man es schreiben, so soll es geschehen.‹ Vielleicht wäre *Treck des Terrors* doch eine Überlegung wert?«

»Der zweite Exodus.«

»Nicht schlecht.« Jonathans Wespen summten etwas lauter. Das taten sie immer, wenn er aufgeregt war. »Nicht gerade genial, aber wenn ich daran vielleicht noch etwas rumschraube… Exodus II, die Fortsetzung. Gib dem Ritter eine Wurst. Hey, hast du eigentlich was zu essen mitgebracht? Irgendwas außer Linsen? Zeugnis für die Welt abzulegen macht hungrig. Ich könnte…«

Dann war das Zelt plötzlich von Sonnenlicht erfüllt.

Klaus warf einen Arm hoch, um die Augen abzuschirmen. Einen halben Herzschlag lang war er geblendet, und als er wieder etwas sah, stand ein Mann neben Jonathan und holte mit einem Krummsäbel aus. Bugsy musste die Gefahr gesehen haben, denn er riss schützend die Hände nach oben. Der Eindringling trennte sie ihm ab.

Blut schoss aus den Stümpfen, heller als Klaus es für möglich gehalten hätte. *Rotes Feuer*, konnte er gerade noch denken, doch während er im Kopf die Worte bildete, verwandelte sich das Rot in Grün. Der Krummsäbel kam in einem weiten Bogen zurück, um sich in Jonathans Schädel zu graben. »Nein!«, schrie Klaus und vermochte sich endlich zu rühren, doch zu spät, zu langsam. Anstatt des dumpfen Knackens, das er zu hören befürchtete, erklang nur ein wütendes Summen, als die Klinge durch einen Insektenschwarm sauste und ein T-Shirt von *American Hero* zerteilte, auf dem ein Bild des maskierten King Cobalt prangte. In alle Richtungen stoben Wespen davon und rasten aus dem Zelt hinaus, während Lohengrin sein Schwert erscheinen ließ.

Der Fremde drehte sich um. Er war einen Kopf kleiner als Lohengrin, doch seine Arme waren hager und sehnig, sein Bauch flach, seine Brust breit. Er hatte eine Wüstentarnhose an, und seine Weste war aus Kevlar. Darüber trug er einen glänzenden Mantel aus Goldbrokat, der am Hals mit einer grünen Jadebrosche in Form ineinander verschränkter Halbmonde verschlossen war. Seine Haut war dunkel wie geölte Bronze, sein Bart rotgolden. Eine Kufiya bedeckte seine Haare. »Du bist der Kreuzritter.«

»Ich bin Lohengrin. Und du bist Bahir.« Sein Herz klopfte wieder ruhiger und regelmäßig. »Das Schwert Allahs.«

»Du hast von mir gehört. Ich fühle mich geschmeichelt.«

»Ich weiß, dass du ein Feigling und ein Mörder bist, dass du teleportieren kannst und Unbewaffnete von hinten meuchelst.«

»Jetzt fühle ich mich weniger geschmeichelt. Du redest zu viel. Töten sollte ein lautloses Geschäft sein.« Bahir schnellte vor.

Er bewegte sich wie ein Panther, und sein Krummsäbel blitzte golden auf. Dann stieß er zu, wirbelte durch die Luft und stieß wieder zu, schnell wie der Blitz. Der erste Treffer hätte Klaus von der Leiste bis zum Nabel aufgeschlitzt, und der zweite hätte ihm den Kopf abgetrennt, doch seine Rüstung wehrte beide Hiebe ab.

»Du kannst mir nichts anhaben«, sagte Klaus. Er hob seinerseits das Schwert und trat vor. Dabei legte er sein ganzes Gewicht und seine ganze Kraft in den Schlag. Mit einem leisen Ploppen löste Bahir sich auf, sodass Klaus das Gleichgewicht verlor und ins Stolpern geriet. Bevor er sich wieder fangen konnte, erschien der Araber hinter ihm und schlug ein, zwei, drei Mal auf seinen Kopf ein. Beim dritten Schlag wirbelte Klaus herum und ließ sein Schwert auf den Gegner zurasen.

Bahir sprang nach hinten, doch Lohengrins Klingenspitze schnitt durch seine Kevlarweste, als wäre sie aus Seide, und hinterließ eine lange, schmale Linie, die sich bald rot färbte. »Du bist schneller, als du aussiehst«, sagte der Assassine.

»Ja.« Klaus stieß erneut zu. Bahir verschwand und tauchte rechts von ihm wieder auf und landete einen Treffer, der Klaus den Schwertarm am Ellbogen abgetrennt hätte, wäre seine Rüstung nicht gewesen. Klaus wandte sich um, und Bahir griff erneut an, zielte auf eine Achillessehne, doch auch hier stieß er auf Rüstung. Klaus vollführte eine Drehung. »Bleib stehn und kämpfe«, donnerte er. »Nimm diese Rüstung eines Feiglings ab!«, entgegnete Bahir und holte aus.

Lohengrins Schwert sauste herab, doch diesmal parierte Bahir mit dem Krummsäbel. Die weiße Klinge traf auf die goldene, ging durch sie hindurch wie eine Guillotine durch Butter und drang durch Brokat und Kevlar in Bahirs Schulter ein. *Ein bisschen mehr Schwung, und ich hätte ihm den Arm abgetrennt.* Blut sprudelte hervor, als Klaus das Schwert herauszog, doch sein letzter Schlag traf nur noch leere Luft.

Und plötzlich war es dunkler im Zelt, als hätte sich eine Wolke vor die Sonne geschoben. Diesmal tauchte der Araber nicht mehr auf. Einige Blutflecken und ein Krummsäbel blieben neben Jonathans Kleidern zurück: Socken, Schuhe und T-Shirt, eine kurze Jeans und ein stylischer Slip. Klaus suchte nach den Händen seines Freundes, doch diese waren ebenfalls verschwunden. Konnte es sein, dass Bahir sie als

Trophäe mitgenommen hatte? Er drehte eine letzte Runde durchs Zelt, um sich zu vergewissern, dass der Meuchelmörder nicht in den Schatten lauerte, fand aber nur einen Skorpion und ein paar verstreute Wespen, die zu Bugsy gehörten. Schließlich stieß Klaus einen Seufzer aus und ließ Schwert und Rüstung verschwinden.

Es dauerte zwanzig Minuten, bis sich andere Wespen zu denen im Zelt gesellten, und dann noch einmal eine halbe Stunde, bis genug grüne Insekten beisammen waren, um Jonathans Kopf zu bilden. Seine Haare klebten ihm schweißnass am Schädel, und sein Blick huschte unruhig hin und her. Als Klaus den Kopf an den Haaren anob und auf die Orangenkiste setzte, ging Hives Mund ein paarmal auf und zu, doch kein Laut drang aus ihm heraus. Das geschah erst später, als genügend Wespen für eine Kehle, Stimmbänder und eine Lunge zusammen waren. »Ist er weg?«, keuchte Jonathan schließlich. »Was ist passiert? Hast du ihn getötet?«

»Ich habe ihn verletzt, aber er ist abgehauen.«

»Ich habe ja gesagt, dass es keine gute Idee ist, nach Ägypten zu kommen.« In der Luft schwirrte es inzwischen von Wespen, laut summend krabbelten sie aufeinander herum, während sich ihr grünes Chitin in klamme weiße Haut verwandelte. »Wir könnten draufgehen, habe ich gesagt, erinnerst du dich?« Seine Genitalien nahmen Gestalt an, klein und verschrumpelt. Arme und Beine bildeten sich. Schenkel und Waden, Fußgelenke und Ellbogen, kleine rosa Zehen mit hässlichen gelben Zehennägeln. Zum Schluss kamen seine Hände. Klaus sah ihnen nicht an, dass sie abgetrennt worden waren, doch Jonathan bewegte unablässig die Finger und tastete seine Handgelenke ab, drückte und zwickte, als fühle er nach seinem Puls. »Das hat wehgetan«, sagte er. »Das hat echt wehgetan. Ein Teil von mir ist gestorben. Ein paar Wespen.«

»Ja.« Klaus ertappte sich dabei, wie er ihn anstarrte. »Sind das ... sind das dieselben Hände? Oder hast du jetzt neue Hände aus anderen Wespen gemacht?«

»Woher soll ich das wissen?« Jonathans Stimme wurde schrill. »Neue Wespen, alte Wespen ... es sind Wespen. Glaubst du, die haben fest zugewiesene Plätze wie bei einer Brandschutzübung? Vielleicht sollte ich ihnen allen Namen geben und Anwesenheitslisten rumgehen lassen, damit ich rausfinde, welche von ihnen trödeln.« Er fand seine Unterhose und zog sie an, ein Bein nach dem anderen. »Er wollte mir den Kopf abhacken«, sagte er und hob eine Socke auf. »Warum mir? Was hab ich ihm denn getan? Was ist, wenn er zurückkommt?«

»Er wird nicht zurückkommen. Ich habe ihm Angst eingejagt, als ich sein Schwert zerteilt habe.« Klaus trat gegen den zerbrochenen Krummsäbel. »Siehst du, wie sauber und glatt der Schnitt ist? Seine Klinge kann es mit meiner nicht aufnehmen.«

Bugsy zuckte vor der Waffe zurück. »Was, wenn er sich ein anderes Schwert besorgt? Was, wenn er zurückkommt, wenn wir schlafen?« Er stand auf einem Bein und zog sich die Socke an. »Wo ist die andere Socke? Hat er sie mitgenommen? Vielleicht kann er auf diese Weise Leute aufspüren, wie ein Hund. Bahir, das war Bahir – weißt du, wie viele Menschen der schon getötet hat? Er kann überallhin gehen. Keine Chance, ihn auszusperren. In Paris hat er einen Typen am helllichten Tag ermordet, einen syrischen General, der zum Westen übergelaufen war. Er hat ein Croissant an der Rive Gauche gegessen, und plötzlich taucht hinter ihm dieser Bahir auf, schneidet ihm den Kopf ab und nimmt ihn mit nach Damaskus als Geschenk für den Nur. Das kam sogar in den Nachrichten.«

»In Deutschland auch.« Damals war Klaus noch in Peenemünde gewesen. Er konnte sich noch daran erinnern, dass Doktor Fuchs und Doktor Alpers darüber diskutiert hatten, ob Teleportation tatsächlich ohne Zeitverzögerung stattfindet oder nicht.

»Ich muss nach D.C. zurück. Ich glaube, ich habe den Herd angelassen. Ein *Papiertiger*, mehr wollte ich nie sein. Niemand hat je versucht, George Plimpton den Kopf abzuhacken, sonst hätte ich davon gehört.« Jonathan griff nach einem Curveball-T-Shirt und zog es sich über den Kopf, doch es gehörte Klaus und war viel zu groß für ihn. Obendrein zog er es auch noch falsch herum an. Jetzt hing der Slogan DIE HERZEN – IMMER AM RECHTEN FLECK über seiner dürren Brust herab. »Warum hatte er es auf mich abgesehen? Journalisten genießen Immunität, so lautet die Regel. Kennen die die Regeln nicht? Fortune hat doch den Käfer im Kopf, und du bist der Held mit dem großen Schwert. Und dann suchen sie sich ausgerechnet den Insektenmann aus?«

»Aber du bloggst auch. Du legst Zeugnis ab vor der Welt.«

»Na und?« Jonathan erspähte etwas. »Oh, prima, meine andere Socke.«

»Nun, überleg mal, vielleicht haben sie irgendwas vor, von dem sie nicht wollen, dass die Welt davon erfährt.«

Jonathan sah auf. Er bekam große Augen. »Was heißt ›Oh fuck!‹ auf Deutsch?«, sagte er und ließ die Socke fallen.

»Pack deine Sachen«, sagte Klaus. »Wir gehen zum Tempel. John muss davon erfahren. Er und Sachmet.«

◆

Über ihnen stand kein Wölkchen am blauen Himmel, und die Sonne brannte herab. Ihre gespiegelte Zwillingsschwester strahlte unten auf dem stillen Wasser des Brunnenbeckens im verborgenen Innenhof. Doch selbst mit zwei Sonnen war es in dem Hof kühl.

In schattigen Nischen ringsum saßen die Lebenden Götter auf ihren Thronen und lauschten dem Streitgespräch.

Gerade redete Taweret. Sie war die älteste der Götter, die im Neuen Tempel wohnten, und die Anführerin. Die Taweret aus Fleisch und Blut saß unterhalb ihres steinernen, hoch aufragenden Ebenbilds, und bedient wurde sie von ihrem Gefolge aus neun Zwergenpriestern in Leinenroben mit Goldkragen. Ihre Haut war grau und gummiartig, ihre Beine waren dick wie Baumstämme, und ihr Kopf war der eines Nilpferds. Damit sein Gewicht ihr nicht das Genick brach, trug sie einen eisernen Stützkragen. Wie eine Gestalt, die aus Walt Disney's *Fantasia* entsprungen war und ihr rosafarbenes Balletröckchen gegen ein Seidengewand mit juwelenbesetztem Kragen eingetauscht hatte, so hatte Jonathan sie auf seinem Blog beschrieben. Zum Glück las die Göttin kein Englisch.

»Was sagt sie?«, fragte Klaus Sobek.

»Sie meint, sie sei zu alt und fett, um zu kämpfen, und dass es ein paar Ziegelsteine nicht wert sind, dass man für sie stirbt.« Sobek holte eine Schachtel Zigaretten aus seiner Tasche, klopfte eine heraus und zündete sie an. »Sie war dabei, als Kemel hier den Neuen Tempel errichtet hat. Er war viele Jahre lang ihre Heimat. Aber in Assuan gibt es auch schöne Tempel. Sie hat unsere Schätze für ein Ausflugsschiff ausgegeben, das uns nach Assuan bringen wird. Derzeit liegt die *Pharao* in Luxor, sie wird aber morgen hier sein.«

Ein Aufschrei folgte auf diese Eröffnung. Das Kind Klein-Isis schluchzte, und der groteske vierköpfige Ba-neb-djedet fing an, mit allen Mündern gleichzeitig zu zetern. Der Schwarze Anubis sprang von seinem Thron auf und reckte die Faust in die Höhe, und der Rote Anubis schrie ihn an. Aus den Schatten am Fuß des Brunnens drangen ein Rascheln und ein schrilles Heulen, und Selket kam ins Sonnenlicht gekrabbelt. Sie hatte das Gesicht einer schönen jungen Frau auf dem Körper eines riesigen roten Skorpions, und Rauch stieg auf, wenn Gift von ihrem gebogenen Schwanz auf das Pflaster tropfte. Alle redeten durcheinander, bis Horus für Ruhe sorgte, indem er seine Schwingen zusammenschlug, was einen Donnerschlag verursachte, von dem sich sogar das Wasser im Becken kräuselte.

Er ist wütend, stellte Klaus fest. Dazu musste er den Gott nur anschauen. Horus hatte angefangen, Taweret zu beschimpfen.

»Was ist dem denn über die Leber gelaufen?«, fragte Jonathan.

»Taweret«, erwiderte Sobek. »Horus sagt, sie sei eine ängstliche alte Vettel und ihre Feigheit eine Schande für uns alle. Dass Kemel neun Jahre gebraucht hat, um diesen Tempel zu errichten, und dass Taweret ihn nun von heute auf morgen aufgeben will. Dass wir für das, was uns gehört, kämpfen müssen.« Der Krokodilgott nahm einen tiefen Zug von seiner Zigarette. »Horus ist immer so wütend. Er war Pilot der Luftwaffe, ziemlich berühmt, aber jetzt …« Er stieß eine Schwade ekligen schwarzen Qualm aus. »Ich habe gelesen, dass John Fortunes Mutter mit – wie sagt man, teke? – fliegt. Mit ihren Flügeln kann sie lenken. Horus hat kein teke. Seine Flügel sind zu groß, um in ein Cockpit zu passen, aber zu klein, um ihn in der Luft zu halten. Er kann nicht fliegen. Wie will er da eine Armee bekämpfen?«

Jonathan hustete. »Kannst du den Rauch in die andere Richtung blasen?«, bat er. Ausnahmsweise schwirrte keine Wespe um ihn herum.

Stattdessen blies Sobek einen Rauchring. »Ich hätte mit Osiris nach Amerika gehen sollen«, sagte er. »Ich kann Englisch, ich könnte am Empfang arbeiten: ›Hallo, werter Herr, und willkommen im Luxor. Viel Glück im Spiel, Madam. Eine Frau, Sir? Natürlich, ich schicke eine auf Ihr Zimmer.‹ Thot hat ein Showgirl geheiratet, das hätte ich auch machen können. Ich sehe um einiges besser aus als Thot.« Er wandte sich John Fortune zu, der grimmig schwieg und lauschte.

»John, mein Freund, nimm mich in dieses andere Luxor mit, wo Elvis regiert. Ich möchte ihn gern kennenlernen.«

John gab keine Antwort, dafür Bugsy: »Der King ist tot«, erklärte er. »Es gibt nur noch Nachahmer.«

Sobek zuckte mit den Schultern. »Na gut. Ich bin sowieso zu alt für Showgirls.«

Horus' Zorn war endlich abgeklungen. Taweret nuschelte etwas auf Arabisch und blickte so verdrießlich drein, wie es einem Nilpferd nur möglich war. Dann traten ein paar andere Götter vor, um ihre Meinung zu äußern, und Sobek dolmetschte. »Babi und die Tempelwachen folgen Taweret, wohin sie auch geht. Selket möchte bleiben und zusammen mit Horus kämpfen. Sie sagt, dass sie tausend ihrer kleinen roten Schwestern herbeirufen will. Bastet meint, das wäre verrückt. Sie fährt auf der *Pharao* flussaufwärts. Min ist sich nicht sicher. Unut glaubt, dass wir Botschafter nach Kairo schicken sollten, um zu verhandeln.« Er ließ die Zigarette fallen und trat sie aus.

»Mein Herz würde zu Horus stehen«, sagte Sachmet mit John Fortunes Stimme. »Aber mein Verstand weiß, dass Taweret recht hat. Besäßen wir die Macht Ras ...«

»Wenn wir Eier hätten, könnten wir Rührei mit Speck machen«, grummelte Jonathan, »wenn wir Speck hätten.«

Klaus runzelte die Stirn. »Was soll das denn heißen?«

»Es heißt, dass wir am Arsch sind.«

Sobek nickte. »Assuan ist unsere einzige Hoffnung.«

»Und wenn die Armee euch nach Assuan folgt?«, fragte Klaus.

Es war Sachmet, die darauf antwortete: »Südlich von Assuan befindet sich nur noch Abu Simbel, und Abu Simbel ist nicht groß genug, um auch nur ein Zehntel unserer Leute zu beherbergen. Wenn sie uns in Assuan nicht in Ruhe lassen, dann wird der Nil sich blutrot färben.«

»Den Film hab ich gesehen«, sagte Jonathan Hive. »Überspringt das mit dem Blut, das funktioniert nicht. Geht gleich zum Tod der Erstgeborenen über, vielleicht gewinnt ihr damit ihre Aufmerksamkeit.«

So soll man es schreiben, dachte Klaus. *So soll es geschehen.* Diesen Film hatte er auch gesehen.

♠

Als die Nacht hereinbrach, waren sie zu dritt in John Fortunes Zimmer mit Nilblick versammelt. Jonathan war wieder mit dem Laptop beschäftigt und suchte nach Flugverbindungen. »Scheiße«, sagte er immer wieder. »Ich bin echt geliefert. Assuan ist der nächste Flughafen, der noch nicht zu ist, ist das zu fassen? Und alle Flüge gehen über Kairo.«

»Vielleicht ist es nicht Gottes Wille, dass du gehst«, sagte Klaus. »Wenn du gehst, wer legt dann Zeugnis ab vor der Welt?«

»Wolf Blitzer. Katie Couric. Jon Stewart. Geraldo Rivera. Okay, vielleicht nicht gerade Geraldo, der könnte nicht mal von seinem eigenen Schwanz Zeugnis ablegen, selbst wenn er ihn in Al Capones Keller gefunden hätte.« Das Laptop piepte fröhlich. Jonathan drückte eine Taste, las und runzelte die Stirn. »Oh, seht mal, noch ein Mädchen, das ein Kind von John Fortune haben will. Die hier ist immerhin ganz hübsch. Warum gebe ich mich eigentlich noch mit diesen E-Mails ab? Ich bekomme sowieso nur Spam und Post von Mädchen, die euch beiden Nacktfotos schicken wollen. Wer bin ich denn? Euer Zuhälter? Nichts gegen deinen Vater, John. Warum schickt keines dieser Mädchen mir ein Nacktfoto?«

»Du verwandelst dich in Wespen«, sagte John Fortune.

»Ja«, sagte Klaus. »Und du bist dort klein, wo Frauen Größe erwarten.«

»Das war gemein«, sagte Jonathan eingeschnappt. »Ich kann euch versichern, dass bei mir alles in Ordnung ist, das hat mir Nancy Heffermann auf der Mittelschule ausdrücklich bestätigt. Größe spielt sowieso keine Rolle. Ich kann euch Webseiten zeigen ...«

»Ich habe von deinem Herzen gesprochen.« Klaus schlug sich mit der Faust gegen die Brust. »Hier.«

»Lass ihn in Ruhe«, sagte John Fortune. Und an Jonathan gewandt fügte er hinzu: »Die *Pharao* bringt dich nach Assuan. Von dort kannst du ein Flugzeug nach Addis Abeba oder Nairobi chartern und einen Linienflug nach Europa nehmen. Nimm meine American-Express-Karte. Die werde ich hier nicht brauchen.«

»Die schwarze? Das ist ... Mann, ich weiß nicht, was ich sagen soll.«

Klaus konnte es nicht länger mit anhören. Er wandte sich zur Tür um. »Lohengrin, warte«, hörte er John sagen, doch er hatte genug vom Warten und war erschöpft vom Reden. Im Moment wollte er einfach nur seine Ruhe haben.

Die fand er in dem Labyrinth, das der Neue Tempel darstellte. Er schlenderte durch mondbeschienene Gärten und durch lange Marmorkorridore. An den Wänden glühten rote Laternen, die Fackellicht nachahmten. Tempelwachen und Novizen sahen ihn schweigend an, wenn er an ihnen vorbeiging, und einmal, als er um eine Ecke bog, traf er auf Anubis, der von einem halben Dutzend schlanker junger Priesterinnen umsorgt wurde. Es war zu dunkel, um zu erkennen, ob es sich um den Roten oder den Schwarzen Anubis handelte, doch der Blick, den der schakalköpfige Gott ihm zuwarf, machte mehr als deutlich, dass er nicht erwünscht war. Also machte er eine ungelenke Verbeugung und ging wieder zurück.

Schließlich fand er sich in einer großen Halle mit einer großen Sphinx wieder. Sie hatte den Körper eines Löwen und das Gesicht einer Frau, was ihn an Sachmet erinnerte, nur dass die Sphinx Adlerschwingen und gebogene Widderhörner besaß. Klaus war überzeugt, dass sie eine Göttin war, doch er wusste nicht, welche. Er fragte sich, ob sein eigener Gott ihn erhören würde, wenn er zu dieser Göttin beten würde. Seine Familie war protestantisch, auch wenn er nie sonderlich fromm gewesen war. In die Kirche ging man an Weihnachten und an Ostern. »Vater«, sagte er leise. »Erhöre mich. Wir sind verloren.«

Zwei schlanke Arme umschlangen ihn, und zwei weiche Hände legten sich ihm auf die Augen. »Und gefunden«, flüsterte ihm jemand ins Ohr.

Klaus war die Berührung zutiefst vertraut, dieser würzig süße Duft, diese Stimme. »Lili?«, keuchte er ungläubig. »Bist du es wirklich?«

»*Vor der Kaserne, vor dem großen Tor, stand eine Laterne und steht sie noch davor*«, sang sie. »*So woll'n wir uns da wiederseh'n, bei der Laterne woll'n wir steh'n, wie einst, Lili Marleen.*« Er hatte ihr den Text beigebracht. Ihre Stimme hallte in dem Saal wider, tief, rauchig, berauschend.

Klaus nahm ihre Hände weg, wirbelte herum und schloss sie in die Arme. Als er sie küsste, erwiderte sie den Kuss, genauso drängend wie er. In der dunklen Halle wirkte ihr roter Lippenstift schwarz, doch ihre Augen leuchteten silbrig blass. Klaus drückte ihr Küsse auf die Augenlider und dann wieder auf den Mund, hob sie auf den Arm und wirbelte sie herum. Atemlos vor Lachen bat sie ihn, sie wieder abzusetzen, und Klaus kam der Bitte nach. »Du bist hier«, sagte er. »Du bist wirklich hier, in Ägypten. Aber... wie?«

Die Andeutung eines verschmitzten Lächelns umspielte ihre Lippen. »Stell mir keine Fragen, dann lüge ich dich auch nicht an.«

»Nein. Wirklich, Lili, was verschlägt dich bloß hierher?«

Sie wurde ernst. »Dasselbe könnte ich dich fragen.«

Das verwirrte ihn. »Ich bin wegen John hier.«

»Und ich wegen dir.«

Das machte ihn glücklich. »Ich habe von dir geträumt. Aber woher wusstest du, wo ich bin?«

»Die ganze Welt weiß, wo du bist, mein galanter Ritter. Jedes Mal, wenn dein Freund Hive einen neuen Blogeintrag hochlädt, lesen eine Million Leute von deinen jüngsten Taten.«

»Eine Million?« Davon hatte Klaus keine Ahnung gehabt. »So viele?«

»Diese Woche. Nächste Woche werden es zehn Millionen sein, falls Hive dann noch am Leben ist. Niemand mag es, wenn ihm Wespen in der schmutzigen Wäsche herumkriechen, am wenigsten ein Kalif.«

»Dann wird sich der Kalif freuen. Jonathan fliegt nach Hause zurück.«

»Wirklich? Schlaues Bürschchen. So wird er überleben, um noch lange bloggen zu können. Du solltest ihn begleiten, Klaus. Und deinen Freund John Fortune mitnehmen.«

»John wird nicht von hier weggehen. Die Lebenden Götter sind sein Volk.«

»Sachmets Volk, meinst du wohl.« Sie nahm seine Hand. »Klaus, man nutzt dich aus. Die Lebenden Götter sind genauso wenig Götter wie die Figuren in Disney World. Wir wissen seit einem halben Jahrhundert, dass die Wild Card auch eine psychologische Komponente hat, weshalb es nicht sonderlich überrascht, dass hier im Schatten der Pyramiden ein paar Betroffene die Gestalt von Isis, Osiris und all den anderen annehmen. Aber zu glauben, dass sie tatsächlich diese Götter seien … Kemel, der Mann, der diesen Kult ins Leben gerufen hat, gehört auf eine Stufe mit John Smith und L. Ron Hubbard. Sieh dir deine neuen Freunde doch mal genauer an, mein Schatz. Du wirst merken, dass sie sehr gut darin sind, Opfergaben entgegenzunehmen, aber nicht ganz so gut, wenn es darum geht, Gebete zu erhören.«

Diese Seite von Lili hatte Klaus in Amerika nicht kennengelernt. Dort war alles Wein, Küsse, Lachen und im Dunkeln geflüsterte Geheimnisse gewesen. Jetzt verwirrte sie ihn. Er war ein guter Streiter mit dem Schwert, aber weniger gut mit Worten. »Sie sind Joker, ja, ich weiß. Aber die Moslems wollen sie umbringen...«

»Abdul-Alim will sie alle umbringen, richtig. Er versucht verzweifelt zu beweisen, dass er stark ist, um den Gerüchten, er wäre ein schwächlicher Trottel, etwas entgegenzusetzen. Schere nicht alle Moslems über denselben blutigen Kamm. Die Situation ist viel komplexer. Der Nur war der charismatischste Anführer, den der Islam seit Baibars gehabt hat, doch er brauchte zwanzig Jahre, um ganz Arabien zu vereinigen und das Kalifat wiederherzustellen. Dieser Idiot Abdul wird alles in zwanzig Monaten wieder zunichte machen. Wenn er stürzt, geht die Herrschaft auf Siraj von Jordanien über. Der ist moderat, säkular und pragmatisch. Prinz Siraj ist ein guter Mensch. Unter ihm werden die Araber Frieden und Wohlstand finden, der Westen kriegt sein Öl, und die Lebenden Götter und ihre armen irregeleiteten Gläubigen werden in Ruhe gelassen.«

»Diejenigen, die nicht tot sind«, sagte Klaus.

»Diejenigen, die nicht tot sind«, bestätigte sie. »Erst muss jedoch Abdul-Alim gestürzt werden. Und deine Anwesenheit hier hat nur dazu gedient, ihn auf dem Thron zu halten. Nichts einigt ein zerstrittenes Volk mehr als eine Bedrohung von außen. Weißt du, wie man dich auf Al-Dschasira nennt? Den *Kreuzritter*.«

»Die Kreuzfahrer waren tapfer«, sagte Klaus im Brustton der Überzeugung.

»Ich habe keine Zeit, mit dir über Bohemund von Antiochia zu diskutieren, mein Süßer. Glaub mir einfach, dass *Kreuzritter* in diesem Teil der Welt kein Kosename ist. Damit gibst du Abdul nur einen sichtbaren Feind, den er braucht, um an der Macht zu bleiben. Und nun, nachdem Bahir versagt hat, wird er dir den Rechtschaffenen Dschinn auf den Hals hetzen.«

Klaus verschränkte die Arme vor der Brust. »Ich habe Bahir geschlagen. Den Dschinn kann ich genauso besiegen. Ich fürchte keinen Feind.«

»Fürchte diesen. Vor achtzehn Monaten verschwand das israelische Ass Sharon Cream. Die stärkste Frau der Welt, heißt es, doch als der Mossad ihre Leiche gefunden hat, war sie grau und zusammengeschrumpelt wie eine Fliege, nachdem ihr eine Spinne den Saft ausgesaugt hat. Ihr Fleisch zerfiel zu Staub, als man sie während der Autopsie aufschneiden wollte.

Ein paar Wochen später hatte der Dschinn seinen ersten öffentlichen Auftritt. Er hat ein Panzerfahrzeug hochgehoben und es zwölf Meter weit geschleudert. Das war genug, um einen Platz in der Wache des Kalifen zu bekommen, aber nicht genug, um im Westen großes Interesse zu wecken. Kräftige Kerle gibt es im Dutzend billiger, und der Nur hatte noch andere Asse in seinen Diensten.

Außerdem hatte er General Sayid, den verkrüppelten Riesen, seine rechte Hand und sein engster Freund. Schon als Jugendlicher hatte Sayid Mühe gehabt, sein eigenes Gewicht zu tragen, und vor zwanzig Jahren hat ein amerikanisches Ass ihm beide Beine zertrümmert. Seither konnte er nicht mehr laufen. Niemand war überrascht, als Sayid schließlich starb. Der Nur ehrte ihn in Damaskus mit einem Staatsbegräbnis, doch sein Sarg blieb verschlossen, und er wurde niemals aufgebahrt. Unter den Trauergästen war der Rechtschaffene Dschinn, der zu riesenhafter Größe angewachsen war. Er maß zehn Meter… und er besaß die Kraft, sein Gewicht zu tragen.

Seit damals sind mehrere der Asse aus Port Said unter mysteriösen Umständen verschwunden, die Helden, die die israelische Armee im Krieg von 1948 zurückgeschlagen haben. Zwar waren sie inzwischen alt und gebrechlich, aber trotzdem. Kopf ist einer der Vermissten. 1948 hat er eine ganze israelische Armee in die Flucht geschlagen, die Soldaten wurden von einer unerklärlichen Furcht ergriffen. Und nun hören wir, dass zwei Brüder des Kalifen vor Angst gestorben sind, nachdem der Dschinn sie besucht hat.

Ich hoffe, du erkennst das Muster. Deine Fähigkeit ist großartig, aber du würdest gut daran tun, dich vom Rechtschaffenen Dschinn fernzuhalten, falls du nicht willst, dass er sich eine Rüstung aus Geisterstahl zulegt.«

Klaus starrte sie an. »Woher weißt du das alles?«

»Ich bin dem Rechtschaffenen Dschinn schon selbst begegnet. Danach … habe ich angefangen, mich für ihn zu interessieren. Ziehe niemals blind in die Schlacht, mein Ritter. Es lohnt sich, seine Hausaufgaben zu machen.« Sie hängte sich bei ihm ein und legte den Kopf an seine Brust. »Komm mit mir von hier fort, Klaus. Ich kenne ein schönes Schloss am Rhein. Ein knisterndes Feuer, ein Himmelbett und ich. Was willst du mehr?«

»Nichts«, sagte Klaus. »Wenn das erledigt ist.«

»Jetzt. Auf der Stelle. Küss mich, und ich bringe dich hin.«

Er verzehrte sich nach ihr, wie er sich noch nie nach einer Frau verzehrt hatte. Doch anstatt sie in den Arm zu nehmen, trat Klaus von ihr zurück und sagte: »Bringen … wie willst du mich dort hinbringen?«

Wieder erschien das angedeutete, lockende Lächeln. »Ich habe da so meine Tricks.«

Plötzlich begriff er. »Du bist ein Ass.«

»Ich verabscheue dieses Wort. So grob, so gewöhnlich, so amerikanisch. Ich bezeichne mich lieber als eine Frau, die Geheimnisse hat, wenn's beliebt.«

Er verlor den Boden unter den Füßen. *Lili unter der Laterne*, dachte er. *Unsere wundervolle Zufallsbegegnung, die Nacht, in der wir uns geliebt und miteinander geredet haben.* Schlagartig schien ihm alles so unwirklich. Er spürte, wie sich alles auflöste, dahinschmolz wie der Geisterstahl nach dem Kampf. *Ein Ass, und dazu noch hier in Ägypten.* »Was für eine Fähigkeit hast du?«

»Das möchtest du wohl gerne wissen. Ein Gentleman fragt eine Dame niemals nach ihrem Alter, ihrem Gewicht und ob sie fliegen kann. Manche nennen mich die Königin der Nacht. Kennst du deinen Mozart, Liebster? *Die Zauberflöte*? Nein, ich denke mal, du bist mehr der Wagner-Typ. Der *Walkürenritt* und so, ja? Lass mich deine Walküre sein. Ich verspreche dir einen Ritt, den du so schnell nicht vergessen wirst.«

Klaus hatte sich mehr als einen Ritt gewünscht. Klaus hatte sich alles gewünscht, hatte sie sich ganz gewünscht. Jetzt war er sich da allerdings nicht mehr so sicher. »Wenn das hier vorbei ist, dann ist unsere Zeit gekommen, aber jetzt noch nicht. Es ist wie in unserem Lied, *Lili Marleen*. Er will mit ihr zusammen sein, der Soldat, sie ist alles, woran er denkt, aber er muss in den Krieg ziehen, er muss seine Pflicht tun. Das verlangt seine Ehre. Bei mir ist es dasselbe.«

»Du irrst dich. Das ist nicht dein Land. Das ist nicht dein Krieg. Geh nach Hause, Lohengrin. Du wirst deinen Gral nicht in Ägypten finden. Nur dein Grab.« Lili trat einen Schritt zurück. »Ich sehe schon, ich vergeude meinen Atem. Das steht dir ins sture deutsche Gesicht geschrieben. Auf Wiedersehen, Klaus. Ich wünsche dir alles Gute, wirklich ... Aber wenn ich du wäre, würde ich von nun an in meiner Geisterstahlrüstung schlafen. Wenn Bahir es das nächste Mal auf dich abgesehen hat, macht er wahrscheinlich kurzen Prozess.«

»Warte«, rief Klaus. »Wie kann ich dich erreichen? Wo wohnst du? Dein Name ... heißt du überhaupt Lili?«

»Nah dran, Liebling. Versuch's mal mit Lilith.« Damit huschte sie ins Halbdunkel und war verschwunden.

♣

Das laute, überfüllte, schwärende Lager, das rund um die Memnonkolosse entstanden war, hatte sich innerhalb von drei Tagen wieder aufgelöst. Nur Müll und Exkremente blieben zurück und zeugten davon, dass Tausende hier endlose Wochen lang gelebt, geliebt und gehungert hatten. Klaus hätte es nicht verwundert, wenn sich die Kolosse von ihren steinernen Thronen erhoben hätten und ebenfalls nach Süden aufgebrochen wären.

»›*Sehet meine Werke, Mächt'ge, und erbebt!*‹«, sagte Jonathan, als die beiden noch einmal stehen blieben und zurückblickten. »Lord Byron, Mann. Ich glaube, das hat er über diese beiden Typen geschrieben. Böser Bube Byron. Er war der Drummer Boy unter den romantischen Dichtern.«

Vor zwei Tagen war die *Pharao* abgefahren, an Bord Taweret, die meisten der anderen Götter und fast alle Priester. Sie war ein großes und luxuriöses Schiff mit fünf Sternen vom Fremdenverkehrsministerium. Und so hatten die Lebenden Götter auf ihr genug Platz gefunden, um noch fünfhundert ihrer Gläubigen an Bord zu nehmen. Jonathan hätten sie auch mitgenommen, aber der war nicht am Anleger erschienen. »Ich habe verschlafen«, beharrte Hive. »Was? Bin ich etwa der erste Mensch, der ein Schiff verpasst hat?« Er gab seinem Handy die Schuld. »Der beschissene Wecker hat nicht funktioniert. Wenn ich draufgehe, muss jemand meinen Mobilfunkanbieter verklagen.«

Am Tag davor war Sobek aufgebrochen, begleitet vom Roten Anubis, von Min, Unut, Thot und ein paar anderen Göttern. Dem Krokodilgott war es gelungen, einen Konvoi aus siebzehn großen Fahrzeugen zusammenzustellen: Umzugslaster, Sattelschlepper, Schulbusse, Viehtransporter, Pritschenwagen, Muldenkipper und Ähnliches. Er hatte mit General Yussuf ausgehandelt, dass sie genug Benzin bekamen, um ins zweihundert Kilometer südlich liegende Assuan zu gelangen. Dann belud er sie mit Kindern, so viele irgend hineinpassten. In manchen Fällen musste er sie den Armen ihrer Mütter entreißen, doch die meisten Eltern waren heilfroh, wenn ihre Söhne und Töchter einen Platz auf einem von Sobeks Wagen bekamen.

Gamel und Tut waren unter den Letzten, die hinaufkletterten. »Wir bleiben bei Lohengrin«, beschwerte sich Gamel. »Bewachen Motorrad. Ein Euro.« Klaus beendete seine Proteste, indem er die Tür zuschlug und den Fahrer mit einem Klaps auf den Wagen zum Aufbrechen aufforderte. Die kleineren Kinder fingen an zu weinen, als der Konvoi losrollte. Jonathan knipste mit dem Handy Bilder von ihren tränenverschmierten Gesichtern.

Der Andrang war entsetzlich – beide Spuren waren voller alter Autos, Motorräder, Roller, rostiger Kleinbusse und Lieferwagen, ja sogar Taxis. Manche fuhren auf dem Standstreifen, während andere den Mittelstreifen nutzten. Ruckelnd und stockend ging es vorwärts, Leute wurden aus der Bahn gedrängt. Beiderseits der Straße rosteten verlassene Fahrzeuge vor sich hin, zuweilen stand auch eines mitten auf der Straße. Manche hiervon waren jedoch gar nicht aufgegeben, sondern hupten meckernd wie eine Herde Stahlgänse wegen der Fußgänger, die die Straße verstopften. Klaus gelangte zu der Überzeugung, dass die Hupen in ägyptischen Autos wohl direkt mit dem Bremspedal verbunden waren, sodass jedes Anhalten oder Abbremsen einen Heidenlärm verursachte.

Sie sahen vier Frauen und einen Jungen, die versuchten, einen Pferdekarren zu ziehen, wie ihn sein Vater benutzt hatte, um Touristen den Berg hinaufzukutschieren. Jonathan fotografierte sie. Sie sahen eine Mutter mit drei Babys auf dem Rücken und einen Mann, der eine verschrumpelte Alte über der Schulter trug. Jonathan knipste sie beide. Sie sahen sogar ein dünnes Mädchen, das einen Einkaufswagen schob, der so groß war wie sie selbst. Auf ein paar Lumpen lag darin ein schreiender Säugling, dem ein Bein fehlte. »Ein ergreifendes Bild der Vertreibung«, sagte Jonathan, als er abdrückte. Hunderte schleppten Rucksäcke, Koffer, Bündel, und sie alle drängelten und stolperten übereinander, weil sie es so eilig hatten fortzukommen. Einige schienen dem Zusammenbruch nahe zu sein. Klaus war selten so wütend gewesen und hatte sich selten so hilflos gefühlt wie jetzt, als er diesen Menschenstrom an sich vorbeiziehen sah. Er fragte sich, wie viele überleben und den Nassersee erblicken würden.

»Es wird Zeit.« John Fortune saß auf einer langhalsigen Araberstute, die so schwarz war wie die ägyptische Nacht, während Jonathan umständlich auf einen alten falben Wallach stieg. Heute hatte Hive beide Beine, doch unter seiner Kufiya fehlten beide Ohren wie auch seine kleinen Finger, Ringfinger und zwei Zehen von jedem Fuß. Klaus hatte ihn nicht nach seinen Genitalien gefragt, auch wenn ihm aufgefallen war, dass Jonathan mehr Wespen ausgesandt hatte, als ein paar Finger und Zehen hergaben.

Die Pferde waren ein Abschiedsgeschenk von Sobek. »Immerhin geht denen nicht das Benzin aus«, hatte ihnen der Krokodilgott erklärt. John Fortune entpuppte sich als geübter Reiter. Zum siebten Geburtstag hatte er ein Pony bekommen, erzählte er Klaus, und während seiner ganzen Teenagerzeit hatte er Reitunterricht genommen. »Allerdings bin ich nie ohne Helm geritten, denn Mom hatte Angst, dass ein Sturz meine Wild Card ausspielen und mich in eine Bowlingkugel mit Tentakeln verwandeln würde.«

Oder in eine feuerspuckende Löwin. Klaus konnte ebenfalls gut mit Pferden umgehen, auch wenn diese hitzköpfigen Araberpferde temperamentvoller waren als die riesigen deutschen Brauereigäule seines Vaters.

Sobek hatte ihnen Kleider besorgt, Beduinengewänder, die für eine Reise durch das rote Land besser geeignet waren als kurze Jeanshosen und die T-Shirts von *American Hero.* »Hey, cool, Lawrence von Arabien«, hatte Jonathan gejubelt, als sie die Kleider zum ersten Mal angezogen hatten. Auf seinem Blog schrieb er, dass John Fortune einen guten Omar Sharif abgab, und dass man Lohengrin als Peter O'Toole auf Anabolika durchgehen lassen konnte, aber: »Ich bin kein Anthony Quinn, auch wenn er mir in diesem Alexis-Zorro-Streifen echt gefallen hat.«

Die ganze Welt bewegte sich nach Süden, doch die drei ritten nach Norden. Jonathans Wespen hatten Abteilungen der Dritten Armee erspäht, die rasch flussaufwärts marschierten. Sie verfügten über Gewehre, Panzer und Flugzeuge, genau wie Sobek es vorausgesehen hatte, und wo immer ihnen Joker begegneten, erschossen sie sie auf der Stelle. Mit ihnen zogen die Schakale von Ichlas al-Din unter der roten Flagge des Kalifats.

»Wir dürfen uns keine großen Hoffnungen machen, diesen Kampf zu gewinnen«, sagte John Fortune, als sie am späten Nachmittag rasteten, um etwas zu trinken. »Es sind zu viele, und wir sind nur zu dritt. Wir können höchstens hoffen, sie zu verwirren, sie aufzuhalten und unseren Leuten ein bisschen Zeit zu verschaffen. Wir müssen schnell zuschlagen, sie kräftig piesacken und uns wieder zurückziehen, um woanders erneut zuzuschlagen, so wie Jonathans Wespen.«

»Ja«, sagte Klaus. »Zustechen und wieder abhauen. Ich verstehe.«

»Genau«, sagte Jonathan. »Aber weißt du, manchmal wenn man jemanden sticht, dann schlägt er nach einem. Das erwähne ich nur zur Sicherheit. Manchmal kehren nicht alle Wespen wieder zurück.«

John Fortune nickte nachdenklich. »Jonathan, es war mutig von dir, hierzubleiben, aber …«

»Ich habe verschlafen«, sagte Bugsy. »Mehr nicht. Ich habe das verdammte Schiff verpasst, also scheiß drauf. Hives kleine Wespen sind mit von der Partie. Dieser Wichser wollte mir den Kopf abhacken!« Er kratzte sich unter der Kufiya. »Ich überlege gerade, was ich mit den Panzern anstellen könnte. Wenn ich einen Weg hinein finde, könnten so zwanzig, dreißig Wespen eine Besatzung ganz schön fertigmachen. Ihnen in die Hände stechen, in die Arme, ins Gesicht. Ihnen in die Hosen krabbeln und in ihre Schwänze stechen. Dabei würde ich ein paar verlieren, aber wo die herkommen, gibt's noch mehr. Glaubt ihr, ich komme in so ein beschissenes Ding rein, wenn ich in das große Kanonenrohr hineinfliege?«

»Probier es aus. Gib uns Bescheid.« John lächelte. »Zu schade, dass Rustbelt nicht bei uns ist. Der Typ wäre ideal, wenn man es mit Panzern zu tun hat.«

Als die Sonne im Westen unterging, berichtete Jonathan, dass sich die Vorhut der Dritten Armee vom Fluss wegbewegt hatte. »Wo die Straße diesen großen Bogen macht, fahren sie direkt durch die Wüste. Panzerwagen, Panzer, Infanterie. Sogar Kampfhubschrauber. Verdammte Scheiße, ich hasse Hubschrauber. Die Rotoren wehen meine Wespen in alle Himmelsrichtungen.«

Die drei zogen sich schweigend aus und verstauten ihre Beduinengewänder in den Sattelrollen. Klaus behielt T-Shirt, Unterhose und Sandalen an, Jonathan und John rein gar nichts. Inzwischen konnten sie den Staub der anrückenden Kolonne mit bloßem Auge erkennen. »Das ist wirklich bescheuert«, sagte Hive. »Hab ich das schon erwähnt? Verdammtes Handy.« Dann verschwand er, und an seiner Stelle flog eine giftgrüne Wolke auf wie ein riesiger Rauchpython. Auch John war verschwunden. Die Pferde wieherten ängstlich, als die Löwin neben ihnen auftauchte, doch sie blieb nicht lange. Mit großen Sätzen lief sie über den Sand auf den Feind zu. Der Schwarm folgte ihr.

Klaus war der Letzte. Gegen das Rot der untergehenden Sonne strahlte das Weiß seiner Geisterstahlrüstung wie die

Hoffnung selbst. An seinem linken Arm erschien ein Schild, in der rechten ein leuchtendes Schwert. Ehe es vollends Nacht war, wollte er noch ein halbes Dutzend Panzer aufschlitzen.

»*Deus Vult!*«, rief Lohengrin, als er in das rote Land hinausschritt und der Löwin und dem Wespenschwarm folgte. Er war kein unechter Held. Keiner von ihnen war ein unechter Held. Und an diesem Abend, so Gott wollte, würden sie den Feind lehren, dass es ein Fehler war, die Abkürzung zu nehmen.

♥

Jonathan Hive

<< II nächste Seite >>

Echte Menschen sterben echt

Heute um 23:42

Völkermord, Ägypten | Panisch | »Vereinzelte Schüsse« – Die ägyptische Armee

Die gute Nachricht, getreuer Leser: Ich bin noch nicht tot.

Das war's dann aber auch schon. Die guten Nachrichten sind damit offiziell abgehakt.

Ich habe in einigen Kommentaren zu meinen letzten Postings gelesen, dass Leute meinen, ich sei nicht gerade der am wenigsten rassistische Mensch auf der Welt. Lasst mich eine Sache kurz klarstellen: Ich glaube, dass es viele wirklich großartige Moslems gibt. Verdammt viele. Hier läuft ein Typ mit einem Krokodilskopf rum, der eine Zeit lang ziemlich fromm war. Der ist schwer in Ordnung. Cat Stevens? Finde ich toll. Rumi? Mit seinen Gedichten habe ich auf dem College ein Mädchen rumgekriegt, und dafür bin ich ihm ewig dankbar.

Okay, ich rede Scheißdreck. Ich kenne keine Moslems, klar? Ich habe keinen einzigen Ägypter gekannt, bevor ich hierherkam. Aber das liegt nicht daran, dass ich etwas gegen sie hätte. Allah kommt mir auch nicht viel gruseliger vor als die Version von Jesus, auf die die Pfingstler so abfahren. Ich wechsle nicht die Straßenseite, wenn ich eine Frau mit Kopftuch sehe. Ich habe noch nie eine Moschee heimlich mit Klopapier verunstaltet. Ich bin ein verdammter Liberaler, okay? Wir lieben alle, außer Newt Gingrich.

Es gibt nur eine Sorte Moslem, die ich auf den Tod nicht ausstehen kann – die Sorte, die mich umbringen will. Und wenn sie alle auf dem Schlachtfeld den Glauben wechseln und protestantisch werden würden? Dann könnte ich sie immer noch nicht ausstehen.

Vor einer Woche fiel der Neue Tempel in Karnak. Wir haben seinen Untergang so lange wie möglich hinausgezögert, Fortune, Lohengrin und ich. Wir haben die bewaffneten Einheiten sogar eine Weile lang aufgehalten. Gegen Ende bekamen wir Hilfe von einem hiesigen Ass, das Skorpione herbeirufen konnte. Schlacht des Ungeziefers nannten wir das dann.

Inzwischen ist sie tot.

Sie sind mit aller Macht angerückt. Ich weiß nicht, wie viele Hunderte, Tausende. Die Lebenden Götter, die zurückblieben, um ihr Heim und ihren Tempel zu verteidigen, wurden abgeschlachtet. Lohengrin wäre dort wahrscheinlich auch draufgegangen, wenn man ihm die Gelegenheit dazu gegeben hätte. Viele sind gestorben, als der Neue Tempel in Brand gesteckt wurde. Lohengrins Rüstung ist zwar der Hammer, aber ich wüsste nicht, wie sie ihn davor bewahren sollte, geröstet zu werden. So wie es mit den anderen geschehen ist.

Horus. Netter Typ. Hat Schwingen, kann aber nicht fliegen. In New York wäre er einer von vielen Pennern, die in Jokertown nach Arbeit suchen. In Ägypten jedoch war er ein Gott. Und nun ist er tot. Das Letzte, was ich sah, als ich meine Wespen zurückholte, war, wie sie seine aufgespießte Leiche zur Schau stellten. Lohengrin ist noch immer der Überzeugung, dass wir hätten bleiben sollen. Fortune meint, dass es besser war weiterzuziehen. Und lange genug zu leben, um die Leute zu beschützen, denen wir noch helfen können.

Ich bin mir nicht mehr sicher, wer damit gemeint sein soll. Wir sind auf dem Weg nach Süden in Richtung Assuan. Die Einheimischen gehen davon aus, dass wir dort sicher sein werden, aber mit jedem Tag entpuppt sich diese Hoffnung immer mehr als ein frommer Wunsch. Inzwischen werden wir täglich angegriffen. Keine geballten Vernichtungsschläge, die einer Götterdämmerung gleichen, sondern kleine Scharmützel. Grob geschätzt haben wir gestern hundert Leute verloren. Heute werden wir genauso viele verlieren, und morgen noch einmal, und übermorgen wieder.

Glaubt ihr etwa, ich denke mir das alles nur aus? Kommt der Wespenjunge euch ein bisschen zu theatralisch rüber? Also, ich habe immer noch mein Handy, und mit dem kann man immer noch Filme aufnehmen. Es hat die ganze Nacht gedauert, um das hier ins Netz zu stellen – über das 28.8-Analogmodem eines verlassenen Handelspostens oder Mini-Supermarkts oder was auch immer. Und jetzt könnt ihr es euch *hier* und *hier* anschauen. Aber schickt davor erst mal eure Kinder raus. Im Ernst. Und zwar sofort.

Leute, das sind echte Menschen. Kinder, Väter, Mütter, Ehemänner, Ehefrauen. Sie haben die falsche Gestalt, denken das Falsche, und sie sterben echt. Manche von ihnen haben Waffen. Nur wenige von ihnen sind Asse. Lohengrin tut, was er kann. Fortune und seine neue Flamme Sachmet tun, was sie können. Ich springe ihnen bei. Aber wir haben es hier mit Panzern und Hubschraubern und Typen zu tun, die mit einer AK-47 umgehen können. Dagegen sind wir beschissene Amateure.

Und da ist noch etwas. Schistosomiasis. Schon mal davon gehört? Der Nil ist so verschmutzt, dass er zu einem Brutgebiet von etwas wurde, das sich »Bilharzia« nennt. Ich hab's im Internet nachgeschlagen. Leberegel oder so was. Langer Rede kurzer Sinn: Wenn man das Wasser trinkt, stirbt man daran, wenn auch nicht auf der Stelle. Und jetzt erklär mal einer Achtjährigen, die vor Durst fast umkommt, dass sie nicht einfach was trinken kann. Nachdem sie gerade mit ansehen musste, wie ihre Brüder abgeknallt wurden, zieht das Argument, dass es tödlich ist, nicht mehr so, wie man erwarten würde.

Uns gehen die Nahrungsmittel aus. Uns geht das Wasser aus. Die Leute aus dem Westen, die versuchen, hier mitzuhelfen, kann ich an einer Hand abzählen, wenn mir gerade zwei Finger fehlen. Und wenn ihr zu Hause euren Fernseher einschaltet, seht ihr dann etwas davon? Oder denkt ihr daran, wenn ihr euch eine Pizza bestellt? Jetzt mal Hand aufs Herz, Leute, sind die Dinge, die hier passieren, wirklich weniger wichtig als die letzte Mission bei *American Hero*?

Scheiße, Mann.

Ich muss weg. Sie kommen.

♦

Bin wieder da. Ungefähr acht Stunden später. Ich habe vergessen, auf »Veröffentlichen« zu klicken, deshalb gebe ich euch gleich ein kleines Update. Ungefähr um drei heute Nachmittag, als ich den vorigen Teil geschrieben hab, flog ein Militärhubschrauber über eine Gruppe Flüchtlinge hinweg, die nach Süden wanderten. Die angeblich menschlichen Wesen in dem Hubschrauber ließen ein paar Dutzend Granaten auf die Flüchtlinge fallen und beschossen diejenigen, die überlebten und davonliefen. Wir haben zwanzig Menschen verloren. Weitere zehn werden den Morgen wahrscheinlich nicht mehr erleben, und noch mal so viele haben Verletzungen, die ihnen die Weiterreise unmöglich machen. Was bedeutet, dass wir sie hierlassen müssen. Wir könnten sie genauso gut gleich umbringen.

Vermutlich brauchen wir noch immer ungefähr eine Woche, bis die ersten von uns Assuan erreichen. Vielleicht noch mal zwei zusätzliche Tage, bis die Nachzügler eintreffen. Alle sind darauf fixiert, als wäre es das Gelobte Land oder Oz oder so was. Ich dagegen habe immer mehr das Gefühl, dass die Armee uns dort zusammentreiben will. Ungefähr zwanzig Minuten lang war ich mir sicher, dass sie abwarten würden, bis wir alle auf der Insel Sehelnarti versammelt sind, um dann den Staudamm zu sprengen und uns alle zu ersäufen. Fortune oder Sachmet machte mich dann darauf aufmerksam, dass eine Sprengung des Assuan-Staudamms auch den Rest Ägyptens ersäufen und Kairo ins Meer spülen würde und dass ich vielleicht ein bisschen paranoid geworden bin.

Doch wie man die Sache auch wendet, wir stecken in Schwierigkeiten, und ich muss schlafen. Doch ich habe Angst zu schlafen.

Falls jemand von euch in der ägyptischen Armee ist oder ein Mitglied von Ichlas al-Din, dann hört mir bitte mal einen Augenblick zu, okay? Denn jetzt flehe ich euch an.

Ich weiß, dass jemand den Kalifen ermordet hat, und ich weiß, dass das wahnsinnig schlimm ist. Ich weiß, dass euch jemand angegriffen hat und dass ihr eine Stinkwut habt. Aber bitte – *bitte* – macht dem ein Ende. Denn ich bin hier unter den Menschen, die ihr abschlachtet. Ich habe mit ihnen gesprochen. Ich habe mit ihnen gegessen. Und stellt euch vor: den Kalifen getötet?

Sie haben es nicht getan.

2934 Kommentare | Kommentar hinterlassen

♠

Blechmanns Klage
Ian Tregillis

»...sie haben es nicht getan.«

Gibt es etwas Schlimmeres, als für etwas gehasst zu werden, was du nur angeblich getan hast?

Wally Gunderson alias Rustbelt alias Rostmann alias Volltrottel alias He Du alias Rassist saß in seinem dunklen Zimmer in der Luschenvilla und scrollte sich durch Bugsys Blog. Darin wurde berichtet, was für sinnlose Dinge grausame Menschen anderen Menschen antaten. Unbedarften und unschuldigen Menschen, die nichts Falsches getan oder gesagt hatten.

Das Licht vom Bildschirm verlieh seiner gusseisernen Haut eine kränkliche Farbe, tünchte das Blauschwarz mit Grüntönen, als wäre er ein mit halb verheilten Blutergüssen übersäter Normalo. Das passte zu dem unguten Gefühl, das er in der Magengrube hatte, seit er bei *American Hero* ausgeschieden war. Trauer. Verwirrung. Scham. Wut.

Das Blog machte das Ganze auch nicht besser. So verwirrend wie diese Sache in Ägypten war – Wally begriff die Einzelheiten nicht wirklich –, so deprimierend war sie auch. Unschuldige starben grundlos. So viel hatte er begriffen.

Lesen war trotzdem immer noch besser als hinauszugehen. Das Haus war furchtbar überfüllt. Bis auf fünf Kandidaten waren inzwischen alle in der Luschenvilla gelandet. (Vier Badezimmer für dreiundzwanzig Asse!) Von denen, die nicht hier wohnten, waren zwei ganz aus der Show ausgestiegen:

Bugsy war in Ägypten, und Drummer Boy wollte doch lieber ein Rockstar sein als ein Loser. Die anderen drei – Curveball, Rosa Loteria und, natürlich, Stuntman – waren immer noch im Rennen.

Ump-damm-ump-damm ... Jemand hatte unten den Bass aufgedreht. Heute Abend veranstalteten die anderen eine wilde, ausgelassene Party, um Dragon Girl, Jade Blossom und Candle zu begrüßen, die bei der letzten Runde aus ihren Teams geflogen waren.

Wally machte sich nicht viel aus Joker Plague. Nicht wegen Drummer Boy (auch wenn er ihn ziemlich bescheuert fand), sondern weil ihre Musik so wütend klang. Er hätte sich am liebsten Kopfhörer aufgesetzt, um den Lärm nicht hören zu müssen, doch er hatte keine gefunden, die über die breiten Gelenke seines an Löffelbagger erinnernden Kiefers passten. Außerdem: Was hätte er sich schon anhören sollen? Seine Frankie-Yankovic-CDs waren verschwunden, nachdem die anderen ihm Joe Twitch ins Zimmer geschickt hatten, um sich über die Polkamusik zu beschweren.

Der Duft von gegrilltem Fleisch wehte durchs offene Fenster herein. Wallys Magen knurrte, und es klang, als zerquetsche jemand Wasserbomben in einem Suppenkessel. Am frühen Abend hatten die unsichtbaren Diener des Maharadschas das Feuer entfacht und auf der langen, ausladenden Sonnenterrasse über der Veranda und dem Pool ein großartiges Buffet angerichtet. Sobald er gemerkt hatte, dass eine Party vorbereitet wurde, hatte Wally sich auf sein Zimmer zurückgezogen. Das war nun schon einige Stunden her.

Ein Platschen, gefolgt von schallendem Gelächter und kurzem Prasseln. Anscheinend hatte sich Holy Roller zu Diver in den Pool gesellt.

Wally versuchte, nicht ans Essen zu denken, und öffnete die offizielle Webseite von *American Hero*. Die Show selbst schaute er sich nicht mehr an. Erst hatte er probiert, die täglichen Sendungen zusammen mit den anderen Ausgeschiedenen im Fernsehzimmer zu verfolgen, aber da hätte er genauso gut eisfischen gehen können, so kalt wurde es da unten dann immer. Selbst Holy Roller, der eigentlich ganz nett zu sein schien, ließ sich jedes Mal, wenn er Wally sah, zu Aussprüchen hinreißen wie: »Was du getan hast einem unter diesen meinen geringsten Brüdern.« Also blieb Wally für sich und hielt sich im Internet über die Show auf dem Laufenden.

Aha. Die Neuankömmlinge waren kurz davor gestanden, die letzte Mission zu gewinnen, als Rosa Loteria eine gute Karte aus ihrem magischen Deck gezogen hatte. Auf der Webseite zeigten sie ein Bild der Karte, mit der sie gewonnen hatte. Sie hieß »*El Tragafuegos*« – was auch immer das hieß – und stellte einen Typen dar, dem Feuer aus dem Mund kam. Wally wusste nicht, was er davon halten sollte, außer, dass damit der Weg für die letzten drei Kandidaten frei war, für Curveball, Rosa und Stuntman. *Da könnte ich auch dabei sein, wenn er nicht behauptet hätte, dass ich das gesagt habe.*

Es spielte keine Rolle. Curveball war die sichere Gewinnerin. Da waren sich die meisten einig. In den Kommentaren wurde unglaublich viel gepostet. Sachen wie:

Wieso lässt man Rustbelt überhaupt zu den anderen Ausgeschiedenen? Ich kann einfach nicht glauben, dass der noch mitmachen darf, nachdem …

KLICK.

Stuntman ist vielleicht ein arrogantes Arschloch, aber Rustbelt ist ein Rassist, ganz einfach, und …

KLICK.

Rustbelt – reaktionärer Spießer.

KLICK.

Rassismus hat ein neues Gesicht. Mehr stand nicht in diesem Kommentar, dafür war ein Bild zu sehen: Wallys Portraitfoto aus der Werbung von *American Hero*, das per Photoshop in das Titelblatt des *Time Magazine* montiert worden war.

KLICK.

Der nächste Eintrag fing so an: *Weiter so, Rostmann! Du hast Freunde da draußen*… Endlich. Freunde waren Freunde, auch wenn sie einen nicht immer mit dem richtigen Namen ansprachen. Drummer Boy hatte ein Talent dafür, Leuten griffige Spitznamen zu verpassen. Wally las weiter: … *du hast genau das Richtige getan, als du es diesem speerschwingenden Urwaldaffen gezeigt hast* …

KLICK.

Gibt es etwas Schlimmeres, als von hasserfüllten Menschen geliebt zu werden?

Zwischen zwei Songs drang Tiffanis kehliges Lachen herauf, gerade als Wally einen tiefen Schluck Limo trank. Anscheinend versuchte Candle, Toad Mans Gase abzufackeln. Wally erschrak darüber. Das Glas zerbarst in seiner Hand, und Zuckerwasser spritzte auf sein Gesicht und seine Hände.

»Verflixt!«

Er würde sich vor dem Schlafengehen noch das Gesicht bürsten müssen, sonst hätte er am nächsten Morgen Rostflecken. Diesmal nahm er sich vor, anschließend das Waschbecken auszuputzen. Niemand schnauzte Pop Tart an, wenn sie ihr Makeup im ganzen Bad verteilte, aber natürlich meckerten sie, wenn er seinen Stahlwollschwamm auf dem Waschbeckenrand liegen ließ.

Man könnte meinen, sie hätten noch nie einen Topf saubergemacht.

Bevor seine Karte aufgedeckt worden war, war er ein pickliger Junge gewesen. Jetzt wusste er, dass man auch Problemhaut haben konnte, wenn diese aus Eisen war.

Der Hunger gewann die Oberhand. *Ob sie unten wohl diese Puffreisriegel haben?* Vielleicht konnte er sich runterschleichen und rasch einen Teller vollladen.

K-tschank! K-tschank! K-tschank! K-tschank!

Auf den Zehenspitzen zu schleichen ist gar nicht so leicht,

wenn man hundertfünfundzwanzig Kilo wiegt und von einer zentimeterdicken Eisenschicht überzogen ist. Doch Wally bekam langsam Übung darin, sich durch die Villa zu schleichen.

Tschank. Tschank. Tschank. Tschank.

Schon ein bisschen besser.

Am Fuß der Treppe blieb Wally stehen, um tief Luft zu holen, bevor er sich ins Getümmel wagte. Sich mit Ellenbogen, die Rippen brechen können, unbemerkt durchs Gedränge zu schieben, ist auch nicht einfach.

»Schaut mich an, ich bin groß und wichtig!«, sagte Mr. Berman. Jade Blossom, Matrjoschka und ein paar andere standen lachend um ihn herum. Er fuchtelte mit den Armen herum. »Ich bin ein windiger Hollywoodmillionär! Ich bin …« Etwas knirschte, als Wally sich an der Gruppe vorbeischieben wollte. Der Fernsehproduzent heulte vor Schmerz auf und verwandelte sich in einen bleichen Andrew Yamauchi. »Aaah! Mein Schwanz!«

»Was?«

»Mein Schwanz! Geh von meinem Schwanz runter!«

»Tschuldigung, Tschuldigung. Tut mir leid.« Wally wich hastig zurück. Wild Fox hob seinen Schwanz an und begutachtete vorsichtig die Schwanzspitze. Die letzten paar Zentimeter, wo das kupferrote Fell sich rauchgrau verfärbte, waren plattgedrückt. Und er hatte einen Knick.

»Mein Schwanz …«

Wally wirbelte herum, um abzuhauen, stieß aber mit Spasm zusammen, dessen Getränk wiederum auf Pop Tart schwappte.

»Verdammt, du blöder Eisenklotz. Dieses Top wollte ich später mitgehen … mir von der Garderobe mitgeben lassen.«

Er wollte sich entschuldigen, doch die Worte gingen in einem heftigen Niesanfall unter, bei dem ihm schier die Augen aus dem Kopf fielen. Blind taumelte er davon, murmelte allenthalben Entschuldigungen und stieß dabei versehentlich noch ein Loch in die Wand.

»Plumper Trottel! Geh doch ein paar Steine knacken oder so was!«

»Hast du von seiner Audition gehört?«

»Nein.«

»O Mann, das war filmreif.«

Wally drängte sich zur Küche.

Tatsächlich hatte jemand eine Pfanne Puffreisriegel gemacht. Na, immerhin ergatterte er den letzten Riegel – bis Blrr vorbeischwirrte und ihn Wally aus der Hand riss. Da entdeckte er ein paar Brownies, doch Joe Twitch kam ihm zuvor. Er und Blrr veranstalteten wohl so was wie einen Wettbewerb. *Herrgott nochmal!*

Die guten Sachen waren größtenteils schon weg, aber er konnte sich trotzdem noch einen Teller beladen. Doch dann fühlte er sich nicht in der Lage, auf dem Weg nach oben noch einmal diesem Mob zu begegnen. Also huschte er in die Bibliothek. In die kam nie jemand, nicht einmal während einer Party. Wally normalerweise auch nicht. Lesen war nicht so sein Ding.

Aus einem Ledersessel, mit einem Pappteller auf den breiten Knien, sah sich Wally die Bibliothek zum ersten Mal genauer an. Als Erstes fiel ihm auf, dass die Bücher, die die Regale an allen vier Wänden füllten, gar keine Bücher waren. Es waren billige Pappfassaden, auf die die Buchrücken nur aufgemalt waren. Aus der Nähe sah man das ganz deutlich. Vielleicht sahen sie im Fernsehen echt aus.

Allerdings entdeckte er ein richtiges Buch, ein Lexikon am Ende eines Regalbretts. Als er seine vergilbten Seiten durchblätterte, stieg die für alte Bücher typische Wolke aus Staub und Schimmel auf.

Sie haben es nicht getan.

Der Eintrag zu Ägypten war kurz: »Ein Staat im Nordosten Afrikas, der ans Mittelmeer und ans Rote Meer grenzt und das Nildelta umfasst. Hauptstadt: Kairo.«

Nicht das, wonach Wally gesucht hatte. Andererseits wusste er auch nicht genau, was er suchte. An die Leute aus Bugsys Blog zu denken, war irgendwie so, als jucke es ihn an einer Stelle, wo er sich nicht kratzen konnte.

Es dauerte noch lange, bis die Party so weit abflaute, dass er schlafen konnte.

Bei Tagesanbruch wurde er vom lautesten Geräusch geweckt, das er je gehört hatte. Es klang wie zwei bis oben hin mit Takonit beladene Frachtzüge, die mitten in seinem Zimmer zusammenstießen. Immer und immer und immer wieder. Das Haus erbebte dabei so stark, dass es ihn fast aus dem Bett warf. Doch stattdessen brach das Bett unter ihm zusammen.

Ein Rumms, und dann ertönte vom Boden her Hardhats Schrei: »Autsch! Gottverdammte Scheiße!«

Bei ihm zu Hause in Minnesota waren Sommergewitter keine Seltenheit. Doch das war anders. Zum einen war Donner nie so laut. Zudem blitzte es überhaupt nicht. Das Haus erbebte einfach in einem fort. Außerdem färbten bei einem Gewitter dicke Wolken den Himmel pechschwarz. Durch die tanzenden und klappernden Fensterläden sah er jedoch über den Hügeln Hollywoods die ersten Sonnenstrahlen. Etwas rieselte auf sein Gesicht, als er den Mund aufmachte, um Hardhat zu fragen, was los war. Er schmeckte Sand auf seiner Zunge. Putz fiel von der Decke. *Alter Falter, war das seltsam!*

Tornados konnten ziemlich laut sein. Vielleicht befanden sie sich in einem, und das ganze Haus wirbelte davon wie in dem gruseligen Film mit den fliegenden Affen?

»Ähem.« Wally musste schreien, um das Rumpeln zu übertönen. »Komisches Wetter, was?«

»Wetter? Das ist ein gottverdammtes« – in dem Moment hörte es auf – »Erdbeben!«

Und dann war es ruhig, zumindest im Vergleich zu eben noch. Dafür machten sich in der relativen Stille andere Geräusche bemerkbar. Das Knarren, mit dem das Haus wieder zur Ruhe kam, hin und wieder unterbrochen von einem Knall wie ein Gewehrschuss. Und ein bisschen schwächer, aber immer noch nah, Stöhnen und Ächzen.

Bei jedem Knall bewegte sich der Boden ein wenig. Und jedes Mal rieselte Putz von der Decke und Wally in die Augen. Er rollte sich von der Matratze und stand auf. Als er an der Kordel der Jalousie zog, fiel diese klappernd herab und landete ihm vor den Füßen. Die Fensterscheibe hatte einen Sprung, war aber nicht kaputtgegangen. Draußen über den Hügeln und Canyons sah man überall Rauch und Staub aufsteigen, begleitet vom Plärren der Alarmanlagen und dem Bellen verängstigter Hunde.

Hardhat stellte sich neben ihn ans Fenster. »Himmel, Arsch und Zwirn, was für eine Scheiße.«

Wieder lief ein Ruck durch das Haus.

Hardhat rüttelte am Türgriff. »Die Tür klemmt. Scheiße aber auch.«

Wally versuchte es ebenfalls. Ja. Die Tür hatte sich gründlich im Rahmen verkantet. »Hoffentlich steht jetzt keiner davor.« Wally riss kräftig am Griff. Der Griff brach ab, doch sonst bewegte die Tür sich nicht.

Hardhat lachte. »Klasse gemacht.«

Wally steckte zwei Finger durch das Loch, wo der Türgriff gewesen war, spannte seine Muskeln an und zog. Die Tür schabte quietschend ein paar Zentimeter über den Boden und brach auseinander. Da wurde es Wally zu dumm, und er stieß die beiden Türhälften in den Gang hinaus.

Offenbar waren sie nicht die Einzigen, die Probleme hatten. Den ganzen Korridor entlang hämmerten Leute gegen ihre Türen. Wally übernahm die eine Flurseite und stemmte die Türen auf. Hardhat übernahm die andere Seite, indem er die Türen mit einem gelb leuchtenden Flacheisen wie mit einer Brechstange aufbrach.

Auf halber Höhe des Korridors trafen sie auf King Cobalt. Dem schien es Spaß zu machen, die Türrahmen mit roher Gewalt zu zertrümmern. Obwohl er in aller Frühe aus dem Bett gerissen worden war, trug er bereits seine Lucha-Libre-Maske. Wally fragte sich, ob er sie jemals abnahm.

»Wir ergänzen uns ziemlich gut, was?«

King Cobalt zuckte mit den Schultern. »Mir egal. Ich mache einfach gern Sachen kaputt.« Sein Ton ließ keinen Zweifel daran, dass das Gespräch damit beendet war. Vielleicht war er unter dem Kostüm ein Schwarzer wie Stuntman.

Aber ich bin dunkler als sie alle.

Einer nach dem anderen versammelten sie sich in dem großen Fernsehzimmer im ersten Stock. Der Bambusboden hatte sich nach oben gewölbt, und an den Wänden zogen sich einige daumendicke Risse bis zur Decke. Der Flachbildschirm war aus seiner Aufhängung an der Wand herausgesprungen und lag kopfüber auf dem Boden.

Matrjoschka zählte die Anwesenden durch, während zwei Kameraleute hinausgingen, um Gas und Wasser abzustellen. Eine Person fehlte noch, bis Earth Witch durch die Tür stolperte. Wally fielen einige Ziegel auf, die in der U-förmigen Auffahrt verstreut lagen. Anscheinend war der Kamin eingestürzt. Und dem Blut nach zu schließen, das Earth Witch von der Stirn tropfte, war sie draußen gewesen, als das passierte. Ihr Gesicht war schweißgebadet. Man überließ ihr einen Platz auf dem Sofa. Als sie sich hineinfallen ließ, sah Wally, dass sie Erde an den Füßen, an den Handflächen und unter den Fingernägeln hatte.

Jade Blossom sagte: »Und?«

»Dieses Beben war stark und ging sehr tief«, erklärte Earth Witch. »Und es hat mich völlig überrumpelt. Im Schlaf.« Sie sah sich im Zimmer um. »Ich konnte es nicht aufhalten, aber ich habe mein Bestes getan, um es abzuschwächen. Vielleicht gelingt es mir, die Nachbeben ein wenig abzufedern.« Bei den letzten Worten schloss sie die Augen, als wolle sie ein Nickerchen halten.

In diesem Augenblick hallte ein weiterer Knall durch das Haus, der die Wände erzittern ließ. Die Risse in den Mauern weiteten sich ein bisschen, während noch mehr Putz auf die Dielen herabrieselte.

Wally zuckte zusammen. Bubbles ging hinaus, um Verbandszeug und Desinfektionsmittel zu holen. Earth Witch war nicht die Einzige, die sich verletzt hatte.

Die anderen besahen sich die Schäden. Wären nicht die Risse in der Wand gewesen, wäre es schwierig gewesen, zwischen Erdbebenschäden und den Folgen der ausgelassenen Party am Vorabend zu unterscheiden. Nachdem die Diener des Maharadschas den Scherbenhaufen neben der Schiebetür zur Veranda weggeräumt hatten, trat Diver hinaus, um einen Blick auf den Pool zu werfen.

Sie kam gleich wieder herein. »Mensch, das ist echt scheiße. Der Pool ist ganz leer.«

Wally und ein halbes Dutzend andere gingen hinaus, um es mit eigenen Augen zu sehen. Streng genommen war der Pool nicht ganz leer, denn der Gasgrill war über die Terrasse gerollt und am tiefen Ende hineingestürzt. Aber es war kein Wasser darin. In seinem Boden hatte sich ein breiter Spalt aufgetan – die auseinandergerissenen Fliesen sahen aus wie ein grinsendes Gebiss voller schiefer Zähne.

»Der Grill ist wohl hinüber«, sagte Wally.

Ein weiteres Rumpeln lief durch den Canyon. Draußen klang es lauter als drinnen.

»Verdammte Scheiße.« Wie auf Kommando sahen sie alle zu Hardhat und folgten dann seinem Blick nach oben zu der langen, ausladenden Terrasse und dann zu der Stelle, wo diese auf die Hauswand traf.

Und dann, ebenfalls wie auf Kommando, traten sie bis zum Geländer am Rand des Canyons zurück.

Die Terrasse war nicht mehr horizontal. Sie war ein Stück weit abgesackt, sodass das hintere Ende zum Canyon hin abfiel. Jetzt ruckte sie noch einmal zwei Zentimeter nach unten. Zwischen den beiden Stockwerken der Villa verlief ein tiefer Riss, und irgendwie stand das obere nun leicht schief auf dem unteren.

Wally fügte hinzu: »Das Haus ist wohl auch hinüber.«

»Tatsächlich?«

»Vielleicht sollten wir die Leute alle rausholen.«

»Bin schon dabei«, sagte Blrr und war verschwunden.

Hardhat spähte über das Geländer in den Canyon hinab. »Ja, uns wurden die Beine weggezogen. Am Ende der Terrasse standen mal ein paar Stützpfeiler.« Er zeigte auf zwei abgebrochene Betonstümpfe, die ungefähr zehn Meter unterhalb der Terrasse auf einem schmalen Felsvorsprung in der ansonsten senkrechten Canyonwand aufragten. »Das Erdbeben hat diese Scheißdinger einfach umgeworfen.« Wally versuchte herauszufinden, wo die Pfeiler gelandet waren, doch die Schatten und das strohtrockene Gesträuch des Canyons waren zu dicht. Mit der professionellen Souveränität eines Bauarbeiters in der vierten Generation fuhr Hardhat fort: »Jetzt stürzt die Drecksterrasse ab, und weil sie so groß ist, hebelt sie das ganze Haus auseinander wie die Beine von 'ner billigen Nutte.«

Wally hatte keine Ahnung, was sein Zimmergenosse da redete. Aber er kapierte das Wesentliche: Das Haus brach ihnen vor der Nase auseinander.

»Was für ein Schwachkopf baut bloß so ein Haus?« Pop Tart warf in ehrlicher Verwunderung die Arme hoch. »Was Dümmeres kann man in einem Erdbebengebiet doch nicht machen.«

»Meine Güte, sei doch nicht so naiv, Schätzchen. Bei diesen alten Häusern machen die Behörden doch andauernd Ausnahmen. Da musst du nur die richtigen Leute schmieren, und jede Bruchbude wird …«

RUMMS! Diesmal sackte die Terrasse auf einen Schlag dreißig Zentimeter ab. Im ersten und zweiten Stock gingen die Scheiben zu Bruch. Auf das Krachen folgte ein leiserer Knall, und Pop Tart verschwand und tauchte auf der anderen Seite des Canyons auf. Kurz darauf war sie wieder da; offenbar war sie zu dem Schluss gelangt, dass das Haus wohl doch noch nicht einstürzen würde.

Ein leuchtend gelbes Gerüst erschien wie aus dem Nichts. Es reichte von den Pfeilersockeln bis hinauf zur Terrasse. Hardhat schnitt eine Grimasse. »Das halte ich nicht den ganzen Tag durch, aber … ACH DU SCHEISSE …«

Plötzlich rutschte das Gerüst weg, als wäre es durch eine Falltür gestürzt. Wieder senkte sich die Terrasse ein Stück. Im Canyon flackerten einige Sekunden lang verschiedene Träger und Querträger unterschiedlichster Größe, bevor sie sich wieder stabilisierten.

»Was ist passiert?«

Hardhat umklammerte das Geländer und runzelte angestrengt die Stirn. »Das Wasser aus dem Pool hat eine Schlammlawine ausgelöst. Jetzt sind diese gottverdammten Sockel auch futsch. Ich muss diese Scheißträger vom Canyongrund bis ganz oben hochziehen. Sonst hab ich keinen festen Boden.«

Wieder spähte Wally über das Geländer hinab. Tatsächlich reichte das ätherische Gerüst bis ganz hinunter zur Straße, um die zwanzig Meter weit.

Blrr trieb die anderen aus dem Haus. Niemand sagte etwas. Sie standen zusammengedrängt auf der Veranda und lauschten den Sirenen, die durch die Hollywood Hills hallten.

Mit zusammengebissenen Zähnen sagte Hardhat: »Ich wär dankbar, wenn ihr Wichser noch was anderes machen würdet, als den ganzen Tag nur rumzustehen und Däumchen zu drehen.«

»Vielleicht kann Ana helfen.« Holy Roller brachte die wacklige Konstruktion mit jeder Bewegung ins Schwanken.

»Das bringt nichts«, sagte Earth Witch, die sich auf Bubbles stützte. »Ich kann keine Erde von der Straße nach oben schaffen. Dann kämen keine Rettungsfahrzeuge mehr durch. Und wenn ich was an der Canyonwand mache, dann landet womöglich das ganze Haus da unten. Das Wasser aus dem Pool hat das Fundament instabil gemacht.«

»Das ist was für mich«, sagte Gardener und zog eine Handvoll Samen aus einem Leinenbeutel an ihrem Gürtel. Sie warf sie über das Geländer in den Canyon hinab. Ein paar wurden vom Wind davongetragen, doch innerhalb von Sekunden wurde die Schlammwand leuchtend grün, Sprösslinge und Ranken wuchsen wie im Zeitraffer an der Canyonwand empor. Dabei gruben sie ihre Wurzeln in die Erde und erzeugten leise Schmatzgeräusche. Der Aufwind aus dem Canyon trieb den Duft frischen Grüns zu ihnen hoch.

Wally sah wieder zur Terrasse. Kieselgroße Betonbrocken fielen in den Pool, was sich anhörte, als würde Hagel auf ein Wellblechdach prasseln. An manchen Stellen waren die durchgehenden Stahlträger zu erkennen, die das Haus jetzt gefährdeten.

Du liebe Güte.

Den Blick noch immer nach oben gerichtet, sagte er: »Äh, würde es vielleicht helfen, wenn die Terrasse weg wäre?«

Schweigen. Er senkte den Blick wieder. Manche verdrehten die Augen, andere schüttelten den Kopf. »Ja«, sagte Joe Twitch, als hätte er es mit einem Fünfjährigen zu tun. »D-d-die Terrasse ist unser *P-p-p-problem.*«

Verdammt. Warum mussten sie ihn gleich so anmachen, nur weil er etwas fragte? Er wusste, dass die Terrasse das Problem war.

Gibt es etwas Schlimmeres, als von einigen der größten Spinner gehasst zu werden, denen man je begegnet ist?

Er versuchte es noch einmal. »Wenn die Terrasse weg wäre, würde das unsere Lage schlimmer oder besser machen?« Er wagte sich noch weiter vor. »Denn sie ist durch Stahlträger mit dem Haus verbunden.«

Noch mehr Schweigen.

»Das heißt, dass da Eisen drin ist.« Wally hielt die Hände hoch und wackelte mit den Fingern, um seine Idee zu verdeutlichen.

Mit knirschenden Zähnen sagte Hardhat: »Verfluchte Scheiße, ja, reiß die verdammte Terrasse weg!«

Die Zustimmung des Bauarbeiters rüttelte die Gruppe wach, und sie setzte sich in Bewegung. Innerhalb von Sekunden hatten sie einen Plan geschmiedet. Die meisten Ausgeschiedenen gingen vors Haus auf die Straße, wo sie sicher wären, falls etwas schiefgehen sollte. Wally, Hardhat, King Cobalt, Dragon Girl und Pop Tart blieben zurück.

Wally ging ins ächzende Haus und kam auf der Terrasse wieder heraus. King Cobalt stellte sich unter dem einen Ende auf. Pop Tart trat neben ihn, um sie beide an einen sicheren Ort zu transportieren, falls etwas passieren sollte. Hardhat hielt sein provisorisches Gerüst am anderen Ende aufrecht. Dragon Girl und Puffy drehten über dem Haus Kreise.

Wally kniete sich am Übergang vom Haus zur Terrasse hin. *Zack! Zack! Zack!* Alle halbe Meter schlug er ein Loch in den Beton, indem er seine Stahlfaust wie einen Presslufthammer hineingrub. Die Schläge hallten in den Hügeln wider. Bald war er von einer dünnen Schicht pulverisierten Betons bedeckt. Als er den Schutt wegräumte, kamen drei Stahlträger zutage. Zwei verliefen an den Außenseiten und einer in der Mitte.

Er holte tief Luft. Dann berührte er wie ein König Midas im Blaumann den mittleren Träger. Von seinem Handabdruck breitete sich schleichend ein Rostfleck aus, erst wie kleine Nadeln, dann in orangefarbenen Wellen, die sich über den Träger zogen. Ganze Brocken korrodierten Metalls lösten sich und tanzten um seine Hände, und das Haus erzitterte. Mit seinen Gedanken trieb Wally den Rost tiefer in den Stahl, bis der Träger entzweibrach. Um seine Finger stoben rote Rostwölkchen auf, die in der Sonne glitzerten, bis sie der Santa-Ana-Wind fortwehte.

»Nummer eins«, rief er.

Die äußeren Träger waren zu weit voneinander entfernt, um sie gleichzeitig abzutrennen. Als er den zweiten löste, gab die Terrasse ein schrilles Stöhnen von sich. Dann kippte sie seitlich weg, und der Stahl kreischte gequält auf.

King Cobalt rief von unten: »Uuufff!«

Auf dem letzten Träger lastete so viel Druck, dass er riss, bevor Wally den Rost ganz durch ihn hindurchgetrieben hatte. Die gesamte Terrasse sackte etwa einen Meter ab, bis auf die Höhe, in der King Cobalt sie mit erhobenen Händen in Empfang nahm. Wally hechtete zur Tür im zweiten Stock, bevor der maskierte Wrestler die ganze Terrasse in den Canyon schleuderte.

»Huch!«

Erst im Sprung, als er bereits auf die Tür zuflog, bemerkte Wally den Kameramann, der dort stand. Er war so in seine Arbeit vertieft gewesen, dass er gar nicht bemerkt hatte, dass er dabei gefilmt worden war. Jetzt sah der Kameramann einen Stahlklumpen in Menschengestalt auf sich zuschießen. Schreiend ließ er die Kamera fallen und ging zu Boden. Wally gab sich alle Mühe, sich zusammenzurollen und zur Seite zu werfen. Nachdem er über die Kamera gewalzt war, kam er klappernd im Flur zum Stillstand.

Er half dem Kerl auf die Beine. »Scheiße, Mann, alles in Ordnung?«

Der Mann nickte, doch beim Atmen gab er ein leises Pfeifen von sich. Er sah auf die zertrümmerte Kamera hinab. »Mist. Das waren richtig gute Bilder.«

Sie beobachteten, wie Hardhat das Gerüst verschwinden ließ, das er mit Gedankenkraft errichtet hatte. Gleichzeitig nutzte King Cobalt seine ungeheure Kraft, um die ganze Terrasse in die Morgenluft zu schleudern.

Jetzt ächzte das Haus nicht mehr.

Wally ging wieder zum Pool hinunter. Die anderen kamen nach und nach auch wieder herbei und gratulierten sich gegenseitig. Ein paar lächelten ihn sogar an, sagten »Okay« oder zeigten ihm den erhobenen Daumen.

Ein anderer Kameramann zeichnete »Beichten« von Hardhat, Pop Tart, Dragon Girl und King Cobalt auf. Er fragte sie, was sie bei der Rettung des Hauses empfunden hätten. Niemand machte sich die Mühe, Wally danach zu fragen.

Der maskierte Wrestler kam zu ihm herüber, nachdem sein Auftritt vor der Kamera erledigt war. »Du bist gar nicht so übel«, sagte er.

Wally zuckte mit den Schultern.

»Hast du schon mal überlegt, Wrestler zu werden?«

»Ähm. Nein.«

»Dann denk mal über meine *Wild Card Wrestling Federation* nach, okay? Denn das eine sage ich dir: Wenn wir damit erst mal richtig loslegen, wird das eine Riesensache. Und du könntest von Anfang an dabei sein. Du wärst spitze. Der Iron Giant!«

Wally hatte nicht groß darüber nachgedacht, was er nach *American Hero* tun würde. Wahrscheinlich nach Hause zurückkehren und mit seinem Dad und seinen Brüdern im Tagebau arbeiten. Aber Profiwrestler? Meine Fresse.

»Muss ich dann 'ne Maske tragen?«

»Wenn du willst. Aber ich glaube, die Leute würden auf dein Äußeres stehen. Oh! Ich weiß was! Kannst du Akzente imitieren?«

»Akzente?«

»Einen anderen als diesen Fargo-mäßigen, den du immer draufhast. Russisch wäre extrem geil. Stell dir das vor: Iron Ivan, der russische Roboter.«

Wally war sich nicht sicher, ob er Wrestler werden wollte, doch der Maskierte grinste begeistert, und seit der Sache mit Stuntman hatte niemand mehr so lange mit ihm geredet. »Tja, das wäre mal was anderes. Ich überleg's mir auf jeden Fall.«

»Ja?«

»Kannst dich drauf verlassen.«

»Super.« King Cobalt klopfte ihm auf den Rücken. Es klang, als schlage man mit einem Steak auf einen Gong. Dann ging er weg, um sich unter die Leute zu mischen.

»Saubere Arbeit, Bleichgesicht.«

Brave Hawk drückte sich mit seinen Scheinflügeln und einem Kameramann im Schlepptau durch das Gedränge, dicht gefolgt von Simoon, die sich offensichtlich nicht ganz wohl in ihrer Haut fühlte.

»Entschuldigung?«

»Ich sagte, saubere Arbeit.« Seine Lippen verzogen sich zu einem angedeuteten Lächeln, als er hinzufügte: »Du bist bestimmt erschöpft. Das ist ganz schön schwer.«

»Es war gar nicht so schwer. Ähm, was ist?«

Das angedeutete Lächeln wurde zu einem Grinsen. »Die Leute davon zu überzeugen, dass du gar kein so schlechter Kerl bist. So zu tun, als wärst du gar nicht das, was du bist.«

»So zu tun?«

»Aber das zieht nicht. Ich werde nicht zulassen, dass die anderen vergessen, was für ein Rassist du im Grunde deines Herzens bist.« Brave Hawk wandte sich um und gesellte sich wieder zu der Gruppe auf der Veranda. Während die Kamera ihm folgte, sagte er: »Beschämend. Einfach beschämend.«

Gibt es etwas Schlimmeres, als für das gehasst zu werden, wofür dich die Leute irrtümlich halten?

»Achte einfach nicht auf ihn.« Simoon tätschelte Wally den Arm. »Du hast heute echt was geleistet. Vergiss dieses Rindvieh.«

Echt mies. Die Sache ist nämlich die, dass meine Hautfarbe eigentlich dunkler ist als die von Brave Hawk und Stuntman und Gardener und allen anderen. Viel dunkler.

Er blickte zu Simoon hinunter.

Dunkler auch als die von Simoon und diesen armen Schweinen in Ägypten.

»Stuntman hat sich das bloß ausgedacht, oder?«, flüsterte sie.

Wally ging wieder hinauf in sein Zimmer. Und kam den ganzen Tag nicht mehr heraus.

Das Studio musste einige Hebel in Bewegung gesetzt haben, denn bereits am frühen Morgen des nächsten Tages kamen Leute von der Bauaufsicht. Erst war Wally davon ausgegangen, dass sie ausziehen müssten, doch jetzt, nachdem die Terrasse das Haus nicht mehr auseinanderzureißen drohte, waren sie besser dran als viele ihrer Nachbarn.

Bald hatten sie auch wieder Strom. Während Studioarbeiter in der Villa herumwuselten und Risse und Löcher stopften, neue Lampen verkabelten und die Kameras austauschten, die beim Erdbeben kaputt gegangen waren, blieb Wally in seinem Zimmer und las Bugsys Blog noch einmal.

Bugsy hatte sein Blog inzwischen mit zusätzlichen Fotos und Videos aktualisiert. Der verwackelte Film – als wäre Bugsy gerannt, während er ihn aufgenommen hatte – zeigte getarnte Panzer Schotterpisten entlangdonnern, Staubwolken aufwirbeln und Flüchtlinge niedermähen.

Wally betrachtete die stählernen ägyptischen Panzer.

Dann sah er hinaus, dorthin, wo die Terrasse gewesen war. Er erinnerte sich daran, was für ein gutes Gefühl es gewesen war, in der Not helfen zu können. Wie befriedigend es gewesen war, als die Träger unter seiner Berührung zerfielen.

Dann starrte er wieder die Panzer an.

Meine Fresse.

Er las noch immer und studierte die Fotos, als Ink, eine der Produktionsassistentinnen, die Ausgeschiedenen zu einer Sonderversammlung ins Fernsehzimmer rief. Vielleicht hatten sie doch noch beschlossen, das beschädigte Haus zu räumen. Ohne Gasanschluss hatte das heiße Wasser am Morgen nicht einmal für einen Duschdurchgang gereicht.

Wally stapfte hinter Jade Blossom und Simoon die Treppe hinunter. Er tippte Simoon auf die Schulter. Am Fuß der Treppe blieb sie stehen, und Jade Blossom ging weiter.

»Simoon?«

»Was?«

»Hast du, ich meine, ich habe mich gefragt …«

Sie verdrehte die Augen. »O nein. Sieh mal, Rusty, ich habe das, was ich gestern gesagt habe, ernst gemeint – dass du das Haus gerettet hast und so, aber du bist nicht mein Typ. Du bist nett und alles, aber du bist aus Eisen, und ich nicht. Ich glaube, dass wir einfach nicht kompatibel sind.« Sie sah an ihm auf und ab. »So gar nicht.«

»Hä?«

»Keine Sorge. Ich bin sicher, irgendwann begegnest du einem netten … Metallmädchen.«

»Ach, Mist, nein, nein, nein. Das habe ich nicht gemeint.«

Sie schielte seitlich in Richtung Fernsehzimmer an ihm vorbei. Eine Falte huschte über ihr Gesicht und kräuselte ihre Stirn. Dann kehrte ihr Blick zu Wally zurück. »Was dann?«

»Hast du lange in Ägypten gelebt?«

»Ägypten? Nein. Ich habe gar nicht dort gelebt. Nie.«

»Oh.« Das war nicht die Antwort, die er erwartet hatte. »Aber weißt du viel drüber? Über Ägypten, meine ich.«

Sie brauchte ein paar Augenblicke für eine Antwort. Schließlich seufzte sie und setzte sich auf die unterste Treppenstufe. »Ja, schon. Warum?«

»Ich habe Bugsys Blog gelesen, weißt du, der Wespentyp, der mit uns in der Show war?« Sie nickte. »Seit er da rüber ist mit John Fortune und diesem Deutschen…«

»Ich schwöre, das wollte ich nicht.«

»…schreibt er über die ganze Sache, und es ist eine Riesensauerei.«

»Ich weiß«, sagte Simoon und senkte den Blick. »Sieh mal, können wir über was anderes reden, bitte?«

»Also, ich habe mich halt gefragt, ob du vielleicht weißt, wie man…«

Ein Kameramann schlich sich heran. Wally brach mitten im Satz ab. Er war nicht so scharf auf die Kameras.

»Hey!« Mr. Berman stand im Durchgang zum Fernsehzimmer. »Ihr beiden könnt in eurer Freizeit flirten. Wir müssen eine Folge drehen.« Er klopfte auf seine Armbanduhr. Wahrscheinlich hatte sie mehr Geld gekostet, als Wally je auf einem Haufen gesehen hatte. Er fragte sich, weshalb der Produzent überhaupt hier war.

Wally half Simoon auf – plötzlich wirkte sie äußerst unglücklich – und folgte ihr ins Zimmer, wo die anderen Luschen in einem großen Kreis saßen. Er blieb unvermittelt stehen. Nicht nur Mr. Berman war hier, sondern auch Peregrine und die anderen Jurymitglieder: Topper, Harlem Hammer und Digger Downs.

Und Curveball.

Und Rosa.

Und Stuntman.

Das verlogene Ass lächelte Wally hämisch an, während er scheppernd zu seinem Platz eilte. Alle bequemen Plätze waren schon besetzt, und als Wally sich auf den Rand des Kamins setzte, platzten ein paar Ziegel ab.

Wenn es in dem Zimmer frostig geworden war, als Stuntman ihn hereinkommen sah, dann entsprach der Blick, mit dem Peregrine Simoon bedachte, einem wahren Schneesturm.

Der Kameramann, den Wally tags zuvor erfolgreich nicht zermalmt hatte, umkreiste den Raum und nahm die Gesichter der versammelten Ausgeschiedenen auf. Als Peregrine sich erhob, drehte sich die Kamera zu ihr.

Wally konnte den Teleprompter mitlesen, während sie sprach: »Hallo, ich heiße alle unsere Kandidaten willkommen, die letzten, die noch im Rennen sind, ebenso wie die bereits ausgeschiedenen. In den vergangenen zehn Wochen hatten wir einen heißen Wettkampf. Bündnisse wurden geschmiedet ... und wieder gebrochen. Missionen wurden gemeistert ... oder auch nicht. Jetzt haben nur noch drei Asse eine Chance auf den Hauptgewinn von einer Million Dollar. Die letzten drei Kandidaten, die um den Titel *American Hero* wetteifern.«

Die Kamera machte einen Schwenk über das Sofa, auf dem Curveball, Rosa und Stuntman saßen. Rosa beobachtete das Geschehen lächelnd, Stuntman herablassend. Curveballs Gesichtsausdruck ließ sich nicht deuten.

Peregrine fuhr fort: »Doch auch die aus dem Wettkampf Ausgeschiedenen haben noch eine Aufgabe vor sich. Heute wählen sie die endgültigen Kontrahenten, indem sie einen der drei übrig gebliebenen Kandidaten aus dem Rennen werfen.«

Falls Curveball von dieser Ankündigung verunsichert war, ließ sie es sich nicht anmerken. Stuntman wirkte plötzlich sehr ernst. Und Rosa sichtlich unglücklich. Viele der Ausgeschiedenen jedoch sahen selbstgefällig drein, manche grinsten sogar.

»Und da dies die letzte Wahl unseres Wettkampfs ist, machen wir es diesmal ein wenig anders.« Peregrine zog eine Braue nach oben und sah sich um. »Ihr könnt euch nicht so leicht aus der Affäre ziehen, meine lieben Luschen. Die heutige Wahl wird offen abgehalten. Die Karten werden nicht gemischt.«

Da verschwand das Grinsen aus den Gesichtern.

Ink drückte jedem drei übergroße Spielkarten in die Hand. »Überlegt euch gut, wer es verdient hat, der erste American Hero zu sein. Und wer diese Ehre nicht verdient hat.« Peregrine legte eine Pause ein. »Wenn euer Name aufgerufen wird, dann zeigt uns, wen ihr nicht für einen American Hero haltet.«

Als alle Ausgeschiedenen drei Karten in Händen hielten, drehte Peregrine eine Sanduhr um. »Ausgeschiedene, ihr habt drei Minuten, um eure Wahl zu treffen, und zwar ab… jetzt. Kandidaten: viel Glück.«

Wally ging die Karten durch. Die Portraits von Stuntman, Rosa und Curveball entsprachen den schicken Fotos, die alle Kandidaten bei ihrer Bewerbung eingereicht hatten. Sein eigenes Portrait war in der Küche seiner Tante mit einer Polaroid aufgenommen worden.

Wally hatte weniger als zwei Worte mit Curveball gewechselt, aber sie schien in Ordnung zu sein. Sie hatte ihn sogar einmal angelächelt, was er von vielen der jetzigen und ehemaligen Kandidaten nicht sagen konnte.

Rosa andererseits hatte ihm – ganz leise, damit nur er es hörte und die Kameras es nicht mitbekamen – zugeflüstert: »Zum Glück bin ich dich los, du Penner«, nachdem Wally aus dem Team Pik geflogen war. Sie erinnerte ihn an die verrückten Lacosky-Schwestern zu Hause. Nachdem seine Wild Card aufgedeckt worden war, wollten sie ihn in eines der Wasserbecken bei den Minen stoßen. Nur um zu sehen, ob er schwimmen würde.

Und dann war da noch Stuntman. Auf dem Foto sah er freundlicher aus als auf dem Sofa ihm gegenüber. Doch Wally fiel es hier wie dort schwer, ihm in die Augen zu schauen.

»Ausgeschiedene«, sagte Peregrine, »die Zeit ist um.« Wieder ging Ink den Kreis ab und sammelte von jedem zwei Karten ein. Als sie fertig war und jeder Ausgeschiedene nur noch eine Karte in der Hand hielt, deutete Peregrine auf einen Punkt des Kreises, der von Wally ein paar Sitze entfernt war. »Tiffani, wie entscheidest du dich?«

Ein Kameramann nahm die Finalisten ins Visier, der andere richtete das Objektiv auf Tiffani. Das Ass aus West Virginia hielt Rosas Karte hoch. »Ich stimme für Rosa. Warum? Ich würde dafür bezahlen, wenn ich zuschauen dürfte, wie sie von einem Bus überfahren wird. Sonst noch jemand?« Rosa schnaubte verächtlich. Stuntmans Mundwinkel zuckten nach oben.

Als Peregrine und die Kamera bei Wally angekommen waren, stand es vier gegen Rosa, drei gegen Stuntman und eins gegen Curveball. Spasm hatte als Einziger gegen Curveball gestimmt. Wally vermutete, dass Rosa dahintersteckte. So wie die Lacosky-Schwestern Lenny Pikkanen mit dem Versprechen, ihm eine wilde Nacht zu bereiten, wenn ihre Eltern mal nicht zu Hause wären, dazu gebracht hatten, ihnen sein Auto zu leihen.

»Rustbelt. Wie entscheidest du dich?«

Der Kameramann kam langsam näher, das Objektiv glotzte Wally an wie ein starres Auge. *Denk nicht an die Kamera, denk nicht an die Kamera, denk nicht an die Kamera …* Stuntman verschränkte die Arme vor der Brust und lächelte Wally mit blutleeren dünnen Lippen an. »Du traust dich ja doch nicht«, schien er sagen zu wollen.

»Wie entscheidest du dich?«

Wally sah sich um. Er betrachtete nicht die Asse, nicht die Kameraleute, auch nicht die Beleuchter oder sonst jemanden. Sondern das Zimmer selbst. Zimmerleute und Maler hatten die Schäden des Bebens ausgebessert. Allerdings nur dort, wo die Kameras hinreichten. Es war alles nur Schwindel. Ein sinnloser, wertloser Schwindel. So wie die Bücher in der Bibliothek.

Dann dachte er wieder an Bugsys Blog und das Bild des

kleinen Mädchens, das in den Boden gestampft wurde von Männern, die in stählernen Panzern durch die Gegend fuhren. Sie war tot, weil jemand behauptete, sie und ihre Familie wären gefährlich.

Gibt es etwas Schlimmeres, als dafür gehasst zu werden, wofür die Leute dich halten?

Die Leute damit durchkommen zu lassen.

Wally hielt die Stuntmankarte hoch. Der Luftdruck sackte ab, als alle gleichzeitig einatmeten. Harlem Hammer neigte den Kopf zur Seite und sah Wally mit zusammengekniffenen Augen an.

»Ich stimme gegen Stuntman.« Er sah Stuntman in die Augen. »Das hast du davon, dass du so ein Schwachkopf bist.«

»Pff. War ja klar.« Stuntman versuchte, Wally mit einer Handbewegung abzutun, doch dieser sah, dass seine Worte gewirkt hatten.

»Mehr habe ich nicht gesagt, und das weißt du genau. Ich habe nichts Verkehrtes getan, aber du hast dafür gesorgt, dass ich von allen gehasst werde. Sogar von Leuten, die mich nie kennengelernt haben, Himmelherrgott nochmal. Du hast es nicht verdient zu gewinnen. Denn du bist ein gemeiner Kerl.«

Stuntman wandte den Blick ab.

Wally stand auf. »Es gibt heutzutage 'ne Menge Leute wie dich. Manche von ihnen haben sogar Gewehre – und Schlimmeres, verdammt noch mal.« Anscheinend hatte Hardhat einen schlechten Einfluss auf ihn. Mit einem Nicken zu den drei Jurymitgliedern fügte Wally hinzu: »Ich glaube, ich will nicht mehr im Fernsehen sein.« Er drehte sich um und ging hinaus.

»He! Wo geht er hin? Er kann doch nicht einfach gehen!«

Als Wally scheppernd die Treppe hinaufstieg, hörte er Simoon sagen: »Ich … ich glaube, er geht nach Ägypten.«

Hardhat platzte heraus: »Was zum Teufel will er dort?«

Curveball antwortete sehr leise: »Ein Held sein.«

Auf seinem Zimmer zog Wally den Koffer unter dem Bett hervor. Er füllte ihn mit den wenigen Dingen, die er nach Kalifornien mitgebracht hatte: seine Kniehosen, ein paar Hemden, das Foto von Mom und Dad und seinem Bruder in der Hütte am See, eine Packung Stahlwollschwämme mit Zitronenduft.

Er besaß kein Handy, mit dem er ein Taxi hätte rufen können, da er Handys meistens in der Hand zerquetschte, wenn er nicht ganz arg aufpasste. Deshalb ging er wieder nach unten, um das Telefon in der Küche zu benutzen.

Simoon schlenderte herein, und als er gerade die Nummer eines Taxiunternehmens eingab, drückte sie den Finger auf die Auflegetaste. »Was soll denn das werden?«

»Ich muss mir ein Taxi rufen.«

»Warum?«

»Ich muss zum Flughafen.«

»Ich meine, warum nimmst du nicht den Studiotransporter?«

»Der ist nur für die Show.«

»Aber er ist bequemer. Und wir passen nicht alle in ein Taxi.«

Wally sah auf. Sie waren nicht allein. Holy Roller, Earth Witch, King Cobalt, Hardhat und Bubbles hatten sich hinter Simoon gestellt.

»Wir hatten unter uns noch mal eine kleine Abstimmung«, sagte sie.

King Cobalt fügte hinzu: »Ich mache bei dir in Ägypten mit, und du machst in meiner Wrestling Federation mit.« Er hielt ihm die Hand hin. »Dann sind wir im Geschäft.«

Wally schlug ein. »Und ob.«

Dragon Girl drängte sich zwischen Bubbles und Earth Witch. »Geht nicht ohne mich! Ich muss noch meine Tiere holen.«

Bubbles schüttelte den Kopf und riss die Arme hoch. »O nein. Auf keinen Fall. Wir nehmen dich nicht mit in einen Völkermord.« Dragon Girl runzelte die Stirn und stampfte mit dem Fuß auf. »Vielleicht, wenn du zwölf bist«, sagte Bubbles.

Simoon hatte richtig damit gelegen, dass sie nicht alle in ein Taxi passten. Um die Wahrheit zu sagen, passten sie kaum in den Stretch Hummer der Luschenvilla. Wally tat der Fahrer leid. Denn er war hin- und hergerissen zwischen Mr. Berman, der nicht wollte, dass er die abtrünnigen Asse zum Flughafen fuhr, und andeutete, dass es schlecht für seine Karriere wäre, wenn er dies täte – und sieben Assen, die von ihm zum Flughafen gefahren werden wollten und durchblicken ließen, dass es noch viel schlechter für ihn wäre, wenn er sich weigerte.

Schweigend kurvten sie durch den Verkehr von Los Angeles. Das Schweigen hielt lange an. So lange, dass Wally sich fragte, ob die anderen ihm schon wieder etwas krumm nahmen. Um das Eis zu brechen, sagte er: »Jetzt würde ich ja schon gern wissen, wer aus der Show rausgewählt worden ist. Nur so aus Neugier.«

Earth Witch seufzte. »Rosa wurde rausgekickt. Stuntman und Curveball haben das Finale erreicht. Sorry, Rusty.«

Wally schüttelte den Kopf. »Damit kann ich leben. Die wird ihn nach Strich und Faden fertigmachen.« Die anderen nickten zustimmend.

Von da an bis zum Flughafen schwiegen sie wieder, doch Wally störte das nicht weiter.

Als sie ihr Gepäck ausluden und darüber debattierten, wie viel Trinkgeld sie dem Fahrer geben sollten – Wally war überzeugt, dass der arme Kerl seinen Job los war –, hielt neben ihnen ein Taxi an. Die Hintertür ging auf, und zum Vorschein kam eine schlanke Blondine in einem Tanktop, die sich einen Matchbeutel über die Schulter geworfen hatte. Das Taxi fuhr weiter.

Holy Roller kniff die Augen zusammen. »Gelobt sei ... ist das Curveball?«

King Cobalt hielt ihm einen erhobenen Daumen hin.

Hardhat lächelte. »Wie scheißegeil ist das denn, Rusty. Echt krass!« Seit den Ereignissen des Vortags sprach er wieder mehr mit Wally. Was nett war, auch wenn er so viele Kraftausdrücke benutzte.

Curveball warf ihren Beutel auf den Bordstein. »Habt ihr noch Platz für eine Person?«

Bevor irgendjemand sich so weit gefasst hatte, dass er etwas sagen konnte, hielt ein weiterer Wagen neben der Gruppe. Diesmal war es ein silberner BMW, der quietschend zum Stehen kam. Mr. Berman sprang heraus. »Kate! Zum Teufel, hast du den Verstand verloren?«

Curveball ignorierte ihn.

»Überleg dir genau, was du tust. Du schießt die Chance deines Lebens in den Wind, nur um bei dem halbgaren Werbegag einiger Versager mitzumachen. Hör mir zu. Du brauchst die nicht. In einem Monat ist dein Gesicht auf allen Titelbildern Amerikas.«

»Ich habe es mir genau überlegt. Und ich habe mich entschlossen, etwas Sinnvolles zu tun.«

Mr. Berman drückte sich die Hände auf die Stirn und fuhr sich durchs Haar. Es bewegte sich kaum, so stark war es gegelt. »Kate«, sagte er und deutete auf Wally. »Schau dir doch mal diese Witzfiguren an. Du bist die beliebteste Kandidatin der Show. Du bist ein Hingucker. Du lässt dir eine Million Dollar entgehen. Du wirst gewinnen, wenn du hierbleibst. Das weiß ich.«

Earth Witch trat dazwischen. »Sie hat ihre Entscheidung gefällt. Sie gehen jetzt besser.« Die anderen stellten sich neben sie.

Ein paar Sekunden lang starrte der Produktionsleiter sie an. Seine Lippen bewegten sich, doch er brachte kein Wort hervor. Wally hätte nicht geglaubt, dass jemand so rot im Gesicht werden konnte. Schließlich sagte Berman leise: »Du machst einen gewaltigen Fehler, Kate. Den verdammt noch mal schlimmsten Fehler deines Lebens.« Er stieg wieder ins Auto. Durch das offene Beifahrerfenster schrie er: »Meine Anwälte werden euch Arschgeigen so richtig fertigmachen, das verspreche ich euch!«

Wally streckte die Hand aus und legte den Finger auf das Dach von Bermans Wagen. Der BMW fuhr los, und Wallys Fingerspitze zog einen ockerfarbenen Nadelstreifen. Dreißig Meter weiter stürzte Berman inmitten einer orangefarbenen Rostwolke auf den Asphalt.

Die anderen starrten Wally mit großen Augen an.

Er zuckte nur mit den Schultern. »Stahlkarosserie. Diese Deutschen wissen einfach, wie man gute Autos baut.« Dann nahm er Curveballs Beutel in die eine, seinen Koffer in die andere Hand und ging in die Halle hinein.

Die Metalldetektoren würden ihm Probleme bereiten. Bei seinem Flug nach L.A. hatte das Studio alles geregelt. Aber seine Freunde würden sich schon etwas einfallen lassen, da war er sich ziemlich sicher.

♣

ASSUAN

KITCHENER-INSEL

Nekropole der
Herrscher von Elephantine ★

Kloster des Heiligen Simeon ★

Assuan ● ■ Bahnhof Saad el-Ali

ELEPHANTINE

Mausoleum des Aga Khan ★

Nubisches
Museum ★

Fatimidischer Friedhof ★

SYRENE

Unvollendeter
Obelisk ★

■ Nördlicher
Steinbruch

SEHELNARTI

Erster Katarakt ★

■ Südlicher
Steinbruch

Osiris-
statue ★

Shallal ●

alter Assuan-Staudamm

Tempel
von Philae ★ AGILKIA

PHILAE
(KOFFERDAMM)

BIGEH

AL-HISCHA

Nil

Assuan-Hochdamm

Flughafen

Nassersee

Tempel von Kalabscha ★
Kiosk von Kertassi ★

0   2 km

Tingar ●
■ Fähre nach Wadi Halfa

© Kartographie Fischer-Leitl, München 2014

Jonathan Hive

<< II nächste Seite >>

Hey, Jungs, mein Vater hat ein volles Lager!
Lasst uns einen Krieg anzetteln!

Heute um 20:16
Völkermord, Assuan | Erschöpft | »Who by Fire« – Leonhard Cohen

Scheiße, war das ein Tag. Aber noch stehe ich auf beiden Beinen. Im übertragenen Sinn, denn tatsächlich sitze ich auf meinem Hintern in einer Bar in Syrene.

Ich werde mein Bestes geben, um euch auf den neuesten Stand zu bringen. Erst mal ein bisschen Geografie. Ihr werdet's brauchen.

Okay. In Assuan gibt es zwei Städte. Assuan selbst liegt am Ostufer, wo die Eisenbahnstrecke verläuft. Dort befindet sich die ägyptische Armee. Im Fluss erhebt sich die Insel Sehelnarti (und die Kitchener-Insel und Elephantine und die Amuninsel, auf der sich, ohne Scheiß, ein Club Med befindet), und dort haben sich ein paar Lebende Götter verschanzt. Am Westufer liegt Syrene. Da sind wir. Der Flughafen von Assuan ist auf unserer Seite. So weit alles klar?

Okay, dann gibt es (zu meiner großen Überraschung) nicht nur einen Staudamm, sondern zwei. Der Untere Damm ist der ältere, weiter im Norden (womit flussabwärts gemeint ist; nilauf- und abwärts ist verwirrend, wenn man gewohnt ist, dass Norden auf der Karte immer »oben« ist). Der ist bei Weitem nicht so apokalyptisch wie der Hochdamm. Der Hochdamm? Der ist im Süden.

Als Kind habt ihr vielleicht gehört, dass der Nil jedes Jahr über die Ufer getreten ist. Tja, das macht er jetzt nicht mehr. Denn die gottverdammte Flut bleibt jetzt hinter dem Hochdamm hängen. Ich erwähne die zwei Dämme nicht nur, weil wahnsinnig viele Menschen sterben, wenn man sie in die Luft jagt, sondern auch, weil es außer ihnen keine andere Möglichkeit gibt, trockenen Fußes über den Fluss zu gelangen. Wenn du also eine große Infanteriestreitmacht hättest, um einen Arsch voll Menschen wie zum Beispiel mich abzuschlachten, dann würden die Dämme eine ziemlich wichtige Rolle dabei spielen.

Das wussten wir, als wir hierherkamen. Es war auch relativ offensichtlich, dass die ägyptische Armee den Damm überqueren wollte – und mit ihren Hubschraubern, ihren Panzern, Gewehren, Raketen und ihrer ganzen beschissenen Armee hätten wir sie auch nicht aufhalten können.

Dann ist aber was Komisches passiert.

Die Kavallerie traf ein.

♥

Der Kriegsrat versammelte sich in einem Restaurant, ungefähr drei Straßen vom Kloster des Heiligen Simeon entfernt. Es roch dort nach gebackenen Rosinen und Knoblauch, und das Licht, das durch die Fenster fiel, ließ die Luft klarer erscheinen, als sie war. Die Lebenden Götter saßen an einem großen Tisch, debattierten, planten, stritten und verzweifelten. Jonathan hatte genug von ihrer Sprache aufgeschnappt, um hier und da einen Satz zu verstehen, doch über weite Strecken waren Lohengrin und er außen vor. Fortune – oder vielmehr Sachmet – brüllte und schlug auf den Tisch, nickte oder schüttelte den Kopf und deutete nach Osten.

»Wir dürfen die Hubschrauber nicht vergessen«, sagte Lohengrin.

»Das ist uns klar«, erwiderte Sachmet mit Fortunes Kehle.

»Aber auf der Insel sind wir einigermaßen geschützt vor den Bodentruppen.«

Fortune sah nicht gut aus. Dass er nicht mehr schlief, zehrte ihn aus wie ein Krebsgeschwür. Und Jonathan war überzeugt, dass weder Fortune noch Sachmet ruhen würden, ehe die Flüchtlinge nicht in Sicherheit oder allesamt tot waren. Auch Lohengrin wirkte erschöpft. Sobek hatte ein paar Zähne verloren. Nein, gut ging es ihnen allen nicht.

»Seien wir ehrlich«, sagte Jonathan lauter als beabsichtigt, »unsere Chancen stehen schlecht.«

Zu seinem Erstaunen widersprach niemand. Er blinzelte. Alle Augen waren auf ihn gerichtet.

»Also«, sagte er, »wir können uns hier verkriechen und hoffen, dass sie einfach wieder abhauen, aber wir können es drehen und wenden, wie wir wollen, uns steht das Wasser bis zum Hals. Für die Bodentruppen ist die Insel zwar ein Problem, aber sie brauchen bloß das Westufer einzunehmen und uns auszuhungern oder uns in die Zange zu nehmen oder uns aus dem Orbit eine Atombombe auf den Schädel zu schmeißen. Was auch immer. Und mit jedem Mann, den wir auf die Insel schaffen, weil wir glauben, dass es dort sicherer ist, verlieren wir einen bei der Verteidigung des Damms. Wir haben keine Skorpionfrau mehr. Wir haben keinen Horus mehr. Tut mir leid, es so ausdrücken zu müssen, aber wir sind am Arsch.«

»Mein Gott«, sagte eine Stimme hinter ihm. »Was bist du für ein Versager, Bugsy. Kein Wunder, dass wir dich rausgeschmissen haben.«

Langsam drehte er sich um.

Curveball mit einem Matchbeutel über der Schulter. Neben ihr Earth Witch mit verschränkten Armen und gerunzelter Stirn. Der Prediger im Rollstuhl, Holy Roller, der trotz allem onkelhaft lächelte. Hardhat mit einem Grinsen im Gesicht. King Cobalt, der vielleicht auch grinste unter seiner

Maske. Simoon und Bubbles, die eher wie Laufstegmodels aussahen, nicht wie Kriegerinnen. Und Rustbelt, der sich im Hintergrund hielt und dabei wie eine altmodische Lokomotive mit mangelndem Selbstbewusstsein wirkte.

»Äh«, sagte Jonathan.

Curveball trat vor, und ihr Beutel rutschte auf den Boden. Sie ging an Jonathan und Lohengrin vorbei, direkt auf Fortune zu. Kurz schwiegen sie sich an. Dann nickte Fortune – nicht Sachmet.

»Also«, sagte Curveball. »Was habt ihr vor?«

♦

<< II nächste Seite >>

Sie unterhielten sich die ganze Nacht. Es war Wahnsinn. Gegen Ende habe ich das meiste verschlafen, nicht nur ein bisschen, denn wenn man wieder so ein bisschen Hoffnung schöpft, merkt man erst, wie müde man die ganze Zeit war.

Unsere Strategie war ziemlich primitiv, weil niemand von uns so recht wusste, was zur Hölle wir da eigentlich taten. Aber immerhin hatten wir einen Plan. Und ein paar Asse, Gewehre und den festen Willen, diesem Morden ein Ende zu setzen.

Und das würden wir auch tun. Entweder indem wir sie zurückschlugen, oder weil ihnen die Opfer ausgingen. So oder so, es würde sich hier entscheiden.

♠

Der Mond schwebte als schöne silberne Sichel am schwarzen Himmel. In Syrene und Assuan herrschte Verdunkelung, damit der Feind nichts erkennen konnte. Die Hände auf den Knien, saß Jonathan am Straßenrand und blickte zu den Sternen empor.

»Hey«, sagte Simoon. »Bugsy.«

Er sah über die Schulter. Sie stand in der Tür zum Restaurant. Die Stimmen hinter ihr klangen eigenartig fröhlich für einen Kriegsrat.

»Wie läuft's da drin?«, fragte er.

Simoon machte einen Schritt nach vorn, sodass die Tür zufiel. Die Stimmen waren zwar noch zu hören, aber gedämpfter.

»Wird noch eine Weile dauern, bis irgendwas entschieden ist«, sagte sie. »Aber ich glaube, dass es ganz gut läuft. Und du?«

»Ich könnte mich gleich hier im Rinnstein schlafen legen«, sagte Jonathan. »Im Ernst. Einfach ausstrecken und einschlafen.«

»Solltest du vielleicht auch. Dich ausruhen, meine ich. Nicht unbedingt im Rinnstein.«

»Ja, ich werd's versuchen«, sagte er.

»Ich wollte mich bedanken.«

Jonathan sah zu ihr auf. Sie war schöner, als er sie in Erinnerung hatte. Sie hatte schon immer gut ausgesehen, aber jetzt, im Mondlicht und mit offenem Haar, war sie wahrlich schön.

»Bedanken?«

»Dass du dich eingemischt hast«, sagte ich. »Dass du meine Telefonate belauscht hast. Dass du John Fortune da mit reingezogen hast. All das. Ich hätte nicht den Mut dazu gehabt.«

»Wer weiß, ob ich dir damit einen Gefallen getan habe«, sagte er.

Simoon schüttelte den Kopf, und ihr Blick hob sich zu den Häusern, zum Horizont, zum Himmel.

»Ja, wer weiß«, sagte sie. »Aber ich bin wirklich froh. Ich war noch nie hier, weißt du. Dabei bin ich von hier. Deshalb: danke.«

♣

Es ist echt ein Problem, wenn man nur Abwehr spielt. Wir konnten es uns nicht aussuchen, wann uns die Scheiße um die Ohren flog. Das hatten allein sie in der Hand. Die Lebenden Götter nahmen ihre Asse und ein paar Gewehre mit auf Sehelnarti. Hardhat begleitete sie, denn theoretisch könnte er mit seinen Trägern eine Brücke bauen, sollte die Armee landen und eine Evakuierung der Insel nötig sein.

Dann machten wir uns bereit.

♥

»Fester!«, sagte Bubbles.

Rustbelt hob die geballte Faust und ließ sie wieder sinken. »Ach, verdammich. Das ist doch … ich meine …«

Bubbles sah inzwischen wie eine Frau mit gesunden fünfundachtzig Kilo aus. Sie legte Rustbelt die Hand auf den Arm und rang um Beherrschung.

»Schätzchen«, sagte sie. »Wir müssen diese Blasen in die Luft kriegen, sonst steht Simoon mit ihrem Sandsturm allein da, um die Flugzeuge und Hubschrauber aufzuhalten. Im Grunde haust du nicht mir eine rein, sondern denen. Sieh's einfach so, okay?«

Rustbelt grinste verkrampft.

»Willst du's noch mal probieren?«, fragte Bubbles.

»Klar«, sagte Rustbelt. »Dann mal los.«

»Okay. Prügel mich windelweich.«

Rustbelt schloss die Augen und holte aus. Als er zuschlug, hörte es sich an wie ein Autounfall. Bubbles legte weitere fünfzehn Kilo zu.

»Schon viel besser«, sagte Bubbles. »Noch mal so.«

»Okay«, sagte Rustbelt. »Dir ist aber schon klar, dass mir das echt unangenehm ist?«

Bubbles nickte. »Das zeigt, dass du ein guter Kerl bist, Schätzchen. Jetzt komm schon, schlag mich.«

♦

<< II nächste Seite >>

Tja, Leute, wir wussten nicht, über welchen Damm sie kommen würden, nur eben, dass wir sie dort aufhalten mussten, wo sie immer nur ein paar von uns angreifen konnten. Lohengrin, Curveball, Earth Witch und Simoon machten sich im Süden mit fast hundert Anhängern der Lebenden Götter bereit, den Hochdamm zu halten, sollte die Armee es da versuchen. Holy Roller, King Cobalt, Fortune, Rustbelt und Bubbles waren am Unteren Damm, wo der Angriff tatsächlich stattfand. Ich war bei beiden Gruppen.

Die ägyptische Armee rückte im Morgengrauen an. Und ich dachte immer, das wäre ein Klischee: »Im Morgengrauen greifen wir an.« Wie sich herausstellte, hat das einen guten Grund – die Sonne blendet einen wirklich. Nun, mich nicht, denn ich war zu diesem Zeitpunkt schon ausgeschwärmt.

♠

Die Boote tuckerten vom Ostufer heran, dunkle Punkte auf dem sonnenhellen Wasser. Hardhat und Sobek kauerten am Ufer. Der krokodilköpfige Joker schirmte sich die Augen mit der Hand ab.

»Das könnte problematisch werden«, sagte Sobek. »Wenn sie die Insel erreichen …«

»Dass diese Schwanzlutscher hierhergelangen, ist genauso unwahrscheinlich wie ein Arschfick mit Mutter Teresa«, sagte Hardhat fröhlich. »Pass mal auf.«

Über dem Bug des ersten Boots erschien ein Stahlträger,

der die Spitze nach unten drückte. Aus der Ferne drang aufgeregtes Geschrei zu ihnen. Dann legte sich ein zweiter Träger über den Bug, der noch tiefer sackte, bis Wasser über die Reling schwappte.

Die anderen Fahrzeuge zögerten, während das erste Boot versuchte, zum Ufer beizudrehen. Jetzt erschien ein dritter Stahlträger, und das Boot ging unter. Die anderen trieben eine Weile unschlüssig umher, bevor sie kehrtmachten.

Sobek kicherte.

»Elegant«, sagte er. »Könntest du das mit allen machen? Wenn sie alle auf einmal anrücken würden?«

»Wahrscheinlich nicht«, sagte Hardhat und verschränkte die Arme. »Aber die ersten beiden Wichser könnte ich absaufen lassen, das ist arschklar, und dann können sich die Schlappschwänze streiten, wer der dritte sein will.«

»Also müssen sie über Land kommen«, sagte Sobek.

♣

<< II nächste Seite >>

Es fing mit ein paar Schiffen an, die im Osten ablegten und auf die Insel zuhielten. Das war nur ein Ablenkungsmanöver. Der Hauptangriff erfolgte am Unteren Damm.

Von der Krone des Unteren Damms geht es im Norden fünfundzwanzig Meter zum Fluss hinab. Die Krone ist ungefähr so breit wie ein zweispuriger Highway und zwei Kilometer lang. Wir errichteten Barrikaden auf der Straße – einen quer geparkten alten Bus, einen LKW, den Rustbelt umgekippt hatte, ein paar Autos, die wir organisiert hatten. So etwa alle hundert Meter hatten wir Versteckmöglichkeiten, bis fast zur Mitte des Damms. Und am anderen Ende sorgte die Armee selbst für Deckung.

Von dort kamen sie.

Wir schafften es nicht alle. Das solltet ihr wissen. Einen haben wir gleich zu Beginn verloren. Aber er starb keinen sinnlosen Tod, so wahr mir Gott helfe.

♥

»Der Schild ist kugelsicher«, sagte King Cobalt und lehnte sich gegen den umgestürzten Laster. »Wie ihn Sondereinsatzkräfte bei der Polizei benutzen. Ich halte ihn einfach so vor mich, laufe auf sie zu, und wenn ich da bin, reiße ich sie in Stücke.«

Rustbelt hob die Hand, um seine Augen gegen die Sonnenstrahlen abzuschirmen. Der Damm lag in beide Richtungen still da, rechts glitzerte ruhig das Wasser, links öffnete sich der Himmel. King Cobalt kauerte hinter seinem Schild.

»Bleibt in meinem Rücken«, rief King Cobalt. »Lasst mich sie erst mal weichklopfen.«

»Langsam, mein Sohn«, rief Holy Roller. »Ich glaube, ihr solltet noch einmal ein Stück zurückkommen, ihr beiden. Wir meinen, Feindbewegungen erkennen zu können. Am anderen Ende … da drüben.«

»Ich seh nichts«, sagte Rustbelt, und eine Kugel prallte von seinem Brustkorb ab, mit einem Geräusch wie ein pfeifender Kolben. King Cobalt ließ seinen Polizeischild sinken und sackte seufzend zu Boden. Aus seinem Nacken floss Blut.

»Sanitäter!«, bellte Holy Roller und schob sich zu dem Gefallenen. »Schafft einen Sanitäter her! Wir haben einen Verwundeten!«

»Ach, verdammt«, sagte Rustbelt und rieb den glänzenden Fleck, den die tödliche Kugel auf seiner Haut hinterlassen hatte. »Tut mir leid, King. Ich wollte nicht … wir holen jemanden … alles wird …«

Holy Roller bremste neben dem gestürzten Ass ab, fühlte ihm verzweifelt den Puls und schüttelte dann den Kopf. Vorsichtig beugte er sich über den Wrestler, schob einen Finger unter die Maske und zog sie ihm sacht herunter. Der kräftige Leib schrumpfte.

»Das ist ja ein Kind!«, sagte Fortune.

»Lieber Gott«, intonierte Holy Roller. »Ich weiß nicht, ob dieser arme Junge an dich geglaubt hat. Ich weiß nicht einmal seinen Namen oder ob er ein Mexikaner war, aber er war tapfer und wollte Gutes tun. Ich weiß, dass du einen Platz für ihn im Himmel bereithältst, wo er mit deinen Engeln wrestlen kann. Er war so gerne ein Wrestler.«

Für einen Moment senkten sie alle den Blick. Als er wieder über den Damm hinübersah, waren die Augen des Predigers kalt. Am anderen Ende spiegelte sich die Sonne auf Metall. Ein anhaltendes Donnergrollen dröhnte herüber. Die Panzer kamen.

»Es ist so weit«, sagte er. »Gebt den anderen das Signal. Es geht los.«

♦

<< II nächste Seite >>

Als Erstes kamen die Panzer, einer hinter dem anderen. Sie feuerten aus allen Rohren, weil sie uns fernhalten wollten, während sie die Hindernisse, die wir ihnen in den Weg gelegt hatten, umfuhren oder zerstörten. Ich fand schnell heraus: Lässt man ein Schwadron Wespen in das Rohr hineinfliegen, dann sind sie lediglich näher am Geschoss dran, wenn es abgefeuert wird. Keine angenehme Erfahrung. Doch dann fiel Rustbelt mit wütendem Geheul über sie her wie ein böser Geist, und die Panzer fingen an auseinanderzufallen. Sie schossen auf ihn. Sie schossen ausgiebig auf ihn. Als die Hubschrauber anrückten, ging es mit den Explosionen los. Es lag so viel Rauch in der Luft, dass ich allein dadurch ein paar Wespen verloren habe.

Die Lebenden Götter gaben Feuerschutz, und Sachmet und

Holy Roller wagten einen Vorstoß. Ich tat, was ich konnte, stach, schwirrte umher und versuchte, die bösen Jungs durcheinanderzubringen. Sosehr sie sich auch bemühten, auf dem Damm war nicht genug Platz, um uns mit ihrer Truppenstärke zu überwältigen. Es stand mehr oder weniger unentschieden, als – von Simoon freundlicherweise zur Verfügung gestellt – ein Wind aufkam, der Sand aufpeitschte, und Lohengrin in seiner Rüstung neben Rustbelt auftauchte.

Als die Armee anfing, nach Osten zurückzuweichen, setzten wir ihr nach. Wahrscheinlich waren wir alle ein wenig berauscht. Wir waren am Gewinnen. Simoons Wind war teuflisch. So stark, dass er in die Haut schnitt – was Rustbelt und Lohengrin allerdings kalt ließ. Zu dritt bewegten sie sich langsam auf die andere Seite zu und scheuchten die Armee vor sich her. Bubbles und Curveball bildeten die zweite Welle, indem sie jedes Flugzeug abschossen, das töricht genug war, durchbrechen zu wollen. Der Rest – wir alle – folgten ihnen in geschlossener Formation. Joker mit Pistolen und uralten Gewehren und Kevlarwesten, die in den Siebzigern einmal dem neuesten Stand der Technik entsprochen hatten. Amerikanische Asse, die kein einziges beschissenes Wort Arabisch sprachen und sich nicht anders ausdrücken konnten als mit erhobenen Daumen.

Wir waren zu selbstsicher. Der ägyptische Kommandant war schlau. Wir durchschauten seinen Plan erst, als es zu spät war.

♠

Curveball kauerte sich hin, einen Stein von der Größe eines Golfballs in der Hand. Rusty und das deutsche Ass rückten immer noch vor, doch darüber hinaus war kaum etwas zu erkennen. Der aufgepeitschte Sand ließ alles verschwimmen, und Rauch und Rostflocken wirbelten wild umher, sodass die Luft nach Blut schmeckte.

Earth Witch zupfte an Curveballs Ärmel und deutete nach

rechts über den Fluss. Dort wurde ein Schiff sichtbar, das gerade vom Ostufer abgelegt hatte.

»Geht klar«, sagte Curveball und warf den Stein aus der Hüfte, als wolle sie ihn übers Wasser tanzen lassen. Die Explosion sandte Wellen über den Fluss. Jemand – John Fortune? – drückte ihr einen weiteren Stein in die Hand.

»Es dreht bei«, sagte Earth Witch.

»Gut gemacht«, sagte John. Seine Hand war heiß, als hätte er Fieber. »Weiter so.«

Über dem Lärm war das wütende Rattern von Hubschraubern zu hören. Sie waren irgendwo anders über den Fluss geflogen und kamen jetzt in einem Bogen von hinten. »Die übernehme ich!«, rief Bubbles. »Geht in Deckung!«

Aus den Mündungen der Maschinengewehre schlug Feuer. Elegant stiegen zwei riesige durchscheinende Blasen auf, mit schillernden Farben auf ihren Häuten wie bei einem Ölfilm. Im Rotorwind zitterten die Blasen, bevor sie detonierten. Die Erschütterung war wie ein Schlag ins Gesicht. Die brennenden Hubschrauberwracks fielen in weitem Bogen ins Wasser und gingen unter.

»Vorwärts!«, rief Fortune. »Kommt schon! Vorwärts!«

Curveball nickte und sah über das Schlachtfeld hinaus zum Fluss und an den Himmel. Zeit hatte keine Bedeutung mehr. Ob das alles erst zehn Minuten oder eine Stunde oder einen Tag dauerte, spielte keine Rolle. Niemand bemerkte die Veränderung, bis Curveball nach rechts schaute und kein Wasser mehr sah. Und links ging es nicht mehr steil in die Tiefe.

Sie waren auf der anderen Seite. Sie hatten den Damm überquert. Er lag zehn oder zwölf Meter hinter ihnen. Ohne es zu merken, waren sie auf die Straßenkreuzung ausgeschwärmt. John rief Simoon zu, sie solle ihren Sturm abflauen lassen. Als der Sand herabrieselte, schwirrten ein halbes Dutzend grüne Streifen an ihnen vorbei.

»Heißt das, dass wir gewonnen haben?«, fragte Bubbles. »Ich glaube, das heißt, dass wir gewonnen haben.«

»Ich glaube nicht«, sagte Curveball.

Auf dem Damm war das Schlachtfeld eingeschränkt gewesen. Rustbelt, Lohengrin, Holy Roller und Sachmet waren imstande gewesen, die Front zu halten. Dort konnten sie nicht von mehr als acht bis zehn Soldaten gleichzeitig angegriffen werden. Doch die Ägypter waren allmählich zurückgewichen und hatten sie hinter sich hergelockt. Hatten sie ans Ufer geführt, wo sie sie umzingeln und überwältigen konnten. Die Straßen vor ihnen waren ein einziges Meer von Soldaten, Panzern und Gewehren.

Sie hatten Scheiße gebaut. Sie waren so gut wie tot.

Zuerst fiel das Geräusch niemandem auf. Aber als das Rumpeln lauter wurde, merkten sie, dass es schon eine Weile lang da gewesen war – ein tiefes, markerschütterndes Grollen. Holy Roller reckte den Hals, weil er herausfinden wollte, woher es kam. Auch die Ägypter auf der anderen Seite des kleinen Todesstreifens schienen verwirrt zu sein.

»Was ist da los?«, übertönte Simoon die anschwellende Kakofonie. »Was ist das?«

Und da öffnete sich vor ihnen die Erde. Sand und Steine rutschten in einen weiten Spalt, einen gähnenden Abgrund hinab, der kilometerweit in die Tiefe zu reichen schien, obwohl es wahrscheinlich nur ein paar Dutzend Meter waren. Die Panzer und Soldaten der Ägypter stürzten hinunter, ziellos wurden Schüsse abgefeuert. Die Häuser bekamen Risse und stürzten ein, Wände schlugen Purzelbäume.

Curveball drehte sich um. Earth Witch kniete auf dem Boden und hielt das Medaillon an ihrem Hals umklammert. Vor Anstrengung war sie ganz rot im Gesicht. Mit einem Krachen wie von einer Explosion schloss sich der Spalt wieder. Die erste Welle der Armee war verschwunden, lebendig begraben – sie starben unter ihren Füßen. Die übriggebliebenen

Soldaten standen mit offenem Mund da. Einige ergriffen bereits die Flucht.

»O Gott«, sagte Earth Witch. Ihre Stimme war dünn und ungläubig. »O Gott. Das habe ich getan. Habe ich das getan?«

Curveball kniete sich neben sie und nahm ihre Freundin in den Arm. Earth Witch zitterte. »Schon gut, Ana«, sagte Curveball. »Alles in Ordnung.«

»Ich habe sie getötet«, sagte Earth Witch. »Ich habe sie getötet, stimmt's?«

»Ja«, sagte Curveball. »Das hast du.«

Earth Witch starrte die Trümmer an und schnappte nach Luft. Ihre Augen waren groß und rund, sie schien hin- und hergerissen zwischen Stolz und Abscheu.

»Entschuldigt, meine Damen«, sagte Holy Roller. »Ich möchte nur ungern stören.«

»Was ist?«, fragte Curveball.

»Der Damm«, sagte John Fortune und trat neben sie. »Durch den Spalt wurde der Damm instabil. Er gibt nach. Wir brauchen Earth Witch, um ihn abzustützen. Und zwar sofort.«

Earth Witch sackte in Curveballs Armen zusammen.

»Das schafft sie nicht«, sagte Curveball. »Sie ist zu erschöpft.«

»Ich schaffe das«, widersprach Earth Witch.

»Ana«, begann Curveball, doch Earth Witch schüttelte den Kopf. Vom Ufer drang eine Stimme herüber – ein vereinzelter ägyptischer Soldat ergab sich Lohengrin. Curveball stand auf und half ihrer Freundin hoch.

»Ich krieg das hin. Bleib ... bleib einfach bei mir«, sagte Earth Witch.

»Natürlich«, versprach Curveball.

♣

Allen Leuten, die meinten, wir seien geliefert, sei gesagt: Wir haben gewonnen. Der Völkermord in Assuan wurde verhindert, und dabei haben wir nicht einmal all die Leute absaufen lassen, die wir retten wollten. Und nein, ich weiß nicht, wie das jetzt weitergeht. Auf Ichlas al-Din und die ägyptische Regierung muss internationaler Druck ausgeübt werden. Vielleicht muss das Land aufgeteilt werden. Das ist alles sehr kompliziert und vielschichtig, und womöglich braucht es Jahre, bis das alles geregelt ist. Die UNO wird auf jeden Fall ein Wörtchen mitzureden haben, und auch das Kalifat. Und ja, für manche Leute ist das ein großes Übel. Findet euch damit ab.

Das Morden hat aufgehört. Und wir haben dafür gesorgt. Und das, meine Damen und Herrschaften, ist einfach nur großartig.

12 338 Kommentare | Kommentar hinterlassen

♥

»Bugsy«, sagte Fortune. »Wach auf. Besuch für dich.«

Jonathan wälzte sich auf dem Bett herum und blinzelte ins Licht. Fortune sah schon ein bisschen besser aus. Noch immer dürr und leichenblass, noch immer mit Ringen unter den Augen, die wie blaue Flecken aussahen. Offenbar hatten sich er und Sachmet noch nicht auf geregelte Schlafenszeiten geeinigt. Trotzdem sah der arme Teufel besser aus.

»Für mich?«, fragte Jonathan.

»Los, komm schon.«

»Hübsche blonde Insektenkundlerin ohne Freund und mit einer Webcam?«

»CNN«, sagte Fortune.

Jonathan holte Luft und atmete sie mit wachsender Genugtuung wieder aus. Dann waren die Mainstreammedien also endlich zur Stelle, um einzugestehen, dass er ihnen einen Knüller weggeschnappt hatte.

»Sekunde«, sagte Jonathan. »Ich bin gleich da.«

Er wusch sich die Haare, überlegte, ob er sich rasieren sollte, entschied dann aber, dass die Stoppeln etwas Männliches hatten – Indiana Jones hat auch nie den Rasierapparat ausgepackt. Er ging hinaus ins Foyer des Hotels, das zum Quartier der Asse geworden war. Die Kameracrew hatte sich bei einem der großen Sofas eingerichtet, auf denen in Friedenszeiten Touristen herumlümmelten. Der Reporter kam ihm bekannt vor, ein schwarzer Enddreißiger mit kurzem, an den Schläfen schon etwas grauem Haar. Er trug ein Kakihemd mit Epauletten, als wäre er durch die Wüste gewandert und nicht direkt vom Flughafen hergefahren.

»Hey«, sagte Jonathan. »Ich hab gehört, dass ihr nach mir sucht.«

Sie schüttelten sich die Hände, man sprach ihm Bewunderung aus, jemand brachte ihm eine Tasse Kaffee. Nach gerade mal fünf Minuten saß er auf dem Sofa, und die Jupiterlampe schien ihm ins Gesicht. Mit ernster und besorgter Miene beugte sich der Reporter zu ihm herüber.

Wie geil war das! Bis es nicht mehr geil war.

»Wie reagieren Sie auf die Anschuldigungen, dass Sie mit Terroristen gemeinsame Sache gemacht hätten?«

»Das ist Schwachsinn«, sagte Jonathan. »Und jeder, der das behauptet, versteht überhaupt nichts von internationaler Politik.«

»Aber Sie sind einer Gruppe zu Hilfe gekommen, der man vorwirft, der Twisted Fist Unterschlupf gewährt zu haben.«

»Tja, vorwerfen kann man viel…«

»Und die Ermordung des Kalifen.«

»Diese Leute haben den Kalifen nicht ermordet«, sagte Jonathan. »Da wurden Kinder getötet. Kinder! Glauben Sie im Ernst, ein achtjähriger Joker hätte den Nur ermordet?«

»Richtig, Sie haben ja auch auf Ihrem Blog geschrieben, dass diese Leute den Kalifen nicht ermordet haben. Dann haben Sie Recherchen zu der angeblichen Verbindung zwischen den Lebenden Göttern und Twisted Fist angestellt?«

Jonathan trommelte sich mit dem Finger aufs Knie. »Ich war beschäftigt – man hat auf mich geschossen«, sagte er. »Aber ich bin absolut sicher, dass eine solche Verbindung nie existiert hat.«

»Und wie würden Sie auf die Kritik antworten, dass es inakzeptabel ist, wenn sich Repräsentanten des Westens – und dazu noch selbsternannte Kreuzfahrer wie Lohengrin und religiöse Führer wie Holy Roller – in Ägyptens innere Angelegenheiten einmischen?«

»Wahrscheinlich gar nicht«, sagte Jonathan.

»Also glauben Sie nicht, dass die nationale Souveränität eines Staates verletzt wurde? Schließlich sind Sie eine Gruppe von Assen ohne jeglichen Auftrag irgendeiner Regierung, die in einen bewaffneten Konflikt mit dem Militär eines legitimen Staatswesens eintreten. Inwiefern unterscheiden Sie sich von einer Terrororganisation?«

»Da wurden Menschen abgeknallt«, sagte Jonathan. »Okay? Unschuldige sind gestorben. Und wir haben dem ein Ende gesetzt.«

Der Reporter schien zu ahnen, dass er in absehbarer Zukunft von unangenehmen Stichen geplagt werden würde. Er nickte lächelnd, als würde er sich mit etwas einverstanden erklären, und wechselte dann das Thema. »Werden Ihre Streitkräfte in Syrene bleiben, wenn die Armee des Kalifats eintrifft?«

»Wir bleiben hier, und wir sind überzeugt, dass ...« Jonathan hielt einen Finger hoch und fuhr sich mit der Zunge über die Lippen. Die Jupiterlampen schienen heißer zu brennen als zu Beginn des Interviews, und das Sofa hatte ein paar unbequeme Beulen entwickelt. »... Armee des Kalifats?«, fragte er.

»Haben Sie nicht gewusst, dass der neue Kalif geschworen hat, Kamal Faraq Aziz und die ägyptische Regierung zu unterstützen? Seine Truppen sind schon seit Tagen unterwegs.«

»Armee. Des Kalifats. Aha. Gut. Das ist wahrscheinlich eine ziemlich große Armee, was?«

Der Reporter zuckte mit den Schultern. Jonathan gewann den Eindruck, dass es dem Kerl Spaß machte, den Blogger als Dummkopf hinzustellen.

»Ungefähr dreimal so groß wie die ägyptischen Streitkräfte. Mit dabei die Asse des Kalifen, Bahir mit dem Krummsäbel und der Rechtschaffene Dschinn«, sagte der Reporter. »Der Kalif äußerte, dass Abenteurer aus dem Westen eine Gefahr für alle souveränen Staaten der Welt darstellen und dass Sie internationales Recht verletzt haben, indem Sie Terroristen verteidigt haben. Darüber hinaus hat der Kalif erklärt, dass er den UN-Generalsekretär in Gewahrsam genommen hat, um ihn vor Übergriffen der Kairoer Bürger zu beschützen, die sich darüber empören, dass er Ihr Anliegen gutheißt.«

»Aha«, sagte Jonathan. »Öh.«

»Was haben Sie dazu zu sagen?«

Jonathan blinzelte ins Schweinwerferlicht. Er wünschte sich, Fortune wäre in der Nähe. Sie mussten sich unterhalten. Über eine ganze Menge. Und zwar auf der Stelle.

»Jonathan«, sagte der Reporter. »Dies ist Ihre Gelegenheit zur Stellungnahme.«

»Uuups?«, stellte Jonathan in den Raum.

»Incidental Music for Heroes«
S. L. Farrell

Rings um Joker Plague toste alles. Eine Salve aus den Bühnenverstärkern, ein Dröhnen, das von den schwarzen Mo-
nitorboxen erneut zurückgeworfen wurde, links und rechts
die schwindelerregenden Wälle des Sound Systems, aus dem
es herausbrandete. Die grölende Menge. Der Widerhall von
den Wänden der Konzertarena: ein zweiter Sturm. Und der
beharrlich hämmernde Rhythmus des Songs selbst.

Links auf der Bühne schlug Bottom die Saiten seines Fen-
der Precision mit dem Daumen und wippte im Takt der Musik wütend mit dem Kopf. Michael spürte Bottoms Bass mehr,
als dass er ihn hörte, ein Dur-Schema, das im Gleichschritt
des dumpfen Stampfens von Michaels Bass Drum – dem untersten Trommelfell seines Rumpfes – gefangen war. Shivers
trat als Dämon auf, wie direkt dem Höllenfeuer entsprungen.
Rechts von Michael stelzte er vor einer Wand von Marshall-
Verstärkern hin und her. Seine blutrote Gitarre kreischte wie
eine gequälte Seele in seinen ebenso blutroten Händen.

Neben Shivers schwebte S'Live hinter seinem Keyboard
wie ein Heißluftballon mit aufgemaltem Gesicht, aus dessen
viel zu breitem Mund unzählige Zungen herausschnellten
und die Tasten drückten. Und in der weißen Trockeneisne-
belwolke am vorderen Bühnenrand trieb etwas. Der Schemen
eines dünnen Körpers fing sich in den vom Scheinwerferlicht
angestrahlten Schwaden, um gleich wieder zu verblassen.
Davor schwebte ein kabelloses Shure-SM58-Mikrofon in der

Luft, obwohl an seinem schwarzen Griff keine Hand zu sehen war. Doch man hörte eine Stimme – die Stimme von *The Voice*: ein kräftiger Bariton, der den Text von »Self-Fulfilling Fool« abwechselnd knurrte, schnurrte und kreischte.

> She says she loves you
> And you – you wonder why
> You can't see how could that be
> When you don't love yourself
> For you're the only one who could
> At night when there's no one else there
> At night when the walls close in
> You're the only one who might care
>
> You want to believe them
> You don't want them to be cruel
> But when you look in the mirror
> What looks back is a self-fulfilling fool

Michael – »DB« für seine Bandkollegen und den Großteil seiner Freunde, »Drummer Boy« für den Rest der Welt – hörte vor allem *The Voice*. Er trug Earbud-Kopfhörer, um den mehr als hundertzwanzig Dezibel starken Hurrikan abzudämpfen, und über sie wurde ihm nur der Gesang ins Ohr gespielt. Auch sein eigenes Trommeln konnte er sehr gut hören, da es in seinem Körper widerhallte, und kein Kopfhörer der Welt vermochte ihn vor der unheimlichen Kakofonie aus den Bühnenverstärkern abzuschirmen.

Michael ragte in der Bühnenmitte auf, wie von den Scheinwerfern festgenagelt. Mit rudernden Armen trommelte er auf seinem breiten, tätowierten und zu langen Oberkörper; sein Markenzeichen waren die Grafitschlägel. Die Kehlen an seinem muskulösen Hals zuckten, um den Rhythmus zu formen. An einem Metallkragen an seiner oberen Schulter waren schnurlose Mikros angebracht. Zwar besaß er aufgrund seiner Wild Card genug natürliche Verstärkung, um in der ganzen Arena gehört zu werden, doch dann wäre die Lautstärke auf der Bühne und in den ersten Besucherreihen für alle Beteiligten unangenehm gewesen. Es war einfacher, alles dem Sound System zu überlassen. Er streunte trommelnd über die Bühne, und das bläuliche Scheinwerferlicht folgte ihm, wenn er mit *The Voice* im kalten Nebel tanzte, Bottom wegen seiner treibenden, ausgefeilten Basslinie angrinste, Shiver bei seinen kantigen Licks anfeuerte oder sich neben S'Live hin- und herwiegte, während dieser mit speichelbenetzten Zungen sein Keyboard bearbeitete.

Im Moment dachte er nur ans Hier und Jetzt. Das war es, was Michael an der Bühne so sehr liebte: Während dieser wenigen magischen Stunden konnte er die Welt hinter sich lassen. In diesen Augenblicken gab es nur die Musik.

La Cavea, die Open-Air-Location des Auditorium Parco della Musica in Rom, fasste siebentausend Zuschauer. So viele Fans, wenn nicht noch mehr, waren in Gestalt der tobenden Menschenmasse vor ihm versammelt, ein dunkles, von huschenden Lichtern beleuchtetes Meer aus Köpfen, die sich im Takt der Musik auf und ab bewegten. Fäuste wurden vor Begeisterung zur Bühne gereckt und feuerten Joker Plagues Performance mit neuer Energie an – eine endlose Feedbackschleife. Vor der Bühne herrschte dichtes Gedränge. Alle Zuschauer waren auf den Beinen, kein einziger saß mehr auf seinem Platz. Über den breiten Rängen der Emporen ragte die käferartige Hülle des Parco della Musica auf, vor dem Nachthimmel blau und rot angestrahlt.

Sie erinnerte Michael unangenehm an einen ägyptischen Skarabäus.

Der Song – ihre dritte und letzte Zugabe – endete mit einem Tumult aus Wirbeln und Beckenschlägen von Michael, einem letzten Powerchord von Shiver und einer Explosion aus reinem weißen Licht aus einer Scheinwerferbatterie hinter der Bühne. Das Publikum tobte, die Begeisterungsstürme schwollen an und brandeten über sie hinweg. »Fuckin' yeah!«, rief *The Voice* ins Publikum. »Danke! Grazie! Buona notte!« Die Zuschauer erwiderten es mit wortloser, tausendfältiger, monströser Stimme. Michael schleuderte seine Schlägel ins Publikum. Dann erlosch das Bühnenlicht, und im hinteren Zuschauerraum wurde das Saallicht hochgefahren. Den Gesichtern nach zu urteilen, die Michaels Blick erhaschen konnte, schien das Publikum beinahe zu gleichen Teilen aus Jokern und Normalos zu bestehen; direkt vor der Bühne befanden sich vor allem Joker, während die Normalos eher im Hintergrund herumlungerten.

Roadys strömten auf die Bühne und leuchteten den Bandmitgliedern mit abgedeckten Taschenlampen den Weg zum Tunnel hinter der Bühne. »Fantastische Show, DB! Toll gemacht! Esposizione eccellente!«, sagten sie, als er – als Erster – an ihnen vorbeiging. Er nickte, doch schon spürte er, wie das Bühnenadrenalin verpuffte. Und mit ihm jede Freude. Das Unbehagen und die Wut, die er empfand, seit er aus *American Hero* ausgestiegen war, hüllten ihn mit jedem Schritt mehr ein, den er Richtung Garderobe machte. Die Energie und die Lebenslust der Performance verließen ihn.

»Genial, das war erste Sahne«, sagte Shivers, als die Tür hinter ihm zuging. Er warf seine uralte, ramponierte Stratocaster in ihren Koffer und grinste – auf seinem roten und schwarzen Schuppengesicht wirkte das Grinsen allerdings eher anzüglich. »Besser als die Show in Paris. Scheiße, DB, diese Breaks in ›Stop Me Again‹ waren der Killer. Einfach nur der Killer. S'Live, du und ich, wir müssen die beim nächsten Mal übernehmen.«

»Ja«, fügte Bottom hinzu. Er hatte eine der Champagnerflaschen entkorkt und schob sie sich in die pferdeartige Schnauze. Allerdings schien mehr perlende Flüssigkeit an seinem Kinn herunterzurinnen als in seinen Hals. Sein schweißnasses T-Shirt wurde noch nasser. »Lasst uns die Aufnahme vom Soundboard anhören. Wenn ich da mit der Bass Drum mithalten könnte, wäre das der Hammer. Würde mir wünschen, wir hätten das so im Studio aufgenommen. DB, Alter, hörst du überhaupt zu?«

Das tat er nicht. Michael ließ sich auf die Couch fallen, streckte alle sechs Arme aus und schloss die Augen. Die Show hallte ihm immer noch in den Ohren. Kurz darauf sackten die Kissen am anderen Sofaende unter einer unsichtbaren Last zusammen, und Michael spürte, wie die Couch federte.

»Was 'n los, Großer? Du bis' nich' du selbst«, sagte *The Voice* aus der leeren Luft, tief und wohlklingend wie ein Cello, das von Meisterhand gespielt wurde. »Hast heute da draußen voll die derbe Nummer abgezogen. Klang cool und aggro, aber das is' nich' der Spaßtyp DB. Was 'n los, Alter?«

Michael schüttelte den Kopf. Der aufpeitschende Adrenalinschub, den er während des Konzerts gespürt hatte, war weg, als hätte jemand an einem Griff gezogen und ihn runtergespült. »Nichts«, sagte er. »Und verdammt noch mal alles. Wenn wir spielen, ist alles cool. Aber dann ...«

»Krasse Scheiße, die da in Ägypten abgeht.« Michael sah zu der Stelle, wo der Kopf von *The Voice* sein musste. Er bildete sich ein, die hochgezogenen Augenbrauen zu sehen. »He, Scheiße, Mann, bin doch nich' blöd. Ich seh doch, was du dir auf dem Laptop so reinziehst: CNN und Yahoo, Nachrichten statt Pornos. Scheiße, wie lahm is' das denn?«

Michael zuckte mit allen sechs Schultern. »Hey, ich habe nur ...«

Da ging die Tür auf, und ihr Manager kam herein. Grady Cohen, ein Normalo, den das Plattenlabel im Rahmen ihres Vertrags für sie angeheuert hatte. »Arschkriecher Cohen« hatte DB ihn gleich anfangs getauft. Er fragte sich, ob Grady wusste, weshalb die Bandmitglieder ihn normalerweise

»AK« riefen. Michael war überzeugt, dass Grady, falls er jemals mit der Wild Card infiziert werden würde, sich in einen leeren Anzug verwandeln würde. Im Backstagekorridor hinter ihm sah Michael die Groupies, die darauf warteten, hereingelassen zu werden.

Es warteten jedes Mal Frauen, Normalos oder Joker, was immer er wollte. Nur …

Grinsend und applaudierend kam Grady hereinstolziert. »Hey, AK!«, sagte *The Voice* polternd. »Du siehst glücklich aus – haste auf 'm Weg hierher 'nen Blowjob abgekriegt?«

Grady achtete nicht auf *The Voice*. »Tolle Show, Jungs. Mehr brauche ich nicht sagen. Die Organisatoren sind mit den Ticketverkäufen zufrieden, und die Plattenfirma hat mir mitgeteilt, dass ›Incidental Music for Heroes‹ nächste Woche auf Platz Eins der Charts landen wird. Numero Uno. Besser geht's nicht. Also Gratulation allerseits, was? Mehr brauch ich nicht sagen.« Wieder klatschte er in die Hände. Er sah sie nacheinander an, als zähle er Scheine in seinem Portemonnaie. »Na gut, das ist der Zeitplan: Um zwölf klingelt der Wecker, zwei Stunden später bringt uns die Limousine vom Hotel zum Flughafen. Morgen Abend steht Berlin auf dem Programm, dann London, und dann ab nach New York – die Firma hat die US-Tournee um Cleveland, Dallas und Denver erweitert. Jungs, Joker Plague ist heiß. Heiß. Genießt es.« Wieder grinste er. »Und wo wir's schon mal davon haben …«

Er ging zur Tür und riss sie auf. »Kommt rein«, sagte er zu den Wartenden. Mit einer weit ausholenden Geste zeigte er auf die Bandmitglieder. »*Entrato. È tempo di celebrare …*«

♦

Sie hatte das Gesicht einer Katze, und ihre Haut war bedeckt von seidenem, orange gestreiftem Fell, doch ihr Körper war der einer jungen Frau. Sie hatte sich Michael gegenüber als

»Petit Chaton« vorgestellt – kleines Kätzchen –, und sie war keine Italienerin, sondern eine Französin, die der Band seit Paris hinterherreiste. Selbst wenn sie schlief, war sie schön. Michael hätte schwören können, dass sie, zusammengerollt unter der Decke, im Schlaf schnurrte. Er zog ein paar seiner Arme unter ihr hervor, streichelte ihr Gesicht sanft mit der oberen Hand. Ja, sie schnurrte, er spürte das Vibrieren in den Fingern. Nackt schlüpfte er aus dem Bett, stand auf und ging ins andere Zimmer seiner Suite. Die Uhr zeigte fünf Uhr morgens an, aber Michaels innere Uhr war vom Reisen durcheinander, und er war kein bisschen müde. Also griff er zur Fernbedienung, schaltete den Fernseher ein und stellte ihn auf lautlos, denn er konnte nicht einmal ein halbes Dutzend Worte Italienisch. Es war noch immer der Nachrichtenkanal eingestellt, und Ägypten beherrschte offenbar weiterhin die Schlagzeilen, wie auch schon in den letzten Tagen. Er sah die Bilder über den Bildschirm flackern: Joker mit Köpfen, die er vage als die von ägyptischen Gottheiten erkannte, dann verwackelte, verwirrende Aufnahmen einer Schlacht, verstreute Leichen in einer sandigen Gegend und …

Curveball. Kate.

Michael setzte sich abrupt auf und war hellwach. Die Kamera schwenkte in eine andere Richtung, und er fluchte gleich zweimal, weil dieser beschissene Käpt'n Krapfen neben ihr stand und so aussah, als hätte er eine Woche lang nicht geschlafen. Der Skarabäus unter seiner Haut, der von ihm Besitz ergriffen hatte, prangte wie der größte Pickel der Welt auf seiner Stirn. Fortune unterhielt sich mit jemandem im Off. Michael stellte hastig den Ton an, doch er konnte Fortune wegen der italienischen Übersetzung nicht verstehen. Jetzt schwenkte die Kamera wieder zurück und zeigte Kate, Ana, Lohengrin, Holy Roller, Fat Chick, Hardhat, Rostmann, Simoon und Bugsy, die sich alle um Fortune scharten, im Hintergrund Wüste und in der Ferne etwas, das wie ein

Staudamm aussah. Doch Michael sah nur Kate. Sie wirkte ernst, ihre Wange war verschmiert – vielleicht mit getrocknetem Blut. Sie wirkte, als würde sie zusammenbrechen, sobald die Kamera ausgeschaltet war, als könne sie sich nur noch mit äußerster Willensanstrengung aufrecht halten. Aber so sahen sie alle aus. Und Kate stand dicht neben Fortune. Und als die Kamera wieder wegschwenkte, sah er, wie sie nach seiner Hand griff.

Das Licht im Zimmer veränderte sich, als der Bildschirm geteilt wurde. Links sprach ein Kommentator, während rechts King Cobalts Werbetrailer für *American Hero* lief. »… King Cobalt morto…«, sagte der Kommentator, und das letzte Wort sprang Michael geradezu an. *Morto.* Die Bedeutung dieses Wortes konnte er sich denken. Plötzlich begriff Michael, weshalb King Cobalts Bild gezeigt wurde.

Es war wie ein Schlag in die Magengrube.

Das Bild wechselte unvermittelt zu einem Reporter, der ein krokodilköpfiges Ass interviewte. Wie es vor einem der wiederaufgebauten Tempel stand, sah es aus, als wäre es eben erst vom Wandbild eines Pharaonengrabs herabgestiegen.

Wieder ein Wechsel, ein anderer Reporter hielt ein Mikrofon vor das grimmig zerfurchte Gesicht des Rechtschaffenen Dschinns, der ehemaligen rechten Hand des Nur und derzeit stärksten Waffe im Arsenal des Kalifen. Wütend starrte er in die Kamera, und Michael ertappte sich dabei, wie er das Stirnrunzeln erwiderte.

»Leck mich am Arsch…«, sagte er laut.

»Wenn du unbedingt willst…«, antwortete eine Stimme mit französischem Akzent. Chaton lehnte schläfrig im Türrahmen zum Schlafzimmer, ins flackernde Licht des Fernsehers getaucht. Ihr Bauch hatte eine warme Orangefarbe, und ihr Schwanz wand sich träge um ihr Knie, wobei die Spitze ungeduldig hin und her schnellte. »Aber du bist ja nicht mehr im Bett.«

»Kann nicht schlafen«, erklärte ihr Michael.

Ein Schulterzucken und ein Lächeln. »Bon. Dann…«

»Nicht jetzt. Geh wieder schlafen. Ich komm später nach.«

Ihr Blick fiel auf den Fernseher. »Die Probleme in Ägypten? Das macht dir zu schaffen? Du kennst sie, oui? Von *American Hero*?«

Er blieb ihr die Antwort schuldig. Mit der mittleren linken Hand klopfte er auf eines der Trommelfelle auf seiner Brust – ein tiefes, gleichmäßiges Domm-domm-domm, das durch das Zimmer und seinen Körper hallte. Das Geräusch beruhigte ihn ein wenig. Schließlich zuckte Chaton mit den Achseln und tappte ins Schlafzimmer zurück. Ein paar Minuten später hörte er wieder ihr schnurrendes Schnarchen.

»Michael, du bist echt ein feiner Typ«, hatte Kate mit ihrer sanften Stimme gesagt, nicht lange, nachdem sie sich kennengelernt hatten. »Aber ich glaube, ich bin noch nicht bereit für so was.« Er hatte widersprechen wollen, aber sie hatte ihn mit einem Lächeln unterbrochen. »Vielleicht wenn die ganze Sache vorbei ist. Wenn wir nicht so abgelenkt sind.«

Aber die Sache würde nie vorbei sein. Die Kameras würden sie immer begleiten, egal, wo sie waren oder was sie taten. Und Fortune… verdammt noch eins, John Fortune hatte es geschafft, die Sachen zu sagen, die sie hören wollte. Kate sah in Michael das Leichtgewicht, den Entertainer, den Frauenheld.

Nach seiner dummen Affäre mit Pop Tart und nachdem klar war, dass Kate ihm diesen Ausrutscher nie verzeihen würde, hatte er mit einem Dutzend Frauen bei *American Hero* geschlafen, Kandidatinnen und Mitarbeiterinnen. Ihm war bewusst, wie dumm das war, aber wenn sie ihn für einen Hurenbock hielt, dann würde er die Rolle auch spielen, und zwar bis zum Anschlag. Diese Taktik hatte ihm die Reaktion eingebracht, die er verdient hatte. Nachdem er von den Karos »angeheuert« worden und Fat Chick rausgewählt worden war, kam dann heraus, dass er mit Tiffani geschlafen hatte, und er versuchte, wieder mit Kate ins Reine zu kommen. Aber sie sah ihn nur an, als wäre er ein Fremder. Als er nicht locker ließ, flogen ihm plötzlich alle möglichen Dinge entgegen, sehr schnell und sehr schmerzhaft, und er war zu sehr damit beschäftigt, auszuweichen und sich zu schützen, um Kate noch etwas zu entgegnen. Die anderen Herzen waren alle in Deckung gegangen.

»Du bist ein Arsch, Michael!«, schrie Kate, während sie ihn mit Geschossen eindeckte. »Geh doch trommeln!« An der Wand hinter ihm zerschellte eine Vase, Wasser und Blüten und Porzellanscherben spritzten in alle Richtungen, und in der Wand blieb ein Loch zurück, durch das er den Kopf hätte stecken können. Am Hintern traf ihn ein Kugelschreiber, der seine Jeans durchlöcherte und sich mit der Spitze in seine Pobacke bohrte. Da versuchte er nicht mehr, in Deckung zu gehen, sondern trat den Rückzug an. Er hörte, wie neben der Tür Glas zersprang. »Bleib mir vom Leib!«, hörte er sie noch sagen, während er die Flucht ergriff.

Fortune meinte es ernst: Er hatte eine Vision, in der es um mehr als CDs und Konzerte und kreischende Fans ging, auch wenn diese Vision von dem verdammten Käfer in seinem Hirn herrührte. Fortune war allerdings auch gefährlich, das spürte Michael instinktiv, doch Kate … Kate erkannte das nicht. Genauso wie sie in Michael nicht den Menschen hinter Drummer Boy erkannte.

Verdammt, das gelang ihm ja oft selbst nicht.

Man hatte ihn in die Luschenvilla geschickt, nachdem die Karos ihre Mission vermasselt hatten. Und da konnte er seine Wut und seine Unzufriedenheit nicht länger ertragen. Er hielt es dort gerade mal einen einzigen Tag aus, während er dem dummen Gelaber zuhörte und den Egospielchen und dem Posieren vor den Kameras zuschaute. Was war das doch alles bescheuert … falsche Theatralik und falsches Heldentum. Am selben Abend packte er seine Klamotten und ging zur Tür, nur um festzustellen, dass King Cobalt und Hardhat ihm den Weg versperrten. Die Konfrontation wurde noch von anderen Ausgeschiedenen beobachtet: Ana stand mit in die Hüften gestemmten Armen in der Mitte des riesigen Wohnzimmers und schüttelte den Kopf, als hätte sie mit so etwas gerechnet. Toad Man lungerte im Durchgang zur Küche herum wie ein VW Käfer, der einen Krieg durchgemacht hatte. Brave Hawk hatte die Arme vor der Brust verschränkt und sah vom Balkon herunter. Zwei ein Meter fünfzig große Matrjoschkas drückten sich an die Wand. Und die Kameras. Immer die Kameras.

»Wo zum Teufel gehst du hin, DB?«, fragte King Cobalt.

»Ich hau ab«, erklärte ihnen Michael. »Scheiß auf diesen Mist. Ich muss Musik machen mit Leuten, die ich tatsächlich mag. Ich habe genug von dieser Scheiße.«

King Cobalt schüttelte den Kopf mit der Maske, auf die silberne Blitze genäht waren. »Aha. Aber so läuft das nicht, und das weißt du auch.« Hardhat machte eine Handbewegung, und ein Kreuz aus glühenden Stahlträgern versperrte die Tür.

»Glaubst du, dieser Schwachsinn hält mich auf?«, sagte Michael. Er spannte alle sechs Arme an. »Dazu müsstet ihr euch verdammt noch mal zusammentun, und dann wird es ein echter Kampf. Keine Stuntmänner, keine Dummys, keine Möbelattrappen, keine gefakten Faustschläge. Echt.« In dem Augenblick legte er es darauf an, dass sie es versuchten. Er wollte sich in blinder Raserei verlieren. Es hätte nur eine Bewegung oder ein Wort gebraucht. Hardhat funkelte ihn an, und King Cobalts Augen blitzten aus der Maske hervor, doch dann trat er zur Seite. Er winkte Hardhat, und die Barriere vor der Tür verschwand.

»Michael«, sagte Ana, als er an ihnen vorbei zur Tür ging und sie aufriss. »Damit beweist du nur, dass du immer noch ein Arsch bist. Kate …«

Er gestattete ihr nicht, den Satz zu vollenden. »Scheiß auf Kate. Scheiß auf dich. Scheiß auf John Fortune und Peregrine und diese ganze Kackshow.« Er bezweifelte, dass sie diese Abschiedsworte in der wöchentlichen Zusammenfassung senden würden, und auch das Zuknallen der Tür hinter ihm war nicht im Mindesten befriedigend. Dagegen bereitete es ihm ein bescheidenes Vergnügen, das verschlossene Metalltor der Einfahrt aus den Angeln zu reißen und zur Seite zu schleudern. Die Kamera, die seinen Abgang filmte, ließ er ein Sextett von Mittelfingern sehen.

Während er die Straße entlangging, nach einem Taxi Ausschau hielt und wütende Breaks trommelte, kühlte sein Zorn etwas ab. Er fragte sich, was Kate denken würde, wenn sie davon erfuhr, und wie er sich jemals bei ihr entschuldigen konnte. Wie konnte er sich bei irgendeinem von ihnen jemals entschuldigen?

Bei King Cobalt würde er sich nicht mehr entschuldigen können. Nie mehr.

Die Nachrichten wechselten zu einem anderen Thema – eine Flutkatastrophe in einer italienischen Stadt und wie Leute mit Booten gerettet wurden –, und er griff zur Fernbedienung und zappte sich durch die Programme auf der Suche nach Kate oder Fortune oder irgendetwas, das mit der sich zuspitzenden Lage in Ägypten zu tun hatte. Nichts. Mit seinen freien Händen trommelte er sich auf die Brust, während er mit der unteren linken Hand die Fernbedienung bediente. Trommelschläge umgaben ihn, schnell und hart. Er bündelte den Klang durch die offenen Kehlen seines dicken Halses, formte ihn, indem er die Muskeln anspannte – er spürte es in seinem Körper, auch wenn jemand, der einen Meter neben ihm gestanden hätte, fast nichts gehört hätte. Jemand direkt vor ihm, wo er hinstarrte, allerdings ...

Der Fernseher vibrierte auf seinem Holzgestell.

Fester, noch fester ...

Ein gezackter Riss lief über den Bildschirm, von links unten nach rechts oben. Der Fernseher zischte, sprühte Funken und ging aus. Michael schleuderte die Fernbedienung durchs Zimmer.

Er stand vom Sofa auf und ging ins Schlafzimmer. Ohne Chaton zu wecken, zog er sich rasch an und packte eine kleine Tasche mit Unterwäsche, Jeans, T-Shirts und einem Bündel seiner geliebten Grafitschlägel. Er ging hinaus und fuhr mit dem Aufzug ins Foyer. Die Nachtportierin sah erstaunt auf, als er an sie herantrat. »Scusilo. Da ist 'ne junge Lady in meinem Zimmer«, teilte er der Frau am Empfang mit, während er auffällig einen Hundert-Euro-Schein auf den Tisch legte. »Lassen Sie ihr um halb zwölf Frühstück aufs Zimmer bringen. Und ich bräuchte ein Taxi, und es wäre mir sehr recht, wenn niemand erfahren würde, dass ich weggefahren bin.« Um seine Worte zu unterstreichen, klopfte er mit dem Finger auf den Geldschein. »Oh, und mit dem Fernseher ist etwas nicht in Ordnung. Setzen Sie es auf meine Rechnung.«

Die Frau blinzelte. »Natürlich, Mr. Vogali«, sagte sie mit italienischem Akzent. »Der Concierge hilft Ihnen mit dem Taxi.«

Eine halbe Stunde später war er am Flughafen.

♠

Der Anruf erreichte ihn um 8:30 Uhr auf seinem Handy – Stunden früher, als er gehofft hatte. Anscheinend waren hundert Euro nicht genug Trinkgeld, oder Grady hatte noch mehr Trinkgeld gegeben. Immerhin war es Cohen und nicht einer der Jungs aus der Band, denn dann wäre es noch schwerer gewesen. »Hallo, AK«, sagte Michael, nachdem er das Handy aufgeklappt hatte. »Dachte mir schon, dass du anrufen würdest.«

»DB, wo zum Henker steckst du, und was um alles in der Welt tust du?«

»Ich mach bloß einen Spaziergang, Grady. Schau mir die Sehenswürdigkeiten an. Du weißt schon, das Kolosseum, den Parthenon …«

»Der Parthenon ist in Athen.«

»Bin ein ganz schönes Stück gelaufen.«

Er hörte ein genervtes Schnauben. »Die Portierin vom Hotel hat mich angerufen. Ich habe mit dem Concierge gesprochen, und ich war auf deinem Zimmer, DB. Ich habe mit dem Mädchen gesprochen, habe gesehen, was fehlt, und ich wäre dir sehr dankbar, wenn du mich wie einen Erwachsenen behandeln würdest. Also, wo bist du?«

»Am Flughafen«, teilte Michael ihm mit. Hundert Meter von ihm entfernt stand die Privatmaschine bereit. Er spürte, wie der Propellerwind an seinen Hosenbeinen zerrte und an seinen Kehlen vorbeipfiff. Aus der offenen Tür des Fliegers winkte ihm jemand.

»Bitte versprich mir, dass du nach Berlin fliegst«, sagte Cohen.

»Ehrlich gesagt, fliege ich in die andere Richtung.«

»Das kannst du nicht machen, DB. Du kannst das Konzert nicht in letzter Sekunde absagen. Dass du damit den Vertrag brichst – geschenkt. Aber gegenüber den anderen in der Band ist es nicht fair. Und es ist nicht fair gegenüber den Fans.« Eine Pause. »Und mir gegenüber ist es auch nicht fair.«

»Das hier ist im Moment wichtiger. Für mich.«

Cohens Ärger drang knarzend aus dem Handy. »Was? Was ist wichtiger? Bildest du dir etwa ein, du wärst der blöde Bono, der die Scheißwelt rettet?«

»Wow, AK, da hab ich wohl einen Nerv getroffen. Sorry.«

»Scheiße!« Der Wutausbruch war so heftig, dass Michael sein Handy vom Ohr weghalten musste. »DB, wenn du diese Tournee verkackst, dann war's das mit Joker Plague. Die

Firma wird euch nie wieder anfassen. Deine Karriere – und die von allen anderen – kannst du dann in der Pfeife rauchen.«

»Schwachsinn«, spie Michael zurück. »Hör mit dem Mist auf. Du hast doch nur Angst um deinen eigenen Arsch, AK. Die Firma hat immer noch einen Bestseller, und den werden sie nicht in der Pfeife rauchen. Es geht bloß ums Geld, Grady, das weißt du so gut wie ich. Wenn ich erst mal wieder zurück bin, hast du genug Publicity, um einen ganzen Arsch voll CDs und Tickets zu verkaufen. Das verspreche ich dir.«

»Wann? Wann kommst du zurück?« Wieder eine Pause und ein langer Seufzer. »Schau, vielleicht kann ich was drehen mit Berlin, vielleicht sogar mit London, wenn es sein muss. Aber wann bist du wieder zurück? Rechtzeitig für New York? Komm, sag schon, dass du rechtzeitig für New York wieder zurück bist.«

»Wir quatschen später, AK.«

»DB! Verdammt …«

Michael klappte das Handy zu. Mit dem mittleren Arm schleuderte er das Telefon auf den Betonboden des Terminals, wo es zerschellte. Rasch ging er auf die offene Tür des Flugzeugs zu und stieg ein. Der Pilot überprüfte die Instrumente. Er warf einen Blick zu Michael zurück, der sich auf dem erstbesten Platz anschnallte.

»Jetzt aber nichts wie weg hier, bevor ich's mir noch mal anders überlege«, sagte er dem Piloten.

♣

Die lange Straße vom Flughafen nach Assuan war mit Sandverwehungen bedeckt, und über dem Asphalt waberte und zitterte die Luft. Der Wind, der durchs offene Fenster des Taxis hereinwehte, schien die Hitze nur aufzuwirbeln. »Hier hat es seit sechs Jahren nicht mehr geregnet«, erzählte der

Fahrer mit einem Blick auf Michael, der auf dem Rücksitz eingezwängt war. Der Fahrer machte kurz große Augen, und da wurde Michael klar, dass er wie eine große Spinne aussehen musste, die in einer zu kleinen Schachtel steckte. »Wenn wir weinen, fangen wir unsere Tränen auf.«

Bei jedem Schlagloch und jeder Bodenwelle schien der Wagen die Seitenwände abwerfen zu wollen wie eine Schlange ihre Haut. Das Auto vibrierte, weil die Bremsen nicht richtig eingestellt waren, innen war jeder Zentimeter mit einer Sandschicht überzogen, und der Fahrer – »Ahmed«, sagte er, »das ist wie ›Bob‹ in Ihrer Sprache, ein sehr gewöhnlicher Name, aber ich bin ein Mann von ungewöhnlichem Talent« – hupte bei jeder sich bietenden Gelegenheit oder einfach nur, um Akzente zu setzen. Ahmed sprach recht gut Englisch, was er auch unaufhörlich tat. »Die Lebenden Götter, die sagen: ›Wir kehren zu den alten Sitten zurück, zur alten Zeit, zu den rechten Sitten – so, wie es sein sollte.‹ Ägypten ist ein altes Land, und deshalb passen sie hierher. Aber Ichlas al-Din und der Kalif…« Er schüttelte den Kopf, kurvte wie verrückt um ein langsameres Fahrzeug herum und hupte. Michaels Kopf schlug erst gegen die Decke und dann gegen die Seite.

»Ta'ala musso!«, rief Ahmed aus dem Fenster. Michael nahm an, dass es sich um einen Fluch handelte. Ahmed riss den Wagen herum, gelangte wieder auf die richtige Spur und fuhr mit seinem Monolog fort. Michael wünschte sich, Ahmed würde mehr auf die Straße und weniger zu ihm nach hinten schauen. »Sie sind das, was man einen ›Joker‹ nennt, ja? Ich habe selber viele Freunde, die Joker sind, sogar ein paar in meiner Familie, deshalb stört mich Ihr Anblick nicht. Hier nehmen viele die Gestalt der alten Götter an – das macht das Land. Das liegt im Sand, in den Steinen und in der Luft. Es fließt in den Wassern des Nils. Ihr in den Vereinigten Staaten, ihr nehmt die Gestalt an, die ihr wollt. So wie Sie mit Ihren vielen Armen, mit denen Sie Lärm machen können.

Aber hier, hier nutzen die alten Götter das Virus, um ihre alten Stätten wieder mit Leben zu erfüllen. Diese Ichlas al-Din, die glauben, dass Allah die Missgeburten für ihre Sünden verflucht hat, aber obwohl ich Moslem bin, bezweifle ich das. Ich frage mich, ob die Alten nicht wirklich zurückkehren wollen. Wenn Sie die Tempel und Stätten der alten Götter hier sehen, dann werden Sie sich das bestimmt auch fragen. Gehen Sie mal nach Philae oder auch nach Sehelnarti. Ich bringe Sie gerne hin.«

Michael grunzte, da sein Kopf bei jeder Unebenheit gegen die Decke schlug. Die Beine hatte er an die Brust hochgezogen, und mit den sechs Händen versuchte er sich festzuhalten, wo immer es ging. Die Hitze brachte ihn ins Schwitzen, sodass ihm der Sand an der Haut klebte und obendrein im Mund knirschte. Sie rasten nach Osten durch ein Dorf, wo die Leute sie aus Hauseingängen oder durch geschlossene Fensterläden beobachteten. Dann kamen sie an einem verlassenen Markt vorbei. Michael nahm an, dass die meisten Bewohner schon längst aus der Gegend geflüchtet waren. Der Fahrer bog auf eine vierspurige Schnellstraße, und weiter vorn erkannte Michael den breiten Bogen des Damms, der den Nassersee aufstaute. »Saad el-Ali«, sagte Ahmed und zeigte auf die sandige Windschutzscheibe. »Der Hochdamm. Und dort, das ist unser Denkmal zu Ehren der Zusammenarbeit zwischen Ägypten und der Sowjetunion, mit deren Hilfe wir diesen wundervollen Damm bauen konnten.«

In Michaels Augen war das Denkmal monumental hässlich, fünf Pfeiler wie die Blütenblätter einer Betonblume, auf deren Spitzen ein Betonring ruhte. Um das Denkmal herum waren Zelte aufgeschlagen. Als sie näher heranfuhren, wurden sie von Wachen mit Automatikwaffen an die Seite gewunken. Bei den Wachen handelte es sich ausnahmslos um Joker. Ahmed hupte und schien die Männer über den Haufen fahren zu wollen, doch Michael griff nach vorne und riss das Lenkrad mit unwiderstehlicher Kraft nach rechts herum. »Hier steige ich aus«, sagte er, und Ahmed zuckte mit den Achseln und bremste ab. Michael öffnete die Tür und brachte es fertig, sich auseinanderzufalten, ohne dabei umzufallen. Er kramte in seiner Tasche und warf einige Scheine auf den Beifahrersitz. »*Salam alaikum*«, sagte er.

»*Wa alaikum es Salam*«, erwiderte Ahmed und schielte auf die Scheine – dass er nicht zu feilschen anfing, zeigte Michael, dass er deutlich zu viel gezahlt hatte. »Auch wenn ich nicht glaube, dass Sie hier Frieden finden werden«, sagte Ahmed ernst. »Hier, meine Nummer, falls Sie mich noch mal brauchen.« Michael nahm die zerknitterte Visitenkarte, während die Wachen auf ihn zukamen und die Waffen auf seine nackte Brust richteten. Er stellte seine Tasche ab und hob alle sechs Arme.

»Hey, Drummer Boy!«, sagte einer von ihnen mit arabischem Akzent. Er zog einen iPod aus der Brusttasche seiner Uniform, und Michael bemerkte ein weißes Kopfhörerkabel, das zu einem haarlosen Kopf hinaufführte, der eher wie ein Totenschädel aussah. Die Hörer steckten in seinen Ohrmuscheln. »Joker Plague – eure Musik ist echt klasse. Ich habe alle eure CDs.«

Sie hängten sich die Gewehre über die Schultern, und Michael nahm die Hände herunter. Zehn Minuten später wusste er, dass der Fan Masud hieß, und die beiden anderen Wachen hatten Masud mit ihm zusammen fotografiert. Michael hob seine Tasche auf. »Ich suche Lohengrin oder John Fortune«, sagte er.

»Ich bring dich zu ihnen«, sagte Masud. Er deutete mit dem Kopf Richtung Denkmal. »Da lang. Würdest du mir ein Autogramm geben?«

♥

Vor dem Zelt stand ein rostiges, altersschwaches Motorrad. Drinnen stand Fortune an einem Tisch, auf dem Karten ausgebreitet waren. Damit der glutheiße Wüstenwind sie nicht fortriss, waren sie an den Ecken mit Steinen beschwert. Die Achseln seines weißen Hemds hatten sich blassgelb verfärbt, und seine milchkaffeebraune Haut war noch dunkler geworden. Die blonden Locken waren von der Sonne ausgebleicht, sodass sie im deutlichen Kontrast zu seiner Haut standen. Lohengrin, der ohne Rüstung weniger wie ein Krieger und mehr wie ein dicklicher Collegestudent mit heftigem Sonnenbrand aussah, und Jonathan Hive standen neben ihm. Auch drei Lebende Götter blickten auf die Karten. Derjenige, der sich Sobek nannte und den Kopf eines Krokodils hatte, die Nilpferdgöttin Taweret und eine dunkelhaarige Teenagerin, die Michael von ihrem kurzen Auftritt bei *American Hero* kannte: Aliyah Malik, auch als Simoon bekannt.

Er hatte nie mit ihr geschlafen. Aber wahrscheinlich hätte er sich auch an sie herangemacht, wenn sie länger im Rennen geblieben wäre.

Fortune fasste sich an Sachmets Juwel, das in seine Stirn eingepflanzt war, als wolle er ihn massieren. Für Michaels Geschmack war die Beule viel zu auffällig. »Die Reste der ägyptischen Armee haben sich von Assuan nach Norden zurückgezogen, aber alle Berichte, die wir erhalten, stimmen darin überein, dass Streitkräfte von Ichlas al-Din und die Armee des Kalifats nach Süden marschieren. Über die Straße von Darau und Kom Ombo. Der Dschinn ist bei ihnen und auch der Kalif. Teils werden die Truppen mit der Eisenbahn transportiert, teils in Lastern. Außerdem haben sie Lockheed-C-130-Flugzeuge. Das bedeutet, dass unser vordringliches Ziel sein muss, den Flughafen lahmzulegen, damit sie östlich des Flusses bleiben und Sehelnarti und Syrene nicht zu nahe kommen. Doch sie rücken schnell vor. In taktischer Hinsicht wird es dieselbe Situation sein wie mit den Ägyptern: Sie werden von der Ostseite aus versuchen, den Nil über den Damm der Engländer oder vielleicht auch über den breiteren Hochdamm zu überqueren. Wir wissen nicht, wo sie als Erstes angreifen werden oder wie ...«

Fortune hob den Kopf, als Michael in den Schatten der Zeltplane trat. Er verzog das Gesicht, und seine Stimme bekam einen anderen Klang. »Na, schau mal einer an, da kommt ja unser Drummer Boy«, sagte er. »Was machst du denn hier? Wurde eure Tournee schon abgeblasen?«

Michael unterdrückte die Wut, die in ihm aufwallte. »Dachte, ihr könntet ein bisschen Unterstützung gebrauchen.«

Fortune schnaubte. »Weißt du was? Das ist keine beschissene Fernsehshow, und ich bin nicht mehr dein Käpt'n Krapfen. Wir brauchen keinen Gaststar, vor allem keinen, der nur wegen guter Publicity hier ist. Du willst doch nur deine Visage auf CNN sehen, damit du ein paar CDs mehr verkaufst. Aber das hier ist eine ernste Sache. Hier sterben Menschen.« Ein Ruck ging durch sein Gesicht, und kurz fragte sich Michael, wer da eigentlich mit ihm redete, Fortune oder Sachmet. »Eben haben wir King Cobalt begraben. Der Kalif will uns alle miteinander auslöschen, zusammen mit den Lebenden Göttern und ihren Anhängern. Dies ist ein Krieg, und er ist echt. Ich ... wir brauchen keine Dilettanten, die in letzter Sekunde hereinspaziert kommen.«

In Michaels Ohr summte schrill eine Wespe, doch er ignorierte es. »Hab mir schon gedacht, dass du so was sagen würdest. Aber du bist nicht allein hier. Was meint Kate dazu? Oder du, Lohengrin? Bugsy? Ihr wisst, was ich zu bieten habe.«

Lohengrins Blick war weder skeptisch noch freundlich. Schweiß stand ihm auf der Stirn, verdunstete aber, bevor er ihm übers bleiche, teigige Gesicht rinnen konnte. »Er ist ziemlich stark, ja? Wir sollten kein Hilfsangebot ausschlagen, John. Wir brauchen jedes Ass.«

»Ich bin ein Joker, kein Ass«, erklärte ihm Michael.

Lohengrin zuckte mit den Schultern. Bugsy glotzte nur. Sobek und Taweret unterhielten sich zischend mit Ali auf Arabisch, worauf diese leise etwas zu Fortune sagte. Michael wartete.

Schließlich sah Fortune wieder auf die Karte hinab. »Na schön. Mach, was du willst, ist mir doch scheißegal. Hauptsache, du kommst mir nicht zu nahe.«

»Kein Problem«, sagte Michael. Er wartete einen Herzschlag lang. »Wo ist Kate?«, fragte er.

Fortunes Kopf ruckte wieder nach oben. »Die lässt du schön in Ruhe.«

»Das soll sie mir selber sagen.« Michael warf einen Blick auf die Karte. »Wenn ihr entschieden habt, wo ich euch unterstützen kann, lasst es mich wissen.« Er wandte sich zum Gehen um. »Nee, du bist kein Käpt'n Krapfen mehr«, grummelte er. »Du bist ein beschissener Käferknabe.«

Ihm war es egal, ob Fortune oder seine Kameraden ihn hörten. Im Gehen klopfte er sich auf die Brust, und die Trommelschläge hallten von den niederen Hügeln rund um den Nassersee wider.

◆

»Ana! Earth Witch! Hey, ich habe gehört, dass du am Damm allen den Arsch gerettet hast.«

Die Frau, die einen breitkrempigen Strohhut trug, blickte über die Schulter zu ihm zurück. Erst wurden ihre Augen groß, als sie ihn erkannte, dann kniff sie sie zusammen. »Ich dachte, für dich wäre ich ›Earth Bitch‹?«

»Autsch.« Michael breitete die unteren Arme aus. Durch die Bewegung schienen die Tätowierungen von seinem Bauch über seine Oberarme zu kriechen. »Hey, ich war einfach stinkig, als ich das gesagt habe, Ana. Ich wollte wirklich nicht, dass es hängen bleibt.«

»Blieb es aber.«

»Tut mir leid.«

»Ja, bestimmt tut es das.« Ana holte Luft, sah von ihm weg zum nächsten Zelt und wieder zurück. »Kate kann dich hier nicht gebrauchen. Du wirbelst hier nur unnötig Staub auf, und das ist gefährlich für sie. Du hast ihr schon genug wehgetan. Wenn sie sich hier wegen dir nicht richtig konzentrieren kann, könntest du sie damit umbringen.«

»Komm schon, Ana, bleib mal locker.«

Ihre dunklen Augen funkelten unter dem Hut hervor. Wieder sah sie zum Zelt hinüber. »Ich mein's ernst.« Michael erkannte eine tiefe Traurigkeit in ihrem Blick. »Empfindest du etwas für Kate? Dann halte dich von ihr fern. Sie selbst wird dir das nicht sagen, dafür ist sie viel zu höflich. Aber ich sag's dir.«

»Sie ist da drin, oder? Warum frage ich sie nicht einfach, wie sie darüber denkt?«

»Ich kann dich nicht davon abhalten. Du kriegst ja doch immer, was du willst, hab ich recht?«

»Nicht immer«, sagte Michael. »Nicht bei…« Er unterbrach sich.

Der Zelteingang wurde aufgeschlagen, und Kate trat heraus. Sie wirkte müde und bekümmert, und unter den Augen hatte sie braune Tränensäcke. Sollte sein Anblick sie erschreckt haben, ließ sie es sich nicht anmerken. Er fragte sich, ob sie mitgehört hatte, und wenn ja, wie lange schon. »Michael«, sagte sie, und ein schwaches Lächeln umspielte ihre Lippen. Mit der rechten Hand warf sie spielerisch eine Murmel und fing sie wieder auf. Ana schnaubte hörbar, und Kate sah sie an. »Gehst du ein paar Schritte mit mir, Michael?«

»Klar.« Er streckte Kate die mittlere rechte Hand entgegen. Sie schüttelte ganz leicht den Kopf, und er ließ die Hand wieder sinken.

»Wir müssen dir einen Hut besorgen«, sagte sie. »Und etwas für deinen Oberkörper und die Arme. Sonst verbrennst du hier.«

Viel mehr sagte sie nicht, und Michael begnügte sich damit, neben ihr herzulaufen. Sie führte ihn über die Straße zu einem Beobachtungsturm an der Nordseite des Damms. Die Wache, ein Joker mit silbern reflektierendem Gesicht, nickte Kate zu und ließ sie hinein. Drinnen führte eine Metalltreppe nach oben. Auf dem ersten Absatz blieb sie stehen und deutete Richtung Norden – flussabwärts. Das Wasser auf dieser Seite floss ein paar Dutzend Meter unter ihnen, ein gewundener See, der von einem anderen Damm ein paar Kilometer weiter aufgestaut wurde. »Das ist der Untere Damm von Assuan, der von den Briten gebaut wurde«, erläuterte Kate, als sie bemerkte, wohin er blickte. »Sieben Kilometer von hier. Die Insel auf dieser Seite, die kleinere rechts, heißt Philae. Ein paar der Lebenden Götter befinden sich gerade dort, doch die meisten sind auf Sehelnarti auf der anderen Seite des Damms. Die Götter und ihre Anhänger haben die Tempelruinen und die Stadt in den vergangenen Jahren wieder aufgebaut. Philae ist wirklich prächtig, buchstäblich atemberaubend. Du solltest es dir ansehen, solange…« Sie brachte den Satz nicht zu Ende. Sie klang angespannt und sprach zu schnell. Michael glaubte, dass sie vor allem deshalb redete, damit er nichts sagen konnte.

»Die eigentliche Stadt Assuan liegt noch mal so sieben bis acht Kilometer nördlich des Unteren Damms am Ostufer«, fuhr sie fort. »Syrene liegt am Westufer gleich gegenüber von Sehelnarti, ebenfalls nur ein Stück nördlich des Damms. Im Augenblick leben dort eine Viertelmillion Anhänger der Lebenden Götter, die meisten von ihnen Flüchtlinge von weiter flussabwärts – aus Alexandria, Kairo, Karnak und Luxor. Weiter können sie nicht. Außer am Nil gibt es in Ägypten keinen Ort, wo sie leben könnten. Deshalb stellen sie sich hier dem Kampf, zusammen mit den Lebenden Göttern.«

Kate berührte seinen Arm und zeigte nach hinten. Michael drehte sich um und spürte die Berührung ihrer Finger noch immer auf seiner Haut. Südlich des Damms staute sich hinter dem geschwungenen Wall ein gigantischer See. Das Wasser reichte bis zur Krone des Damms und erstreckte sich bis zum Horizont. »Ja, der Nassersee«, sagte er. »Ich weiß, hab auf der Karte nachgeguckt.«

Kate lächelte. »Du hast das alles schon gewusst?«

»So ziemlich. Dachte, das könnte ganz hilfreich sein.«

Ein Nicken. »Wenn Ana nicht gewesen wäre, hätten wir schon Syrene und Sehelnarti und ich weiß nicht wie viele Menschenleben verloren. Wir haben die Schlacht gewonnen, dabei aber fast den Unteren Damm eingebüßt. Das wäre nicht so katastrophal gewesen, wie wenn dieser Damm hier brechen würde. Dann würde eine Wasserwand bis ins Mittelmeer brettern. Aber es wäre schlimm genug gewesen. Wer den Damm kontrolliert, kontrolliert Ägypten.« Sie holte Luft. »Ein paar der Lebenden Götter fürchten, dass Abdul-Alim einfach den Hochdamm sprengt, wenn die Lage sich zuspitzt. Er ist ein Fanatiker, Michael. Er will die Lebenden Götter und alle ihre Anhänger vernichten.«

Michael starrte flussabwärts. Auf Philae spiegelte sich die Sonne in goldenen Säulen. Feluken, die von Insel zu Insel, von Ufer zu Ufer fuhren, sprenkelten das Nilwasser. Er versuchte sich vorzustellen, wie dies alles in einem wütenden weißen Schäumen unterging.

»Warum bist du hergekommen, Michael?«

Er wusste, dass sie das fragen würde. Auf dem Weg hierher hatte er hundert Erwiderungen auf diese Frage formuliert, doch in der Hitze, im Sonnenlicht und in ihrer Gegenwart verdampften sie allesamt. Er fuhr sich mit der Zunge über die trockenen Lippen. »Ich wollte… Wie das bei *American Hero* ablief… Ich weiß es nicht, Kate. Wirklich nicht. In meinem Scheißkopf geht alles durcheinander. Da, wo ich war, war ich nicht glücklich. Selbst mit der Band zu spielen, hat nicht geholfen. Ich hatte das Gefühl, dass ich, wenn ich hierher komme … Wenn ich mich hier zeigen würde …« Er schlug sich auf die Brust, und ein klagendes Wummern hallte zurück. »Du weißt doch, wie wir in L.A. darüber gesprochen haben, etwas Einzigartiges zu tun, etwas, was nicht fake oder künstlich ist. Den Großteil meines Lebens bin ich auf der Bühne gestanden. Ich hab mir den Arsch aufgerissen, um dahin zu kommen, wo ich stehe. Aber ich weiß, dass ich mehr tun könnte. Ruhm, Geld … davon habe ich mehr, als ich brauche. Und ich kann damit jetzt einfach nur spielen, oder ich kann es zu etwas benutzen. Die Aufmerksamkeit, die Publicity, das Geld – sie können Werkzeuge sein so wie das, was die Wild Card mir gegeben hat. Manchmal sind sie sogar besser.« Er ließ seine Finger über seine Brust hüpfen, und ein schnelles Break ertönte mit dem Pulsieren seiner Kehlen. Ein Quartett aus Paradiddles mit einem Beckentusch als Abschluss. »Mir ist es immer gelungen, das zu erreichen, was ich wollte, wenn ich mich dafür hart genug ins Zeug gelegt habe.« Sein Blick begegnete ihrem, und er hielt ihn fest. »Bis auf ein einziges Mal. Ich hasse es, etwas zu vermasseln. Mit dir habe ich es mir schlimmer vermasselt als je irgendetwas anderes. Und ich weiß nicht mal genau, warum. Ich weiß nur, dass ich es täglich bereue.«

»Manchmal kriegt man eben nicht das, was man will, nur weil man es will.« Sie wog die Murmel in der Faust und holte aus, schneller, als er mit den Augen folgen konnte. Er hörte die Glaskugel durch die Luft schwirren. Kurz darauf stieg weit draußen auf dem Nassersee eine weiße Fontäne auf. »Ich mag dich, Michael. Wirklich. Manchmal bist du bezaubernd und witzig und mitfühlend. Und wenn du keinen auf Rockstar machst, kommt ein großartiger Mensch zum Vorschein.«

»Aber?«

»Ich kann dir nicht vertrauen. Das hast du mir bewiesen.«

Er streckte alle sechs Arme aus. »Wie kann ich dir zeigen, dass du dich irrst, Kate?«

»Das kannst du nicht. Und …« Sie hielt inne.

»Und du bist mit Fortune zusammen.«

Sie hob eine Schulter. »Ich bin nicht wegen Fortune hier. Ich bin hier, um den Völkermord zu verhindern. Da gibt es einen Unterschied.«

»Und *ihm* kannst du vertrauen? Mit diesem Ding in seinem Hirn? Die Hälfte der Zeit ist es nicht einmal Fortune selbst, der spricht. Was, wenn er bloß eine Marionette ist, die nach Sachmets Willen tanzt? Erinnerst du dich, wie er war, als wir uns zum ersten Mal getroffen haben? Bermans Speichellecker, Mama Peregrines kleiner Laufjunge. Wir dachten alle, er wäre 'ne Witzfigur. Sogar du, möchte ich wetten.«

»Halt die Klappe, Michael.« Sie wurde rot im Gesicht. »Sieh mal, ich … ich freue mich, dass du hier bist. Ich bin sicher, dass wir deine Fähigkeit gebrauchen können.«

Er spannte reflexartig die Arme an. »Meine Fähigkeit. Aber das ist alles.«

Sie biss sich auf die Unterlippe, als wolle sie sich davon abhalten, noch mehr zu sagen. »Wir sollten zurückgehen«, sagte sie schließlich. »Wir müssen einen Schlafplatz für dich finden. Vielleicht kannst du dir ein Zelt mit Rusty teilen.«

»Mit Rostmann? Dem eisernen Betbruder? Vergiss es.«

»Er ist nicht so. Ohne ihn wären wir gar nicht mehr hier.«

»Wenn du meinst.«

♠

»Nein. Hier. Halte es so.« Michael zeigte dem Kind, einem dunkelhäutigen Jungen mit einem Hundekopf, wie man einen Trommelschlägel richtig hielt. Er dachte an das, was Ahmed, der Taxifahrer, gesagt hatte: Joker mit Tierköpfen waren unter den Anhängern der Lebenden Götter so häufig wie Sand. Er reichte dem Jungen den Schlägel, und als dieser auf Michaels Brust schlug, erklang ein lautes Trommelgeräusch.

Michael lag vor seinem Zelt auf dem Boden, sein oberes Armpaar unterm Kopf, die anderen seitlich an seinem Körper. Eine Horde Jokerkinder umringte ihn. Sie benutzten ihn als Schlagzeug und lachten und plapperten dabei aufgeregt durcheinander. Aus einigem Abstand sahen ihnen die Eltern lächelnd zu. Auch Masud, sein soldatischer Fan, stand nicht weit weg und grinste und klatschte. Ein Joker mit langen Stielaugen und Presseausweisen um den Hals setzte sich eine schwere Kamera auf die Schulter und platzierte ein Stielauge hinter den Sucher. Neben der Linse blinkte ein rotes Licht.

Der Lärm war unglaublich, und Michaels Kehlen standen offen, damit der Schall sich entfalten konnte. Es gab einen erkennbaren Beat – die beiden Kids, die vor den tiefsten Trommelfellen auf seinem Bauch knieten, produzierten ein Wummern im Infraschallbereich, das man eher spürte als hörte, einen beständigen Rhythmus, der die Zuschauer wie leichte unsichtbare Faustschläge traf. Die Kinder, die auf den oberen Trommeln spielten, entfachten ein Feuerwerk unterschiedlichster Klänge, die Michael mit dem Netz aus Stimmbändern in seinem dicken Hals formte.

In sattem Forte breitete sich der Schall aus.

Rustbelt kam aus dem Zelt und gähnte, was in etwa so klang wie eine eingerostete Türangel. Eines der Kinder eilte zu ihm und begann, sein Bein mit einem Schlägel zu bearbeiten. »Hey, als Kuhglocke bist du gar nicht schlecht«, sagte Michael mit erhobener Stimme.

Rustbelt betrachtete die Kinder, die auf Michael einschlugen. »Um Himmels willen«, sagte er. »Was soll denn das werden, Kumpel?«

»Ich lerne die Einheimischen kennen. Kinder sind Kinder, egal wo du bist.«

Rustbelt warf einen Blick zu dem Joker mit der Kamera. »Ja.«

Einige Asse und Lebende Götter waren ebenfalls herbeigelaufen, um sich das Spektakel anzusehen. In der Menge erkannte Michael ein paar Meter entfernt Lohengrin und Fortune. Sie schauten sich das Treiben an, und Fortune schüttelte den Kopf, bevor er etwas zu Lohengrin sagte. Ein Stück hinter ihnen entdeckte er Kate und Ana. Er hob eine seiner mittleren Hände und winkte Kate zu. Sie nickte. Michael drehte den Kopf zu Rustbelt, der ebenfalls zu Kate hinüberblickte. »›Ich mag Kinder‹ ist als Message bestimmt nicht verkehrt.«

Rustbelt grunzte. Es klang, als würde ein Kipplaster Luft ablassen. »Nicht, solange es der Wahrheit entspricht.« Er zog die Brauen über den Rostflecken auf seinem Gesicht hoch. Vorsichtig löste er sich von dem Kind, das auf seinem Bein herumtrommelte, und ging zu den anderen Assen hinüber. Kate sah noch einmal zu Michael zurück, doch durch das Gewirr aus Armen und Trommelschlägeln konnte er nicht erkennen, ob sie lächelte oder nicht.

♣

Noch vor dem Morgengrauen wurde er von Explosionen geweckt – einer unregelmäßigen Abfolge von Schüssen, die, durch die Entfernung und den Widerhall gedämpft, einem fernen Gewitter glichen. Er blinzelte und fragte sich, ob er das Geräusch nur geträumt hatte. Doch während er sich rasch anzog und sich Wasser ins Gesicht spritzte, kam Rustbelt ins Zelt gepoltert. Sein breiter Kiefer stand offen. »Was zum Teufel ist das für ein Lärm?«, fragte Michael.

»Die Jungs von den Lebenden Göttern jagen den Flughafen in die Luft, damit der Kalif mit seinen Soldaten nicht landen kann«, erwiderte Rustbelt.

Michael blinzelte noch einmal und rieb sich mit den oberen Händen den Schlaf aus den Augen. »Damit hätten sie auch warten können, bis die Sonne aufgegangen ist.«

»Hätten sie.« Michael wusste nicht recht, was das heißen sollte. Rustbelt deutete mit dem Daumen zum Zelteingang. »Komm, Lohengrin meint, wir sollen alle wecken.«

Eine Viertelstunde später waren fast alle Asse im Kommandozelt versammelt. Michael trug ein langes weißes Hemd, in das jemand zusätzliche Löcher für seine Arme geschnitten hatte, und ein blaues Tuch, das er sich wie einen Turban um den rasierten Kopf gewickelt hatte. Die Situation erinnerte ihn an die Bewerbungsrunde bei *American Hero*, schließlich waren so viele seiner ehemaligen Mitkandidaten hier: Curveball, Earth Witch, Rustbelt, Bugsy, Holy Roller, Fat Chick, Simoon, Hardhat…

Die meisten achteten nicht mehr auf ihn, nachdem sie einen Blick zu ihm herübergeworfen hatten.

Fortune wirkte besorgt, doch sah er auf, als Kate eintrat, und nickte ihr zu. Michael beobachtete, wie sie ihm mit einem verkniffenen Lächeln antwortete – dann war es also Fortune, und nicht Sachmet, der momentan die Kontrolle über seinen Körper hatte. »Wir wissen Folgendes«, sagte er. »Die Armee des Kalifats rückt immer noch am Nil entlang vor. Im Augenblick befindet sie sich dreißig Kilometer vor Assuan – sie bricht gerade in Kom Ombo auf. Sie haben chinesische WZ-10-Kampfhubschrauber, die ihnen Deckung geben, und Bodentruppen in gepanzerten Truppentransportern als Vorhut. Der Dschinn ist hinten bei Abdul, aber wir dürfen nicht davon ausgehen, dass er dort bleibt.«

»Was ist mit den Scheißägyptern?«, fragte Hardhat. »Reicht's ihnen, dass wir ihnen einmal den Hintern versohlt haben, oder wollen sie 'ne verdammte Zugabe?«

»Die Ägypter halten sich raus«, fauchte Jonathan Hive. Von seiner Wange löste sich ein Schwarm kleiner grüner Wespen und schwirrte ihm um den Kopf. Eine davon setzte sich

Michael auf den Hals, und er spürte einen Stich zwischen zwei Kehlenöffnungen.

»Au! Verdammt«, sagte er und erschlug das Teil. Dann betrachtete er seine Hand und sah grünen Schleim. Er kauerte sich nieder und wischte demonstrativ seine Hand im Sand ab.

»Das reicht!« John Fortunes Stimme übertönte den aufkommenden Tumult unter der Zeltplane. Michael fragte sich, wer wirklich gesprochen hatte. »Die ägyptische Armee spielt keine Rolle mehr. Jetzt ist der Kalif unser Problem. Er und der Dschinn. Falls einem von euch Zweifel kommen sollten…« Er sah Michael an. »Dumm gelaufen. Jetzt ist es zu spät, um abzuhauen.«

Lohengrin stellte sich neben Fortune. »Wo sie uns als Erstes angreifen werden, wissen wir noch nicht«, sagte er. Sein Akzent war ausgeprägter als sonst. »Jonathan beobachtet sie mit seinen Wespen. Der Untere Damm ist wahrscheinlicher, ja, aber ein paar von uns müssen am Hochdamm bleiben, falls sie stattdessen hier anrücken.«

Fortune nickte. »Sobek wird sich auf Sehelnarti aufhalten und dort alles regeln. Hardhat, du begleitest ihn. Taweret wird Syrene und den Fluss übernehmen. Jonathan, DB, ihr beide bleibt mit einem ganzen Zug Joker hier beim Hochdamm. DB, du bereitest alle paar hundert Meter Straßensperren vor. Nimm dafür, was du finden kannst. Die Lebenden Götter und ihre Leute bauen gerade Barrikaden auf dem Unteren Damm. Der ganze Rest – macht euch bereit, in einer Stunde die Laster zu besteigen. Am westlichen Ende des Damms beim Denkmal.« Er wandte sich um.

»Hey!«, rief Michael. »Ich bin nicht hierhergekommen, um Babysitter für einen Staudamm zu spielen!«

Fortune runzelte wütend die Stirn. »Ich habe dir erklärt, wie du uns helfen kannst. Möchtest du uns erzählen, dass du das nicht tun wirst?«

Michael spürte, dass sie ihn alle beobachteten. Vor allem

spürte er Kates Blick auf sich, und er fragte sich, was sie zu Fortune gesagt hatte. »Ich mein ja bloß, dass ich woanders mehr bringen würde. Wenn ihr mich im Auge behalten wollt, in Ordnung, aber dann nehmt mich mit.«

»Ich will dich hier haben«, sagte Fortune trocken. »Wir können uns keine Ausreißer leisten, Drummer Boy.« Er dehnte den Namen, woraufhin Michael unwillkürlich die Stirn runzelte. »Jeder muss seinen Teil beitragen. Jeder muss tun, was von ihm verlangt wird, sonst verlieren wir.« Er starrte Michael an.

Am Rand seines Gesichtsfelds sah er Kate neben Ana stehen. Beide beobachteten ihn. *Ich kann dir nicht vertrauen. Das hast du mir bewiesen.* Er stieß die Luft durch die Nase aus. »Na schön«, sagte er zähneknirschend.

Fortune nickte, und der Ausdruck selbstgefälliger Genugtuung auf seinem Gesicht war nicht zu übersehen. »Dann lasst uns alles noch mal durchgehen. Wir haben nicht viel Zeit. Lohengrin, fass bitte mal zusammen, was wir über den Rechtschaffenen Dschinn wissen ...«

♥

Krieg war zugleich nervenaufreibend und langweilig.

Nachdem Fortune und der Großteil der Asse gegangen waren, verbrachten Michael und die Joker mehrere Stunden damit, Autos, Lastwagen und Busse auf den vierspurigen Damm zu fahren, wobei sie im Osten anfingen und sich nach Westen vorarbeiteten. Wenn ein Fahrzeug in Position gebracht war, warf Michael es um. Während Michael es dann mit Metallstangen festband, stapelten die Joker LKW-Reifen, Betonplatten und Ziegelsteine darauf.

Um die Mittagszeit herum stapfte er mit den anderen zu den Zelten beim Denkmal zurück, um eine Pause einzulegen und etwas zu essen. Hive hielt sich dort in einer der Geschützstellungen auf, die sie auf dem Damm errichtet hatten. Vier Wachen mit russischen Kalaschnikows waren bei ihm, allesamt Joker der Lebenden Götter. Grimmig starrten sie über den Abfluss hinaus in Richtung Norden. Michael meinte, Hive sitze auf einem Sims neben dem Flakgeschütz, doch nur das obere Drittel von Hives Körper war hier. Unterhalb der Brust war überhaupt nichts.

Auf einen wackligen Kartentisch hatten die Wachen ein Funkgerät gestellt, dessen orangefarbenes Verlängerungskabel sich zu den Zelten neben dem Denkmal schlängelte. Immer wieder unterbrachen Rauschen und Störgeräusche die Stimmen. In der Ferne hörte Michael das Rattern von Gewehrfeuer und ein- oder zweimal eine Explosion. Flussabwärts schwebten ein paar dunkle Flecken in der Luft: wahrscheinlich Kampfhubschrauber.

»Es hat angefangen«, sagte Hive. »Scheint nicht so, als würde sich uns jemand von der Stadt her nähern. Gott sei Dank, denn wir hätten nicht mal genug Feuerkraft, um vier Hinterwäldler auf einem Traktor aufzuhalten.«

»Ich bin hier die reinste Verschwendung, Hive. Der Kampf findet im Norden bei Assuan statt. Verdammter Käferknabe …«

»Hast du dir mal überlegt, weshalb John dich hier stationiert hat?«, unterbrach Hive, bevor sich Michael in Rage reden konnte. »Ach, stimmt ja, denken ist nicht gerade deine Stärke. Hör mal, wir haben bereits King Cobalt verloren – und er war stark, schnell und zäh und wollte im Kampf immer mittendrin sein. Genau wie du. Und genau wie du konnte er nichts gegen Kugeln ausrichten. John hat dir einen Gefallen getan.«

»Ja?«, knurrte Michael. »Er ist bloß besorgt um mich, was? Wenn du mich fragst, kann Kate auch nichts gegen Kugeln ausrichten. Oder Ana. Und Holy Roller genauso wenig. Komisch, ich kann die hier nirgends sehen. Du etwa?«

Hive schüttelte nur den Kopf. Wespen kamen und gingen, wo sein Körper auf dem Sims ruhte. »Was siehst du?«, fragte Michael. »Sag's mir.«

Hive schnaubte. »Tja, der Kalif hat sich in dieser verdammten Villa in Assuan verkrochen, und ich könnte dir ganz genau sagen, was er vorhat, wenn ich Arabisch könnte. Bahir ist bei ihm – und glaub mir, dieser Scheißkerl ist schnell, der hat meine Wespe mit seinem Krummsäbel mitten durchgehauen. Allerdings wurde der arme Abdul auch übel gestochen …«

»Der Kampf, Bugsy.«

Wieder schnaubte Hive. Ganz kurz schloss er die Augen, als würde er sich ausruhen. Wespen flogen von seinen Ärmeln auf, aus denen keine Hände ragten. »Auf der Ostseite von Sehelnarti wird gekämpft – die Leute des Kalifen feuern vom Ostufer aus Mörsergranaten auf die Insel, und sie versuchen, mit Schiffen über den Fluss zu gelangen. Sobek, Taweret und Hardhat tun, was sie können.«

»Und Kate?«

Hives Augen gingen auf. »Sie ist bei John und versucht, den Damm zu halten. Einen Angriff haben sie schon zurückgeschlagen, zumindest größtenteils. Allerdings ist der Dschinn noch nicht in Erscheinung getreten. Bisher waren es nur reguläre Truppen.«

»Ich sollte dort sein.«

»Du solltest Straßensperren bauen. Hier rumsitzen und dich mit mir unterhalten hilft niemandem weiter, oder?« Hive lächelte. »Nur so als Anregung.«

»Leck mich, Bugsy.« Michael leerte seine Wasserflasche und stapfte davon. Eine halbe Stunde lang kühlte er sein Mütchen, indem er Autos durch die Gegend schleuderte. Die Joker, die mit ihm zusammenarbeiteten, tuschelten in schnellem Arabisch und zeigten auf ihn. Der Schlachtenlärm aus dem Norden, der übers Wasser an ihre Ohren getragen wurde, ließ nicht nach, sondern schwoll an, wurde heftiger.

Michael blickte ständig in diese Richtung und kam bei jeder Rauchwolke ins Grübeln. Als eine besonders laute Explosion ertönte, steckte er die untere Hand in die Tasche seiner Jeans und kramte das zerknitterte Stück Pappe hervor. »Hey, hat einer von euch ein Handy?«, fragte er seine Kameraden.

♦

Ahmed redete unablässig, während sie auf der kurvigen Straße am westlichen Ufer hinter einem Truppentransporter voller Joker herfuhren. »Ich habe keine Angst um mich, verstehen Sie, aber um meine Frau und meine Kinder, die wären verloren, wenn ich nicht mehr wäre ...«

Als sie sich dem westlichen Ende des Unteren Damms näherten, wurden sie angehalten. »Ich versuche, zur Front zu gelangen«, hatte Michael den nervösen Bewaffneten, Anhängern der Lebenden Götter, am Checkpoint zugerufen. »Auf Fortunes Befehl. Sobek hat nach mir geschickt. Sobek ...? Sachmet ...?« Schließlich konnte er sich mit Ahmeds Arabisch und den paar Brocken Englisch der Wachen verständlich machen. Ahmeds Taxi wurde jedoch beschlagnahmt. Ein schakalköpfiger Joker mit einer Automatikwaffe setzte sich auf den Beifahrersitz, drei weitere hockten sich auf den Kofferraum und zwei auf die Motorhaube. Ein Duo stellte sich aufs Trittbrett und hielt sich an den offenen Türen fest. Alle waren sie in zerrissene Uniformhosen und Hemden gekleidet, die nicht zueinander passten. Die meisten hatten Tierköpfe oder besaßen andere Tiermerkmale. Sie wirkten weniger wie Soldaten, sondern eher wie Flüchtlinge aus einem Zoo. Und sie sahen verdächtig amateurhaft aus. Ahmed fluchte und nahm die Hand nicht mehr von der Hupe.

Die Schüsse vom anderen Ufer wurden lauter und mischten sich mit dem Rattern eines Hubschraubers. Dann folgte ein leiser, unheimlicher Knall, worauf Erdreich und Sand aufspritzten. Ein Truppentransporter zwei Wagen vor ihnen wurde mit dem Bug in die Höhe gerissen und kippte um. Ahmed bremste quietschend ab, sodass die Joker, die sich außen festklammerten, zu Boden stürzten. Rechts und links rauschten Lastwagen an ihnen vorbei, die ihnen ausweichen mussten.

Es regnete blutverschmierte Autoteile und Sandklumpen. Etwas, das wie eine Hand aussah, dotzte gegen die Windschutzscheibe. Am Gelenk hingen noch eine Uhr und Fetzen eines braunen Tarnanzugs. Ahmed starrte entsetzt darauf, für einen Moment sprachlos. Er vollführte eine Bewegung, als wolle er sich vor dem abgetrennten Unterarm auf seiner Motorhaube schützen. Der Helikopter flog jaulend über sie hinweg und nahm Kurs auf Syrene. Doch vor ihm brach ein zorniger Sandwirbelsturm los, stieg vom Boden auf und neigte seinen Trichter ihm entgegen – Simoon. Der Hubschrauber drehte abrupt bei, um der Windhose auszuweichen, doch die Rotorblätter wurden von dem Sturm erfasst. Wie ein ausgedientes Spielzeug wurde der Helikopter herumgeworfen. Sie sahen den Lichtblitz, als er auf dem Boden zerschellte, und eine Sekunde später folgte das durchdringende Heulen des Aufpralls.

Rauch stieg aus dem Wrack vor ihnen auf. Durch den Qualm konnte Michael Gestalten ausmachen, die über den Sand auf den Damm zuhuschten. »Mir reicht's! Ich kehre hier um!« Ahmeds Mund stand weit offen, doch Michael verstand ihn kaum, da ihm die Ohren dröhnten.

»In Ordnung«, pflichtete Michael ihm bei. Während er vom Rücksitz kroch, zog er Scheine aus seinem Portemonnaie und warf sie Ahmed zu. »Danke, Mann. Das war definitiv ein Extraservice«, sagte er. »Gehen Sie zu Ihrer Frau und Ihren Kindern und machen Sie, dass Sie abhauen. Salam alaikum.«

»Friede mit Ihnen«, klang in diesem Kontext ziemlich bescheuert, aber es war der einzige arabische Gruß, den er kannte. Ahmed nickte eifrig. Er legte den Rückwärtsgang ein, dass das Getriebe aufheulte, und kurbelte am Lenkrad, bis sein Kühler wieder nach Süden zeigte. Dabei schlitterte die Hand von der Motorhaube und ließ auf dem teilweise durchgerosteten Lack eine Blutspur zurück. Ahmed hupte, Sand spritzte unter den durchdrehenden Reifen hervor, und die Soldaten der Lebenden Götter sprangen zur Seite.

Michael schaute nach Süden. *Du wolltest hierherkommen. Du wolltest hierherkommen, weil Kate hier ist.* Wegen des Rauchs musste er husten und sich Mund und Nase zuhalten. Der Sand war gnadenlos heiß unter den Sohlen seiner Turnschuhe. Durch den aufgewirbelten Staub und den Qualm vermochte er kaum etwas zu erkennen. Bewaffnete Joker liefen an ihm vorbei. Er schloss sich ihnen an und joggte an dem schwelenden Autowrack vorbei. Dabei versuchte er, den Blick nicht auf das Blutbad in der verbogenen Karosserie zu richten.

Schnell wurde ihm klar, dass eine Schlacht zwischen zwei Armeen keine saubere, diskrete Sache war, sondern ein Wirrwarr aus Einzelschauplätzen, die für sich genommen wenig Sinn ergaben.

… Michael lief auf den Damm und den Schlachtenlärm zu und rutschte neben dem rauchenden Wrack eines Busses aus, der am westlichen Ende des Damms auf der Seite lag. Da hörte er das laute Klirren einer Kugel, die keine fünf Zentimeter von seinem Kopf entfernt in Metall einschlug. Sein rasierter Schädel wurde von heißen Metallspänen gespickt. Er warf sich, Gesicht voraus, auf den Boden, und dort, wo er eben noch gestanden hatte, wurde das Blech von Kratern übersät. Er spürte, wie ihm warmes Blut einen seiner sechs Arme hinunterrann, und stellte fest, dass er am mittleren linken Arm einen langen tiefen Schnitt hatte, den er sich an einer scharfen Kante der Karosserie zugezogen haben musste. Jetzt erst

spürte er den Schmerz, und er rollte sich auf die Seite und hielt sich die Wunde.

Er erstarrte. Jemand kauerte neben dem Bus und glotzte ihn an, keine zehn Zentimeter von seinem Gesicht entfernt. Masud, der Joker-Plague-Fan. Seine Augen in dem haarlosen Kopf waren genauso weit aufgerissen wie sein stumm schreiender Mund, und in seiner Stirn klaffte ein blutiger Krater. Über ihm liefen graue Hirnmasse und Blut träge am Bus hinab. Masuds Ohrstöpsel waren ihm aus den Ohrmuscheln gefallen, doch das weiße Kabel schlängelte sich noch immer in seine Uniformtasche. Ein Song von Joker Plague hallte dünn und schrill zu Michael herüber. Mit einem Schlag drehte es ihm den Magen um, und er erbrach sich laut und explosionsartig. Obwohl er noch immer Magenkrämpfe hatte, lief er weiter …

… er war auf dem Damm angekommen, lief immer weiter und versuchte, in dem Chaos vertraute Gesichter auszumachen. Durch die Rauchschwaden erkannte er Rustbelt, der gerade hinter einem Barrikadennest aus umgekippten Fahrzeugen hervortrat. Drei Soldaten in den Uniformen des Kalifats feuerten aus nächster Nähe auf das Ass, und Michael hörte ein metallisches Pfeifen, als die Kugeln von Rustbelts Körper abprallten und davonzischten. Rustbelt rief etwas und streckte die Hand aus, um die nächstbeste Waffe zu berühren. Ihr Lauf zerfiel zu rotem Staub. Rusty blutete genauso heftig wie Michael. Seine rechte Schulter wies einen widerlichen roten Krater auf. Gegen Kugeln war er zwar immun, aber irgendetwas hatte seinen natürlichen Schutz durchschlagen. Die Soldaten wichen zurück und schossen weiter auf Rusty. Dabei drängten sie sich zusammen. Der Entwaffnete griff nach seinem Patronengurt und zerrte eine Granate heraus.

Michael kauerte sich auf den Boden. Die Straße war aufgebrochen, und mit seinen unteren Armen hob er einen sechzig Zentimeter großen Asphaltbrocken auf und reichte ihn an die oberen Arme weiter. Ächzend holte er aus und warf ihn mit ungeheuerer Kraft nach den Soldaten. Sie gingen zu Boden, während Michael sich duckte und alle sechs Arme schützend über den Kopf hielt. Die Schüsse hatten aufgehört. Als er hochblickte, sah Rusty auf ihn herab, nickte mit seinem nietengespickten Kopf und hielt sich die verletzte Schulter. »Danke, Kumpel. Das wäre beinahe schlecht ausgegangen.« Michael setzte sich auf. Die Granate war aus der Hand des zerschmetterten Soldaten gerollt, aber der Splint war noch nicht gezogen. Sie lag keinen Meter von ihm entfernt auf dem Asphalt…

… *Menschen liefen an Michael und Rustbelt vorbei nach Westen, allesamt Joker; manche hielten Waffen in der Hand, viele waren verletzt und bluteten.* »Was ist los?«, rief Michael und hielt einen von ihnen fest. Doch der Mann antwortete in hektischem Arabisch und zerrte an Michaels Arm, um sich zu loszureißen. »Dschinn«, war das einzige Wort, das Michael aufschnappte. Rustbelt zuckte mit den Schultern und deutete nach Norden über den Rand des Damms hinweg. Dort, vielleicht eine Meile flussabwärts, sah Michael eine große Insel. Hell leuchtende Stahlträger bildeten eine Brücke von der Insel nach Syrene am Westufer. Zahllose dunkle Punkte hasteten über die behelfsmäßige Brücke. Dann wurde die Szene wieder vom Rauch verdeckt. »Hardhat. Auf den ist Verlass«, grunzte Rustbelt und ging Richtung Osten los. Michael folgte ihm.

… *es war, als liefe er ewig diese Straße entlang, sich hinter die Barrikaden duckend und Deckung suchend, wann immer Schüsse zu hören waren.* In einer solchen Situation verlor er Rustbelt aus den Augen. Im Feuer einer Automatikwaffe wurde der Rand der Straße mit Kratern gesprenkelt, und Michael hechtete hinter einen Haufen brennender Reifen. »*Die Kugel, die dich erwischt, hörst du gar nicht*«, murmelte er vor sich hin. Er meinte, das mal irgendwo gehört zu haben. Er war fast in der Mitte des Damms, vor ihm die kerzengerade Straße.

Hundert Meter weiter befand sich eine weitere Barrikade. Sie versperrte beide Fahrspuren, und oben auf dem Gerümpel thronte bewegungslos ein brennender Panzer des Kalifats. Im Norden ging es fünfundzwanzig Meter senkrecht in die Tiefe. Im Süden reichte das Wasser bis auf ein, zwei Meter an den Rand der Staumauer heran.

Und auf dieser Seite der improvisierten Barrikade stand Kate.

Sie trug eine wild zusammengewürfelte Uniform. Den Helm eines deutschen Soldaten aus dem Zweiten Weltkrieg, eine unförmige Kevlarweste über ihrem T-Shirt, eine Tarnhose, deren Beine in schweren Stiefeln steckten. Einige Jokersoldaten hatten sich um sie versammelt. Ana, die ein ähnliches Outfit anhatte, war auch dort, genauso wie Rustbelt, Lohengrin in seiner glänzenden Geisterstahlrüstung und Holy Roller. Weiter vorn tigerte Sachmet von einer Straßenseite zur anderen, und selbst im Sonnenlicht schien sie noch zu leuchten. Das Fell der riesenhaften Löwin war blutverschmiert, in ihren Pranken hatten sich Stofffetzen und Fleischstücke verfangen. Sie brüllte trotzig, und aus ihrem Mund quoll Rauch.

Michael fragte sich, wen Sachmet anbrüllte. Er fragte sich, weshalb die Straße unter seinen Füßen bebte. Die Antwort auf beide Fragen ließ nicht lange auf sich warten. Hinter der Barrikade wurde der Rechtschaffene Dschinn sichtbar: ein finster blickender Riese, der so groß war wie ein dreistöckiges Gebäude, ein von schwarzen Rauchschwaden umrankter Albtraum. Sein Anblick erfüllte Michael mit Furcht, einer kopflosen, irrationalen Furcht, die ihm den Atem raubte, ihm die Kehle zuschnürte. Eine Furcht, bei der sich ihm der Magen umdrehte und die Galle hochkam. Eine Furcht, die ihn erzittern ließ. Erschreckt schrie er auf, doch sein Schrei ging im Schreien der anderen unter. Bis auf wenige Ausnahmen ließen die Jokersoldaten ihre Waffen fallen und flohen an dem nach oben starrenden Michael vorbei.

»Alles ist verloren«, hörte er Lohengrin ausrufen, der sein Schwert senkte. »Wir können nichts ausrichten gegen dieses…«

Holy Roller kreischte auf. »Es ist der Satan selbst!«, rief er gellend. »Der Teufel wandelt auf Erden!« Und schon war er weg, rollte Richtung Westen davon, ohne Rücksicht darauf, ob er andere Fliehende über den Haufen fuhr oder nicht. Außer Fortune waren alle ein paar Schritte zurückgewichen. Sie schienen drauf und dran, Holy Rollers Beispiel zu folgen. Michael musste gegen den Drang ankämpfen, diesem Schrecken den Rücken zuzukehren.

»*Furcht ist seine mächtigste Waffe*«, hatte Lohengrin ihnen gestern erklärt. »*Er strahlt Entsetzen aus, und seine Feinde fliehen oft vor ihm, ohne überhaupt gegen ihn zu kämpfen.*« Inzwischen glaubte Michael das unbenommen.

Der Dschinn sah finster auf sie herab. Seine monströsen Hände schossen vor und rissen den Panzer von der Barrikade. Er hob ihn mühelos hoch, und Michael und die anderen stoben auseinander wie Kakerlaken. Nirgends bot sich Schutz, doch der Dschinn warf den Panzer einfach nur über den Rand des Damms. Sie hörten ihn unten aufschlagen, während der Dschinn mit einer Handbewegung, als wische er Brosamen weg, den Rest der Barrikade beiseiteschob. Hinter dem Dschinn erkannte Michael Soldaten in den Uniformen des Kalifats. Einer der Soldaten hielt ein rotes Banner mit einem Halbmond, in den ein Achtstern aus Krummsäbeln eingeschrieben war. Die beiden Symbole zeichneten sich gelb vor dem blutroten Hintergrund ab und bildeten das persönliche Wappen des Dschinn. Im Schritttempo rückten sie hinter dem Rechtschaffenen Dschinn heran. Von seinen Schritten erbebte der Damm.

Die Löwin Sachmet wich nicht zurück, sondern schlug zornig mit dem Schwanz. Dabei leuchtete sie blendend hell.

Michael erinnerte sich an Lohengrins zweite Warnung: *Ihr*

dürft euch ihm nicht nähern. Wenn er euch berührt, raubt er euch eure Fähigkeit.

Der Dschinn, der seine Leibgarde um ein Vielfaches überragte, streckte die riesige Hand aus, die Handfläche nach oben gekehrt. Er bog die Finger zurück, was unverkennbar als Einladung für Sachmet gemeint war. Die Garde drückte sich rechts und links an den Straßenrand, sodass dem Dschinn in der Mitte eine Schneise frei blieb. Michael hörte, dass hinter dem Dschinn und seiner Garde die Armee des Kalifats anrückte: Rufe, das Klappern von Panzerketten, das Brummen von Dieselmotoren, knirschende Steine und splitterndes Holz und bellende Schüsse. Alles Laute des Todes.

»Kate!«

Sie sah zu ihm herüber. Kurz weiteten sich ihre Augen ein wenig. Er fragte sich, was sie dachte und wie er wohl aussehen mochte mit einem schlaff herabhängenden und blutenden Arm, mit zerfetzten und verschmierten Kleidern. Ihren Gesichtsausdruck konnte er nicht deuten. Hastig richtete sie den Blick wieder auf Sachmet. »John!«, rief sie laut. »Nicht!«

Die Löwin brüllte, und sengende Flammen schossen aus ihrem Rachen. Ein paar Uniformen fingen Feuer, und die Soldaten flohen, als die Löwin mit ausgefahrenen Klauen auf den Dschinn zustürmte. Sie sah wie ein Kätzchen aus, das einen Erwachsenen angriff. Sachmets Feuer schien dem Dschinn nichts anzuhaben, nur ihre Pranken hinterließen rote Striemen auf den Händen, mit denen er sie zurückwarf. Der Dschinn griff nach der benommenen Löwin, doch Sachmets Angriff hatte die Angststarre aufgehoben, in die sie alle verfallen waren. Kate schleuderte Steine, sodass der Dschinn mit der Hand zurückzuckte, als hätte ihn eine Biene gestochen. Lohengrin hob sein Schwert. »Ergib dich!«, rief er. »Ergib dich, Rechtschaffener Dschinn, und du bleibst am Leben!«

Und Ana … sie ließ sich zu Boden fallen. Auf Händen und Knien und mit gesenktem Kopf machte sie den Eindruck, als würde sie beten. Unter Michaels Füßen fing es an zu rumpeln.

Lachend wiederholte der Dschinn die einladende Geste, und Sachmet schüttelte den Kopf und erhob sich. Die Löwin knurrte, Rauchschwaden ringelten sich um ihre Schnauze. Mit ihren Pranken scharrte sie Furchen in den Asphalt, und Michael war klar, dass sie im nächsten Moment angreifen würde. Das Rumpeln unter seinen Füßen schwoll an, die Straße hob sich und sackte dann wieder ab. »Verdammt«, ächzte Rusty, der beinahe gestrauchelt wäre. Michael sah, wie die Bodenwelle anwuchs, Kate und Lohengrin zu Fall brachte und auf den Dschinn zulief.

Die Leibgarde reagierte auf den Angriff auf ihren Anführer. Sie eröffnete das Feuer – Lohengrin rollte sich schützend vor Kate, und Rusty trat vor Michael. Überall flog Staub auf, Asphaltsplitter zischten umher. Sachmet hechtete zu Ana hinüber. Die brüllende und feuerspeiende Löwin bekam die meisten Kugeln ab, doch auch Ana stieß einen Schrei aus, rollte sich zur Seite und hielt sich unterhalb der Kevlarweste den Bauch.

Michael sah Blut.

Das tiefe Rumpeln erstarb, und Anas Welle kam träge zum Stillstand. Trotzdem hob sich der Boden unter dem Dschinn so weit empor, dass der Riese nach hinten fiel. Als er auf dem Damm aufschlug, lief ein Zittern durch das ganze Bauwerk, und eine Staubwolke stieg auf. Mit lautem Krachen fiel Anas Erdwelle in sich zusammen und hinterließ einen tiefen und zerklüfteten Spalt, der die beiden Parteien voneinander trennte. Wasser ergoss sich in die Kluft, füllte sie auf und schwappte auf der Nordseite wieder heraus. Die Garde des Dschinns feuerte weiter, wich aber von dem Spalt zurück, während der Dschinn sich aufrappelte.

»Ana!« Kate lief zu ihrer Freundin. Rusty und Michael ebenso.

»Ich hab sie«, erklärte Michael Kate, die weinte und versuchte, die junge Frau hochzuheben. »Ich kann sie tragen.« Er umfasste Ana mit den unteren Armen. Sie wehrte sich, schrie mit geschlossenen Augen vor Schmerz auf und schlug mit den Händen um sich. Wenn sie seine Trommelfelle traf, hallten Paukenschläge über den Damm. Er versuchte, nicht auf die Wunde zu schauen, die über ihrer rechten Hüfte klaffte, und nicht auf das Blut, das aus ihr herausquoll. Er hob Ana hoch und rannte geduckt los. Die Angst verlieh ihm Flügel. Sachmet brüllte, die Gewehre der Soldaten der Lebenden Götter ratterten. Einige grüne Wespen pfiffen an Michaels Kopf vorbei. »Wir gehen am westlichen Ende in Stellung«, rief Lohengrin. »Simoon und Bubbles werden dort zu uns stoßen.«

Sie zogen sich zurück, wobei Lohengrin, Rustbelt und Sachmet die Nachhut bildeten.

Das höhnische Gelächter des Dschinns verfolgte sie.

Michael japste nach Luft und rannte weiter. Zu seinem Entsetzen spürte er, dass Ana sich nicht regte. Im Norden schimmerte noch immer Hardhats Stahlbrücke, in schweren Qualm gehüllt und voller Menschen, die von Sehelnarti flohen. Auf der Ostseite der Insel hatte sich eine Flotte von Landungsschiffen versammelt, über denen, Aasgeiern gleich, Hubschrauber schwebten. Simoons Tornado raste von Syrene am Westufer des Nils Richtung Süden auf sie zu. Ein kleiner Schwarm Blasen flog von Westen nach Osten über den Fluss, einer Schwadron Kampfhubschrauber entgegen, die allesamt die schwarzen, grünen und weißen Farben des Kalifats trugen.

»Curveball!«, rief Lohengrin und deutete mit seinem Schwert. In der Staub- und Rauchwolke hinter ihnen tauchte ein WZ-10-Helikopter auf. Seine Schnauze senkte sich, und Michael wartete auf das MG-Feuer oder auf den Abschuss einer auf sie zurasenden Rakete. Doch Kate hatte sich bei

Lohengrins Warnung umgewandt. Mit der Technik einer Softballspielerin schleuderte sie etwas.

Der Stein durchschlug die Windschutzscheibe und traf den Piloten im Gesicht. Der Hubschrauber heulte wie ein getroffenes Tier auf, und seine Schnauze kippte so weit nach oben, dass es aussah, als stünde er auf seinem Heckrotor, der über den Boden schleifte und zersplitterte. Rotortrümmer schwirrten umher. Michael hörte einen Anhänger der Lebenden Götter aufstöhnen, dann fiel er um, sein Körper beinahe in zwei Hälften gespalten. Der Hubschrauber überschlug sich, und der Rotor kratzte über die Straße. Jetzt sprangen alle in Deckung. Michael hörte das schrille Kreischen des gepeinigten Stahls, und dann fing der Tank Feuer und explodierte. Die Welt wurde erst leuchtend gelb und rot, dann schwarz – die Druckwelle schleuderte ihn auf die Knie, während er Ana mit allen sechs Armen umklammert hielt.

Gerade als er wieder aufstehen wollte, folgte eine zweite Explosion. Diesmal flog die Munition an Bord des Helikopters in die Luft. Michael wurde vollends zu Boden gefegt und warf sich zur Seite, damit er Ana nicht erdrückte. Es folgten noch mehrere kleinere Detonationen.

Wieder kämpfte er sich hoch, packte Ana mit zwei Armen und stützte sich mit den anderen ab. Überall lagen Dinge, die er nicht identifizieren konnte, und schwelten vor sich hin. Er hörte nichts. Die Explosion dröhnte ihm noch immer in den Ohren. Sachmet erhob sich – auch sie hatte die Druckwelle umgeworfen. Kate rief Rusty und Lohengrin, die beide noch aufrecht standen, etwas zu. Sie zeigte in eine Richtung, die nackte Angst in den Augen.

Wo der Hubschrauber explodiert war, hatte es einen Krater in den Damm gerissen, sechs Meter im Durchmesser und um ein Vielfaches tiefer. Die Straße war auf ihrer gesamten Breite zerstört. Sie konnten zuschauen, wie sich der Spalt verbreitete, und weißer Schaum spülte über die zertrümmerte

Dammkrone. Lohengrin fuchtelte mit seinem Schwert, den Mund unter dem Helm weit aufgerissen. Doch Michael hörte nicht, was er rief. Lohengrin und Kate rannten los und winkten Michael. Sachmet spie Feuer, doch dann machte auch sie kehrt und lief davon. Die Anhänger der Lebenden Götter folgten ihrem Beispiel, zumindest diejenigen, die es noch konnten.

Der Damm zitterte, als wäre er lebendig.

Sie waren in Sichtweite des westlichen Endes, als der Damm brach.

»Scheiße«, keuchte Lohengrin. Den Fluch hörte Michael wieder. Er blieb stehen und schaute zurück, wobei er Ana mit vier Armen an sich presste.

In der Mitte seines langen geraden Verlaufs war der Damm auseinandergebrochen und beulte sich aus. Aus zwei Rissen in der Mauer schossen Wasserfontänen. Eben gab das ausgebeulte Stück endgültig nach. Das aufgestaute Nilwasser brach sich Bahn, riss Beton und Erdreich mit sich, spülte Panzer, Lastwagen und Soldaten des Kalifats fort und schleuderte alles in einem Tsunami aus weißer Gischt nach Norden. Das gesamte mittlere Drittel des Damms war verschwunden, und die endlose, unaufhaltsame Flut riss mit jeder Sekunde mehr Teile des Bauwerks mit sich. Auf beiden Seiten des Flusses schrien Menschen. Feluken und andere Boote wurden von den Wassermassen herumgeworfen und kenterten. Auf den Inseln und am Ufer wurden Häuser zerschmettert und von ihren Fundamenten gefegt. Der Nil, der Jahrtausende lang Überschwemmungen gebracht hatte und im ersten Jahrzehnt des zwanzigsten Jahrhunderts gezähmt worden war, stieg erneut an. Die ganze Wut des Wassers, die sich ein Jahrhundert lang aufgestaut hatte, brach sich Bahn, als sich der See hinter dem Damm entleerte und unaufhaltsam auf Hardhats Brücke zurauschte.

Der entfesselte Nil erreichte Sehelnarti und begrub die Insel unter sich.

Man hörte nichts, nicht aus dieser Entfernung. Michael sah, wie Hardhats Träger angehoben wurden und die dunklen Punkte herabstürzten. Die Träger schwankten und wirbelten herum, stiegen höher und höher, als wolle sich Hardhat mit ihnen über das Wasser erheben, um sich irgendwo festzuklammern und dem Ansturm der Flut zu entkommen.

Schweigend und hilflos sahen sie zu.

Die Stahlträger verschwanden. Ganz kurz sah man sie leuchtend aus dem schäumenden Sturzbach ragen, eine flackernde Hoffnung. Dann waren sie fort, als wären sie nie dagewesen.

♠

Michael sah Kate dabei zu, wie sie Anas Gesicht mit einem feuchten Tuch abwischte. Eine Krankenschwester gab der Verletzten eine Morphiumspritze in den Arm, bevor sie zum nächsten Bett in dem überfüllten Feldlazarett weiterhastete. Die frische Nachtluft unter der Zeltplane war erfüllt vom Wehklagen der Verwundeten. Michael bezweifelte, dass es in Ägypten genug Morphium für sie alle gab.

»… und du hast heute buchstäblich Tausenden das Leben gerettet. Wir haben sie nicht von ihrer Seite herüberkommen lassen, und dank Hardhat konnten sich die meisten Leute von Sehelnarti retten, bevor der Damm brach. Wir haben der Armee des Kalifen bestimmt schwere Verluste zugefügt.«

»Und der Dschinn?«, krächzte Ana. Sie brachte kaum ein Flüstern heraus.

Kate hob eine Schulter. »Ist noch am Leben.«

Ana versuchte sich aufzusetzen, sackte aber wieder zurück, bevor Kate sie noch davon abhalten konnte. »Nicht«, sagte Kate.

»Hör auf Curveball, Ana«, riet Michael ihr. »Du hast heute schon genug Blut verloren.«

Kate sah über die Schulter. Michael lächelte sie an. Kate hatte einen langen Schnitt auf der Wange, der mit einem Pflaster notdürftig versorgt worden war, und einen kleineren über dem linken Auge. Ihre Arme waren mit blauen Flecken übersät. Vielleicht hatten sich ihre Mundwinkel eben ein klein wenig bewegt. »Hey«, sagte sie. »Haben sie dich wieder zusammengeflickt?«

Michael rieb sich den mittleren linken Arm, der von der Schulter bis zum Ellbogen in weißen Verbandsstoff gewickelt war. »Ein paar Dutzend Stiche. Der Arzt meint, ich bekomme eine hübsche Narbe. Wie geht es dir so, Ana?«

»Gut«, murmelte Ana schläfrig. »Danke, Michael. Du hast mich da rausgebracht.«

»Scheiße, ich dachte mir halt, wenn ich dich schnappe, dann hab ich eine gute Ausrede, so schnell wie möglich von da abzuhauen.« Er versuchte es noch einmal mit einem Lächeln, doch keine der beiden Frauen erwiderte es. »Ich dachte ... ich wollte nur mal schauen, wie's dir geht. Gibt es was Neues von Hardhat, Kate?«

Sie schüttelte den Kopf. »Nichts. Selbst wenn er überlebt hat, könnte er meilenweit nach Norden geschwemmt worden sein ...« Sie verstummte.

»Er ist ziemlich stark. Man kann nie wissen«, sagte Michael und wusste im selben Moment, dass ihm keine der beiden Frauen glaubte. Er fragte sich, ob sie jemals erfahren würden, wie viele Hunderte oder Tausende auf Sehelnarti gestorben waren, in den tiefer gelegenen Teilen von Syrene oder Assuan und weiter flussabwärts, wo die Flut gewütet hatte. »Ana, pass erst mal auf dich auf und ...«, fing er an, bis er bemerkte, dass sie eingeschlafen war. »Kate, willst du was essen gehen? Ich hab gehört, dass sie das Kantinenzelt eingerichtet haben. Gibt zwar nicht viel dort, aber ...«

Kate schüttelte den Kopf. »Ich bleib erst mal eine Weile hier.«

»Wenn ich dir ein bisschen Gesellschaft leisten soll…«

»Nein«, sagte sie streng, versuchte dann aber, ihre Worte etwas abzumildern. »Ich wäre im Moment wirklich lieber allein«, erklärte sie ihm.

»Ja.« Er klopfte sich auf die Brust, worauf Trommelschläge erklangen. »Natürlich.«

♣

Sie versammelten sich auf der Krone des Hochdamms, alle Asse und einige Anhänger der Lebenden Götter, soweit sie hier sein konnten. Ein paar fehlten. Kate war noch immer bei Ana. Und Holy Roller lag ebenfalls im Lazarett – nachdem er vor dem Dschinn geflohen und durch alles und jeden hindurchgepflügt war, sah sein Körper aus, als wäre er mit einer göttlichen Feile bearbeitet worden.

Michael entdeckte nur wenige Asse, die unversehrt geblieben waren. Lohengrin hatte die Schlacht dank seiner Rüstung anscheinend unbeschadet überstanden. Aliyah war müde, aber nicht verletzt, und natürlich sah Hive tadellos aus, wenn man davon absah, dass ihm von der Hüfte abwärts alle Gliedmaßen fehlten. Sein Rumpf saß neben Fortune auf der Mauer. Alle anderen jedoch… Die leicht Verletzten wie Michael hatten Wunden davongetragen, die inzwischen verschorft oder genäht worden waren. Fortune hatte überall blaue Flecken und Schürfungen. Rustbelt trug den verbundenen Arm in einer Schlinge. Bubbles sah entschieden zu dünn aus, und ihre Augenhöhlen wirkten beinahe leer. Den beiden Lebenden Göttern, die anwesend waren, schien es kaum besser zu gehen. Sobek fehlten ein paar Zähne, und der gewaltige Nilpferdleib Tawerets war wie eine Mumie in blutige Verbände eingewickelt. Sie waren unter den letzten gewesen, denen die Flucht von Sehelnarti gelungen war.

Zwischen dem Unteren Damm und dem Hochdamm patrouillierten Feluken, und am Westufer des Nils brannten überall die Lagerfeuer derer, die aus Syrene und Assuan geflohen waren. Flüchtlingskolonnen verstopften die Straßen nach Süden. Michael hatte gehört, dass auf der Straße vom Hochdamm zum Flughafen mindestens fünftausend Menschen lagerten, vor allem Alte, Schwache und kleine Kinder. In mittlerer Entfernung war die Insel Philae hell erleuchtet, teils mit natürlichem Licht, teils, so vermutete Michael, mithilfe von Wild Cards. Weiter unten, jenseits der Trümmer des Unteren Damms, wo einst Dörfer den Nil gesäumt hatten, sah man nur noch wenige Lichter. Aus dem alten Flussbett des Nils war jegliches Leben fortgespült worden.

»…müssen uns auf morgen vorbereiten«, sagte Fortune. »Der Untere Damm ist zerstört, und wir haben den Großteil ihrer Luftwaffe ausgeschaltet. Jetzt bleibt ihnen nichts anderes mehr übrig, als den Nil über den Hochdamm zu überqueren.«

Sobek grunzte zustimmend. »Sobald es hell ist, wird der Kalif seine Armee nach Süden schicken, um die zu verfolgen, die wir gerettet haben.«

»Gut möglich, aber diese Mistkerle mussten gestern auch große Verluste hinnehmen«, wand Hive ein. »Wenn ich die wäre, hätte ich es nicht so eilig.«

Sobek verzog die Krokodilschnauze, als würde er die Stirn runzeln. »Sie mussten Verluste hinnehmen, das ja, aber das wird sie nur umso wütender machen. Sie werden kommen, und sie werden nach Rache schreien.« Neben ihm verlagerte Taweret das immense Gewicht ihres Leibes beinahe anmutig von einem Fuß auf den anderen. Sobek dolmetschte. »Taweret meint, wir sollten uns nach Abu Simbel zurückziehen – dorthin könnten wir es noch schaffen.«

»Sie würden uns bis in die Wüste verfolgen und uns dort niedermachen, wo wir keinen Schutz finden«, erwiderte Fortune, und einige pflichteten ihm grummelnd bei. »Hier kennen wir immerhin das Gelände, und der Fluss ist ein Vorteil für uns.«

»Dann schickt ein Team nach Assuan und tötet den Kalifen«, sagte Sobek. »Schließlich ist es seine Armee.«

»Ja, das ist eine tolle Idee«, murmelte Hive. »Hat der ganze Scheiß nicht damit angefangen, dass der Kalif ermordet wurde?«

Taweret und Sobek setzten beide zu einer wütenden Erwiderung an, doch Fortune übertönte sie. Michael fand, dass er nicht wie Fortune klang. »Das reicht. Sie haben keine andere Wahl, und wir werden uns ihnen hier stellen.« Fortune hielt inne. Niemand sagte etwas. »Gut. Nun, einen Haken hat die Sache: Wir müssen uns um den Rechtschaffenen Dschinn kümmern. Er ist der eigentliche Kopf der Bestie, nicht der Kalif Abdul. Wenn wir den Dschinn ausschalten könnten, würden die Soldaten den Mut verlieren. Dann würden sie sich geschlagen geben, davon bin ich überzeugt.«

»Und was meinst du, wie sollen wir das tun?«, fragte Michael. Köpfe drehten sich zu ihm um. »Vielleicht hat dir ein Orakel eine tödliche Schwachstelle verraten? Vielleicht einen Giftpfeil in die Ferse?«

Fortune funkelte Michael böse an. »Es wäre schon mal ein Anfang, wenn wir uns darauf verlassen könnten, dass Leute den Befehlen gehorchen«, erwiderte Fortune. »Gestern hatten wir Glück, dass der Dschinn nicht vorhatte, den Nil am Hochdamm zu überqueren, denn hier war niemand, der ihn hätte aufhalten können.«

Als ob ich ihn hätte aufhalten können, wollte Michael entgegnen. Gift und Galle wollte er gegen Fortune und seine Arroganz und Selbstüberschätzung spucken. *Wer zum Teufel hat dich zum Gott erklärt?* Michael schluckte die Galle hinunter, und sie brannte bis tief in seinem Magen. Fortune sah ihn finster an, doch in seinen Mundwinkeln lauerte ein Grinsen.

Lohengrin ergriff das Wort, bevor Michael wusste, was

er erwidern sollte. »Wenn der Dschinn dich berührt, bist du verloren. Er tötet dich und saugt dir deine Fähigkeit aus. Das wissen wir alle. Aber mich kann er nicht berühren. Mein Geisterstahl schützt mich. Ihr solltet den Dschinn mir überlassen.«

Simoon lachte bitter. »Der Dschinn tötet mein Volk, Klaus. Wenn er versuchen sollte, nach mir zu greifen, dann reiße ich ihm das Fleisch von den Händen. Glaub mir, mit dem kann ich es aufnehmen.«

»Hört mal, niemand von uns weiß, welche Fähigkeiten der Dschinn von denen hat, die er getötet hat, was er alles kann oder wo seine Schwachpunkte liegen«, mischte sich Fortune wieder ein.

Michael hatte genug gehört. Er wandte sich um und ging davon, während die anderen weiterdiskutierten.

♥

Er stellte die Flasche auf der Mauer ab, die um das Denkmal herumlief. Hoch über ihm hielten Blütenblätter aus Beton einen Ring, der den Halbmond umschloss. Er ließ die Flasche stehen und trat in die Mitte des Kreises. Dort holte er die Schlägel aus seiner Gesäßtasche und fing an zu trommeln. Er spielte eine schnelle Kadenz, wobei die Schläge seiner sechs Hände so dicht aufeinanderfolgten, dass es nicht leicht war, einzelne herauszuhören. Er achtete nicht darauf, dass sein verletzter Arm schmerzhaft protestierte. Stattdessen konzentrierte er sich ganz auf den Klang und formte ihn mit seinen Kehlöffnungen, bis die Flasche zu beben anfing. Er spannte die Kehlen an und erhöhte die Lautstärke noch einmal ein gutes Stück.

Die Flasche schnellte empor und zerbarst. Die Scherben funkelten diamantengleich im Mondlicht und fielen zu Boden wie Regentropfen, die gegen ein Fenster prasseln.

»Bier?«

Michael schüttelte den Kopf. »Wasser«, erwiderte er. »Bier gab's keins.« Er sah über die Schulter. Kate stand im Eingang zu dem Denkmal.

»Du hast ein beachtliches Talent«, sagte sie. »Ich dachte, das könnten nur Soprane.«

»Ich stelle mir einfach vor, es wäre der Kopf des Dschinns. Oder der von Fortune. Hab mich noch nicht so recht entschieden.«

Sie lachte nicht.

»Wie geht's Ana?«, fragte er schließlich, als das Schweigen sie beide zu verschlingen drohte. »Wird sie es packen?«

»Ihr Zustand ist stabil, heißt es. Aber sie muss bald in ein richtiges Krankenhaus gebracht werden.«

Er nickte. Und sagte nicht, für wie unwahrscheinlich er das hielt.

»Ich habe mit John gesprochen«, sagte sie.

Michael stieß ein kurzes Lachen aus. »Hat der Käferknabe dir einen ›Befehl‹ für mich gegeben? Was soll ich morgen machen? In der Küche helfen? Verbände wickeln? Vielleicht soll ich den Gehweg kehren, damit niemand schmutzige Sandalen bekommt, wenn er vor dem Dschinn davonläuft?«

Kate schnaubte durch die Nase. Sie trug Jeans und ein langärmliges Baumwollhemd mit einem großen Lederbeutel über einer Schulter. Michael vermutete, dass sich darin glatte Flusssteine befanden, die sich perfekt zum Werfen eigneten. »Weißt du was? John hat recht, Michael«, sagte sie. »Du weigerst dich, ihm zuzuhören, weil du ihn nicht leiden kannst, und das ist beknackt. Wirklich. Wir können nicht gewinnen, ohne den Dschinn auszuschalten. Und wir können den Dschinn nicht ausschalten, wenn nicht alle zusammenarbeiten. Sobek, John, Lohengrin und Bugsy legen sich gerade einen Plan zurecht. Vielleicht solltest du ihnen dabei helfen.«

»So wie du dabei bist, wenn der Käferknabe den Dschinn angreift?«

Kate verzog über den Spitznamen das Gesicht, zuckte aber nur mit den Schultern. »Wenn er meint, dass es das Beste ist«, sagte sie. »Ja, dann bin ich dabei.«

»Dann will ich auch dabei sein.«

»Warum?«, fragte sie. »Glaubst du, ich kann nicht auf mich aufpassen, Michael? Glaubst du, ich bin auf deinen Schutz angewiesen?«

Er ging zu ihr hinüber. Sie sah ihn beinahe trotzig an, mit seitlich geneigtem Kopf und schmalen Augen. Er war deutlich größer als sie, und sie musste zu ihm aufblicken. »Ich will dabei sein, weil du dabei bist. Aus keinem anderen Grund. Ich dachte, das wäre inzwischen offensichtlich.«

»Michael …«

»Nein«, sagte er. Seine gestikulierenden Arme warfen Schattenstreifen auf ihren Körper. »Hör mir zu. Ich kann nicht rückgängig machen, was ich in L.A. getan habe, Kate. Ich war ein Arschloch, das gebe ich zu. Es war ein bescheuertes Spiel, und ich habe mich entsprechend verhalten. Aber zwischen uns war etwas Besonderes, und ich war wirklich glücklich, wenn ich mit dir zusammen war. Dir erging es ähnlich, zumindest am Anfang. Aber bei mir hat sich daran nichts geändert. Vielleicht hat sich das alles erledigt, weil ich mit Pop Tart und den anderen rumgemacht hab. Ich weiß es nicht. Ich kann nur hoffen, dass noch etwas davon da ist.«

Als sie nicht antwortete, spürte er schwache Hoffnung in sich aufsteigen. Hastig füllte er das Schweigen, das aufzukommen drohte. »Was ich getan habe, kann ich nicht mehr ändern. Aber ich kann mich ändern. Ich habe mich bereits geändert.«

Sie unterbrach ihn, indem sie die Hand hob. Im Mondlicht, das sich im Nassersee spiegelte, schien sie zu zittern. »Michael, ich weiß wirklich nicht, was ich von alldem halten soll.« Sie hielt inne und schüttelte wieder den Kopf. »Ich kann jetzt nicht darüber nachdenken. Will ich auch nicht. Denn in Wahrheit ist es nicht wichtig. Nicht hier, nicht jetzt. Vielleicht danach, wenn ...« Sie ließ den Satz unvollendet. »Ich habe es dir schon einmal gesagt. Ich bin nicht wegen John hier, jedenfalls nicht in erster Linie. Und wenn du wegen mir hier bist, dann bist du aus dem falschen Grund hier. Also, warum bist du hier, Michael? Sag's mir.«

Ihr Blick ruhte auf seinem Gesicht, und die Frage, die darin lag, funkelte wie ein Seziermesser. »Vielleicht danach ...« Er klammerte sich an diese Worte, die sich in seinem Kopf in einem fort wiederholten.

Er öffnete den Mund. Dabei trommelte er sich nervös auf die Brust, sodass ein tiefer Wirbel die Nachtluft erfüllte. Seine Arme zuckten, und die Scherben knirschten unter seinen Sohlen, doch er brachte kein Wort heraus.

»Dachte ich mir«, sagte Kate. »Du tust mir leid, Michael. Wirklich.«

♦

Fortune teilte ihn nicht der Reserve zu. Michael fragte sich, ob Kate etwas damit zu tun hatte, oder ob es einfach keine Reserve mehr gab. Aber er war nicht bei Kate, Fortune und Lohengrin, sondern bildete mit Bubbles und Rustbelt ein Team.

Von Hives Wespen waren sie vorgewarnt, dass der Dschinn die Armee und Ichlas-al-Din-Truppen von Assuan aus am Ostufer flussaufwärts führte, während der Kalif sich weiterhin in der von ihm beschlagnahmten Villa in der Stadt verschanzte. »Wenn sie den Hochdamm überqueren und wir sie hier und heute nicht aufhalten können, ist alles verloren«, erklärte Fortune den versammelten Assen, kurz bevor es hell wurde. »In diesem Moment entscheidet sich alles.«

Eine Stunde nach Anbruch der Dämmerung waren sie am Ostufer bereits ein Stück nach Norden marschiert. Hinter ihnen ragte der Hochdamm sechzig Meter über ihnen auf. Michael, Rustbelt und Bubbles begleiteten ein Bataillon der Lebenden Götter, das von Aliyah angeführt wurde. Sie gingen an der Assuanstraße nahe dem östlichen Ende des Damms in Stellung. Ihre Aufgabe bestand darin, die jüngst ausgetrockneten Hänge zwischen der Straße und dem Nil zu halten. Fortune, Kate und Lohengrin taten sich mit Sobek, Taweret und dem Rest der Joker zusammen, um die Straße etwas weiter nördlich zu blockieren. Hive übernahm vom Hochdamm aus die Kommunikation, seine Wespen waren bereits vor Ort.

Joker wie Asse verbargen sich hinter Erdwällen, die sie in der Nacht hastig aufgeschüttet hatten. Die Schatten wurden kürzer, und die Temperaturen stiegen langsam an. Michaels Kopf war von einem sandfarbenen Helm bedeckt, den sie der ägyptischen Armee abgenommen hatten, und er trug eine Kevlarweste, die ihm viel zu klein war und mit elastischen Bändern an seinem Rumpf befestigt war. Rustbelt hatte immer noch einen Verband am rechten Arm, brauchte aber keine Schlinge mehr. Er prügelte mit der Linken auf Bubbles ein, die zu Michael herübersah. Ihr Gesicht wurde wieder fülliger. »Du auch«, sagte sie. »Schlag mich.«

Er boxte ihr gegen den Arm, worauf sie höhnisch grinste. »Mehr hast du nicht drauf, mein kleiner Drummer Boy? Jetzt weiß ich, weshalb Kate dich hat abblitzen lassen. Du bist schwach und absolut nutzlos.« Als er sie erneut schlug, diesmal mit einer Wut, die ihn selbst überraschte, taumelte sie ein Stück zurück, grinste aber übermütig. »Weiter so«, sagte sie. »Keine Zurückhaltung. Wir haben nicht mehr viel Zeit.«

Damit sollte sie recht behalten.

Es begann mit Maschinengewehrfeuer irgendwo rechts von Michael – ein raues Husten, das von schnellem, abgehacktem Stottern beantwortet wurde. Ganz in der Nähe schrie jemand etwas auf Arabisch. Der unsichtbare Stiefel eines Riesen stampfte auf die künstliche Düne, die ihnen Deckung bot, und kurz darauf spritzte gelber und schwarzer Sand in die Höhe und verteilte sich in der Luft. Michael hörte das unheimliche Knirschen der Gleisketten einiger Panzer. Eine stählerne Schnauze in den drei Farben des Kalifats schob sich über den Kamm der Düne. Im Geschützturm stand ein Soldat, der etwas ins Innere des Fahrzeugs rief. Daraufhin drehte sich der Turm, und der Soldat griff zu dem aufmontierten Maschinengewehr. Zwischen Bubbles' ausgestreckten Händen hatte sich jedoch bereits eine Blase von der Größe eines Volleyballs gebildet, die jetzt auf den Panzer zuschwebte. Mit einem ohrenbetäubenden metallischen Kreischen traf die Blase auf das Fahrzeug. Die Gleisketten rissen wie Gummibänder auseinander. Der Geschützturm flog kreischend davon, und die Wanne wurde aufgeschlitzt wie von einem göttlichen Dosenöffner. Zwischen dem verbogenen Stahl lagen Körperteile.

Aliyah stand auf. Die dunkelhaarige junge Frau hob die Arme, und ein heißer Wind umtoste sie, der Sand aufwirbelte und sie wie ein Mantel einhüllte. Pfeifend und heulend schraubte sich der Tornado höher und höher. Simoon, der furchterregende Wüstenwind. Der Sandteufel wurde breiter und dichter, sodass Michael sein Gesicht abschirmen musste. Dann stob der orangerote Tornado mit wildem Getöse nach Norden auf den Feind zu. Die Lebenden Götter brüllten und stürzten den Abhang hinauf.

»Okay, Kumpel«, sagte Rustbelt. »Jetzt sind wir dran.« Sie rannten los. Michael blieb hinter Rusty und Bubbles, damit sie ihn abschirmten. Als sie den Kamm der Düne erreichten, hörte Michael die Kugeln, die von Rustbelts genieteter Haut abprallten, und Bubbles hatte das ganze Gewicht, das sie verloren hatte, wiedererlangt.

Von oben auf der Düne hatte Michael einen guten Überblick über das Schlachtfeld; wie ein Filmset breitete sich die Szene vor ihm aus.

… Gestalten, die sich schwarz vor dem Sand abhoben, stürmten von einer kleinen Erhebung ein Stück weiter nördlich herab. Trotz der gestrigen Verluste schienen es unendlich viele zu sein, und Michael spürte, wie ihn die Hoffnung verließ. Banner flatterten in ihren Reihen, vor allem die schwarz-grün-weiße Flagge des Kalifats, aber hin und wieder auch der islamische Achtstern von Ichlas al-Din. Offenbar bekamen die Streitkräfte des Kalifen keine Unterstützung durch die Luftwaffe mehr, denn der Himmel blieb leer. Einige wenige Lebende Götter stürmten an der Spitze ihrer Anhänger auf den Feind zu. Das beharrliche Knattern kleinerer Schusswaffen und das unheimliche Wummern von Mörsergranaten und Panzerfäusten erfüllte die Luft.

… Etwas weiter vorn über der Assuanstraße waberten Schwärme grüner Wespen. Lohengrin, dessen Rüstung weiß und kalt schimmerte, stürzte dem Feind entgegen, und gleich hinter dem deutschen Ass hatte Sachmet wieder einmal Fortunes Körper übernommen. Die riesige Löwin brüllte, sprang feuerspeiend ins Kampfgetümmel und hieb mit ihren Pranken auf die Soldaten des Kalifen ein. Kate schleuderte von etwas weiter hinten Steine, die wie Granaten in den feindlichen Reihen einschlugen.

… ihm blieb keine Zeit für weitere Beobachtungen, denn Rustbelt und Bubbles waren plötzlich mitten in den Kampf verwickelt, und Michael war direkt hinter ihnen. Rustbelts schwere Arme bewegten sich wie Kolben, und die Feinde wichen vor ihm zurück und stießen auf Arabisch Flüche aus. Michael huschte links an Rustbelt vorbei. Ein Feind nahm ihn ins Visier und traf ihn mitten auf die Kevlarweste. Vom Aufprall wurde Michael rücklings zu Boden gerissen. Der Soldat stand über ihm, doch Michael war zu benommen, um etwas zu unternehmen. Er blickte direkt in die Mündung des Gewehrlaufs…

…aber eine Blase von der Größe einer Orange trieb über ihm vorbei, und der Soldat taumelte in einem Blutregen rückwärts davon. Einen Augenblick starrte Michael die Leiche an, bevor er sich, bis auf einen schmerzhaften blauen Fleck unversehrt, wieder aufrappelte. Die Weste hing nur noch an ein paar Verbandfetzen. »Danke, Bubbles!«, rief er, konnte sie aber nirgendwo sehen. Die Anhänger der Lebenden Götter hasteten an ihm vorbei und warfen sich ins Getümmel, das plötzlich in ein Handgemenge ausartete. Aus dem Pulk tauchte unvermittelt ein Gewehr mit Bajonett auf und stach auf ihn ein. Mehr sah er nicht, doch es gelang ihm, den Gewehrlauf zu fassen. Er zog mit aller Kraft daran. Ein Mann flog ihm schreiend entgegen, und er schleuderte ihn in die Reihen seiner eigenen Leute zurück. Auf dem Boden lagen Waffen, und mit seinen unteren Armen hob Michael vier davon auf…

…»DB!«, hörte er Rustbelt rufen. Und dann sah er, dass das Ass von Soldaten umzingelt war wie eine Gottesanbeterin von einer Armee Ameisen. Michael lief zu ihm und feuerte ohne zu zielen aus allen Rohren. In allen vier Händen spürte er den zornigen Rückstoß der Automatikwaffen. Funken schlagend prallten Kugeln an Rustbelts Rumpf ab und stoben pfeifend davon. Doch auch feindliche Soldaten wichen vor ihm zurück. Mit einem Ächzen und einem Schrei erhob sich Rustbelt und schüttelte die restlichen ab.

Er stampfte die letzten Gegner in den Sand, tief in rote Krater hinein. Michael schaute weg und versuchte, sich neu zu orientieren.

Sie befanden sich in einer Senke zwischen zwei Dünen. Simoons Windteufel fegte den Kamm der Düne vor ihnen leer. Er wusste nicht, wohin Bubbles oder die restlichen Anhänger der Lebenden Götter verschwunden waren. »Komm,

Kumpel«, sagte Rustbelt. »Hier sind wir fertig.« Er stapfte die Düne hinauf, und Michael hastete ihm nach. Der Sand erschwerte ihm das Gehen und drang in seine Turnschuhe ein, klebte ihm am schweißnassen Leib und kratzte unter dem Gürtel seiner Jeans. Er blutete; der Verband an seinem verletzten Arm war vollgesogen, und zwischen dem oberen und dem mittleren rechten Arm hatte er einen hässlichen Schnitt. Sand mischte sich mit seinem Blut. Als er von dem Bajonett getroffen worden war, hatte Michael nichts gespürt, doch jetzt machte sich ein schmerzhaftes Stechen in der Seite bemerkbar.

Rustbelt kam oben an. Er blieb stehen, und Michael hörte ihn grunzen.

»Scheiße.« Michael sah das Problem, als er zu Rustbelt hinaufgekraxelt war. Für den Moment befanden sie sich in einer Oase relativer Ruhe. Der Großteil der Armee war auf der Straße konzentriert, die sich eine Viertelmeile zu ihrer Linken am Ostufer nördlich des Damms durch die Landschaft schlängelte. Dort stieg Rauch von den verbogenen Karosserien von Truppentransportern und Panzern auf. Die Streitkräfte des Kalifats und die Anhänger der Lebenden Götter lieferten sich ein heftiges Feuergefecht. Mittendrin, zwischen den Streifen der Leuchtspurgeschosse und den Mörsereinschlägen, trafen die Asse beider Seiten aufeinander.

Das Banner des Dschinn wehte blutig und bedrohlich im Wind. Um ihn herum wimmelte es von Soldaten, doch er stand unerschütterlich da, ein Fels in der Brandung, die Hände wie zum Lobpreis gen Himmel erhoben. Die Anhänger der Lebenden Götter traten vor ihm ungeordnet den Rückzug an und feuerten im Laufen sinnlos über die Schulter. Selbst auf diese Entfernung spürte Michael noch einen Hauch der Furcht, die von dem Ass ausging. Was sollte er tun? Dies würde ein schneller und brutaler Angriff werden. Der Kalif wollte den Hochdamm einnehmen und die Sache zu Ende bringen. Und der Dschinn sollte dafür sorgen, dass dies schnell geschah.

Michael sah keine Möglichkeit, es zu verhindern. Der Dschinn überragte alle, und die Furcht, die er einflößte, breitete sich in halbkreisförmigen Wellen vor ihm aus. Taweret gehörte zu den Flüchtenden, und in ihrer Panik trampelte sie die eigenen Leute nieder. Michael beobachtete, wie der Dschinn sich bückte und aus der Schar fliehender Joker drei herauspickte. Seine Faust schloss sich, und er warf die gebrochenen Leiber kichernd den Lebenden Göttern und ihren Priestern hinterher.

»Wenn nur Ana hier wäre«, sagte Bubbles, die eben neben Michael aufgetaucht war. »Dann würden wir sehen, wie es dem Scheißkerl gefällt, unter ein paar Metern Sand begraben zu werden.« Rustbelt grunzte zustimmend.

Aber Ana war nicht hier. Ebenso wenig wie King Cobalt, Hardhat oder Holy Roller. Von den vielen hundert Jokern, die gestern gestorben waren, ganz zu schweigen. Diejenigen, die noch aufrecht standen, waren erschöpft und verwundet, und keine Peregrine würde »Cut!« rufen, wenn klar war, dass sie verloren hatten.

Simoons Windteufel tobte auf der linken Seite des Dschinns – der Sandsturm wirbelte Panzer umher, als wären sie Spielzeug. Der gewaltige Wind riss den Menschen das Fleisch von den Knochen und ließ nur noch Skelette zurück. Schließlich neigte sich der Trichter dem Dschinn entgegen, und dieser breitete die Arme aus, als wolle er den Tornado willkommen heißen. Er rührte sich nicht von der Stelle. »Nein!« Lohengrins Schrei war sogar noch auf der Düne zu hören. »Simoon, nicht!« Doch sie schlug die Warnung in den Wind. Der Tornado fegte die Garde des Dschinns beiseite. Der Trichter berührte seine ausgestreckte Hand, und er brüllte wie vor Schmerzen auf. Seine Hand zuckte zurück, und Blut regnete auf seine Soldaten herab. Simoon ließ den

Sturm auf ihn zukreiseln. Der Wind zerrte an seinem Gewand, peitschte ihm ins Gesicht und gegen den Leib, sodass er einen Schritt zurückwich. Ganz kurz keimte Hoffnung in Michael auf. Doch der Riese stemmte sich gegen den Sturm und streckte die Arme wieder aus. Diesmal packte er mit beiden Händen zu, als wolle er nach etwas greifen, was in der rotierenden Säule verborgen war. Unvermittelt brach das Heulen des Windes ab, und der aufgepeitschte Sand fiel wie Regen zu Boden. Die gewaltigen Pranken des Riesen waren aufgeschürft und bluteten, doch sie hielten Aliyah umfasst, eine nackte Aliyah. Sie riss den Mund auf, um zu schreien. »Bubbles …«, sagte Michael. »Kannst du …?«

»Nein«, sagte sie. »Nicht, während er sie festhält.« Michael sah, dass Kate einen Stein in der Hand hielt, aber offenbar dieselben Bedenken hatte. Lohengrin rief eine Drohung, und Sachmet fauchte, doch die ungeheuren Finger der einen Hand des Dschinn schlossen sich über Aliyahs Kopf und Schultern, die der anderen Hand über Aliyahs Hüften. Der Dschinn verzog das Gesicht zu einer Grimasse und riss die Hände auseinander, als zerbreche er einen Zweig.

»O Gott«, sagte jemand, und Michael wusste nicht, ob es Bubbles oder Rusty war oder er selbst.

Der Dschinn schleuderte die beiden bluttriefenden Hälften von Aliyahs Leiche von sich, eine nach links und eine nach rechts. Er lachte. Frische Haut überzog seine aufgeschürften Hände, als würde sie ihm mit einem unsichtbaren Pinsel aufgemalt. Er deutete auf Sachmet, Kate, Lohengrin und Sobek, die in einem Pulk zusammenstanden, machte einen Schritt auf sie zu und legte dabei mehrere Meter zurück.

Rusty stapfte den Hang hinunter zu den anderen. Bubbles und Michael stolperten ihm hinterher. Sie würden zu spät kommen, das war Michael klar. Er spürte bereits die Furcht, die ihm die Kehle zuschnürte, und jeder Schritt wurde ihm zur Qual.

Mit funkelnder Rüstung und blitzendem Schwert lief Lohengrin auf den Dschinn zu. Sachmet brüllte, und Flammen fuhren ihr aus dem Maul. Kate holte aus und schleuderte Steine auf das riesige Ass. Mit aufgerissenem Krokodilsmaul und einem Knurren marschierte Sobek vorwärts und hielt dabei den Abzug seiner AK-47 gedrückt. Ein Schwarm Wespen schoss pfeilgeschwind auf den Dschinn zu.

»Schnell!«, rief Rustbelt über die Schulter, während er weiterlief. Er stolperte, verlor das Gleichgewicht und rollte die Düne hinab. Michael und Bubbles schlitterten hinter ihm her.

Der Dschinn machte noch einmal einen Schritt und war nun auf Armeslänge an Fortunes Gruppe heran. Selbst im strahlenden Sonnenlicht umspielten ihn Schatten, als wäre er von unsichtbaren Gestalten umgeben. Wie ein Gott ragte er über ihnen auf. Sachmet wurde mitten im Sprung zurückgeschlagen. Kates Steine prallten ab. Sobek war gestürzt und blutete aus einer Kopfwunde. Mit einem kräftigen Pusten vertrieb der Dschinn die Wespen. Der Riese bückte sich zu Lohengrin hinunter, um ihn sich zu schnappen. »Deus Vult!«, hörten sie das deutsche Ass ausrufen, und Lohengrins Schwert schlug nach der Hand, die ihn umschloss. Zwei gewaltige Finger fielen wie Baumstämme in den Sand. Der Dschinn brüllte, und das Geräusch übertönte alles andere. Sein anderer Arm fuhr herab, und er traf Lohengrin mit der flachen Hand. Das Ass flog durch die Luft und prallte hart gegen einen zerstörten Panzer.

Der Geisterstahl verblasste. Wo eben noch ein Krieger aus Sagen und Legenden gewesen war, lag jetzt ein bewusstloser dicklicher Jüngling mit blondem Haar.

»Fuck.« Michael spuckte das Wort zusammen mit einer Ladung Sand aus. Sie hatten den Fuß der Düne erreicht. Bubbles half Rusty auf. »Schlagt mich!«, schrie sie ihn und Michael an. »Schlagt mich schnell!«

Kate und Sachmet waren die Einzigen, die weiter vorn

noch standen. Kate griff in ihren Steinbeutel, während Sachmet trotzig fauchte. Die Anhänger der Lebenden Götter flohen vor dem Kampf, doch die Leibgarde des Dschinn versammelte sich erneut um ihren Anführer. Zwischen Michael und Kate war der Weg frei. »Komm schon«, sagte Michael, als Rusty Bubbles die Faust in den Bauch rammte. »Wir müssen dorthin.«

Sie rannten los. Dabei hörten sie Sachmet ein weiteres Mal brüllen, und diesmal übertönte sie das Lachen des Dschinns. Fortune sprang mit einem großen Satz auf den Dschinn zu, und Michael hörte, dass Kate ihm ein »Nein!« hinterherrief. Verzweifelt fing sie an, Steine zu schleudern. Der Dschinn blieb reglos stehen. Schatten pulsierten um ihn; seine Gestalt schimmerte. Kates Steine glitten wirkungslos durch ihn hindurch oder an ihm vorbei.

Und Fortune: Die Löwin Sachmet sprang auf den Dschinn zu, und dieser stürzte vorwärts, um die Lebende Göttin zu umschlingen. Dieses Mal war er jedoch zu langsam. Sachmet wirbelte mitten im Sprung herum, um seiner verletzten Hand auszuweichen. Dabei hieb sie ihm die Pranken ins bärtige Gesicht und riss ihm vier tiefe Striemen in die Wange. Hautstreifen hingen von der Wunde herab, und das Feuer aus ihrem Rachen setzte seinen Bart in Brand.

Der Dschinn zerrte sie von seinem Gesicht weg, wobei noch mehr Haut aufgerissen wurde. Er hielt Sachmet in einer Hand, und seine Finger schlossen sich um ihren Leib. Die Löwin schrie, ein furchtbar schriller Schmerzenslaut. Die Flammen, die ihr aus dem Maul loderten, erstickten in Rauch, als er sie mit Wucht auf den Boden schleuderte.

Zwar war es die Löwin, die hart aufschlug, doch es war Fortune, der jetzt nackt und ungeschützt im Sand lag. Der Dschinn kauerte sich nieder und hob ihn auf; dabei verzog sich sein Mund unter dem Bart und der aufgerissenen blutigen Wange zu einem Grinsen. Während er ihn festhielt, stiegen dünne Rauchfäden von dem Skarabäus in Fortunes Stirn auf. Sie umwaberten den Dschinn und drangen in sein Fleisch ein. Fortunes unartikulierte Schreie waren entsetzlich. Kate weinte und warf Steine.

Michael, Rustbelt und Bubbles waren noch fünfzig Meter entfernt. Es hätten ebenso gut fünfzig Meilen sein können. Rustbelt brüllte, und der Dschinn sah zu ihnen herüber. Michael fühlte sich genauso hilflos wie in Rom, als er Kate und Fortune im Fernsehen gesehen hatte. So hilflos wie bei der ersten Mission von *American Hero*, als keiner gewusst hatte, wie sie zuammenarbeiten sollten. So unterlegen wie damals, als Golden Boy ihn zur Seite geschoben hatte wie ein kleines Kind.

»Wenn der Dschinn dich berührt, bist du verloren. Dann tötet er dich und raubt dir deine Fähigkeit.«

Aber wenn sie ihn vielleicht überhaupt nicht zu berühren brauchten…

»Ich stelle mir einfach vor, es wäre der Kopf des Dschinns…«

Michael blinzelte und kämpfte gegen die Verzweiflung an, die der Dschinn ausstrahlte. Er riss sich den Rest der Kevlarweste vom Leib. »Rusty, du musst diesen Wichser angreifen. Lenke irgendwie seine Aufmerksamkeit auf dich, aber lass dich bloß nicht von ihm berühren. Bubbles, kannst du ihn auch ablenken? Ihn vielleicht aus dem Gleichgewicht bringen, so wie du es mit Golden Boy gemacht hast?«

»Und was machst du?«, fragte Bubbles.

»Trommeln«, erwiderte Michael und fing an, mit den flachen Händen auf seine Brust einzuschlagen, als wäre sie ein Set lebendiger Congas. Dabei verzog er das Gesicht, weil sich seine schmerzenden Muskeln beschwerten. Erst trommelte er sacht, dann lauter und härter. Der Schall strahlte ungebündelt von ihm ab und hallte von den Ruinen an der Straße und vom Wall des Hochdamms wider. Der Dschinn drehte sich um, und seine dunklen Augen wurden schmal. Michael spannte die Kehlen an seinem Hals an und zwang den Klang seiner Trommeln in ein schlankes Strahlenbündel, das direkt auf den Dschinn gerichtet war. Dieser zog eine Grimasse, als das Trommeln in Wellen auf ihn zubrandete. Er schien einen Schritt nach hinten zu taumeln, aber das war schon alles. Die dünnen Schattenfäden waberten noch immer von dem schreienden Fortune zu ihm hinauf…

…während Rustbelt sich blindlings auf ihn stürzte und Bubbles ihre Anstrengungen verdoppelte; während Klaus benommen den Kopf schüttelte, sich wieder erhob und erneut in Lohengrins Geisterstahl erstrahlte. Sie waren nicht genug, das wusste Michael. Die Schatten verblassten, Fortunes Schreie wurden zu einem Schluchzen, und der Dschinn lachte.

…eine Blasenflut brach über den Dschinn herein, hämmerte auf ihn los, und der Aufprall war so stark, dass seine Gardisten strauchelten – genau wie Rustbelt und Lohengrin. Michael schlug so fest auf sich ein, wie er es nie zuvor getan hatte; dabei spannte er die Kehlen noch weiter an, sodass sein eigener Kopf von der Lautstärke zu schmerzen begann. Er stellte sich vor, wie der Schädelknochen des Dschinns erbebte und an der Muskelhülle, die ihn zusammenhielt, rüttelte. Wie das Gehirn immer und immer wieder gegen die Wände seines Gefängnisses anrannte. Und dabei straffte er seine Stimmbänder noch ein Stück mehr.

Der Dschinn stieß einen schrillen Schrei aus. Er ließ Fortune fallen und hielt sich die Ohren zu. Dickes, helles Blut quoll ihm aus Mund und Nase. Er sank auf die Knie, Schatten umtanzten ihn wild, die einhundert Nebelgestalten seiner Opfer. Michael trommelte weiter und prügelte mit akustischen Fäusten auf den Riesen ein. Der Dschinn heulte auf. Sein Kopf zitterte, ein unbeherrschtes Beben, das seine Züge verschwimmen ließ. Aus seinem Mund floss Blut in seinen dunklen Bart. Mit ruckartigen Kopfbewegungen verspritzte er es in alle Richtungen.

Seine Augen rollten nach oben. Die Schatten flohen ihn. Er brach zusammen wie ein einstürzender Turm und begrub seine Gardisten unter sich.

Die Furcht, die seine Gegner gepackt hatte, war auf einen Schlag verschwunden. Die Gardisten, die noch aufrecht standen, stierten ungläubig zu ihrem gefallenen Kommandanten. Der war jetzt nur noch ein ganz normaler Mensch unter einem Haufen Kleider, die ihm nicht mehr passten. Einen Atemzug später ergriffen sie die Flucht, und die Anhänger der Lebenden Götter, die mit neuer Hoffnung im Herzen kehrtgemacht hatten, setzten ihnen nach.

Kate starrte den niedergestreckten Dschinn an. Dann wanderte ihr Blick zu Michael, der die Arme hängen ließ. Vor seinem geistigen Auge sah er bereits, wie sie lächelte, wie es ihr dämmerte, wie sie verzweifelt und dankbar zu ihm eilte.

Sie eilte tatsächlich. Sie rannte zu Fortune, sank neben ihm nieder und nahm ihn in die Arme, während sich die anderen um sie versammelten: Lohengrin, Bubbles, Rustbelt. Ein paar von Hives Wespen setzten sich auf Lohengrins Schulter. »Er ist schwer verletzt«, sagte Kate mit gebrochener Stimme. »Helft mir. Wir müssen ihn von hier wegbringen.«

Lohengrin kniete sich neben sie, um ihr dabei zu helfen, den stöhnenden, halb bewusstlosen Fortune hochzuheben. »Nein«, sagte Michael laut. Seine Kehlen schmerzten, und er klang heiser. »Überlass das mir.«

Er hob Fortune mit seinen sechs Armen hoch. Mit Kate an der Seite, die Fortune übers blutverschmierte Haar strich und ihm sanft Mut zusprach, verließ er das Schlachtfeld, gefolgt von den anderen Verwundeten. Seine eigene tiefe Wunde sah niemand.

Spionage in Fernost
Melinda M. Snodgrass

Goldenes Licht flirrte über die weißen Kalkwände, als Bahir in das Zimmer teleportierte. Der junge Soldat, dessen Wangen noch der Flaum seines ersten Bartes zierte, keuchte vor Schreck auf, und das Maschinengewehr fiel ihm aus den kraftlosen Händen. Bahir fing die Waffe auf, bevor sie auf den Boden knallen und sich ein Schuss lösen konnte. Er gab sie dem Jungen zurück, und dabei juckten die Stiche auf seiner rechten Schulter.

»Verschwinde«, sagte Bahir. Er musste den Befehl wiederholen, da von der Straße panische Rufe heraufdrangen, Hubschrauber starteten, hin und wieder Schüsse knatterten und der Wind wehklagend an den Giebeln der Villa zerrte. Der Junge schluckte und verschwand.

Das Schlafzimmer sah so aus, als wäre das einstige Ass Simoon hindurchgefegt. Es gab keine Teppiche. Das silberne Kaffeeservice, das Abduls Stolz gewesen war – und die Ursache vieler Wutanfälle, wenn der Kaffee einmal wieder nicht richtig zubereitet war –, war fort. Der Kalif lag auf dem breiten Bett unter einem weißen Moskitonetz, wand und wälzte sich, biss in den Zipfel seines Kissens und stieß vor Wut und Trauer schrille Schreie aus.

Die Tür wurde aufgestoßen und krachte gegen die Wand. Ein aufgelöster Offizier hastete herein. »Kalif, wir müssen fliehen. Die Asse könnten kommen.« Er hielt inne und platzte dann heraus: »Bahir. Die Schlacht ...?«

»Verloren.«

Vom Bett her ertönte ein Stöhnen.

»Im Moment droht keine Gefahr, aber wir sollten nicht länger hier verweilen.«

Abdul verließ angesichts der golden glühenden Augen der Mut.

»Rückzug?«, sagte der Offizier.

»Ja«, sagte Bahir und winkte ihn hinaus. Er selbst ging zum Bett. Auf dem Boden lag ein zerbrochener Spiegel, in dem er ein kaleidoskopisches Bild seiner selbst erblickte. Eine Sandschicht dämpfte das Feuer seines sonst leuchtend rotgoldenen Haars, und der Saum seines goldenen Umhangs war blutverschmiert und schmutzig. Auch sein Hemd war blutverschmiert, weil die Wunde wieder aufgebrochen war, die ihm Lohengrin mit seinem Schwert zugefügt hatte. Bahir ging neben dem Bett auf die Knie. Der beißende Geruch von Angstschweiß stach Bahir in die Nase.

»Verloren. Verloren. Allah wendet sein Antlitz von mir ab.« Die Stimme des Kalifen klang genauso wehklagend wie der Wind, der an den Fenstern rüttelte.

»Der Dschinn war mächtig, aber du bist der Sohn des Nur. Lass uns Rache nehmen am Westen.« Ein dezenter Wink, denn wohlweislich hütete er sich davor, dem Kalifen den Eindruck zu vermitteln, dass irgendjemand ihm Befehle gäbe.

Abdul-Alim setzte sich auf und tupfte sich mit dem Ärmel das Gesicht ab. Mit seinen geschwollenen und geröteten Augen und der laufenden roten Nase bot er keinen schönen Anblick. Schmerzhafte Quaddeln hatten sich auf seiner Wange gebildet, wo ihn die Wespen des amerikanischen Asses gestochen hatten. »Der UN-Generalsekretär«, sagte er. »Du hast mir geraten, ihn einzuladen. Wenn er nicht hier gewesen wäre, hätte ich ihn nicht festhalten können.« Abdul klang äußerst missmutig.

»Tja, nun können wir ihn benutzen. Du kannst ihm vor Augen führen, was für ein gerechter Herrscher der Kalif ist.«

Abdul erhob sich und ging im Zimmer auf und ab. Der gesprungene Spiegel knarzte unter seinen Stiefeln. »Ja. Ja. Ich habe sie gewarnt, was passieren würde. Sein Blut wird an ihren Händen kleben. Ich glaube, ich sollte ihn töten, nicht wahr?«

Bahir neigte den Kopf. »Wie lautet dein Befehl?«

»Ja, ja, töte ihn.«

Bahir empfand ein kurzes Aufflackern von Freude. *Endlich.* »Es wird geschehen, mein Herr. Aber du musst mir sagen, wo du ihn versteckt hast. Als ich das letzte Mal nach ihm geschaut habe, war er verschwunden. Ich hoffe, das geschah auf dein Geheiß.«

Die schmalen Lippen des Kalifen spannten sich in einem verschlagenen, selbstzufriedenen Lächeln. Er legte Bahir eine Hand auf den Kopf und strich ihm über die Wange. Seine Handfläche war nassgeschwitzt. Bahir spürte, wie auch ihm Schweißtropfen insektengleich über die Schläfen krochen und in seinen Schwertwunden brannten. Mit seinem Pulsschlag zählte er die Sekunden. »Ich habe ihn in der Grabkammer der Cheops-Pyramide versteckt.«

Und als Bahir den goldenen Mantel um sich schlang und jenes tief bis zu den Nerven dringende Reißen verspürte, kam ihm der Gedanke, dass die Wahl des Verstecks eigentlich schon alles darüber sagte, was mit Abdul-Alim nicht stimmte.

♠

Seine Ankunft war stets geräuschlos. Wenn er von einem Ort verschwand und an der Stelle, an der er sich eben noch befunden hatte, schlagartig ein sich mit Luft füllendes Vakuum entstand, hörte man ein leises Ploppen, wie wenn eine Seifenblase platzt. Aber wenn er anderswo auftauchte, hörte man nichts. Deshalb wurden die vier Wachen, die auf Klappstühlen um einen Kartentisch herumsaßen, vollkommen überrumpelt. Ihre Uzis hatten sie gegen die Stuhlbeine gelehnt oder an ihren Gurten aufgehängt. Eine leise zischende Propangaslampe warf gelbliches Licht auf die massiven Steinquader. Jayewardene saß auf dem Boden. Man hatte ihm die Hände auf dem Rücken gefesselt, die Füße zusammengebunden und ihm einen Sack über den Kopf gestülpt.

Bahir zog seinen Krummsäbel. Die Soldaten sprangen hastig auf, und einer versuchte, seinen Flachmann in der Hosentasche verschwinden zu lassen. Sie salutierten. Bahir deutete mit der Säbelspitze auf denjenigen, der da an seiner Uniformhose herumfummelte. »Du… um dich kümmere ich mich später. Jetzt bringt mir den Gefangenen.«

Sie beeilten sich, dem Befehl zu gehorchen, durchtrennten die Fesseln an Jayewardenes Füßen und zogen ihn auf die Beine. Der Generalsekretär fiel beinahe wieder um, als er versuchte, auf seinen tauben Beinen das Gleichgewicht zu halten. Bahir steckte seinen Krummsäbel weg und schlang die Arme um den Singhalesen. Seltsamerweise reagierte der Mann unter der Kappe mit keinem Laut.

Aber vielleicht hat er als Hellseher auch damit gerechnet, dachte Bahir.

»Dreht euch um«, befahl er den Soldaten. Der Sand knirschte auf den Steinen, als die Männer ihm schlurfend den Rücken zukehrten. Bahir zog seine Pistole und schoss ihnen mit zwei schnellen Doppelschüssen in die Köpfe. Von weiter oben im Gang ertönten Schreie. Bahir warf den Mantel um sich und Jayewardene, konzentrierte sich und teleportierte. Noch ehe Verstärkung anrückte, waren sie verschwunden.

♣

Er setzte den Generalsekretär gegenüber von Manhattan auf einem Autofriedhof in New Jersey ab. Der Geruch von Salz und dem Öl vorbeifahrender Schiffe lag in der Luft, und um sie herum türmten sich die rostigen Karosserien alter Autos.

Der Sack über Jayewardenes Kopf zitterte, als dieser die Luft einsog. »Sie haben mich doch hoffentlich nicht allzu weit vom UNO-Gebäude entfernt abgesetzt«, sagte er ruhig.

»Nicht allzu weit«, sagte Bahir auf Englisch. »Sie legen ja eine bewundernswerte Gelassenheit an den Tag.«

»In der letzten Zeit ist mir so manches aufgegangen. Darf ich erfahren, wer mein Retter ist?«

»Tut mir leid. Nein.« Bahir legte die Hände auf Jayewardenes Schultern und drehte ihn um hundertachtzig Grad. »Sie werden nass und schmutzig werden, und vielleicht fallen Sie auch ein paar Mal hin. Aber wenn Sie immer geradeaus gehen, kommen Sie zu einer Straße. Dort wird jemand anhalten. Irgendwann.«

»Sie haben keine hohe Meinung von den Menschen«, sagte Jayewardene freundlich.

»Dafür werde ich umso seltener enttäuscht.« Bahir teleportierte fort.

♥

Als er zurückkehrte, waren mehr Leute in dem Zimmer, und Abdul-Alim hatte sein großtuerisches Gehabe zurückerlangt. Einer der ägyptischen Generäle sprach sich dafür aus, dass der Kalif in Kairo bleiben solle, während seine Ratgeber aus Bagdad stotternd ihre Bedenken vorbrachten. Abdul schob sich durch die Ansammlung hindurch. In seinen Augen lag ein gieriges Leuchten.

»Ist es vollbracht?«, fragte er.

»Fast«, sagte Bahir. Er packte Abdul an jener Stelle des Ellenbogens, die lähmende Schmerzen verursacht, warf seinen Mantel um sich und ihn und teleportierte.

♦

Der Wind, der in Assuan wie die Geister der Toten heulte, blies auch in Kairo. Mitten auf dem Marktplatz tauchten Abdul-Alim und Bahir wieder auf. Bahir hörte das trockene Rascheln der Palmwedel, die vom Wind gebogen und durchgeschüttelt wurden.

Marktstände füllten den staubigen Platz, doch von den Verkäufern ägyptischer Souvenirs war nichts zu sehen. Schon seit Wochen waren keine Touristen mehr nach Kairo gekommen. Stattdessen wurden an den Ständen Lebensmittel und Öle verkauft. Der Geruch überreifer Melonen mischte sich mit der scharfen, öligen Note von Kerosin und dem Duft von Kaffee. Zwischen den Ständen glitten verhüllte Frauen mit Körben auf den Armen vorbei. In Cafés saßen Männer mit Kufiyas, tranken Mokka, spielten Domino und diskutierten.

Das plötzliche Auftauchen Bahirs und Abduls brachte jedes Gespräch zum Erliegen, und einige der verhüllten Frauen schrien erschrocken auf. Bahir hielt Abdul nicht mehr um die Hüfte, sondern packte ihn im Genick. Mit der anderen Hand zückte er den Krummsäbel.

»Was soll das werden, du Narr? Bring mich sofort zurück!«

Bahir ignorierte ihn. Er atmete so tief ein, dass ihn der Bund der Hose drückte, die er unter der Dishdasha und der Dschallabija trug.

»Hört mich an! Abdul-Alim hat die Armee der Gläubigen in eine schmachvolle Niederlage gegen Kreuzfahrer aus dem Westen und gegen Geschöpfe geführt, die Allah ein Gräuel sind! Seine Torheit hat unseren großen Helden das Leben gekostet: Der Rechtschaffene Dschinn ist gefallen.« Ein Keuchen ging durch die Zuhörer. »Das Kalifat wird stürzen, die

Unterdrücker werden zurückkehren …« Das Keuchen wurde zu einem Grollen. »Es sei denn …« Stille. » … wir vereinigen uns hinter einem wahren Anführer, einem großen Anführer. Nicht hinter diesem schwachen und unnützen Mann.«

Bahir versetzte Abdul-Alim einen harten Stoß. Der Kalif stolperte ein paar Schritte nach vorn, versuchte vergeblich das Gleichgewicht zu halten und stürzte auf seine Hände. Bahir riss ihm die Kufiya vom Kopf. Dann fasste er den Krummsäbel mit beiden Händen, ließ ihn wie ein Derwisch tanzend durch die Luft wirbeln und herabsausen. Die Klinge pfiff. Nur einen Sekundenbruchteil widerstanden ihr die Knochen und Sehnen, dann schoss das Blut aus dem abgetrennten Hals. Abdul-Alims Kopf kam mit einem fleischigen Klatschen auf den Pflastersteinen auf.

Schreie und Wehklagen ertönten. Bahir reckte die blutverschmierte Klinge in die Luft. »PRINZ SIRAJ! FÜHRER DES ARABISCHEN VOLKS! PRINZ SIRAJ!«

Ganz kurz herrschte benommenes Schweigen, dann stimmten ein paar zögerliche Stimmen ein. *Siraj. Siraj. Siraj.* Mehr und mehr Menschen skandierten den Namen, immer lauter, und einige rannten durch die engen Straßen davon, um die Nachricht zu verbreiten. Diejenigen, die dem Idioten Abdul noch immer treu waren, zogen Messer und schleuderten Steine.

Bahir warf sich seinen Mantel um und teleportierte davon, als die Unruhen ernst zu werden drohten.

♠

Auf dem Gelände des Mena House Hotels tauchte er wieder auf. Der lange Schatten der Cheops-Pyramide fiel über die Dattelpalmen und die nach Jasmin duftenden Gärten. Bahir sah zu den grob gehauenen Kalksteinblöcken hinüber, die der Spitze zustrebten. Die Abendsonne warf die Schatten der

Palmen auf den gepflegten Golfplatz und die Wände des Hotels. Die Schatten bildeten Linien, die nur darauf zu warten schienen, dass jemand mit einem Riesenstift eine Nachricht auf sie schrieb.

Und die Nachricht lautet ... Britannia ist wieder da, dachte Bahir.

Er schloss die Augen und machte sich bereit. Wenn sich Teleportieren so anfühlte, als würde an jedem Nerv, jeder Sehne und jedem Knochen seines Körpers wie an einer Violinsaite gezupft, dann war die Verwandlung noch um einiges verstörender. Es brannte entlang der Nervenenden, während er zusah, wie seine Haut ihren goldenen Teint verlor und die blonden Haare auf seinem Handrücken braun wurden. Seine Haare reichten jetzt bis zum Nacken, und ohne Bart fühlte sich sein Gesicht verletzlich an. Er spürte, wie sich sein Körper in die Länge zog wie Ton unter den Händen eines Töpfers. Besonders seine Wunden taten höllisch weh. Endlich hörte es auf.

Noel zog den Mantel aus, faltete ihn zu einem kleinen Rechteck zusammen und klemmte ihn sich unter die Achsel.

Dann schlenderte er zum Hotel, begleitet vom Schwirren und Klappern der Sprinkleranlage, die den Rasen des Golfplatzes mit Nilwasser benetzte. Er wählte einen Mitarbeitereingang, knackte das Schloss und schlüpfte hinein. Die Generatoren brummten wie der Atem eines großen Tiers, während sie die klimatisierte Luft durchs Hotel pumpten.

In seinem Zimmer angekommen, wusch er sich Blut und Schmutz ab und legte sich sulfonamidbeschichtete Kompressen auf die Wunden an Schulter und Bauch. Er keuchte, weil das Mittel brannte, war aber zufrieden. Er hatte schon schlimmere Verletzungen erlitten, ohne dabei solche Erfolge vorweisen zu können.

Er erledigte ein paar Telefonate und zog wieder die schwarze Lederjacke, das schwarze Seidenhemd und die Krawatte an – seine Markenzeichen. So ging er die Treppe hinunter. Im Foyer gingen die Portiers ihrer Arbeit nach, telefonierten freundlich, notierten sich Nachrichten und legten die Nachrichten in die Fächer der Zimmer. Ein Kellner schritt katzengleich einher und balancierte Scotch mit Soda auf einem Tablett. Nur ein paar Meilen weiter stand Kairo in Flammen, doch hier sorgte der Reichtum dafür, dass alles beim Alten blieb.

Noel rief Siraj mit dem Haustelefon an. Kurz darauf erschien einer der Leibwächter des Prinzen, um Noel in die Königssuite zu eskortieren. Ehe er anklopfen konnte, schlüpfte Noel an ihm vorbei und trat ein, ohne auf Erlaubnis zu warten.

Siraj stand mit gerunzelter Stirn vor dem Fernsehbildschirm, auf dem Al-Dschasira ein Kaleidoskop ständig wechselnder Bilder zeigte: das Schlachtfeld, die Unruhen in Kairo, die fliehende Armee des Kalifats, die große leuchtende Löwin, die auf den Ruinen Philaes tanzenden Joker. Mit all ihren Missbildungen wirkte es wie eine Szene aus Dantes Inferno.

»Hallo, Herr Präsident«, sagte Noel und strahlte Siraj an. Das Stirnrunzeln wich dem Prinzen nicht aus dem Gesicht. Noel ging zu einem Tisch, auf dem verschiedene Flaschen standen. Er hielt eine nach der anderen hoch. Keine einzige von ihnen enthielt ein alkoholisches Getränk. Da bekam er ein ungutes Gefühl, wischte es jedoch beiseite und fuhr fort: »Ein Team der BBC ist schon unterwegs, um …«

»Ich gebe lieber auf Al-Dschasira bekannt, dass ich die Macht übernommen habe.«

Noel unterdrückte die Wut, die in seinem Bauch aufflackerte, und hob eine Hand hoch. »Schön. Ich verschiebe den BBC-Termin.«

»Du missverstehst mich. Ich werde mit überhaupt keinem westlichen Sender sprechen.« Der Prinz klang völlig emotionslos. Noels Wut wich Besorgnis. Weder in all den Jahren, als sie Zimmergenossen gewesen waren, noch in den Jahren danach hatte er den Jordanier in diesem Tonfall reden hören.

Noel beschloss, das Thema zu wechseln. *Soll Siraj eben seine Siegerallüren ausleben.* »In Bahir hast du einen Verbündeten«, sagte Noel. »Er hat den Idioten Abdul getötet und dich als Nachfolger ausgerufen.«

»Ich weiß gar nicht, ob ich einen solchen Verbündeten haben will«, sagte Siraj. »Wird er nicht von religiösen Gefühlen angetrieben?«

Noel zuckte mit den Schultern. »Ach, da ist noch etwas, das du verkünden solltest. Agenten der Silver Helix haben Jayewardene befreit, also mach auch in diese Richtung eine Verbeugung, wenn du die Macht übernimmst.«

»Das hättest du nicht tun sollen. Er war unsere Geisel. Meine Geisel.«

»Es wäre unglaublich dumm von dir gewesen, ihn festzuhalten. Schau mal, alter Junge, ich weiß ...«

Plötzlich war es mit der strengen Beherrschtheit vorbei. »Nenn mich nicht Junge!« Siraj zeigte auf den Bildschirm. »Zwei Tage lang habe ich mit angesehen, wie Araber von der Klinge eines teutonischen Ritters niedergemacht wurden. Ein amerikanisches Ass verbrennt sie, ein anderes zerquetscht sie, vermutlich im Namen seines Gottes! Das waren normale Menschen, deren einziger Fehler darin bestand, dass sie ihrem Gott gedient haben ...«

Und Joker abgeschlachtet haben, dachte Noel, doch er verkniff sich den Einwand.

»... und einem Narren gefolgt sind«, schloss Siraj. Bitterkeit lag in seinen Worten. »Ich hätte diese Schwindler, diese Lebenden Götter beschützt und ihre verblendeten Anhänger in Frieden gelassen, doch diese Wahnsinnigen haben das nun unmöglich gemacht.«

Vorsichtig sagte Noel: »Wir stehen nicht hinter den Assen. Ich habe sogar versucht, sie aufzuhalten.«

Sirajs Miene blieb unerbittlich. »Das entschuldigt dich nicht. Du bist trotzdem aus dem Westen und in gewisser

Weise der größte Übeltäter. Seit hundert Jahren vernichtet Großbritannien unsere Regierungen…«

»Welche Regierungen?«, sagte Noel gedehnt.

»Ihr habt Staatsgrenzen im Sand gezogen, nur aufgrund eurer Gier nach Öl. Und die UNO hat zugeschaut, wie Kinder verhungern und Flüchtlingslager wuchern wie Krebsgeschwüre. Ich hätte keinen Finger gerührt, um Jayewardene zu retten.«

Noel verschlug es den Atem. Er hatte Jahre damit zugebracht, diese Freundschaft zu pflegen. Und er hatte für diesen Mann getötet. »Um Himmels willen, du hast in Cambridge studiert, du weißt, wie die Welt tickt. Das ist Realpolitik. Wir haben dir Arabien gegeben. Es wird Zeit, dich daran zu erinnern, wem du Loyalität schuldest.«

»Genau das habe ich getan.« Auf diesem Satz lastete das Gewicht vieler Entscheidungen. Geographie, Kultur und Religion bildeten eine tiefe Kluft zwischen ihnen, und als wolle er dies unmissverständlich klarmachen, trat Siraj ein paar Schritte zurück. »Tausend Jahre lang haben wir unter der Knute von Despoten gelitten. Das wird sich jetzt ändern.«

Noel zuckte demonstrativ mit den Schultern. »Ich bin sicher, dass du einen vorbildlichen Herrscher abgeben wirst, aber die Realität wird dich einholen, und hier ist ein Stück Realität, über das du nachdenken solltest: Mit unserer Unterstützung zu regieren wäre um einiges einfacher als das, was du jetzt vorhast.«

»Dein Problem, Noel, ist, dass dir alles scheißegal ist. Das war schon immer so. Für dich ist alles nur ein Spiel.«

Das schmerzte auf eine Weise, wie Noel es nicht erwartet hätte. *Nein, du Rabenaas, es geht um Land und Krone und darum, alles Nötige zu tun, um beide zu schützen.*

Siraj sagte: »Ich habe meine Seele gefunden, und sie ist arabisch. Hundert Millionen Menschen meines Volkes wollen, dass ich sie anführe. Ich werde weder sie noch ihr Erbe an

westliche Imperialisten oder Bevormunder verraten – ganz
gleich wie kooperativ sie sich präsentieren.«

»Hörst du dich eigentlich reden?«, sagte Noel. »Du klingst
wie irgendein Araber von der Straße.«

Das saß. Siraj wurde steif, und Noel merkte zu spät, dass
die Wut seine Fähigkeit beeinträchtigt hatte, andere zu beobachten und seine Worte und Gesten darauf abzustimmen.
»Ich glaube, du bleibst besser hier.« Der Jordanier presste
die Worte zwischen zusammengebissenen Zähnen hervor.
»Du wirst als Spion enttarnt, und der Gerichtshof wird deine
Strafe verkünden.« Siraj hob eine plumpe Hand. Hinter den
kunstvoll geschnitzten Wandschirmen traten vier Wachmän-
ner hervor.

Noel sah zum Fenster hinaus. Die Sonne war untergegangen, doch noch war nicht alles Licht vom Himmel verschwunden. Er war gefangen. Die Dämmerung hatte ihn seiner Fähigkeit beraubt, und es gab kein Entkommen. Zwei
Wachen packten ihn an den Armen, die dritte rammte ihm
den Lauf eines Gewehrs in den Rücken. Der letzte Mann
nahm ihm die Browning ab. »Bringt ihn ins Männergefäng-
nis von Kanater«, befahl der Prinz.

Sie fassten ihn nicht gerade mit Samthandschuhen an, als
sie ihn auf den Rücksitz eines Wagens stießen. Durch die stau-
bige Heckscheibe sah Noel auf die sich entfernenden Drei-
ecke der Pyramiden zurück. Verstohlen warf er einen Blick
auf seine Armbanduhr. Es dauerte noch mindestens elf Minuten, bis es völlig Nacht war und er sich in Lilith verwandeln konnte. In Anwesenheit der Wachen wagte er das jedoch
nicht. Er würde warten müssen, bis er in der Zelle war. Also
machte er sich auf eine unangenehme Stunde gefasst.

Sie begann beinahe augenblicklich. Einer der Wachmän-
ner grinste ihn an. Sein Schneidezahn, ein Stift aus rostfreiem
Stahl, blitzte im letzten Licht, das sich über den Horizont ergoss. Ihm war aufgefallen, dass Noel auf die Uhr geschaut

hatte. Jetzt griff er nach der kostbaren goldenen *Baume et Mercier* und riss sie ihm herunter. Als Nächstes wurde Noel um seine Manschettenknöpfe erleichtert und dann um einen kleinen Ring, den er, um sein Publikum abzulenken, am kleinen Finger trug.

Noel fiel auf, dass der Soldat auf dem Beifahrersitz ihn irritiert ansah. *Klar, die erwarten von einem britischen Agenten, dass er etwas unternimmt und nicht bloß wie ein Häufchen Elend dasitzt. Ja, das wird jetzt wehtun.*

Noel schnellte nach vorn, packte den Mann mit einer Hand am Kinn, schlang den anderen Arm um seinen Hinterkopf und riss ihn nach hinten. Die Stiche in seiner Schulter brachen auf. Seine Rückenmuskeln brannten, als er sich gegen den Vordersitz stemmte und den Soldaten auf den Rücksitz zog. Dieser schlug mit den Füßen aus und traf dabei den Fahrer, sodass der Wagen ins Schlingern geriet. Alle schrien. Eine Faust landete in Noels Niere, und er würgte vor Schmerz. Noel spannte den Arm an. Mit einem schnellen Ruck konnte er dem Mann das Genick brechen.

Nein, ich töte besser keinen von ihnen, sonst werden sie zu wütend.

Stattdessen versuchte er, an die Pistole des Fahrers heranzukommen, während die Männer links und rechts auf ihn einprügelten. So gut es ging, hielt er sich die Arme über den Kopf und ließ die Schläge über sich ergehen. Für den Rest der Fahrt schaltete er ab und nahm seine Umgebung erst wieder wahr, als man ihn über die Pflastersteine des Gefängnisinnenhofs schleifte. Inzwischen war es völlig dunkel, aber immer noch heiß. Noel verspürte starken Durst, und sein Mund fühlte sich an, als hätte er Eisenspäne gelutscht.

Schließlich warfen sie ihn in eine Zelle. Es stank nach Kot, Urin und Schweiß. Auf einer der Pritschen lag ein Mann mit Frettchengesicht, doch als die Soldaten hereinkamen und Noel auf den Boden schleuderten, kroch der Häftling hastig

in eine Ecke, wo er sich neben der überlaufenden Edelstahl-
toilette hinkauerte. Zum Abschied wurde Noel noch ein paar
Mal getreten, wobei er sich nicht schnell genug wegdrehen
konnte, um seinen malträtierten Bauch zu schützen. Ein Stiefel landete auf einer Rippe, er hörte ein Knacken, und stechender Schmerz durchfuhr ihn.

Die Verwandlung würde kein Spaß werden. Er musterte
seinen Mitgefangenen. Und natürlich durfte ihm dabei niemand zusehen.

»Du kannst von Glück reden, dass ich zu große Schmerzen
habe, um dich zu töten«, sagte er auf Englisch.

Der Mann schenkte ihm ein unterwürfiges Grinsen. Noel
ächzte und rappelte sich auf. Dann ging er zu dem Häftling
hinüber und hielt wegen des Gestanks aus der Toilette die
Luft an. Er holte mit dem Fuß aus und versetzte dem Mann
einen Tritt gegen den Kopf. Wegen der Schmerzen konnte er
nicht genau zielen. Somit hatte er womöglich gerade einen
schwachsinnigen, sabbernden Krüppel aus ihm gemacht.

Langsam und quälend erhitzte und verformte sich sein
Körper, zerfloss wie heißes Wachs. Brüste spannten den Stoff
seines Hemds, und seine Hosen waren um die Hüften plötzlich viel zu eng. Liliths Haare kitzelten ihn im Nacken. Noel
konzentrierte sich und teleportierte.

Captain Flint legte Noels Bericht beiseite und lehnte sich auf
dem Steinstuhl zurück, den man ihm zuliebe gemeißelt hatte.
Der Kommandant des Ordens der Silbernen Helix, der Ab-
teilung für Asse innerhalb des militärischen Abschirmdiens-
tes seiner königlichen Majestät, war knapp zweieinhalb Meter
groß und wog anderthalb Tonnen. Er rieb sich die Augen und
verdeckte damit kurz die Flammen, aus denen seine Pupillen
bestanden. »Nicht unbedingt das, was wir uns erhofft haben.«

Noel beugte sich vor, um das Flüstern seines Kommandanten, das so gar nicht zu seiner riesenhaften Gestalt passen wollte, besser zu verstehen.

An den hohen Fenstern seines Büros in Whitehall rann der Regen herab. Es war in Flints ganz eigenem Stil eingerichtet. Er verzichtete auf jedes Zugeständnis an gekünstelten Intellektualismus. Auf den Regalen standen nur wenige Bücher. Stattdessen war auf den polierten Holzbrettern eine Sammlung britischer Waffen zu sehen, von neolithischen Pfeilspitzen bis zu Enfield-Revolvern.

»Ich habe noch nie erlebt, dass Sie eine Situation so vollkommen falsch einschätzten«, fuhr Flint fort.

»Ja, nun, tut mir leid.«

»Sie haben zugelassen, dass Ihr Urteilsvermögen durch eine persönliche Beziehung getrübt wurde.«

»Ja, danke, ich hab's verbockt. Schon klar. Können wir zur Tagesordnung übergehen? Was wollen Sie wegen Siraj unternehmen?«

»Erst einmal nichts. Beobachten wir ihn eine Weile. Sie sind in einer einzigartigen Position, genau das zu tun.«

»Ja, wenn ich denke, dass ich – oder vielmehr Bahir – es war, der den Mistkerl an die Macht gebracht hat.«

»Er ist immer noch besser als der Nur oder Abdul-Alim.« Flint blätterte in dem Bericht und studierte eine Weile einen anderen Absatz. »Interessant, dass er den Titel nicht selbst angenommen hat, sondern einen Kalifen ernannt hat.«

»Er ist kein Dummkopf. Für die Fundamentalisten wird er doch nie eifrig genug sein, und uns kann er besser an den Karren fahren, wenn er als Säkularist gilt.« Noel zögerte, und für einen Moment wurde ihm ganz übel bei dem Gedanken an Straight Arrows herablassende Haltung. Ihm war bewusst, wie kindisch es war, doch wenn er das nächste Mal mit seinen amerikanischen Kollegen zu tun hatte, wollte er wenigstens mit einer Kleinigkeit angeben können. »Sollen wir den Ruhm für die Rettung des UN-Generalsekretärs in Anspruch nehmen?«

»Ja, ich denke schon. Aber ich weiß nicht, ob ich Ihnen das Verdienst zuschreiben soll.«

»Werden Sie aber«, sagte Noel mit einschmeichelndem Tonfall, damit es weniger überheblich klang.

Flint seufzte. »Sie haben den armen Kerl überhaupt erst entführt. Ich würde mir wünschen, dass Sie nicht immer so improvisieren.«

»Ich liefere Ergebnisse.«

»Nur nicht immer die, die wir erwarten.«

»Touché. Was machen wir mit Fortune und diesen Babyassen?«

Flint schnippte mit den Fingern und sah der Flamme zu, die kurz auf seinen Fingerspitzen tanzte. »Haben Sie irgendwelche Vorschläge?«

»Wollen Sie hinterher nur glaubhaft alles abstreiten, oder möchten Sie ernsthaft meine Meinung hören?«

»Sie sind diesen Kindern immerhin schon begegnet. Ich gehe davon aus, dass Sie mehr wissen als ich.«

»Dann lassen Sie mich in allen Lagern präsent sein. Bahir in dem von Siraj. Noel hält die Verbindung zu den Amis. Und Lilith kann sich ihrem kleinen Club anschließen. Lohengrin wird ihr verzeihen, wenn sie artig darum bittet. Und danach werde ich …« – er grinste Flint an – »… improvisieren.«

Flint schnaubte, um ein Lachen zu überspielen. Demonstrativ zog er eine andere Akte hervor. »Halten Sie mich auf dem Laufenden«, sagte er, ohne noch einmal aufzublicken.

Noel verwandelte sich. Er spürte, wie Liliths lange Haare seine Hüften streiften. Bald würde er seine dunkle Schönheit mit Curveballs goldenem Glanz messen und herausfinden, ob John Fortune tatsächlich ein Held war.

Er bezweifelte es.

Auf der Suche nach Jetboy: Epilog

Michael Cassutt

Der letzte Tag von *American Hero* beginnt damit, dass in Jamal Norwoods Wohnung in Sherman Oaks das Telefon zwitschert. Es ist Eryka, die süße Produktionsassistentin, die John Fortunes Platz eingenommen hat. »Hi, Stuntman! Wir holen dich um neun ab!«

Jamal blinzelt. Er hat keine Ahnung, wie spät es ist oder wo er sich befindet. »Ich werde fertig sein«, nuschelt er – oder so etwas in der Art.

Geduscht und mit ein bisschen was im Magen, findet sich Jamal in der Moorpark Street ein und wartet auf den Wagen von *American Hero*. Heute soll die letzte Mission stattfinden. Die große Liveübertragung. Was wird er morgen sein? Der Gewinner von *American Hero*? Eine Million Dollar reicher?

Oder die Antwort auf die belanglose Frage: »Was ist eigentlich aus dem Ass auf Platz 2 geworden?« In diesem Moment wünscht er sich, die Erde würde sich auftun und ihn verschlingen.

♥

Seit jener Entscheidung, bei der Rosa Loteria und er ins Finale gewählt wurden, hatte er keinen Kontakt mehr zu Rosa. Als er Eryka in die Sporthalle der Carpenter Avenue School folgt, sieht er Rosa ebenfalls mit ihrer Eskorte eintreffen. Sie lächelt sogar und grüßt ihn mit einer Kopfbewegung. Und während sie zusammen vor dem Eingang warten, sagt sie: »Hast du eine Ahnung, was da abgeht?«

»Nee«, sagt Jamal. »Von daher geht es mir nicht anders als an jedem anderen Tag in dieser Show.« Und sie lacht.

Peregrine sitzt zusammen mit einem Kamerateam im Zuschauerraum. Dazu dreihundert Grundschüler, die ausflippen, als die Asse hereinkommen. Jamal und Rosa sehen sich völlig verblüfft an. »Ihr habt in den letzten Monaten ihr Schicksal verfolgt! Und jetzt sind sie hier, die beiden Finalisten von *American Hero*, Stuntman und Rosa Loteria!«

Und der Applaus schwillt sogar noch an. Die Kinder scheinen sich über die Anwesenheit richtiger Asse aufrichtig zu freuen. Während sie die Stufen zur Bühne hinaufgehen, sagt Rosa: »Die verwechseln uns bestimmt mit denen, die nach Ägypten gegangen sind.«

Und aus einem langen Tag droht ein noch viel längerer Tag zu werden.

♦

Während Stuntman sich von der vorletzten Mission wieder erholt hatte, brach im Nahen Osten die Hölle los. Dort schrieben die Ausgeschiedenen aus *American Hero* tatsächlich Geschichte, wohingegen Stuntman, Gardener, Jetman, Tiffani, Rosa Loteria und die anderen lediglich die Klatschpresse füllten.

Dann besuchte er Mom und Big Bill Norwood.

Seine Eltern lebten noch immer in Baldwin Hills, wenn auch nicht im selben Haus, in dem Jamal aufgewachsen war, sondern in einer Zwei-Zimmer-Wohnung ein paar Meilen weiter. Aufgrund dieses Umzugs kam es Jamal vor, als besuche er Fremde.

Seine Mutter machte noch mehr Aufhebens als sonst, weil sie stolz war, einen echten Promi in der Familie zu haben. Ge-

nauer gesagt einen Wild-Card-Promi. »Es war wirklich merkwürdig zu sehen, wie du so … verletzt wurdest!« Mom hatte
sich mit seiner Wild Card nie richtig abgefunden. »Als Kind
hattest du das nicht!«, hatte sie sich beschwert, als er seinen
Eltern zum ersten Mal seine Stuntman-Fähigkeit vorgeführt
hatte. (Okay, vielleicht hatte er auch ein bisschen übertrieben,
indem er von ihrer Wohnung im vierten Stock auf den Parkplatz vor dem Haus geklatscht war.) Aber Jamals Auftritt im
Fernsehen – etwas, was auch die Nachbarn sehen konnten –
machte seinen Zustand für sie realer. Erst dank seiner Teilnahme bei *American Hero* wurde Jamal auch im Haus seiner
Eltern als Ass akzeptiert.

So war Mom nun einmal. Big Bill Norwood war eine ganz
andere Geschichte. Als Jamal ankam, saß Big Bill in seinem
Schaukelstuhl mit der Fernbedienung in der Hand und
wirkte völlig gleichgültig. Er beantwortete Jamals Gruß mit
einem Kopfnicken und richtete den Blick dann wieder auf
das Basketballspiel. (Es faszinierte Jamal immer wieder, dass
sein Vater im Fernsehen vier sportliche Ereignisse gleichzeitig verfolgen konnte, aber kein Gespräch länger als ein paar
Sätze lang durchhielt.)

»Mom sagt, du hast die Show verfolgt«, sagte Jamal, weil
es keinen Grund gab, den unausweichlichen Konflikt hinaus-
zuschieben.

Big Bill grunzte. »Jepp.«

»Wie fandest du's?«

»Ziemlich bescheuert, wenn du mich fragst.«

Jamal war gekränkt. Er deutete auf den Fernseher. »Bescheuerter als die dritte Liga im Damenvolleyball?«

Dann tat Big Bill etwas Überraschendes: Er schaltete den
Fernseher aus und legte die Fernbedienung hin. »Ja, deine
Show ist bescheuerter als diese Mädchen, weil bei denen niemand gefakte Prüfungen erfindet, um sie wie Idiotinnen dastehen zu lassen.«

»Findest du, dass ich wie ein Idiot dastehe?«

»Bill.« Das war Mom, und ihre Stimme hatte einen warnenden Unterton.

»Du weißt, was du bist, Jamal.«

Damit war der Besuch natürlich noch nicht zu Ende. Besuche bei Mom und Big Bill endeten nie dramatisch, sie klangen immer aus wie Songs mit einer in die Länge gezogenen Ausblende. Es war ein Tiefpunkt in einer Reihe von Tiefpunkten… als Jamal endlich Anerkennung fand… und sich wünschte, er hätte gar nicht erst bei der Show teilgenommen.

♠

Die zweite Phase der letzten Mission führt Stuntman und Rosa für einige Aufnahmen in die Akademie des Los Angeles Police Departments. Peregrine erklärt, dass diese Mission zeigen soll, inwiefern sich Stuntman oder Rosa – wer auch immer von ihnen gewinnt – mit dem Gesetz identifizieren. »Denn selbst wenn ihr an eurem zukünftigen Wohnort überaus erfolgreich das Verbrechen bekämpft«, sagt sie, »so werdet ihr dabei doch immer mit Polizisten zu tun haben.«

Stuntman und Rosa, die beide aus L.A. stammen, lachen beide laut los. »Als ob einer von uns auch nur dran denken würde, von L.A. wegzuziehen«, sagt Rosa.

»Als ob einer von uns etwas Gutes von der hiesigen Polizei zu erwarten hätte«, sagt Jamal. Zum ersten Mal ist ihm Rosa sympathisch. Nun, schließlich sitzen sie beide im selben Boot.

Hier in der Polizeiakademie dürfen Asse wenigstens Asse sein. Ihre Mission besteht aus einem einfachen Wettlauf durch die etwas umgebaute Hindernisbahn der Akademie – zusammen mit ein paar frischgebackenen Polizisten. Rosa ist besonders gut darin und zieht eine Karte nach der anderen aus dem Ärmel. Im einen Augenblick ist sie *El Valiente* und besiegt den Nahkampflehrer der Akademie, im nächsten ist sie *La Bandera* und führt ihre Gruppe von Neulingen auf den letzten Hügel. Stuntman muss alles aus eigener Kraft schaffen, er rennt, klettert und springt wie die Normalos, auch wenn er sich von dem Kampflehrer vermöbeln lassen kann, ohne Federn zu lassen.

Der ganze Spaß dient vor allem dazu, gute Aufnahmen zu kriegen, und nicht, etwas zu beweisen. »Und wo zum Teufel geht es jetzt hin?«, fragt Jamal Eryka. Er erholt sich gerade wieder ein wenig, schnauft, beugt sich vornüber und ist mies gelaunt.

»In die Zentrale des Senders in Beverly. Zur Übertragung.«

Die größte Herausforderung von allen.

♣

Jamal und Rosa fahren nicht im selben Auto und werden zu separaten Eingängen gebracht. Als Jamal aus dem Wagen steigt, steht Eryka bereits an der Tür, die normalerweise Mitarbeitern vorbehalten ist. Er sieht weder Kameras noch Fans. Der Parkplatz ist voll, doch der nüchterne Korridor ist leer, wie ausgestorben. Eilig wird Jamal einen hell erleuchteten Gang entlanggeführt, der einmal, zweimal abbiegt, dann geht es kalte, halbdunkle Stufen hinunter, ein paar Stockwerke weit bis in das, was man überall, nur nicht in Los Angeles, einen Keller nennen würde.

Man lässt ihn in einer Garderobe zurück, die normalerweise von den Schauspielern einer Soap des Senders benutzt wird. Ein Schminktisch mit Stuhl und Spiegel und eine abgewrackte Couch. Das Einzige, was darauf hindeutet, dass jemand in den letzten Tagen oder gar Wochen hier war, ist ein Korb voller frischer Süßigkeiten, mit dem man sechs Leute satt bekommen würde. Typisch Fernsehen.

Jamal hat sich kaum auf die Couch geworfen, da hört er:

»Hier bist du ja!« Seine Agentin Dyan steht in der Tür zum Aufenthaltsraum. Eine große, enthusiastische, im Grunde aber nutzlose Frau, die ihm unter diesen Umständen trotzdem ein willkommener Anblick ist. »Bist du nicht aufgeregt?«

»Ich versuch's zu sein.«

Dyan hält den Kopf schief wie eine Lehrerin, wenn sie mit einem Spitzbuben spricht. »Sei nicht so.«

»Wo ist Rosa? Was passiert jetzt?«

»Sie ist in einer anderen Garderobe«, verkündet Michael Berman, der gerade hereinkommt. »Wir dachten, es ist besser, wenn wir euch getrennt halten.«

»Sollen wir etwa gegeneinander kämpfen?«

»Das wäre nicht schlecht.« Berman klingt verbittert, selbst für einen Produzenten.

»Wir tun, was wir können, Mike. Worin besteht die letzte Mission eigentlich?«

»Wenn ich ihr einen Titel geben müsste, würde ich sie ›Jetzt wird's ernst‹ nennen.« Berman kann seine kindische Genugtuung nicht verbergen.

Jamal schaut zu Dyan hinüber. Von ihr ist keine Hilfe zu erwarten. Das hatte er sich schon gedacht. »Sagt mir gar nichts.«

»In einer Viertelstunde erfährst du alles, was du wissen musst.«

»Zu schade, dass die Mission nicht darin besteht, dir die Quoten zu retten.«

Berman zieht daraufhin nur kaum wahrnehmbar die Brauen hoch. »Wenn du vor laufender Kamera doch nur auch so schlagfertig wärst. Ich wollte dir eigentlich viel Glück wünschen, aber was soll die Heuchelei?«

Der Produzent ist zur Tür draußen, bevor Jamal ihm weiter zusetzen kann. Ihm bleibt nichts anderes übrig, als sich Dyan zuzuwenden, die ihn mit großen Augen anstarrt. »Wow, ich wusste, dass Michael ein harter Brocken ist, aber …«

»Tja, wir hatten so unsere Momente.«

»Gott sei Dank kann er die Wahl nicht beeinflussen.« Der endgültige Gewinner von *American Hero* wird von den Zuschauern in aller Welt gewählt – über kostenpflichtige SMS. Das Ass mit den reichsten Fans auf dem Erdball wird das Rennen machen.

»Wirklich nicht?«, sagt Jamal. *American Hero* ist Fernsehen, keine Politik. Die Produzenten können alles so hindrehen, wie sie es haben wollen.

»Denk dran«, sagt sie, indem sie ihm die Hände auf eine sehr männliche Weise auf die Schultern legt, fast als wäre sie sein Trainer, »das ist bei Weitem nicht die schlimmste Erfahrung in deiner Karriere. Erinnerst du dich an *Riders to Las Cruces?*« Sein einziger Western, ein Low-Budget-Albtraum.

»Seit zwei Jahren versuche ich krampfhaft, das zu vergessen.«

»Nun, ganz gleich was passiert, du bekommst ordentlich Presse.« Der Todeskuss einer Agentin. Fast als nehme sie dieses Bild wörtlich, drückt Dyan ihm einen freundschaftlichen Schmatz auf die Wange und geht hinaus.

Jamal bleibt nichts anderes übrig, als im Zimmer auf und ab zu gehen. Er denkt zurück an den Auftritt in der Schule, weiß aber schon gar nicht mehr, was er und Rosa gesagt haben. Zurück an die letzten paar Missionen – zurück an den Tag auf der Straße zum Griffith Park Observatorium.

Schau nicht zurück, schau nach vorn!

♥

Eryka mit ihrem Headset, das inzwischen zu einem Teil ihres Kopfes geworden ist, klopft an die Tür der Garderobe. »Die Show beginnt.«

Als er hinausgeht, fühlt sich Jamal wie ein Berufsboxer, der die Arena betritt. Der Gang ist noch immer leer, doch durch die Tür spürt er ein Vibrieren. Erst jetzt wird ihm bewusst, dass er vor einem Livepublikum auftreten wird. Merkwürdig, dass er in fünf Jahren als Stuntman und zwei Jahren als Film- und Theaterstudent nur drei Mal vor einer Gruppe gestanden hat, die größer als ein Produktionsteam war – und das alles heute.

Man sollte meinen, er wäre es gewohnt.

Musik schallt ihm entgegen, als Eryka die Tür öffnet. Der Sound hat Gewicht, wie starker Wind, ein Eindruck, der sicher durch den Druckunterschied zwischen dem engen Gang und der offenen Bühne des Theaters verstärkt wird.

Mit dem krassen Anstieg des Lärmpegels geht ein Schwund an Licht einher, denn hinter der Bühne ist es dunkel. Jamal blinzelt, stolpert und spürt, wie ihn jemand am Arm packt. »Vorsicht!«

Es ist Rosa, die Jamal erst erkennt, als sich seine Augen ans Halbdunkel gewöhnt haben. Er nickt ihr dankend zu und spürt das geschäftige Wuseln um ihn herum – Produktionsassistenten, Kameramänner, Bühnenarbeiter, alle sind in Bewegung, und eine Stimme dringt durch den Vorhang, der sie vor der eigentlichen Bühne und Hunderten Fans abschirmt.

»Mein Gott, wie ich das hasse«, sagt Rosa. Dieses simple Eingeständnis beschert ihr Jamals ewige Dankbarkeit und Sympathie. Sie sind Soldaten, die im selben Schützengraben hocken. Ihn überkommt sogar das Gefühl – wenn auch nur kurz –, dass es okay wäre, wenn sie gewinnt. »Lieber würde ich versuchen, Holy Roller hochzuheben.«

»Ja«, sagt Jamal. »Oder Spasm dazu zu kriegen, die Klappe zu halten.«

Der Vorhang öffnet sich. Sie werden vom Licht geblendet.

Als Jamal wieder etwas erkennen kann, findet er sich mit Peregrine und Rosa auf einer Plattform wieder. Rund um die Plattform stehen lebensgroße Jetboystatuen. Rechts von ihm und dem Publikum zugewandt hängt ein Flachbildschirm von der Größe eines Bundesstaats. Vor ihm, hinter Peregrine und Rosa, befindet sich eine niedrige Tribüne. Und darauf sitzen mit hämischem Grinsen: Pop Tart, Toad Man, Brave Hawk, Candle – mindestens zehn Ausgeschiedene. Jamal ist sich nicht sicher, da ihn die Scheinwerfer immer noch blenden und Peregrine ihn auffordert, seine Aufmerksamkeit dem Publikum zuzuwenden.

Die Tribüne ist gefüllt. In der ersten Reihe entdeckt er Mom und Big Bill – Gott allein weiß, welche Lügen Berman erzählen musste, um seinen Vater hierherzubewegen.

Peregrine ergreift das Wort. Er wendet sich um, erhascht einen Blick auf Jade Blossom und sieht schnell weg. Ihre Affäre hat sich als ebenso unbefriedigend wie kurz erwiesen.

»Die Abstimmung ist freigeschaltet. Die Nummer wird Ihnen auf dem Bildschirm angezeigt. Senden Sie R-O-S-A für Rosa Loteria und S-T-U-N für Stuntman.« Jamal ist immer noch von der Vorstellung verblüfft, dass gleichzeitig Leute in ganz Amerika auf ihre Computertastaturen tippen oder Buchstaben in ihre Handys eingeben. »Doch zuerst«, sagt Peregrine, »werfen wir einen Blick auf unsere gefallenen Freunde, die … wahre amerikanische Helden geworden sind.«

Auf dem Bildschirm wird eine Montage aus Szenen der früheren Folgen gezeigt. King Cobalt … Simoon … Hardhat … Gott allein weiß, wie lange die Redakteure gebraucht haben, um Aufnahmen zu finden, die sie so gut dastehen lassen.

Sie unterlegen die Ehrung mit einem Lied, das an »Eternal Father, Strong to Save«, die Hymne der Marine, erinnert. Seltsamerweise, überraschenderweise kommen ihm die Tränen. Er hat diese Asse nicht einmal gemocht – so er sie überhaupt gekannt hat –, aber sie haben etwas getan. Sie haben nicht einfach nur ein Spiel gespielt, um Leute in Wohnwagensiedlungen in Oklahoma oder Hochhäusern in Yokohama zu unterhalten, sondern sie haben ihr Leben gewagt.

Ihr Leben verloren.

Der Film endet. Peregrine steht wieder im Brennpunkt der Kamera, und sie sagt: »Wir wollen eine Schweigeminute einlegen.«

Jamal neigt den Kopf. Toad Man – drei Meter entfernt – spricht gerade laut genug, dass es die Finalisten hören können: »Tolles Fernsehen, was?« Einen Moment wünscht sich Jamal, er könnte ihm eine scheuern, doch der Impuls verfliegt. Ob es an der plötzlichen Welle von Kameradschaftsgeist liegt, die während der Ehrung der gefallenen Asse aufgekommen ist, oder an der athletischen Gelassenheit, die er von Big Bill Norwood geerbt hat – jedenfalls ist Jamal zuversichtlich. Das Spiel geht in die letzten Minuten.

Dann hört er Peregrine verkünden: »Neben unseren Zuschauern in aller Welt bekommen auch die Asse, die heute Abend bei uns sind, eine gewichtige Stimme bei der Wahl des *American Hero*. Jede ihrer Stimmen zählt so viel wie tausend Zuschauerstimmen.«

Diese Neuigkeit trifft Jamal wie ein Angriff aus dem Hinterhalt. Es ist eine Sache, dass der Wettkampf von Zuschauern entschieden wird, die nur die Show gesehen haben. Aber es ist eine ganz andere Kiste, wenn man den Assen – jenen Assen, die bei den Missionen oder anderweitig versagt haben und deshalb ausgeschieden sind – nun gestattet, ihre Ressentiments an den Finalisten auszulassen.

American Hero ist zu einem Beliebtheitswettbewerb geworden, und Jamal hat das Problem, dass er – im Gegensatz zu Rosa Loteria, die die anderen Asse zwar auch tierisch genervt hat – die Rassismuskarte gespielt hat.

Jamal und Rosa sind gezwungen, sitzen zu bleiben, zu lächeln und zu reagieren – immer in dem Wissen, dass die Regie auf extreme Reaktionen aus ist. Candle runzelt die Stirn, als die erste Mission gezeigt wird, die Asse gegen die Flammen. (»Mein Gott«, murmelt Rosa, »es soll ja Leute geben, die so schwul sind, dass sie Feuer und Flamme sind, aber übertreib's mal nicht.«)

Er stimmt für Rosa. Es gibt keine Gerechtigkeit.

Dann der Safe im See – und Divers kehliges Lachen. Auch sie stimmt für Rosa.

Dann folgt ein Doppelschlag. Brave Hawk steht zum Wählen auf, und gleichzeitig wird auf dem Bildschirm gezeigt, wie Stuntman das Bündnisangebot des Apachen ausschlägt. Jamal kann es sich nicht verkneifen, zu seinem Vater hinüberzublicken. Ganz offensichtlich hat Big Bill diese Folge noch nicht gesehen. Er schüttelt den Kopf.

Doch welch Überraschung – Brave Hawk stimmt für Stuntman!

Dieser Lichtblick wird allerdings vom schwärzesten Moment überhaupt abgelöst. Jade Blossom. Gemessen an dem Gejohle aus dem Publikum ist sie die beliebteste Kandidatin von *American Hero*. Demonstrativ weigert sie sich, Jamal anzublicken, während sie zur Wahlurne geht. Und während auf der Leinwand noch zu sehen ist, wie sie sich küssen (wie zum Henker sind Art und seine Leute bloß an diese Aufnahmen gekommen?), stimmt Jade Blossom für Rosa.

Toad Man wählt – Stuntman! Dann Pop Tart, Joe Twitch. Für wen haben sie gestimmt? »Kaum zu glauben, ich komme mit Zählen durcheinander!«, sagt er zu Rosa.

»Mach dir keinen Kopf wegen dem, was hier passiert«, sagt sie und wirkt selbst ziemlich perplex. »Das sind nur ein paar Tausend Stimmen. Die Zuschauer sind eine halbe Million.«

Jamal sieht nicht mehr zur Leinwand hoch, wo die Geiselnahme gezeigt wird. Und er hört Dragon Girl nicht zu, bekommt also nicht mit, für wen sie stimmt. Dafür merkt er, dass eine der Jetboystatuen auf ihn herabschaut. Tja, das war ein echter *American Hero* – was ihm aber egal war, er hat einfach nur getan, was getan werden musste.

Jamal wirft einen Blick zur Anzeigetafel mit den Zuschauerstimmen, kann sie aber nicht lesen. Natürlich wollen Berman und sein Team nicht, dass die Finalisten wissen, wie es steht. Jamal kann nur seitwärts zu Rosa sehen, während Peregrine einen umständlichen Vortrag darüber hält, wie die Stimmen der Asse mit denen der Zuschauer verrechnet werden. Schließlich sagt sie das peinigende Wort: »Herzlichen Glückwunsch.«

Dann hört er Peregrine: »Und der Gewinner von *American Hero* ist …« Jamal weiß, dass der Name hinausgezögert wird, als wäre nicht alles schon genug in die Länge gezogen. Wie bei der endlosen Spanne zwischen dem Moment, wo der Football die Hand des Quarterbacks verlässt, und dem, wo der Mitspieler ihn fängt – die Stunde, die der angeschnittene Ball braucht, um zu fliegen, seine Wurfbahn zu ändern und zu sinken …

Plötzlich brandet Applaus, Gelächter und Jubel durch die Halle.

Er hat den Namen nicht gehört!

Doch Rosa Loteria schlingt die Arme um ihn. »Gratuliere dir, Stuntman. Du hast das Spiel genau richtig gespielt.«

Er hat gewonnen! Jamal Norwood, alias Stuntman, ist der *American Hero*!

Die anderen umschwärmen ihn, klopfen ihm auf den Rücken (tut ihm ja nicht weh, oder?), die Frauen küssen ihn (sogar Jade). Er bekommt nur noch eine komische, steife Umarmung von Tiffani mit, bevor er sich mit Peregrine in der Mitte der Bühne wiederfindet. »Bist du überrascht?«, fragt sie. Das Publikum lärmt noch immer.

»Ja.« Da er sich seit der fünften Klasse noch nie so unwohl vor Leuten gefühlt hat, bringt er nicht mehr als dieses eine Wort heraus. Aber er erinnert sich, dass er heute in einer Schule gewesen ist und dort darüber gesprochen hat, was es heißt, ein Held zu sein – und er legt sich eine Rede zurecht, mit der er diesen Preis den Assen widmen will, die in Ägypten ihr Leben gelassen haben.

Doch bevor er etwas sagen kann, sieht er Berman, der mit den Armen wedelt wie ein Kind mit einem Trotzanfall. »Scheiße, was soll das heißen, dass wir nicht auf Sendung sind?«

Im selben Moment erhält Peregrine die Information. Mit eingefrorenem Lächeln und dem Wissen, dass die Kameras noch immer auf sie gerichtet sind, wendet sie sich zu Eryka, der Produktionsassistentin, um. »Habe ich recht gehört? Wir sind nicht auf Sendung?«

»Da, schaut«, sagt Rosa.

Auf der Leinwand ist nicht mehr das Finale von *American Hero* zu sehen. Stattdessen eine nächtliche Szene in irgendeiner Stadt in Europa. Vor einem überladenen Gebäude steht die scharfe südafrikanische Reporterin von NBC.

»Verdammt, was ist denn das?«

»Den Haag«, sagt Berman. Er erinnert Jamal an einen Reifen, aus dem gerade die Luft abgelassen wird.

»Was ist Den Haag?«, fragt Rosa.

»Der Sitz des Internationalen Gerichtshofs.«

Die Reporterin sagt: »… brachten den Sprecher Ägyptens, Kamal Faraq Aziz, und seine gesamte Führungsriege nach Den Haag zum …«

»Wer brachte sie?« Jamal hört und sieht es nicht.

»Deine Freunde«, sagt Berman. »Unsere Luschen.«

»Michael, was machen wir denn jetzt?«, sagt Peregrine. »Fangen wir noch mal von vorne an?« Berman schüttelt den Kopf. »Na schön«, sagt sie völlig aufgelöst. »Das sollte an der Ostküste live gesendet werden. Wie wäre es in drei Stunden?«

»Glaubst du, dass das so schnell vorbei sein wird? Schau es dir doch an!«

Auf der Leinwand sieht man eine Gruppe von Männern

in Handschellen und mit Säcken überm Kopf wie bei der CIA. Sie werden gerade zum Eingang des Gerichtshofs geführt. Plötzlich entdeckt die Kamera John Fortune, der grinst wie … nun, Jamal fallen Tom Cruise, Harrison Ford und Jack Nicholson ein. Und da ist Lohengrin. Und Bugsy.

Und Rustbelt, der selbstsicherer aussieht, als er es bei *American Hero* je war.

Sie sind jetzt die wahren Helden.

Rosa dreht sich um und will gehen. »Wo gehst du hin?«, fragt Jamal.

»Nach Hause, Süßer. Wie alle anderen auch.« Sie nickt in Richtung Publikum. Diejenigen, die nicht mit vor Staunen und Bewunderung offenen Mündern auf die Leinwand starren, verstopfen die Ausgänge oder telefonieren mit ihren Handys. Offenbar interessiert sie alle nur noch die Sache in Den Haag.

Jamal schaut zu seinen Eltern hinüber. Auch die stehen gerade auf und schütteln den Kopf. All die Arbeit! All die Zeit! Und jetzt hat er's endlich geschafft, will nicht nur das Geld, sondern auch der *American Hero* sein.

Er ist bereit dafür. Dies ist die Rolle seines Lebens.

Aber es wird kein Hahn danach krähen.

Jonathan Hive
Daniel Abraham

Gebt dem Wookiee eine Medaille

Der Typ aus Sri Lanka war klein. Er war von schmaler Statur, und der Schnauzbart auf seiner Oberlippe wirkte wie eine Entschuldigung. Sein Haar war kurz geschnitten und hatte sich schon etwas gelichtet. Alle anderen am Tisch waren Asse – Fortune, Lohengrin, Drummer Boy, Curveball, Earth Witch, Holy Roller, Bubbles, Rustbelt und natürlich Jonathan Hive selbst. Zehn Leute, nur einer davon ein Normalo.

Und doch, als UN-Generalsekretär Jayewardene mit sanfter, bedächtiger Stimme sprach, gehörte der Raum ihm. Er füllte ihn ganz aus. An ihm war ein Schauspieler verloren gegangen.

»Auf unserer Welt, so wie sie ist, herrschen untragbare Zustände«, sagte er in einem Tonfall, wie jemand anders sagen würde: *Das Haus müsste mal wieder gestrichen werden.*

»Sie alle sind sich, glaube ich, dieser Tatsache mehr als bewusst. Die Ungerechtigkeiten, die dieser Idiot Abdul begangen hat, waren abscheulich und nicht hinnehmbar, und ich war mir ihrer genauso bewusst wie jeder Einzelne von Ihnen. Vielleicht sogar noch mehr. Wie Sie habe auch ich versucht einzuschreiten. Doch im Gegensatz zu Ihnen bin ich gescheitert.«

Jayewardene legte eine Pause ein, damit das Gesagte wirken konnte. Jonathan blickte auf den Tisch hinab und unterdrückte ein Lächeln. Es fiel schwer, nicht selbstgefällig zu werden. Seit sie nach Den Haag gekommen waren, hatte man sie wie Berühmtheiten behandelt. Sie wurden gefeiert und bejubelt wie seit den ersten Tagen von *American Hero* nicht mehr. Allerdings war das jetzt etwas ganz anderes. Das unverhohlene Starren in Restaurants. Fremde, die einen um ein Autogramm oder einen Händedruck baten. Auf den ersten Blick sah es genauso aus, aber es fühlte sich anders an.

Weil es diesmal etwas bedeutet, dachte Jonathan. Vielleicht hatten sie es sich diesmal tatsächlich verdient.

»Die UNO ist, und daran glaube ich fest, eine Kraft der Reform«, sagte Jayewardene. »Die Ideale allgemeiner Menschenrechte, der Würde des Lebens, der Herrschaft von Recht und Gesetz und von Mehrheitsbeschlüssen können nur dazu beitragen, unsere Welt zu verbessern. Und doch habe ich mich bei meiner ersten größeren Mission in der Rolle einer Geisel wiedergefunden.«

Jayewardene lächelte freundlich und zuckte mit den Schultern.

»Ich bin kein Ass«, sagte er. »Vielleicht war ich übereifrig. Allerdings habe ich aus meinem Fehler gelernt. Mir wurde ins Gedächtnis gerufen, dass die Organisation, der ich vorsitze, im Grunde machtlos ist. Man hat mich dazu gebracht, in der Öffentlichkeit schwach zu erscheinen, und das bin ich auch. Ich wollte den Völkermord in Ägypten verhindern, und damit war ich überfordert.«

Jayewardenes Blick ging einmal durch die ganze Runde. Jonathan glaubte zu wissen, was jetzt kommen würde.

»In der Welt geschehen außer diesem noch andere Verbrechen«, sagte Jayewardene. »Es gibt Diktatoren, die Menschenhandel betreiben. Es gibt Regierungen, die Terroristen Schutz gewähren und Hass predigen. Es gibt Völkermorde. Viele Staaten, selbst Mitglieder der Vereinten Nationen, missachten deren Entscheidungen. Und bis heute haben meine Vorgänger sich stets darauf verlassen, dass der gemeinschaftliche Wille der Nationen der Welt etwas bewirken würde. Aber er entpuppte sich als äußerst stumpfes Werkzeug.«

»Sie haben gerade gesagt, bis heute«, warf Fortune ein und beugte sich vor. Dies war der entscheidende Satz. Jonathan fiel auf, wie viel besser Fortune aussah, seit er und Sachmet sich darauf geeinigt hatten, ihn von Zeit zu Zeit schlafen zu lassen.

Jayewardene lächelte. Curveball und Earth Witch sahen einander vielsagend an. Lohengrins Kinn war bereits einen halben Kopf vorgereckt, und er strahlte förmlich vor Edelmut und Stolz. Sie wussten es alle.

»Ich habe Sie zusammengerufen, um Ihnen ein Angebot zu machen«, sagte Jayewardene. »Dank Ihrer Taten sind Sie zu Symbolfiguren für etwas geworden, das größer ist als Sie selbst. Männer und Frauen aus Ost und West, Schwarze und Weiße, Araber, Christen und Juden tun sich zusammen, um für die Schutzlosen einzutreten.«

»Juden?«, fragte Jonathan. »Wer ist Jude?«

Bubbles hob die Hand. »Mütterlicherseits«, sagte sie. »Aber nicht sonderlich fromm.«

»Hm«, sagte Jonathan. »Tja, wer hätte das gedacht?«

»Ich möchte, dass Sie alle darüber nachdenken, wie viel Gutes Sie tun könnten«, sagte Jayewardene. »Ich habe einen Entwurf zur Schaffung eines Spezialkomitees aufsetzen lassen. Das Komitee für Außerordentliche Interventionen. Es wird direkt von meinem Büro aus geleitet und ist dem Generalsekretär unterstellt. Und ich möchte eine jede und einen jeden von Ihnen einladen, Gründungsmitglied dieses Komitees zu werden, als Anerkennung für die Dienste, die Sie mir und der Menschheit geleistet haben.«

»Wollen Sie, dass wir da noch mal hingehen?«, fragte Earth Witch. Jonathan sah ihr an, wie bestürzt sie darüber war. Er wusste nicht, ob sie King Cobalt, Simoon und Hardhat vor Augen hatte – oder die ägyptischen Soldaten, die sie getötet hatte. Auch Curveball wirkte äußerst nachdenklich.

»Ich will, dass jeder Diktator der Welt die Gerechtigkeit fürchten muss«, sagte Jayewardene. »Ich will, dass jeder Soldat, der den Befehl bekommt, unschuldige Kinder zu töten, sich das zweimal überlegt. Ich will, dass kein Menschenhändler mehr ruhig schlafen kann. Aber ich verlange nicht von Ihnen, dass Sie sich in Gefahr begeben, wenn Sie das nicht wollen – ich kann Sie ja nicht dazu zwingen.«

Lohengrin sprang auf, seine schimmernde Rüstung erschien, und das Schwert flackerte in seiner zum Gruß erhobenen Hand auf. »Mein Schwert steht ganz zu Ihrer Verfügung«, sagte Lohengrin.

Einen Moment lang herrschte Stille. Und dann sah Jonathan, wie sie sich einer nach dem anderen langsam erhoben. Er versuchte zu begreifen, warum.

Fortune stand aus dem Bedürfnis heraus auf, dem Tod seines Vaters einen Sinn zu verleihen. Obwohl sie verletzt war, stand Earth Witch auf, weil sie wegen der Männer, die sie lebendig begraben hatte, von Schuldgefühlen gepeinigt wurde. Damit ihre Freundin nicht alleine dastand, erhob sich auch Curveball. Aus Idealismus und Eifersucht tat Drummer Boy es ihnen gleich. Erfüllt von dem Glauben an das Gute, der den Verstand übersteigt, hob Holy Roller schlicht die Hand; Gott allein wusste, wann er das letzte Mal ohne fremde Hilfe aufgestanden war. Aus lauter Freude darüber, dass er nicht ausgeschlossen wurde, erhob sich Rustbelt. Jonathan wusste nicht, weshalb er und Bubbles aufstanden. Vielleicht weil es sich einfach so gehörte.

»Ausgezeichnet«, sagte Jayewardene. »Das ist ausgezeichnet.«

Erst jetzt fiel Jonathan auf, dass die Tafel, an der sie ihre Besprechung abhielten, tatsächlich rund war.

♦

Der Saal schien einem alten Film entsprungen. Riesige Vorhänge bedeckten die Wände, und die Menschenmenge auf den Sitzen war größer als bei einem Rockkonzert. Das unablässige Blitzen aus dem Pressebereich stellte sicher, dass die Titelseiten der morgigen Zeitungen und Magazine in aller Welt nicht leer bleiben würden.

Sie saßen auf überraschend bequemen Stühlen auf einem Podium. Das langwierige Ritual der Medaillenverleihung war vorüber, doch die Zeremonie würde sich noch Stunden hinziehen. Während sie auf den nächsten Redner warteten, der mehr oder weniger dasselbe sagen würde wie die zuvor, fingen sie – wie es gelangweilte Menschen zu tun pflegen – ein Gespräch an.

»Ja«, sagte Bubbles. »Jetzt, wo du es erwähnst: Das hat mich schon gestört. Ich meine, er hat genauso viel getan wie Han oder Luke, oder? Aber warum durfte er dann in der letzten Szene nicht mit aufs Podium?«

»Er war eben nur der gute Kumpel des Helden«, sagte Jonathan. »Außerdem hatten die Rebellen alle Vorurteile gegen Wookiees.«

»Ach, was soll's«, sagte Earth Witch.

»Euch ist doch klar, dass er uns nur benutzt, oder?«, sagte Jonathan.

»Wer?«, fragte Curveball.

»Jayewardene. Ich meine, das hat er selbst zugegeben. Kaum tritt er seinen Job an, wird er gekidnappt. Ihr müsst euch klarmachen, dass er dadurch einen Großteil seiner Glaubwürdigkeit verloren hat. Und das muss er jetzt wieder irgendwie ausbügeln, und da kommen wir ihm gerade recht.«

»Spielt das eine Rolle?«, fragte Lohengrin. »Was auch immer ihn antreibt, das Richtige zu tun, ist unwichtig. Wichtig ist nur, das Richtige zu tun.«

»Manchmal finde ich dich entwaffnend naiv«, sagte Jonathan. Dem Deutschen stellten sich sichtlich die Nackenhaare auf, doch dann fing er an zu lachen. »Ich sage ja nur, dass Jayewardene eine Show abzieht. Er benutzt uns, damit er erfolgreicher rüberkommt, als er eigentlich ist.«

»Selbst wenn du nicht bloß Scheiße verzapfst, was soll's?«, sagte Drummer Boy. »Ich hab kein Problem damit. Du kannst jederzeit die Fliege machen, Bugsy. Wir würden dich dann nicht mal einen Hosenscheißer nennen, ehrlich.«

Curveball und Fortune kicherten beide. Jonathan zog die Stirn in Falten. »Ich sage ja nicht, dass ich aussteigen will«, erklärte er. »Ich sage nur, dass diese ganze Sache mit dem Komitee eine Werbemasche ist. Wir werden jetzt ja nicht im Ernst Uniformen anziehen, in der Welt herumrennen, böse Buben schnappen und sie im Internationalen Gerichtshof abliefern. Wir sind Repräsentationsfiguren. Wir ziehen nur eine Show ab.«

»Weißt du was, Bugsy?«, sagte Fortune. »Da irrst du dich.«

Die Menge tobte, als Generalsekretär Jayewardene aufs Podium stieg. Er lächelte, nickte nach rechts und links. Es wurde still. Die Kameras blitzten weiter.

»Meine Damen und Herren«, sagte er. »Ich hoffe, Sie finden den heutigen Anlass genauso bedeutsam wie ich. Hiermit trete ich vor die Öffentlichkeit, um die Gründung eines Komitees ...«

<< II nächste Seite >>

Heute um 19:12
Komitee, Politik, American Hero | Nachdenklich | »Children of the Revolution« – Violent Femmes

Das Komitee.

Ja, da fehlt noch was. Aber wenn man's genau überlegt, dann sind wir halt einfach »das Komitee«. Sagt es, druckt es, postet es. Jeder weiß, was ihr damit meint. Das Komitee.

Ab sofort habe ich einen neuen Job. Ich bin einer der armen Kerle, die ausziehen, um die Welt zu retten. Aber wenigstens muss ich kein Elastan und kein Cape oder irgendso einen Blödsinn anziehen. Das ist großartig, aber gleichzeitig fühlt es sich auch so an, als ginge etwas zu Ende. Ich will dieses Blog so lange wie möglich weiterführen, aber ich weiß nicht, wieweit ich es auf dem Laufenden halten kann. Der Tag hat eben nur soundso viele Stunden. Momentan wird schon davon gesprochen, uns in dieses afrikanische Scheißkaff zu schicken, wo ein Typ die Hälfte seiner Landsleute dazu aufstachelt, die Machete in die Hand zu nehmen und die andere Hälfte zu massakrieren. Keine Ahnung, was wir dagegen tun sollen, aber wenn sie uns hinschicken, werden wir wohl irgendwas versuchen. Was bleibt uns anderes übrig?

Ich habe dieses Blog angefangen, weil ich darüber schreiben wollte, wie es ist, ein Ass zu sein. Und hier sind wir nun, mit Fä-

537

higkeiten, von denen andere nur träumen. Wir sind die coolen Typen. Die Helden. Wir werden gefeiert. Und nicht wegen dem, was wir denken oder was wir machen. Sondern wegen dem, was wir sind.

Ich glaube, es gibt kein schlimmeres Gift. Gefeiert – oder verdammt – zu werden wegen dem, *was* man ist, nicht *wer* man ist.

Wir sind Asse. Und manche von uns sind kleine Arschlöcher. Und manche von uns sind anmaßende Großkotze. Manche von uns können mit den Herausforderungen über sich hinauswachsen, andere können das nicht.

Also, sollte ich mein Buch tatsächlich schreiben – und mal ehrlich, Leute, in der näheren Zukunft sehe ich einfach nicht, woher ich die freie Zeit dafür nehmen sollte –, was würde ich damit sagen wollen? Dass die Vorstellungen, die Hollywood uns von Heldentum vermittelt, oberflächlich und im Kokainrausch entstanden sind? Ja, das ist ganz was Neues.

Dass Völkermord 'ne schlimme Sache ist?

Dass Leute manchmal aus den völlig falschen Beweggründen was Ehrenwertes, Gutes, Richtiges machen? Oder aus den besten Beweggründen heraus was Dummes, Zerstörerisches, Kurzsichtiges?

Das Problem mit Klischees ist, dass sie in der Wahrheit wurzeln. Wenn du also tief gräbst und kämpfst und dich abrackerst und blutest und gelegentlich vielleicht sogar stirbst, um die Wahrheit zu finden, dann stehst du am Ende manchmal – nicht immer, aber manchmal – mit etwas da, das du auch als weisen Spruch auf einer Postkarte hättest kaufen können.

Tu immer das Richtige. Halte zu deinen Freunden, denn du weißt nicht, wie lange du sie noch hast. Du machst Fehler und hast Schwächen, aber das ist okay so. Mach einfach das Beste draus.

Für diese Erkenntnisse bin ich bis nach Hollywood und Vegas und Ägypten und durch die Hölle gegangen. Scheint es kaum wert gewesen zu sein, außer dass ich jetzt vielleicht besser verstehe, was die Postkartensprüche bedeuten.

Und ich habe erfahren, dass sie eine zweite Staffel von *American Hero* drehen wollen. Viel Spaß damit, Jungs.

Ich weiß nämlich nicht, wie ihr die erste Staffel noch toppen wollt.

Keine Kommentare möglich

♠

Die Autoren und Schöpfer des Wild-Cards-Konsortiums

George R. R. Martin: Lohengrin, Popinjay, Turtle
Melinda M. Snodgrass: Double Helix, Dr. Tachyon, Dr. Finn
John Jos. Miller: Carnifex, Yeoman, Wraith
Victor Milán: Capt'n Trips, Harlem Hammer
Stephen Leigh: Puppetman, Oddity
S. L. Farrell: Drummer Boy
Walton (Bud) Simons: Mr. Nobody, Demise, Puddleman
Lewis Shiner: Fortunato, Veronica, Astronomer
Walter Jon Williams: Golden Boy, Black Shadow, Modular Man
Roger Zelazny: Sleeper
Leanne C. Harper: Bagabond, Hero Twins
Edward Bryant: Sewerjack, Wyungare
Chris Claremont: Molly Bolt, Jumpers, Cody Havero
Michael Cassutt: Stuntman, Cash Mitchell
Kevin Andrew Murphy: Cameo, Maharadscha, Rosa Loteria
Pat Cadigan: Water Lily
Gail Gerstner-Miller: John Fortune, Peregrine, die Lebenden Götter
William F. Wu: Lazy Dragon, Chop-Chop, Jade Blossom
Laura J. Mixon: Clara van Renssaeler, Candle
Sage Walker: Zoe Harris, Diver
Arthur Byron Cover: Leo Barnett, Quasiman
Steve Perrin: Digger Downs, Brave Hawk, Mistral
Royce Wideman: Toad Man, Crypt Kicker

Howard Waldrop: Jetboy
Daniel Abraham: Jonathan Hive, Spasm, Father Henry Obst
Bob Wayne: Card Sharks
Parris McBride: Elephant Girl
Christopher Rowe: Hardhat
Caroline Spector: Amazing Bubbles, Tiffani, Ink
Ian Tregillis: Rustbelt
Carrie Vaughn: Earth Witch, Curveball, Wild Fox

Copyright

Das Buch, mit dem alles begann – der erste Roman von GRRM.

448 Seiten. ISBN 978-3-7645-3151-5

Der Hilferuf seiner Jugendliebe Gwen führt Dirk t'Larien zu der sterbenden Welt Worlorn. Aber als er dort eintrifft, scheint Gwen es sich anders überlegt zu haben und versucht, ihn wieder wegzuschicken, denn sie liebt ihren Ehemann Jaan. Doch mit der Heirat ist sie auch in eine Kultur eingetreten, die Frauen keine Selbstbestimmung erlaubt. Dirk kann nicht glauben, dass sie dieses Schicksal freiwillig gewählt hat, und tatsächlich gelingt es ihm, sie zur Flucht zu überreden. Doch mit ihrem Verrat an Jaan haben sie auch dessen Schutz aufgegeben, und Menschenjäger treiben sie in die Enge. Nur einer kann sie noch retten – doch Jaan ist seine Ehre wichtiger als alles andere …

Lesen Sie mehr unter: **www.blanvalet.de**